资助项目

2018年度宁夏高等学校项目"唐诗学学术史研究"（NGY2018-134）

宁夏"十三五"重点学科"中国语言文学"建设成果

宁夏师范学院2020年一流基层教学组织"中国古代文学教研室"建设成果

民国时期唐诗学研究

Studies on Tang Poems in Republic of China (1912–1949)

赵耀锋　著

导师　李　浩

中国社会科学出版社

图书在版编目（CIP）数据

民国时期唐诗学研究／赵耀锋著.—北京：中国社会科学出版社，2020.12
（中国社会科学博士论文文库）
ISBN 978 – 7 – 5203 – 7468 – 2

Ⅰ.①民… Ⅱ.①赵… Ⅲ.①唐诗—诗歌研究—中国—民国
Ⅳ.①I207.22

中国版本图书馆 CIP 数据核字（2020）第 218206 号

出 版 人	赵剑英	
责任编辑	刘 艳	
责任校对	陈 晨	
责任印制	李寡寡	

出 版	中国社会科学出版社	
社 址	北京鼓楼西大街甲 158 号	
邮 编	100720	
网 址	http://www.csspw.cn	
发 行 部	010 – 84083685	
门 市 部	010 – 84029450	
经 销	新华书店及其他书店	

印 刷	北京明恒达印务有限公司
装 订	廊坊市广阳区广增装订厂
版 次	2020 年 12 月第 1 版
印 次	2020 年 12 月第 1 次印刷

开 本	710×1000 1/16
印 张	21.75
插 页	2
字 数	365 千字
定 价	118.00 元

总　序

在胡绳同志倡导和主持下，中国社会科学院组成编委会，从全国每年毕业并通过答辩的社会科学博士论文中遴选优秀者纳入《中国社会科学博士论文文库》，由中国社会科学出版社正式出版，这项工作已持续了12年。这12年所出版的论文，代表了这一时期中国社会科学各学科博士学位论文水平，较好地实现了本文库编辑出版的初衷。

编辑出版博士文库，既是培养社会科学各学科学术带头人的有效举措，又是一种重要的文化积累，很有意义。在到中国社会科学院之前，我就曾饶有兴趣地看过文库中的部分论文，到社科院以后，也一直关注和支持文库的出版。新旧世纪之交，原编委会主任胡绳同志仙逝，社科院希望我主持文库编委会的工作，我同意了。社会科学博士都是青年社会科学研究人员，青年是国家的未来，青年社科学者是我们社会科学的未来，我们有责任支持他们更快地成长。

每一个时代总有属于它们自己的问题，"问题就是时代的声音"（马克思语）。坚持理论联系实际，注意研究带全局性的战略问题，是我们党的优良传统。我希望包括博士在内的青年社会科学工作者继承和发扬这一优良传统，密切关注、深入研究21世纪初中国面临的重大时代问题。离开了时代性，脱离了社会潮流，社会科学研究的价值就要受到影响。我是鼓励青年人成名成家的，这是党的需要、国家的需要、人民的需要。但问题在于，什么是名呢？名，就是他的价值得到了社会的承认。如果没有得到社会、人民的承认，他的价值又表现在哪里呢？所以说，价值就在于对社会重大问题的回答和解决。一旦回答了时代性的重大问题，就必然会对社会产生巨大而深刻的影响，你也因此而实现了你的价值。在这方面年轻的博士有很大的优势：精力旺盛，思想敏捷，勤于学习，勇于创新。但青年学者要多向老一辈学者学习，博士尤其要很好地向导师学习，在导师的指导下，发挥自己的优势，研究重大问题，就有可能出好的成果，实现自己的价值。过去12年入选文库的论文，也说明了这一点。

什么是当前时代的重大问题呢？纵观当今世界，无外乎两种社会制度，一种是资本主义制度，另一种是社会主义制度。所有的世界观问题、政治问题、理论问题都离不开对这两大制度的基本看法。对于社会主义，马克思主义者和资本主义世界的学者都有很多的研究和论述；对于资本主义，马克思主义者和资本主义世界的学者也有过很多研究和论述。面对这些众说纷纭的思潮和学说，我们应该如何认识？从基本倾向看，资本主义国家的学者、政治家论证的是资本主义的合理性和长期存在的"必然性"；中国的马克思主义者，中国的社会科学工作者，当然要向世界、向社会讲清楚，中国坚持走自己的路一定能实现现代化，中华民族一定能通过社会主义来实现全面的振兴。中国的问题只能由中国人用自己的理论来解决，让外国人来解决中国的问题，是行不通的。也许有的同志会说，马克思主义也是外来的。但是，要知道，马克思主义只是在中国化了以后才解决中国的问题的。如果没有马克思主义的普遍原理与中国革命和建设的实际相结合而形成的毛泽东思想、邓小平理论，马克思主义同样不能解决中国的问题。教条主义是不行的，东教条不行，西教条也不行，什么教条都不行。把学问、理论当教条，本身就是反科学的。

在21世纪，人类所面对的最重大的问题仍然是两大制度问题：这两大制度的前途、命运如何？资本主义会如何变化？社会主义怎么发展？中国特色的社会主义怎么发展？中国学者无论是研究资本主义，还是研究社会主义，最终总是要落脚到解决中国的现实与未来问题。我看中国的未来就是如何保持长期的稳定和发展。只要能长期稳定，就能长期发展；只要能长期发展，中国的社会主义现代化就能实现。

什么是21世纪的重大理论问题？我看还是马克思主义的发展问

题。我们的理论是为中国的发展服务的，绝不是相反。解决中国问题的关键，取决于我们能否更好地坚持和发展马克思主义，特别是发展马克思主义。不能发展马克思主义也就不能坚持马克思主义。一切不发展的、僵化的东西都是坚持不住的，也不可能坚持住。坚持马克思主义，就是要随着实践，随着社会、经济各方面的发展，不断地发展马克思主义。马克思主义没有穷尽真理，也没有包揽一切答案。它所提供给我们的，更多的是认识世界、改造世界的世界观、方法论、价值观，是立场，是方法。我们必须学会运用科学的世界观来认识社会的发展，在实践中不断地丰富和发展马克思主义，只有发展马克思主义才能真正坚持马克思主义。我们年轻的社会科学博士们要以坚持和发展马克思主义为己任，在这方面多出精品力作。我们将优先出版这种成果。

2001 年 8 月 8 日于北戴河

摘　　要

　　民国时期是唐诗学史上的一个关掫点，此期古典唐诗学走向终结，现代意义上的唐诗学处于开启阶段，随着陈寅恪、闻一多、杨启高等学者对唐诗的深入研究，"唐诗学"学科得以形成。此期唐诗学思想丰厚，当时的诗话、唐代诗歌史、唐诗选本、唐诗研究专著及研究论文中包含着丰富的唐诗学思想。对这些唐诗学思想进行挖掘，有助于进一步深化唐诗学的研究。本书拟在从唐至清学术史梳理的基础上，对民国时期的唐诗学进行系统研究。

　　本书共分为五部分：

　　第一章民国时期唐诗学的发展历程。论文把民国时期分为三段，对每一段的唐诗学成果进行了详细统计，在此基础上，对每一阶段唐诗学的概况进行了系统总结。

　　第二章唐诗史论。在回溯唐诗分期及各期地位论学术史的基础上，首先，论文对民国时期唐诗分期及各期地位论的相关学术观点进行梳理。其次，论文对民国时期学者关于唐诗历史地位论的主要学术观点进行梳理。再次，论文对民国时期学者关于唐诗兴盛原因的主要学术观点进行梳理。

　　第三章唐诗艺术论。在回溯唐诗艺术论研究学术史的基础上，对民国时期学者关于唐诗艺术论的相关学术观点进行梳理。

　　第四章唐诗体派论。在回溯唐诗体派研究学术史的基础上，对民国时期唐诗体论和流派论的相关学术观点进行梳理。

　　第五章唐诗学思想分论。论文以民国第一期、民国第二期、民国第三期主要学者的唐诗学思想为线索，分别对每一时期的唐诗学思想进行了阐释。其中论文重点对王国维、闻一多、陈寅恪、黄节、钱锺书、胡云翼、杨启高七位学者在民国时期的唐诗学思想及其唐诗学方法进行了系统阐释。

　　总之，民国时期，随着西学东渐，科学的学术方法被运用于唐诗学研究之中，现代唐诗学研究学术规范逐渐形成，唐诗学的理论体系得到确立，出现了一批唐诗学专家，唐诗学研究走向了自觉。此期历史学、文艺学、文献学、社会学研究的融通拓展了唐诗学研究的理论境界。民国时期的唐诗研究在方法论和理论建树方面对当代唐诗研究产生了深远影响。

　　关键词：唐诗学；学术史；民国时期

Abstract

The period of the Republic of China in Chinese mainland is a turning point in the history of Tang poetics, during which time, the traditional Tang poetics came to an end, and the modern Tang poetics started to form. The intensive studies on the Tang poetries by such scholars as Chen Yinque, Wen Yiduo, Yang Qigao et al. led to the forming of the discipline of *Tang poetics*. Abundant thoughts of Tang poetics are deeply rooted in the notes on poets and poetries, the poetry history of the Tang Dynasty, selected Tang poems, and research treatises and papers of Tang poems in this period. Collecting these thoughts of Tang poetics is helpful to further deepen the research of Tang poetics. It is intended to systematically research on the Tang poetics in the period of the Republic of China in Chinese mainland based on the combing of academic history from the Tang Dynasty to Qing Dynasty in this dissertation.

The dissertation includes five parts:

The first chapter relates to the theory about the development process of the Tang poetics in the period of the Republic of China in Chinese mainland. The dissertation divides this period into three stages, each of which has been performed statistically analysis on the achievements about Tang poetics, and on this basis, systematically summarizes the characteristics of the Tang poetics in each stage.

The second chapter relates to the theory about the history of the Tang poetry in the period of the Republic of China in Chinese mainland. Firstly, this chapter combs the related academic viewpoints on the theory of the Tang poetry periodization in the period of the Republic of China in Chinese mainland. Secondly, this chapter combs the academic viewpoints on the theory of the position and prosperity reason of the Tang poetry in the period of the Republic of China in Chinese mainland. Thirdly, this chapter combs the academic viewpoints about the reasons on the prosperity of the Tang poetry in the period of the Republic of China in Chinese mainland. Fourthly, this chapter combs the principal academic viewpoints on the theory of the effect of the Tang poetry from the scholars of the period of the Republic of China in Chinese mainland.

The third chapter relates to the art theory of the Tang poetry. On the basis of tracing back to the academic history, this chapter combs the academic viewpoints on the art theory of the Tang poetry from the scholars of the period of the Republic of China in Chinese mainland.

The fourth chapter relates to the theory of the types or forms and schools of the Tang poetry. On the basis of tracing back to the academic history, this chapter combs the academic viewpoints on the theory of the types or forms and schools of the Tang poetry from the scholars of the period of the Republic of China in Chinese mainland.

The fifth chapter relates to the main academic viewpoints of the Tang poetics in the period of the Republic of China in Chinese mainland. The dissertation relates to the main academic viewpoints of famous scholars in the period of the Republic of China in Chinese mainland. This chapter systematically elucidates thoughts and methods on the Tang poetics from Wang Guowei, Wen Yiduo, Chen Yin que, Huang jie, Qian Zhongshu, Hu Yunyi, and Yang Qigao respectively.

In short, in the period of the Republic of China in Chinese mainland, with the western learning spreading to the East, scientific academic methods were applied to the research of the Tang poetry, modern academic norms of the Tang poetry research gradually formed, the theoretical system of the Tang poetics was established, a number of experts in the field of the Tang poetics emerged, and the Tang poetics became self-conscious. The fusion of the researches from History, theory of literature and art, philology, and sociology in this period expanded the theoretical realm of the studies of the Tang poetry. The methodologies and theories of studies of the Tang poetry in the period of the Republic of China in

Chinese mainland has a far-reaching influence on the contemporary studies of the Tang poetry.

Key words: Tang poetics; academic history; the period of the Republic of China in Chinese mainland

目　　录

Contents

第一章

民国时期唐诗学的发展历程

对于古代文学学科而言，在整个民国时期的学术史上，有两个重大的历史事件：一个是 1925 年现代高等教育与学术研究机构清华国学院的成立[①]，由此开创了中国现代学术的新局面；另一个是 1937 年"中国文学史研究会"的成立，标志着中国文学研究的又一新阶段的开始。为了便于各阶段唐诗学成果的对比研究，以便清楚地展示民国时期唐诗学的动态发展过程，本书将民国时期分为三个阶段，以 1925 年现代第一个学术研究机构清华国学院的成立作为唐诗学新阶段开始的标志，以 1937 年"中国文学史研究会"的成立及抗日战争的爆发作为唐诗学第三个阶段开始的标志，由此将民国时期唐诗学的发展历程分为三个阶段，第一阶段 1911—1924 年为民国第一期，第二阶段 1925—1936 年为民国第二期，第三阶段 1937—1949 年为民国第三期。

第一节　民国第一期唐诗学概况

在唐诗的宏观研究方面，此期邵祖平之《唐诗通论》[②] 是唯一的对唐诗进行系统研究的成果，也是较早对唐诗进行系统研究的论文。该文列"唐诗拓展之由来"、"唐诗分类法之得失"、"唐诗分自然工力两大派"、"唐诗作者师法渊源之概测"、"唐诗情境事理之各面观"、"唐诗优绌之观察"、"唐诗之开宗派"等类目对唐诗进行宏观研究，涉及唐诗艺术渊源、唐诗分类、唐诗艺术、唐诗对后世之影响等理论，该文又按传统四分法分

---

① 齐家莹编撰：《清华人文学科年谱》，清华大学出版社 1998 年版，第 6 页。
② 邵祖平：《唐诗通论》，《学衡》1922 年第 12 期。

"初唐诗论"、"盛唐诗论"、"中唐诗论"、"晚唐诗论"对唐诗进行系统研究。邵祖平之《唐诗通论》虽然论述较简单、理论性不强，但是该文较早对唐诗学理论体系进行了初步探索，是代表民国第一期唐诗研究最高水平的成果。

虽然民国第一期对唐诗进行系统研究的成果较少，但是此期诗话中的唐诗学理论却含有丰富的学术价值，这些诗话的作者具有较高的古代文史基础，他们既能将唐诗置于整个文学史的背景下加以考察，探讨唐诗与中古诗及宋诗的关系，对唐诗进行宏观观照，又能够对具体诗人、经典诗作的艺术性进行微观研究。此期的学者们对古典诗歌的美学范型进行了研究，认为古典诗歌主要有中古诗歌范型、唐诗范型、宋诗范型三种。在这三种诗歌范型中，传统的观点认为唐诗成就最高，其次是宋诗、中古诗歌，对中古诗歌、宋诗的评价普遍比较低。为了打破这一传统的诗学观念，此期，部分学者在大文学史观的影响下，力图打通中古诗、唐诗与宋诗之间的区分。王闿运在《论唐诗诸家源流（答陈完夫）》《论汉唐诗家流派》等文中对唐诗与中古诗歌之间的关系，特别是唐代诗人对中古诗人艺术手法的继承、中古诗歌艺术对唐诗艺术的开启等方面进行了一系列论述，力图将唐诗与中古诗歌打通。沈曾植则提出了"三关"说[1]，认为古典诗歌的三个最为辉煌的时期分别是中古的元嘉、唐代开元、宋代元祐时期，体现了从诗歌艺术流变的角度将中古、唐代、宋代诗歌缩合起来进行研究的思想。陈衍的"三元"说[2]也体现了力图打通唐宋诗的努力。以上这些思想，主要体现的是民国第一期学者的诗学思想，这些学者们大都持一种大文学史观，体现了一种宏大的文学史视野，体现了传统诗学研究向现代诗学研究的转变。这种在唐宋诗之争的背景下力图打通唐宋诗的努力一直持续到民国第三期，至钱锺书提出"以诗歌体裁"划分唐宋诗，认为唐宋诗是两种不同的诗歌美学范型，才真正将唐宋诗置于平等的地位，成为唐宋诗之争的结穴，唐宋诗才真正得以打通。"三元"说、"三关"说等理论拓展了唐诗研究的学术领域，使得唐诗研究与唐宋历史、文化、学术研究结合起来，提升了唐诗研究的境界，这些理论对民国中后

---

[1]　沈曾植：《与金甸丞太守论诗书》，引自王元化主编《学术集林》第3卷所刊《沈曾植未刊遗文》，上海远东出版社1995年版，第116页。

[2]　陈衍：《石遗室诗话》卷一，见张寅彭主编《民国诗话丛编》第一册，上海书店2002年版，第21页。

期的唐诗研究产生了深远的影响。

诗体研究方面，胡适的《论律诗》以新诗的标准评价律诗，对律诗艺术持否定的态度，其对唐代律诗的评价带有一定的片面性。钱有壬之《排律诗粗说》① 对唐代排律诗艺术进行了论评。

选本方面，谢无量《晚唐诗选》、王文濡《晚唐诗选》都是晚唐诗歌选本，这大概是与此期和晚唐有着相似的社会背景有关。蒲薛凤《白话唐人七绝百首》②、凌善清《白话唐诗五绝百首》③ 是两个绝句选本，这两个选本都以语言通俗为选诗标准，这和此期提倡白话文的时代思潮有关。

总集研究方面，刘师培《读全唐诗发微》④ 对《全唐诗》中误收之作进行了考辨，并且认为"全唐诗中所载感时伤事之诗，均可与史书互证"⑤，指出了唐诗的史诗价值。伍剑禅《唐风集研究》⑥ 是仅有的对别集的研究成果。

研究方法方面，在西学东渐之背景下，传统的诗学研究方法已经发生了很大的变化。梁启超的《情圣杜甫》一文中对杜诗的情感内容、表现方法进行了系统诠释，体现了此期唐诗学研究由传统诗教观影响下的唐诗研究向启蒙主义思想影响下的唐诗审美研究的转变，此文实际上成为传统唐诗学和现代唐诗学的分水岭。此期，胡适是较早把西方文艺学的方法运用于唐诗研究的学者，他先后发表了《读白居易〈与元九书〉》和《读香山诗琐记》两篇论文，运用西方文学理论中关于理想与写实两种创作方法的理论来诠释唐诗。

总体而言，此期唐诗研究成果有 12 项，其中以唐诗为研究对象的通论性质的成果只有 1 项，且为论文形式；唐诗分期研究和专题研究成果空白；上述三个方面都属于对唐诗的宏观研究，成果之少表明从宏观角度对唐诗的研究还很薄弱。作为基础研究的评传、年谱成果共有 4 项，表明对唐诗之系统研究尚未展开。诗体研究成果 3 项，诗法研究成果 2 项，上述

---

① 钱有壬：《排律诗粗说》，《学生杂志》1919 年第 5 期。

② 蒲薛凤：《白话唐人七绝百首》，上海中华书局 1920 年版。

③ 凌善清：《白话唐诗五绝百首》，上海中华书局 1922 年版。

④ 刘师培：《读全唐诗发微》，《国粹学报》1916 年第 6 期。

⑤ 同上。

⑥ 伍剑禅：《唐风集研究》，《晨光》1922 年第 3 期。

2 项属于对唐诗深层艺术性之研究，往往体现着一个时期唐诗学的研究水平，此期对诗体、诗法的研究表明学界对唐诗的微观深层研究已经展开。唐诗的选注本成果共有 7 项，在三期中是最少的；此期没有重印唐人别集、唐诗总集，表明此期唐诗的传播载体较少，唐诗的传播不是很广泛。诗派研究成果 1 项，是三期中唯一的诗派研究成果，诗派研究是唐诗学理论体系中非常重要的一项，此项研究成果体现了此期个别学者对唐诗研究所达到的深度。对别集的考证论文有 6 篇，对总集的考证论文 1 篇，对唐诗总集的研究还没有给予充分的重视。

从研究成果的数量来看，此期的唐诗研究总体上来说显得比较薄弱，其原因主要有以下几个方面：首先，此期，学科专业化还处于初创阶段，唐诗学还没有形成独立的学科，学界还没有将唐诗作为独立的研究对象来看待，唐诗的研究湮没在整个古典诗学的研究之中。其次，此期，西学东渐对传统学术的影响不是很深，新的学术方法还处于探索阶段，对古典诗学的研究主要仍然沿用传统诗话的评点方式，唐诗研究成果的形式还以诗话中的零散论断为主，专题论文较少，唐诗学专著更少。再次，现代大学制度处于初创阶段，旧式学堂教育在整个教育体制中所占比重较大，由于教育条件和社会条件的限制，从事学术研究的知识分子的数量还很有限，专门从事唐诗学研究的学者更少。最后，此期现代的出版业、报刊业也处于创始阶段，从论文发表的阵地来看，当时古典文学研究的学术刊物较少。以上这些因素在一定程度上制约了此期唐诗的研究。

从研究成果的质量来看，此期缺少系统的唐诗学研究成果，大多数研究成果是只言片语的参悟，缺少系统的理论呈现，唐诗学成果由传统的著述方式诗话向现代的系统论述方式学术论文和专著的形式过渡和转型。从研究成果的语体风格方面而言，此期研究成果的语言以文言体为主，也有一部分白话体成果，如胡适的研究成果便是白话文形式。

从研究者队伍来看，此期学者的学术活动横跨晚清、民国两时期，其中大部分学者只接受了传统的旧式教育，没有接受系统的现代学术训练，这部分学者的学术成果不多。当时只有少数学者既受过系统的旧式教育，参加过科举，又受过新式的学堂教育，有的还有留洋经历，如王闿运、陈衍、沈曾植、王国维、梁启超等人，这部分学者接受了较为系统的学术训练，因而学术成果较多，但是人数较少。整体而言，此期专门从事学术研究的学者不多，从事唐诗研究的学者更少，当时的学者从事学术研究只是兴趣之所至，偶尔为之，唐诗研究专业化的趋势尚未形成。研究者队伍的整体构成及其学术素养使得此期的唐诗研究受到了一定程度的影响。如果以一部以上唐诗研究专著或者三篇以上唐诗研究学术论文作为唐诗研究专家的标准，此期唐诗学专家只有胡适一人，民国时期的唐诗学专家尚在成长之中。

　　研究类型方面，我们把古典诗学的研究分为文献学、历史学、文艺学三个维度的研究，唐诗的文献学研究侧重于唐诗总集的编纂、整理；唐诗的历史学研究，包括唐代诗人生平事迹的考证、年谱的编撰、诗作的系年研究等，以及唐诗史的宏观研究；唐诗的文艺学研究，包括两个方面：一方面是微观文艺学研究，是指对唐诗的鉴赏、对诗人创作风格和艺术成就的批评；另一方面是宏观文艺学研究，是指对唐代诗体、诗派及唐诗特质的研究，是以整个唐诗为研究对象的研究。介于这几种研究之间的，是运用社会学、文化学等方法对唐诗的研究。此期的唐诗研究，能够从文献学、历史学、文艺学三个维度同时展开，但是这三个方面的研究都显得很薄弱，尤其是唐诗的文献学研究更是薄弱，在一定程度上影响了此期唐诗研究的总体水平。

　　总体而言，民国第一期唐诗学还没有成为一门独立的学科，此期的唐诗研究非常薄弱，研究方法处于从传统的以考证为主的方法向现代唐诗宏观研究、文化学视阈下的唐诗研究的转型期，但是它为民国中后期唐诗的研究奠定了坚实的基础，此期是民国时期唐诗学的奠基期。

第二节　民国第二期唐诗学概况

　　此期对唐诗的系统研究著作有费有容《唐诗研究》、许文玉《唐诗综论》、朱炳煦《唐代文学概论》《唐诗概论》、胡朴安及胡怀琛著《唐代文学》、胡云翼《唐诗研究》、苏雪林《唐诗概论》、徐嘉瑞《近古（唐宋）文学概论》，研究论文有5篇。在上述唐诗学专著中，苏雪林之《唐诗概论》是此期学术水准较高的唐诗学著作，王友胜、李鸿渊等认为苏雪林之《唐诗概论》"堪称中国第一部比较详致的唐代诗史"，并且认为该著的主要学术成就在于"对唐代主要诗人在史诗演变过程中的作用有着详细的论述"①。苏雪林将"唐诗隆盛之原因"归结为学术思潮之壮阔、政治社会背景之绚烂、文学格调创造之努力、民间文学之影响、文化艺术之发达等方面。按照文艺思潮的变迁，苏雪林将唐代文学分为五个时期：古典主义时期、浪漫主义时期、写实主义时期、唯美主义时期及衰颓时期，并对各期的诗歌流派及其创作情况分别做了论述。朱炳煦之《唐代文学概论》从唐代文学发达的原因、唐代文学的特点、唐代文学的派别、唐代文学的影响、唐代文学在历史上之地位等方面对唐代文学进行了论述。此外，赵景深之《中唐诗略说》② 是民国时期较早对唐诗进行分期研究的成果。以上这些对唐诗进行系统研究的成果，大多能够从唐诗兴盛之原因、唐诗艺术之形成、唐诗各期的艺术特点、唐诗特质、唐诗体派、唐诗影响这些方面对唐诗进行诠释，对上述问题的研究，标志着唐诗学理论体系的形成。而且，以上成果在文学史的宏观视阈下，探索唐代各种诗歌的艺术渊源及发展流变，对唐诗艺术特点的认识非常深刻。唐诗系统研究成果的显著增加、对构成唐诗学理论体系的各个方面研究的深化及其唐诗研究的系统化是此期唐诗研究比民国第一期深入的地方。

唐诗专题研究是唐诗学形成的标志之一，随着唐诗研究的深入，此期唐诗专题研究成果突破了民国第一期此项研究空白的状况。诗人专题研究的成果主要有汪静之《李杜研究》、李守章《李白研究》、胡云翼《浪漫诗人杜牧》、傅东华《李白诗》及《李白与杜甫》，其他唐诗专题研究的成果有顾彭年《杜甫诗里的非战思想》、陆晶清《唐代女诗人》、孙俍工《唐代的劳动文艺》、胡云翼《唐代的战争文学》、贺昌群《天宝以前的唐人边塞诗》、秦桂祥《白香山诗中关于非战思想及妇女问题之探讨》。另外，朱炳旭《唐代非战诗选》也是按题材编选的诗歌选本。专题研究是此期唐诗研究走向深入的表现。

诗体研究的成果有陈延杰《论唐人七绝》及《论唐人七言歌行》、陈斠玄《唐人五七绝诗之研究》等共 11 篇论文。此期诗体研究主要集中在绝句研究方面，歌行研究、综论五七言诗的论文各 1 篇，这与大部分学者认为绝句是唐代艺术成就最高的诗体的诗学观念有关。此期诗体研究成果较多的学者是陈延杰，他对唐代歌行和七绝分别进行了研究。陈延杰在

---

① 王友胜、李鸿渊等：《民国间古代文学研究名著导读》，岳麓书社 2009 年版，第 253 页。
② 赵景深：《中唐诗略说》，《绸缪月刊》1935 年第 4 期。

《论唐人七言歌行》中曰："唐人诗所可流传于世，百代不朽者，一为七绝，其次歌行。"① 认为七绝和歌行分别是唐代艺术成就较高的诗体。陈延杰将七言歌行分为十四个体式，又以时间的演进为线索论述了歌行体艺术在唐代的发展变迁。陈延杰《论唐人七绝》系统论述了绝句的起源、体制和分类，又仿照《诗品》将唐代七绝之作家分为上品、中品和下品三品分别进行品评，并且对唐人绝句和音乐之间的关系进行了论述。陈斠玄之《唐人五七绝诗之研究》对五七绝起源、成立的时间进行了考证，对五七绝之声律、章法与修辞艺术进行了论评，并对五七绝进行了比较研究，还对绝句进行了品藻，对绝句的研究较为系统和深入。邵祖平之《七言绝句权论》从七绝之正名、七绝之拓始及其成立时期、七绝之体裁及与乐府之关涉、七绝诗盛行之由来、七言绝句之分类、七绝之作法、七绝之解法等方面对七绝进行了系统论述，又对具体诗人和经典诗作进行了品评。从对诗体研究的理论建构方面而言，邵祖平之《七言绝句权论》无疑是民国时期最为系统、全面和深入的诗体研究成果。

　　诗派研究方面，此期的唐诗通论著作大都能够对唐代主要的诗歌流派进行论述，特别是苏雪林之《唐诗概论》把唐诗分为四期，对每一期的诗歌流派都能进行论述，如其按艺术特点将晚唐诗派分为通俗派、幽峭僻苦派、清真雅正派、唯美派、奇险派等派别，就唐诗流派研究而言，其是民国时期学术价值最高的唐诗研究著作。

　　此期和民国第一期的唐诗研究相比较，研究方法趋于多样化。比较研究法广泛运用于此期的唐诗研究中，特别是将李杜进行比较研究的成果较多，如胡小石《李杜诗之比较》、苏拯《李杜诗之比较》等，其他通论性质的唐诗学著作中也经常使用比较研究法对相同或不同风格的诗人进行研究，比较研究法的广泛使用是此期唐诗研究深化的表现。归纳法也得到了较多的使用，如徐成富之《用归纳法批评杜甫的诗》② 明确指出使用了此种方法，归纳法的使用是此期唐诗研究中现代学术规范形成的标志。胡适以民间文学的观点论述唐代文学，在《白话文学史》中，胡适曰："近年敦煌石室发现了无数唐人写本的俗文学，其中有《明妃曲》《孝子董永》《季布歌》《维摩变文》等等。我们看了这些俗文学的作品，才知道元白

---

① 陈延杰：《论唐人七言歌行》，《东方杂志》1926 年第 5 期。
② 徐成富：《用归纳法批评杜甫的诗》，《复旦旬刊》1928 年第 7 期。

的著名诗歌，尤其是七言的歌行，都是有意仿效民间风行的俗文学的。白居易的《长恨歌》，元稹的《连昌宫词》，与后来的韦庄的《秦妇吟》，都很接近民间的故事诗。"① 胡适还撰有《白话诗人王梵志》，以白话文学的观念研究唐诗。唐代诗人中，白居易的诗歌最具有白话化的倾向，因而白居易成为此期研究较多的唐代诗人。美学研究法也逐渐出现在此期的唐诗研究中，刘学锴认为苏雪林对李商隐恋情诗的爱情本事索引从诗学解释学与接受美学的角度来看，其创新意义是不容忽视的②。由此可见，此期在唐诗研究方法探索方面取得了重要成就。

随着西学东渐的进一步深入和内化，西方的文艺理论逐渐被引入唐诗学的研究中。苏雪林引入西方的古典主义、浪漫主义、唯美主义文学观念并以此为依据对唐诗进行分期研究。浪漫主义理论也被运用于唐诗研究之中，如崔宪家之《浪漫主义的诗人李白》③。在这种思潮的影响下，唐代诗人中具有浪漫主义倾向的李白、李贺、李商隐、温庭筠等诗人成为此期研究的重点。朱光潜曰："李义山和许多晚唐诗人的作品在技巧上很类似西方的象征主义，都是选择几个很精妙的意象出来，以唤起读者多方面的联想。"④ 徐嘉瑞之《颓废派之文人李白》一文曰："李白的诗才真是'禽兽戏剧'呵！这并不是贬词，因为他的作品纯粹是发挥人类肉体快乐，否认精神生活。与自然派文学，有些少相同之点。"⑤ 以自然主义理论阐释李白诗歌。对西方文艺理论的借鉴，是此期唐诗学能够取得重要进展的主要原因。另外，随着西学东渐对传统学术影响的进一步深化，此期一些新的文化思潮对唐诗的研究产生了重要影响。在文化西来说的影响下，西域文化对唐代文学的影响引起了不少学者的关注，在各种文学通史、唐代文学史中，学者们往往从音乐、艺术方面论述西域文化对唐诗的影响，胡族诗人及其文化背景的考辨也引起了学者们的注意，陈寅恪之《李太白氏族之疑问》是此类研究中最为经典的成果。冯承钧之《唐代华化蕃胡考》一文对唐代汉化的异族诗人进行了考辨，胡怀琛之《李太白

---

① 胡适：《白话文学史》，新月书店 1928 年版，第 454—455 页。
② 刘学锴：《李商隐诗歌接受史》，安徽大学出版社 2004 年版，第 193 页。
③ 崔宪家：《浪漫主义的诗人李白》，《国学丛刊》1932 年第 3 期。
④ 朱光潜：《读李义山的"锦瑟"》，《现代青年》1936 年第 4 期。
⑤ 徐嘉瑞：《颓废派之文人李白》，《小说月报》1927 年号外。

的国籍问题》《李太白通突厥文及其他》① 两篇论文对李白与西域文化之间的关系进行了考辨。随着阶级论在社会上的广泛流行，唐诗学的研究也引入了阶级论的观点，如王启怀《平民诗人白居易评传》一文认为平民阶级和贵族阶级的文学"内容和形式都迥然不同"，并且认为白居易是古代作家中唯一同情平民、替平民阶级创作文学的平民作家。② 致干《没落的贵族诗人李长吉》一文以阶级论的观点对李贺思想进行研究。陈实《平民化诗人——白居易研究》、曹梦鱼《平民诗人孟浩然》等论文也属于此类研究。随着女性主义的崛起，对唐代女性文学的研究也引起了学者们的关注，代表性的成果是陆晶清之《唐代女诗人》，对唐代女诗人薛涛进行研究的学者也较多。

按照统计的结果，此期以唐诗为研究对象的通论性质的成果有 15 项，是民国第一期同类研究成果的 15 倍，是民国第三期同类研究成果的 2 倍多。对唐诗学理论体系的建构也成为此期各种通论性质的唐诗研究成果的着力点之一，由此可以见出此期唐诗学理论体系的形成。唐诗专题研究成果 59 项。由上述两项对唐诗的宏观研究指标可以见出此期唐诗学的兴盛和研究的深入。作为基础研究的评传、年谱成果共有 26 项，比民国第一期多 22 项，比民国第三期多 3 项，表明此期对唐诗的基础研究有所加强。诗体研究成果 12 项，诗法研究成果 1 项，对唐诗深层艺术性之研究有所强化。唐诗的选注本成果共有 16 项，对别集的考证论文有 13 篇，总集的考证论文 3 篇，此期对唐诗总集和别集的研究还不够充分。

从研究成果的数量来看，此期唐诗学成果总量为 327 项，民国第一期为 44 项，民国第三期为 304 项，此期的唐诗研究是民国时期最为兴盛的时期。此期唐诗研究兴盛的原因主要有以下几个方面：首先，随着唐诗学理论体系的建构和唐诗宏观、系统研究的不断加强，唐诗学形成了独立的学科。其次，随着西学东渐的不断深入，融合传统学术方法和西方学术方法于一体的新的学术规范已经初步形成。对古典诗学的研究除了仍然沿用传统诗话的评点方式外，以唐诗为研究对象的系统研究、主题研究成果的主要形式为专著和学术论文，这些形式有利于唐诗学思想的传播和交流，这在一定程度上推动了唐诗学的发展。再次，现代大学制度已经形成，旧

---

① 胡怀琛：《李太白通突厥文及其他》，《逸经》1936 年第 11 期。
② 王启怀：《平民诗人白居易评传》，《学生文艺丛刊》1934 年第 7 期。

式学堂已逐渐退出历史舞台，现代大学培养的第一批知识分子在此期已经成长起来，从事学术研究的知识分子的数量不断增长。而且，民国时期从事古典诗学研究的主要是大学教师，其他职业的人员较少。最后，随着经济条件的不断改善，出版业、报刊业不断向前发展，数量不断增加、成本不断降低，论文发表的阵地不断增加，学术生态环境不断改善，对唐诗学的研究也有一定的促进作用。

从研究成果的质量来看，此期系统的唐诗学研究成果、专题研究成果显著增加，经过长期的积累，唐诗学理论体系的建构得以初步完成，唐诗学学科得以确立。此期，大多数研究成果已由前期的只言片语的参悟论断转化成系统的理论呈现。唐诗学成果的主要形式为学术论文和专著，传统的著述方式诗话已经边缘化。从研究成果的语体风格方面而言，此期研究成果的语言以白话文为主，也有一部分文言体成果。

从研究者队伍来看，此期的学者接受了新式教育，并且接受了较为系统的学术训练，学术素养较高，而且专门从事于学术研究的学者人数增加，因而此期唐诗研究成果增加、质量提高。另外，留学西方的学者大部分在此期相继回国，此期是这些学者学术研究的兴盛期，如陈寅恪唐诗学研究影响较大的成果《李太白氏族之疑问》[①]《李德裕贬死年月及归葬传说考辨》[②]《元微之遣悲怀诗之原题及其次序》[③]《读秦妇吟》[④] 等都是在此期发表的。再加上民国第二期社会环境较民国前期、后期稳定，战争的破坏性没有前期和后期大，因而此期成为民国时期学术最为发达的时期之一。此期也是唐诗学专家人数最多的时期，如果以唐诗研究通论著作作为统计的依据，此期唐诗学专家有 8 位；如果将唐诗学论文包括在内做综合统计，此期唐诗专家有 26 人，分别是钱锺书、朱光潜、闻一多、陈寅恪、朱自清、胡小石、胡云翼、朱炳煦、罗根泽、傅东华、傅增湘、刘大杰、胡朴安、胡怀琛、洪为法、李嘉言、钱基博、苏雪林、汪炳焜、徐嘉瑞、许文玉、幽谷、周阆风、温廷敬、赵景深、费有容，唐诗学专家之多也是民国第一期和第三期无法比拟的。

在研究类型方面，此期的唐诗研究在文献学、历史学、文艺学三个方

---

① 陈寅恪：《李太白氏族之疑问》，《清华学报》1935 年第 1 期。
② 陈寅恪：《李德裕贬死年月及归葬传说考辨》，《史语所集刊》1935 年第 5 本第 2 分。
③ 陈寅恪：《元微之遣悲怀诗之原题及其次序》，《清华学报》1935 年第 3 期。
④ 陈寅恪：《读秦妇吟》，《清华学报》1936 年第 4 期。

面成果数量在三期中是最多的，文献学方面傅增湘《唐人别集考证》、李嘉言《昌黎先生诗文系年辩证》《王礼锡著李长吉评传》《韩愈系年订误》、闻一多《岑嘉州交游事辑》《全唐诗校读法举例》《岑嘉州系年考证》《少陵先生年谱会笺》。文艺学方面徐嘉瑞《颓废派之文人李白》、罗根泽《韩愈及其门弟子文学论》《唐代文学批评研究初稿》《唐史学家的文论及史传文的批评》。历史学方面的研究有陈寅恪《读连昌宫词质疑》、陈友琴《白居易诗与唐代宫市》。这些成果的学术含量较高，为民国第三期唐诗学的进一步发展奠定了坚实的基础。

从学科本身的发展来看，北京大学①、青岛大学②在 1931 年前后分别设立唐诗研究课程，我们以唐诗学理论体系的成熟、唐诗学专著和唐诗学专家的大量出现及唐诗研究独立设课作为唐诗学成立的标志，此期唐诗学作为一门学科正式成立。另外，此期唐诗学学科的成立还表现在沈忱农撰《胡云翼之唐诗研究》一文的发表，该文对唐诗学专家胡云翼的唐诗研究进行专门论评。此期是民国时期唐诗研究最繁荣的时期，也是民国时期唐诗学的成熟期。

第三节　民国第三期唐诗学概况

此期唐诗研究的各项成果的数量远不及民国第二期，这是受民国第三期抗战和内战战争环境影响的缘故，此期唐诗研究主要表现在唐诗研究大家的出现与唐诗研究方法的成熟两方面。

此期对唐诗系统研究的著作有储皖峰《唐诗概论》、闻一多《唐诗杂论》，在上述唐诗学专著中，闻一多之《唐诗杂论》是此期学术水准较高的唐诗学著作，傅璇琮先生曾经撰文对闻一多《唐诗杂论》的唐诗学思想及其闻一多的唐诗研究对当代唐诗研究的重要影响做了系统阐释。在对唐诗进行宏观研究的论文中，黄江华《唐代文学概说》③ 以整个唐代文学作为研究对象，但是其观照的主体仍然是唐诗，其所列提纲主体部分有七

---

① 北京大学所设课程为"唐宋诗"，教员为林损，见《北京大学日刊》1931 年 9 月 14 日。
② 青岛大学所设课程为"唐诗"，每周 2 课时，修一年，为必修课，安排在第三学年。见山东大学《本校学程指导书、规章制度及校历》，现存于山东省档案馆，档案号为 J110 – 01 – 353。
③ 黄江华：《唐代文学概说》，《民钟季刊》1937 年第 1 期。

章，其中诗歌部分就占五章，分别对初、盛、中、晚及唐代妇女诗歌进行了研究。虽然篇幅很短，但是该作在吸收前代研究成果的基础上对唐诗的分析是非常深刻的，诸如对唐诗艺术形成的原因、唐诗艺术发展流变的轨迹的论述都是很有见地的。萧月高《初唐诗歌流变论》对初唐诗歌做了专题研究。吴径熊《唐诗四季》是此期对唐诗研究比较深入也是很别致的一篇论文，该作运用了比较诗学、生命诗学的方法对唐诗进行研究，是此期学术价值较高的唐诗学成果。此期，唐诗系统研究成果的数量显然不如民国第二期多，但是这些研究成果在研究的深度上明显要高于民国前中期。

此期唐诗专题研究的成果学术水平较民国前中期也有显著提高，诗人专题研究成果主要有王亚平《杜甫论》、易君左《杜甫今论》、杨荫深《高适与岑参》、戚惟翰《李白研究》、翦伯赞《李白研究》及陈寅恪《元白诗笺证稿》。此期唐代诗人主题研究论文数量大量增加，将李杜放在一起进行研究的成果有 3 篇，对李白进行专题研究的论文有 14 篇，对杜甫进行专题研究的论文有 17 篇，对李商隐进行专题研究的论文有 8 篇，对李贺、王维、元稹进行专题研究的论文各 2 篇，对唐代日本僧人晁衡进行研究的论文有 2 篇，对陈子昂、杜牧、孟浩然、韦庄、孟郊、元结、皇甫湜、贾岛进行专题研究的论文各 1 篇。另外，对唐代女性文学进行研究的专著有刘开荣《唐人诗中所见当时妇女生活》，论文有 3 篇。在专题研究成果中，陈寅恪之《元白诗笺证稿》是其中学术价值最高的成果，该著以诗史互证法，从文化学、社会学的角度，以元白诗为切入点，对中唐文学进行了非常深入的研究，该著在方法论方面对当代学术研究产生了深远影响。此期，唐诗专题研究有以下特点：首先，学者们对李白、杜甫、元白进行了较为深入的研究，无论是在研究的规模上还是在研究方法的多样性上，都是此前无法比拟的，这体现出了民国第三期唐诗学学术水平的提高。其次，除了对一些大诗人进行了专题研究外，此期对前人关注不多的一些唐代诗人如皇甫湜、元结等也进行了大量的专题研究，这也是此期唐诗学研究深入的体现。最后，对外国诗人的研究、对女性文学的研究也是此期唐诗研究进一步深化的体现。

此期唐诗学专家人数没有民国第二期多，如果以唐诗研究通论著作作为统计的依据，此期唐诗学专家有 5 位；如果做综合统计，此期唐诗专家有 12 人，分别是储皖峰、陈子展、岑仲勉、詹锳、程会昌、杜呈祥、傅庚生、何格恩、李长之、夏敬观、张尔田、公盾。例如，夏敬观曾经先后发表9篇学术论文对唐代诗人进行专题研究，这些研究较唐诗概论性著作中对唐代诗人的研究更深刻，由此也可以见出此期唐诗专家对唐诗研究的水平远非民国前中期的唐诗专家所能企及。另外，此期出现了一批以个别唐代诗人为研究对象的唐诗专家，如陈寅恪对元白的研究、张尔田对李商隐的研究、詹锳对李白的研究、杜呈祥对杜甫的研究都属此种研究。另外，闻一多对唐诗的系统研究、公盾的唐诗研究等都含有较高的学术价值。虽然整体研究成果的数量及唐诗学专家的数量均不如民国第一期，但是，此期对个别唐代诗人研究的深度、唐诗学大家的数量方面均超过民国前中期，表明此期唐诗研究的深度有所加大。

李嘉言《唐诗分期与李贺》是此期唯一的对唐诗分期进行研究的论文，和以往唐诗分期不同的是，李嘉言非常重视经济因素在唐诗分期中的地位，曰："文学的变迁固然有它多方面的原因，但是社会经济背景所给予的影响，却是每一种文学变迁时所共有的，唐诗的变迁自然也不能例外。"[①] 作者反对传统上将李贺和贾岛归入中唐，并且归于韩愈门下的观点，主张将李贺和贾岛归入晚唐[②]，实际上这是一种打破历史时代分期法，按照文学艺术自身发展流变的轨迹对唐诗进行分期的尝试。该作还就贾岛对晚唐诗的影响、李贺对晚唐词的影响进行了论述。

诗体研究方面的成果有王国栋《律诗的起源》、邵祖平《七绝诗话》，诗法研究的成果有邵祖平《杜甫诗法十讲》[③]。和前期相比，此期对唐诗诗体、诗法等唐诗艺术本体的研究较薄弱。

此期对唐诗主题的阐释也受到了重视，诗歌主题阐释属于诗歌本体研究的范畴，唐诗主题阐释成果的增多表明此期唐诗研究逐渐向诗歌本体研究的回归。唐诗主题阐释方面的成果有刘盼遂《李义山锦瑟诗定诂》[④]、谭正璧《李义山诗的钥匙——锦瑟诗》[⑤]、朱偰《李商隐诗新诠》[⑥]、罗庸

---

① 李嘉言：《唐诗分期与李贺》，《当代评论》1941年第14期。
② 同上。
③ 邵祖平：《杜甫诗法十讲》，《文史杂志》1944年第11、12期。
④ 刘盼遂：《李义山锦瑟诗定诂》，《文学年报》1937年第3期。
⑤ 谭正璧：《李义山诗的钥匙——锦瑟诗》，《万岁》1943年第1期。
⑥ 朱偰：《李商隐诗新诠》，《武汉文哲季刊》1937年第3、4期。

《读杜举隅》①、詹锳《李白蜀道难本事说》②，这些成果是此期唐诗研究走向深入的体现。

此期在唐诗文献方面做了大量的考证工作，岑仲勉、詹锳、余嘉锡、王重民、李嘉言、缪钺、顾学颉都有相关的唐诗考证成果。李嘉言《全唐诗辩证》、朱希祖《全唐诗之来源及遗佚考》、陈廖士《从全唐诗说到天一阁秘籍》、何格恩《张曲江著述考》、詹锳《李太白集板本叙录》、程会昌《杜诗伪书考》、吴兴华《唐诗别裁书后》、王重民《故陈子昂集》、余嘉锡《驳萧敬孚记皇甫持正集旧抄本》、冒广生《金奁集校记》、薇园《香奁集无题诗》、黄右昌《题薛涛集》、詹锳《唐人书中所见之李白诗》及《李诗辨伪》。和民国前中期相比较，此期唐诗学的一个显著特点就是唐诗文献学研究的深入，这些成果为唐代诗集的整理奠定了基础。

基础研究方面，此期对唐代诗人的生平事迹也进行了一些考证，唐人生卒年考证的主要成果有缪钺《唐代文人小记》、黄天朋《李华生卒考》、朱偰《杜甫母系先世出于唐太宗考》，此期对唐人生卒年的考证还不是非常重视，但是这种零星的研究也具有开风气之先的作用。年谱、评传类的成果比民国前中期有所增加，主要有何格恩《张九龄年谱补正》及《张曲江诗文事迹编年考》、江德振《罗隐年谱》、忱之《唐孟郊年谱》、李嘉言《贾岛年谱》、缪钺编《杜牧之年谱》、朱偰《杜少陵评传》、何一鸿《唐女冠诗人鱼玄机评传》、薇园《稻花香馆杂记（九）——韦苏州应物年谱稿》、萧月高《补唐书韦应物传》。此期在诗人生平考订方面所做的工作是民国前中期无法比拟的，这也是此期唐诗学成熟的表现。

另外，此期学术交流的氛围浓厚，徐仲年《评朱偰〈杜少陵评传〉》、张尔田《与李沧萍及门书（论李义山万里风波诗）》等成果就是这种较为活跃的学术交流活动的产物，这也是此期唐诗学成熟的表现。

总之，民国第三期，受战争因素的影响，在唐诗研究成果的数量上不如民国第二期多，但是此期唐诗研究水平大大提升，个别成果所达到的理论深度和学术价值及个别唐诗学专家的学术水平却是此前此后无法比拟的。此期唐诗学的主要特点表现在以下几个方面：首先，陈寅恪、闻一多、岑仲勉等一批唐诗学专家在此期脱颖而出，其学术风格已经完全形

---

① 罗庸：《读杜举隅》，《国文月刊》1941 年第 9 期。

② 詹锳：《李白蜀道难本事说》，《学思》1942 年第 8 期。

成，而且新中国成立后在六七十年代的唐诗研究中发挥过重要作用的一批学者如缪钺、詹锳等已经在此期成长起来，唐诗研究大家数量之多、研究水平之高是民国前中期无法比拟的。其次，此期唐诗研究方法趋于成熟，在唐诗的文献学研究、文艺学研究、历史学研究方面都出现了一些代表性的专家，而且很多学者能够把各种方法很好地融合起来对唐诗进行研究，此期唐诗研究方法逐步成熟，而唐诗学研究方法的成熟是唐诗学研究走向深入的主要标志。最后，此期唐诗研究的领域大大拓展，如对女性文学的专题研究、对遣唐使文学的研究等。而且，此期钱锺书与缪钺对唐诗特质的研究所达到的理论水平是唐诗学走向深入的主要体现。此期是民国时期唐诗学研究的深化期，也是唐诗学的成熟期。

总体而言，民国时期唐诗学的特点主要体现在以下几个方面：

首先，在研究方法方面，民国时期，随着西学东渐，科学的学术方法被运用于唐诗研究之中，现代唐诗研究学术规范逐渐形成，唐诗研究方法走向自觉。在具体的研究方法方面，此期唐诗的宏观与微观研究全方位展开，历史学、文艺学、文献学、文化学、社会学的研究方法相结合，这些研究方法的融通拓展了唐诗研究的理论视野。和清代唐诗学相比较，清代唐诗研究主要还是在以评点为主要形式的文艺学的研究方面，历史学的研究方法虽然已经有了钱谦益的《钱注杜诗》这样的经典性著作，但是就唐诗研究的整体而言，历史研究法并未成为清代主要的唐诗研究方法。此外，清代文化学、社会学研究方法在唐诗研究中的运用也较少。由此可见，民国时期唐诗学最大的特点就是研究方法的自觉，并由此而开创了唐诗研究的新局面。

其次，在研究形式方面，民国时期唐诗选本较少，诗话、唐诗评点研究的成果和明清时期相比大量减少，学术论文、专著成为主要的研究形式。一方面，明清时期出现了大量的唐诗评选本，《全唐诗》成为唐诗研究的基石，这些选本、总集的学术水平较高，民国学者很难在明清学者的基础上有新的突破，因而此期唐诗评选本减少。另一方面，随着现代学术研究规范的确立和学术研究方法的自觉，民国时期的唐诗研究成果主要为专著、论文的形式，诗话这种传统的古代诗歌研究形式大量减少。

再次，在研究水平方面，民国时期，随着唐诗研究方法之自觉，唐诗研究由此前评点研究形式下的随意感悟走向系统化，随着唐诗研究的系统化，唐诗的研究水平得到了很大提升。在宋元明清时期，诗话为主要的唐诗研究形式，在此形式支配之下，唐诗研究具有随意性之弊端。民国时期，随着唐诗分期研究，具体诗人、诗体专题研究的展开，唐诗研究体现出了系统化的特点，此期唐诗专题研究、唐诗宏观研究使得唐诗研究走向深入。传统的评点研究使大量富有智慧的对唐诗的宏观感悟由于缺少理性实证过程而不易于一般学习者接受，民国时期，随着现代学术规范的确立、唐诗研究方法的自觉，唐诗研究逐渐形成了由具体论证过程形成研究结论的研究模式，这种研究风气的转变使得此期的唐诗研究不断走向深入。

最后，民国时期，随着唐诗学学科的形成、唐诗研究方法的自觉，唐诗研究的理论境界得到提升。此期，随着众多学者的参与和探索，唐诗学的理论体系得到确立，民国时期出现了一批唐诗学专家，唐诗学正式形成一门学科。而且，随着唐诗研究方法的自觉以及一系列新的研究命题的提出，唐诗学的理论境界得到了提升。

总之，民国时期是古今唐诗学的分水岭，此期对传统的唐诗研究成果进行了系统的总结与阐释，在此基础上众多学者对唐诗进行了深入研究，民国时期的唐诗研究在方法论和理论建树方面对当代唐诗研究产生了深远影响。

第二章

唐诗史论

第一节　唐诗分期论

对唐诗进行分期研究始于宋代的严羽,《沧浪诗话·诗辨》曰:"论诗如论禅,汉、魏、晋与盛唐之诗,则第一义也。大历以还之诗,则小乘禅也,已落第二义矣;晚唐之诗,则声闻辟支果也。"① 提出盛唐、大历以还、晚唐之名,"大历以还"指中唐而言。此处,严羽虽然没有明确提出"初唐",但是其在论述历代诗体的时候于唐代则列唐初体、盛唐体、大历体、元和体、晚唐体②,因而唐诗之分初唐、盛唐、中唐、晚唐的"四唐"之雏形已经形成,后世"四唐"说即滥觞于此。明代高棅《唐诗品汇》明确提出"四唐"说并进行了诠释,曰:"有唐三百年,众体备矣……略而言之,则有'初唐''盛唐''中唐''晚唐'之殊。"③ 他的具体分法是以初唐为"正始",盛唐为"正宗"、为"大家"、为"名家"、为"羽翼",中唐为"接武",晚唐为"正变"、为"余响",方外异人为"旁流"。《唐诗品汇》中盛唐诗人多被置于正宗、大家之列,而中唐诗人多被置于"接武"、"正变"、"余响"之列,这种分期方法中寓有对盛唐诗推崇之意。此说奠定了唐诗分期的理论基础,从明清至今,仍然是学界最普遍的唐诗分期方法。但是,宋代严羽倡导、明代高棅正式形成的"四唐"说的唐诗分期方法也受到了一部分学者的质疑,清钱谦益

---

① （宋）严羽撰,郭绍虞校释:《沧浪诗话校释》,人民文学出版社 1983 年版,第 11—12 页。
② 同上书,第 53 页。
③ （明）高棅:《唐诗品汇》,上海古籍出版社 1988 年版,第 8 页。

《唐诗鼓吹注解序》曰："唐人一代之诗，各有神髓，各有气候，今以初、盛、中、晚厘为界分，又从而判断之，曰：此为妙悟，彼为二乘；此为正宗，彼为羽翼，支离割剥，俾唐人之面目蒙幂于千载之上，而后人之心眼沉锢于千载之下，甚矣，诗之道穷也！"① 清钱谦益《唐诗英华序》曰："世之论唐诗者，必曰初盛中晚，老师竖儒，递相传述。揆厥所由，盖创于宋季之严仪，而成于国初之高棅；承伪踵谬，三百年于此矣。夫所谓初盛中晚者，论其世也？论其人也？以人论世，张燕公、曲江，世所谓初唐宗匠也。燕公自岳州以后，诗章凄惋，似得江山之助，则燕公亦初亦盛；曲江自荆州以后，同调讽咏，尤多暮年之作，则曲江亦初亦盛。以燕公系初唐也，溯岳阳唱和之作，则孟浩然应亦盛亦初；以王右丞系盛唐也，酬春夜竹亭之赠，同左掖梨花之咏，则钱起、皇甫冉应亦中亦盛。一人之身，更历二时，诗以人次耶？抑人以诗降耶？世之荐樽盛唐，开元、天宝而已。"② 钱谦益对高棅等人的批评虽然有一定道理，但是，从诗歌思想性、艺术性、诗歌风格之变迁，诗歌变迁与时代变迁等关系方面全面考虑，"四唐"说自有其合理性，因而这种唐诗分期方法成为历代大多数学者能够接受的唐诗分期方法。

民国时期的唐诗分期理论主要围绕明代高棅"四唐"说展开，主要唐诗分期理论有以下几种：

"五期"说。苏雪林借鉴了西方的文艺理论，将唐诗按照其时文艺思潮的变迁分为五个时期，分别为古典主义时期、浪漫主义时期、写实主义时期、唯美主义时期及衰颓时期③。此种分期方法一方面借鉴西方的文艺理论，同时又在传统的四分法的基础上，进一步把晚唐分为两段，形成了唐诗分期的"五期"说，为唐诗分期提供了一种新的解释视阈，这就是文艺学的观照视阈。"五期"说典型地体现了西方文艺理论对此期唐诗研究的影响。

"四期"说。民国时期唐诗分期的"四期"说是对传统四分法的继承，只是在四期具体的时限上稍有差异。黄节曰："论唐代诗学，其时代

① （金）元好问编，（元）郝天挺注：《唐诗鼓吹笺注》卷首，引自陈伯海主编《历代唐诗论评选》，河北大学出版社 2003 年版，第 478 页。

② （清）钱谦益：《牧斋有学集》卷一五，引自陈伯海主编《历代唐诗论评选》，河北大学出版社 2003 年版，第 793 页。

③ 苏雪林：《唐诗概论》，商务印书馆 1947 年版，第 13—20 页。

可区为四：由高祖武德初至玄宗开元初为初唐，由开元季年至代宗大历初为盛唐，由大历初至宪宗元和末为中唐，自文宗开成初至五季为晚唐。"① 以上几种观点都是传统的唐诗四分法。还有一种四分法主张按照唐诗自身的发展脉络和体裁发展来给唐诗分期，胡云翼曰："分唐诗为第一、第二、第三、第四，四个时期，便是指明唐诗起、盛、变、衰的脉络。"② 胡云翼虽然也主张将唐诗分为四期，但是这种分法力图挣脱历史分期的羁绊。钱锺书提出了按体裁划分时期的"四期"说，曰："余窃谓就诗论诗，正当以体裁划分时期，不必尽与朝政国事之治乱盛衰吻合。诗自有初、盛、中、晚，非世之初、盛、中、晚。"③ 认为诗歌创作最兴盛的时代未必就是当时社会最兴盛的时期，诗歌发展与社会发展不完全同步，也就是说，钱锺书认为盛唐诗未必是唐诗之最。同时，钱锺书主张以诗歌风格特征为标准划分诗歌时期。胡云翼和钱锺书的四分法有一致之处，就是突破文学史分期对历史分期和朝代更替的依附，力图使文学分期按照文学发展本来的脉络进行。然而，由于历史更迭必然影响到文学艺术性及风格的变化，所以从学术史上看，文学分期很难摆脱历史分期的羁绊，因此胡云翼、钱锺书的唐诗"四期"说和传统的"四期"说并没有根本性的区别。杨启高在《唐代诗学》中仍然按照传统的"四唐"分期，但是在"四唐"内部又进行了下一位区分，把初唐分为贞观诗学和武后诗学两段，盛唐分为开元诗人和天宝诗人，中唐分为大历、元和、长庆三段，晚唐分为大中诗风和咸通后诗。这种分期方法，体现了民国时期唐诗分期理论的深化。"四期"说主要还是体现了对传统唐诗分期方法的接受。

此期，有些学者继承了清代钱谦益的思想对"四分法"提出了质疑。邵祖平反对"成于高棅，创于严羽"的初盛中晚四分法，认为"夫诗之承递变迁，虽有盛衰痕迹之殊。然仅可谓之大段之不同，其相衔之界畛，实至泯微。苟且如以一作家，其人固未谢世，而遂悬割其篇，纳为前期。以一君主本尚御极，乃遽分裂其期，歧为两处。以杜甫而言，大历间虽有精彩之作，似可不问于世，而钱起与王维唱和之什，即可截去不论，而专拽合于大历之间也。且初唐占百年之久，似觉其多，中唐占七十余年，似

---

① 黄节：《诗学》，见张寅彭主编《民国诗话丛编》第二册，上海书店 2002 年版，第 495—496 页。
② 胡云翼：《唐诗研究》，商务印书馆 1930 年版，第 36 页。
③ 钱锺书：《谈艺录》，生活·读书·新知三联书店 2008 年版，第 2—3 页。

觉其少，晚唐八十年，则亦嫌微多，盖如此区分，本甚难合，钱谦益序唐诗英华，力辟此区分之之谬"①。陆侃如认为唐诗分初盛中晚"这种分法完全是行不通的"②。以上学者对"四分法"提出了质疑。

"三唐"说。《新唐书·文艺传》曰："唐有天下三百年，文章无虑三变。"③ "三变"说对唐诗分期的"三唐"说有一定的影响。明董应举《唐诗风雅序》谓《唐诗风雅》分期曰："以唐无盛际，而唐诗之盛亦时见于初、中之间，不得专称，遂去盛而以初、中、晚为号。"④ 主张把唐诗分为初、中、晚三期。清代王士禛论及唐诗分期，多以"三唐"标目。民国时期，唐诗分期的"三唐"说也是一种较为普遍的唐诗分期方法，陈衍《剑怀堂诗草序》曰："故开、天、元和者，世所分唐宋诗之枢干也。"⑤ 实际上把唐诗分为三期。林之棠在其《中国文学史》中把唐代文学分为三期：第一期从唐初至天宝前，第二期从天宝迄元和长庆，开成以后为第三期⑥。李嘉言也明确主张将唐诗分作三期，实际上把元和八年之前的中唐时期划入了盛唐。⑦ 民国时期，关于唐诗分期持"三唐"说观点的学者较少。

"二期"说。唐诗分期的思想萌芽于宋代的严羽，因为严羽的唐诗分期思想还处于初步探索阶段，所以《沧浪诗话》中对唐诗的分期既有四期的思想，也有分三期、两期的表述，《沧浪诗话》曰："大历以前，分明别是一副言语；晚唐分明别是一副言语。"⑧ 从语言艺术效果方面，将唐诗分为"大历以前"和"晚唐"两个阶段。所以唐诗分期的"二期"说也有悠久的历史。民国时期的部分学者也主张将唐诗分为两期，胡适曰："开元天宝是盛世，是太平世；故这个时代的文学只是歌舞升平的文

① 邵祖平：《唐诗通论》，《学衡》1922年第12期。
② 陆侃如、冯沅君：《中国诗史》卷二，商务印书馆1939年版，第647页。
③ （宋）宋祁：《新唐书·文艺传叙》，引自陈伯海主编《历代唐诗论评选》，河北大学出版社2003年版，第240页。
④ （明）黄克缵、卫一凤辑：《全唐风雅》卷首，引自陈伯海主编《历代唐诗论评选》，河北大学出版社2003年版，第557页。
⑤ 陈衍：《石遗室文集》卷九，引自陈伯海主编《历代唐诗论评选》，河北大学出版社2003年版，第1048页。
⑥ 林之棠：《中国文学史》中册，华盛书局1934年版，第479页。
⑦ 李嘉言：《唐诗分期与李贺》，《当代评论》1941年第14期。
⑧ （宋）严羽：《沧浪诗话》，引自陈伯海主编《历代唐诗论评选》，河北大学出版社2003年版，第416页。

学，内容是浪漫的，意境是做作的。八世纪中叶以后的社会是个乱离的社会；故这个时代的文学是呼号愁苦的文学，是痛定思痛的文学，内容是写实的，意境是真实的。"① 胡适认为天宝前后诗歌思想内容、艺术手法等方面都发生了一系列变化，因而以天宝之乱为分界线，将唐诗分为前后两段。陆侃如将唐诗分为前后两期："前期自唐初至李白止，后期自杜甫至唐末止。"② 黄泽浦认为 755 年前后唐诗在内容、风格、章法等方面都有显著不同，因而以此为界将唐诗分为"李白时代"和"杜甫时代"两个时期。③ 考虑到安史之乱对唐代文学发展所产生的重大影响，民国时期的知识分子饱受战乱之苦，因而他们深深地认识到社会动荡对学术的影响，这是时代社会变乱对唐诗研究产生影响的体现。

民国时期，也有些学者反对唐诗分期。蒋抱玄曰："世之言四唐诗者，皆谓说起于高廷礼，谬矣。虽然，凡初唐人有至盛唐而存者，盛唐人有至中唐，中唐人有至晚唐而存者，一生著作，何能割裂畛域，分为或初或盛或中或晚乎？"④ 陈延杰曰："唐人之诗，实不必以时代分也。"⑤ 反对按照初盛中晚的历史分期对唐诗进行分期，这种观点既是受了前人相关论述的影响，同时也是重视唐诗艺术渐变性、主张唐诗艺术本位研究思想的体现。

总之，民国时期，唐诗分期形成了"五期"说、"四期"说、"三期"说、"两期"说四种观点。

在上述四种观点中，唐诗分期"五期"说主要是受了西方文艺理论的影响，苏雪林是按照西方的文艺理论，认为唐代文艺思潮的变迁可以分为五个时期，并以此为依据将唐诗分为五个时期。

唐诗分期四种观点中以"四期"说最为普遍，这是对传统唐诗分期理论的继承。同时，此期陆侃如、钱锺书、邵祖平对传统的四分法提出了质疑。邵祖平承袭钱谦益的观点，认为唐诗"四期"说割裂了唐诗艺术流变的过程，陆侃如则认为唐诗不应该分四期。此期部分学者主张唐诗分

---

① 胡适：《白话文学史》，新月书店 1928 年版，第 311 页。
② 陆侃如、冯沅君：《中国诗史》卷二，商务印书馆 1939 年版，第 647 页。
③ 黄泽浦：《"七五五年"在唐诗上之意义》，《沪大周刊》1933 年第 1—5 期。
④ 蒋抱玄：《听雨楼诗话》，见张寅彭主编《民国诗话丛编》第五册，上海书店 2002 年版，第 295 页。
⑤ 陈延杰：《论唐人七言歌行》，《东方杂志》1926 年第 5 期。

期应摆脱对历史分期的依附，按照唐诗艺术自身的发展变化来进行。钱锺书提出"就诗论诗"说，主张以诗歌的风格特征划分诗歌时期，反对传统的以朝代更替为标准划分诗歌时代的做法。传统的"四期"说主要是按照朝代更替来划分诗歌阶段，民国时期对传统四分法的质疑体现了此期学者对唐诗分期的理性思考，这些学者已经意识到唐诗分期主要还是要按照唐诗艺术本身发展变化的脉络来进行。在对"四期"说的质疑中，钱锺书的观点最有价值，这种观点体现了钱锺书的"文学自觉"意识。1927 年鲁迅作了《魏晋风度及文章与药及酒之关系》的演讲，这可以看作"文学研究自觉"之标志，此期在文学研究中一部分学者反对文学对历史的依附，主张文学应该有自身独立之地位。钱锺书也主张唐诗应该分四期，但是他认为唐诗分期应该"就诗论诗"，主张唐诗分期应该按照唐诗艺术自身发展流变的轨迹来进行，是把唐诗自身当作一个完整的观照对象来看待，其唐诗分期思想体现了此期唐诗学思想之自觉。

　　此期"三唐"说也与传统的"三唐"说不同，传统的"三唐"说认为初唐诗风完全是六朝诗风的延续，因而认为唐诗风貌的真正形成是在盛唐，因而将初唐诗排除在唐诗之外。民国时期，唐诗分期的"三唐"说主要是受了日本学者内藤湖南"唐宋转型"理论的影响。1910 年，日本著名汉学家内藤湖南在日本《历史与地理》杂志上发表《概括的唐宋时代观》一文，提出了"中国中世和近世的大转变出现在唐宋之际"这样一个重要命题，内藤湖南认为："唐和宋在文化的性质上有显著差异：唐代是中世的结束，而宋代则是近世的开始，其间包含了唐末至五代一段过渡期。"① 这就是著名的"唐宋变革"论。中唐是诗歌艺术的一个变革时期，"三唐"说的焦点在于对中唐诗的归属问题，此期有些学者把中唐分为前后两期，前期归入盛唐，后期归入晚唐，也有些学者直接把中唐归入晚唐，"三唐"说体现了此期学者们对中唐诗歌艺术变迁的理性思考。

　　此期唐诗分期的"二期"说主要是受了民国时期动荡的社会现实的影响。民国时期的学者并不完全以学者自居，他们是勇于承担社会责任的，胡适、闻一多等人非常关心社会现实，并且对社会现实对学术的影响有着深刻的体验。在唐诗的研究中，他们也注重重大社会动荡对文学创作

---

　　① ［日］内藤湖南：《概括的唐宋时代观》，引自刘俊文主编《日本学者研究中国史论著选译》第一卷，中华书局 1992 年版，第 10 页。

影响的研究，由此，他们对安史之乱对唐代文学的影响进行了一系列探讨，胡适、陆侃如、黄泽浦等人认为天宝后唐诗在内容、风格、章法等方面都发生了一系列变化，因而以天宝之乱为分界线，将唐诗分为前后两段。这种唐诗分期方法体现出了重大社会事件对学术研究的影响。

第二节　唐诗地位论

一　唐诗诗史地位论

最早对唐诗之历史地位进行评估的是明代的胡应麟，《诗薮外编》卷三曰："甚矣诗之盛于唐也，其体则三四五言，六七杂言，乐府歌行，近体绝句，靡弗备矣。其格则高备远近，浓淡浅深，巨细精粗，巧拙强弱，靡弗具矣。其调则飘逸雄浑，沉深博大，绮丽悠闲，新奇猥琐，靡弗诣矣。其人则帝王将相，朝士布衣，童子妇人，缁流羽客，靡弗预矣。"① 将唐诗置于诗史的宏大视野下，从诗体、风格、诗人的角度，提出了"诗之盛于唐"的观点，对唐诗的历史地位做出了全面评价。后人关于唐诗之历史地位的论述，大多不能突破胡氏观点之牢笼。

民国时期关于唐诗历史地位之各种观点，主要是从诗歌史、诗体学、诗之本质与艺术性、唐诗接受与传播等层面进行论评的。

（一）诗歌史层面的唐诗地位论

"诗的时代"说。王国维曰："一代有一代之文学，楚之骚，汉之赋，唐诗，宋词，元曲，明清小说。"② 朱自清在《论"以文为诗"》一文中曰："宋以来怕可以说是我们的散文时代。"③ 意谓唐及以前是"诗的时代"。闻一多提出"诗唐"说，认为"好诗多在唐代"。④ 以上两说从整个文学史的角度立论，认为唐代是文学史上诗歌艺术成就最高的时期。

"三元"说。清人叶燮《百家唐诗序》曰："贞元、元和之际，后人

---

① 陈伯海主编，查清华等编撰：《唐诗学文献集粹》下，上海古籍出版社 2016 年版，第765 页。

② 王国维：《宋元戏曲史·自序》，上海古籍出版社 1998 年版，第 1 页。

③ 朱自清：《论"以文为诗"》，见《朱自清古典文学论文集》上册，上海古籍出版社 1981 年版，第 98 页。

④ 郑临川：《闻一多论古典文学》，重庆出版社 1984 年版，第 82 页。

称诗，谓为'中唐'。不知此'中'也者，乃古今百代之'中'，而非有唐之所独，后千百年无不从是以为断。"① 认为中唐为中国百代诗史之中枢，此说下开陈衍"三元"说和沈曾植"三关"说。陈衍在与沈曾植论诗时曰："诗莫盛于三元，上元开元，中元元和，下元元祐。"② 提出"三元"说，又曰："开元、元和者，世所分唐宋人之枢干也。"③ 认为诗史上有三大盛世，其中唐代有其泰半，而且认为中唐是古今诗之中枢，由此可以见出其对唐诗地位评价之高。"三关"说，沈曾植曰："吾尝谓诗有元祐、元和、元嘉三关。"④ 又曰："开元文盛，百家皆有跨晋、宋追两汉之思。经大历、贞元、元和，而唐之际为唐也，六艺九流，遂成满一代之大业。燕、许宗经典重，实开梁、独孤、韩、柳之先。李、杜、王、孟，包晋、宋以跂建安，而元、白、韩、孟实承其绪。……实为通变复古之中枢。……人才之盛关运会，抑不可不谓玄宗之精神志气所鼓舞也。贞元、元和之再盛，不过成就开、天未竟之业。自后经晚唐以及宋初，并可谓元和绪胤。至元祐而后复睹开、天之盛，诗与书其最显者已。"⑤ 以上两说均以中唐为古今诗转变之中枢，对唐诗之历史地位评价极高。

"集大成"说。梁乙真曰："唐之诗，不仅盛而已，更是集承汉魏六朝以来诗的大成，开发宋以后诗的宗派。以体言：五七杂言以至乐府歌行律绝，无一不备……以调言：飘逸雄浑，精神博大，缜密幽丽，清奇奥峭纤冶，无一不至；以人言：帝王将相，村夫野老，妇儒（案：当为孺）樵牧，和尚道士，在这诗歌的舞台上一齐出来演奏。"⑥ 杨启高曰："上溯周楚汉魏六朝之源，下穷宋元明清之流，中以唐代为汇归。"⑦ 从诗歌艺术性的角度，认为唐诗集古典诗歌艺术之大成。

"超越一切时代"说。胡云翼曰："去年（案：此书出版于 1930 年 12

---

① 叶燮：《己畦集》卷八，引自陈伯海主编《历代唐诗论评选》，河北大学出版社 2003 年版，第 855 页。

② 陈衍：《石遗室诗话》卷一，见张寅彭主编《民国诗话丛编》第一册，上海书店 2002 年版，第 21 页。

③ 同上。

④ 沈曾植：《与金甸丞太守论诗书》，引自王元化主编《学术集林》第 3 卷所刊《沈曾植未刊遗文》，上海远东出版社 1995 年版，第 116 页。

⑤ 沈曾植撰，钱仲联辑：《海日楼札丛》，中华书局上海编辑所 1962 年版，第 279 页。

⑥ 梁乙真：《中国文学史话》，上海元新书局 1934 年版，第 123—124 页。

⑦ 杨启高：《唐代诗学·自叙》，正中书局 1935 年版，第 10 页。

月）某大学入学考试的国学常识测验，就有这样一个题目：'中国诗歌以哪一个时代为最好呢？唐诗？宋诗？明诗？清诗？'在这个题目的涵义，是认定中国有一个时代的诗是超越一切时代的，那么，这个题目的答案只有写唐诗了。"①　指出当时社会上流行着一种认为唐诗是古今诗歌史上艺术成就最高的诗歌的观点。梁乙真曰："唐诗的昌盛，是前后各时代所无与伦比的。"②　杨启高曰："由汉魏六朝之振荡，至唐始波澜壮阔，翻潮倒浪，高放光焰于万丈，汇成诗海之华灯。诚以唐诗品位，原与楚骚汉赋宋词元曲等，各为一代之胜，纵后起明清诸朝之风人。继轨联镳，畅游诗衢，特分较其骋绩，宁有超越唐人者哉。"③　以上学者认为虽然一代有一代之诗歌，但是唐诗却是历史上艺术成就最高的。

　　"诗之极峰"说。邵祖平认为唐代"诗道极盛，而后律作格成法备，诗中之能事尽毕"④，"故唐诗者，实有诗以来进步之极峰"⑤。李之淦曰："诗至盛唐，臻于极峰。"⑥　"横绝今古"说、"超越一切时代"说、"诗之极峰"说，以上三说均认为唐诗是诗歌史上艺术成就最高之诗歌。

　　"诗歌最盛时代"说。朱自清曰："唐代的诗比历代盛，也比文盛。"⑦　胡小石曰："中国诗风最盛，而又得多数好诗之时代，大家公认为唐朝。"⑧　张长弓曰："唐代是诗歌最盛的时期。"⑨　胡适曰："诗至唐而极盛。"⑩　曾毅曰："唐诗超佚古今……有唐韵文，在中国数千年中，可称为最盛者矣。"⑪　又曰："诗莫盛于唐，而赋亦莫盛于唐……唐总八代之众轨，启后代之支流。"⑫　林之棠曰："唐代诗学盛极一时，开有史以来，诗

①　胡云翼：《唐诗研究》，商务印书馆1930年版，第2页。
②　梁乙真：《中国文学史话》，上海元新书局1934年版，第123页。
③　杨启高：《唐代诗学·自叙》，正中书局1935年版，第2页。
④　邵祖平：《唐诗通论》，《学衡》1922年第12期。
⑤　同上。
⑥　李之淦：《论李太白诗》，《中日文化》1943年第11、12期。
⑦　朱自清：《诗言志辨》，见《朱自清古典文学论文集》上册，上海古籍出版社1981年版，第347页。
⑧　胡小石：《李杜诗之比较》，《国学丛刊》1924年第3期，见周勋初编《胡小石文史论丛》，南京大学出版社2008年版，第143页。
⑨　张长弓：《中国文学史新编》，开明书店1948年版，第113页。
⑩　胡适：《胡适古典文学研究论集》，上海古籍出版社1988年版，第21页。
⑪　曾毅：《中国文学史》下册，泰东图书局1930年版，第4—5页。
⑫　同上书，第7页。

学全胜之新纪元。"① 容肇祖认为唐代"在中国实为诗的最盛的时代"②。徐英曰："千古论诗，莫盛于唐，自唐以后，亦可以截然与汉隋分划，此不独近体诗为然，既五七言古诗，亦莫不与前此异撰，此唐诗之所以独盛千古。宋元以后，百家腾跃，鲜能出唐人规范之外矣。"③ 陈幼嘉曰："一部中国文学史上，唐为'诗'的光辉最盛之朝。"④ 孙望曰："唐朝是中国诗坛最兴奋的时期。"⑤ 以上各家均认为唐代是"诗歌最盛的时代"。

"黄金的时期"说。梁启超在《情圣杜甫》一文中曰："玄宗开元间四十年太平，正孕育出中国艺术史上黄金时代。"⑥ 黎锦熙曰："唐朝可算中国文学史的黄金时代了。"⑦ 以上观点主要是针对诗歌而言。汪静之曰："唐朝是中国文学的黄金时代，李白杜甫的诗为一千多年诗人的轨范。"⑧ 杨启高曰："唐代为中国文学之黄金时代，唐诗为中国文章之精华。"⑨ 柳村任曰："中国的诗歌在唐代，是一个极盛大极优美的黄金时代。"⑩ 郑作民曰："中国的文学最可观的是诗，但是唐代又是诗的黄金时代，所以唐代的文学是中国文学史上绚烂的一页。"⑪ 苏雪林曰："唐朝是诗歌的黄金时代……中国文学史上的天才诗人多半产生于这个时代，他们制造无数风格、派别。"⑫ 胡云翼⑬、谭正璧⑭、胡行之⑮、刘大杰⑯等持论相同。以上各家认为唐代是诗歌史上艺术成就最高之时期。

以上几种观点，将唐诗置于诗史的大背景下，认为唐诗是古典诗歌史

① 林之棠：《中国文学史》中册，华盛书局 1934 年版，第 554 页。
② 容肇祖：《中国文学史大纲》，开明书店 1947 年版，第 158 页。
③ 徐英：《诗法通微》，正中书局 1943 年版，第 13 页。
④ 陈幼嘉：《白居易的生平及其诗》，《大地》1935 年第 1 期。
⑤ 孙望：《宋诗与唐诗》，《青年界》1934 年第 1 期。
⑥ 梁启超：《情圣杜甫》，见《梁启超文选》下集，中国广播电视出版社 1992 年版，第 136 页。
⑦ 胡适：《国语文学史·序》，北京文化学社 1927 年版，第 13 页。
⑧ 汪静之：《李杜研究》，商务印书馆 1928 年版，第 1 页。
⑨ 杨启高：《唐代诗学》，正中书局 1935 年版，第 148 页。
⑩ 柳村任：《中国文学史发凡》，文怡书局 1935 年版，第 184 页。
⑪ 郑作民：《中国文学史纲要》，合众书店 1934 年版，第 102 页。
⑫ 苏雪林：《唐诗概论》，商务印书馆 1947 年版，第 1 页。
⑬ 胡云翼：《唐诗选·序》，中华书局 1930 年版，第 1 页。
⑭ 谭正璧：《中国女性的文学生活》，光明书局 1931 年版，第 139 页。
⑮ 胡行之：《中国文学史讲话》，光华书局 1932 年版，第 78 页。
⑯ 刘大杰：《中国文学发展史》，百花文艺出版社 2007 年版，第 185 页。

上艺术成就最高之诗歌。"唐代是诗歌的黄金时代"这种说法也与当时的社会环境有关，唐代在历史上开疆拓土，是历史上一个异常辉煌的时代，民国时期，在帝国主义的蹂躏下，学者们饱受战乱之苦，他们对唐帝国的赫赫声威无限向往，这种情感发之于学术研究，于是就有以上几种对唐诗历史地位的崇高评价。

（二）诗体学层面的唐诗地位论

"体制完备"说。胡云翼曰："就诗的体制说，也是到唐代始行完备。"① 苏雪林曰："诗的形式，至唐亦大备。"② 又曰："唐以后历五代，两宋，元明清凡千余年，诗歌形式无能出唐之范围。"③ 刘麟生曰："唐朝不但多文学家，且能创造文体，各种诗体，如七古、五七律、五七绝，均完成于唐时。"④ 闻一多提出"诗唐"说，其中很重要的原因就是认为"唐诗的体裁不仅是一代人的风格，实包括古今中外的各种诗体"⑤。郑宾于曰："中国的文学只有诗的成绩可观，然尤以唐诗的成绩更可观：所谓五绝，七绝，五律，七律；所谓拟古，拟乐府，新乐府；所谓近体，古体，长短篇……之类。凡是前此已有和未有的诗体诗式，到了这时，都已极其变化之能，应有尽有，十分完备的了。"⑥ 刘麟生曰："唐人很创不少新体裁。七古诗在唐朝，可算得是新体诗。否则也可以说七古诗的大成，是在唐朝。范围较小的近体诗，也在唐初告成。"因此认为"唐诗是诗的大成时代，或黄金时代了"⑦。邵祖平曰："评价唐诗的历史地位，必须以体而论，不能泛泛而论。""有唐之排律、七言、歌行、五律，似非宋人所能。"⑧ 黄江华⑨、郑宾于⑩等持论相同。以上各家是从诗体发展的角度论述唐诗在诗史上之地位的，认为唐代各种诗体已经趋于完备，在诗体发展史上具有"集大成"之地位。

---

① 胡云翼：《唐诗选·序》，中华书局 1930 年版，第 1 页。
② 苏雪林：《唐诗概论》，商务印书馆 1947 年版，第 2 页。
③ 同上。
④ 刘麟生：《中国文学史》，世界书局 1933 年版，第 171 页。
⑤ 郑临川：《闻一多论古典文学》，重庆出版社 1984 年版，第 82 页。
⑥ 郑宾于：《中国文学流变史》中册，上海北新书局 1930 年版，第 237 页。
⑦ 刘麟生：《中国文学泛论》，世界书局 1934 年版，第 23—24 页。
⑧ 邵祖平：《唐诗通论》，《学衡》1922 年第 12 期。
⑨ 黄江华：《唐代文学概说》，《民钟季刊》1937 年第 1 期。
⑩ 郑宾于：《中国文学流变史》中册，上海北新书局 1930 年版，第 238 页。

大多数学者认为唐代是律诗成熟的时代，而古体诗艺术成就最高的时期是中古。就古体诗而言，胡云翼提出"古诗权威"说，对传统的诗学观点提出了质疑，曰："读唐时诸名家的五七言长歌，不拘声韵，不讲对仗，自由肆放，气象万千，实在是从两晋解放出来的新体古诗，足为一代的特色。……体式是旧的，作风却是新的，无论汉魏六朝都找不出这样崭新的制作出来，谁说唐代已失坠了古诗的权威呢？"① 认为就古体诗而言，唐诗的艺术成就也是高于六朝诗的。

唐诗"分流其他文体"说。论及唐诗与后世散文、小说之关系，闻一多曰："从唐诗分枝出后来新的散文和小说等文体"②，并进一步解释说："唐代早期某些散文，如王勃的《滕王阁序》、李白的《春夜宴桃李园序》等，原来只是作为集体写诗的说明书而存在，是附属于诗的散文，到中唐便发展成独立的一体，可说是由诗衍化出来的抒情散文，它形成了所谓八大家式的古文，显然是受了唐诗影响而别具一格。又如唐代考试有行卷的风气，当时举子为了显示自己能诗的本领，往往在考前有意利用故事的形式把诗杂在里面，预先向主考官们亮出一手，希望藉此得到重视，取得选拔机会，这就产生了大量的传奇小说。其他如新兴的词体，不用说更是从唐诗的主流中直接分流出去的。"③ 认为唐宋时代的散文、小说、词这些文体都是从唐诗中"分流"出来的，也就是说，闻一多认为后世流行的散文、小说、词这些文体都是渊源于唐诗的。

（三）诗之本质层面的唐诗地位论

就诗之本质而言，徐英曰："盖诗以道性情，六义就衰，始有伪饰，自唐以上，其失尤寡，北宋以降，诗与性情离。"④ 认为"诗以道性情"为特质，而唐诗最符合这种特质，唐以前和唐以后的诗都不具有"道性情"的特质，因而艺术成就没有唐诗高。王国维曰："诗至唐中叶以后，殆为羔雁之具矣。故五季、北宋之诗，除一二大家外，无可观者，而词则独为其全盛时代。其诗词兼擅如永叔、少游者，皆诗不如词远甚。以其写之于诗者，不若写之于词者之真也。"⑤ "羔雁之具"指"应

① 胡云翼：《唐诗选·序》，中华书局1930年版，第2页。
② 郑临川：《闻一多论古典文学》，重庆出版社1984年版，第82页。
③ 同上。
④ 徐英：《诗法通微》，正中书局1943年版，第57页。
⑤ 王国维撰，彭玉平疏：《人间词话疏证》，中华书局2006年版，第139页。

酬无聊之物"①，认为唐中叶及其以前的诗歌有真情实感。以上各家从
"诗缘情"的角度认为唐诗最符合诗歌之特质。胡云翼曰："唐诗是音乐
底"，"音乐性的文学，才是代表中国纯文学的意义和价值"。② 从音乐性
的角度论述诗歌之特质，并且认为唐诗最符合诗歌之特质。

　　就艺术性而言，柳村任提出"诗歌最大的范围"说，曰："唐诗也应
用出诗歌最大的范围，有抒情的；有写景的；有讽刺的；有叙事的；有说
理的。"③ 认为唐诗包括了诗歌艺术方面的各种类型的诗歌。又曰："唐诗
在体裁、格局、思想方面，都是创造的；在中国文学的历史上，唐代的诗
人创造了新的思想，新的风格，表现出浓烈的个性和时代性，这是唐诗最
伟大最特殊最值得注意的原因。"④ 认为唐诗在体裁、格局、风格方面都
具有创新性，因而为历代诗歌之最。

　　通过唐宋诗的比较揭示唐诗的历史地位。一种观点是"宋诗备于唐
诗"说。闻一多曰："宋诗亦备于唐（自古诗有两种：唐、宋）。"⑤ 孙望
曰："宋诗自唐诗中变化而出。"⑥ 把古典诗歌分为唐诗和宋诗两种类型，
认为唐诗包孕宋诗。另一种观点是"宋诗不如唐诗"说。胡云翼认为宋
代"诗的时代已经过去了"，"只要我们拿大多数的作品去归纳比较，唐、
宋诗的鸿沟便立显在我们面前。诚然我们不敢说唐优宋劣的话，但是在唐
诗里面许多伟大的独具的特色，在宋诗里面却消灭掉了，消失掉了"！⑦
具体来说，胡云翼认为宋诗不如唐诗表现为：一、消失掉唐代那种悲壮的
边塞派的作风了，因宋代国势羸弱，诗坛也和时代一样没有了英雄气；
二、消失掉唐代那种感伤的社会派的作风了，到了宋代变成了太平笙歌的
天下，没有了那种悲剧的叙事诗的作风；三、消失掉唐代那种哀艳的闺怨
诗的作风了，老实忠厚的宋代诗人，根本不像唐人那般爱写女性和爱情；
四、消失掉唐代那种缠绵活泼的情诗的作风了，宋人不懂得写喜剧的艳情
诗，犹之乎他们不喜欢作悲剧的宫怨、闺怨诗一样。结论是："在唐诗里
面，有令人鼓舞的悲壮，有令人凄怆的哀艳，有令人低徊的缠绵，有令人

　　①　王国维撰，彭玉平疏：《人间词话疏证》，中华书局 2006 年版，第 139 页。
　　②　胡云翼：《唐诗研究》，商务印书馆 1930 年版，第 10 页。
　　③　柳村任：《中国文学史发凡》，文怡书局 1935 年版，第 184 页。
　　④　同上。
　　⑤　闻一多：《唐诗杂论》，中华书局 2012 年版，第 214 页。
　　⑥　孙望：《宋诗与唐诗》，《青年界》1934 年第 1 期。
　　⑦　胡云翼：《胡云翼说诗》，华东师范大学出版社 2004 年版，第 131 页。

痛哭的感伤，把我们读者的观感完全掉在一个情化的世界里面去。宋诗似乎最缺乏这种狂热的情调，常常给我们看着一个冷静的模样，俨然少年老成，没有一点青春时期应有的活泼浪漫气，全不像唐人的要说什么就说什么的天真烂漫。这是唐宋诗显著的分歧点，也就是宋诗的缺点。"① 陆侃如曰："宋元两代若无词与散曲，则那时对于诗坛的贡献便被忽略，而使我们疑为中国诗歌的衰落期了。"② 又曰："这（案：指晚唐）是中代诗史上最后的一幕。自此以后，狭义的诗便没有光荣时期了（虽然有人很推崇宋以后的诗）。"③ 徐英曰："诗有三尽三不尽，景尽情不尽，语尽意不尽，趣尽味不尽。唐诗中晚以后，往往失之于尽。而宋贤尤鲜余味。"④ 认为初盛唐诗能做到"三尽三不尽"，因而优于宋诗。民国时期，也有一部分学者反对"唐宋诗优劣"之说，认为唐宋诗各为诗史上一种诗歌范型，无所谓优劣。但是，此期在唐宋诗之争中，大部分学者认为唐诗优于宋诗。

（四）诗之类型层面的唐诗地位论

钱锺书认为唐诗为"学人之诗"，曰："杜少陵自道诗学曰：'读书破万卷，下笔如有神'，信斯言也，则分其腹笥，足了当世数学人。山谷亦称杜诗'无字无来历'。然自唐迄今，有敢以'学人之诗'题目《草堂》一集者乎。"⑤ 认为杜甫诗歌具有"学人之诗"的特征。曰："唐后首学昌黎诗，升堂窥奥者，乃欧阳永叔，永叔固即刘原父所讥为'欧九不读书'者。阎百诗《困学纪闻笺》卷二十谓：'盖代文人无过欧公，而学殖之陋，亦无过公'；傅青主以百诗为附和原父。要之欧公不得为学人也。清人号能学昌黎者，前则钱萚石，后则程春海、郑子尹，而朱竹君不与焉……程郑皆经儒博识，然按两家遗集，挽硬盘空，黿咆鲸掣，悟无本'胆大过身'之旨，得昌黎以文为诗之传，堪与宋之王广陵鼎足而三；妙能赤手白战，不借五七字为注疏考据尾闾之泄也。"⑥ 又曰："同光而还，所谓'学人之诗'，风格都步趋昌黎；顾昌黎掉文而不掉书袋，虽有奇字

① 胡云翼：《胡云翼说诗》，华东师范大学出版社2004年版，第131—133页。
② 陆侃如、冯沅君：《中国诗史·导论》上卷，商务印书馆1939年版，第6—7页。
③ 陆侃如、冯沅君：《中国诗史》卷二，商务印书馆1939年版，第867页。
④ 徐英：《诗法通微》，正中书局1943年版，第52页。
⑤ 钱锺书：《谈艺录》，生活·读书·新知三联书店2008年版，第462页。
⑥ 同上书，第464页。

硬语，初非以僻典隐事骄人。"① 认为宋代"学人之诗"渊源于韩愈。另
一方面，钱锺书曰："宋学主义理者，以讲章语录为诗，汉学主考订者，
以注疏簿录为诗，鲁卫之政尔。"② 历来诗评家都认为宋代和清代分别是
学术发达的时期，宋学和清代朴学都重考据，这种学术风气对诗歌创作影
响很深，因此宋代、清代部分诗人的诗歌为典型的"学人之诗"，一般学
者所说的"学人之诗"主要是指宋诗和清诗，但是钱锺书以"注疏簿录"
目宋诗和清诗，由此可见，他并不认为宋诗和清诗是"学人之诗"的典
范，而是反复强调杜诗和韩愈诗歌对后世"学人之诗"的影响，可见，
钱锺书认为"学人之诗"的典范是唐诗而非宋诗或者清诗，其本意是沟
通唐诗和宋诗，为宋诗的诗史地位张本，但是其理论却给予唐诗在诗史上
以崇高的地位。闻一多把古今诗歌分为六朝诗歌范型、唐诗范型和宋诗范
型三种类型，曰："从整个文学史来看，唐诗的确包括了六朝诗和宋诗，
汇萃了几个时代的格调，兼收并蓄，发挥尽致，古今诗体，至此大备。"③
认为唐诗范型涵括了六朝诗歌范型和宋诗范型，对唐诗之历史地位评价非
常高。

　　民国时期也有部分学者认为唐诗艺术成就不高，钱振锽曰："唐以前
毕竟支语多。世人每出大言，以为诗始于《三百篇》，盛于汉魏，至唐而
衰。此犹之舍尧、舜、汤、武，而高谈神农也。"④ 此处的"世人"指民
国时期之人而言，从钱振锽的论述中可以见出民国时认为诗"至唐而衰"
的人不在少数。

　　本节从诗歌史、诗体学、诗之本质与艺术性、诗之类型等方面对民国
时期关于"唐诗历史地位"的各种观点进行了梳理，总体而言，此期关
于唐诗历史地位的讨论是围绕着唐宋诗之争而展开，当时的诗评家主要可
分为三派：一派是主唐派，以王国维、闻一多等为代表；一派是主宋派，
以陈衍、钱锺书等为代表；另一派是调和派，认为唐宋诗都是一种美学范
型，无所谓优劣，以胡云翼等为代表。大部分学者从审美性和艺术性方面
崇尚唐诗，而在诗学实践中，主张学诗应该从宋诗开始，因为唐诗无理路

① 钱锺书：《谈艺录》，生活·读书·新知三联书店 2008 年版，第 462 页。
② 同上。
③ 郑临川：《闻一多论古典文学》，重庆出版社 1984 年版，第 87 页。
④ 钱振锽：《谪星说诗》卷一，见张寅彭主编《民国诗话丛编》第二册，上海书店 2002 年版，第 584 页。

可循，总体上对唐诗评价极高。

　　前人论及唐诗之地位，主要是将唐诗与宋诗相比较，在唐宋诗优劣比较中来探讨唐诗之地位，而民国时期的学者在探讨唐诗之地位时，是将唐诗置于整个中国文学史的大视野下来确定唐诗之地位的。如前所揭，此期学者主要是从文学史、诗歌史、诗体学三个层面来论述唐诗之地位的，具体来说，王国维"一代有一代之文学"说是从整个文学史的角度来诠释唐诗之历史地位，认为在汉赋、唐诗、宋词、元曲、明清小说中，唐诗是历史地位最高的文学。"诗歌的黄金时代"说是从整个诗歌史的角度，认为从诗经、六朝诗歌、唐诗、宋诗到元明清诗歌，唐诗的艺术成就是最高的；"三元"说、"三关"说是从诗体学的角度，认为在古典诗歌流变的过程中，盛中唐是古今诗歌史发展流变的中枢。从以上三个方面定位唐诗的历史地位，都是从大文学史的视野下来进行的，这种研究方法突破了宋代以来从唐宋诗对比中诠释唐诗地位的具体方法，体现了古典诗歌研究中学术视野的扩大。这种以大文学史的视野在整个文学史背景下研究唐诗的学术风气是从民国时期才开始形成的，受中国文学史撰写风气的影响，民国时期，很多学者开始以整个古典文学史为观照对象，并对文学通史的撰写进行了一系列理性思考，从林传甲的第一本《中国文学史》到郑振铎的《插图本中国文学史》，此期学者对文学史的研究对象、文学史的撰写方法都进行了一系列探讨，在文学史研究对象的探讨中，文学批评理论、文章学理论是否要包括在文学史的叙写范围之中，在文学史的撰写方式方面，以文学家为纲、以文体为纲、以图表的方式等，以上这些问题的探讨都是在文学史撰写的过程中出现的，1937 年"中国文学史研究会"① 就是在这种背景下成立的。由以上分析可知，将整个诗歌史、文学史作为一个整体进行观照是当时的一种全新的学术研究风气，而对唐诗地位的研究就是这种风气的产物。在大文学史的背景下，学者们普遍认为唐诗是古典文学史、诗歌史、诗体史上艺术成就最高的一种诗歌范型。

---

　　① "中国文学史研究会"于 1937 年春由储皖峰、罗根泽、陆侃如三人发起成立，胡适为会长，会员有郑振铎、周予同、顾颉刚、范文澜、朱自清、魏建功、罗华团、陶希圣。引自储向前《储皖峰生平及其著述》，中国人民政治协商会议潜山县委员会文史资料委员会编《潜山文史资料》第 2 辑，第 181 页。

二 唐诗各期地位论

（一）历代唐诗各期地位论学术史梳理

民国之前，对于唐代初、盛、中、晚各个时期的诗歌，历代学者都有推崇者，主要有以下几种观点：

有些学者认为"四唐"各个时期的诗歌各有特色，无所谓优劣。明郭正域《四唐汇诗序》曰："今学诗者惟步盛唐，上不及初，下何言中晚？夫诗莫盛于唐，一代之音，递有升降，可以观政，可以考俗，胡可不备也？"① 认为四唐"递有升降"，各期皆有可观之处。清黄周星《唐诗快自序》曰："夫初、盛、中、晚者，以言乎世代之先后可耳，岂可以此定诗人之高下哉？"② 又曰："仆尝极服袁石公之论曰：'文章之气一代薄一代，而文章之妙一代盛一代。故古有不尽之情，今无不写之景，其盛处正其薄处也，然安得因其薄而掩其妙哉？'故仆以为初、盛、中、晚之分，犹之乎春、夏、秋、冬之序也。"③ 反对四唐优劣论。清何世璂曰："问曰：'某颇有志于诗，而未知所学。学盛唐乎？学中唐乎？'师曰：'此无论初盛中晚也。初盛有初盛之真精神真面目，中晚有中晚之真精神真面目。学者从其性之所近，伐毛洗髓，务得其神，而不袭其貌，则无论初盛中晚，皆可成名家。不然，学中晚而止得其尖新，学初盛而止得其肤廓，则又无论初盛中晚，均之无当也。'"④ 提出四唐各有"真精神"论，认为"四唐"各有特色，无所谓优劣。以上观点主要是针对明代前后七子推崇盛唐，最后走上模拟甚而至于剽窃的不良诗歌风气而发的。

推崇初唐。明樊鹏《编初唐诗叙》曰："南溟樊鹏曰：余嘉靖癸巳督储濠梁，得关中李子西相与评古今诗。李固豪杰士，识鉴精敏，动以初唐为称，适与余契，退而编成。"又曰："诚以律诗当于初唐求之。"⑤ 也有

---

① （明）吴勉学编：《四唐汇诗》卷首，引自陈伯海主编《历代唐诗论评选》，河北大学出版社 2003 年版，第 601 页。

② （清）黄周星：《唐诗快》卷首，引自陈伯海主编《历代唐诗论评选》，河北大学出版社 2003 年版，第 933 页。

③ 同上书，第 934 页。

④ （清）何世璂：《然灯记闻》，引自陈伯海主编《历代唐诗论评选》，河北大学出版社 2003 年版，第 880 页。

⑤ （清）黄宗羲：《明文海》卷二二〇，引自陈伯海主编《历代唐诗论评选》，河北大学出版社 2003 年版，第 598 页。

些学者对初唐诗歌艺术完全持否定态度，清叶燮曰："唐初沿其卑靡浮艳之习，句栉字比，非古非律，诗之极衰也。"① 提出了初唐"极衰"论，这种论调在历代批评家中不在少数。因为初唐诗歌在很长一段时间里完全是六朝诗歌风气的延续，因而历代推崇初唐诗歌的人较少，批评初唐诗歌的人较多。

推崇盛唐。宋严羽《沧浪诗话·诗辩》曰："论诗如论禅，汉、魏、晋与盛唐之诗，则第一义也。大历以还之诗，则小乘禅也，已落第二义矣。晚唐之诗，则声闻、辟支果也。"② 又曰："夫学诗者以识为主，入门须正，立志须高；以汉、魏、晋、盛唐为师，不作开元、天宝以下人物。"③ 曰："大历之诗，高者尚未失盛唐，下者渐入晚唐矣。晚唐之下者，亦堕野狐外道鬼窟中。"④ 元杨士弘《唐音序》曰："唐初稍变六朝之音，至开元、天宝间，始浑然大备，遂成一代之风，古今独称'唐诗'，岂不然邪？是编以其世次之先后、篇章之长短、音律之和协、词语之精粹，类分为卷。专取乎盛唐者，欲以见其音律之纯系乎世道之盛；附之以中唐、晚唐者，所以幸其遗风之变而仅存也。故自大历以降，虽有卓然成家，或沦于怪，或迫于险，或近于庸俗，或穷于寒苦，或流于靡丽，或过于刻削，皆不及录。"⑤ 明杨士奇《玉雪斋诗集序》曰："汉以来，代各有诗，嗟叹咏歌之间，而安乐哀思之音，各因其时，盖古今无异焉。若天下无事，生民乂安，以其和平易直之心，发而为治世之音，则未有加于唐贞观、开元之际也。杜少陵浑涵博厚，追踪风雅，卓乎不可尚矣。一时高材逸韵，如李太白之天纵，与杜齐驱，王、孟、高、岑、韦应物诸君子，清粹典则，天趣自然。读其诗者，有以见唐之治盛于此，而后之言诗道者，亦曰莫盛于此也。"⑥ 明高棅《唐诗品汇凡例》曰："先辈博陵林

① （清）叶燮：《原诗》卷一"内篇上"，引自陈伯海主编《历代唐诗论评选》，河北大学出版社2003年版，第858页。

② （宋）严羽：《沧浪诗话》，引自陈伯海主编《历代唐诗论评选》，河北大学出版社2003年版，第412页。

③ 同上。

④ 同上书，第416页。

⑤ （元）杨士弘：《唐音》，引自陈伯海主编《历代唐诗论评选》，河北大学出版社2003年版，第503页。

⑥ （明）杨士奇：《东里文集》卷五，引自陈伯海主编《历代唐诗论评选》，河北大学出版社2003年版，第551页。

鸿尝与余论诗，上自苏李，下迄六代，汉魏骨气虽雄而菁华不足，晋祖玄虚，宋尚条畅，齐梁以下，但务春华，殊欠秋实。唯李唐作者，可谓大成。然贞观尚习故陋，神龙渐变常调，开元、天宝间神秀声律粲然大备，故学者当以是楷式。予以为确论。"① 又曰："夫诗莫盛于唐，莫备于盛唐。"② 明黄镐《唐诗正声序》曰："诗自《三百篇》以降，汉魏质胜于文，六朝文胜于质，惟唐人体制，近能反古。然而又有初唐、盛唐、中唐、晚唐之别。求其文质彬彬，上追风雅之正者，其惟盛唐乎?"③ 明李梦阳倡"诗必盛唐"之说④，推崇盛唐诗。明王九思《明翰林院修撰儒林郎康公神道之碑》曰："夫文必先秦两汉，诗必汉魏盛唐，庶几其复古耳!"⑤ 明王世贞《徐汝思诗集序》曰："盛唐之于诗也，其气完，其声铿以平，其色丽以雅，其力沉而雄，其意融而无迹。故曰：盛唐其则也。"⑥ 明何景明《与李空同论诗书》曰："近诗以盛唐为尚，宋人似苍老而实疏卤，元人似秀峻而实浅俗。"⑦ 明谢榛曰："诗以汉魏并言，魏不逮汉也。建安之作，率多平仄稳帖，此声律之渐。而后流于六朝，千变万化，至盛唐极矣。"⑧ 明李濂《唐李白诗序》曰："诗至开元、天宝间为最盛。"⑨ 在"四唐"之中，历代学者推崇盛唐的最多，明代前后七子就是典型的代表。

推崇初盛唐。明方沇《初盛唐诗纪序》曰："于律绝歌行，唐诗人概

---

① （明）高棅：《唐诗品汇》卷首，引自陈伯海主编《历代唐诗论评选》，河北大学出版社2003年版，第531—532页。

② 同上书，第534页。

③ （明）高棅：《唐诗正声》卷首，引自陈伯海主编《历代唐诗论评选》，河北大学出版社2003年版，第542页。

④ （清）张廷玉等撰：《明史》卷二百八十六《文苑传·李梦阳传》，中华书局1974年版，第7348页。

⑤ （明）王九思：《镇陂集》卷中，引自陈伯海主编《历代唐诗论评选》，河北大学出版社2003年版，第579页。

⑥ （明）王世贞：《弇州四部稿》卷六五，引自陈伯海主编《历代唐诗论评选》，河北大学出版社2003年版，第582页。

⑦ （明）何景明：《何大复先生集》卷三二，引自陈伯海主编《历代唐诗论评选》，河北大学出版社2003年版，第615页。

⑧ （明）谢榛：《诗家直说笺注》卷一，引自陈伯海主编《历代唐诗论评选》，河北大学出版社2003年版，第639页。

⑨ （明）李濂刻本：《唐李白诗》卷首，引自陈伯海主编《历代唐诗论评选》，河北大学出版社2003年版，第648页。

多名家，而初、盛遂为千古之冠，迄于今莫或损益焉。"① 又曰："盖初、盛以无意得之，其调常合；中、晚以有意得之，其调常离。"② 明李维桢《唐诗纪序》曰："律体情胜则俚，才胜则离，法严而韵谐，意贯而语秀，初盛夺千古之帜，后无来者。"③ 明冯时可《唐诗类苑序》曰："然而初、盛、中、晚，区分域别。故以古律唐，则工拙难见；以唐律唐，则盛衰可言。大都初、盛以气驭情，情畅而气愈完；中、晚以情役思，思苦而气弥衰。"④ 明胡应麟曰："唐初四子，靡缛相矜，时或拗涩，未堪正始。神龙以还，卓然成调。沈、宋、苏、李，合轨于先；王、孟、高、岑，并驰于后。新制迭出，古体攸分，实词章改变之大机，气运推迁之一会也。"⑤ 清杭世骏《闻鹤轩唐诗选序》曰："不知诗在初盛，不独古风为古，其近体浑灏流转，较之中晚，皆可谓之古诗。何也？其风格古，其气息古。齐梁以后，轻薄相扇，至唐初而始复古。……读三唐之诗，即束初盛不观，从事于晚末，柔声佞色，体卑而骨贱，以故诗道日张，而去古日远。"⑥ 推崇初盛唐的原因在于此期诗歌"风格古"。总体而言，将初盛唐诗歌作为一个整体加以推崇，在诗学史上持这种论调的学者较少。

推崇中唐。宋周弼曰："元和盖诗之极盛。"⑦ 明王祎《练伯上诗序》曰："唐世诗道之盛，于是（中唐）为至。"⑧ 清叶燮《百家唐诗序》曰："吾尝上下百代，至唐贞元、元和之间，窃以为古今文运诗运，至此时为一大关键也。是何也？三代以来，文运如百谷之川流，异趣争鸣，莫可纪极，迨贞元、元和之间，有韩愈氏出，一人独力而起八代之衰，自是而文之格之法之体之用，分条共贯，无不以是为前后之关键也。三代以来，诗

---

① （明）黄德水、吴琯等辑：《唐诗纪》卷首，引自陈伯海主编《历代唐诗论评选》，河北大学出版社 2003 年版，第 654 页。

② 同上。

③ 同上书，第 656 页。

④ （明）张之象编：《唐诗类苑》卷首，引自陈伯海主编《历代唐诗论评选》，河北大学出版社 2003 年版，第 658—659 页。

⑤ （明）胡应麟：《诗薮》内编卷四，引自陈伯海主编《历代唐诗论评选》，河北大学出版社 2003 年版，第 687 页。

⑥ （清）杭世骏：《通古堂文集》卷八，引自陈伯海主编《历代唐诗论评选》，河北大学出版社 2003 年版，第 916—917 页。

⑦ （宋）范晞文：《对床夜语》卷二，引自陈伯海主编《历代唐诗论评选》，河北大学出版社 2003 年版，第 407 页。

⑧ （明）王祎：《王忠文公集》卷二，引自陈伯海主编《历代唐诗论评选》，河北大学出版社 2003 年版，第 524 页。

运如登高之日上，莫可复逾，迨至贞元、元和之间，有韩愈、柳宗元、刘长卿、钱起、白居易、元稹辈出，群才竞起而变八代之盛，自是而诗之调之格之声之情，凿险出奇，无不以是为前后之关键矣。"① 又曰："今知此'中'也者，乃古今百代之'中'，而非有唐之所独得而称'中'者也。"② 清姜宸英《唐贤三昧集序》曰："然诗至唐，极盛矣；开、宝以还，盛之盛者也。"③ 清冯班《与瞿邻翁》曰："诗至贞元、长庆，古今一大变，李、杜始重。"④ 清方南堂曰："唐诗至元和间，天地精华，尽为发泄，或平或奇，或高深或雄直，旗鼓相当，各成壁垒，令读者心忙意乱，莫之适从。"⑤ 在"四唐"中，诗歌大家之多，诗歌流派之多，诗歌艺术变化之大，以"中唐"为最，因而历代学者中除了推崇盛唐以外，其次推崇中唐的学者较多，尤其在清代学者中推崇中唐的不在少数。但也有些学者对中唐诗持批评态度，明胡应麟曰："元和而后，诗道浸晚，而人才故此横绝一时。若昌黎之鸿伟，柳州之精工，梦得之雄奇，乐天之浩博，皆大家材具也。"⑥ 认为中唐诗地位不高。

推崇盛中唐。宋赵孟坚《凌愚谷集序》曰："故自贞元、元和而上，李、杜、韩、柳以至乎长庆元、白，皆唐文之懿也。大中以降，琐涩滋过，固一病也。"⑦ 明施凤来《唐诗选序》曰："而大历、开元、天宝诸名家光焰万丈，超轶百代，固已穷万道而耀三灵。"⑧ 这种观点其实是对推崇盛唐和推崇中唐两种观点的调和。历代持这种观点的学者非常少。

推崇晚唐。宋杨万里《读笠泽丛书》曰："晚唐异味同谁赏？近日诗

<hr />

① （清）叶燮：《己畦文集》卷八，引自陈伯海主编《历代唐诗论评选》，河北大学出版社2003年版，第855页。

② 同上。

③ （清）王士禛：《唐贤三昧集》卷首，引自陈伯海主编《历代唐诗论评选》，河北大学出版社2003年版，第881页。

④ （清）冯班：《常熟二冯先生集·钝吟杂录》卷七，引自陈伯海主编《历代唐诗论评选》，河北大学出版社2003年版，第857页。

⑤ （清）方南堂：《辍锻录》，引自陈伯海主编《历代唐诗论评选》，河北大学出版社2003年版，第860页。

⑥ （明）胡应麟：《诗薮》外编卷四，引自陈伯海主编《历代唐诗论评选》，河北大学出版社2003年版，第643页。

⑦ （宋）赵孟坚：《彝斋文编》卷三，引自陈伯海主编《历代唐诗论评选》，河北大学出版社2003年版，第245页。

⑧ 明刻本《唐诗选》卷首，引自陈伯海主编《历代唐诗论评选》，河北大学出版社2003年版，第627页。

人轻晚唐。"① 宋杨万里《颐庵诗稿序》曰："《三百篇》之后，此味绝矣。惟晚唐诸子差近之。"② 元方回《读张功父南湖集并序》曰："诗至于老杜而集大成。陈子昂、沈佺期、宋之问，律体沿而下之，丽之极，莫如玉溪，以至西昆；工之极，莫如唐季，以至'九僧'。"③ 清毛先舒《题倪鲁玉诗》曰："唐人诗有中晚，余意尝优晚。盖中唐虽若自然，乃多失之俚浅；晚叶诸公，刻画惊挺，而引信多遥思，故为胜也。"④ 但是有些学者对晚唐诗歌也进行了一系列批评，宋计有功《唐诗纪事》曰："唐诗自咸通而下，不足观矣。"⑤ 宋陆游《跋花间集》曰："唐自大中后，诗家日趋浅薄。……故历唐季五代，诗愈卑，而倚声者辄简古可爱。盖天宝以后，诗人常恨文不迨，大中以后，诗衰而倚声作。"⑥ 元方回《至天隐注周伯弸三体诗序》曰："唐诗前以杜、李后以韩、柳为最，姚合而下，君子不取焉。"⑦ 明高棅《唐诗品汇凡例》曰："元和再盛之后，体制始散，正派不传，人趋下学，古声愈微。"⑧ 对于晚唐诗歌，历代学者褒贬不一，总体而言，批评者较多。

推崇中晚唐。明袁宏道《丘长孺》曰："初、盛、中、晚自有诗也，不必初、盛也。"⑨ 历代持这种观点的学者较少。

总体而言，历代学者在"四唐"中推崇盛唐的最多，其他"三唐"各有推崇者，大要推崇初、晚唐者较少。历代学者对"四唐"各期诗歌

---

①（宋）杨万里：《诚斋集》卷二七，引自陈伯海主编《历代唐诗论评选》，河北大学出版社 2003 年版，第 370 页。

②（宋）杨万里：《诚斋集》卷八三，引自陈伯海主编《历代唐诗论评选》，河北大学出版社 2003 年版，第 371 页。

③（元）方回：《桐江续集》卷八，引自陈伯海主编《历代唐诗论评选》，河北大学出版社 2003 年版，第 460 页。

④（清）毛先舒：《思古堂集》卷三，引自陈伯海主编《历代唐诗论评选》，河北大学出版社 2003 年版，第 820 页。

⑤（宋）计有功：《唐诗纪事》卷六六，引自陈伯海主编《历代唐诗论评选》，河北大学出版社 2003 年版，第 338 页。

⑥（宋）陆游：《陆游集·渭南文集》卷三〇，引自陈伯海主编《历代唐诗论评选》，河北大学出版社 2003 年版，第 365 页。

⑦（明）火钱刻本：《笺注唐贤三体诗法》卷首，引自陈伯海主编《历代唐诗论评选》，河北大学出版社 2003 年版，第 408 页。

⑧（明）高棅：《唐诗品汇》，引自陈伯海主编《历代唐诗论评选》，河北大学出版社 2003 年版，第 535 页。

⑨（明）袁宏道：《袁宏道集笺校》卷六，引自陈伯海主编《历代唐诗论评选》，河北大学出版社 2003 年版，第 673 页。

历史地位的论述初步形成了"四唐诗歌"优劣论，这些观点对民国时期的学者影响很大。民国时期的学者在前人的基础上，对"四唐诗歌"各期地位做了更为深入的探讨。

（二）民国时期唐诗各期地位论

民国时期，从宏观角度总体论述唐诗各期之地位的，钱振锽曰："晚唐胜于初唐。初唐腐气多，晚唐滞响少。中唐不下于盛唐。盛唐正而雄，中唐奇而博。"① 胡云翼曰："初唐显然是齐梁的遗风；盛唐是新旧体诗发展的最高潮；中唐则由盛而一变再变，变到新体诗发展之极；晚唐则完全是唐新体诗最后的闪烁，显然是唐诗的末运到了。"② 以上两家对唐诗各期历史地位及艺术成就的评价较为公允，因而在民国时期最具代表性。

民国时期，大部分学者对初唐诗歌评价不高，胡云翼认为初唐"太平背景所产生的文学，是太平文学。太平文学，因为内容缺乏情感的生命，所以很少文学上的价值"③。民国时期，大部分学者以"三唐"目唐诗，实际上这种说法就不包括初唐诗在内，认为初唐诗歌艺术完全是六朝余风，表现了对初唐诗歌艺术的否定。也有部分学者对初唐诗歌评价较高，闻一多《宫体诗的自赎》中评价张若虚的《春江花月夜》曰："这是诗中的诗，顶峰上的顶峰。"④ "向前替宫体诗赎清了百年的罪，因此，向后也就和另一个顶峰陈子昂分工合作，清除了盛唐的路。"⑤ 认为陈子昂的诗"古今独步"⑥。传统的观点认为"四杰"在作风上都很浮躁，闻一多认为以"浮躁"评价"四杰"的作风不够准确⑦，总体上对初唐文学评价较高。刘麟生曰："初唐诗是六朝诗与盛唐诗的枢纽。"⑧ 认为初唐诗是盛唐诗艺术成熟的准备。传统诗学中对初唐诗歌艺术评价不高，原因就在于初唐延续了六朝的绮靡文风，民国时期的部分学者从"为艺术而艺术"的纯艺术观念出发，对初唐诗歌给予了较高评价，从这里可以看出

---

① 钱振锽：《谪星说诗》卷一，见张寅彭主编《民国诗话丛编》第二册，上海书店2002年版，第581页。

② 胡云翼：《唐诗研究》，商务印书馆1930年版，第36页。

③ 同上书，第57页。

④ 闻一多：《唐诗杂论》，中华书局2012年版，第19页。

⑤ 同上书，第19—20页。

⑥ 郑临川：《闻一多论古典文学》，重庆出版社1984年版，第99页。

⑦ 闻一多：《唐诗杂论》，中华书局2012年版，第23—24页。

⑧ 刘麟生：《中国文学史》，世界书局1933年版，第174页。

此期文学研究逐渐摆脱传统成见,文学研究向文学本位回归、学术研究逐渐走向独立的趋势。

初盛唐之间为"四唐之最"说。柳村任曰:"唐代的诗歌之发展,由初唐的时代到盛唐的时代,这中间是一个最进步最成功的时期。"① 而且认为原因在于此期律诗、绝句"慢慢地能够应用成熟,……诗的内容是非常充实的,诗的情感是非常热烈的"②。民国时期,持初盛唐之间为"四唐之最"这种观点的学者较少。

盛唐为"四唐之最"说。郑振铎曰:"开元、天宝时代,乃是所谓'唐诗'的黄金时代。"③ 谭正璧曰:"开元、天宝时代,是这个黄金时代的黄金时代,产生了很多很多的伟大诗人。"④ 龙榆生推崇盛唐诗歌,认为盛唐诗人"各有其创造精神,而自成体格"⑤,又把盛唐诗与中唐诗比较,认为中唐诗除韩孟派与元白派外,其他诗人"创格稀见"⑥,于"四唐"中推崇盛唐。王兆元曰:"'唐诗'的黄金时代,不是绮艳作风的初唐,也不是唯美主义的晚唐,而最伟大有价值的时期却是盛唐。"⑦ 徐英则从诗体发展方面推崇盛唐诗,认为除古体以外各体的渊源均在盛唐,曰:"凡长歌婉转,以楚辞为胎息,而以盛唐诸人为本源,元白以降,其变体也。"⑧ "凡五七言律诗,以齐梁为胎息,以盛唐诸作为本源。中晚之际,刘文房李义山其辅也。"⑨ "凡五七言绝,以盛唐诸作为本源。"⑩ 由此可见其对盛唐诗歌的推崇。刘衍文曰:"宋诗宗派亦多,而人之恒言宋诗者,但专指江西诗派言之耳,此言唐诗之有时专指盛唐而言同一揆也。"⑪ 认为盛唐诗可以代表唐诗。邵祖平曰:"唐诗于情景事理,无不具备,盛唐诸作家情景孕融,事理贯惬,气盛味长,格老骨苍,所至莫不神

---

① 柳村任:《中国文学史发凡》,文怡书局1935年版,第227页。
② 同上书,第228页。
③ 郑振铎:《插图本中国文学史》上册,中国社会科学出版社2009年版,第246页。
④ 谭正璧:《中国文学进化史》,光明书局1930年版,第110—111页。
⑤ 龙榆生撰,钱鸿瑛导读:《中国韵文史》,上海古籍出版社2002年版,第44页。
⑥ 同上。
⑦ 王兆元:《李白与杜甫》,《文化月刊》1934年第4期。
⑧ 徐英:《诗法通微》,正中书局1943年版,第56页。
⑨ 同上。
⑩ 同上。
⑪ 刘衍文:《雕虫诗话》卷一,见张寅彭主编《民国诗话丛编》第六册,上海书店2002年版,第418页。

妙,中晚则其流连寓植均不得全。"① 从艺术性而言,认为盛唐诗为唐诗之最。部分学者对盛唐诗为"四唐之最"的原因也进行了探析,刘麟生认为"初唐的诗,已经替唐诗开了一个先锋,诗体渐趋成熟,作风渐趋醇正"②,认为初唐在诗体、诗风方面为盛唐诗之发达做了铺垫。胡云翼曰:"盛唐之所以伟大,因其一方面接受南北两朝文学合成的新诗格,一方面继承初唐新体诗的发展,同时又得着时代背景所给与特殊丰富的描写资料。"③ 从南北文化融合、诗体成熟、社会生活丰富三个方面论述盛唐诗为"唐诗之最"的原因。林庚认为盛唐为"诗国高潮"④,认为盛唐诗歌的特质在于"唐诗中的少年精神"⑤。张长弓⑥、曾毅⑦、陈子展⑧、刘麟生⑨等也是盛唐诗的推崇者。以上学者认为盛唐为唐诗艺术成就最高之时期。民国时期的学者对盛唐诗歌的推崇除了盛唐诗歌艺术本身的原因外,也是由于盛唐时期社会稳定、国力强盛,因而民国时期的知识分子对这一历史时期充满了向往之情,这是时代社会心理在学术研究中的折射。

安史之乱前后为"诗歌之黄金时代"说。龙榆生曰:"唐自太宗奠定国基,累世帝王,并崇文学,积百余年之涵养,至开元、天宝间,篇什纷披,人才辈出。既而安史乱作,诗人忧患饱更,愁苦呼号,作风丕变。乱前乱后,又为一大转关;而此五六十年间,遂为诗歌之黄金时代。"⑩ 杨启高曰:"开元天宝之间,诗人群起,睹此璀璨盛境,恒以雄浑之气,传诸壮丽之辞,金声玉振,可以冠冕三唐者也。"⑪ 以上学者认为安史之乱前后为唐诗艺术成就最高之时期。将安史之乱前后视为"诗歌之黄金时代",这种诗学观点是民国时期才提出的,传统的唐诗学研究中还没有出现过此种观点。这是由于民国时期的知识分子饱受战乱之苦,对战争对文学影响的体认非前人可比,因而将自己的人生经历投射到学术研究之中,

① 邵祖平:《唐诗通论》,《学衡》1922 年第 12 期。
② 刘麟生:《中国文学史》,世界书局 1933 年版,第 180 页。
③ 胡云翼:《唐诗研究》,商务印书馆 1930 年版,第 60 页。
④ 林庚:《中国文学史》,大道印务公司 1947 年版,第 162 页。
⑤ 同上。
⑥ 张长弓:《中国文学史新编》,开明书店 1948 年版,第 124 页。
⑦ 曾毅:《中国文学史》下册,泰东图书局 1930 年版,第 23 页。
⑧ 陈子展:《唐代文学史》,作家书屋 1944 年版,第 26 页。
⑨ 刘麟生:《中国文学史》,世界书局 1933 年版,第 180 页。
⑩ 龙榆生撰,钱鸿瑛导读:《中国韵文史》,上海古籍出版社 2002 年版,第 28 页。
⑪ 杨启高:《唐代诗学·自叙》,正中书局 1935 年版,第 6 页。

认为战争期间的文学才是真正写实的、"为人生"的文学。

中唐为"四唐之最"说。清代叶燮认为中唐是古今百代"诗运文运"之"一大关键"①。受这种诗学思想的影响，民国时期，陈衍、沈曾植分别提出"三元"说、"三关"说，两说都强调中唐诗在诗史上的枢纽地位。陈寅恪也以中唐元白诗为研究对象，对中唐诗人及诗歌艺术评价很高，由此可以见出其对中唐诗的推崇。胡适曰："大历长庆间的诗人从杜甫到白居易，这一百年是唐诗的极盛时代。"②关于中唐为"四唐"之最的原因，胡云翼认为中唐诗比盛唐诗的发展表现在三个方面：第一，"描写的范围扩张了"；第二，"形体的范围扩张了"；第三，认为盛唐时期的七言律诗成功的只有杜甫，而中唐时期的七言律诗"便特别的发展"。③又曰："纷乱便是中唐诗的源泉。"④"中国诗人本来只是安居于斗室之中，闭门吟咏，所以做不出好诗。这样一来（宦官、藩镇造成的社会的动荡），使诗人不能安居，而经历一种游历式的奔波生活。这种生活，对于诗的创作，是很有益处的。在诗中许多行旅、饯别、赠答、怀古、登览、伤感的杰作，都是由于这种生活所造成。第二是供给诗人以描写的资料，尤其是社会病态，丑恶的表现，最容易引起诗人的热情。"⑤谭正璧曰："表现这个时代的创始人与最伟大的代表是杜甫。元结、顾况也都想作乐府表现时代的痛苦，故可说是杜甫的同道者。这个风气打开之后，元稹、白居易、张籍、韩愈、柳宗元、刘禹锡相继起来，发挥广大这个趋势，天宝之乱后一百年的文学，遂成为中国文学史上一个光华灿烂的时期。"⑥以上学者认为中唐为唐诗艺术成就最高之时期。

盛中唐为"四唐"之最说。陈子展曰："所谓盛唐中唐的时期，也就是唐代文学最盛的时期。"⑦郑宾于曰："唐诗的灿烂，实以开元天宝大历元和长庆一百二十余年之间为极至。"⑧又曰："'站在诗的立场上'说，

---

① （清）叶燮：《百家唐诗序》，见《己畦文集》卷八，引自陈伯海主编《历代唐诗论评选》，河北大学出版社2003年版，第855页。
② 胡适：《白话文学史》，新月书店1928年版，第357页。
③ 胡云翼：《唐诗研究》，商务印书馆1930年版，第92—93页。
④ 同上书，第83页。
⑤ 同上书，第82—83页。
⑥ 谭正璧：《中国文学进化史》，光明书局1930年版，第122—123页。
⑦ 陈子展：《唐代文学史》，作家书屋1944年版，第6页。
⑧ 郑宾于：《中国文学流变史》中册，上海北新书局1930年版，第288页。

我们之所谓盛唐，并不仅指开元天宝，实在也指大历元和。假如没有元白的尽量创作，……则唐代的'诗戏'便算没有终台，登峰而未造极。所以元和的诗业也是特别富于创造力量的。"① 谭正璧曰："没有他们这两派（盛唐艳俗派与古雅派）先驱于前，那么便不会有中期那样的黄金时代继之于后。"② 又曰："这里所谓中期作家，实包括'四唐'中的'盛唐''中唐'两个时期。"③ 杨启高曰："唐为中国文章变迁枢纽，而盛唐与中唐尤为关键。盛唐有李杜，中唐有韩白。李集复古大成，杜开革新局面；于唐以后文艺，影响固大，然不如韩白之诗歌为甚。"④ 以上各家均认为盛中唐为"四唐之最"，其实这种观点是对"唐诗最盛时代"这个命题的泛化，其学术价值不如以四唐中具体某个时期为"四唐之最"的观点有学术价值。

和此观点相似，民国时期，也有些学者认为中唐诗歌艺术高超，可以与盛唐诗并驾齐驱，而不能有所轩轾。谢无量曰："大历以下，或谓之中唐。然杜甫诗在大历间所作最多，大历诸贤，故多及与盛唐诗人唱和，固难于其间分别盛衰也。"⑤ 钝剑曰："唐初始专七律，沈宋精巧相尚，至王岑高李，格调益高矣。及大历才子起，而词意气格更增完备，谓不逮盛唐者，此谬说也。"⑥ 曾毅曰："世以中唐次于盛唐者，要皆时代之见也。元和以降，韩愈白居易出，而文学界之风气又一变。"⑦ 钱振锽曰："晚唐胜于初唐。初唐腐气多，晚唐滞响少。中唐不下于盛唐。盛唐正而雄，中唐奇而博。"⑧ 以上诸家提出"盛中唐平等"说。

晚唐为"四唐"之最说。闻一多曰："人们读词胜于读诗，读晚唐诗又胜于读盛唐诗，因为晚唐诗一面来自迷人的齐梁，一面又近承十才子风气的缘故。诗的发展趋势，往往是质朴走向绮靡，这也是人性的自

---

① 郑宾于：《中国文学流变史》中册，上海北新书局 1930 年版，第 365 页。

② 谭正璧：《中国文学史》，光明书局 1948 年版，第 179 页。

③ 同上书，第 185 页。

④ 杨启高：《唐代诗学》，正中书局 1935 年版，第 271 页。

⑤ 谢无量：《中国大文学史》卷七，中华书局 1923 年版，第 1 页。

⑥ 钝剑：《愿无尽庐诗话》，见张寅彭主编《民国诗话丛编》第五册，上海书店 2002 年版，第 197 页。

⑦ 曾毅：《中国文学史》下册，泰东图书局 1930 年版，第 34 页。

⑧ 钱振锽：《谪星说诗》卷一，见张寅彭主编《民国诗话丛编》第二册，上海书店 2002 年版，第 581 页。

然流露。"① 张振佩曰："我觉得晚唐是中国文学史上极重要的时期，文学作品已发达到烂熟的程度，一方面集前代的大成，在形式上产出音调和谐的诗，另一方面已孕育着行将革命的内在矛盾。"② 胡云翼曰："盛唐实在高于初唐，晚唐亦欲胜中唐。这种进化的文学意义，可以贯穿唐诗的全部脉络。"③ 以上学者认为晚唐为唐诗艺术成就最高之时期。

与晚唐为"四唐"之最说相反，一部分学者则提出了晚唐为"四唐最弱时期"说。陈子展曰："晚唐是唐代文学最弱的时期。"④ 郑宾于曰："'诗'何以到了这时（案：指晚唐）会终了呢？第一，便是只知模仿，没有创造。……第二，唐末诗人，互竞以诗干禄。……故：晚唐的诗人，大家都好寻章摘句地'学'；大家都妄以诗歌为游说当世卿相的工具，致身青云的宝物。由是而遂粗制滥造，争齐斗巧。致使诗歌失掉其应用之能，徒存有一套空空的格架；如此，所以诗亡了！"⑤ 以上学者认为晚唐为唐诗艺术成就最低之时期。

此期，也有部分学者认为中晚唐诗歌艺术超过盛唐，林庚白曰："论诗者，每称盛唐而轻中、晚，谓北宋诸贤，远轶南宋，此非知言也。盛唐、北宋之诗，什九出于承平日，宴游多暇，遂及吟讽。虽亦或含意甚深，遣辞多怨，而政治与社会之变乱未穷极，非若中晚、南宋，能多获世情、物态之助也。"⑥ 总体而言，此期持这种观点的学者不多。

总之，民国时期，在对初、盛、中、晚各期诗歌历史地位的评价中，推崇盛唐诗的学者最多，其次是中唐，晚唐的推崇者较少，大部分学者对初唐诗评价不高，认为初唐诗是六朝绮靡诗风的延续。

虽然民国时期对唐诗各期地位的评价基本上仍然承袭了前人的观点，但是，此期对唐诗各期地位的评价也发生了一些重大变化。中唐诗之地位受到了空前的重视。"三元"说、"三关"说都是以中唐诗为中国诗史之枢纽的，陈寅恪以元白诗为研究对象，对元白诗评价极高，由此可以见出陈寅恪在"四唐"诗中也是推崇中唐诗的。民国时期的学者推崇中唐诗

---

① 郑临川：《闻一多论古典文学》，重庆出版社 1984 年版，第 139 页。
② 张振佩：《李义山评传》，《学风杂志》1933 年第 7—9 期。
③ 胡云翼：《唐诗研究》，商务印书馆 1930 年版，第 18 页。
④ 陈子展：《唐代文学史》，作家书屋 1944 年版，第 6 页。
⑤ 郑宾于：《中国文学流变史》中册，上海北新书局 1930 年版，第 442 页。
⑥ 林庚白：《孒楼诗词话》，见张寅彭主编《民国诗话丛编》第六册，上海书店 2002 年版，第 106 页。

的原因主要有以下几个方面：首先，如前所揭，民国时期，受日本汉学家内藤湖南"唐宋转型"理论的影响，一部分学者认为中唐为唐诗最发达之时期，此期中国诗史上的诗歌流派逐渐形成，而且各种文体的融合也发生在此期。其次，民国时期，文坛所提倡的新体诗其实就是一种散文化的诗，是诗与散文的融合，而这种新体诗的最早雏形可以追溯到中唐，中唐时期在韩愈"以文为诗"的影响下，中国古典诗歌逐渐向散文化的方向发展。为民国时期的新体诗寻找理论依据的话，可以追溯到中唐诗，这就是此期学者们推崇中唐诗的一个重要原因。再次，民国时期，唐宋诗之争是此期一大学术公案，民国时期的知识分子很多属于宋诗派中的人物，陈衍、沈曾植就是典型的宋诗派人物，陈寅恪的父亲陈三立是宋诗派的代表诗人，钱锺书推崇宋诗。由于提倡学人之诗，推崇宋诗，而宋诗的艺术源头就是中唐诗，因而此期一部分学者推崇中唐诗。最后，民国时期的一部分学者属于社会改革派人物，而中唐时期韩愈、柳宗元等诗人都属于改革派，因此，民国时期的学者推崇中唐诗的原因还与他们推崇中唐士人的政治主张有关。

民国时期，以闻一多为代表的一部分学者推崇初唐诗，这在历代是较少见的。其中的原因主要有以下几个方面：首先，初唐在诗歌史上处于律诗正在初步形成、古体诗正在发生变化的时期，明代胡应麟认为"唐无五言古诗"，就是说唐代的古体诗已经不是六朝时期的古体诗了，这种变化主要发生在初唐时期，具体来说，初唐律诗与古诗相交融，古诗逐渐律化，律诗逐渐骈化，张若虚的《春江花月夜》、骆宾王的《帝京篇》就是诗体融合的典范诗作。而这种诗，是最符合民国时期新体诗的特征的，因而受到了闻一多的推崇。其次，闻一多在诗歌理论上提倡"三美"原则，曰："诗的实力不独包括音乐的美（音节），绘画的美（词藻），并且还有建筑的美（节的匀称和句的均齐）。"[①] 初唐诗最符合其诗歌审美理想。初唐时期承袭六朝诗风，重视诗歌的辞采之美，张若虚的《春江花月夜》、骆宾王的《帝京篇》辞采绮丽，画面感强，意境优美，具有闻一多所提倡的"绘画美"特点。初唐时期的诗歌与音乐的关系还比较密切，此期的诗歌大部分是可以和乐歌唱的，如张若虚的《春江花月夜》、骆宾王的《帝京篇》等就如优美的歌词。唐诗越往后发展，诗与歌的关系越疏离，

---

① 闻一多：《诗的格律》，《晨报·诗刊》1926 年 5 月 15 日。

因而初唐诗歌较为符合闻一多"音乐美"的特点；而且，初唐是律诗正在形成的时期，古体诗有骈化的倾向，这种诗歌正好符合闻一多所提倡的"建筑美"的要求。正是由于初唐诗比较符合民国时期新体诗的理论要求，因而受到了以闻一多为代表的学者的重视。

民国时期，晚唐诗也受到了闻一多、张振佩、胡云翼等学者的推崇。闻一多推崇晚唐诗的原因与其推崇初唐诗基本一致。苏雪林等学者推崇晚唐诗是因为李商隐等诗人的诗具有象征主义特征，较为符合当时西方的文学理论。还有些学者推崇晚唐诗是因为晚唐诗普遍表现了较为浓郁的感伤色彩，比较符合民国时期学者们的苦闷心理特点，因而受到了重视。胡云翼以进化论的观点认为晚唐诗在"四唐"中出现最晚，所以应该是艺术成就最高的，这种观点不免牵强。

此期，也有些学者由于社会的动荡而将其在动乱时代的遭遇投射于学术研究中，认为动乱时代产生的诗歌是最有价值的，因为安史之乱前后和晚唐都是动乱时代，因而认为这两个时代的诗歌也是最有价值的。

总之，由于受社会动乱、时代文化思潮的影响，民国时期的学者对唐诗各期地位的评价和此前历代相比发生了很大的变化。

第三节　唐诗兴盛原因论

民国时期，大部分学者对唐诗之历史地位评价极高，同时，他们对于唐诗之所以能够成为一代之文学的原因，分别从社会环境、文化制度、文学本位等方面进行了深入探讨。

一　从社会环境方面论述唐诗兴盛之原因

从文学生成之外部环境的太平与否方面探讨唐诗兴盛的原因。一部分学者认为社会太平是唐诗兴盛的主要原因，胡适曰："长期的太平便是灿烂的文化的根基。在这个时期之中，文化的各个方面都得着自由的发展……经学、美术、文学都很发达。"[1] 闻一多曰："要没有

---

① 胡适：《白话文学史》，新月书店 1928 年版，第 253 页。

那时养尊处优的贵族生活条件，谁有那么多时间精力创造出那些丰富多彩的文艺作品。"① 还有一部分学者认为唐诗兴盛在于安史之乱的刺激，陈衍曰："少陵，犹不免因丧乱而得诗名。"② 柳村任曰："天宝以后的战祸蔓延的社会背景给后来唐代的诗人描写社会人生派或边塞非战派诗开辟一条新的道路。"③ 胡云翼曰："二百年不断的战争，所造成纷乱如麻的社会，便给予唐诗人以绝大的生命，给予唐诗以绝好的描写资料！由对外苦战的影响，造成一种以边塞生活为描写背景的边塞诗派；由国内纷乱的影响，造成一种以社会生活为描写背景的社会诗派。这些边塞派的诗与社会派的诗，便形成唐诗的伟大。"④ 苏雪林曰："这种民族自卫战争，不惟有促使民族向上的力量，而且有启发文艺灵源的功效。"⑤ 又曰："我们现在在唐诗中看见'回乐峰''受降城'……种种外国的器用和人物，便知唐代民族势力向外发展与文学的关系，现在有人说唐人咏边塞多捕风捉影之谈，又有人说他们对战争无论是歌颂或诅咒，只是诗人笔下的理想，放言高谈并无实际生活的反映，所以都缺乏'深刻'，这都是没有将当时政治社会背景考察清楚的话，我们万难承认。"⑥ 长期的太平与安史之乱分别是造成唐诗兴盛的两个必不可少的因素而非其中之一，所以单从其中一个方面立论不免片面。

也有些学者认为唐诗兴盛在于由治而乱的社会环境之变化，曾毅曰："时清则易平丽，时衰又每流弱小，惟此治乱之交（开元天宝之间），活气所凭，专足以发文章之盛。"⑦ 杨启高曰："凡各种文学发达，均在极盛与极衰时，诗学当然不能例外。"⑧ 又曰："是以杜甫白居易等风人之诗，大都产生于盛唐中唐交替之秋，苟非治乱频繁，孰能至于斯耶？"⑨ 从由治而乱的社会环境之变化方面探寻唐诗兴盛之原因，这种观点对唐诗兴盛

---

① 郑临川：《闻一多论古典文学》，重庆出版社1984年版，第85页。

② 陈衍：《石遗室诗话续编》卷五，见张寅彭主编《民国诗话丛编》第一册，上海书店2002年版，第626—627页。

③ 柳村任：《中国文学史发凡》，文怡书局1935年版，第199页。

④ 胡云翼：《唐诗研究》，商务印书馆1930年版，第31页。

⑤ 苏雪林：《唐诗概论》，商务印书馆1947年版，第52页。

⑥ 同上书，第53页。

⑦ 曾毅：《中国文学史》下册，泰东图书局1930年版，第24页。

⑧ 杨启高：《唐代诗学》，正中书局1935年版，第5页。

⑨ 同上书，第6页。

原因之认识非常深刻。

从社会发展变化对文学的影响方面探讨唐诗兴盛之原因。有些学者从社会发展所造成的士人身份的变化方面探讨唐诗兴盛之原因，刘大杰认为唐诗兴盛的一个重要原因就是"士人地位的转移"①，"从君主贵族掌握的诗坛，转移到民间诗人的手里，实在是使唐诗发达起来光辉起来的一个重要原因"②。也有些学者从社会发展所造成的诸多的人生矛盾方面探讨唐诗兴盛之原因，闻一多曰："诗是唐人排解感情纠葛的特效剂，说不定他们正因有诗作保障，才敢于放心大胆的制造矛盾，因而那时代的矛盾人格才特别多。自然，反过来说，矛盾愈深愈多，诗的产量也愈大了。"③ 以上各家认为社会发展造成的社会阶层分化、人生矛盾复杂化是唐诗兴盛之主要原因。

有些学者从国力强盛方面探讨唐诗兴盛之原因。但涛曰："说者谓唐以诗赋取士，故风行草偃，后世难及，然汉以射策取士，何乃反有苏李，唐人应试之作，何乃绝少流传，其所著录者，亦无可观，可知文章之盛衰，系疆域之全缺，学术之隆污，与国运为高下。谓为时主提倡之功，学士肄业之力，斯乃臆论，有乖史实。"④ 苏雪林曰："这时唐成秦汉以后最大帝国，又为亚洲文化的代表，民族活动力既极其强大，当然创造的意识也极其觉醒。而且交通便利，中外文化易于沟通……心胸之阔，智识之富，思想之超越深邃，均超佚任何时代。"⑤ 刘大杰曰："从秦汉以来，唐朝是第一个强大有力的帝国，是东亚文化的代表。民族具有一种创造的精神与少壮的力量，再加以外族文化的激荡交流，于是音乐、绘画、雕刻建筑各方面，都呈现着活跃的进步。文学在这种现状下，自然也跟着这伟大的时代潮流，而现出新鲜的生命情调。"⑥ 以上各家认为国运隆盛是唐诗兴盛之主要原因。

一部分学者从经济发展的角度探寻唐诗兴盛之原因。胡适曰："开元、天宝的时代在文化史上最有光荣。开国以来，一百年不断的太平已造

---

① 刘大杰：《中国文学发展史》，百花文艺出版社 2007 年版，第 187 页。
② 同上书，第 188 页。
③ 闻一多：《唐诗杂论》，中华书局 2012 年版，第 32 页。
④ 但涛：《唐人诗谏论》，见《华国月刊》1925 年第二期第九册。
⑤ 苏雪林：《唐诗概论》，商务印书馆 1947 年版，第 8 页。
⑥ 刘大杰：《中国文学发展史》，百花文艺出版社 2007 年版，第 184—185 页。

成了一个富裕的，繁华的，奢侈的，闲暇的中国。到明皇的时代，这个闲暇繁华的社会里遂自然产生出优美的艺术与文学。"① 陈子展曰："这时候（唐代）在民间以有了剩余经济之故，自然可以产生多量有文学教养的知识分子。"② 贺凯认为唐代文学兴盛的原因在于"商业的发展"与"城市文化"的形成，以及由此而造成的"解放的求自然的人生观"③。以上各家认为经济的发展促进了唐诗的兴盛。

一部分学者从各民族文化融合的角度探讨唐诗兴盛之原因。梁启超曰："唐朝民族化合作用，经过完成了，政治上统一，影响及于文艺，自然会把两种特性合冶一炉，形成大民族的新美。"④ 刘大杰认为唐诗兴盛的一个重要原因就是"新民族的创造力"⑤，"自五胡乱华到隋唐一统的那几百年中，是汉胡民族血统的大混流时代。当日的政权，虽是南北对立，但文化与血液的交流激荡，一刻也不曾停止。到了唐代，这种新民族算是酝酿形成，无论人民的气质艺术的风格，都呈现出一种新形态新力量来，把这种新民族的精力，反映于政治、军事或是文学各方面，自然都会产生出一种强烈的创造精神与动人的光彩。"⑥ 并认为"唐诗风格的复杂，气势的雄奇，创造精神的丰富，生命力量的充足，我们都要从这种地方来求解答"⑦。胡云翼曰："南北朝民族的揉合，构成唐诗的伟大的来源。"⑧ 黄眉玉曰："自两晋六朝以来异族侵入中原，带来了北人慷慨豪壮之气，与南方柔和婉转之气相混，经过几百年的同化作用，便调和而成了一种新文化，造成唐代文学发达的要项。此外如六朝乐府和音韵学的发达，也给予唐代诗人以绝大的影响，使之承受这些宝贵的遗产而更加发扬，于是造成空前的伟大。"⑨ 以上各家认为各民族文化融合是唐诗兴盛之主要原因。

一部分学者从艺术特别是音乐的发达对唐诗创作的促进方面探寻唐诗

① 胡适：《白话文学史》，新月书店 1928 年版，第 257—258 页。

② 陈子展：《唐代文学史》，作家书屋 1944 年版，第 4 页。

③ 贺凯：《中国文学史纲要》，北平文化学社 1931 年版，第 120 页。

④ 梁启超：《情圣杜甫》，见《梁启超文选》下集，中国广播电视出版社 1992 年版，第 137 页。

⑤ 刘大杰：《中国文学发展史》，百花文艺出版社 2007 年版，第 188 页。

⑥ 同上。

⑦ 同上。

⑧ 胡云翼：《唐诗研究》，商务印书馆 1930 年版，第 26 页。

⑨ 黄眉玉：《李白与杜甫》，《南昌女中》1937 年第 5、6 期。

兴盛之原因。杨启高曰："唐代艺术，上超六朝，下迈宋代。……诗与一切艺术为姊妹，故其有助于诗亦多。"① 苏雪林曰："唐代在那时也可以说是'大世纪'，所以一切音乐，绘画，雕刻，建筑都有非常的进步，谈到文学，则数百年相传的调子，自束缚他们不住了。"② 胡适曰："在这个音乐发达而俗歌盛行的时代，高才的文人运用他们的天才，作为乐府歌词，采用现成的声调或通行的歌题，而加入他们个人的思想与意境。"③ 胡适曰："唐人论诗多特别推重建安时期（如元稹论诗，引见《旧唐书》卷一九〇《杜甫传》中）。我们在上编曾说建安时期的主要事业在于制作乐府歌辞，在于文人用古乐府的旧曲改作新词。开元、天宝时期的主要事业也在于制作乐府歌辞，在于继续建安曹氏父子的事业，用活的语言同新的意境创作乐府新辞。所谓'力追建安'一句标语的意义其实不过如此。"④ 刘麟生曰："唐诗的发展，与音乐有关系。李景伯的《回波词》，李白的《清平调》，都是先有音乐，后来方作诗的。至于仿效乐府作歌辞的，那更是指不胜屈了，竹枝词柳枝词，也是可歌的。"⑤ 张世禄曰："是燕乐乃唐诗最流行之音乐也。音乐既变，古乐府不入俗，而律绝诗遂盛矣。唐人绝诗，亦极随是新音乐以成立者也。"⑥ 张长弓曰："近体诗既然可以入乐，亦可以认为唐代诗歌兴盛的原因之一。"⑦ 以上各家认为唐代音乐发达，而唐代诗歌又可以入乐，因而造成唐诗的盛行，认为艺术特别是音乐的发达是唐诗兴盛的主要原因之一。

　　民国时期，还有些学者认为唐诗兴盛的原因在于君主的能文与奖掖。胡适曰："太宗是个很爱文学的皇帝，他的媳妇武后也是一个提倡文学的君主；他们给唐朝文学种下了很丰厚的种子；到了明皇开元、天宝之世，唐初下的种子都生根发芽，开花结果了。"⑧ 曾毅认为唐诗兴盛的原因之一就是"唐代人主，靡不能诗，庙堂之上，雍容揄扬"⑨。邵祖平曰："则

①　杨启高：《唐代诗学》，正中书局 1935 年版，第 10—11 页。
②　苏雪林：《唐诗概论》，商务印书馆 1947 年版，第 8 页。
③　胡适：《白话文学史》，新月书店 1928 年版，第 260 页。
④　同上书，第 261 页。
⑤　刘麟生：《中国文学泛论》，世界书局 1934 年版，第 24 页。
⑥　张世禄：《中国文艺变迁史》，商务印书馆 1933 年版，第 90 页。
⑦　张长弓：《中国文学史新编》，开明书店 1948 年版，第 120 页。
⑧　胡适：《白话文学史》，新月书店 1928 年版，第 253 页。
⑨　曾毅：《中国文学史》下册，泰东图书局 1930 年版，第 4 页。

君上之奖拔，与士类之专潜是也。唐世君主如太宗、高宗、武后、玄宗、德宗、宪宗、穆宗、文宗、昭宗等，莫不好诗，其奖拔之方法，则晋以进士，赐以锦袍，召为学士，征为舍人，置为学士，擢为宰相，鸣呼，以至盛矣。"[①] 刘麟生[②]、容肇祖[③]、刘大杰[④]、杨启高[⑤]等持论相同。有些学者还对帝王的提倡对具体诗体发展的影响进行了论述，罗根泽曰："乐府至唐代，已至由分化渐就至衰落时期，而能产生大批之文人新乐府，使乐府文学得一完美收场，君主后妃之提倡，与有力焉。"[⑥] 苏雪林认为唐初帝王提倡应制诗，而应制对于"诗章的体裁自然生出一种限制，因而律诗更易成功了"[⑦]。受传统观念的影响，认为君主的提倡是唐代律诗兴盛之主要原因，持这种观点的学者在民国时期非常多。

民国时期，也有些学者从政治、经济、文化等文学发展的外部因素方面综合论述唐诗兴盛之原因。张世禄认为唐代由于多种思想的融会而造成思想的复杂从而造成文艺上的"千门万户之观"，由于国族强盛，由于生活丰富，因而文艺上"开未曾有之大观"。[⑧] 刘麟生认为唐诗繁荣的原因在于："物质上的享乐。唐朝政治统一，东西交通渐渐展开，人民安居乐业，可以踵事增华。"[⑨] 郑宾于从六朝诗歌艺术的积累、唐代"以诗赋取士"制度的促进及音乐的繁荣三个方面探讨唐诗兴盛之原因[⑩]。汪静之把唐诗兴盛的原因归结为："不用典故，和多用白话两事亦是唐诗发达的原因。"[⑪] 以上各家综合论述造成唐诗兴盛的各种社会、文化、文学原因。

二　从社会制度方面论述唐诗兴盛之原因

大部分学者认为"以诗赋取士"的科举制度是唐诗兴盛的主要原因。

---

① 邵祖平：《唐诗通论》，《学衡》1922年第12期。
② 刘麟生：《中国文学泛论》，世界书局1934年版，第24页。
③ 容肇祖：《中国文学史大纲》，开明书店1947年版，第157页。
④ 刘大杰：《中国文学发展史》，百花文艺出版社2007年版，第186页。
⑤ 杨启高：《唐代诗学》，正中书局1935年版，第8页。
⑥ 罗根泽：《乐府文学史》，文化学社1932年版，第196页。
⑦ 苏雪林：《唐诗概论》，商务印书馆1947年版，第29页。
⑧ 张世禄：《中国文艺变迁史》，商务印书馆1933年版，第84—87页。
⑨ 刘麟生：《中国文学史》，世界书局1933年版，第172页。
⑩ 郑宾于：《中国文学流变史》中册，上海北新书局1930年版，第239页。
⑪ 汪静之：《李杜研究》，商务印书馆1928年版，第1—2页。

关于科举制度与唐诗发展之关系，宋杨万里《周子益训蒙省题诗序》曰："唐人未有不能诗者，能之矣，亦未有不工者，至李杜极矣。后有作者，蔑以加矣。而晚唐诸子，虽乏二子之雄浑，然'好色而不淫'、'怨诽而不乱'，犹有《国风》《小雅》之遗音。无他，专门以诗赋取士而已。"① 严羽《沧浪诗话》曰："唐以诗取士，故专；我朝所以不及。"② 认为科举制度是唐诗兴盛的主要原因。明代王世贞反对此种观点，曰："人谓唐以诗取士，故诗独工，非也。凡省试诗，类鲜佳者。如钱起《湘灵》之诗，亿不得一；李肱《霓裳》之制，万不得一。律赋尤为可厌。"③ 认为科举诗鲜有佳者，唐诗兴盛并非由于科举制度之刺激。杨慎也反对严羽的观点，《升庵诗话》引胡子厚论诗曰："人有恒言曰：唐以诗取士，故诗盛；今代以经义选举，故诗衰。此论非也。诗之盛衰，系于人之才与学，不因上之所取也。"④ 认为诗之兴衰主要系于一个时代士人之才与学，而与"上之所取"并无必然之联系。民国时期的学者是从科举与文学的关系方面探讨唐诗兴盛之原因的，大都围绕上述两种观点展开，但是绝大部分学者接受了严羽的观点，认为唐诗兴盛的原因在于"以诗赋取士"制度的刺激。闻一多曰："不过他们当时那样作，也是社会背景造成的，因为诗的教育被政府大力提倡，知识分子想要由进士及第登上仕途，必要的起码条件是能作诗，作诗几乎成了唯一的生活出路，你怎能责怪他们那样拼命写诗呢？"⑤ 又曰："有抱负也好，没有也好，一个读书人生在那时代，总得做诗。做诗才有希望爬过第一层进身的阶梯。诗做到合乎某种程序，如其时运也凑巧，果然混得一'第'，到那时，至少在理论上你才算在社会中'成年'了，才有说话做事的资格。"⑥ 杨启高曰："唐试进士，在高宗永隆三年初试策，杂文。武周二年始试律赋，直至开元七年，乃试律诗……此为以声偶文试进士之标准。而诗人发达之原因，亦以此为最。"⑦ 认为以诗赋取进士为唐代诗歌兴盛之重要原因。杨启高又通过开

---

① （宋）杨万里：《诚斋集》卷八三，引自陈伯海主编《历代唐诗论评选》，河北大学出版社 2003 年版，第 372 页。

② （宋）严羽撰，郭绍虞校释：《沧浪诗话校释》，人民文学出版社 1983 年版，第 147 页。

③ （明）王世贞：《艺苑卮言》，见丁福保《历代诗话续编》，中华书局 1983 年版，第 1015 页。

④ （明）杨慎：《升庵诗话》，见丁福保《历代诗话续编》，中华书局 1983 年版，第 773 页。

⑤ 郑临川：《闻一多论古典文学》，重庆出版社 1984 年版，第 83 页。

⑥ 闻一多：《唐诗杂论》，中华书局 2012 年版，第 36 页。

⑦ 杨启高：《唐代诗学》，正中书局 1935 年版，第 94 页。

元、天宝两时期进士中兼有诗人的人数的统计，进一步分析曰："一、进士中固多大诗人，如王维、李颀、储光羲、崔颢、钱起等，各人之律诗均多佳者，与沈宋较为高明。二、从表外去思索，与王维齐名而又为王所佩服之孟浩然，并未见之。至世人共盛称之诗仙李白与诗圣杜甫，均榜上无名，李白虽功名心淡，超然不群，而杜甫则屡试不第，而律诗绝伦。于此可见科举虽可以开通风气，亦只能举庸才。凡杰出之士，绝不舍其个性而自找独立之兴趣。是以可断定考试能得庸才，而不能得俊才。然无考试以促成，则庸才亦不可得。是以二者，固未可偏废，而盛唐之盛，亦藉此益形发达。"① 认为论"以诗赋取士"制度对唐诗兴盛的影响，应该以武周二年为界限分此种制度尚未施行前和已经施行后两种不同的情况分别予以考察，并且认为虽然"以诗赋取士"制度对天才杰出的大诗人如李杜者影响不大，但是总体上来看唐诗兴盛之原因在于"以诗赋取士"制度的刺激。蒋抱玄曰："唐以声韵取士，才智超旷者固肆力其中，即秉资愚鲁者亦穷年累月，以殚其精。故六义之学，至李唐而大备。"② 此处"六义之学"指诗学。柳村任也认为律诗发达的原因在于"君主的提倡"与"以诗赋取士"③。赵景深认为唐代"诗尤极一代之胜……这是由于唐朝以诗赋取士的缘故"④。杨启高曰："唐代以律诗取进士，乃由朝廷法律规定，与律赋同一用意，虽杰出天才，不愿由考试出身，然其自作诗篇，亦未尝不奉此法者。"⑤ 认为唐代诗人中由进士出身和非进士出身的均受到了"以诗赋取士"制度的影响。胡云翼曰："在中国古代，文学未成为独立研究之科，所谓文人，不过借文以干禄，故文学的盛衰，往往视政治的趋向为消长。唐即开诗赋应制之风，诗歌自然发达起来了。"⑥ 玄修曰："近体兴于唐之以诗赋取士，将以博利禄者，不徇人意不可也。"⑦ 曾毅曰："唐诗之盛，盖由于此（案：指'以诗赋取士'制度）。"⑧ 刘麟生认

① 杨启高：《唐代诗学》，正中书局 1935 年版，第 95—96 页。

② 蒋抱玄：《听雨楼诗话》，见张寅彭主编《民国诗话丛编》第五册，上海书店 2002 年版，第 294 页。

③ 柳村任：《中国文学史发凡》，文怡书局 1935 年版，第 193 页。

④ 赵景深：《中国文学小史》，光华书局 1930 年版，第 55 页。

⑤ 杨启高：《唐代诗学》，正中书局 1935 年版，第 8 页。

⑥ 胡云翼：《唐诗研究》，商务印书馆 1930 年版，第 26—27 页。

⑦ 玄修：《说韩》，《同声月刊》1942 年第 2 期。

⑧ 曾毅：《中国文学史》上册，泰东图书局 1930 年版，第 9 页。

为唐诗发达的原因之一在于"以诗赋取士"制度的刺激。① 刘大杰曰：
"加之唐代以诗取士，于是诗歌一门，成为文人得官干禄的终南捷径，而
成为明清两代的制艺，作为当日青年们的必修科目了。幼年时代起就从事
诗歌的学习与训练，这种事迹，在唐代诗人的传记里，是常常记载着的。
在这种环境下，诗的兴盛发达与普及，自是必然的现象。"② 以上学者均
认为"以诗赋取士"的科举制度是唐诗兴盛之主要原因。

　　有些学者也认同上述各家对于"以诗赋取士"的科举制度对唐诗发
展之影响的观点，但是他们认为"以诗赋取士"制度为唐诗兴盛之重
要原因而非唯一原因。胡小石曰："唐代诗人之特别多者，乃因科举的
关系。"③ 又曰："可是考进士的诗虽有钱起之《湘灵鼓瑟》'曲终人不
见，江上数峰青'，崔曙之《明堂火珠》'夜来双月满，曙后一星孤'等
佳句。但有些稍伟大的诗家，往往不善此体。"④ "唐代诗人中成就最大
的，首推李杜，而二人于科举都不得意，又均非进士。"⑤ 认为"以诗赋
取士"制度促进了唐诗的繁荣，但同时又认为科举诗本身的艺术价值并
不高，而且一部分大诗人往往不擅长"科举诗"，认为科举制度并非唐诗
兴盛之唯一原因。张长弓曰："一般的人都是说：唐诗之兴盛，由于唐代
以诗赋取士的缘故。实际考察起来，诗赋取士仅为唐诗兴盛的原因之一，
因为这种制度的推行，在诗赋兴盛之后呢。"⑥ 又曰："所以说试验制度与
诗歌的兴盛，言之于开元以后则尚成理由，推之于开元以前则不可的。"⑦
认为应该以开元时期为界限分科举制度施行前和施行后不同情况考察此种
制度对唐诗发展之影响。总之，民国时期，胡小石、杨启高等学者关于科
举制度与唐诗兴盛之间关系的富有辩证性的观点对于新时期唐代科举与文
学关系的研究具有重要的影响，后来程千帆的《唐代进士行卷与文学》
就是对他们两人观点的进一步深化。

　　还有一部分学者认为"以诗赋取士"制度对唐诗发展没有影响。苏

---

① 刘麟生：《中国文学泛论》，世界书局 1934 年版，第 24 页。
② 刘大杰：《中国文学发展史》，百花文艺出版社 2007 年版，第 186 页。
③ 胡小石：《李杜诗之比较》，《国学丛刊》1924 年第 3 期，见周勋初编《胡小石文史论
丛》，南京大学出版社 2008 年版，第 143 页。
④ 同上。
⑤ 同上。
⑥ 张长弓：《中国文学史新编》，开明书店 1948 年版，第 113 页。
⑦ 同上书，第 114 页。

雪林曰："科举于唐诗无甚帮助。"① 钱振锽曰："沧浪云：'唐以诗取士，故专；我朝所以不及。'亦不然。天生一种诗人，决不为朝廷取士不取士所累。"② 又曰："亭林有云：'古诗无题，唐人以诗取士，始命题分韵，而诗学遂衰。'夫唐代取士，命题分韵，是已，然唐诗不皆为取士之诗，不皆为分韵命题之诗。因取士之一端，遂云诗学之衰，有是理哉?"③ 认为唐诗兴盛和衰弱并非完全由"以诗赋取士"的科举制度造成。总体而言，民国时期持"以诗赋取士"制度对唐诗发展影响不大这种观点的学者较少。

三　从思想史角度论述唐诗兴盛之原因

有些学者认为唐代思想上之自由是唐诗兴盛的主要原因，有些学者认为儒学的发达是唐诗兴盛的主要原因。林之棠曰："唐代思想偏重儒教……儒教首重诗书，唐代之思潮如此，其文学之趋向，焉得不偏重于诗。"④ 有些学者认为作为社会学之史学的发达是唐诗兴盛的主要原因之一。杨启高曰："唐代修撰《晋书》《梁书》《陈书》《南史》《北史》《周书》《隋书》，自富史学之技术，而关于原理者，则为刘知几《史通》，因修史重文章，而诗人多取资粮于其间。"⑤ 有些学者认为文字学之发达是唐诗兴盛的原因之一，杨启高曰："就义训言，自《尔雅》以来，每字皆有复杂训诂，对于诗之表现情感想象智能三内容元素，均绰有余裕，是以唐代文化影响于诗之发达，文字，固一极重要原因也。"⑥ 从文字学发达方面探讨唐诗兴盛之原因。以上各家认为学术发展是唐诗兴盛之主要原因之一。

四　从诗歌本体论角度探讨唐诗兴盛之原因

一部分学者从唐诗对六朝文学遗产的继承中分析唐诗兴盛之原因。郑作民曰："六朝虽当乱离之世，但是诗歌蓬勃，蔚然大观，风行海内；唐

---

① 苏雪林：《唐诗概论》，商务印书馆 1947 年版，第 3 页。
② 钱振锽：《谪星说诗》卷一，见张寅彭主编《民国诗话丛编》第二册，上海书店 2002 年版，第 580 页。
③ 同上书，第 594 页。
④ 林之棠：《中国文学史》中册，华盛书局 1934 年版，第 553 页。
⑤ 杨启高：《唐代诗学》，正中书局 1935 年版，第 9 页。
⑥ 同上书，第 7 页。

代得其所遗的余势，由此容易得到良好的成绩。"① 认为六朝文学的兴盛为唐诗发展奠定了坚实的基础，唐诗在此基础上容易走向繁盛，唐代文学的发达是六朝文学发展惯性之结果。黄江华②持论相同。刘大杰曰："然而七言古诗以及律绝的新体诗，在六朝时代才开始形成，带着嫩草青芽的新生命，正等待着下代的园丁来培植发扬。天才的作者，正好在这块园地内大显身手，来完成诗歌本身尚未完成的生命。加之辞赋一体久已僵化，旁的新文体尚未产生，于是文人的创作，全部集中精力于诗歌，因此造成那种光华灿烂的成就。"③ 刘大杰从文学本位的立场出发，认为唐代诗歌兴盛的首要原因是"诗歌本身进化的历史性"④。王国维则提出"善创，亦且善因"说，曰："楚辞之体，非屈子所创也。《沧浪》《凤兮》之歌已与三百篇异，然至屈子而最工。五七律始于齐、梁而盛于唐。词源于唐而大成于北宋。故最工之文学，非徒善创，亦且善因。"⑤ 王国维认为"一代有一代之文学"⑥，之所以能成为"一代之文学"的原因在于"善创，亦且善因"，彭玉平先生认为"一代之文学，也即最工之文学"⑦，就五七律而言，王国维认为其"盛于唐"，同时也包含着"工于唐"的思想，其原因也在于"善创，亦且善因"，认为唐诗善于继承六朝诗歌的优秀成果，并在此基础上进一步创新，因而成就了作为"一代之文学"的唐诗。这种思想，体现了王国维关于唐诗兴盛之原因的认识。张长弓曰："近体诗刚刚完成，给于文士们的刺激，而引起他们试作的兴趣。"⑧ 以上学者认为唐诗兴盛的原因是唐人在六朝文学积淀的基础上进一步创造的结果。

　　一部分学者认为唐诗兴盛的原因在于唐代个别诗体的发达及其对唐诗发展的推动。苏雪林认为唐代诗歌兴盛是由于文学格调（诗体）创造之努力⑨。胡适曰："盛唐是诗的黄金时代。但后世讲文学史的人都不能明

① 郑作民：《中国文学史纲要》，合众书店 1934 年版，第 102 页。
② 黄江华：《唐代文学概说》，《民钟季刊》1937 年第 1 期。
③ 刘大杰：《中国文学发展史》，百花文艺出版社 2007 年版，第 185 页。
④ 同上。
⑤ 王国维撰，彭玉平疏：《人间词话疏证》，中华书局 2006 年版，第 367—368 页。
⑥ 王国维：《宋元戏曲史·自序》，上海古籍出版社 1998 年版。
⑦ 王国维撰，彭玉平疏：《人间词话疏证》，中华书局 2006 年版，第 367—368 页。
⑧ 张长弓：《中国文学史新编》，开明书店 1948 年版，第 114 页。
⑨ 苏雪林：《唐诗概论》，商务印书馆 1947 年版，第 8 页。

白盛唐的诗所以特别发展的关键在什么地方。盛唐的诗的关键在乐府歌辞。第一步是诗人仿作乐府。第二步是诗人沿用乐府古题自作新辞，但不拘原意，也不拘原声调。第三步诗人用乐府民歌的精神来创作新乐府。在这三步之中，乐府民歌的风趣与文体不知不觉地浸润了，影响了，改变了诗体的各方面，遂使这个时代的诗在文学史上放一大异彩。"[1] 认为乐府诗的发达是唐诗发达的主要原因。郑宾于曰："律诗不特仅是唐人应制之作，也是唐代最盛行，最普遍的诗体。唐代的诗业之所以有空前绝后的成绩者，其唯一的表现就是律诗。"[2] 认为律诗的兴盛是唐诗兴盛的主要表现，也是唐诗兴盛的主要原因。

个别学者认为诗歌语言的白话化促进了唐诗的发达。汪静之曰："不用典故，和多用白话两事亦是唐诗发达的原因。"[3] 这种观点是受了民国时期白话文运动影响的结果，其实唐诗语言是否有白话化的趋势，这还是一个值得商榷的问题。

也有一部分学者认为唐诗发达的原因在于民间文学的影响。苏雪林曰："胡适说'一切文学都从民间来'，这真是文学史一条黄金定律。……中国文学史上文人拟民间乐府有几次光荣的成就，第一次是建安时代，因而有五言诗时代出现。第二次便是盛唐了。……其他（唐人）推崇建安之语尚多，他们建安时代的伟大，正是他们认识自己时代的伟大。"[4] 苏雪林曰："唐人能清楚认识文学自然的趋势，用民歌活的言语，活的境界来写新文艺，使诗歌内容充实，形额（案：当为容）翻出无数花样。"[5] 认为民间文学的发达促进了唐诗之兴盛。

部分学者从民间文学和士人文学融合的角度探讨唐诗兴盛之原因。谭正璧曰："到了重视诗人的唐政府时代，民间能作诗的人，都为当地官长所注意而提拔，或竟因此而引荐做大官。这样，自然好像这时没有民间文学了。诗人个个都高升了，个个都闻名了，民间自然再也不会有无名的诗人了！而且民间诗人的作品，因诗人地位的抬高，不必朝廷去采入乐府，他们自会编成集子献给朝廷。因此好像外观上唐代没有民间文学，唐代的

---

① 胡适：《白话文学史》，新月书店 1928 年版，第 262 页。
② 郑宾于：《中国文学流变史》中册，上海北新书局 1930 年版，第 273 页。
③ 汪静之：《李杜研究》，商务印书馆 1928 年版，第 1—2 页。
④ 苏雪林：《唐诗概论》，商务印书馆 1947 年版，第 8—9 页。
⑤ 同上书，第 10 页。

诗歌都是贵族的作品；其实是民间文学抬头了，已和文士文学无明显的畛域可分了。这样，少数的文士文学，抵不过多数的民间文学的势力；六朝传来的文士的作风无论怎样不自然、不洒脱，到这时候，也不能不就范了；即使仍免不掉染上些贵族的色彩，但也不至于完全和民间隔绝了。所谓诗歌的黄金时代，就是在这样的情形中造成的。"① 认为民间文学和文人文学的融合促进了唐诗之兴盛。

民国时期，对于唐诗兴盛的原因，学者们是从文学内部和外在社会环境两个方面去考察的。在文学内部，此期进化论观点深入人心，以进化论视角研究文学也成为一时潮流，在这种文化背景下，一部分学者从本体论角度从文学自身发展流变中探讨唐诗对六朝文学遗产的继承问题，认为唐诗的兴盛来自于六朝诗歌艺术的积淀。在白话文运动的影响下，也有一部分学者认为诗歌语言的白话化促进了唐诗的发达。此期，在古史辨思潮的影响下，神话诗学走向兴盛，民间文学研究因此而受到了空前的重视，因此一部分学者认为唐诗发达的原因在于民间文学的影响。

从外在社会文化背景方面研究唐诗兴盛之原因。首先，民国时期是中国历史上内忧外患交织的动乱时期，因而此期的学者从文学生成之外部环境的太平与否方面探讨唐诗兴盛的原因。其次，民国时期的知识分子大多是从官、士、商等阶层中的绅士转化而来，社会的大变革使他们在物质上、精神上受到了前所未有的突变，社会的动荡使得他们在物质上不能享受此前所具有的安逸的生活环境，军阀掌权使得他们此前所具有的精神贵族的地位也受到了挑战，他们在精神上也是相当苦闷的。因此，社会身份的变化使得他们开始从士人身份的变化方面探讨唐诗兴盛之原因。再次，民国时期，在西方列强坚船利炮的侵袭下，古老的中国遭受了此前从未遭遇过的奇耻大辱，积贫积弱、遍体鳞伤的中国给予当时的知识分子巨大的精神痛苦，因而此期的知识分子大多从国力强盛方面探讨唐诗兴盛之原因。在当时的历史背景下，知识分子通过向西方学习得出来的结论是要使中国走上富强的道路就必须发展民族经济，因而此期许多学者也从经济发展的角度探讨唐诗兴盛之原因。又，在西学东渐的时代背景下，"全盘西化"是当时一部分知识分子的选择，"全盘西化"主要就是学习西方的文

---

① 谭正璧：《中国文学进化史》，光明书局 1930 年版，第 107—108 页。

化，所以中西文化的融合是当时学术研究的重要课题，民国时期对西域史地的研究就是在这种背景下展开的，向达之《唐代长安与西域文明》、陈垣之《元代西域人华化考》就是此期文化融合研究的典范。在这种文化背景下，此期梁启超、刘大杰等学者开始从各民族文化融合的角度探讨唐诗兴盛之原因。另外，民国时期的学者大多具有较高的艺术素养，如闻一多、苏雪林、钱锺书对绘画都有一定的造诣，所以他们经常从唐诗的画面审美特点去研究唐诗，其他学者也大多具有较高的艺术素养。因而，此期很多学者从艺术的发达方面探讨唐诗兴盛之原因。又，陈寅恪在王国维纪念碑文中所提出的"独立之精神，自由之思想"是民国时期一部分知识分子的精神追求，因而此期学者也从唐代思想上之自由方面探讨唐诗兴盛的原因。

民国时期，对于科举制度与唐诗之间关系的探讨是唐诗兴盛原因研究中最为深入之处。宋人就开始研究科举制度与唐代文学之间的关系，到了民国时期，科举制度与文学之间的关系研究更加深入，清华国学院毕业生施子愉的毕业论文就是《唐代科举制度及其对于文学之影响》，而其答辩委员分别为闻一多、汤用彤、冯友兰、朱自清、王力、浦江清（曾为陈寅恪助手)[①]，这些答辩委员中，闻一多、陈寅恪、浦江清都是唐诗学的研究专家，这些学者对科举制度与唐代文学之间的关系都做过一定思考。因此，在民国时期唐诗学兴盛原因的研究中，从科举制度与唐代文学之间的关系方面探讨唐诗兴盛之原因的研究是最为深刻的。当代关于唐代科举制度与文学研究成就较为突出的学者是程千帆与傅璇琮，程千帆是胡小石的弟子，傅璇琮为王瑶的学生，王瑶与施子愉是同学，而胡小石与施子愉都曾经对唐代科举与文学之间的关系进行过深入研究，由此可以见出民国时期唐诗学研究对当代唐诗研究的深远影响。

总体来讲，民国时期对于唐诗兴盛原因的研究，主要集中在文学发展的外部原因方面的探讨，大部分学者认为唐诗之所以能够成为一代之文学的主要原因在于科举制度的促进。对于文学本位方面的原因则研究较少，对唐代文化包括音乐、绘画与诗歌关系的研究不够深入，但是这些研究为当代唐诗研究奠定了坚实的基础。

---

① 齐家莹编撰：《清华人文学科年谱》，清华大学出版社1998年版，第313页。

第四节　唐诗影响论

一　唐诗对宋诗的影响

从诗歌艺术渊源与影响范围而言，刘麟生曰："宋诗得力于散文化，而作散文化的诗，不能不以杜为鼻祖。"① 认为宋诗的艺术特点在于散文化，而这种散文化的特点发源于杜甫，认为宋诗艺术渊源于唐诗。胡云翼曰："就其关系言，宋诗实受唐诗的影响最深，如宋初杨亿辈的西昆体，乃以李商隐为开山祖，欧阳修梅圣俞的复古，乃以盛唐为旗帜；虽有北宋之苏轼，南宋之陆游辈，其诗能自立风味，却不能造立宋诗的新境界，所以宋诗终不能脱唐诗的窠臼而成伟大的发展。"② 认为宋诗始终没有脱离唐诗之影响而形成一种独立的诗歌类型。

从诗体的影响而言，陈衍曰："宋诗人工于七言绝句而能不袭用唐人旧调者，以放翁、诚斋、后村为最，大略浅意深一层说，直意曲一层说，正意反一层侧一层说。诚斋又能俗语说得雅，粗语说得细，盖从少陵、香山、玉川、皮、陆诸家中一部分脱化而出也。"③ 认为宋代绝句艺术渊源于唐代绝句。

从宋代诗派、诗人对唐诗的接受角度论述唐诗影响的，主要是对两宋主要诗派、著名诗人对唐诗接受的论评。

西昆体对唐诗的接受。陆侃如曰："他（李商隐）的诗倒也风行一时——尤其在宋初。那时钱惟演们所谓'西昆体'，即完全学李商隐的。"④ 黄节曰："宋初去晚唐未远，故温李之风，由五季以流入，则'西昆体'兴焉。"⑤ 指出了宋初西昆体诗人对李商隐诗歌艺术的接受。

江西派对唐诗的接受。刘麟生曰："黄山谷学杜，更是众口一词了。"⑥ 徐英谓中唐张籍、姚合等人的律诗"遂下启宋人江西一派"⑦。指

①　刘麟生：《中国文学史》，世界书局 1933 年版，第 185 页。
②　胡云翼：《唐诗研究》，商务印书馆 1930 年版，第 16 页。
③　陈衍：《石遗室诗话》卷一六，见张寅彭主编《民国诗话丛编》第一册，上海书店 2002 年版，第 230 页。
④　陆侃如、冯沅君：《中国诗史》卷二，商务印书馆 1939 年版，第 864 页。
⑤　黄节：《诗学》，见张寅彭主编《民国诗话丛编》第二册，上海书店 2002 年版，第 501 页。
⑥　刘麟生：《中国文学史》，世界书局 1933 年版，第 185 页。
⑦　徐英：《诗法通微》，正中书局 1943 年版，第 28 页。

出了江西派对中唐张籍、姚合等人诗歌艺术的接受。

四灵派对唐诗的接受。徐英评中唐张籍、姚合等人的律诗曰："北宋九僧，南渡四灵，莫不奉为宗主。"① 钱振锽曰："后村尝谓四灵诸人极力驰骤，才望见贾岛、姚合之藩而已。欲息唐律，专造古体。夫诗体古、近，各由于性之所便，断无学一家似一家，舍一家再学一家之理。四灵、后村之似贾、姚，亦性相近也，非尽出于学也。"② 指出了四灵派对中唐诗人诗歌艺术的接受。

苏轼对唐诗的接受。陈衍曰："东坡七言古，中间全用对句排算到底，本于老杜《岳麓山道林二寺行》。"③ 傅庚生认为苏轼《初冬》诗模仿韩愈《早春》诗，曰："东坡盖借昌黎之结构而自起楼阁者也。"④ 袁嘉谷⑤、王逸塘⑥等也具体分析了唐代诗人诗作对苏轼诗歌创作的影响。

王安石对唐诗的接受。丁仪曰："王介甫杂糅李杜，唐突甚矣。"⑦ 海藏《读王荆文集》六十绝句曰："唐人声律盛当时，不废高岑应制诗。湖上春风曾再赋，披香齐窃柳家词。"⑧ 谓唐人诗对王安石影响极大。海藏《读王荆文集》六十绝句诗后自注曰："荆公兼学韩孟，其倾倒广陵，无异退之于东野。惟广陵时有近玉川子者，荆公无之，岂不为耶？《石林诗话》谓荆公少以意气自许，不复更为含蓄；为草牧判官，从宋以道尽假唐人诗集，博观而约取，晚年始尽深婉不迫之趣。毋逢辰序谓公之诗非宋人之诗，乃宋诗之唐者。"⑨ 谓王安石兼学韩孟，因而诗风有唐音。王安

① 徐英：《诗法通微》，正中书局 1943 年版，第 28 页。
② 钱振锽：《谪星说诗》卷一，见张寅彭主编《民国诗话丛编》第二册，上海书店 2002 年版，第 582 页。
③ 陈衍：《石遗室诗话》卷一九，见张寅彭主编《民国诗话丛编》第一册，上海书店 2002 年版，第 261 页。
④ 傅庚生：《中国文学欣赏举隅》，开明书店 1943 年版，第 238 页。
⑤ 袁嘉谷：《卧雪诗话》卷三，见张寅彭主编《民国诗话丛编》第二册，上海书店 2002 年版，第 352 页。
⑥ 王逸塘：《今传是楼诗话》，见张寅彭主编《民国诗话丛编》第三册，上海书店 2002 年版，第 386 页。
⑦ 丁仪：《诗学渊源》卷八，见张寅彭主编《民国诗话丛编》第三册，上海书店 2002 年版，第 201 页。
⑧ 陈衍：《石遗室诗话续编》卷二，见张寅彭主编《民国诗话丛编》第一册，上海书店 2002 年版，第 515 页。
⑨ 同上书，第 516 页。

石是宋代诗歌艺术成就较高的一位诗人，因而民国时期的学者在研究唐诗对宋诗的影响时非常重视其对唐诗接受情况的研究。

黄庭坚对唐诗的接受。陆侃如认为"（杜甫诗）句法异常者尚多……这些地方，颇为韩愈一派诗人所取法，直到宋代的黄庭坚。他们都是由警炼而趋于奇险的路上去的"[①]。陈衍曰："山谷、铁厓多学杜之七言绝句。"[②] 陈衍还具体分析了黄庭坚对孟浩然诗歌艺术的接受。[③] 由黄庭坚所开创的江西诗派不但是宋代，而且是中国诗史上最为声势浩大的一个诗歌流派，而江西诗派主要是以杜诗为学习对象的，所以唐诗对宋诗的影响，最主要地体现在对江西诗派的影响上，民国时期的学者对此也有深刻的认识，他们不仅重视黄庭坚对杜诗的接受，也注意到了黄庭坚对其他唐代诗人诗歌艺术的接受。

陆游对唐诗的接受。钱锺书通过对陆游具体诗作的考证，指出陆游在诗学观点上极为轻视晚唐。同时，钱锺书又对陆游诗歌的艺术渊源进行考证，认为"其鄙夷晚唐，乃违心作高论耳"[④]，认为宋代即使如陆游等标举反对中晚唐诗歌的诗人其实也受中晚唐诗歌影响很大，曰："杨陆两诗豪尚规抚晚唐，刘后村、陈无咎、林润叟、戴石屏辈无论矣。"[⑤] 进而认为"窃以为南宋诗流之不墨守江西派者，莫不濡染晚唐"[⑥]。钱振锽[⑦]、丁仪[⑧]、傅庚生[⑨]、王逸塘[⑩]等也具体分析了唐代诗人诗作对陆游诗歌创作的影响。此期，就陆游对唐诗接受的研究以钱锺书的研究最为深入，钱锺书由陆游在诗歌理论上的反对晚唐诗，而在诗歌创作中对晚唐诗人的效仿

① 陆侃如、冯沅君：《中国诗史》卷二，商务印书馆1939年版，第785页。
② 陈衍：《石遗室诗话》卷一九，见张寅彭主编《民国诗话丛编》第一册，上海书店2002年版，第261页。
③ 陈衍：《石遗室诗话续编》卷一，见张寅彭主编《民国诗话丛编》第一册，上海书店2002年版，第478页。
④ 钱锺书：《谈艺录》，生活·读书·新知三联书店2008年版，第316页。
⑤ 同上书，第320页。
⑥ 同上书，第318页。
⑦ 钱振锽：《谪星说诗》卷二，见张寅彭主编《民国诗话丛编》第二册，上海书店2002年版，第612页。
⑧ 丁仪：《诗学渊源》卷七，见张寅彭主编《民国诗话丛编》第三册，上海书店2002年版，第140页。
⑨ 傅庚生：《中国文学欣赏举隅》，开明书店1943年版，第236页。
⑩ 王逸塘：《今传是楼诗话》，见张寅彭主编《民国诗话丛编》第三册，上海书店2002年版，第386页。

的矛盾，认为唐诗对宋诗影响很深。

　　陈师道对唐诗的接受。陈衍曰："陈简斋五言古，在宋人几欲独步，以宋人学常建、刘眘虚及韦、柳者甚少也。"① 陈衍曰："北宋人肆力作七古，作五古未甚用功，故无佳构。惟陈简斋在北宋末，五古由王、孟、韦、柳来，而能自出机杼。"② 指出了陈师道对唐诗艺术的接受。

　　泛论宋代诗人对唐诗的接受。陈衍曰："北宋人多学杜韩，故工七言古者多；南宋人稍学韦柳，故有工五言者；南渡苏黄一派流入金源。宋人如陈简斋、陈止斋、范石湖、姜白石、四灵辈，皆学韦柳，或至或不至，惟放翁无不学，独七言古不学韩苏，诚斋学白、学杜之一体，此其大较也。"③ 指出了唐代著名诗人杜、韩、韦、柳对两宋诗歌之影响。钱锺书曰："若以诗言，欧公苦学昌黎，参以太白、香山，而圣俞之于东野，则未尝句摹字拟也。集中明仿孟郊之作，数既甚少，格亦不类。哀逝惜伤，著语遂多似郊者。"④ 指出了唐代诗人对北宋初期诗人欧阳修、梅圣俞之影响。钱振锽曰："范希文近体纯用唐法，极有雅音。"⑤ 沈其光曰："'却从巴峡穿巫峡，便下襄阳向洛阳'，杜甫诗也，而东坡效之云：'恰从神武来弘景，便向罗浮觅稚川。''鸡声茅店月，人迹板桥霜'，温庭筠《早行》诗也，而欧公效之云：'鸟声梅店雨，野色板桥春。''偶题岩石云生笔，闲绕庭松露泾衣。'"⑥ 民国时期的学者对宋代诗人对唐诗接受的这种泛泛分析意在强调唐诗对宋诗的影响无处不在，影响非常深远。

　　关于唐代著名诗人对宋诗的影响，主要集中在杜甫、白居易、韩愈等人的研究上。

　　杜甫在宋代的影响。关于杜诗诗体对宋诗的影响，刘麟生曰："老杜的七绝，另有一种风趣，为宋诗之所本。"⑦ 陈衍曰："后山七律，结联多

---

　　① 陈衍：《石遗室诗话续编》卷三，见张寅彭主编《民国诗话丛编》第一册，上海书店2002年版，第556—557页。

　　② 黄曾樾辑：《陈石遗先生谈艺录》，见张寅彭主编《民国诗话丛编》第一册，上海书店2002年版，第707页。

　　③ 陈衍：《石遗室诗话》卷一八，见张寅彭主编《民国诗话丛编》第一册，上海书店2002年版，第260页。

　　④ 钱锺书：《谈艺录》，生活·读书·新知三联书店2008年版，第434页。

　　⑤ 钱振锽：《名山诗话》卷二，见张寅彭主编《民国诗话丛编》第二册，上海书店2002年版，第636页。

　　⑥ 沈其光：《瓶粟斋诗话初编》卷二，见张寅彭主编《民国诗话丛编》第五册，上海书店2002年版，第513页。

　　⑦ 刘麟生：《中国文学泛论》，世界书局1934年版，第26页。

用涩语对收，则学杜而得其皮者。"① 胡适曰："杜甫的'小诗'常常用
绝句体，并且用最自由的绝句体，不拘平仄，多用白话。这种'小诗'
是老杜晚年的一大成功，替后世诗家开了不少的法门；到了宋朝，很有些
第一流诗人仿作这种'小诗'，遂成中国诗的一种重要的风格。"② 关于杜
诗诗法对宋诗的影响，丁仪曰："老杜诗：'杨花细逐桃花落，黄鸟时兼
白鸟飞'是宋人不二法门。"③ 玄修曰："（杜甫）《逼仄行赠毕曜》《病后
遇王倚饮赠歌》，宋人学此类音节为多，实开宋派。"④ 玄修曰："彭衙行
与述怀诗，尚可学，然是开宋派者。"⑤ 钱振锽曰："宋支凑诗，不是至宋
而始然，与八代、初唐、杜、韩集中拙诗相似。宋人多学少陵，故破滞处
大相类。"⑥ 胡适曰："后来北宋诗人多走这条路，用说话的口气来作
诗，遂成一大宗派。其实所谓'宋诗'，只是作诗如说话而已，他的来
源无论在律诗与非律诗方面，都出于学杜甫。"⑦ 以上学者主要从诗体、
诗法方面分析了宋诗对杜诗艺术的接受。有些学者还分析了杜诗具体诗
作对宋诗的影响。玄修曰："《自京赴奉先县咏怀五百字》'老妻寄异
县'十句，亦难写之情，却开宋派。"⑧ 林庚白曰："放翁七言律，几尽
杜之传薪，尤不胜枚举。"⑨ 以上学者分析了杜诗经典诗作对宋诗艺术的
影响。

　　白居易在宋代的影响。陈衍曰："宛陵（梅尧臣）用意命笔，多本香
山；异在白以五言，梅变化以七言。东坡意笔曲达，多类宛陵。"⑩ 谓梅
尧臣诗歌艺术渊源于白居易，而苏东坡诗歌艺术又学习梅尧臣，从诗歌艺

　　① 陈衍：《石遗室诗话》卷一九，见张寅彭主编《民国诗话丛编》第一册，上海书店 2002
年版，第 261 页。
　　② 胡适：《白话文学史》，新月书店 1928 年版，第 348 页。
　　③ 丁仪：《诗学渊源》卷七，见张寅彭主编《民国诗话丛编》第三册，上海书店 2002 年
版，第 140 页。
　　④ 玄修：《说杜（续）》，《同声月刊》1941 年第 8 期。
　　⑤ 同上。
　　⑥ 钱振锽：《谪星说诗》卷一，见张寅彭主编《民国诗话丛编》第二册，上海书店 2002 年
版，第 600 页。
　　⑦ 胡适：《白话文学史》，新月书店 1928 年版，第 355 页。
　　⑧ 玄修：《说杜（续）》，《同声月刊》1941 年第 8 期。
　　⑨ 林庚白：《丽白楼诗话·上编》，见张寅彭主编《民国诗话丛编》第六册，上海书店
2002 年版，第 136 页。
　　⑩ 陈衍：《石遗室诗话》卷一四，见张寅彭主编《民国诗话丛编》第一册，上海书店 2002
年版，第 201 页。

术承继关系中考辨宋人对白居易诗歌艺术的接受。沈其光认为苏轼、陆游"二公皆好白傅诗"①。以上学者分析了白诗对宋诗艺术的影响。

韩愈在宋代的影响。钱锺书曰："韩昌黎之在北宋，可谓千秋万岁，名不寂寞者矣。欧阳永叔尊之为文宗，石徂徕列之于道统。即朱子《与汪尚书书》所斥为浮诞轻佻之东坡门下，亦知爱敬。子瞻作碑，有'百世师'之称；少游进论，发'集大成'之说。"②丁仪评韩愈曰："赵宋诗人，每宗师之，取法乎中，则斯下矣。……极而论之，愈诗固一大变也。"③丁仪曰："盖自元和以还，韩柳一脉往往以文法为诗，至宋尤甚，几堕恶道，能不为所束者仅矣。"④指出了韩愈诗歌对宋诗的影响。

其他唐代诗人对宋诗的影响。孟郊在宋代的影响，闻一多曰："孟郊《访嵩阳道士不遇》句云：日下鹤过时，人间空落影。是双关语，宋诗格调发源于此。"⑤闻一多评孟郊《怀南岳隐士》颔联："藏千寻瀑水，出十八高僧"曰："在句法上创一下四格，打破前例，使晚唐和宋人享用无穷。"⑥韦应物在宋代的影响，陈衍曰："自韦苏州有'对床听雨'之言，东坡与子由诗复屡及之。'听雨'遂为诗人一特别意境。"⑦指出韦应物诗歌意象对宋诗的影响。杜牧在宋代的影响，沈其光曰："小杜奇丽处时效韩孟联句……句法多为山谷、后山所祖。"⑧皮日休、陆龟蒙在宋代的影响，曾毅曰："皮日休陆龟蒙，则已开宋诗之先路矣。"⑨陆侃如认为储光羲"他的诗的材料，特别注重田园生活"。"这一点影响到后来的范成大等，为王孟所不及的。"⑩以上各家分析了个别唐代诗人诗歌艺术对宋诗的影响。

---

① 沈其光：《瓶粟斋诗话初编》卷七，见张寅彭主编《民国诗话丛编》第五册，上海书店2002年版，第554页。

② 钱锺书：《谈艺录》，生活·读书·新知三联书店2008年版，第158页。

③ 丁仪：《诗学渊源》卷八，见张寅彭主编《民国诗话丛编》第三册，上海书店2002年版，第206页。

④ 同上书，第214页。

⑤ 郑临川：《闻一多论古典文学》，重庆出版社1984年版，第154页。

⑥ 同上。

⑦ 陈衍：《石遗室诗话》卷一三，见张寅彭主编《民国诗话丛编》第一册，上海书店2002年版，第194页。

⑧ 沈其光：《瓶粟斋诗话初编》卷七，见张寅彭主编《民国诗话丛编》第五册，上海书店2002年版，第552页。

⑨ 曾毅：《中国文学史》下册，泰东图书局1930年版，第7页。

⑩ 陆侃如、冯沅君：《中国诗史》卷二，商务印书馆1939年版，第703—704页。

每一时代的诗歌都是在前代诗歌艺术的基础上向前发展的，但是唐诗对六朝诗歌艺术之继承与宋诗对唐诗艺术之继承完全不同，六朝诗歌为唐诗之盛做了铺垫，唐诗在六朝诗歌艺术的基础上向前发展，形成了一代之胜。而宋诗与唐诗之间的关系却并非如此简单，民国时期的学者对此认识非常深刻，在唐宋诗之争的影响下，此期学者对唐宋诗关系的研究集中在两个方面：一方面，此期学者通过研究意在强调唐诗对宋诗影响之深、之巨；另一方面，此期学者通过研究努力探寻宋诗对唐诗艺术的发展。以上两个方面的研究使得此期对唐诗影响研究非常深刻，唐诗对宋诗影响研究是此期唐诗学深化的体现。

二 唐诗对元明清及近代诗歌的影响

唐诗对元诗之影响。钱锺书曰："人言赵松雪学唐，余谓元人多作唐调。"[1] 黄节曰："夫诗至元代，欲复唐音，而才力薄弱，自道园而外，实无足与宋贤相较者。吴渊颖、杨铁崖力追唐代，曾未能至于遗山，盖诗至元而衰矣。"[2] 钱振锽曰："元人摹唐，胜于明人。"[3] 以上各家总体上认为唐诗艺术对元诗有深刻影响。

唐诗对明诗的影响。黄节曰："有明一代之诗，步趋唐辙，视元则伯仲，而比宋则逊矣。"[4] 陈衍曰："余谓明清两代诗人墨守唐贤者往往坐此。声情激越，是其所长，差少变化耳。"[5] 丁仪曰："明人中，时有似白者，顾虽气韵流动，而造语精切，终不可及。绝句则更无人似之矣。"[6] 关于前后七子对唐诗的接受，袁嘉谷曰："在昔空同、大复提倡盛唐，于鳞、茂榛论七绝以供奉、龙标为主。"[7] 黄节曰："李梦阳、何景明倡言复

---

① 钱锺书：《谈艺录》，生活·读书·新知三联书店 2008 年版，第 227 页。

② 黄节：《诗学》，见张寅彭主编《民国诗话丛编》第二册，上海书店 2002 年版，第 513 页。

③ 钱振锽：《谪星说诗》卷一，见张寅彭主编《民国诗话丛编》第二册，上海书店 2002 年版，第 598 页。

④ 黄节：《诗学》，见张寅彭主编《民国诗话丛编》第二册，上海书店 2002 年版，第 513 页。

⑤ 陈衍：《石遗室诗话》卷一三，见张寅彭主编《民国诗话丛编》第一册，上海书店 2002 年版，第 196 页。

⑥ 丁仪：《诗学渊源》卷八，见张寅彭主编《民国诗话丛编》第三册，上海书店 2002 年版，第 201 页。

⑦ 袁嘉谷：《卧雪诗话》卷五，见张寅彭主编《民国诗话丛编》第二册，上海书店 2002 年版，第 391 页。

古，诗尚中唐，起而振之，时称'七子'。"① 关于其他诗派对唐诗的接受，刘麟生曰："聂夷中的田家诗，是写实派的杰作。后来明代公安体竟陵体，便是仿效这一派诗。"② 关于李梦阳对唐诗的接受情况，刘衍文评李梦阳《出塞》诗曰："'关塞'句，从王龙标'秦时明月汉时关'句化出。'汉嫖姚'从少陵'借问大将谁？恐是霍嫖姚'语化出。'弓箭'句亦从少陵'车辚辚，马萧萧，行人弓箭各在腰'拈出，此夫人之所共知者也。"③ 具体考证了李梦阳对唐诗的接受。关于其他诗人对唐诗的接受情况，黄节曰："盖明诗步趋唐辙，季迪实为之倡。"④ 又曰："四杰而外，刘基、袁凯亦以诗称。刘则独标骨干，规摹杜韩；袁以《白燕诗》得名，时称'袁白燕'。李梦阳序则谓《白燕诗》最下最传，其高者顾不传。梦阳之言是也。凯古体欲学《文选》，近体欲学杜甫，惟未能至。"⑤ 以上各家具体分析了唐诗对明诗的影响。

唐诗对清诗的影响。傅庚生认为王士禛《雪后忆家兄西樵》"显系有意摹拟《江雪》之什，难免东施捧心之诮"⑥。钱振锽曰："赵瓯北诗：'天边圆月少，世上苦人多。'香山亦有'岁时春日少，世界苦人多'句。"⑦ 民国时期，学者们对唐诗对清诗之影响的分析较少。

唐诗对近代诗歌的影响。杨启高《唐诗影响现代诗之个人诗派与名族诗派》一文就唐代诗人对近代诗派的影响进行了系统论述⑧。将礼鸿认为李商隐咏物诗"斯不但开西昆咏物之风，抑亦启近代诗坛之渐"⑨。柳亚子《胡寄尘诗序》曰："余与同人倡南社，思振唐音以斥伧楚。"⑩ 可见南社诗人的诗歌创作是以唐诗为学习对象的。

---

① 黄节：《诗学》，见张寅彭主编《民国诗话丛编》第二册，上海书店 2002 年版，第 514 页。
② 刘麟生：《中国文学泛论》，世界书局 1934 年版，第 28 页。
③ 刘衍文：《雕虫诗话》卷一，见张寅彭主编《民国诗话丛编》第六册，上海书店 2002 年版，第 451 页。
④ 黄节：《诗学》，见张寅彭主编《民国诗话丛编》第二册，上海书店 2002 年版，第 514 页。
⑤ 同上。
⑥ 傅庚生：《中国文学欣赏举隅》，开明书店 1943 年版，第 236 页。
⑦ 钱振锽：《谪星说诗》卷一，见张寅彭主编《民国诗话丛编》第二册，上海书店 2002 年版，第 599 页。
⑧ 杨启高：《唐诗影响现代诗之个人诗派与名族诗派》，《新文化》1933 年第 2 期。
⑨ 将礼鸿：《唐会要史馆篇修前代史晋书笺》，《之江中国文学会集刊》1936 年第 3 期。
⑩ 柳亚子：《南社丛刻》第五集，引自陈伯海主编《历代唐诗论评选》，河北大学出版社 2003 年版，第 1060 页。

　　总论唐诗对后世诗歌的影响。李嘉言认为："贾岛给与后世的影响仍在诗的一方面，李贺给与后世的影响则偏于词的一方面。"① 陈幼嘉评白居易曰："所以他的诗，一变成为晚唐，再变成为宋词，三变成为元曲，四变成为现代的新诗，在文学革命史上，自具有相当的地位。"② 袁嘉谷曰："宋人学唐律多宗少陵，明人学唐律又重东川、辋川。"③ 陈钟凡曰："后世如金和之《痛定篇》，《初五日即事》，出于杜甫；王冕之《鹦鹆谣》，《狮猴舞》，《伤亭户》，《江南妇》，《陌上桑》，《江南民》，《花驴儿》，出于白居易。他若文天祥之《乱离歌》，伯颜子中之《七哀诗》，李梦阳之《甲子初度诗》，则出于杜之《同谷七歌》；吴伟业之《永和宫词》，王闿运之《圆明园词》，则出于白氏之《长恨歌》者也。"④ 刘衍文曰："义山、东坡、山谷，及后之放翁、遗山、宾之、献吉、于鳞，皆宗法老杜而各具面目者也。嗣法义山者，宋有西昆，清有吴修龄、二冯、吴梅村、龚定山、舒铁云、陈云伯，而黄仲则、杨云裳、荔裳兄弟亦沾润焉，而俱各有所成。"⑤ 关于后世唐诗接受之弊，丁仪曰："后人模拟太白，不失之粗，则失之怪；刻划子美，不失之鄙，则失之拙。"⑥ 钝剑曰："宋明以来学杜者众矣，然多得其皮骨，能得杜之神髓者六人而已：退之、子瞻、半山、鲁直、义山、放翁是也。"⑦ 胡小石曰："子美作诗，内容及声律都极力求避前人旧式，所谓用一调即变一调，后来宋人能学他的善变处。至于明人只学得他的高腔大调罢了。"⑧ 主要针对李杜诗歌在后世接受的过程中产生的弊端而言。以上学者能够从整个文学史的角度立论，因而对唐诗对后世诗歌艺术影响的分析比较深刻。

---

　　① 李嘉言：《唐诗分期与李贺》（续），《当代评论》1941 年第 14 期。

　　② 陈幼嘉：《白居易的生平及其诗》，《大地》1935 年第 1 期。

　　③ 袁嘉谷：《卧雪诗话》卷四，见张寅彭主编《民国诗话丛编》第二册，上海书店 2002 年版，第 372 页。

　　④ 陈钟凡：《中国韵文通论》，中华书局 1931 年版，第 163 页。

　　⑤ 刘衍文：《雕虫诗话》卷一，见张寅彭主编《民国诗话丛编》第六册，上海书店 2002 年版，第 424 页。

　　⑥ 丁仪：《诗学渊源》卷八，见张寅彭主编《民国诗话丛编》第三册，上海书店 2002 年版，第 201 页。

　　⑦ 钝剑：《愿无尽庐诗话》，见张寅彭主编《民国诗话丛编》第五册，上海书店 2002 年版，第 195 页。

　　⑧ 胡小石：《李杜诗之比较》，《国学丛刊》1924 年第 3 期，见周勋初编《胡小石文史论丛》，南京大学出版社 2008 年版，第 146 页。

　　此外，此期学者就唐诗对国外诗歌创作之影响也有论述。胡朴安、胡怀琛曰："日本在欧化以前，事事学中国，文学当然也学中国。在唐代，乃是日本学中国最盛的一个时代，也是唐代文学史上有光彩的一页。"①并具体考证了日人晁衡、长屋、空海、小野篁等人对唐诗的接受情况②。胡朴安还考证了新罗人崔致远、金立之、金可纪等人的诗歌对唐诗的接受情况③。民国时期关于唐诗对国外诗歌创作之影响的研究尚处于开启阶段，整体上来说研究不够深入。

　　民国时期的学者对唐诗对元明清诗歌的影响还没有进行系统的研究，此期就唐诗对元明清诗歌的影响研究主要散见于各种诗话中，论述的重点是各个时代大诗人对唐诗的接受，分析是只言片语的，整体上不够深入。总体上来说，民国时期的学者关于唐诗对后世影响的研究，主要集中在宋诗对唐诗接受的研究方面，对元明清时期诗歌创作对唐诗接受情况的研究还没有引起学术界的普遍关注，因而研究成果较少。这是因为：一方面，唐诗和宋诗分别是中国古典诗歌的两种范型，宋以后的诗歌，大致走不出唐宋诗的范围，研究宋诗对唐诗的接受情况学术意义更大一些；另一方面，民国时期的古典诗歌研究围绕着唐宋诗之争展开，正如民国时期的学者姚光在《紫云楼诗集序》中所言，民国时期的诗人学者"斤斤于唐宋之辨"④，所以唐宋诗的关系问题是当时学术研究的核心问题，必然引起大多数学者的关注。而且，民国时期的很多学者大多会作旧体诗，他们为了提高诗艺因而对唐代诗人诗歌艺术对后世的影响做了具体分析。所以，此期唐诗对宋诗的影响研究比较充分。其次，此期的学者还非常重视唐诗对民国时期诗歌创作的影响及唐诗对国外诗歌创作之影响的研究。关于前者，民国时期即使是宋诗派学者，他们在诗歌创作方面更多地也是以唐诗为模仿对象的，所以民国时期模仿唐诗的诗人较多，这就引起了学者们就唐诗对当代诗歌创作的影响进行研究的兴趣。关于后者，因为此期的学者大多有海外留学的经历，对唐诗在海外传播的情况更为了解、更为关注，所以他们也喜欢就唐诗对国外诗歌创作之影响进行研究。最后，在研究方

---

①　胡朴安、胡怀琛：《唐代文学》，商务印书馆1933年版，第56页。

②　同上书，第54—56页。

③　同上书，第51—53页。

④　柳亚子：《南社丛刻》第二十二集，引自陈伯海主编《历代唐诗论评选》，河北大学出版社2003年版，第1064页。

式上，受传统诗话批评方式的影响，此期学者往往以摘句的形式考察唐代诗歌艺术对后世的影响，这种研究方式从表面上看起来很琐碎，但实际上却是非常深入的，当代学者在研究唐诗接受的时候很多命题都是从民国时期学者只言片语的分析中得到启发的，民国时期的唐诗接受研究对当代唐诗接受研究影响很大。

第三章

唐诗艺术论

第一节　唐诗艺术渊源论

民国时期的学者对于唐诗艺术渊源从唐前和唐代当代两个方面进行了系统探讨，唐诗艺术渊源的研究是唐诗学研究的基础和前提，因而此期对唐诗艺术渊源的探析是唐诗学研究深化的表现。

一　唐诗之前代艺术渊源

总论唐诗对前代诗歌艺术成就之继承，邵裴子《唐绝句选序》曰："详其五古，则远绍汉魏；五律则近变齐梁；七古则恢扩汉宋，蔚成巨制；七律又引申五言，另创新裁。至于绝句，虽五言实溯源炎汉，七言亦滥觞齐梁，然风格自殊，声情迥别；七绝尤戛然自异，旷绝古今，可与七律并称有唐新制。"[1] 分析了唐代各体诗歌对前代诗歌艺术成就的继承，分体论述，认为五古源于汉魏，五律源于齐梁，七古源于刘宋，七言绝句滥觞于齐梁，这些对于唐代各体诗歌艺术渊源的认识大都非常深刻，唯有五言绝句源于汉代的观点还值得商榷。

唐诗与诗经。陈寅恪曰："乐天之作新乐府，以诗经古诗为体裁。"[2] 认为白居易新乐府"取每篇首句为其题目，即效关雎为篇名之例"[3]。谭

---

① 邵裴子：《唐绝句选》卷首，引自陈伯海主编《历代唐诗论评选》，河北大学出版社 2003 年版，第 953—954 页。

② 陈寅恪：《元白诗笺证稿》，生活·读书·新知三联书店 2001 年版，第 167 页。

③ 同上书，第 124 页。

正璧认为顾况"初时用诗三百篇的体裁做新乐府"①。丁仪曰："自大历十才子,下逮中晚,师古者每取《风》《骚》,近体则更效齐梁。"② 袁嘉谷认为:"或燕燕居息,或尽瘁事国,或息偃在床,或不已于行,或不知叫号,或惨惨劬劳,或栖迟偃仰,或王事鞅掌,此昌黎《南山诗》连用'或'字所本也,而变十二字为五十余字。"③ 认为韩愈《南山诗》"以文为诗"之手法源自《诗经》。宋湘有绝句云:"满眼余波为绮丽,少陵家法必《风》《骚》。千秋尚有昌黎老,流出昆仑第二条。"④ 丁仪曰:"诗有三句一转,而意仍连下句。如'尔还尔入,我心易也。尔还不入,否难知也。壹者之来,俾我只也'。又《大雅》'惠于宗公,神罔时怨,神罔时恫。亦然。是即唐岑嘉州之所本也。"⑤ 又曰:"'采葑采菲'。(叶违。)'无以下体'。(叶死。)'德音莫违,及尔同死'。更有'涉彼阿丘''行道迟迟'、《君子于役》诸篇,唐人律诗有本此体者。"⑥ 以上学者分析了唐诗对诗经艺术成就之继承,从唐人诗歌创作的实际来看,除白居易等个别诗人外,大多数诗人对诗经艺术的直接继承是很有限的,但是民国时期的学者能够注意到唐诗对诗经艺术的继承,表明此期对唐诗的研究已经很深入。

　　唐诗与楚辞。闻一多曰:"卢骆那用赋的手法写成的粗线条的宫体诗,确乎是《风》《骚》的余响。"⑦ 太牟曰:"家君曰:老杜《同谷七歌》,弟妹之下,插入'四山多风'、'南有龙'二首,末复收到本身上,章法全祖灵均。"⑧ 缪钺曰:"李贺诗出于《骚》,想象丰富,喜用象征,造境瑰奇,摛采艳发。"⑨ 李嘉言认为李贺诗"起于离骚,下亦承

----

① 谭正璧:《中国文学进化史》,光明书局 1930 年版,第 126 页。

② 丁仪:《诗学渊源》卷八,见张寅彭主编《民国诗话丛编》第三册,上海书店 2002 年版,第 203 页。

③ 袁嘉谷:《卧雪诗话》卷七,见张寅彭主编《民国诗话丛编》第二册,上海书店 2002 年版,第 451 页。

④ 陈衍:《石遗室诗话》卷三,见张寅彭主编《民国诗话丛编》第一册,上海书店 2002 年版,第 54 页。

⑤ 丁仪:《诗学渊源》卷四,见张寅彭主编《民国诗话丛编》第三册,上海书店 2002 年版,第 103 页。

⑥ 同上书,第 105 页。

⑦ 闻一多:《唐诗杂论》,中华书局 2012 年版,第 26 页。

⑧ 南村:《撼怀斋诗话》,见张寅彭主编《民国诗话丛编》第五册,上海书店 2002 年版,第 235 页。

⑨ 缪钺:《论李义山诗》,《思想与时代》1943 年第 25 期,见缪钺著,缪元朗编《古典文学论丛》,浙江大学出版社 2009 年版,第 84 页。

自齐梁"①。玄修曰："子厚出于康乐，其至者以庄骚为大源。"② 陈衍认为韩愈《南山》诗"且其叠用'若'字、'如'字、'或'字，又本于《高唐赋》之'湫兮如风，凄兮如雨'、'若生于鬼，若出于神'"③。以上学者是从两个方面分析唐诗对楚辞艺术成就之继承的：一方面，唐代"以文为诗"这种现象早已为此期的学者所注意，而楚辞被历代学者认为是汉赋不祧之祖，所以此期学者从"以文为诗"的角度考察唐诗对赋这种艺术手法的继承，如闻一多对卢骆诗歌艺术与楚辞之间关系的分析、陈衍对韩愈诗歌与楚辞之间关系的分析就是如此；另一方面，陈衍主要是从情感基调方面分析了柳宗元对楚辞艺术的继承。以上分析都是非常深刻的。

唐诗与汉赋。玄修曰："退之诗奇偶兼行，多用骈字，出于司马相如、扬雄之赋也。其奇者取法于司马迁之文。"④ 指出了韩愈对汉赋艺术成就之继承。杨启高认为汉赋是韩愈诗歌艺术渊源之一⑤。沈其光认为杜牧"其诗大抵取材汉赋"⑥。这也是从"以文为诗"的角度考察唐诗对汉赋艺术手法的继承的。

唐诗与汉乐府。清管世铭《读雪山房唐诗钞凡例》曰："初唐五言，尚沿排偶之迹，陈拾遗翩然脱去，直接西京。"⑦ 认为陈子昂五言诗渊源于西汉乐府诗。民国时期的学者继承了这种思想，胡适评杜甫《哀王孙》曰："这种技术从古乐府《上山采蘼芜》《日出东南隅》等诗里出来，到杜甫方才充分发达。"⑧ 王逸塘曰："张籍祖《国风》，宗汉乐府，尤长于用俗。"⑨ 玄修曰："太白诗，远承风雅骚赋汉魏乐府，近取于晋宋齐梁以

①　李嘉言：《唐诗分期与李贺》（续），《当代评论》1941 年第 14 期。

②　玄修：《说王孟韦柳》，《同声月刊》1942 年第 1 期。

③　陈衍：《石遗室诗话》卷一九，见张寅彭主编《民国诗话丛编》第一册，上海书店 2002 年版，第 261—262 页。

④　玄修：《说韩》，《同声月刊》1942 年第 2 期。

⑤　杨启高：《唐代诗学》，正中书局 1935 年版，第 272—273 页。

⑥　沈其光：《瓶粟斋诗话初编》卷七，见张寅彭主编《民国诗话丛编》第五册，上海书店 2002 年版，第 552 页。

⑦　（清）管世铭：《读雪山房唐诗》，引自陈伯海主编《历代唐诗论评选》，河北大学出版社 2003 年版，第 1031 页。

⑧　胡适：《白话文学史》，新月书店 1928 年版，第 331 页。

⑨　王逸塘：《今传是楼诗话》，见张寅彭主编《民国诗话丛编》第三册，上海书店 2002 年版，第 532 页。

后者，亦仍不失其本旨，永明绝所不取，故排比绝少，为律体亦不多，所以异于子美者在此。"① 以上学者分析了李白与杜甫对汉乐府艺术成就之继承。杜甫对汉乐府的继承自不必说，此期学者也注意到了李白诗歌对汉乐府艺术的继承。

唐诗与汉代文人诗。王闿运曰："（杜甫）五言惟北征学蔡女，足称雄杰。"② 又曰："卢仝、刘叉得汉谣之恢奇。孟郊瘦刻，赵壹、程晓之支派。白居易歌行纯似弹词，仲卿妻诗所滥觞也。五言纯用白描，近于高彪、应璩。"③ 玄修认为杜甫"乾元中寓居同谷县作歌七首，乃从张衡四愁诗变化而出"④。陈钟凡曰："蔡琰《悲愤诗》历叙流离，文朴质而意沉痛，开唐人杜甫一派。"⑤ 以上学者主要分析了汉代文人诗中张衡、蔡琰诗歌对唐诗艺术的影响。

唐诗与六朝诗。唐诗艺术成就为六朝诗歌艺术发展之必然结果，因而唐诗对六朝诗歌艺术的继承，历代学者多有阐发，宋朱熹曰："李太白始终学《选》诗，所以好。杜子美诗好者，亦多是效《选》诗。"⑥ 指出了诗史上最为伟大的两位诗人李杜对《文选》诗歌艺术的继承。明杨慎《选诗外编序》曰："乃知六代之作，其旨趣虽不足以影响大雅，而其体裁实景云、垂拱之先驱，天宝、开元之滥觞也。"⑦ 明杨慎《选诗拾遗序》曰："汉代之音可以则，魏代之音可以诵，江左之音可以观。虽则流例参差，散偶胪分，音节尺度粲如也。有唐诸子，效法于斯，取材于斯。昧者顾或尊唐而卑六代，是以枝笑干，从潘非渊也，而可乎哉！"⑧ 明沈恺《六朝诗序》曰："而六朝者，尤唐之所自出也。直以六朝用文以掩质，故始苗而未全；唐人由质以成文，故体备而并美。唐太宗虽以英发盖世，一时赓倡，穷靡极丽，要之不出隋陈之习。而凡其猎秘搜奇、洋洋可听

---

① 玄修：《说李》，《同声月刊》1941 年第 9 期。

② 王闿运：《论唐诗诸家源流》，见《湘绮楼诗文集》，岳麓书社 1996 年版，第 533 页。

③ 同上书，第 534 页。

④ 玄修：《说杜（续）》，《同声月刊》1941 年第 8 期。

⑤ 陈钟凡：《中国韵文通论》，中华书局 1931 年版，第 147 页。

⑥ （宋）朱熹：《朱子语类》，引自陈伯海主编《历代唐诗论评选》，河北大学出版社 2003 年版，第 379 页。

⑦ （明）杨慎：《升庵全集》卷二，引自陈伯海主编《历代唐诗论评选》，河北大学出版社 2003 年版，第 592 页。

⑧ 同上书，第 595 页。

者，齐梁人又皆先为之矣。衍而及于少陵、太白，风俗体裁，曲尽其变，而诗至彬彬然盛矣。无亦六朝者，乃武德之先驱，开元、天宝之滥觞乎？"① 明王廷相《选诗外编序》曰："六朝者，唐人之所自出也。"② 明胡应麟曰："四杰，梁陈也；子昂，阮也；高、岑，沈、鲍也；曲江、鹿门、右丞、常尉、昌龄、光羲、宗元、应物，陶也。惟杜陵《出塞》乐府有汉魏风，而唐人本色时露。太白讥薄建安，实步兵、记室、康乐、宣城及拾遗格调耳。"③ 以上学者从不同的角度指出了六朝诗歌为唐诗之艺术渊源。

　　民国时期的学者继承了这种思想，纪庸曰："唐诗的来源，对于齐梁体，因多革少。"④ 丁仪认为六朝各种诗体"皆论定于唐，以取法焉。其大要以建安、齐梁为两大宗"⑤。林建略曰："六朝之风，至盛唐中唐而益盛。直至晚唐，便已如强弩之末，其势大衰。"⑥ 钱振锽曰："少陵熟精《选》理，语皆有本，然不免出格言之外，此世所以轻词章之士也。"⑦ 王闿运曰："杜甫歌行自称鲍、庾，加以时事，大作波澜，咫尺万里，非虚夸矣。"⑧ 胡云翼曰："我们已经明白五绝、七绝与律诗的来源，在六朝即已有完整的形式。"⑨ 邵祖平曰："师法之事，唐人有取之前代及本代两种。杜甫师法苏李建安诸子，得曹植为多。李白宗风骚及建安诸子，而颇与鲍照三谢为近。王绩、储光羲、王维、韦应物、柳宗元、白居易则师陶潜、谢灵运，沈佺期、宋之问学颜延年、沈约，虞世南、上官仪、乔知之、崔国辅、权德舆、李群玉、韩偓、吴融等皆效徐陵、庾信，陈子昂、张九龄、岑参、高适皆远法建安诸子，刘希夷、王昌龄、沈云卿、宋少连

　　① （清）黄宗羲：《明文海》卷二一六，引自陈伯海主编《历代唐诗论评选》，河北大学出版社 2003 年版，第 594 页。
　　② （清）黄宗羲：《明文海》卷二五九，引自陈伯海主编《历代唐诗论评选》，河北大学出版社 2003 年版，第 595 页。
　　③ （明）胡应麟：《诗薮》内编卷二，引自陈伯海主编《历代唐诗论评选》，河北大学出版社 2003 年版，第 774 页。
　　④ 纪庸：《唐诗之"因""革"》，《国文月刊》1948 年第 73 期。
　　⑤ 丁仪：《诗学渊源》卷八，见张寅彭主编《民国诗话丛编》第三册，上海书店 2002 年版，第 213—214 页。
　　⑥ 林建略：《晚唐诗人杜牧之》，《中国语文学丛刊创刊号》1933 年第 1 期。
　　⑦ 钱振锽：《名山诗话》卷二，见张寅彭主编《民国诗话丛编》第二册，上海书店 2002 年版，第 642 页。
　　⑧ 王闿运：《论唐诗诸家源流》，见《湘绮楼诗文集》，岳麓书社 1996 年版，第 533 页。
　　⑨ 胡云翼：《唐诗研究》，商务印书馆 1930 年版，第 23 页。

皆由江总、薛道衡以接江淹、何逊，张籍、王建、李贺、元稹、白居易为乐府诗，则又师古乐府，韩愈、孟郊则时又学古歌谣汉魏诸诗，此唐人师法之事取之前代者也。"① 冬士曰："唐自沈佺期宋之问以前，有齐梁诗，无古诗也，气格亦有差古。而皆有声病，沈宋既并律体，陈子昂崛起，直追阮籍，遂有两体。开元以下，则好声律者，则师景云龙纪，矜气格者，则追建安黄初，而永明文格微矣。"② 闻一多曰："正始作家阮籍、嵇康的诗是理过其辞，是逃避现实的伤感主义者，而建安诸子则社会色彩较著，子昂把两个时代的文学作风融合起来，成就所以独高。我们试加分析，发现他诗中的宇宙意识是来自正始，社会意识是来自建安，而与晖上人酬答诸诗，则达到向往自然的太康境界了。就诗的成就说，凡在他以前的文学遗产，几乎被他网罗殆尽，虽以齐梁文学之腐朽，到他手里也都化为神奇。"③ 又曰："陈子昂改造建安以来的文学遗产，作为盛唐的启门钥匙，这是他的伟大处。"④ 郑振铎曰："他们（四杰）承袭了六朝文学的一切，咀嚼了之后，更精练地吐了出来。他们引导了、开始了'律诗'的时代。"⑤ 以上学者概括指出了唐诗对六朝诗歌艺术成就之继承。如前所揭，关于六朝诗歌对唐诗之影响，前人早有论述，民国时期的学者则在前人的基础上分析了六朝具体诗人对唐代诗人的影响，因而论述更加深刻，当代唐诗对六朝诗歌接受的研究就是在民国时期相关论述的基础上进行的。

此期学者还对唐诗与六朝时期各个时代之诗歌关系进行了具体论述：

唐诗与建安诗歌。盛唐气象与建安风骨一脉相承，晚唐诗人皮日休在《郢州孟亭记》中就已经指出了这一点："明皇世，章句之风，大得建安体。"⑥ 民国时期的学者就唐诗与建安诗歌之间的密切关系也进行了一系列论述，徐英认为建安体"远启唐音"⑦。龙榆生认为王粲之《七哀诗》

---

①　邵祖平：《唐诗通论》，《学衡》1922 年第 12 期。

②　冬士：《八代诗评续》，《同声月刊》1941 年第 7 期。

③　郑临川：《闻一多论古典文学》，重庆出版社 1984 年版，第 110 页。

④　同上书，第 111 页。

⑤　郑振铎：《插图本中国文学史》上册，中国社会科学出版社 2009 年版，第 217 页。

⑥　（唐）皮日休：《郢州孟亭记》卷七，引自陈伯海主编《历代唐诗论评选》，河北大学出版社 2003 年版，第 65 页。

⑦　徐英：《诗法通微》，正中书局 1943 年版，第 8 页。

"实开杜甫一派伤乱诗之先路"①，认为陈琳之《饮马长城窟行》"为唐人新乐府导其先河"②。王闿运曰："陈子昂、张九龄以公干之体，自抒怀抱，李白所宗也。"③ 陈衍曰："学古人总要能变化。曹孟德《苦寒行》中云：'熊罴对我蹲，虎豹夹路啼。'少陵《石龛》诗云：'熊罴哮我东，虎豹号我西。我后鬼长啸，我前狨又啼。'盖变本加厉言之，而用之篇首，与曹公用之篇中者尤见突兀。《水会渡》诗'大江动我前'又用此种句法。"④ 陈延杰曰："魏文帝燕歌行，其体始大具，为唐作者之所本，殆歌行之权舆欤？"⑤ 以上学者主要从诗体、诗法方面分析了唐诗对建安诗歌艺术成就之继承。

　　唐诗与正始诗歌。清管世铭《读雪山房唐诗钞凡例》曰："以禅喻诗，昔人所诋。然诗境究贵在悟，五言尤然。王维、孟浩然逸才妙悟，笙磬同音。并时刘眘虚、常建、李颀、王昌龄、丘为、綦毋潜、储光羲之徒，遥相应和，共一宗风，正始之音，于兹为盛。"⑥ 认为唐代"以禅喻诗"是对正始时代"以玄寓诗"方式的继承。民国时期的学者则具体论述了唐诗与正始诗歌之间的关系。杨启高曰："唐之陈子昂李太白皆其（案：指正始派）流亚。"⑦ 袁嘉谷曰："阮公《咏怀诗》，上掩汉魏，下启三唐。"⑧ 由云龙曰："夫唐承六代繁褥之余，振起中声，规复正始。格律完整，情韵绵邈，诚为诗歌极则。"⑨ 以上学者分析了唐诗对正始诗歌艺术成就之继承，正始诗歌对唐诗影响最深的是初唐的陈子昂，而陈子昂是唐初革除六朝绮靡文风的先锋，从这个意义上说，正始诗歌的确对唐诗产生了深远影响。

---

　　① 龙榆生撰，钱鸿瑛导读：《中国韵文史》，上海古籍出版社 2002 年版，第 19 页。

　　② 同上书，第 20 页。

　　③ 王闿运：《论唐诗诸家源流》，见《湘绮楼诗文集》，岳麓书社 1996 年版，第 532 页。

　　④ 陈衍：《石遗室诗话》卷二四，见张寅彭主编《民国诗话丛编》第一册，上海书店 2002 年版，第 322 页。

　　⑤ 陈延杰：《论唐人七言歌行》，《东方杂志》1926 年第 5 期。

　　⑥ （清）管世铭：《读雪山房唐诗》，引自陈伯海主编《历代唐诗论评选》，河北大学出版社 2003 年版，第 1031 页。

　　⑦ 杨启高：《唐代诗学》，正中书局 1935 年版，第 12 页。

　　⑧ 袁嘉谷：《卧雪诗话》卷八，见张寅彭主编《民国诗话丛编》第二册，上海书店 2002 年版，第 470 页。

　　⑨ 由云龙：《定庵诗话》卷上，见张寅彭主编《民国诗话丛编》第三册，上海书店 2002 年版，第 561 页。

　　唐诗与晋宋诗。杨启高曰:"唐之四杰杜甫皆其(太康派)流亚。"①
闻一多《宫体诗的自赎》一文在论及初唐四杰的诗时曰:"这类越过齐
梁,直向汉晋人借贷灵感,在将近百年以来的宫体诗里也很少人干过
呢!"② 王闿运曰:"储光羲学陶,屈侠气于田间。"③ 胡适曰:"陶潜的
《挽歌》是自己嘲戏,他的《责子》诗是自己解嘲,从这里再一变,便到
了白居易所谓'讽喻'与'闲适'两种意境。"④ 陆侃如曰:"王绩因嗜
酒而崇拜阮陶,更因崇拜阮陶而使他的作风超脱齐梁而复于魏晋。"⑤ 又
曰:"如果我们承认齐梁是诗的厄运,那么他(案:指王绩)对于唐诗的
贡献也可明白了。"⑥ 龙榆生认为陶渊明"特影响后来最大者,厥惟田园
寄兴之作耳。……后来如唐之韦应物、储光羲,宋之苏轼辈,皆心摹手
追,而不能几及"⑦。钱锺书曰:"渊明《止酒》一首,已开昌黎以文为
戏笔调矣。"⑧ 钱振锽曰:"唐人学陶者多矣。"⑨ 沈其光曰:"陶诗'采菊
东篱下,悠然见南山。'东坡谓:'采菊之次,偶然见山,初不用意,而
景与意会。'此解最得神理。后来如韦应物之'采菊露未晞,举头见秋
山'、白居易之'时倾一壶酒,坐望东南山'、韩愈之'清晓卷书坐,南
山见高棱',虽拟陶而皆着色相,深于诗者自能辨之。"⑩ 刘麟生曰:"摩
诘的诗,是唐人学陶的一大家。"⑪ 沈其光曰:"孟东野诗,源出谢家集
中,如《献襄阳于大夫》及《汝州陆中丞席喜张从事至》《游枋口》《柳
溪》诸作,时见康乐家数,特其句法出之镵刻耳。"⑫ 曾刚甫《谢宣城

---

① 杨启高:《唐代诗学》,正中书局 1935 年版,第 12 页。
② 闻一多:《唐诗杂论》,中华书局 2012 年版,第 16 页。
③ 王闿运:《论唐诗诸家源流》,见《湘绮楼诗文集》,岳麓书社 1996 年版,第 534 页。
④ 胡适:《白话文学史》,新月书店 1928 年版,第 218 页。
⑤ 陆侃如、冯沅君:《中国诗史》卷二,商务印书馆 1939 年版,第 659 页。
⑥ 同上书,第 661 页。
⑦ 龙榆生撰,钱鸿瑛导读:《中国韵文史》,上海古籍出版社 2002 年版,第 21 页。
⑧ 钱锺书:《谈艺录》,生活·读书·新知三联书店 2008 年版,第 178 页。
⑨ 钱振锽:《名山诗话》卷四,见张寅彭主编《民国诗话丛编》第二册,上海书店 2002 年
版,第 658 页。
⑩ 沈其光:《瓶粟斋诗话初编》卷一,见张寅彭主编《民国诗话丛编》第五册,上海书店
2002 年版,第 503 页。
⑪ 刘麟生:《中国文学史》,世界书局 1933 年版,第 190 页。
⑫ 沈其光:《瓶粟斋诗话初编》卷二,见张寅彭主编《民国诗话丛编》第五册,上海书店
2002 年版,第 510 页。

集》云："康乐玄言余晋法，宣城丽句启唐风。"① 晋宋之际的诗歌对唐诗的影响主要表现在两个方面：一是晋宋之际的山水诗对唐代山水诗的影响；二是陶渊明的诗风对唐代诗风的影响。以上学者分析唐诗对晋宋诗歌艺术成就之继承就是从这两个方面立论的。

唐诗与齐梁体。王闿运曰："刘希夷学梁简文，而超艳绝伦，居然青出。"② 又论齐梁宫体诗曰："李贺、商隐挹其鲜润，宋词、元诗尽其支流，宫体之巨澜也。"③ 陈衍评曰："玄晖风华明艳，实开唐格，当时钟记室即称至为后进士子所嗟慕，至其名章秀句，有唐一代沾溉不绝，不止太白再四称服已也。大谢则终唐世只柳州一人问津，他无闻焉。"④ 龙榆生认为庾信"结齐梁新体之局，而下开唐人律诗之盛，庾信为承先启后之诗杰矣"⑤。胡云翼曰："沈约一方面创造了八病的新韵律，一方面又受民间歌曲的影响，产生一种新体诗，便是唐代律诗的滥觞。"⑥ 陆侃如曰："自沈约创四声八病之说，民间又盛行四句的乐府，于是律诗绝句便从此酝酿起来，至李白杜甫而集大成。"⑦ 徐英曰："尝谓使世无永明体，及声病之论，后代未必有律诗。"⑧ 又谓齐梁体曰："词章之盛，上掩建安；声律之工，下启唐贤。"⑨ 徐英曰："盖五言律诗，不始于王杨沈宋，而成于徐庾诸公，至子山《乌夜啼》，直开唐人七言律体。汤惠休《歌思引》，简文《乌栖曲》，并七绝之先声。至子山和侃法师周尚书，则居然唐人五绝。他如燕歌行，则唐人七言古也。盖唐诗各体，已粗备于此时。"⑩ 袁嘉谷认为庾信诗为"少陵之所从出也"⑪。黄节曰："是故以六朝之词藻，

① 陈衍：《石遗室诗话》卷六，见张寅彭主编《民国诗话丛编》第一册，上海书店2002年版，第87页。

② 王闿运：《论唐诗诸家源流》，见《湘绮楼诗文集》，岳麓书社1996年版，第532页。

③ 同上书，第533页。

④ 陈衍：《石遗室诗话》卷六，见张寅彭主编《民国诗话丛编》第一册，上海书店2002年版，第87页。

⑤ 龙榆生撰，钱鸿瑛导读：《中国韵文史》，上海古籍出版社2002年版，第25页。

⑥ 胡云翼：《唐诗研究》，商务印书馆1930年版，第23页。

⑦ 陆侃如、冯沅君：《中国诗史·导论》上卷，商务印书馆1939年版，第9页。

⑧ 徐英：《诗法通微》，正中书局1943年版，第12页。

⑨ 同上。

⑩ 同上书，第13页。

⑪ 袁嘉谷：《卧雪诗话》卷三，见张寅彭主编《民国诗话丛编》第二册，上海书店2002年版，第345—346页。

上承汉魏，而下开唐宋，凡诗之体格，无不备于是时。"① 丁仪《诗学渊源·自序》曰："魏晋之先，率为韵文，诗特其一端耳。下逮齐梁，休文首出，妙契神悟，考定四声，繁音迭奏，爰肇唐风。"② 丁仪《诗学渊源》卷八在论及中古诗人沈约时曰："唐人律诗有全首不对者，盖本乎此。于以知唐人每作一体，必有来历也。"③ 在论及庾信时曰："罪人之喻，自是过论。然自兹厥后，至于初唐，古意不可得见，声调全入近体，所差只折腰与不折腰耳。而绝句盛行，亦本于此。"④ 在论及徐陵时曰："典雅不逮庾信，而刻划过之。无句不偶，无调不律，诗至此皆入近体，实唐律之祖也。"⑤ 丁仪曰："至齐梁尚新声，古与律参，或至全似律者，如徐陵《折杨柳》是也。唐人沿之，与近体相混，短篇如李白《关山月》、王维《阳关曲》是也。故采自汉魏之际，曰'古乐府'；齐梁之间者，曰'近代乐府'。于唐则曰'新乐府'。古诗与歌遂判然而不可复合。盖齐梁之先声，唐律之来源也。"⑥ 论及何逊时曰："然风格高标，于靡曼之中尚称雅素，不专在使事，故风神性情不减唐人，杜诗其遗也。"⑦ 丁仪认为北魏诗人温子升"肇初唐四子之先河"⑧。丁仪曰："李峤古诗如《奉使朔方》及《鹧鸪》一首，尤契古韵，又《拟东飞伯劳西飞燕歌》，虽七言而转韵亦然，盖深得齐梁之遗也。"⑨ 丁仪曰："（宋）之问诗文情并茂，虽取法齐梁，而古调犹未尽泯。"⑩ 丁仪曰："九龄与子昂当初盛之际，承徐庾之后。时方以绮丽相尚，二子独以复古自任，横制颓波，始归雅正。李杜以下，咸推宗之。"⑪ 丁仪曰："（王昌龄、王之涣、高适）三人诗名倾动一

---

① 黄节：《诗学》，见张寅彭主编《民国诗话丛编》第二册，上海书店 2002 年版，第 494 页。
② 丁仪：《诗学渊源·自序》，见张寅彭主编《民国诗话丛编》第三册，上海书店 2002 年版，第 77 页。
③ 丁仪：《诗学渊源》卷八，见张寅彭主编《民国诗话丛编》第三册，上海书店 2002 年版，第 180 页。
④ 同上书，第 187 页。
⑤ 同上书，第 188 页。
⑥ 丁仪：《诗学渊源》卷二，见张寅彭主编《民国诗话丛编》第三册，上海书店 2002 年版，第 91 页。
⑦ 丁仪：《诗学渊源》卷八，见张寅彭主编《民国诗话丛编》第三册，上海书店 2002 年版，第 183 页。
⑧ 同上书，第 185 页。
⑨ 同上书，第 195 页。
⑩ 同上书，第 196 页。
⑪ 同上。

时，乐府尤胜，虽体袭齐梁，而源实出晋宋之间。"① 丁仪曰："（常建）其诗，一字一珠，务极洗练，高雅缜密，词不害意，而意在言外。源出齐梁，而遣齐梁之迹，所谓出蓝之胜是矣。"② 丁仪曰："（刘）长卿诗务质实，尚情性，尤善使事，格高气劲，自然沉着。古诗句法，犹袭齐梁，而无秾纤之敝。"③ 丁仪曰："（崔曙）集中所载，殊未脱齐梁排偶之习。"④ 丁仪认为李白"源出庾鲍"⑤。丁仪评大历十才子曰："诗体大抵相似，有类齐梁宫体焉。"⑥ 丁仪认为李嘉佑"为诗婉丽，有齐梁风"⑦。丁仪认为李益"其诗辞藻秀发，自然清丽，源出齐梁而独多高致，但少古耳"⑧。丁仪评李群玉曰："其诗极类温李，五言古诗，尤得齐梁之遗焉。"⑨ 丁仪评唐彦谦曰："诗格清丽，有齐梁风。"⑩ 丁仪评黄滔曰："诗类韦庄，源出齐梁，惟七言高华，气力自胜，无卑靡之习。"⑪ 丁仪评元白曰："惟乐府歌行，俱袭齐梁之旧。"⑫ 闻一多曰："拿王（维）孟（浩然）和李（白）杜（甫）比较，王孟作风可算是齐梁的余音，在他们本身虽不大明显，传到大历十才子，那齐梁的面目就完全显露出来了。"⑬ 苏雪林曰："唯美文学既发端于李贺，而李贺之成功又得力于宫体。"⑭ 曰："李贺李商隐温庭筠三人文字都从六朝宫体蜕化出来。"⑮ 曾毅曰："四杰大抵壮丽，而沈宋尤绮靡，同本徐庾。"⑯ 以上学者具体分析了唐代诗人对齐梁诗人诗歌艺术成就的继承，民国时期的学者还具体分析了齐梁诗歌对唐代

---

① 丁仪：《诗学渊源》卷八，见张寅彭主编《民国诗话丛编》第三册，上海书店 2002 年版，第 198—199 页。

② 同上书，第 199 页。

③ 同上。

④ 同上书，第 199—200 页。

⑤ 同上书，第 200—201 页。

⑥ 同上书，第 203 页。

⑦ 同上书，第 204 页。

⑧ 同上。

⑨ 同上书，第 209 页。

⑩ 同上书，第 211 页。

⑪ 同上书，第 212 页。

⑫ 同上书，第 207 页。

⑬ 郑临川：《闻一多论古典文学》，重庆出版社 1984 年版，第 111 页。

⑭ 苏雪林：《唐诗概论》，商务印书馆 1947 年版，第 148 页。

⑮ 同上书，第 167 页。

⑯ 曾毅：《中国文学史》下册，泰东图书局 1930 年版，第 20 页。

各种诗体如律诗、绝句形成的影响，这部分内容将在"诗体论"一节进行论述。总之，以李杜为代表的唐诗大家无一不是在充分学习齐梁诗歌艺术精华的基础上形成自己的诗歌风格的，因此，民国时期的学者对齐梁诗歌对唐诗影响的具体分析抓住了唐诗艺术研究的核心，他们这种具体而深入的分析奠定了此后唐诗对齐梁诗歌接受研究的基础。

唐诗与六朝乐府民歌。王闿运曰："张若虚春江花月用西州格调，孤篇横绝，竟为大家。"① 陈衍认为《草堂》诗"则用《木兰辞》而小变换之"②。陆侃如曰："四杰的诗的音节方面似乎更得力于六朝的新乐府。"③ 陈钟凡曰："《庐江小吏妻诗》凡千七百四十五言，杂述十数人口吻，声情毕肖，开唐人白居易一派。"④ 闻一多评价崔融五律《吴中好风景》"竟不像一首律诗，简直是从《西洲曲》化出，极为生动，颇带歌谣风味，是从古诗到律诗过渡期间的绝妙佳作。"⑤ 以上学者主要以张若虚、杜甫、白居易对六朝乐府民歌的接受为例分析了唐诗对六朝乐府民歌艺术成就之继承。

唐诗与北朝诗。袁嘉谷曰："北魏刘昶《断句》云：'白云满鄣来，黄尘暗天起。关山四面绝，故乡几千里。'隋虞世基《入关》云：'陇云低不散，黄河咽复流。关山多道里，相接几重愁。'节短音长，三唐五绝，皆源于此。"⑥ 指出了唐诗中五言绝句对北朝诗歌艺术成就之继承。

唐诗与隋诗。在论及陈隋文学时，黄节曰："陈则徐陵称首，北周庾信为优，至隋而杨素沈雄华赡，风骨甚遒，已辟唐人陈、杜、沈、宋之轨。"⑦ 丁仪《诗学渊源》卷八在论及隋代诗人薛道衡时曰："'入春才七日，离家已二年'，已逗晚唐一体。"⑧ 论及隋代诗人杨素时曰："诗并脱略宫体，渐寻古意。虽面目仍袭排偶，而体格声调转居齐梁之上，未始非

① 王闿运：《论唐诗诸家源流》，见《湘绮楼诗文集》，岳麓书社 1996 年版，第 533 页。
② 陈衍：《石遗室诗话》卷二四，见张寅彭主编《民国诗话丛编》第一册，上海书店 2002 年版，第 322 页。
③ 陆侃如、冯沅君：《中国诗史》卷二，商务印书馆 1939 年版，第 678 页。
④ 陈钟凡：《中国韵文通论》，中华书局 1931 年版，第 147 页。
⑤ 郑临川：《闻一多论古典文学》，重庆出版社 1984 年版，第 96 页。
⑥ 袁嘉谷：《卧雪诗话》卷八，见张寅彭主编《民国诗话丛编》第二册，上海书店 2002 年版，第 473 页。
⑦ 黄节：《诗学》，见张寅彭主编《民国诗话丛编》第二册，上海书店 2002 年版，第 494 页。
⑧ 丁仪：《诗学渊源》卷八，见张寅彭主编《民国诗话丛编》第三册，上海书店 2002 年版，第 191 页。

陈子昂、张九龄之先河也。"① 又曰:"予读素诗'揖让非至公'、'泾渭余别流'等句,考其声调,自宋中叶以后至齐梁间,亦常有之。而初唐诸人,犹袭其旧……杜工部五言排律亦有此体,即其所本者也。"② 丁仪评唐太宗曰:"有唐三百年风雅之盛,帝实有以启之也。诗袭陈隋之余,下渐唐律。凡其所作,足为师象,穷源竟委,惟此为宜。《帝京》十篇,规法陈隋,而精细尤甚,欲知齐梁、陈隋之法,非读此不可。"③ 以上学者分析了唐诗对隋诗艺术成就之继承。

总之,民国时期,关于唐诗对六朝诗歌艺术精神继承的研究是非常深入的,尽管此期大部分学者仍然运用传统诗话中的摘句法,以只言片语对六朝诗人对唐代诗人的影响进行分析,这种分析是散乱而不成体系的,分析中也没有形成严密的逻辑论证,但是这些表面上看似乎非常感性的分析实际上体现的是学者们长期理性思考的诗学论断,所以他们的"小结论"中实际上蕴含着"大判断"。因此,此期学者这些琐碎的分析往往成为当代唐诗对六朝诗歌艺术精神继承研究的理论基础,开启了当代唐诗研究的无数法门。

二 唐诗之当代艺术渊源

民国时期的学者还对唐代诗人对唐诗艺术的开创作用从各个侧面进行了详细考辨。

关于唐代各种诗体的艺术渊源。唐代"古诗"之艺术渊源,罗根泽曰:"古诗的产生当然在律诗之前,但'古诗'的名称则在律诗之后,古诗的提倡在矫正律诗……至古诗的名称,则李白以前,尚不多见。……可见确是在努力使诗解脱声律的羁绊,恢复古诗的自由抒写,而后来所谓'古诗'的名称,大概源于他(案:指李白)的所谓'古风'了。"④ 认为唐代的古诗渊源于李白的"古风"。关于次韵体的起源,罗根泽曰:"元稹比白居易更重视声韵,所以不惟对乐府更有研究,对其他诗歌也更求韵切,由是创立次韵。"⑤ 认为唐代次韵体诗由元稹创立。民国时期的

---

① 丁仪:《诗学渊源》卷八,见张寅彭主编《民国诗话丛编》第三册,上海书店 2002 年版,第 192 页。

② 同上。

③ 同上书,第 197 页。

④ 罗根泽:《隋唐文学批评史》,商务印书馆 1943 年版,第 46 页。

⑤ 同上书,第 72 页。

学者对于唐代各种诗体艺术之开创者都有详细的分析，"诗体论"一节中将对此进行更为详细的考辨。

关于具体唐诗大家对其他诗人诗歌创作的影响，邵祖平曰："至取之本代者则如韩愈、孟郊、张籍、贾岛、元稹、刘禹锡、姚合、唐彦谦、李商隐、杜牧、薛能、陆龟蒙师法杜甫者也。顾况、贯休师法李白者也，钱起、刘长卿、赵嘏、张祜则师法沈宋，朱庆余、陈标、任蕃、章孝标、司空图、项斯则渊源于张籍，邵谒则独效孟郊，方干、李频则共式姚合，温庭筠、李商隐时效李贺，李洞、曹松、喻凫、周贺、无可等，则出自贾岛者也。有唐一代师法渊源，大概如是。"① 以上学者分析了李杜、沈宋、张籍、孟郊、姚合、李贺、贾岛对唐诗艺术之开创作用，其实李白、张籍、孟郊对其他诗人的影响并不明显，所以上述观点还值得商榷，但是其考镜源流的诗学研究方法值得学习。

关于杜甫对唐诗艺术影响的论述。杜甫是中国诗史上最伟大的诗人，也是对后世影响最为深远的诗人，对唐代诗歌艺术产生了重大影响，民国时期的学者就杜甫对唐代诗歌艺术的影响进行了系统论述，王闿运曰："韩愈并推李、杜，而实专于杜。但袭粗迹，故成枯犷。"② 胡适曰："元白都受了杜甫的绝大影响。老杜的社会问题诗在当时确是别开生面，为中国诗史开一个新时代。"③ 刘麟生曰："中唐的创造诗人，只有韩愈白居易而已，两人都是学杜，一学其奇险，一学其平易，都能自立一格。"④ 黄节曰："李杜而后，降及贞元、元和间，学杜而得其至者，惟韩昌黎一人而已。"⑤ 程学恂谓韩愈"《南山诗》乃变杜之体而与相抗者也。如此篇（《此日不足惜一首赠张籍》）乃同杜之体而与相和者也"⑥。又谓韩愈《此日不足惜一首赠张籍》"得老杜《北征》《彭衙》遗意"⑦。玄修曰："然如（杜甫《奉赠韦左丞二十二韵》）朝扣富儿门四句，及青冥却垂翅四句，孟东野颇效之。"⑧ 林庚白曰："玉溪之前后《无题》，以及《锦

---

① 邵祖平：《唐诗通论》，《学衡》1922 年第 12 期。
② 王闿运：《论唐诗诸家源流》，见《湘绮楼诗文集》，岳麓书社 1996 年版，第 534 页。
③ 胡适：《白话文学史》，新月书店 1928 年版，第 433 页。
④ 刘麟生：《中国文学泛论》，世界书局 1934 年版，第 26 页。
⑤ 黄节：《诗学》，见张寅彭主编《民国诗话丛编》第二册，上海书店 2002 年版，第 499 页。
⑥ 程学恂：《韩诗臆说》，商务印书馆 1934 年版，第 4 页。
⑦ 同上。
⑧ 玄修：《说杜（续）》，《同声月刊》1941 年第 8 期。

瑟》、《碧城》诸作，皆从老杜之'雷声忽送千峰雨，花气浑如百和香'一首脱胎而出；而《写意》《随师东》《重有感》《筹笔驿》诸作，皆渊源于老杜之'花近高楼伤客心'一首，其《春雨》《楚宫》《流莺》诸作，又老杜之'一片花飞减却春'二首之变化也。至乃'人生何处不离群'之作，则真与子美之'兵戈不见老莱衣'一首，神似极矣。"① 以上学者分析了杜甫对元白、韩愈、孟郊、李商隐等人诗歌艺术之影响，既有具体诗作影响的分析，有些地方还有理论概括。

　　除杜甫外，民国时期的学者还对唐代其他诗人对唐诗艺术的影响进行了论述。陈衍曰："初唐四子承六代藻丽之制，陈、杜、沈、宋继起，乃渐工体格。至王、孟、岑、高，加以神韵而已。椎轮之功，四子不可没矣。"② 闻一多认为骆宾王《艳情代郭氏答卢照邻》曰："可惜骆宾王没赶上蒋防、李公佐的时代。我的意思是：故事最适宜于小说，而作者手头却只有一个诗的形式可供采用。这试验也未尝不可作，然而他偏偏又忘记了《孔雀东南飞》的典型。凭一枝作判词的笔锋（这是他的当行），他只草就了一封韵语的书札而已。然而是试验，就值得钦佩。骆宾王的失败，不比李百药的成功有价值吗？他至少也替《秦妇吟》垫过路。"③ 指出了初唐四杰对唐诗艺术的影响。闻一多在论述贾岛在晚唐五代被推崇的盛况时曰："上面的故事，你尽可解释为那时代人们的神经病的象征，但从贾岛方面看，确乎是中国诗人从未有过的荣誉，连杜甫都不曾那样老实的被偶像化过。你甚至说晚唐五代之崇拜贾岛是他们那一个时代的偏见和冲动，但为什么几乎每个朝代的末叶都有回向贾岛的趋势？"④ 指出了贾岛对晚唐诗坛的影响。胡适论沈千运曰："他代表天宝以前的严肃文学的运动，影响了元结、孟云卿一班人，孟云卿似乎又影响了杜甫。"⑤ 闻一多论上官婉儿曰："我们只要不忘记上官婉儿，也就可以知道沈（佺期）、杜（审言）、崔（融）、宋（之问）仍不过是宫体诗的青出于蓝而已。"⑥

---

　　① 林庚白：《丽白楼诗话·上编》，见张寅彭主编《民国诗话丛编》第六册，上海书店2002年版，第136页。

　　② 陈衍：《石遗室诗话》卷六，见张寅彭主编《民国诗话丛编》第一册，上海书店2002年版，第88页。

　　③ 闻一多：《唐诗杂论》，中华书局2012年版，第15页。

　　④ 同上书，第40页。

　　⑤ 胡适：《白话文学史》，新月书店1928年版，第382—383页。

　　⑥ 郑临川：《闻一多论古典文学》，重庆出版社1984年版，第99页。

闻一多评李端《芜城》诗曰："真鬼诗也,李长吉便由此脱胎。"① 以上学者分析了杜甫以外的其他唐代诗人对唐诗艺术之影响。

认为唐诗艺术渊源于唐代某种诗体的,主要有以下几种观点。

关于初唐律诗对唐诗艺术形成的作用,容肇祖曰："自然那时律诗的格式,充极了庙堂馆阁的气味,以及受有字句对偶的限制,很少文学的价值。然而诗人的黄金时代,却从此种体格普遍传习的影响而产生。"② 认为唐诗艺术源于初唐"律诗",由于律诗有具体的格律要求,可以通过严格的学习而掌握创作的技巧,因而唐代学习律诗创作的风气很盛,由此带来了诗史上的黄金时代。从这个意义上说,上述观点是非常有见地的。

唐诗艺术源于张说"试帖诗"说,闻一多曰："我们有理由把张说说成是试帖诗典型的建立者,也就是他对唐诗所起的重大影响,而试帖诗的影响唐代诗坛,也就是张说影响的普遍化了。"③ 指出了张说"试帖诗"对唐诗艺术技巧提高的作用。

唐诗艺术源于唐代"乐府诗"说,罗根泽曰："初盛唐诗人,率先为乐府,然后以乐府为诗。"④ 胡适曰："唐人的诗多从乐府歌词入手,后来技术日进,工具渐熟,个人的天才与个人的理解渐渐容易表现出来,诗的范围方才扩大,诗的内容也就更丰富、更多方了。故乐府诗歌是唐诗的一个大关键:诗体的解放多从这里来,技术的训练也多从这里来。从仿作乐府而进为创作新乐府,从做乐府而进为不做乐府,这便是唐诗演变的故事。"⑤ 容肇祖曰："乐府的发展,也就是唐诗的进步的关键。"⑥ 又曰:"不知不觉的由乐府民歌的风趣,侵润了影响了改变了诗体各方面。这是由乐府诗发展出来而收的大效果。"⑦ 又曰:"唐代的五七言古诗,都是从乐府解放出来的新体诗,由曹丕、鲍照开其端,而到唐朝逐渐演变成熟,可说是从乐府的体制生出来的。"⑧ 以上学者认为唐代诗歌艺术渊源于唐代乐府。

---

① 郑临川:《闻一多论古典文学》,重庆出版社 1984 年版,第 149 页。
② 容肇祖:《中国文学史大纲》,开明书店 1947 年版,第 159 页。
③ 郑临川:《闻一多论古典文学》,重庆出版社 1984 年版,第 120 页。
④ 罗根泽:《乐府文学史》,文化学社 1932 年版,第 226 页。
⑤ 胡适:《白话文学史》,新月书店 1928 年版,第 278—279 页。
⑥ 容肇祖:《中国文学史大纲》,开明书店 1947 年版,第 167 页。
⑦ 同上书,第 167—168 页。
⑧ 同上书,第 169 页。

　　总之，民国时期，一部分学者认为唐代某种诗体或者提高了唐诗艺术的水平，或者扩大了唐诗艺术影响的范围，从而使得唐诗最终成为一代之文学，这种观点非常新颖，也非常有见地，这种立足于唐诗艺术本位对于唐诗兴盛原因的分析比立足于外在社会环境等方面的分析更令人信服。

　　有些学者主张唐诗艺术渊源于民间文学，胡适曰："六七世纪之间，民间定有不少的长歌，或三言为句，或五言，或七言，当日唱导师取法于此，唐朝的长篇歌行也出于此。唐以前的导文虽不见了，但我们看《证道歌》《季布歌》等，可以断言七言歌行体是从民间来的。"① 李岳南曰："唐诗的渊源是由于民间诗逐渐蜕化而来的。"② 以上学者认为唐诗艺术渊源于民间文学。毫无疑问，唐代民间文学对唐诗艺术产生了深远影响，但是如果认为唐诗艺术完全是从民间文学发展而来的，这种观点则值得商榷。

　　唐诗各期艺术渊源。关于初唐诗艺术渊源，曾毅曰："魏徵以佐命功臣，务为遒峻，其《述怀》一首，实立于唐诗之源头。王绩风骨隽远，《古意》留守，又为陈张《感遇》之先声。三百年之雅音，可谓胚胎于此时（初唐）矣。"③ 指出了魏徵、王绩在初唐诗歌艺术形成过程中的作用。关于盛唐诗艺术渊源，丁仪《诗学渊源》卷八曰："（骆宾王）尤妙于五言诗，尝作《帝京篇》，当时以为绝唱……诗不减齐梁诸人，而古质不及卢升之。近体如《北眺》《夏日》诸作，立意炼辞实开盛唐之先路。"④ 指出了骆宾王对盛唐诗歌艺术的开启作用。关于中唐诗的艺术渊源，陆侃如曰："他（杜甫）的诗在形式方面的特点是注重技巧，在内容方面的特点是注重民间疾苦——在第二期以外的作品中亦多写民间疾苦之作。这两方面，便衍成韩愈及白居易两派。"⑤ 刘麟生曰："唐代大诗家，如韩退之之专学杜之奇险，白乐天专学杜之平易，李义山专学杜之感叹时事法，皆能自成一家。"⑥ 指出了杜甫对中唐诗歌艺术的影响。关于晚唐诗之艺术渊源，丁仪评曰："然晚唐诗派，虽逗起盛唐之末，其实由元白而

----

① 胡适：《白话文学史》，新月书店 1928 年版，第 242 页。
② 李岳南：《唐代伟大的民间诗人——白居易》，《半月文艺》1942 年第 9 期。
③ 曾毅：《中国文学史》下册，泰东图书局 1930 年版，第 15 页。
④ 丁仪：《诗学渊源》卷八，见张寅彭主编《民国诗话丛编》第三册，上海书店 2002 年版，第 194 页。
⑤ 陆侃如、冯沅君：《中国诗史》卷二，商务印书馆 1939 年版，第 751 页。
⑥ 刘麟生：《中国文学史》，世界书局 1933 年版，第 185 页。

始定。"① 指出了元白对晚唐诗歌艺术的影响。陆侃如曰："至于李贺，是导晚唐温李的先路的。"② 李嘉言也持此论③。指出了李贺对晚唐诗歌艺术的影响。以上学者对唐诗各期艺术渊源所持之观点比较公允。

　　除此以外，民国时期一部分学者还对唐代具体诗人的诗学渊源进行了考辨，如杨启高对韩白诗之艺术渊源进行了考辨。郑锦先《复古诗人李白》一文具体考证了李白诗对古乐府、谢灵运、鲍照、谢朓、陈子昂诗歌艺术的继承④。唐钺《李白模仿前人》一文具体考证了李白对古乐府、谢朓、阮籍、左思、郭璞、陶潜诗歌艺术的继承⑤。梁敬钊《李太白之研究》设"李白文艺之渊源"一节探析李白诗歌的艺术渊源⑥。张振佩《李义山评传》设"义山诗的历史根源"探讨李商隐诗歌的艺术渊源⑦。沈茂彰认为李商隐诗"盖阶借于楚，而后乃沉潜于六代精英"，"所渊源已成一家之名者，又往往取资于当代"。⑧ 由此可以见出，民国时期唐诗学研究中非常重视对唐代诗人诗歌艺术渊源的考辨，但是在具体研究中尚停留于对李杜、李商隐等大诗人诗歌艺术渊源的论述上，对其他诗人诗歌艺术渊源的论述则较少。

　　总之，民国时期的学者运用考镜源流的方法，从唐诗艺术之当代开源者及前代艺术渊源两个方面对唐诗艺术渊源进行了研究，又具体对每一种诗体、初盛中晚每一时代、唐代具体诗人诗歌艺术之渊源进行了详细的考辨，对具体诗人在某种诗体、某一时期诗风形成过程中的作用进行了深入的论述，这种立足于诗学艺术本位的考镜源流的研究方法创自于梁代钟嵘之《诗品》，民国时期的学者在唐诗艺术研究中大量运用了这种方法，因而使得此期的唐诗学研究非常深刻、质实。除了受传统的考镜源流研究方法之影响外，民国时期的时代学术特点也对此期的唐诗艺术渊源研究产生了一定影响：

---

　　① 丁仪：《诗学渊源》卷八，见张寅彭主编《民国诗话丛编》第三册，上海书店 2002 年版，第 207 页。

　　② 陆侃如、冯沅君：《中国诗史》卷二，商务印书馆 1939 年版，第 754 页。

　　③ 李嘉言：《唐诗分期与李贺》（续），《当代评论》1941 年第 14 期。

　　④ 郑锦先：《复古诗人李白》，《新学生》1948 年第 4 期。

　　⑤ 唐钺：《李白模仿前人》，《东方杂志》1943 年第 1 期。

　　⑥ 梁敬钊：《李太白之研究》，《清华周刊》1928 年第 7 期。

　　⑦ 张振佩：《李义山评传》，《学风杂志》1933 年第 7—9 期。

　　⑧ 沈茂彰：《玉溪生诗管窥》，《中国文学会集刊》1936 年第 3 期。

首先，在进化论思想的影响下，此期的学者们把古典诗歌也当作一种生命有机体来对待，认为唐诗之成熟是在前代诗歌艺术不断积累的前提下实现的，因而对唐诗艺术渊源进行了系统的探讨，此期的学者将唐诗的艺术渊源一直追溯到中国诗歌艺术的源头——诗经，探讨了诗经、楚辞、汉代文人诗、汉乐府、魏晋南北朝诗、南朝乐府民歌、隋代诗歌对唐诗艺术的影响。

其次，民国时期，唐诗学作为一门学科已经正式形成，所以此期的学者不但重视从前代诗歌中寻找唐诗艺术的源头，而且重视从作为一个独立自足的诗歌体系的唐诗自身中寻找唐诗艺术的渊源。

再次，在科学主义思潮的影响下，此期很多学者把诗歌创作作为一门"技术"①来看待，如胡适就曾经以杜甫诗歌为例从"技术"的角度研究诗歌创作是如何由前代的粗糙达到唐代的精熟境界的。由于把诗歌创作的技巧纯粹当作一门"技术"，因而此期的学者们又注意从唐代某种诗体的成熟对整个时代诗人诗歌创作技巧的提高方面来找寻唐诗艺术的源头。例如，容肇祖就认为律诗提高了唐人诗歌创作的技巧。闻一多认为张说的"试帖诗"提高了唐代诗人的创作技巧。胡适认为唐代"乐府诗"使唐代整个诗体都得到了解放，从而提高了唐人的诗歌创作技巧。这些观点都很新颖，同时也是有一定道理的。

而且，民国时期，在文学史写作潮流的影响下，此期的学者们在唐诗研究中往往要追溯具体诗人诗歌艺术的源头，以便给其在文学史上以准确的定位，并对其诗歌艺术进行形象、准确的描述。唐诗艺术渊源的系统研究就是在这种学术背景下产生的。

此外，因为六朝诗歌注重辞采的修饰，再加上当时宫体诗的泛滥、帝王的腐朽，因而历代诗歌评论家对六朝诗大多评价不高。民国时期，随着学者们对文学自觉观念的认同，他们往往以本体论的立场来研究六朝文学，将文学当作文学来研究，将六朝诗歌与亡国之君分离开来。并且随着妇女地位的提高，妇女文学研究也在民国时期受到了空前的重视，学者们对六朝宫体诗重新进行了评价。在这种学术背景下，"为艺术而艺术"的观点也为一部分学者所接受，此期的学者们对六朝诗歌的艺术价值重新进行了评估，逐渐认识到了六朝诗歌艺术对唐诗兴盛的重要作用，因而非常

---

① 胡适：《白话文学史》，新月书店1928年版，第331—332页。

重视从六朝诗歌中找寻唐诗之源头。

最后，随着民间文学的被重视，此期的学者也开始重视从民间文学中找寻唐诗艺术之源头，因此此期对唐诗艺术渊源的研究非常深入。

第二节　唐诗艺术变迁论

唐诗艺术具有渐变性特征，前人早就认识到了这一点，宋严羽《沧浪诗话》曰：“盛唐人诗，亦有一二滥觞晚唐者；晚唐人诗，亦有一二可入盛唐者；要当论其大概耳。”① 明王世懋曰：“学者固当严于格调，然必谓盛唐人无一语落中，中唐人无一语入盛，则亦固哉其言诗矣！”② 明许学夷曰：“初、盛、中、晚唐之诗，虽各不同，然亦间有初而类盛、盛而类中、中而类晚者，亦间有晚而类中、中而类盛、盛而类初者，又间有中而类初、晚而类盛者，要当论其大概耳。”③ 主要从初、盛、中、晚各个不同时代唐诗艺术风格方面指出了唐诗的渐变性特征，认为在不同时代主流风格之外，总有一些诗人的风格尚沿袭上个时代诗歌的主流风格，也有一些诗人的创作超越时代之外，逐渐向下一个时代递嬗，使得整个诗歌史不断得到延续。也有些学者从诗体变迁方面论述唐诗艺术变迁，明王世懋曰：“唐律由初而盛，由盛而中，由中而晚，时代声调，故自必不可同。然亦有初而逗盛，盛而逗中，中而逗晚者。何则？逗者，变之渐也。非逗，故无由变。”④ 明敖英《类编唐诗绝句序》曰：“唐初，诗变《选》而律，而绝句者又律之变，视律尤难焉。”⑤ 有些学者从造成时代诗歌特质的质素方面探讨唐诗艺术的流变，明许学夷《诗源辩体凡例》曰：“汉魏出于天成，本无造诣，而六朝雕刻绮靡，又不足以言造诣。故必至王、杨、

---

① （宋）严羽：《沧浪诗话》，引自陈伯海主编《历代唐诗论评选》，河北大学出版社2003年版，第416页。

② （明）王世懋：《艺圃撷余》，引自陈伯海主编《历代唐诗论评选》，河北大学出版社2003年版，第640页。

③ （明）许学夷：《诗源辩体》卷一四，引自陈伯海主编《历代唐诗论评选》，河北大学出版社2003年版，第644页。

④ （明）王世懋：《艺圃撷余》，引自陈伯海主编《历代唐诗论评选》，河北大学出版社2003年版，第640页。

⑤ （明）敖英：《类编唐诗绝句》卷首，引自陈伯海主编《历代唐诗论评选》，河北大学出版社2003年版，第950页。

卢、骆，始言才力；至沈、宋，始言造诣；至盛唐诸公，始言兴趣耳。"①
也有些学者从诗人艺术修养变迁方面论述唐诗艺术变迁，明许学夷曰：
"学者以识为主，以才力辅之。初、盛唐诸公识见皆同，辅之以才力，故
无不臻于正。元和、晚唐诸子，识见各异，而专任才力，故无不流于
变。"② 正如清王同愈《唐十二家诗集卷首识语》所言，唐诗艺术"其变
迁盖有渐焉者"③。整体把握各个不同历史阶段士风变迁、诗体变迁、时
代风格变迁，从而清晰地展示唐诗艺术发展的历史轨迹，清楚地阐释唐诗
发展变化过程中的一系列诗学现象，历代学者的这种唐诗研究方法逐渐形
成了"唐诗艺术变迁论"。

　　民国时期的学者继承了历代学者的这种唐诗研究方法，既能够深入探
讨唐代各个阶段诗歌的风格特征，又能够对初、盛、中、晚各个阶段的艺
术变迁进行深入研究，在研究中能够把感性参悟与理性思辨结合起来，从
而达到对唐诗艺术的理性把握。例如，黄节的《诗学》能够以具体诗人
风格特征的分析为切入点，以风格相近的诗歌流派为单位，以诗风变迁之
研究为线索，使得其唐诗研究极具理论深度。对唐诗艺术流变的动态观照
也是此期唐诗学走向深入的体现。

一　唐诗艺术形成论

　　唐诗艺术风貌形成之时代，民国时期有两种观点：谢无量提出"武
后时代形成"说，曰："有唐一代，律诗与古文之体，最越前世，皆发于
武后时，可谓异矣。"④ 杨启高提出"盛唐形成"说，曰："唐诗至此
（盛唐），始算正式成立。"⑤ 关于唐诗艺术形成的时代，民国时期主要有
"武后时代形成"说和"盛唐形成"说两种观点。

　　唐诗艺术之开源者，民国之前，主要有以下几种观点。元辛文房曰：
"语曰：'苏、李居前，沈、宋比肩。'谓唐诗变体，始自二公，犹（汉人

---

①　（明）许学夷：《诗源辩体》卷首，引自陈伯海主编《历代唐诗论评选》，河北大学出版
社 2003 年版，第 697 页。

②　（明）许学夷：《诗源辩体》卷三四，引自陈伯海主编《历代唐诗论评选》，河北大学出
版社 2003 年版，第 644 页。

③　（明）张逊业编：《唐十二家诗》卷首，引自陈伯海主编《历代唐诗论评选》，河北大学
出版社 2003 年版，第 669 页。

④　谢无量：《中国大文学史》卷六，中华书局 1923 年版，第 24 页。

⑤　杨启高：《唐代诗学》，正中书局 1935 年版，第 128 页。

五言诗）始自苏武、李陵也。"① 提出了"沈宋"说。明周叙《叙诗》
曰："至唐，沈佺期、宋之问始定著律诗，回忌声病，约句准篇，如锦绣
成文，而唐诗遂自成一体，于是诗之与法始皆大变。"② 赞成"沈宋"说。
元杨士弘《唐音序》曰："自六朝来，正声流靡，四君子一变而开唐音之
端。"③ 提出了"四杰"说。明许学夷曰："五言自汉、魏流至陈、隋，
日益趋下，至武德、贞观，尚沿其流，永徽以后，王、杨、卢、骆则承其
流而渐进矣。四子才力既大（至此始言才力），风气复还，故虽律体未
成，绮靡未革，而中多雄伟之语，唐人之气象风格始见（至此始言气象
风格）。"④ 明王祎《练伯上诗序》曰："唐初袭陈隋之弊……颓靡不振；
王、杨、卢、骆始若开唐音之端。"⑤ 许学夷和王祎赞成"四杰"说。明
胡应麟认为王勃为"自是唐人开山祖"⑥，提出了"王勃"说。

　　在上述几种观点的基础上，民国时期关于唐诗开源者主要有以下几种
观点："太宗形成"说，王闿运曰："陈隋靡习，太宗已以清丽振之
矣。"⑦ "王绩形成"说，林之棠曰："王绩为唐代第一位诗人。"⑧ "魏徵
形成"说，郑作民认为唐诗的开源者是魏徵。⑨ "杜审言形成"说，闻一
多曰："读王绩的作品，还可看出他自六朝蜕化的痕迹，读杜审言的诗
虽然发现他晚年受过王绩的影响，却已进一步把它变为纯粹的唐代诗
风。"⑩ 可见，闻一多认为唐诗艺术之开源者为王杨与陈子昂。"陈子昂
形成"说，刘麟生认为陈子昂的诗"注重意境，而撇开辞藻，开唐代

---

① （元）辛文房：《唐才子传》，引自陈伯海主编《历代唐诗论评选》，河北大学出版社
2003 年版，第 508 页。
② （明）周叙撰：《诗学梯航》，引自陈伯海主编《历代唐诗论评选》，河北大学出版社
2003 年版，第 696 页。
③ （元）杨士弘：《唐音》，引自陈伯海主编《历代唐诗论评选》，河北大学出版社 2003 年
版，第 503 页。
④ （明）许学夷：《诗源辩体》卷一二，引自陈伯海主编《历代唐诗论评选》，河北大学出
版社 2003 年版，第 698 页。
⑤ （明）王祎：《王忠文公集》卷二，引自陈伯海主编《历代唐诗论评选》，河北大学出版
社 2003 年版，第 524 页。
⑥ （明）胡应麟：《诗薮》内编卷四，引自陈伯海主编《历代唐诗论评选》，河北大学出版
社 2003 年版，第 691 页。
⑦ 王闿运：《论唐诗诸家源流》，见《湘绮楼诗文集》，岳麓书社 1996 年版，第 532 页。
⑧ 林之棠：《中国文学史》中册，华盛书局 1934 年版，第 483 页。
⑨ 郑作民：《中国文学史纲要》，合众书店 1934 年版，第 105 页。
⑩ 郑临川：《闻一多论古典文学》，重庆出版社 1984 年版，第 94 页。

诗的先声"①。木庵云："一代唐音起射洪。"② 黄江华曰："以五言而论,
子昂其有唐先路之道师。"③ 黄节曰："子昂继阮籍《咏怀》之什,作
《感遇诗》三十六首,化尽町畦,神游八极,存之隐约,味之玄淡,词旨
幽邃,音节高壮,唐初五言,由兹一振。杜甫谓其才继《骚》《雅》,世
无比肩。柳宗元称其比兴兼有,唐兴一人。而韩愈亦谓'国朝盛文章,
子昂始高蹈'。是故以五言而论,子昂其有唐先路之导欤?"④ "李杜形
成"说,朱自清曰："七古和七绝两体都成立在他(李白)手里。"⑤ 胡
朴安、胡怀琛曰："在初唐时期,王杨卢骆及沈宋,都还脱不了这种习气
(案:指六朝修饰雕琢的习气)。"⑥ 又曰："到李白、杜甫,才洗净了六
朝纤丽之习,而自成一种唐诗。不过,李杜是诗学革命的成功者,在李杜
以前,再有革命的先驱,就是陈子昂和张九龄。"⑦ 在以上各种观点中,
"王绩形成"说比较符合唐诗艺术形成的具体情况,此说影响较大。唐诗
艺术发展到李杜时代已经走向成熟,因而"李杜形成"说不符合唐诗艺
术形成的具体情况。

二　唐诗各期艺术特色论

(一) 历代唐诗各期艺术论学术史梳理

民国之前的学者对唐诗各期艺术特色已经进行过详细的论评。

初唐诗歌艺术。明王世贞将以"四杰"为代表的初唐诗风与六朝诗
风相比较,曰："词旨华靡,固沿陈隋之遗,翩翩意象,老境超然胜
之。"⑧ 认为初唐诗歌变中古诗风之处在于诗歌意境之向"老成"方向转
化。明康海《樊子少南诗集序》曰："予昔在词林读历代诗,汉魏以降,
顾独悦初唐焉。其词虽缛,而其气雄浑朴略,有国风之遗响。"又曰:

---

① 刘麟生:《中国文学泛论》,世界书局1934年版,第25页。

② 陈衍:《石遗室诗话》卷,见张寅彭主编《民国诗话丛编》第一册,上海书店2002年
版,第33页。

③ 黄江华:《唐代文学概说》,《民钟季刊》1937年第1期。

④ 黄节:《诗学》,见张寅彭主编《民国诗话丛编》第二册,上海书店2002年版,第498页。

⑤ 朱自清:《诗言志辨》,见《朱自清古典文学论文集》上册,上海古籍出版社1981年版,
第340页。

⑥ 胡朴安、胡怀琛:《唐代文学》,商务印书馆1933年版,第14页。

⑦ 同上书,第15页。

⑧ (明)王世贞:《艺苑卮言》卷四,引自陈伯海主编《历代唐诗论评选》,河北大学出版
社2003年版,第28页。

"或曰：唐初承六朝靡丽之风，非俪弗语，非工弗传，实雕虫之末技尔。子以雄浑朴略与之何邪？曰：正以承六朝之后而能卒然振奋其气，词或稍因其故，而格则力脱其靡也。"① 认为初唐诗风格"雄浑朴略"，摆脱了六朝诗靡靡之气。明王格《初唐诗叙》曰："至乃初唐居近体之首，质而不俚，华而不艳，其浑厚茜郁之气，有足观法者。"② 认为初唐诗具有"浑厚茜郁"之气。明郭正域《四唐汇诗序》曰："吾以为初唐虽沿习绮丽，而雄浑自在，质木沉郁，不伤浮，不斗巧，太平之音也。"③ 以"雄浑"概括初唐诗歌风格。以上各家对初唐诗歌艺术持肯定的态度。也有些学者对初唐诗歌艺术持批评的态度，初唐杨炯在《王勃集序》中评价初唐诗风曰："尝以龙朔初载，文场变体，争构纤微，竞为雕刻。糅之金玉龙凤，乱之朱紫青黄。影带以徇其功，假对以称其美。骨气都尽，刚健不闻。"④ 批评初唐诗歌没有"骨气"。初唐卢藏用在《右拾遗陈子昂文集序》中批评当时的文风"风雅之道扫地尽矣"⑤，批评初唐诗歌不符合"风雅"精神。宋石介《上赵先生书》曰："唐之初，承陈隋剥乱之后，余人薄俗尚染齐梁流风，文体卑弱，气质丛脞，犹未足以鼓舞万物，声明六合。"⑥ 批评初唐诗歌体气"卑弱"。总体上来说，历代学者对初唐诗歌艺术持批评态度的多，肯定的相对少一些。

盛唐诗歌艺术。唐杜确在《岑嘉州集序》中曰："开元之际，王纲复举，浅薄之风，兹焉渐革。其时作者，凡十数辈，颇能以雅参丽，以古杂今，彬彬然，灿灿然，近建安之遗范矣。"⑦ 认为盛唐诗诗风和"建安风骨"有一致之处。宋严羽《沧浪诗话》曰："盛唐诸人，惟在兴趣；羚羊挂角，无迹可求。故其妙处，透彻玲珑，不可凑泊，如空中

---

① （明）康海：《康对山先生文集》卷四，引自陈伯海主编《历代唐诗论评选》，河北大学出版社2003年版，第600页。

② （清）黄宗羲：《明文海》卷二二五，引自陈伯海主编《历代唐诗论评选》，河北大学出版社2003年版，第600页。

③ （明）吴勉学编：《四唐汇诗》卷首，引自陈伯海主编《历代唐诗论评选》，河北大学出版社2003年版，第602页。

④ （唐）杨炯：《王勃集序》，引自陈伯海主编《历代唐诗论评选》，河北大学出版社2003年版，第22页。

⑤ （唐）卢藏用：《右拾遗陈子昂文集序》，《全唐文》卷二三八，引自陈伯海主编《历代唐诗论评选》，河北大学出版社2003年版，第31页。

⑥ （宋）石介：《徂徕集》卷一二，引自陈伯海主编《历代唐诗论评选》，河北大学出版社2003年版，第244页。

⑦ （清）董诰：《全唐文》卷四五九，引自陈伯海主编《历代唐诗论评选》，河北大学出版社2003年版，第60页。

之音，相中之色，水中之月，镜中之象，言有尽而意无穷。"① 以"兴趣"评盛唐诗。明许学夷曰："盛唐诸公律诗，偶对自然，而意自吻合，声韵和平，而调自高雅。"② "盛唐诸公五、七言律，多融化无迹而入于圣。"③ 认为盛唐诗歌艺术达到了"融化无迹"的境界。清贺贻孙曰："看盛唐诗，当从其气格浑老、神韵生动处赏之，字句之奇，特其余耳。"④ 以"气格神韵"评盛唐诗。清翁方纲曰："盛唐诸公之妙，自在气体醇厚，兴象超诣。"⑤ 以"兴象"评盛唐诗。历代学者对盛唐诗歌艺术评价大都比较高。

中唐诗歌艺术。宋姚铉《唐文粹序》曰："世谓贞元、元和之间，辞人咳唾，皆成珠玉，岂诬也哉？"⑥ 对中唐诗歌艺术评价较高。民国之前大部分学者对中唐诗歌艺术评价不高，唐代李肇曰："元和以后，为文笔则学奇诡于韩愈，学枯涩于樊宗师；歌行则学流荡于张籍；诗章则学矫激于孟郊，学浅近于白居易，学淫靡于元稹，具名为元和体。大抵天宝之风尚党，大历之风尚浮，贞元之风尚荡，元和之风尚怪。"⑦ 以党、浮、荡、怪概括中唐诗风流变。明许学夷曰："中唐诸子，造诣、兴趣所到，化机自在，然体尽流畅，语半清空，其气象风格，至此而顿衰耳。"⑧ 清王夫之曰："笔致疏率，齐梁人不著铅华则往往如此，中唐人所能至者，亦此而已。中唐人但得六代率笔，便自诩起六代之衰，亦不知量也。"⑨

---

① （宋）严羽：《沧浪诗话》，引自陈伯海主编《历代唐诗论评选》，河北大学出版社2003年版，第413页。

② （明）许学夷：《诗源辩体》卷一七，引自陈伯海主编《历代唐诗论评选》，河北大学出版社2003年版，第583页。

③ （明）许学夷：《诗源辩体》卷二一，引自陈伯海主编《历代唐诗论评选》，河北大学出版社2003年版，第583页。

④ （清）贺贻孙：《诗筏》，引自陈伯海主编《历代唐诗论评选》，河北大学出版社2003年版，第769页。

⑤ （清）翁方纲：《石洲诗话》，引自陈伯海主编《历代唐诗论评选》，河北大学出版社2003年版，第995页。

⑥ （宋）姚铉：《唐文粹》卷首，引自陈伯海主编《历代唐诗论评选》，河北大学出版社2003年版，第227页。

⑦ （唐）李肇：《唐国史补》卷下，引自陈伯海主编《历代唐诗论评选》，河北大学出版社2003年版，第121页。

⑧ （明）许学夷：《诗源辩体》，引自陈伯海主编《历代唐诗论评选》，河北大学出版社2003年版，第583页。

⑨ （清）王夫之：《古诗评选》卷五，引自陈伯海主编《历代唐诗论评选》，河北大学出版社2003年版，第852页。

以"疏率"评中唐诗。唐代大历年间是盛唐向中唐过渡的时期，所以历代学者对大历诗歌也比较重视，许多学者曾对大历诗歌艺术进行了深入的探讨。对大历诗歌持批评态度的，皎然在《诗式》中曰："大历中，词人多在江外，皇甫冉、严维、张继、刘长卿、李嘉佑、朱放，窃占青山白云、春风芳草以为己有。吾知诗道初丧，正在于此，何得推过齐梁作者?"① 明胡震亨曰："详大历诸家风尚，大抵厌薄开、天旧藻，矫入省净一涂。……而工于浣濯，自艰于振举，风干衰，边幅狭，专诣五言，擅场钱送，外此无他大篇伟什峃望集中，则其所短尔。"② 清乔亿曰："大历诗品可贵，而边幅稍狭；长庆间规模较阔，而气味逊之。"③ 清毛张健《丹黄余论》曰："盖彼以诗之境态至中晚而渐多，不知诗之格律至中晚而愈精也。"④ 对大历诗歌既有肯定又有批评的，清纪昀曰："诗至大历十子，浑厚之气渐尽，惟风调胜后人耳。"⑤ 清管世铭曰："大历诸公，善于言情，工于选料。"⑥ 历代学者大多对大历诗歌持批评态度。总体而言，历代学者对中唐诗歌艺术的评价不高，只有极少数学者对中唐诗歌艺术持肯定态度。

对晚唐诗歌艺术之评价。对晚唐诗持赞赏态度的，明许学夷曰："晚唐诸予体格虽卑，然亦是一种精神所注。"⑦ 清叶燮曰："论者谓晚唐之诗，其音衰飒。然衰飒之论，晚唐不辞；若以衰飒为贬，晚唐不受也。"⑧ 清杜诏《中晚唐诗叩弹集例言》曰："晚唐古诗寥寥，五律有绝工者，要亦一鳞片甲而已。唯七言今体则日益工致婉丽，虽气雄力厚不及盛唐，而

① （唐）皎然：《诗式》，引自陈伯海主编《历代唐诗论评选》，河北大学出版社 2003 年版，第 86 页。

② （明）胡震亨：《唐音癸签》卷七，引自陈伯海主编《历代唐诗论评选》，河北大学出版社 2003 年版，第 1014 页。

③ （清）乔亿：《大历诗略》卷首，引自陈伯海主编《历代唐诗论评选》，河北大学出版社 2003 年版，第 1014 页。

④ （清）毛张健：《唐体肤诠》卷首，引自陈伯海主编《历代唐诗论评选》，河北大学出版社 2003 年版，第 846 页。

⑤ （元）方回选评，李庆甲集评校点：《瀛奎律髓汇评》卷二九，河北大学出版社 2003 年版，第 1017 页。

⑥ （清）管世铭：《读雪山房唐诗序例》，引自陈伯海主编《历代唐诗论评选》，河北大学出版社 2003 年版，第 1017 页。

⑦ （明）许学夷：《诗源辩体》卷三〇，引自陈伯海主编《历代唐诗论评选》，河北大学出版社 2003 年版，第 644 页。

⑧ （清）叶燮：《原诗》卷四，引自陈伯海主编《历代唐诗论评选》，河北大学出版社 2003 年版，第 908 页。

风致才情实为前此未有。盖至此而七言之能事毕矣，故此体在选中几居其半。"① 对晚唐诗歌持批评态度的，宋蔡居厚《诗史》中曰："晚唐诗句切对，然气韵甚卑。"② 又曰："天下事有意为之，辄不能尽妙，而文章尤然。文章之间，诗尤然。世乃有日锻月炼之说，此所以用功者虽多，而名家者终少也。晚唐诸人议论虽浅俚，然亦有暗合者，但不能守之耳。"③ 批评晚唐诗"气韵甚卑"。明许学夷曰："晚唐许浑诸子，偶对工巧，而意多牵合，声韵急促，而调反卑下矣。"④ 批评晚唐诗声调"卑下"。明王格《初唐诗叙》曰："余观中唐以降，雕章缛彩，刻象绘情，多浮靡肤露之词，乏古者雅驯之体，绌而不取，诚所宜也。"⑤ 批评晚唐诗"乏雅驯之体"。明徐献忠《唐诗品》曰："晚唐诸子，不选格调，专事情景。诗中觅画之说，盖出于此。"⑥ 批评晚唐诗不注重"格调"。大体而言，历代学者对晚唐诗歌艺术大多持批评的态度。

（二）民国时期唐诗各期艺术特色论

民国时期的学者在前代学者对唐代各期诗歌艺术研究的基础上，将唐代各期诗歌置于整个诗歌史的基础上，重点对唐代各期诗歌在整个古典诗歌艺术变迁过程中所体现出的艺术特征进行了全面分析。

总论唐诗各期艺术特色的，闻一多曰："初唐的华贵，盛唐的壮丽，以及最近十才子的秀媚，都已腻味了，而且容易引起一种幻灭感。他们需要一点清凉，甚至一点酸涩来换换口味。"⑦ 郑宾于曰："就诗论诗，唐代的作物也有数变：初唐的放纵绮靡，盛唐的万汇毕集，大历的渐趋因仍，元和的通俗入时，晚唐的雕缋文缛。"⑧ 邵祖平曰："初唐之诗有如锋刃初

① （清）杜诏：《中晚唐诗叩弹集》卷首，引自陈伯海主编《历代唐诗论评选》，河北大学出版社 2003 年版，第 909 页。

② （宋）蔡居厚：《诗史》，引自陈伯海主编《历代唐诗论评选》，河北大学出版社 2003 年版，第 220 页。

③ （宋）蔡居厚：《蔡宽夫诗话》，引自陈伯海主编《历代唐诗论评选》，河北大学出版社 2003 年版，第 322 页。

④ （明）许学夷：《诗源辩体》卷一七，引自陈伯海主编《历代唐诗论评选》，河北大学出版社 2003 年版，第 583 页。

⑤ （清）黄宗羲：《明文海》卷二二五，引自陈伯海主编《历代唐诗论评选》，河北大学出版社 2003 年版，第 600 页。

⑥ （明）朱警编：《唐百家诗》，引自陈伯海主编《历代唐诗论评选》，河北大学出版社 2003 年版，第 608 页。

⑦ 闻一多：《唐诗杂论》，中华书局 2012 年版，第 39 页。

⑧ 郑宾于：《中国文学流变史》中册，上海北新书局 1930 年版，第 245 页。

呈，淬砺未加，一旦磨砻即利断割，又如排风之翼青苍，未摩稍得风云，超忽远逝。盛唐则如游刃有余，踌躇满志，六翮已成，翱翔四海。中唐则如族庖更刀，时有折却，翮下增毛，飞不加高。晚唐诗则如割鸡妙巧，无赖牛刀，枋榆飞抢，反笑图南者矣。"① 罗根泽曰："初盛唐是讲对偶的时代，中唐是讲诗的社会使命的时代，晚唐五代以至宋初是讲诗格的时代。"② 又曰："初唐的诗论，侧重对偶格律的提示；中唐的诗论，侧重社会政治的作用。以现在的术语来说，前者是艺术文学的方法，后者是人生文学的理论，绝对的相反不同；而交替转变则在于盛唐。盛唐一方面有王昌龄和僧皎然等的作'诗格''诗式'，一方面有陈子昂和李杜的人生文学理论，自以元稹和白居易为集其大成，而序幕的揭开，则始于元白以前的陈子昂。"③ 丁仪曰："贾岛'二句三年得，一吟双泪流'。真能道出作者苦心，然却是晚唐语气，盛唐诸公，无此深刻。盛唐诗拙而不拙，直而不直，粗而不粗，细而不细。初唐稳厚多拘泥，晚唐工巧多着迹，以语盛唐不可同日。"④ 以上各家对唐诗各期的艺术特色从宏观的角度进行了论述。总体而言，此期对唐诗初、盛、中、晚各个时期诗歌艺术的评价仍然继承了前人的观点，只是论述得更加深入、具体。

　　初唐诗歌艺术特色。"南朝文学"说，刘大杰曰："律体的最后完成，便是齐梁以来新体诗运动的最后完成。……律体的完成，是可以作为初唐诗坛的结束的。同时，也就是六朝诗风的一个结束。"⑤ 徐英曰："此时期（初唐）之诗，犹是陈隋旧习，未可断然分画以为唐诗也。"⑥ 谭正璧曰："唐初的文士作品也并不和民歌接近，而且和六朝文士作品也并无显著的分别。唐初作家除陈子昂外，所谓王、杨、卢、骆和沈、宋，对于这个黄金时代非但没有功绩，反为赘疣，我们简直有些不愿意说起他们。"⑦ 胡云翼曰："第一时期的诗，如从诗的格调和诗的气象看来，实在还够不上是唐诗"，而是有"齐梁诗的价值"，"是应制诗最盛的时代"。认为初唐

　　① 邵祖平：《唐诗通论》，《学衡》1922 年第 12 期。
　　② 罗根泽：《隋唐文学批评史》，商务印书馆 1943 年版，第 3 页。
　　③ 同上书，第 43 页。
　　④ 丁仪：《诗学渊源》卷七，见张寅彭主编《民国诗话丛编》第三册，上海书店 2002 年版，第 141 页。
　　⑤ 刘大杰：《中国文学发展史》，百花文艺出版社 2007 年版，第 220 页。
　　⑥ 徐英：《诗法通微》，正中书局 1943 年版，第 13 页。
　　⑦ 谭正璧：《中国文学进化史》，光明书局 1930 年版，第 108 页。

"不是与北朝一般的时代背景，而是南朝的时代背景"，因而文学"继续南朝贵族文学未完的发展"①。丁仪曰："初唐诗人如袁朗、魏徵、虞世南、褚遂良等，皆陈隋之遗，古今诗多属宫体。考其声调句法，略变陈隋之规，犹未入唐人之律也。"② 就诗体而言，刘大杰提出了"律诗完成"说，曰："初唐百年的诗坛，有两种显著的现象：其一，是六朝华丽诗风的承继，其次是律诗运动的完成。"③ "古体诗风行"说，闻一多曰："当时写古体诗的名手有魏徵、薛稷、贺朝、薛奇童、包融等，可见当时写古体诗是一般风气，并非子昂一人特出。"④ 闻一多提出了"文赋的时期"说，认为初唐是"文赋的时期——非诗的时期"⑤。就诗法而言，徐英提出了"运古入律"说，曰："运古入律，乃初唐气味；运律入古，则齐梁陋习。"⑥ 就诗歌语言而言，胡适提出了"白话文学"说，认为初唐"是一个白话诗的时期"⑦。就创作主体的身份而言，胡适认为初唐文学具有"贵族性与庙堂性"的特点⑧。就诗风而言，闻一多提出了"唯美主义"说，曰："在王绩那个时代（隋末唐初），流行的诗风一面是病态的唯美主义，如陈子昂、上官仪等人的作品，一面是有些人为功名而作诗，如虞世南、李百药等人作诗的态度。当时只有王绩一个人是退居局外，两条路都不走，独树一帜。"⑨ 认为初唐诗风为唯美主义和应制诗风。刘衍文提出"体疏事虚"说，曰："唐诗不论初盛中晚，音皆可吟。初唐颇具情韵，体多疏而事多虚。虽有浮藻而不致若齐、梁、隋、陈之伤骨，缘调多流转足补其气，然长篇多有部伍凌乱处，若骆宾王之《帝京篇》，卢照邻之《长安古意》，虽风靡一时，足为典则，而此病未除也。"⑩ 就艺术性而言，丁仪提出了"时露迹象"说，曰："初唐诸公，时露迹象，逊其含

① 胡云翼：《唐诗研究》，商务印书馆1930年版，第37—38页。

② 丁仪：《诗学渊源》卷八，见张寅彭主编《民国诗话丛编》第三册，上海书店2002年版，第192页。

③ 刘大杰：《中国文学发展史》，百花文艺出版社2007年版，第209页。

④ 郑临川：《闻一多论古典文学》，重庆出版社1984年版，第100页。

⑤ 闻一多：《唐诗杂论》，中华书局2012年版，第179页。

⑥ 徐英：《诗法通微》，正中书局1943年版，第55页。

⑦ 胡适：《白话文学史》，新月书店1928年版，第217页。

⑧ 胡适：《国语文学史·序》，北京文化学社1927年版，第44页。

⑨ 郑临川：《闻一多论古典文学》，重庆出版社1984年版，第88页。

⑩ 刘衍文：《雕虫诗话》卷一，见张寅彭主编《民国诗话丛编》第六册，上海书店2002年版，第417页。

蓄。第言高古精雅,陈子昂、张九龄、李、杜诸人足当。"① 认为初唐诗歌在艺术性上不够含蓄。就创作方法而言,谭正璧提出了"模仿"说,曰:"唐代初期的作家,不是直接齐梁,便是追踪魏晋,其间虽有艳俗与古雅之分,而其为模仿则一。"② 认为初唐诗歌在创作上以模仿为特征。以上是民国时期关于初唐诗歌艺术特色的各种观点,批评多,肯定少,总体评价不高。

盛唐诗歌艺术特色。就艺术手法而言,王逸塘曰:"今人作诗,必入故事,盛唐即景造意,何尝有此。故诗贵尚清虚。"③ 提出"即景造意"说。就诗境而言,朱东润曰:"盛唐之诗,远希建安,近纵二谢,流连光景,游心物外,其诗境则近六朝而远风骚,其思想则近释老而远儒宗。"④ 就诗体而言,杨启高曰:"此时特色,约有四端:一曰律体大盛,二曰各极所长,三曰体裁繁富,四曰学古涂广。"⑤ "初唐时,多重五古七律。前者如陈子昂,后者如沈宋。至此时(盛唐)则各体发皇,论五古,李白为当时大家,储光羲亦堪匹敌。"⑥ 就诗歌题材而言,杨启高曰:"初唐诗人,承齐梁陈隋余风,所取题材,大都为闺情怨什。到盛唐则极为广阔,情景与事理备具,山水、田园、玄理、时事,莫不藻耀于诗国矣。"⑦ 就诗法对象而言,杨启高曰:"初唐时诗人,多学永明体……由初唐至盛唐,如李白古风出于建安曹刘与阮籍,至其山水诗,则学谢朓。若夫《蜀道难》《远别离》,则学鲍照《行路难》……至于杜工部则于古大诗人,无所不学。"⑧ 就诗风而言,闻一多曰:"王湾是学者。名句有'海日生残夜,江春入旧年。'(《次北固山下》)相传张说曾把它写于政事堂,作为后生楷模,故晚唐诗人郑谷有句云:'何如海日生残夜,一句能令万古传。'可见它在当时的影响,和盛唐所提倡的标准诗风。"⑨ 又曰:"盛

① 丁仪:《诗学渊源》卷八,见张寅彭主编《民国诗话丛编》第三册,上海书店 2002 年版,第 188 页。

② 谭正璧:《中国文学史》,光明书局 1948 年版,第 179 页。

③ 王逸塘:《今传是楼诗话》,见张寅彭主编《民国诗话丛编》第三册,上海书店 2002 年版,第 532 页。

④ 朱东润:《司空图诗论综述》,《武汉大学文哲季刊》1933 年第 2 期。

⑤ 杨启高:《唐代诗学》,正中书局 1935 年版,第 93 页。

⑥ 同上书,第 96 页。

⑦ 同上书,第 120 页。

⑧ 同上书,第 127 页。

⑨ 郑临川:《闻一多论古典文学》,重庆出版社 1984 年版,第 118 页。

唐诗风的发展，乃作螺旋式的上升，由齐梁陈逐步回升到魏晋宋的古风时代。"① 以上是民国时期关于盛唐诗歌艺术特色的各种观点，此期学者们从题材、体裁、风格等方面对盛唐诗歌艺术特色进行了深入的分析，总体上对盛唐诗歌艺术特色评价较高。

中唐诗歌艺术特色。就诗风而言，闻一多评韩翃《寒食》诗曰："既写了宫廷的富贵景象，也暗寓讽喻之情，这是大历诗境的又一共同特色。"② 张长弓曰："中唐以后，诗歌又开辟出新的境地，无论用字、押韵、取材、作法，皆以奇僻怪诞为特色。"③ 就艺术性而言，刘衍文曰："中唐之诗，骨格渐弱，韵少而浅，对仗趋巧，沈归愚谓律诗往往后幅不振，可谓知言。"④ 就风格而言，陈衍曰："大历十子笔意略同，元和以降，各人各具一种笔意，昌黎则兼有清妙雄伟磊砢三种笔意。"⑤ 闻一多曰："大历诗人在数量方面为唐代第一，水准也高，但无大家和大的变化。形式多是五、七言近体诗，五律尤多，内容只限于个人的身世遭遇和一般生活感受。情绪偏于感伤，而艺术则注重于景物的细致刻划。这种倾向为词的诞生作了准备。故所谓大历十才子实际上可看成一个人。"⑥ 结合中唐时期重要诗人的艺术风格论整个文学风气者，曾毅曰："当是时，颇务矫大历之风尚，动拟汉魏，甚者模雅颂，强自为高。"⑦ 曾毅论杜牧曰："诗豪而艳，有气概，非晚唐人所能及也。当时承元和后，白氏一体靡天下，加以国运陵替，诗歌入于柔靡。"⑧ 诗至中唐，流派互出，所以风格走向多样化，民国时期对中唐诗歌艺术的评价，大都就一人一体立论，而没有对当时整个诗歌艺术的特色作出总结，所以论述不够充分。

晚唐诗歌艺术特色。就艺术性而言，丁仪评雍陶曰："诗情景俱到，

---

① 郑临川：《闻一多论古典文学》，重庆出版社1984年版，第132页。

② 同上书，第148页。

③ 张长弓：《中国文学史新编》，开明书店1948年版，第129页。

④ 刘衍文：《雕虫诗话》卷一，见张寅彭主编《民国诗话丛编》第六册，上海书店2002年版，第418页。

⑤ 陈衍：《石遗室诗话》卷一八，见张寅彭主编《民国诗话丛编》第一册，上海书店2002年版，第259页。

⑥ 郑临川：《闻一多论古典文学》，重庆出版社1984年版，第153页。

⑦ 曾毅：《中国文学史》下册，泰东图书局1930年版，第35页。

⑧ 同上书，第41页。

晚唐本色也。"① 就整体艺术水平而言，丁仪曰："诗至晚唐，思致新颖，务极精巧，虽性灵未泯，风神秀出，而纤巧刻露，格调终非上乘。"② 钱振锽曰："晚唐不出名人，甚有佳诗。名人如司空、皮、陆之类，反少佳构。"③ 钱振锽曰："王敬美云：'晚唐诗萎尔无足言，独七言绝脍炙人口。其妙至欲胜盛唐。'夫以晚唐为萎尔无足言，吾知其未读晚唐诗。以晚唐七绝胜于盛唐，吾又知其未读盛唐诗也。晚唐七绝固佳，然亦何必云胜于盛唐。"④ 认为晚唐诗仍然有很高的艺术价值，但又认为晚唐绝句艺术性不如盛唐。陈钟凡曰："诗至晚唐，非无佳什；特情尽句中，神韵索然，不足以言风致。"⑤ 就诗风而言，胡云翼认为晚唐"全为唯美主义所支配。技巧和工丽，乃成晚唐诗人的信条"⑥，并分析其中的原因曰："韩愈和白居易的特殊奇僻和浅易的诗歌，已将中唐诗送到绝境，所以他们一派的诗都是及身而衰。同时代的张籍、王建，即已矫正奇僻和浅易的诗风。到晚唐更进一步，而采用极端的唯美主义了。"⑦ 丁仪曰："晚唐末季，诗尚艳体，复涉秾纤，而典雅远逊前人，惟偓与李咸用、吴融新颖精切，有温李风格。"⑧ 刘麟生曰："晚唐的诗，多半倾向于香艳绮丽一派。大概文学的流弊，都是到了后来，重外形而不注重意境。"⑨ 柳村任把晚唐的文学称为"唯美文学"⑩。苏雪林认为唯美文学之所以会在晚唐发达起来，"一则为言论之不自由"⑪，是因为当时"朝廷成了宦官和朋党的世界"⑫。"二则为对中唐文学之反动。"⑬ 黄江华曰："诗至晚唐，而沉雄深浑之诗，至

---

① 丁仪：《诗学渊源》卷八，见张寅彭主编《民国诗话丛编》第三册，上海书店 2002 年版，第 208 页。

② 同上。

③ 钱振锽：《谪星说诗》卷一，见张寅彭主编《民国诗话丛编》第二册，上海书店 2002 年版，第 594 页。

④ 同上。

⑤ 陈钟凡：《中国韵文通论》，中华书局 1931 年版，第 215 页。

⑥ 胡云翼：《唐诗研究》，商务印书馆 1930 年版，第 101 页。

⑦ 同上书，第 102 页。

⑧ 丁仪：《诗学渊源》卷八，见张寅彭主编《民国诗话丛编》第三册，上海书店 2002 年版，第 211 页。

⑨ 刘麟生：《中国文学泛论》，世界书局 1934 年版，第 27 页。

⑩ 柳村任：《中国文学史发凡》，文怡书局 1935 年版，第 278 页。

⑪ 苏雪林：《唐诗概论》，商务印书馆 1947 年版，第 146 页。

⑫ 同上。

⑬ 同上书，第 147 页。

于绝响，八十年中所出类拔萃者，……但均尚声律而忽气格，其余韩偓香
奁，虽技巧工丽，而失诸清雅。"① 就诗体而言，丁仪曰："晚唐诗人大抵
工于近体，惟曹邺、于濆、聂夷中独师于古乐府杂曲。"② 就语言而言，
刘麟生曰："晚唐诗有喜用俚语的一派。如罗隐、杜荀鹤、聂夷中皆
是。"③ 胡适曰："晚唐五代是白话文学大盛的时期。"④ 就诗体诗派而言，
陈子展曰："诗到中晚唐各体各派都臻完备。"⑤ 以上是民国时期关于晚唐
诗歌艺术特色的各种观点。上述论述大多能够抓住晚唐诗风对中唐诗风的
反拨立论，所以对晚唐诗歌艺术的论述较为深刻。

　　在古代文学研究中，诗歌艺术研究是诗学研究的核心，民国时期唐诗学
研究中对唐诗艺术研究非常重视，此期虽然许多具体观点并没有超出前人，
论说的方式仍然是传统诗话的只言片语的论述，但是此期对唐诗总体艺术性、
对唐诗各期艺术的宏观概括也非常重视，论述更为深入，也有许多理论创新
之处，因而对唐诗艺术性之研究是民国时期唐诗学最为深刻之处。

三　唐诗艺术变迁论

（一）历代唐诗艺术变迁论学术史梳理

　　唐代是一个诗歌艺术大变动的时期，从初盛到中晚，唐诗艺术经历了
一系列变化，唐人早就注意到了这一点，殷璠在《河岳英灵集序》曰：
"自萧氏以还，尤增矫饰。武德初，微波尚在。贞观末，标格渐高。景云
中，颇通远调。开元十五年后，声律风骨始备矣。"⑥ 指出了从武德初经
贞观、景云至开元前后唐诗格、调、声律的变化。唐诗具有渐变性的特
征，宋严羽《沧浪诗话》曰："盛唐人诗，亦有一二滥觞晚唐者；晚唐人
诗，亦有一二可入盛唐者；要当论其大概耳。"⑦ 明王世懋曰："学者固当

　　① 黄江华：《唐代文学概说》，《民钟季刊》1937 年第 1 期。
　　② 丁仪：《诗学渊源》卷八，见张寅彭主编《民国诗话丛编》第三册，上海书店 2002 年
版，第 210 页。
　　③ 刘麟生：《中国文学泛论》，世界书局 1934 年版，第 28 页。
　　④ 胡适：《国语文学史·序》，北京文化学社 1927 年版，第 103 页。
　　⑤ 陈子展：《唐代文学史》，作家书屋 1944 年版，第 95 页。
　　⑥ （唐）殷璠：《河岳英灵集》卷首，引自陈伯海主编《历代唐诗论评选》，河北大学出版
社 2003 年版，第 55 页。
　　⑦ （宋）严羽：《沧浪诗话》，引自陈伯海主编《历代唐诗论评选》，河北大学出版社 2003
年版，第 416 页。

严于格调，然必谓盛唐人无一语落中，中唐人无一语入盛，则亦固哉其言诗矣！"① 明许学夷曰："初、盛、中、晚唐之诗，虽各不同，然亦间有初而类盛、盛而类中、中而类晚者，亦间有晚而类中、中而类盛、盛而类初者，又间有中而类初、晚而类盛者，要当论其大概耳。"② 以上学者指出了唐诗艺术风格的渐变性特征，认为在时代主流风格之外，总有一些诗人的风格尚沿袭上个时代诗歌的主流风格，也有一些诗人的创作超越时代，逐渐向下一个时代递嬗，使得整个诗歌史不断得到延续。明王世懋曰："唐律由初而盛，由盛而中，由中而晚，时代声调，故自必不可同。然亦有初而逗盛，盛而逗中，中而逗晚者。何则？逗者，变之渐也。非逗，故无由变。"③ 明许学夷曰："学者以识为主，以才力辅之。初、盛唐诸公识见皆同，辅之以才力，故无不臻于正。元和、晚唐诸子，识见各异，而专任才力，故无不流于变。"④ 清王同愈《唐十二家诗集卷首识语》曰："或谓开、宝以前为初唐，开、宝间为盛唐，大历以后为中唐，开成以后为晚唐。此皆强为畛域，其变迁盖有渐焉者。"⑤ 以上学者均认为唐代诗歌艺术发生了一系列变化，而这种变化是一个渐变的过程。研究唐诗时代风格的变迁、创作手法变迁、诗体变迁、主要诗人在诗风变迁过程中的作用，以上这些方面的研究就构成"唐诗艺术变迁论"。

就宏观的唐诗艺术变迁趋势而言，历代有"唐诗退化论"与"唐诗进化论"两种观点。

"唐诗退化论"。历代学者研究中国文学往往持"古代诗歌衰变论"的观点，认为就整个诗歌史而言，诗歌艺术从先秦到近代呈下降的趋势。明茅坤《白坪先生诗序》曰："古有言曰：诗言志。故《诗》三百篇其所列之为《国风》《雅》《颂》者，非特后王君公卿大夫士所歌之阙庭，奏

---

① （明）王世懋：《艺圃撷余》，引自陈伯海主编《历代唐诗论评选》，河北大学出版社2003年版，第640页。

② （明）许学夷：《诗源辩体》卷一四，引自陈伯海主编《历代唐诗论评选》，河北大学出版社2003年版，第644页。

③ （明）王世懋：《艺圃撷余》，引自陈伯海主编《历代唐诗论评选》，河北大学出版社2003年版，第640页。

④ （明）许学夷：《诗源辩体》卷三四，引自陈伯海主编《历代唐诗论评选》，河北大学出版社2003年版，第644页。

⑤ （明）张逊业编：《唐十二家诗》卷首，引自陈伯海主编《历代唐诗论评选》，河北大学出版社2003年版，第669页。

之宗庙，可以征天地，感鬼神，即其田野里巷妇人女子，并本之性情心术
之间，发诸咏叹谣诼之际，神动天解而得其至者也。汉魏而下，犹有存
者。颜、谢、庾、鲍以来，共相与掏心镂肾，谐声考律，其言益以工。天
宝、大历而下，极其音节之微，幽眇之旨，然于古者因心为志，发志为
诗，曩之所谓神动天解，令人读之而欢者舞蹈、悲者唏嘘，或一间矣。"①
明胡应麟曰："楚一变而为骚，汉再变而为选，唐三变而为律，体格日
卑。"② 明钟惺《诗归序》曰："诗文气运，不能不代趋而下。"③ 在这种
思想观念的影响下，大多数学者认为唐诗艺术也呈下降之趋势，形成了
"唐诗退化论"。此论初步形成于宋代，至明清而盛行，认为唐诗艺术在
整体上呈下降的趋势。宋陆游《宋都曹屡寄诗且督和答作此示之》曰：
"古诗三千篇，删取才十一。每读先再拜，若听清庙瑟。诗降为楚骚，犹
足中六律。天未丧斯文，杜老乃独出。陵迟至元白，固已可愤激。及观晚
唐作，令人欲焚笔。"④ 明刘嵩《鸣盛集原序》曰："唐兴，陈子昂氏作
障厥狂澜，杜审言、宋之问、沈佺期、李峤又从而叹之。至开元、天宝
间，有若李白、杜甫、常建、储光羲、孟浩然、王维、李颀、岑参、高
适、薛据、崔颢诸君子各鸣其所长，于是气韵声律粲然大备。及列而为大
历，降而为晚唐，愈变而愈下。"⑤ 明苏伯衡《古诗选唐序》曰："自李
唐一代之诗观之，晚不及中，中不及盛。"⑥ 明钟惺曰："唐诗至中晚而
衰，衰在淡，淡至极妙，而初盛之诗始亡。不衰不亡，不妙不衰也。"⑦
明李维桢《皇明律范序》曰："初唐律浸盛，迨盛唐，而律盛极矣；曾几

---

① （明）茅坤：《茅鹿门先生文集》卷一四，引自陈伯海主编《历代唐诗论评选》，河北大学出版社 2003 年版，第 563 页。

② （明）胡应麟：《诗薮》内编卷一，引自陈伯海主编《历代唐诗论评选》，河北大学出版社 2003 年版，第 685—686 页。

③ （明）钟惺：《隐秀轩集·文昃集》，引自陈伯海主编《历代唐诗论评选》，河北大学出版社 2003 年版，第 730 页。

④ （宋）陆游：《陆游集·剑南诗稿》卷七九，引自陈伯海主编《历代唐诗论评选》，河北大学出版社 2003 年版，第 364 页。

⑤ （明）林鸿撰：《鸣盛集》卷首，引自陈伯海主编《历代唐诗论评选》，河北大学出版社 2003 年版，第 525 页。

⑥ （明）苏伯衡：《苏平仲文集》卷四，引自陈伯海主编《历代唐诗论评选》，河北大学出版社 2003 年版，第 527 页。

⑦ （明）钟惺：《唐诗归》卷二五，引自陈伯海主编《历代唐诗论评选》，河北大学出版社 2003 年版，第 733 页。

何时，中不若盛，晚不若中。"① 清陆次云《善鸣集序》曰："余之选诗，则断自大历始，自唐中晚而及宋金元明，似愈趋而下矣。"② 清凌绍乾《晚唐诗钞序》曰："一代各有一代之诗。自汉魏而下，莫盛于唐，可知也；中之不如盛，晚之又不如中，亦可知也。匪独才力不及，其声韵格律有递降者焉。"③ 清代贺贻孙《诗筏》曰："诗至中晚，递变递衰。"④ 以上学者认为唐诗艺术发展呈衰退趋势。

　　除了以上宏观论述之外，历代学者还具体从各个角度对唐诗艺术变迁做了系统论述：

　　概论唐诗艺术变迁。明郭正域《四唐汇诗序》曰："唐自文皇挥戈讲艺，行仁有效，时和年丰，文教翔洽，一时诸作，有大心无苦语，有厚调无婉言。开元而降，丰亨豫大，奸衅丛生，国家多故，感慨啸歌。于时诸作，有巧思无直致，有妙语无朴心。中晚而降，政散民离，万机旁落，元气萎苶，人才凋谢。于时诸作，有艳语即有黯气，有清声即有儇态，任意则薄，修词则险，其气散，其格卑，啴谐慢易，其音靡靡，而陋者反在宋元之下矣。"⑤ 明陈子龙曰："夫词莫工于初唐，而气极完；法莫备于盛唐，而情始畅。"⑥ 清汪琬《唐诗正序》曰："有唐三百年之间，能者间作。贞观、永徽诸诗，正之始也，然而雕刻组缋，犹不免陈隋之遗。开元、天宝诸诗，正之盛也，然而李、杜两家联袂接踵，或近于跌宕流逸，或趋于沉著感愤，正矣有变焉。降而大历以迄贞元，典刑具在，往往不失承平故风，庶几乎变而不失正者与？自是以后，其词愈繁，其声愈细，而唐遂陵夷以底于亡。"⑦ 以上学者从宏观角度对唐诗艺术变迁的动态过程

---

　　① （明）李维桢：《大泌山房集》卷九，引自陈伯海主编《历代唐诗论评选》，河北大学出版社 2003 年版，第 788 页。

　　② （清）陆次云：《善鸣集》，引自陈伯海主编《历代唐诗论评选》，河北大学出版社 2003 年版，第 906 页。

　　③ （清）查克弘辑：《晚唐诗钞》卷首，引自陈伯海主编《历代唐诗论评选》，河北大学出版社 2003 年版，第 910 页。

　　④ 郭绍虞编选，富寿荪校点：《清诗话续编》，上海古籍出版社 1999 年版，第 142 页。

　　⑤ （明）吴勉学编：《四唐汇诗》卷首，引自陈伯海主编《历代唐诗论评选》，河北大学出版社 2003 年版，第 601—602 页。

　　⑥ （明）陈子龙：《安雅堂稿》卷二，引自陈伯海主编《历代唐诗论评选》，河北大学出版社 2003 年版，第 782 页。

　　⑦ （清）俞南史、汪森辑：《唐诗正》卷首，引自陈伯海主编《历代唐诗论评选》，河北大学出版社 2003 年版，第 861 页。

做了简洁概括。

　　风格变迁。明彭辂《钱临江集序》曰："麟德、神龙风神之俊，天宝、大历易以飞动而凡；开元、天宝意象之浑，建中、元和移以倾露而弱；大历、建中思致之澈，会昌、咸通更以锻削而靡。大都后之视前，技巧日益；前之视后，浑沌渐销。"① 明彭好古《四唐汇诗序》曰："唐之初，士风朴茂，故诗亦朴茂，至盛唐而渐淳厚矣，至中唐而渐藻饰矣，至晚唐则刓朴雕雅，人无余巧，诗亦无余巧。"② 明胡应麟曰："唐初承袭陈、隋，陈子昂独开古雅之源，张子寿首创清淡之派。盛唐继起，孟浩然、王维、储光羲、常建、韦应物，本曲江之清淡，而益以风神者也；高适、岑参、王昌龄、李颀、孟云卿，本子昂之古雅，而加以气骨者也。"③又曰："大历以还，易空疏而难典赡；景龙之际，难雅洁而易浮华。"④ 明王世贞《唐诗类苑序》曰："初则由华而渐敛，以态韵胜；盛则由敛而大舒，以风骨胜。"⑤ 清朱彝尊《唐风采序》曰："有唐一代诗可分隶一年四序。初唐若沈、宋、苏、张，含英咀华，似春之惠风；盛唐若李、杜、高、岑，顿挫悲壮，似夏之炎风；中唐若刘、韦、钱、秦，冲和雅赡，似秋之飚风；晚唐若贺险、仝怪、郊瘦、岛饥，似冬之寒风。"⑥ 清聂先曰："有唐一代之诗，初盛以高古浑厚胜，中晚以褥丽工巧胜，气运使然。"⑦以上学者分别从不同侧面对唐诗风格变迁做了理论概括。总体而言，以明胡应麟对唐诗风格变迁所作之概括较为精当。

　　诗风变迁。明袁宏道《雪涛阁集序》曰："夫法，因于敝而成于过者也。矫六朝骈俪钉饾之习者，以流丽胜；钉饾者，固流丽之因也，然其过

　　① （清）黄宗羲：《明文海》卷二四六，引自陈伯海主编《历代唐诗论评选》，河北大学出版社2003年版，第621页。

　　② （明）吴勉学编：《四唐汇诗》卷首，引自陈伯海主编《历代唐诗论评选》，河北大学出版社2003年版，第622页。

　　③ （明）胡应麟：《诗薮》内编卷二，引自陈伯海主编《历代唐诗论评选》，河北大学出版社2003年版，第686页。

　　④ （明）胡应麟：《诗薮》内编卷四，引自陈伯海主编《历代唐诗论评选》，河北大学出版社2003年版，第691页。

　　⑤ （明）张之象编：《唐诗类苑》卷首，引自陈伯海主编《历代唐诗论评选》，河北大学出版社2003年版，第660页。

　　⑥ （清）张摅编：《唐风采》卷首，引自陈伯海主编《历代唐诗论评选》，河北大学出版社2003年版，第864页。

　　⑦ （清）聂先：《唐人咏物诗》卷首，引自陈伯海主编《历代唐诗论评选》，河北大学出版社2003年版，第834页。

在轻纤。盛唐诸人，以阔大矫之。已阔矣，又因阔而生莽。是故续盛唐者，以情实矫之。已实矣，又因实而生俚。是故续中唐者，以奇僻矫之。然奇则其境必狭，而僻则务为不根以相胜，故诗之道，至晚唐而益小。"①明周叙《叙诗》曰："初唐之诗，去六朝未久，余风旧习犹或似之；盛唐之诗，当唐运之盛隆，气象雄浑；中唐之诗，历唐家文治日久，感习既深，发于言者，意思容缓；晚唐之诗，于唐祚衰歇之际、王风颓圮之时，诗人染其余气，沦于委靡萧索矣。"② 历代学者对唐诗艺术变迁的研究主要集中在风格变迁的研究方面，对诗风变迁的论述不如风格变迁充分。以上诸论中，以明袁宏道对唐诗诗风变迁所作之概括较为精当。

诗歌类型变迁。清翁方纲《七言律诗钞凡例》曰："有诗人之诗，有才人之诗，有学人之诗。齐梁以降，才人诗也；初盛诸公，诗人诗也；杜则学人诗也。然诗道至于杜，又未尝不包括诗人才人矣。迨中晚诸家，而斯事又离而为三，至于晚唐五代，求其适于大道者，盖无有也。"③ 认为初唐诗为诗人之诗，盛唐诗为诗人与学人交融之诗，中晚唐则既有诗人之诗，又有学人之诗，还有诗人与学人交融之诗。

个别诗人在唐诗艺术变迁过程中的作用。明胡应麟曰："齐、梁、陈、隋五言古，唐律诗之未成者；七言古，唐歌行之未成者。王、卢出，而歌行咸中矩度矣；沈、宋出，而近体悉协宫商矣。至高、岑而后有气，王、孟而后有韵，李、杜而后入化。"④ 明胡应麟评高适七言律曰："至七言律，虽和平婉厚，然已失盛唐雄赡，渐入中唐矣。"⑤ 明胡应麟曰："诗至钱、刘，遂露中唐面目。钱才远不及刘，然其诗尚有盛唐遗响，刘即自成中唐与盛唐分道矣。"⑥ 清叶燮曰："唐诗为八代以来一大变，韩愈为唐

① （明）袁宏道：《袁宏道集笺校》卷一八，引自陈伯海主编《历代唐诗论评选》，河北大学出版社2003年版，第673页。
② （明）周叙撰：《诗学梯航》，引自陈伯海主编《历代唐诗论评选》，河北大学出版社2003年版，第696页。
③ （清）翁方纲：《七言律诗钞》卷首，引自陈伯海主编《历代唐诗论评选》，河北大学出版社2003年版，第991页。
④ （明）胡应麟：《诗薮》内编卷三，引自陈伯海主编《历代唐诗论评选》，河北大学出版社2003年版，第642页。
⑤ （明）胡应麟：《诗薮》内编卷五，引自陈伯海主编《历代唐诗论评选》，河北大学出版社2003年版，第643页。
⑥ （清）叶燮：《原诗》卷一，引自陈伯海主编《历代唐诗论评选》，河北大学出版社2003年版，第858页。

诗之一大变，其力大，其思雄，崛起特为鼻祖。宋之苏、梅、欧、苏、王、黄，皆愈为之发其端，可谓极盛。"① 在以上诸论中，胡应麟对个别诗人在唐诗艺术变迁过程中的作用的分析较为深入、全面，而叶燮重视中唐在唐宋诗转型过程中的作用，所以对韩愈在唐诗艺术变迁过程中的作用特别重视。

总之，历代学者已经对唐诗艺术变迁做了较为深入的研究，初步形成了"唐诗艺术变迁论"。

（二）民国时期唐诗艺术变迁论

民国时期的学者在已有研究成果的基础上，按照历代学者唐诗艺术变迁研究的思路，对唐诗艺术变迁做了更为深入、全面的研究。

民国时期的学者对"唐诗衰变论"做了更为深入的探讨。胡云翼认为："中国人研究文学，往往抱着'一代不如一代'的文学退化观念，于唐诗亦然。"② 指出了传统观点认为初唐到晚唐诗歌艺术呈"退化"趋势这样一种文学观念。胡适曰："向来的人所以觉得中唐不如盛唐，晚唐又不如中唐，正是因为盛唐以后白话化的程度加多了，中唐以后更多了；他们不赞白话化，故觉得是退化。"③ 指出了此期一般学者对于唐诗艺术发展变迁的观念，而胡适本人于唐代诗歌发展变迁则持"进化论"的观念。但涛曰："中国废兴之际区于中唐，而诗亦由是不竞。"④ 刘麟生曰："我们由盛唐入中唐晚唐，真如由峻坂直下，一览无余。"⑤ 郑宾于曰："则这三百年的唐代诗坛，就在这个转变之下，过一次，坏一次，愈变愈坏，终归渐灭。（假如期间没有李白杜甫之崛起，则盛唐的诗一定没有那样成绩；故一代不如一代之说，或当于此视为例外。）"⑥ 并且认为唐诗衰败的原因在于"诗之末路，就在此律度谨严之下受了囚禁，迄于举世所推崇为晚唐大诗人的李义山辈出，更是'生吞活剥'，'字斟句酌'的自鸣高古；于是唐诗之郁茂，也因而归于衰息了"⑦。以上民国时期的学者在前

① （清）叶燮：《原诗》卷一，引自陈伯海主编《历代唐诗论评选》，河北大学出版社2003年版，第858页。

② 胡云翼：《唐诗研究》，商务印书馆1930年版，第18页。

③ 胡适：《国语文学史·序》，北京文化学社1927年版，第103页。

④ 但涛：《唐人诗谏论》，《华国月刊》1925年第2期。

⑤ 刘麟生：《中国文学史》，世界书局1933年版，第195页。

⑥ 郑宾于：《中国文学流变史》中册，上海北新书局1930年版，第245—246页。

⑦ 同上书，第246页。

代相关论述的基础上，指出了唐诗衰变的艺术表现及唐诗衰变的原因，形成了系统的"唐诗衰变论"。

"唐诗进化论"。因为历代大多数学者认为晚唐诗歌艺术不高，因而历代持"唐诗进化论"观点的学者较少。到了民国时期，由于进化论的深入人心，一部分学者也试图用进化论的观点阐释唐诗艺术的发展变迁，因而形成了"唐诗进化论"。胡适曰："向来论唐诗的……他们极力推崇盛唐，以为初唐不过是个盛唐的结胎时期，中唐是衰落时期，晚唐更衰了。但是我们从国语文学史上看起来，我们的结论恰和他们相反，这四个时期正可以代表唐朝国语文学发达史上的四个时期。初唐，贵族文学的时期。平民文学不占势力。盛唐，文学开始白话化的时期。中唐，白话文学风行的时期。晚唐至五代，白话文学大盛的时期。"① 从平民文学的角度，认为唐诗发展呈"进化"趋势。胡云翼曰："我们必须用文学进化的理论，才能解释文学发展的原因。我们很显然地看得出，由庾信沈约的诗到王杨卢骆的诗；由王杨卢骆的诗到李白杜甫的诗；由李杜的诗到白居易韩愈的诗；又由白韩的诗到李义山杜牧的诗，期间都有进化的痕迹可寻，绝不是退化的观念所能解释。……盛唐实在高于初唐，晚唐亦欲胜中唐。这种进化的文学意义，可以贯穿唐诗的全部脉络。"② 以上学者认为唐代诗歌艺术发展变迁从初唐到晚唐呈"进化"的趋势，从初唐到晚唐诗歌艺术不断向前发展。

除了以上两个方面的宏观论述外，民国时期的学者还具体从各个侧面对唐诗艺术变迁进行了论评：

概论唐诗艺术变迁。刘大杰曰："浪漫派文学由盛而衰以后，接着起来的，便是写实主义的社会文学。这一派的文学，由杜甫、张籍到元白，算是发达到最高的程度，作品有走到过于通俗平浅的倾向，有过于轻视艺术价值的倾向，于是渐渐地为一般重视艺术的青年们所不喜，就在这种情势之下，一种新的文学思潮，又在暗中酝酿成长了。韩愈、孟郊、贾岛们的技巧主义，也就是对于元白那一派的通俗文学的反抗。"③ 从艺术手法变迁方面分析了唐诗艺术变迁的脉络。

---

① 胡适：《国语文学史·序》，北京文化学社1927年版，第43页。
② 胡云翼：《唐诗研究》，商务印书馆1930年版，第18页。
③ 刘大杰：《中国文学发展史》，百花文艺出版社2007年版，第270页。

民国时期的学者还从诗风变迁、风格变迁、创作手法变迁、诗体变迁、诗人创作个性的变迁等方面对唐诗艺术变迁的轮廓做了勾勒：

唐诗风格变迁。杨启高曰："唐初沿齐梁之风，太宗高宗时，声律采藻，已达极盛。开元天宝以后，推翻齐梁，恢复正始。由温飞卿至宋初西昆，为太康派。"① 杨启高曰："唐诗转变，较别代为显豁，举其纲维，有华丽朴茂之大廓。"② 朱东润曰："盛唐之诗，高谈气骨，远绍建安，中唐以后，不作此言，盛唐、中唐之别在此。"③ 徐英曰："建安盛唐多好意，太康中唐多好字，永明大历多好韵，唯大家为能兼之。"④ 以上学者对唐诗风格变迁进行了论评。初唐沿六朝绮靡之风，盛唐以风骨见称，中唐则有奇崛、浅俗两派，晚唐则为绮艳。因此，上述诸人中，杨启高对唐诗风格变迁的概括较准确也富有启发性，他能从唐诗艺术源头上探寻唐诗艺术变迁的轨迹，因而对唐诗风格变迁的论述较深刻。

创作手法变迁。胡适曰："故七世纪的文学（初唐）还是儿童时期，王梵志、王绩等人直是以诗为游戏而已。朝廷之上，邸第之中，那些应酬应制的诗，更是下流的玩艺儿，更不足道了。开元天宝的文学只是少年时期，体裁大解放了，而内容颇浅薄，不过是酒徒与自命为隐逸之士的诗而已。以政治上的长期太平而论，人称为'盛唐'，以文学论，最盛之世其实不在这个时期。天宝末年大乱以后，方才是成人的时期。从杜甫中年以后，到白居易之死（846 年），其间的诗与散文都走上了写实的大路，由浪漫而回到平实，由天上而回到人间，由华丽而回到平淡，都是成人的表现。"⑤ 指出了由初唐至中唐诗歌创作手法由浪漫到平实的变化。李嘉言认为初唐诗为言情诗，盛中唐诗为言志与写实诗，晚唐诗为言情诗。⑥ 罗根泽曰："因了社会的转变和陈子昂杜甫以来的鼓吹，使诗由艺术之宫，逐渐地移植在人间世上，由歌咏各人的悲欢离合，逐渐地改变为歌咏社会的流离丧乱。但社会诗和社会诗论的完成者，仍然要推举元稹和白居

---

① 杨启高：《唐代诗学》，正中书局 1935 年版，第 12 页。

② 杨启高：《唐代诗学·自叙》，正中书局 1935 年版，第 5 页。

③ 朱东润：《中国文学批评史大纲》，开明书店 1944 年版，第 95 页。

④ 徐英：《诗法通微》，正中书局 1943 年版，第 52 页。

⑤ 胡适：《白话文学史》，新月书店 1928 年版，第 312 页。

⑥ 李嘉言：《词之起源与唐代政治》，见郑振铎《中国文学研究》，商务印书馆 1930 年版，第 65 页。

易。"① 罗根泽曰:"乐府至隋唐又为模仿时期,末期更由模仿至于分化,由分化至衰落……唐代乐府,根据此上所举,又可分为两个时期:(一)诗乐分立时期,即模仿时期——自唐初至李白。(二)诗乐合一时期,即由分化而至衰落时期——自杜甫至元白。"② 以上学者对唐诗创作手法之变迁进行了论评。此期学者主要从浪漫与写实、言情与写实、艺术与社会、诗乐关系分合等方面论述了唐诗创作手法的变迁,其中以胡适的论述较为深刻。

诗体变迁。胡云翼曰:"初唐显然是齐梁的遗风;盛唐是新旧体诗发展的最高潮;中唐则由盛而一变再变,变到新体诗发展之极;晚唐则完全是唐新体诗最后的闪烁,显然是唐诗的末运到了。"③ 冬士曰:"唐自沈佺期宋之问以前,有齐梁诗,无古诗也,气格亦有差古。而皆有声病,沈宋既并律体,陈子昂崛起,直追阮籍,遂有两体。开元以下,则好声律者,则师景云龙纪,矜气格者,则追建安黄初,而永明文格微矣。"④ 以上学者从古体与律体的交互变化中对唐代诗体变迁进行了论评。

诗人创作个性的变迁。陈衍曰:"古之诗人亦然,一人各具一笔意。谢之笔意,绝不似陶;颜之笔意,绝不似谢;小谢之笔意,绝不似大谢。初唐犹然,至王右丞而兼有华丽、雄壮、清适三种笔意;至老杜而各种笔意无不具备。大历十子笔意略同;元和以降,又各人各具一种笔意。昌黎则兼有清妙、雄伟、磊砢三种笔意。"⑤ 指出唐人诗歌风格由单一走向多面,又由多面回归单一的过程。

诗风变迁。罗根泽曰:"唐初的反对'淫靡',是代以粉饰太平,天宝以后的反对'淫靡',则代以歌咏社会,规讽政治。至形式方面,唐初提倡声律对偶,天宝以后虽仍有少数的人在提倡声律,但大数的人则皆企图以风雅诗代声律诗了。"⑥ 容肇祖曰:"(天宝以后)歌颂太平,以诗为玩耍的风气,一变而为表现人生,描叙社会的实情。"⑦ 又曰:"至晚唐,

---

① 罗根泽:《隋唐文学批评史》,商务印书馆 1943 年版,第 61 页。

② 罗根泽:《乐府文学史》,文化学社 1932 年版,第 284—285 页。

③ 胡云翼:《唐诗研究》,商务印书馆 1930 年版,第 36 页。

④ 冬士:《八代诗评续》,《同声月刊》1941 年第 7 期。

⑤ 陈衍:《石遗室诗话》卷一八,见张寅彭主编《民国诗话丛编》第一册,上海书店 2002 年版,第 259 页。

⑥ 罗根泽:《隋唐文学批评史》,商务印书馆 1943 年版,第 58—59 页。

⑦ 容肇祖:《中国文学史大纲》,开明书店 1947 年版,第 157 页。

士戒于以诗得祸（如刘禹锡作诗刺时政，遂被贬逐），诗歌又一变，伤时兴于无题，如李商隐的诗；深情的颂冶游中的佳丽，如温庭筠之作。情郁不伸，过为掩饰，而盛唐之诗，遂终成绝响。"① 罗根泽曰："唐初以至中世，诗人词士，力反南朝绮缛缠绵之习，走入雄阔壮伟之域，固能为文学开辟许多新境界，新风格。但末流之弊，文人喜说壮语，成功一种'夸大狂'之风气。及至安史之乱，两京沦陷，唐室几亡，太平之迷梦已破……由是如梦初醒，渐趋走入实在一方面，由'夸大狂'变为忧国忧民，由歌舞升平变为伤感乱离，由凌空蹈砺，空中楼阁，变为脚踏实地，社会风俗；总之由奢靡，名贵，暇逸，优越之'仙'的文学，变为切实，质朴，紧迫，平常之'人'的文学。"② 龙榆生曰："自子昂以迄张（九龄）、李（白），从事复古运动；虽未能将律诗推倒，而古近二体，疆界以分。即近体律诗，亦转崇风力，以下开开元、天宝之盛，为诗歌史上放一异彩。则三家复古之说，即为启新之渐，此实诗坛一大转关也。"③ 指出了唐代复古诗风的形成过程。张振佩曰："盛唐融合南北文学而成的诗，是初唐之变，而韩白等又为盛唐诗内在矛盾的暴露、冲突的结果，更产出晚唐温李一派的新型的诗。"④ 以上学者对唐代诗风变迁进行了总体论述。

　　民国时期的学者还对唐代初、盛、中、晚各个时期诗风的变迁进行了具体论述：

　　初唐诗风变迁论。概论初唐诗风变迁的，闻一多曰："按宫体诗的发展趋势，卢骆已使它出官，而宫内的宫体诗仅存形式。上官仪的宫体诗是男人说女人话，而婉儿的宫体诗竟是女人说男人话了，这是时代不同的缘故。因为宫体诗既已出宫，仅存形式，便不再牵涉男女的事，婉儿正是这个时代的骄子。就个性和遗传说，婉儿应该提倡宫体诗回到她祖父的时代，可是她竟不肯逆转时代风气，可算得诗坛难得的功臣。"⑤ 指出了初唐时期宫体诗由写男女之事到用宫体的形式写社会生活的思想内容的变化。

---

① 容肇祖：《中国文学史大纲》，开明书店 1947 年版，第 158 页。
② 罗根泽：《乐府文学史》，文化学社 1932 年版，第 249 页。
③ 龙榆生撰，钱鸿瑛导读：《中国韵文史》，上海古籍出版社 2002 年版，第 28 页。
④ 张振佩：《李义山评传》，《学风杂志》1933 年第 7—9 期。
⑤ 郑临川：《闻一多论古典文学》，重庆出版社 1984 年版，第 99 页。

　　个别诗人在初唐诗风转变中的作用。由于初唐诗风是六朝诗风的绍续，此期诗风之变实际上关系到唐代诗风的正式形成，因而历代学者较为关注，论述较多。关于陈子昂在初唐诗风转变过程中的作用，《新唐书·陈子昂传》曰："唐兴，文章承徐、庾余风，天下祖尚，子昂始变雅正。"① 初唐卢藏用在《右拾遗陈子昂文集序》中评价陈子昂在初唐诗风转变中的作用曰："横制颓波，天下翕然，质文一变。"又曰："道丧五百岁而得陈君。"② 杜甫在《陈拾遗故宅》诗中评价陈子昂曰："有才继《骚》《雅》"，"名与日月悬"。③ 韩愈在《荐士》诗中曰："国朝盛文章，子昂始高蹈。"④ 宋刘克庄云："唐初王、杨、沈、宋擅名，然不脱齐、梁之体，独陈拾遗首倡高雅冲淡之音，一扫六朝之纤弱，趋于黄初、建安矣。太白、韦、柳继出，皆子昂发之。"⑤ 元辛文房曰："唐兴，文章承徐、庾余风，天下祖尚，子昂始变雅正。"⑥ 金元好问《论诗三十首》其八曰："沈宋横驰翰墨场，风流初不废齐梁。论功若准平吴例，合着黄金铸子昂。"⑦ 明代胡震亨曰："子昂以复古反正，于有唐一代诗，功为大耳。"⑧ 明高棅《唐诗品汇各体叙目》曰："唐兴，文章承陈隋之弊，子昂始变雅正。"⑨ 刘熙载《艺概》云："唐初四子绍陈、隋之旧，才力迥绝，不免时人异议。陈射洪、张曲江独能起一格，为李杜开先，岂天运使

　　① （宋）宋祁：《新唐书·陈子昂传》，引自陈伯海主编《历代唐诗论评选》，河北大学出版社 2003 年版，第 32 页。
　　② （唐）卢藏用：《右拾遗陈子昂文集序》，《全唐文》卷二三八，引自陈伯海主编《历代唐诗论评选》，河北大学出版社 2003 年版，第 31 页。
　　③ （唐）杜甫：《陈拾遗故宅》，《杜诗详注》卷一一，引自陈伯海主编《历代唐诗论评选》，河北大学出版社 2003 年版，第 31 页。
　　④ （唐）韩愈：《昌黎先生集》卷二，引自陈伯海主编《历代唐诗论评选》，河北大学出版社 2003 年版，第 126 页。
　　⑤ （宋）刘克庄：《后村诗话》前集卷一，引自陈伯海主编《历代唐诗论评选》，河北大学出版社 2003 年版，第 395 页。
　　⑥ （元）辛文房：《唐才子传》，引自陈伯海主编《历代唐诗论评选》，河北大学出版社 2003 年版，第 508 页。
　　⑦ （金）元好问：《遗山先生文集》卷一一，引自陈伯海主编《历代唐诗论评选》，河北大学出版社 2003 年版，第 442 页。
　　⑧ （明）胡震亨：《唐音癸签》卷五，引自陈伯海主编《历代唐诗论评选》，河北大学出版社 2003 年版，第 33 页。
　　⑨ （明）高棅：《唐诗品汇》，引自陈伯海主编《历代唐诗论评选》，河北大学出版社 2003 年版，第 533 页。

然耶?"① 可见，历代学者大多认为初唐诗风之变主要在于陈子昂的作用。

民国时期的学者对初唐个别诗人在唐代诗风转变过程中的作用进行了更为系统的探讨。黄节曰："律诗既兴于其时（初唐），而五七言古诗，亦视六朝为绮靡。夫绮靡则伤气格，于是张九龄、陈子昂起而振救之，夺魏晋之风骨，变梁陈之俳优（采王渔洋说），抑沈宋之新声，掩王卢之靡韵（采邓元锡说），而风斯一变。"② 苏雪林曰："当四杰风头正健之时，第三次反美文运动又起来了。这就是陈子昂张九龄二人的工作。"③ 刘大杰曰："张九龄身居相位，故其五律也带着很浓厚的台阁气，惟其《感遇》诗十二首作风与子昂相近。"④ 指出了陈子昂、张九龄在初唐诗风变迁过程中的作用。郑宾于评陈子昂曰："所以他要矫枉过直，刻意复古。弄到诗歌的本身变为艰涩的古文而后止。这种毒势的提倡，直影响到他同时的富嘉谟与吴少微诸人，属辞都必以经典为本了。"⑤ 指出了陈子昂复古诗风对初唐文风的影响。罗根泽曰："以四杰之性格，作此等之言论，知南朝绮纤脂粉之气，已为一般人所厌弃，此受北朝质健文学之影响故也。中唐以复古为革新之文学运动，斯时已兰芽茁壮矣。后人茫焉不察，以裴行俭论行之言，移以论文，致使四杰之作，被'轻浮浅露'之消，而韩愈遂专擅'文起八代之表（案：当为衰）'之美。"⑥ 又曰："其（四杰）歌咏对象，仍多男女之情；然于绮丽之中，有苍凉之美。"⑦ 指出了四杰在初唐诗风变迁过程中的作用。陆侃如曰："四杰的诗使五律与七言诗完成，沈宋的诗使七言的律绝完成。"⑧ 胡小石曰："自若虚出，而改五言为七言，进短章为巨制，天才横逸，极创作之能事。"⑨ 苏雪林曰："沈宋二人都是醉心利禄谗佞无耻的小人，其对于当日诗坛的贡献比四杰伟大，就是上文所说的'律诗运动'了。"⑩ 指出了沈佺期、宋之问在初唐

---

① （清）刘熙载：《艺概·诗概》，上海古籍出版社 1978 年版，第 57 页。
② 黄节：《诗学》，见张寅彭主编《民国诗话丛编》第二册，上海书店 2002 年版，第 496 页。
③ 苏雪林：《唐诗概论》，商务印书馆 1947 年版，第 39 页。
④ 刘大杰：《中国文学发展史》，百花文艺出版社 2007 年版，第 223 页。
⑤ 郑宾于：《中国文学流变史》中册，上海北新书局 1930 年版，第 284 页。
⑥ 罗根泽：《乐府文学史》，文化学社 1932 年版，第 203—204 页。
⑦ 同上书，第 206 页。
⑧ 陆侃如、冯沅君：《中国诗史》卷二，商务印书馆 1939 年版，第 651 页。
⑨ 胡小石：《张若虚事迹考略》，艺林社：《文学论集》，上海亚细亚书局 1929 年版，见周勋初编《胡小石文史论丛》，南京大学出版社 2008 年版，第 138 页。
⑩ 苏雪林：《唐诗概论》，商务印书馆 1947 年版，第 29 页。

律诗形成过程中的作用。以上学者对具体诗人在初唐诗风变迁中的作用进行了论评。

初唐诗人之创作对盛唐诗风的开启作用。明胡应麟《与顾叔时论宋元二代诗十六通之五》曰："笃而论之，四杰固以巧丽为宗，然长歌婉缛，上继四诗，近体铿锵，下开百世，其功力非邈小也。自五言律掩于沈、宋、王、岑，七言古掩于少陵、太白，后人展卷忽之，不思陈隋极弊之后，非四子草创厥初，盛唐诸公能遽抵妙境至此耶？"[1] 指出了初唐四杰对盛唐诗风的开启作用。民国时期的学者沿着这种思路，对初唐诗人的诗歌创作对盛唐诗风的开启作用进行了更为深入的探讨。刘大杰曰："陈子昂是结束初唐百年间的齐梁诗风，下开盛唐的浪漫诗派。"[2] 林之棠谓刘希夷《代悲白头翁》一诗"洗尽初唐板滞习气，建立盛唐潇洒新声"[3]。容肇祖谓张九龄诗"清新流丽，平易自然，下开盛唐风气"[4]。闻一多认为宋之问五古《雨从其山来》一诗"开了王右丞的先声"[5]。丁仪谓骆宾王"立意炼辞实开盛唐之先路"[6]。丁仪评张说曰："诗以七言为胜，初尚宫体，谪岳州后颇为比兴，感物写怀，已入盛唐。"[7] 丁仪认为张九龄与陈子昂"洗绮靡之余习，开盛唐之先路"[8]。以上学者对初唐诗人的创作对盛唐诗风的开启作用进行了论评，其中对陈子昂、四杰、张九龄对盛唐诗风的开启作用论述较多。

盛唐诗风变迁论。就诗风而言，闻一多曰："（盛唐时期）其余作家的兴趣多集中在山水寺观，这批人可以《世说新语》代表他们的人生观，是晋宋诗风的嗣音。到《箧中集》诸作者，便上升到汉魏诗的境界了。据此，我们现将盛唐诗分为三个复古阶段：（一）齐梁陈时期；（二）晋宋齐时期；（三）汉魏晋时期。这里所谓'复古'，实指盛唐诗从摆脱齐

---

① （明）胡应麟：《少室山房类稿》卷一一八，引自陈伯海主编《历代唐诗论评选》，河北大学出版社 2003 年版，第 601 页。

② 刘大杰：《中国文学发展史》，百花文艺出版社 2007 年版，第 223 页。

③ 林之棠：《中国文学史》中册，华盛书局 1934 年版，第 491 页。

④ 容肇祖：《中国文学史大纲》，开明书店 1947 年版，第 171 页。

⑤ 郑临川：《闻一多论古典文学》，重庆出版社 1984 年版，第 97 页。

⑥ 丁仪：《诗学渊源》卷八，见张寅彭主编《民国诗话丛编》第三册，上海书店 2002 年版，第 194 页。

⑦ 同上书，第 195 页。

⑧ 同上书，第 196 页。

梁诗的影响逐步回升到汉魏健康风格的发展过程。"① 苏雪林曰："开元天宝才将齐梁结习完全推到，文学由女性而一变为男性。"② 容肇祖曰："（天宝以后）歌颂太平，以诗为玩耍的风气，一变而为表现人生，描叙社会的实情。"③ 胡小石曰："诗以抒情为主，盛唐以前，无不如此。以诗发议论、叙时事，实起于开元天宝之后，此风始创于杜甫。"④ 又曰："在杜老以前，诗人之诗皆以抒情为主，发议论、叙时事，则杜老首创之，而诗之题材范围扩大，下开宋诗。"⑤ 就诗律而言，丁仪曰："自四子、张说、沈、宋始，其后寝盛，唐律遂兴，而当时古调则无闻焉。至贞观以后，渐复古体，齐梁一体但应教而已，而张九龄、陈子昂实极其变。当时又如卢僎、房琯，古诗上句用律，下句用古。又许景先上下句律则俱律，古则俱古。盛唐古诗之法，大抵尽于此矣。"⑥ 就创作手法而言，宋吕本中引徐师川言："自李、杜以来，古诗法尽废，惟苏州有六朝风致，最为流丽。"⑦ 钱锺书继承了这种思想，曰："陈廷焯《白雨斋词话》亦以太白为'复古'，少陵为'变古'。何待至晚唐两宋而败坏哉。"⑧ 谓中国古典诗歌所确立的美学范型到了盛唐李白、杜甫之时已经开始有了变化，所以唐诗美学的解体不在晚唐，而是在盛唐。就题材而言，苏雪林曰："建安以来的宫廷都市文学到了这时（盛唐时）变为山林田园文学。"⑨ 就诗歌思想性而言，胡适曰："向来论唐诗的人都不曾明白这个重要的区别，他们只会笼统地夸说'盛唐'，却不知道开元天宝的诗人与天宝以后的诗人有根本上的不同。开元天宝是盛世，是太平世；故这个时代的文学只是歌舞升平的文学，内容是浪漫的，意境是做作的。八世纪中叶以后的社会是个乱离的社会；故这个时代的文学是呼号愁苦的文学，是痛定思痛的文

---

① 郑临川：《闻一多论古典文学》，重庆出版社 1984 年版，第 114 页。

② 苏雪林：《唐诗概论》，商务印书馆 1947 年版，第 56 页。

③ 容肇祖：《中国文学史大纲》，开明书店 1947 年版，第 157 页。

④ 胡小石著，吴征铸整理：《唐人七绝诗论》，1934 年金陵大学研究生班讲义，见周勋初编《胡小石文史论丛》，南京大学出版社 2008 年版，第 184 页。

⑤ 同上书，第 237 页。

⑥ 丁仪：《诗学渊源》卷八，见张寅彭主编《民国诗话丛编》第三册，上海书店 2002 年版，第 193 页。

⑦ （宋）胡仔：《苕溪渔隐丛话前集》卷一五，引自陈伯海主编《历代唐诗论评选》，河北大学出版社 2003 年版，第 297 页。

⑧ 钱锺书：《谈艺录》，生活·读书·新知三联书店 2008 年版，第 84 页。

⑨ 苏雪林：《唐诗概论》，商务印书馆 1947 年版，第 62 页。

学，内容是写实的，意境是真实的。"① 就诗体而言，贺凯曰："李白代表
了天宝以前的浪漫文学，杜甫代表了天宝后的人生文学。"② 黄节曰："而
乐府七言，至是（案：指盛唐）而始畅；近体律、绝，推是为正宗。所
谓气格声律，至详极备，唐代诗学之盛，盛于此矣。"③ 以上学者对盛唐
诗风之变迁进行了具体分析。盛唐诗风之变，相对初唐而言，就是闻一多
所说的由齐梁的绮靡之风向汉魏风骨的转变；相对中唐而言，就是胡适所
说的由浪漫文学向现实主义文学的转变。

　　个别诗人在盛唐诗风转变中的作用。对于孟浩然在盛唐诗风变迁过程
中的作用，闻一多提出了"净化"说④和"清道"说⑤，认为孟浩然在盛
唐诗语言的洁净化、意境的浑融化过程中起到了重要作用。丁仪评玄宗诗
曰："高古雄浑，为诗远追古人，近篯齐梁，建安一体，开盛唐之风，帝
实肇之。而唐诗自太宗至于中宗，未闻有律。玄宗探韵分题，始见近体
意；四子及沈宋由齐梁翻成近体，律诗至此始闻于宫禁耳。"⑥ 指出玄宗
对盛唐诗风的影响。罗根泽曰："观（高）适此等乐府词，知唐代词坛风
气，渐洗痿（案：当为萎）靡，脂粉，繁缛之习，走向振拔，质直，俪
爽之途，此受建安及北朝之影响也。"⑦ 胡小石认为由于"王孟"的创作，
"五律之面目遂由宫体变为模山范水之作"⑧。黄节曰："逮乎开元、天宝
之间，气格声律，至详极备，以有李杜二家也。"⑨ 胡怀琛曰："首先解除
这种束缚（格律）的人，就是李白。李白的成绩，就是他的杂言古诗。"⑩
指出李白对初唐以来形成的律诗体制的改进。罗根泽曰："自唐初以至李
白，作诗者皆从乐府入手，格调形式，极解放，极自然，极从容。杜甫则
'属对律切'，究心声调……渐走入规律一途，渐走入艰难缔造一途。此

---

① 胡适：《白话文学史》，新月书店1928年版，第311页。
② 贺凯：《中国文学史纲要》，北平文化学社1931年版，第141页。
③ 黄节：《诗学》，见张寅彭主编《民国诗话丛编》第二册，上海书店2002年版，第497页。
④ 郑临川：《闻一多论古典文学》，重庆出版社1984年版，第123页。
⑤ 同上书，第126—127页。
⑥ 丁仪：《诗学渊源》卷八，见张寅彭主编《民国诗话丛编》第三册，上海书店2002年版，第197页。
⑦ 罗根泽：《乐府文学史》，文化学社1932年版，第217页。
⑧ 胡小石著，吴征铸整理：《唐人七绝诗论》，1934年金陵大学研究生班讲义，见周勋初编《胡小石文史论丛》，南京大学出版社2008年版，第213页。
⑨ 黄节：《诗学》，见张寅彭主编《民国诗话丛编》第二册，上海书店2002年版，第496页。
⑩ 胡怀琛：《中国诗论》，世界书局1934年版，第25页。

亦两时代之绝不同者也。"① 杨启高曰:"五律虽沈宋时已盛,惟至杜时始有定式。"② 曰:"子美不作乐府,将诗与乐府完全分开。"③ 又曰:"古体诗自周至盛唐,至李结束。律体诗自盛唐至现代,以杜为开端。"④ 以上学者对具体诗人在盛唐诗风变迁中的作用进行了论评。盛唐时期,在众多诗人中,对诗风转变所起作用比较重要的是李白和杜甫两人,此期罗根泽对此认识比较深刻,他认为李白所起作用主要在于使律诗逐渐走向解放,杜甫所起作用主要在于使律诗逐渐走向"规律"。

盛唐诗人之创作对中唐诗风的开启作用。龙榆生曰:"自杜甫有'朱门酒肉臭,路有冻死骨'(《奉先咏怀》)之诗,而社会问题,始引起诗人之注意。"⑤ 又曰:"诗人之注意社会问题,而表现于诗歌,盖以元杜二家为最早。……并托兴风人,为元白新乐府之先声。"⑥ 闻一多谓包佶《秋日过徐氏园林》"开中唐贾岛一派风气"⑦。随笔认为杜甫诗"已开义山诗派"⑧。丁仪评张继曰:"绝句已渐改盛唐之旧,而下逗中晚体格矣。"⑨ 以上学者对盛唐诗人的创作对中唐诗风的开启作用进行了论评。盛唐诗人之创作对中唐诗风的开启,就内容而言,就是龙榆生所说的杜甫对社会问题的关注;就艺术性而言,就是钱锺书等人所说的杜诗的"以文为诗"。

中唐诗风变迁。中唐诗风变迁概论。黄节评大历诗歌曰:"篇什讽咏,不减盛时,而近体繁多,古声渐远。"⑩ 又曰:"盖昌黎本好奇崛,而东野亦硬语盘空,以是并称韩孟。一时若卢仝、贾岛,皆闻韩孟而起者,而风又一变。奇崛之失,至于涩僻,如卢仝、贾岛,或至不可卒读。"⑪ 杨启高认为天宝之后,诗风"渐由阔大变为纤细,渐由雄壮变为秀丽"⑫。

---

① 罗根泽:《乐府文学史》,文化学社 1932 年版,第 254—255 页。

② 杨启高:《唐代诗学》,正中书局 1935 年版,第 167 页。

③ 同上书,第 161 页。

④ 同上书,第 180 页。

⑤ 龙榆生撰,钱鸿瑛导读:《中国韵文史》,上海古籍出版社 2002 年版,第 37 页。

⑥ 同上书,第 38 页。

⑦ 郑临川:《闻一多论古典文学》,重庆出版社 1984 年版,第 141 页。

⑧ 随笔:《萱园诗话》,见张寅彭主编《民国诗话丛编》第五册,上海书店 2002 年版,第 257 页。

⑨ 丁仪:《诗学渊源》卷八,见张寅彭主编《民国诗话丛编》第三册,上海书店 2002 年版,第 203 页。

⑩ 黄节:《诗学》,见张寅彭主编《民国诗话丛编》第二册,上海书店 2002 年版,第 497 页。

⑪ 同上。

⑫ 杨启高:《唐代诗学》,正中书局 1935 年版,第 191 页。

罗根泽曰:"初唐乐章诗歌,极自然,极解放,前已迭经证明,而晚唐则举世知其尚雕琢,工对仗,极矫揉造作之至。此其转变时期,大半在大历贞元之间。"① 又曰:"推考此种趋势,虽至大历始成潮流,而滥觞似起举世无间然之诗圣杜甫。"② 龙榆生曰:"大历(代宗)、长庆(穆宗)间,藩镇跋扈,演成割据之局。人民困于官吏之诛求,政府不思救济,于是社会形成两大阶级,而民生日趋凋敝。诗人恻然不忍,乃起而从事于新乐府运动。"③ 闻一多曰:"从这种新作风的时代(天宝之后)开始以后,平民跟文学的关系一天比一天密切,小说就跟着发达起来。但过去那种豪华浪漫的贵族生活方式始终还被少数人所留恋,尽管平民文学的新风格已经出现,并且在日益壮大,可是部分诗人总不免要对它唱出情不自已的挽歌,象刘禹锡的'旧时王谢堂前燕,飞入寻常百姓家。'杜牧的'大抵南朝皆旷达,可怜东晋最风流!'如此之类,真可说是无限低回,一往情深的了。然而黄金时代毕竟已成过去,象人死不能复生一样,于是温(庭筠)李(商隐)便把诗的理想与风格换过,逐渐走上填词的道路,希望在内容和风格方面保存一点旧日贵族的风流余韵,但就成绩来看,只能算是偏安而已。"④ 苏雪林曰:"元和长庆以后诗坛风气又起了一重大变化,即由人生文学改而为艺术文学,由男性文学又变成女性文学了。"⑤ 就作诗的态度而言,胡适在评价孟郊的诗歌的时候曰:"他把做诗看作一件大事,故能全神贯注。这样的认真的态度,便是杜甫以后的新风气。从此以后,做诗不是给贵人贵公主做玩物的了,也不仅是应试应制的工具了。做诗成了诗人的第二生命。"⑥ 就诗体而言,缪钺曰:"中唐诗人,又多轻视律诗。白居易谓律诗'非平生所尚'(《与元九书》),元稹谓'律体卑庳,格力不扬'(《上令狐相公诗启》),韩愈驰骋笔力,多在古体,律诗亦非所经意。李义山出,复专力作律诗,用李贺古诗象征之法于律诗之中,遂于杜诗之外开一新境。"⑦ 陈子展论中唐诗坛曰:"一派作诗如作

---

① 罗根泽:《乐府文学史》,文化学社 1932 年版,第 258 页。

② 同上书,第 260 页。

③ 龙榆生撰,钱鸿瑛导读:《中国韵文史》,上海古籍出版社 2002 年版,第 38 页。

④ 郑临川:《闻一多论古典文学》,重庆出版社 1984 年版,第 86—87 页。

⑤ 苏雪林:《唐诗概论》,商务印书馆 1947 年版,第 146 页。

⑥ 胡适:《白话文学史》,新月书店 1928 年版,第 375 页。

⑦ 缪钺:《论李义山诗》,《思想与时代》1943 年第 25 期,见缪钺著,缪元朗编《古典文学论丛》,浙江大学出版社 2009 年版,第 85 页。

文；一派作诗如说话。……却同是古近体诗发展到烂熟而且平庸化了以后所生的一种反动。"① 龙榆生曰："然则虽谓自大历以来，为律诗之极盛时代可也。"② 又曰："原律诗之为体，最宜竞巧一句一字之间，雕镂风云，涂饰花草。庸人酬应之作，以此为多。而韦柳于韩白（乐府体）二派之外，独尚古体；禹锡又复注意民歌，以变近体律绝之风格；亦研究唐代诗歌史者所不容忽也。"③ 以上学者对中唐诗风之变迁进行了具体分析。中唐诗风之变，主要表现在两个方面：一是龙榆生所说的新乐府运动，二是胡适所说的人们作诗的认真态度。

中唐诗歌艺术变迁的几种鲜明趋势也为民国时期的学者所注意。一是反骈偶的趋势。周阆风曰："诗到初唐，受着严格的束缚（格律的束缚）。但是一到盛唐以后，先觉之辈，对于这种过甚的束缚，渐渐地觉得不满足起来。本来物极必反，是亘古的常理；诗地因为受严格束缚而有反动的、求解放的动机和行为，这是自然之理。所以这时候杜甫李白之辈，就从反骈偶的道路上先行发动（李白的乐府，杜甫的《无家别》等诗，即表现此种反动倾向）。不过这反动并不激烈，并不十分厉害，只是潜在地进行着而已。到了李贺的时代，那就不同了。这种反骈偶的倾向，逐渐的明显起来，激烈起来。韩愈首先肆意地摧毁骈四俪六的文体，以无拘无束的散文，号召当时的青年，作文体的大革新；甚至对于诗，也努力去用极自由的体制来写；而我们的诗人李贺，他就在这时候，专在诗体一方面，充分地向着反骈偶的大道上进行去。"④ 龙榆生曰："其（韩愈）运用之方，则喜以单行之笔，尽扫浮艳骈偶，务以豪放痛快，险峭通达取胜。又自知其才力，视李杜微弱，往往长篇一韵到底，又故狃险韵以避熟就生；畅所欲言，而不免失之好尽。虽自创特殊之音节，要不及盛唐诸公之铿锵悦耳。……然其音节意境，皆戛戛独造，一洗软媚庸滥之习；洵唐音之剧变，亦诗歌中之疏凿手也。"⑤ 谭正璧认为孟郊"他是一个最反对骈偶格律的人，所作都是用朴实平常的说话来练成的诗句"⑥。胡适在评价孟郊

---

① 陈子展：《唐代文学史》，作家书屋1944年版，第85页。

② 龙榆生撰，钱鸿瑛导读：《中国韵文史》，上海古籍出版社2002年版，第45页。

③ 同上书，第47页。

④ 周阆风：《诗人李贺》，商务印书馆1936年版，第65—66页。

⑤ 龙榆生撰，钱鸿瑛导读：《中国韵文史》，上海古籍出版社2002年版，第34—35页。

⑥ 谭正璧：《中国文学进化史》，光明书局1930年版，第126页。

的诗歌的时候曰:"这种诗开一种新风气:一面完全打破六朝以来的骈偶格律,一面用朴实平常的说话,炼作诗句。韩愈说他'横空盘硬语',其实他只是使用平常说话,加点气力炼铸成诗而已。"① 一是白话化趋势。郑宾于论中唐大历元和诗,特列"诗的白话化"一节,曰:"大历元和间的一般诗人,如顾况卢仝刘叉元稹白居易。他们也还感觉到那用深涩字面与艰僻典故的讨厌,所以他们便一转而入于'白话化'的途径上去。"② 郑宾于曰:"用方言作诗的顾况,在他自己乃是有意的试作;刘义(案:应作叉)卢仝出来,虽然大胆地把诗'文俚杂揉'了,但终于还是太幼稚而不健全的东西。不过这方法是很有新的意义的,所以结果终有元白二人的大收获。"③ 指出了中唐诗歌语言白话化、俚俗化的现象。一是怪奇化趋势。龙榆生评卢仝诗曰:"以怪辞惊众,有《月蚀》《与马异结交》诸诗,尤为怪诞。在律体盛行之际,有此诙诡之笔,一洗肤庸滥套,固自可喜。然其高出时人处,仍在切近人情之作,语杂嘲戏,令人啼笑皆非。"④ 黄节曰:"盖昌黎本好奇崛,而东野亦硬语盘空,以是并称韩孟。一时若卢仝、贾岛,皆闻韩孟而起者,而风又一变。奇崛之失,至于涩僻,如卢仝、贾岛,或至不可卒读。"⑤ 以上学者对中唐诗歌艺术变迁的几种鲜明趋势进行了分析。

个别诗人在中唐诗风转变中的作用。闻一多曰:"十才子中,李端、卢纶、李益三人不能同以上诸家并列,因为他们出生年代较晚,离天宝之乱的时间渐远,诗中感伤气氛渐少,成为中唐孟郊诗风的先导。"⑥ 刘大杰认为张籍是"杜、白之间的代表作家"⑦。丁仪评戎昱曰:"其诗辞旨清拔,多感慨之作。乐府尤以气质胜,七律则承子美之遗规,开白傅之先河矣。"⑧ 刘大杰评孟郊诗曰:"他欢喜用难字与险韵,一也;他故意造成不和谐的音调,二也;不用那些现成的形容词副词与名词,三也;因为有这

① 胡适:《白话文学史》,新月书店1928年版,第376页。
② 郑宾于:《中国文学流变史》中册,上海北新书局1930年版,第410—411页。
③ 同上书,第364页。
④ 龙榆生撰,钱鸿瑛导读:《中国韵文史》,上海古籍出版社2002年版,第36页。
⑤ 黄节:《诗学》,见张寅彭主编《民国诗话丛编》第二册,上海书店2002年版,第497页。
⑥ 郑临川:《闻一多论古典文学》,重庆出版社1984年版,第149页。
⑦ 刘大杰:《中国文学发展史》,百花文艺出版社2007年版,第258页。
⑧ 丁仪:《诗学渊源》卷八,见张寅彭主编《民国诗话丛编》第三册,上海书店2002年版,第204页。

些特点，所以他的诗，确实另成一格。唐诗的发展，专从艺术的技巧上讲，到了孟郊，是呈现一种明显的转变。"① 丁仪曰："人但知'三十六体'，始于温李，不知李贺是其所宗，而元和时，施肩吾实已先之。"② 随笔曰："汉魏之诗酝酿深厚，一以雅驯为主。至六朝而体格一变，至唐之天宝而又一变，元和体老妪都解，则日趋卑弱矣。昌谷出而救之，以古茂出入《骚》《雅》，自是健才。"③ 曾毅曰："元和以降，韩愈白居易出，而文学界之风气又一变。二家俱本于杜，而韩更欲高，白更欲卑，韩得其峻，白得其平，因偏至之各殊，遂启后来两大流派。"④ 胡怀琛认为就诗的思想性而言，"由所谓朝廷而推广到社会，白居易似比杜甫又要进一步了"⑤。胡适评价韩愈《山石》等诗作曰："这种叙述法，也是用作文的法子作诗，扫去了一切骈偶诗体的滥套。中间一段屡用极朴素没有雕饰的文字（如'州家申名使家抑'等句），也是有意打破那浮艳的套语……这种境界从杜甫出来，到韩愈方才充分发达，到宋朝的苏轼、黄庭坚以下，方才成为一种诗人风气。"⑥ 龙榆生认为孟郊诗歌"上承杜甫，下开元白，描写之刻挚，视诸家似有过之"⑦，又认为元白乐府诗创作"一反韩派诗人之作风，避艰深而就平实，使诗歌复趋于'社会民众化'。斯固上承元、杜、张、王之系统，更从而扩大之者也"⑧。以上学者对具体诗人在中唐诗风变迁作用的论述中，对杜甫、韩愈、元白的论述较多。此外，龙榆生对孟郊在中唐诗风转变过程中的作用也特别重视。

中唐诗人的创作对晚唐诗风的开启作用。闻一多谓郎士元《进张南史》诗"开晚唐北宋风格"⑨，又曰："此象征派的诗，用视觉的形象写听觉的感受，把五官的感觉错综使用，使诗的写作技巧又进了一层。他开

①　刘大杰：《中国文学发展史》，百花文艺出版社2007年版，第267页。
②　丁仪：《诗学渊源》卷八，见张寅彭主编《民国诗话丛编》第三册，上海书店2002年版，第209页。
③　随笔：《萱园诗话》，见张寅彭主编《民国诗话丛编》第五册，上海书店2002年版，第257页。
④　曾毅：《中国文学史》下册，泰东图书局1930年版，第34页。
⑤　胡怀琛：《中国诗论》，世界书局1934年版，第57页。
⑥　胡适：《白话文学史》，新月书店1928年版，第417—418页。
⑦　龙榆生撰，钱鸿瑛导读：《中国韵文史》，上海古籍出版社2002年版，第40页。
⑧　同上。
⑨　郑临川：《闻一多论古典文学》，重庆出版社1984年版，第144页。

了贾岛、李贺两派的苦吟之路。"① 闻一多曰:"诗人伤感情绪的表现,到此(耿湋的诗)已达极点。但伤感是人类感情中最低劣的情绪,如果长期以此自我陶醉欣赏,则将陷入浅薄无聊的境地,所以跟着韩(愈)、孟(郊)、元(稹)、白(居易)接上来了,一从文字意境上进行调整,反对俗滥;一从题材内容加以开拓,反对狭隘,开出中唐另一片新天地。顺着韩孟的路走下去,这便产生贾岛、李贺、李商隐、温庭筠等人的诗风;顺着元白的路走下去,便有晚唐的聂夷中、杜荀鹤、皮日休、罗隐等人的出现。"② 黄节曰:"夫元白之失,在于浅易,格每下而力劣,声杀削而音微。施及晚唐,而沈雄深浑之诗,至于绝响。于是温庭筠之绮靡,李商隐之纤秾,同时而兴。尚声律而忽气格,抑又下于初唐四子及沈宋远矣。流及五季,迄用无题,而风又一变。"③ 丁仪评顾况曰:"况乐府歌行颇著于时,其杂曲、长短句,以体质自高,微伤于直率。《补亡》《拟古》诸作犹落言诠。间作绝句宫词,则殊不减王建,然已逗晚唐之先。"④ 丁仪评白居易曰:"诗专主性灵,不务雕琢,而自然佳妙。然相题制词间,亦有齐梁风,但不若微之之盛耳。而后世言性灵者,必主白体,至今称盛焉。然晚唐诗派,虽逗起盛唐之末,其实由元白而始定。"⑤ 丁仪评李益曰:"其诗辞藻秀发,自然清丽,源出齐梁而独多高致,但少古耳。近体七律如《马嵬》诸作,虽格高调逸,晚唐莫及,然已为西昆'三十六体'之宗矣。"⑥ 胡云翼曰:"晚唐诗的纤丽,元稹已为先驱。"⑦ 又曰:"王建是以宫词得名的,他的这种诗歌已失却中唐诗的情调,显是晚唐诗风的开端。"⑧ 朱自清在《李贺年谱》中曰:"贺乐府歌诗盖上承梁代'宫体',下为温庭筠、李商隐、李群玉开路。"⑨ 张振佩认为李贺是"启晚唐风气

---

① 郑临川:《闻一多论古典文学》,重庆出版社1984年版,第144页。
② 同上书,第146页。
③ 黄节:《诗学》,见张寅彭主编《民国诗话丛编》第二册,上海书店2002年版,第498页。
④ 丁仪:《诗学渊源》卷八,见张寅彭主编《民国诗话丛编》第三册,上海书店2002年版,第203页。
⑤ 同上书,第207页。
⑥ 同上书,第204页。
⑦ 胡云翼:《唐诗研究》,商务印书馆1930年版,第96页。
⑧ 同上书,第102页。
⑨ 朱自清:《论严肃》,见《朱自清古典文学论文集》下册,上海古籍出版社1981年版,第501页。

的诗人"①。上述诸论中，以闻一多对韩孟、元白对晚唐诗风开启作用的论述最为深刻。

晚唐诗风变迁论。就诗风而言，缪钺曰："元和长庆间，元白诗风行一时，然亦因此渐生流弊，故晚唐诗人多反元白。"② 元白诗以平易通俗为特征，故其流弊在于俗，因而晚唐诗人力求脱俗，遂走向绮丽。陆侃如曰："诗的格律至中唐已完备，晚唐以后便发生变化。这变化有两个方向。一个方向是拿乐律代诗律，中代诗人把诗律越看越重，近代诗人则把乐律越看越重……还有一个方向是文字日渐解放。"③ 胡适曰："在文学史上，崇拜自然的风气产生了一个陶潜，而陶潜的诗影响了千余年歌咏田园山水的诗人。其间虽然也有用那不自然的律体来歌唱自然的，然而王维、孟浩然的律诗也都显出一点解放的趋势，使律诗倾向白话化。这个倾向，经过杜甫、白居易的手里，到了晚唐便更显明了，律诗几乎全部白话化了。"④ 丁仪评司空图曰："诗效长庆，平澹不尚雕琢，绝句典雅清丽，有大历风。自此而后至于五代、宋初，皆尚西昆一体矣。"⑤ 就题材而言，苏雪林曰："征戍之苦（的作品），都是中晚以后之作。"⑥ 认为唐代描写征战之作，其情感激昂向上的作品大多产生在盛唐，描写征战之苦的作品，大多产生于中晚唐。就诗歌语言而言，贺凯认为晚唐时期，由于"元白的诗，传诵民间，风行一时"，因此，"晚唐文学更趋白话化"⑦。就诗体而言，龙榆生曰："晚唐人诗，惟工律绝二体：不流于靡弱，即多凄厉之音，亦时代为之也。"⑧ 上述诸论中，以龙榆生对晚唐绮靡诗风的论述最为深刻。

民国时期的学者对唐诗艺术变迁非常重视，对初、盛、中、晚每一时期诗风变迁的过程、每一时代诗风对此后诗歌艺术变迁的影响、具体诗人

---

① 张振佩：《李义山评传》，《学风杂志》1933 年第 7—9 期。

② 缪钺：《论李义山诗》，《思想与时代》1943 年第 25 期，见缪钺著，缪元朗编《古典文学论丛》，浙江大学出版社 2009 年版，第 84 页。

③ 陆侃如、冯沅君：《中国诗史·导论》上卷，商务印书馆 1939 年版，第 10 页。

④ 胡适：《白话文学史》，新月书店 1928 年版，第 307 页。

⑤ 丁仪：《诗学渊源》卷八，见张寅彭主编《民国诗话丛编》第三册，上海书店 2002 年版，第 210 页。

⑥ 苏雪林：《唐诗概论》，商务印书馆 1947 年版，第 52 页。

⑦ 贺凯：《中国文学史纲要》，北平文化学社 1931 年版，第 149 页。

⑧ 龙榆生撰，钱鸿瑛导读：《中国韵文史》，上海古籍出版社 2002 年版，第 47—48 页。

在唐诗艺术变迁过程中的作用都做了具体入微的阐释，这些方面的研究也是民国"唐诗艺术变迁论"比前代深入的地方，这种研究使得此期的唐诗研究显示出质实、深入的特点。

　　民国时期，唐诗艺术变迁论的形成与当时的文化背景有关：

　　首先，民国时期，唐诗学的研究是在文学史学科业已形成的背景下展开的，而且唐诗学的很多成果就是以文学史的形式出现的，因而此期唐诗学的研究中重视文学艺术的发展嬗变过程、重视具体诗人在文学史坐标上的具体位置的形象描述，唐诗艺术变迁论就是在这种学术背景下形成的。当时文学史书写重视文学事实的完整呈现，朱自清曰："现在我们固然愿意有些人去试写中国文学批评史，但更愿意有许多人分头来搜集材料，寻出各个批评的意念如何发生，如何演变——寻出它们的史迹。这个得认真的仔细的考辨，一个字不放松，像汉学家考辨经史子书。这是从小处下手。希望努力的结果可以阐明批评的价值，化除一般人的成见，并坚强它那新获得的地位。"① 可见，重视深入的文学史史料的考证，通过一个个具体作家、具体作品艺术特征在整个文学史发展过程中承上启下作用的描述来展示整个文学史的发展过程是民国时期整个古代文学研究的新风气，唐诗学的研究自然也体现出了这种特点。民国之前，学术界对整个古代诗歌艺术的研究也是极为重视的，但是历代在诗歌艺术研究中只重视某位诗人、某一时期诗歌艺术渊源的考证及具体诗人、具体时段诗歌艺术特征的描述，而对具体诗人、具体时段诗歌艺术对此后诗歌艺术的影响则不太重视，即使进行研究也往往是只言片语，对唐诗艺术影响的研究远远没有对唐诗艺术渊源的研究那样重视。美国学者萨培尔认为"文学史上进行思考、行动、梦想和反叛总是具体的个人，个体的行为在文学变革中的作用常常成为一个显现的历史创举"②。对具体诗人在诗史演进过程中的作用的描述是文学史书写的核心。民国时期，出于文学史书写的需要，学者们对具体诗人、具体时段诗歌艺术渊源、艺术特征及其对后世影响的研究同等重视。因为只有以上三者的密切结合才能完整地呈现文学史发展的动态过程。而且，随着文学史书写经验的不断积累，对文学现象细节的研究同整体文学现象宏观特征的概括逐渐走向完美结合，此期文学史书写中注重

---

① 　朱自清：《诗言志辨·序》，广西师范大学出版社 2004 年版，第 2 页。
② 　爱德华·萨培尔：《语言论》，商务印书馆 1985 年版，第 28 页。

每一阶段文学概貌及其特征的宏观概括和每一时期伟大诗人及其作品的个性化诠释相结合。唐诗学的研究就是在整个文学史书写不断走向成熟的背景下展开的，因而非常注重诗歌艺术变迁过程的完整展示。

其次，民国时期，在进化论文学观的影响下，学者们往往把唐诗艺术的发展过程当作生命有机体的新陈代谢过程来研究，重视文学的动态发展过程及螺旋式上升过程的描述。在进化论文学观的影响下，生命诗学思潮兴起，胡适认为国语文学是"死的文学"，白话文学是"活的文学"，文学研究中是把观照对象当成生命体来对待的，因而此期对文学现象的描述是鲜活的、细腻的，当时的文学史书写中非常注重文学史现象的连续性。朱自清在林庚《中国文学史·序》中曰："他的成功之处在于将文学的发展看作是有生机的，由童年而少年而中年而老年，然而文学不止一生，中国文学是可以再生的。"① 这是当时的文学史研究的普遍风习。这种风气也影响到了当时的唐诗学研究，此期唐诗艺术变迁论就是在这种学术背景下形成的。

再次，民国时期的古典诗学研究还非常重视古典文学遗产对当下文学的指导意义，朱自清曰："文学批评史不止可以阐明过去，并且可以阐明现在，指引将来的路；这也增高了它的趣味与地位。"② 当时的学者们往往追溯近代文学现象的文学史根源，文学研究中的回溯法和传统的考镜源流法相互补充，因而往往能够将文学现象发生的脉络清楚地展示出来。考镜源流法、回溯法的互补成为此期唐诗学研究中普遍的研究方法，此期唐诗艺术变迁论就是在这种学术背景下形成的。

另外，民国时期，在西学东渐的背景下，学者们往往以西方的文学理论诠释唐诗学的演进轨迹，注重唐诗学艺术精神嬗变过程的研究。如苏雪林的《唐诗概论》就借鉴了西方的文艺理论，将唐诗按照其时文艺思潮的变迁分为五个时期，分别为古典主义时期、浪漫主义时期、写实主义时期、唯美主义时期及衰颓时期，苏雪林就是按照以上五种文艺思潮变迁的过程作为其唐诗研究的线索的。因此，此期注重唐诗学艺术的流变也与西方文艺思潮的影响有关。

最后，民国时期的很多唐诗研究专家都是高校老师，例如，闻一多曾

---

① 朱乔森：《朱自清散文全集》（中集），江苏教育出版社2003年版，第185页。
② 同上书，第24页。

经开过唐诗课，陈寅恪曾经开过唐代诗歌作品选讲课。所以，他们的研究成果在很大程度上就是他们的讲义。要向学生将一段诗歌史讲述清楚，就必须重视诗歌艺术流变过程的梳理，注重唐代大诗人对各个时代诗风开启作用的描述。因此，唐诗艺术变迁论的形成也与此期学者们的身份有关。

第三节　唐诗艺术特质论

　　不同时代的诗歌特质研究，是以朝代为断限，把古典诗歌按朝代分成不同的类型，考察不同时代诗歌在艺术性、风格、诗体及由创作主体的不同知识背景所造成的不同时代诗歌的不同审美风貌等特性表现。所谓唐诗特质，主要是把唐诗和宋诗比较，考察其在上述方面的具体表现。唐宋诗的不同特质在宋代已经引起了学者的注意，严羽在《沧浪诗话》中批评宋诗"以文字为诗、以才学为诗、以议论为诗"，即针对唐宋诗的不同特质而发。明清时期的学者对唐宋诗的不同特质进行了系统阐发。明刘绩曰："或问予唐宋人诗之别，余答之曰：唐人诗纯，宋人诗驳；唐人诗活，宋人诗滞；唐诗自在，宋诗费力；唐诗浑成，宋诗饾饤；唐诗缜密，宋诗漏逗；唐诗温润，宋诗枯燥；唐诗铿锵，宋诗散缓；唐人诗如贵介公子，举止风流；宋人诗如三家村乍富人，盛服揖宾，辞容鄙俗。"[1] 从艺术效果方面对唐宋诗之不同特点进行了对比。清代郎廷槐《师友诗传续录》中曰："唐诗主情，故多蕴籍；宋诗主气，故多径露。"[2] 清吴乔在《围炉诗话》中曰："唐诗有意，而讬比兴以杂出之，其词婉而微，如人而衣冠。宋诗亦有意，惟赋而少比兴，其词径以直，如人而赤体。"[3] 又曰"宋诗率直，失比兴而赋犹存"[4]，认为就艺术手法而言，唐诗以比兴为主，宋诗以赋为主。因为唐诗以比兴为主，所以唐诗"婉而微"，宋诗以赋为主因而"径以直"。以上学者认为唐诗的特质在于含蓄，宋诗的特质在于率直。沈德潜在《清诗别裁集·凡例》中曰："唐诗蕴蓄，宋诗发

---

　　① （明）刘绩：《霏雪录》卷下，引自陈伯海主编《历代唐诗论评选》，河北大学出版社2003年版，第526页。

　　② （清）郎廷槐：《师友诗传续录》，见（清）王夫之等撰：《清诗话》，上海古籍出版社1999年版，第152页。

　　③ （清）吴乔：《围炉诗话》，见郭绍虞编选，富寿荪校点撰《清诗话续编》，上海古籍出版社1983年版，第472页。

　　④ 同上书，第482页。

露。蕴蓄则韵流言外，发露则意尽言中。"① 叶燮在《原诗》中反对以议论之有无区分唐宋诗特质的做法，曰："有谓唐人以诗为诗，主性情，于三百篇为近；宋人以文为诗，主议论，与三百篇为远，何言之谬也。唐人诗之有议论者，杜甫是也。……而独以议论归宋人，何欤？"② 以上明清时期学者对唐诗特质的体认，成为民国时期唐诗特质论的理论基础。同时，民国时期，"斤斤于唐宋之辨"成为一时的学术潮流③，在这种诗学风气下，学者们对于唐宋诗不同特质的体认更加深刻。

综论唐诗特质。胡云翼《唐诗研究》专列"唐诗的意义与特质"一节，认为唐诗的特质在于唐诗是创造底、音乐底、通俗底、唐诗是新体诗、唐诗的平民性、唐诗只是绝句诗的时代这些方面。④ 杨启高认为唐诗的特质表现在以下几个方面："诗体完备，古体与律体俱备，肇继往开来之盛。古体有古诗、骚体、乐府等。律体有律诗、绝诗、排律等。尚有杂体，则为六言，三五七言，联句，回文等诗。风格显著。六朝宫体作家，均表现共性，所写宫闱之事，大都千篇一律。唐诗则个性甚显，如李白、杜甫、孟郊、韩愈各大诗人之作品，均各有其个性。"⑤ 认为唐诗以韵胜，宋诗以意胜。从情理关系、美学风格、内容、技巧诸方面对唐宋诗的不同特质进行了阐发。

从诗歌与音乐之间的关系方面诠释唐诗特质的。纪庸提出了"乐诗"说，认为唐代的律诗和绝句是"乐诗"⑥。

专从情感之胜方面阐明唐诗之特质的。钱锺书提出了"吟情"说，曰："盖吟体百变，而吟情一贯。人之才力，各有攸宜，不能诗者，或试其技于词曲；宋元以来，诗体未亡，苟能作诗，而故靳其情，为词曲之用，宁有是理。"⑦ 认为诗歌的本质在于抒情，而宋元以后的诗歌中，诗人之情感被遮蔽，言下之意认为唐诗具有"吟咏情性"之特点。邵祖平

① （清）沈德潜编，李克和等点校：《清诗别裁集》，岳麓书社1998年版，第3页。
② （清）叶燮著，霍松林校注：《原诗》，人民文学出版社1979年版，第70—71页。
③ 姚光：《紫云楼诗集序》，引自柳亚子《南社丛刻》第二十二集，引自陈伯海主编《历代唐诗论评选》，河北大学出版社2003年版，第1064页。
④ 胡云翼：《唐诗研究》，商务印书馆1930年版，第12页。
⑤ 杨启高：《唐代诗学》，正中书局1935年版，第15—16页。
⑥ 纪庸：《唐诗之"因""革"》，《国文月刊》1948年第73期。
⑦ 钱锺书：《谈艺录》，生活·读书·新知三联书店2008年版，第84页。

认为"唐诗之以情胜，诚自然真粹气者矣"①。以上学者认为在构成诗歌的各种质素中，情感性是唐诗优于其他时代诗歌的重要因素。

从情感与思理的关系方面阐明唐宋诗之特质。钱锺书曰："唐诗多以丰神情韵擅长，宋诗多以筋骨思理见胜。"② 钱锺书认为唐诗是一种诗歌审美范畴，唐诗之美在"情韵"，宋诗之美在"思理"。程千帆在《读〈宋诗精华录〉》一文中认为："唐人之诗，主情者也，情亦莫深于唐。及五季之卑弱，而宋诗以出。宋人之诗，主意者也，意亦莫高于宋。后有作者，文质迭用，固罔能自外焉。"③ 孙望曰："宋诗主意，譬如三百篇中的雅，唐诗主情，又譬如三百篇中的风。"④ 闻一多曰："古今中外诗当不脱唐宋人所造的两种境界，前者是浪漫的，后者是写实的，唐人贵熔情而宋人重炼意，所谓炼意，即诗人多谈哲理的作风。"⑤ 认为唐诗的特质在于"贵熔情"，宋诗的特质在于"重炼意"，一重情感，一重思想。

从情感表达效果方面论述唐诗之特质的。由云龙曰："唐人之诗，含蓄委婉，真有心心相印之妙。至宋则尽情透露，无惑乎话之者之多也。"⑥认为唐诗的特质在于其表情上的"含蓄委婉"。随笔曰："凡诗文以'陈言务去'为佳，然须读书多，积理富，出以蕴藉深厚之笔，则去纯茂不远矣。宋元诗非无佳者，但比拟三唐，则浅露自见。"⑦ 丁仪曰："（苏味道）集中诗皆应制之什，未改陈隋旧习，用事典雅，后遂成馆阁一体。至蓄意含情，推事及物，则固唐诗之本色，异于六朝所尚者矣。"⑧ 认为唐诗之特质在于情感的含蓄性。随笔曰："以含蓄之辞，寓悲慨之旨，是唐人诗境高处。"⑨ 认为唐诗的特质在于"以含蓄之辞，寓悲慨之旨"。屈

---

① 邵祖平：《唐诗通论》，《学衡》1922 年第 12 期。

② 钱锺书：《谈艺录》，生活·读书·新知三联书店 2008 年版，第 3 页。

③ 程千帆：《读〈宋诗精华录〉》，见氏著《古诗考索》，上海古籍出版社 1984 年版，第384—385 页。

④ 孙望：《宋诗与唐诗》，《青年界》1934 年第 1 期。

⑤ 郑临川：《闻一多论古典文学》，重庆出版社 1984 年版，第 154 页。

⑥ 由云龙：《定庵诗话续编》卷上，见张寅彭主编《民国诗话丛编》第三册，上海书店2002 年版，第 670 页。

⑦ 随笔：《萱园诗话》，见张寅彭主编《民国诗话丛编》第五册，上海书店 2002 年版，第257 页。

⑧ 丁仪：《诗学渊源》卷八，见张寅彭主编《民国诗话丛编》第三册，上海书店 2002 年版，第 195 页。

⑨ 随笔：《萱园诗话》，见张寅彭主编《民国诗话丛编》第五册，上海书店 2002 年版，第258 页。

向邦曰："唐诗蕴藉，宋诗峭刻。"① 上述各家都认为唐诗的特质在于表情的含蓄性。

从美学风貌方面论述唐诗之特质的。胡适曰："七八世纪是个浪漫时代，文学的风尚很明显地表现种种浪漫的倾向。"② 徐嘉瑞曰："李白论文的眼光，非常之高。他对于辞赋派的文学，由屈宋扬马起，直到六朝极力攻击，却以'清真'两字包括唐代文学，清是明了，真是忠实。唐代文学，这两个字，很可以代表了。"③ 闻一多认为沈佺期的《游少林寺》"是标准的唐诗，诗人在其中表现了雍容和谐的气象，形成一种和平中正的境界，使人读了产生温柔敦厚的感觉，也可以说是标准的中国诗"④。认为唐诗的特质就是具有"雍容和谐的气象"，能够产生"温柔敦厚"之美学效果。寄禅曰："唐人诗纯，宋人诗驳；唐人诗活，宋人诗滞；唐诗自在，宋诗费力；唐诗浑成，宋诗饾饤；唐诗缜密，宋诗疏漏；唐诗温润，宋诗枯燥；唐诗铿锵，宋诗散缓；唐人诗如贵介公子，举止风流；宋人诗如三家村乍富人，盛服揖宾，辞容鄙俗。"⑤ 认为唐诗的特质在于由纯、活、自在、浑成、温润、铿锵等因素所构成的"风流"之美，宋诗则显"鄙俗"。林庚认为盛唐为"诗国高潮"⑥，认为盛唐诗歌的特质在于"唐诗中的少年精神"⑦。

从音乐性方面论述唐诗之特质的。寄禅曰："唐人诗，一家自有一家声调，高下疾徐，皆合律吕，吟而绎之，如闻箫韶。宋人诗，譬则村鼓岛笛，杂乱无伦。"⑧ 认为唐诗的特质在于声调之美。朱自清曰："他（杨慎）特别注重音律，所以集名《唐音》，又以'音''响'标目……重音律正是唐诗的面目。"⑨ 认为唐诗的特质在于音律之美。缪钺曰："唐人作

---

① 屈向邦：《粤东诗话》，（香港）诵清芬室香港铅字排印本1964年版，第10页。

② 胡适：《白话文学史》，新月书店1928年版，第296页。

③ 徐嘉瑞：《颓废派之文人李白》，《小说月刊》1927年号外。

④ 郑临川：《闻一多论古典文学》，重庆出版社1984年版，第93页。

⑤ 寄禅：《唐宋诗别说》，见张寅彭主编《民国诗话丛编》第五册，上海书店2002年版，第252页。

⑥ 林庚：《中国文学史》，大道印务公司1947年版，第162页。

⑦ 同上。

⑧ 寄禅：《唐宋诗别说》，见张寅彭主编《民国诗话丛编》第五册，上海书店2002年版，第252页。

⑨ 朱自清：《诗言志辨》，见《朱自清古典文学论文集》上册，上海古籍出版社1981年版，第347页。

诗，友朋间切磋商讨，如'僧推月下门'，易'推'为'敲'；'此波涵帝泽'，易'波'为'中'，所注意者，在声响之优劣，意思之灵滞，而不问其字之有无来历也。宋诗作者评者，对于一字之有无来历，斤斤计较，如此精细，真所谓'寡情少恩如法家者流'。此宋人作诗之精神与唐人迥异者矣。"① 认为唐人重音韵之美，宋人重学问来历。缪钺曰："唐诗声调，以高亮谐和为美。杜甫诗句，间有拗折之响，……因声响之殊，而句法拗峭，诗之神味亦觉新异。此在杜甫不过偶一为之，黄庭坚专力于此。"② 认为唐诗以声调谐和为美，宋诗以声调拗峭为美。徐英曰："宋诗直尚议论，拗体涩字，色声俱无……学者但取盛唐诸大家诗，讽之吟之，而声色之理悟矣。"③ 又曰："三唐大家，无不善调声色。"④ 和宋诗相比，认为唐诗的特质在于声律与辞采之美。

从诗歌与历史的关系方面论述唐诗之特质的。刘师培曰："全唐诗中所载感时伤事之诗，均可与史书互证。"⑤ 认为唐诗的特质在于史诗性。

从创作主体的身份方面论述唐诗之特质的。胡怀琛曰："唐代可是说是集文人诗之大成。"⑥ 从创作主体所决定的诗歌类型方面而言，认为唐代的诗歌是文人诗。谭正璧曰："我以为唐代诗歌的唯一特色，就在民间文学和文士文学的混合。"⑦ 认为唐诗是文士文学与民间文学的混合。闻一多曰："到了盛唐，这一时期诗的理想（门阀士族对诗的理想与风格）与风格乃完全成熟，我们可拿王维和他的同辈诗人作代表。当时殷璠编写了一部《河岳英灵集》，算是采集了这一派作品的大成，他们的风格跟六朝是一脉相承的。"⑧ 认为唐诗的特质就在于它是贵族的诗歌。胡云翼的观点和胡适完全相反，曰："诗究竟是贵族的，还是平民的，我们且不置论。但在实际上，由通俗化而造成特色的唐诗，我们必须拿平民文学的观

---

① 缪钺：《论宋诗》，《思想与时代》1941 年第 3 期，见缪钺著，缪元朗编《古典文学论丛》，浙江大学出版社 2009 年版，第 105 页。

② 同上书，第 108 页。

③ 徐英：《诗法通微》，正中书局 1943 年版，第 83 页。

④ 同上书，第 84 页。

⑤ 刘师培：《读全唐诗发微》，《国粹学报》1916 年第 6 期。

⑥ 胡怀琛：《中国文学史概要》，商务印书馆 1935 年版，第 73 页。

⑦ 谭正璧：《中国文学进化史》，光明书局 1930 年版，第 107 页。

⑧ 郑临川：《闻一多论古典文学》，重庆出版社 1984 年版，第 85 页。

念，才能解释唐诗的真价值。"① 认为唐诗的特质就在于它是平民文学。

从创作方法方面论述唐诗之特质的。王闿运曰："三唐风尚，人工篇什，各思自见，故不复模古。"② 黄眉玉曰："唐诗的伟大的特质在不讲模拟，不事复古，具有强烈的创造精神。"③ 刘麟生曰："盛唐诗所以伟大，因为意境扩大，与作风多变化。以前的诗，不过咏山水，咏宫闱，咏情感，此时大咏其政治与社会了。从前的诗，不外浑厚与艳丽，此时则豪放深刻等等，各立一派，为后人树立楷模了。总而言之，创造的诗人太多，所以可贵咧。"④ 上述诸家把唐诗和此前此后的诗歌相比较，认为唐诗的特质在于创造性，其创造性体现在思想性、艺术性等方面。林庚白曰："唐人任自然，而宋人力求不苟。"⑤ 认为唐人重自然，宋人重人工。胡朴安、胡怀琛曰："唐代的律诗，要推杜甫为第一，无论五言七言都好。这是因为律诗不专恃天才，还要靠人工；而杜甫作诗，又都是苦吟而得，多以杜甫的律诗，可称为全唐之冠。"⑥ 缪钺曰："盖唐人尚天人相半，在有意无意之间，宋人则纯出于有意，欲以人巧夺天工矣。"⑦ 提出了"天人相半"说。陆侃如曰："这时期（案：唐代）的特点便是于天然的美以外，更加以人工的美。人工美有时不及自然美之自然，天然美也有时不及人工美之工致，我们不能随便轩轾于其间。不过加一种人工，便多一种束缚；我们既称古代为自由史，也不妨称中代诗史为'诗的束缚史'。"⑧ 认为唐人既重天然之美，也重人工之美。

从诗歌语言方面论述唐诗之特质的。胡适曰："唐朝三百多年虽是古体文学史上一个黄金时代，却也是白话文学的一个发达时期。这个时期，我们可以说是白话侵入古体文学的时期，又可以说是文学的'白话化'时期。"⑨ 认为唐诗的特质在于语言的白话性。钱锺书曰："唐人诗好用名

① 胡云翼：《唐诗研究》，商务印书馆 1930 年版，第 18—19 页。
② 王闿运：《论唐诗诸家源流》，见《湘绮楼诗文集》，岳麓书社 1996 年版，第 532 页。
③ 黄眉玉：《李白与杜甫》，《南昌女中》1937 年第 5、6 期。
④ 刘麟生：《中国文学史》，世界书局 1933 年版，第 181 页。
⑤ 林庚白：《丽白楼诗话》，见张寅彭主编《民国诗话丛编》第六册，上海书店 2002 年版，第 134 页。
⑥ 胡朴安、胡怀琛：《唐代文学》，商务印书馆 1933 年版，第 19 页。
⑦ 缪钺：《论宋诗》，《思想与时代》1941 年第 3 期，见缪钺著，缪元朗编《古典文学论丛》，浙江大学出版社 2009 年版，第 105 页。
⑧ 陆侃如、冯沅君：《中国诗史·导论》上卷，商务印书馆 1939 年版，第 9 页。
⑨ 胡适：《国语文学史·序》，北京文化学社 1927 年版，第 41—42 页。

词，宋人诗好用动词。"① 认为唐诗的特质在于语言方面好用名词。

从诗歌艺术性方面论述唐诗之特质的。闻一多曰："诗有佳句当自曹子建（植）开始，至唐而有'诗眼'之说，往往使用一字而全篇皆活，有人说这是诗的退化，倒也不尽然。"② 认为唐诗的特质在于有"诗眼"。罗根泽曰："六朝时的诗与文，虽各有自己的途路，而文渐同于诗；唐代则诗日趋于对，文日趋于散。"③ 就文体的相互关系而言，认为唐代诗文分途，这是唐诗的特质。邵祖平曰："至于有唐，则情韵意理格律声色靡不备矣，此其艺术上之优进。"④ 又曰："唐诗之优处为后人所可得而见者，其在词采之富而不芜杂，风调之佳而不轻靡，音韵之美而不淫滞，格律之严而不拘挛乎。"⑤ 认为唐诗能够把各种艺术质素熔为一炉而无理路可求。

从思想性方面论述唐诗之特质的，沈其光曰："唐人喜为香艳词，且讥切本朝，亦无忌讳。元白集中尤多。即以少陵之圣，而《丽人行》一篇尽情摹画，极绮腻温摩之致。下之温、李、冬郎，更无论矣。王建诗：'密奏君王知入月，唤人相伴洗裙裾。''入月'，女子月事也，乃至形之《宫词》，而当时亦未闻有罪之者。又许浑诗：'舞衫未换红铅湿。''红铅'，亦指月水。此种笔墨，唐以后便不复见。"⑥ 就题材而言，认为唐诗的特质在于唐人"喜为香艳词"，而且"无忌讳"。

从诗体方面论述唐诗之特质的。王闿运曰："读唐诗宜博，以充其气。惟五言不须用功，泛览而已。歌行律体是其擅长。"⑦ 认为歌行与律诗是唐代最为擅长的两种诗体。闻一多曰："七绝当是诗的精华，诗中之诗，是唐诗发展的最高也是最后的形式。被人们欣赏的诗味更浓的词，也就是在绝句这个基础上结合其他的因素发展变化创新出来的。传统看法认为五律是唐诗的重要成就，我觉得还欠考虑。"⑧ 从诗体方面而言，认为

---

① 钱锺书：《谈艺录》，生活·读书·新知三联书店 2008 年版，第 598 页。
② 郑临川：《闻一多论古典文学》，重庆出版社 1984 年版，第 135 页。
③ 罗根泽：《隋唐文学批评史》，商务印书馆 1943 年版，第 2 页。
④ 邵祖平：《唐诗通论》，《学衡》1922 年第 12 期。
⑤ 同上。
⑥ 沈其光：《瓶粟斋诗话续编》卷四，见张寅彭主编《民国诗话丛编》第五册，上海书店 2002 年版，第 614 页。
⑦ 王闿运：《论唐诗诸家源流》，见《湘绮楼诗文集》，岳麓书社 1996 年版，第 534 页。
⑧ 郑临川：《闻一多论古典文学》，重庆出版社 1984 年版，第 135 页。

七绝是唐代艺术成就最高的诗体。邵祖平曰："写景诗，有唐一代，尤为当行。朱彝尊谓唐作者多长于赋景是也。"[1] 认为写景诗是唐人尤为擅长的诗体。

民国时期是古典诗学的总结时期，此期的学者将诗史上各种不同时代的诗歌进行对比研究，以便对古典诗歌艺术的优秀传统进行总结，为新诗创作提供理论指导。"唐宋诗之争"就是在这种背景下展开的。民国时期的学者将唐诗与六朝诗歌、宋代诗歌相比较，从思想性、艺术性、创作手法、情理关系、诗乐关系、诗体特点等方面对唐诗的特质进行了深入考察，使得此期的唐诗特质论趋于成熟，而唐诗特质论的成熟是唐诗学自觉的重要标志之一。

---

① 邵祖平：《唐诗通论》，《学衡》1922 年第 12 期。

第四章

唐诗体派论

清纪昀等人认为："诗至唐无体不备，亦无派不有。"① 诗体备具、诗派众多是唐诗成为一代之文学的重要原因，因而对唐诗体派的研究很早就引起了历代学者的注意。将诗体与诗派结合起来进行论述的，元方回《恢大山西山小稿·序》曰："五七言古、律与绝句，凡五体。……盛唐人杜子美、李太白兼五体，造其极。王维、岑参、贾至、高适、李泌、孟浩然、韦应物，以至韩、柳、郊、岛、杜牧之、张文昌，皆老杜之派也。"又曰："别有一派曰'昆体'，始于李义山，至杨、刘及陆佃绝矣。"② 较早将诗体与诗派结合起来对唐诗进行了分析，指出了各种诗体的兴盛与一流大诗人形成之间的关系及一流大诗人对唐代诗派的影响。诗派方面，明许学夷曰："统而论之，以《三百篇》为源，汉、魏、六朝、唐人为流，至元和而其派各出。"③ 又曰："大历以后，五七言古、律之诗，流于委靡。元和间，韩愈、孟郊、贾岛、李贺、卢仝、刘叉、张籍、王建、白居易、元稹诸公群起而力振之，恶同喜异，其派各出，而唐人古、律之诗至此为大变矣。"④ 指出了中唐时期诗史上各种诗派的形成及诗歌流派的形成对诗体发展的影响。专论唐代诗体的，明高棅《唐诗正声·凡例》曰："魏晋作者虽多，不能兼备诸体。齐梁以还，无足多得。

---

① （清）纪昀：《四库全书总目》卷一九〇，引自陈伯海主编《历代唐诗论评选》，河北大学出版社 2003 年版，第 959 页。

② （元）方回：《桐江续集》卷三三，引自陈伯海主编《历代唐诗论评选》，河北大学出版社 2003 年版，第 461 页。

③ （明）许学夷：《诗源辩体》卷一，引自陈伯海主编《历代唐诗论评选》，河北大学出版社 2003 年版，第 698 页。

④ （明）许学夷：《诗源辩体》卷二四，引自陈伯海主编《历代唐诗论评选》，河北大学出版社 2003 年版，第 700 页。

其声律纯完,上追风雅,而所谓集大成者,唯唐有以振之。"① 清朱霞
《严羽传》曰:"论诗推盛唐,谓:后之过高者多法汉、魏而蔑视盛唐,
不知诗之众体至唐始备,唐之不能为汉、魏,犹汉、魏之不能为唐也。"②
清管世铭《读雪山房唐诗钞·序》曰:"古今诗体,莫盛于唐。"③ 以上
学者均认为唐代为诗史上一"诗体大备"时代。明许学夷曰:"诗至于
唐,律盛而古衰矣。"④ 指出了唐代古体诗和律诗各自的发展趋势。又曰:
"唐人古律混淆。"⑤ 认为唐代古体诗创作虽然走向衰落,但是其艺术精神
融化在了律诗的创作之中,因而唐代出现了"古律混淆"的诗体融合现
象。历代学者还对唐代诗歌流派进行了深入研究,明杨慎曰:"晚唐之诗
分为二派:一派学张籍,则朱庆余、陈标、任藩、章孝标、司空图、项斯
其人也;一派学贾岛,则李洞、姚合、方干、喻凫、周贺、'九僧'其人
也。"⑥ 指出了晚唐诗歌的两个流派。历代学者对唐代诗体的研究比诗派
研究更为深入。民国时期,学者们继承了前代学者唐诗体派研究的思路,
在诗歌史的纵向维度上对唐代诗体、诗派进行了系统研究,推动了唐诗学
的深化。

第一节　诗体论

　　民国时期,以胡适为代表的新体诗提倡者认为诗界革命的主要任务就
是"诗体解放",而"诗体解放"的实质就是反对诗歌格律。民国时期的
学者就诗歌格律问题进行了论争,胡适等人认为诗歌格律限制了诗人情感
抒发的自由度,阻碍了诗歌的发展。朱光潜则对胡适的观点提出了质疑,
认为"格律不能束缚天才,也不能把庸手提拔到艺术家的地位。如果真

---

　　① (明)高棅:《唐诗正声》卷首,引自陈伯海主编《历代唐诗论评选》,河北大学出版社
2003 年版,第 540 页。
　　② (宋)严羽著,郭绍虞校释:《沧浪诗话校释》,引自陈伯海主编《历代唐诗论评选》,
河北大学出版社 2003 年版,第 418 页。
　　③ (清)管世铭:《读雪山房唐诗钞》卷首,引自陈伯海主编《历代唐诗论评选》,河北大
学出版社 2003 年版,第 1029 页。
　　④ (明)许学夷:《诗源辩体》,引自陈伯海主编《历代唐诗论评选》,河北大学出版社
2003 年版,第 81 页。
　　⑤ 同上。
　　⑥ (明)杨慎:《升庵诗话》卷一一,引自陈伯海主编《历代唐诗论评选》,河北大学出版
社 2003 年版,第 1024 页。

是诗人，格律会受他奴使；如果不是诗人，有格律他的诗固然腐滥，无格律它也还是腐滥"①。由对诗歌格律的讨论引起对古典律诗的评价，胡适对唐代律诗评价不高，朱光潜持论相反，在 1942 年出版的《诗论》中，朱光潜认为中国诗有两大关键转变，一是乐府五言诗的兴起，二是唐代律诗的兴盛，认为律诗是"自然艺术"向"人为艺术"转变的产物，从不假雕饰到有意刻画，从质朴到精巧，从自然音节到人为格律，是诗体进化的自然趋势②。民国时期围绕诗歌格律及律诗论争的核心就是格律对诗歌的发展起促进作用还是起阻碍作用。为了给新诗诗体寻找最为理想的蓝本，民国时期的学者由对唐代律诗的研究引发对唐代各种诗体的系统研究，此期唐代诗体论就是在这种学术背景下形成的。

　　唐诗诗体论滥觞于宋代严羽，但是，系统的唐诗诗体研究却是到清代才形成的，沈德潜《唐诗别裁集·凡例》③、钱良择《唐音审体各体总论》④、顾安《唐律消夏录·序》⑤、翁方纲《唐人七律志彀集·凡例》⑥、姚鼐《五七言今体诗钞·序目》⑦ 等文章对唐代各种诗体之艺术渊源、艺术风格、发展流变、代表诗人、诗史影响均有论述，可以视为唐代诗体学自觉之标志。在清代学者已有成果的基础上，民国时期的学者对唐代诗体进行了更为深入的研究。此期，唐代诗体研究成果颇多，其中洪为法的《古诗论》《绝句论》⑧《律诗论》⑨ 三部著作分别对唐代古诗、律诗、绝句三种诗体的艺术渊源、艺术特点、发展流变及其代表诗人代表诗作的艺术特点进行了论评。邵祖平的《七绝诗话》《七绝诗论》两部著作从七绝正名、缘起、体裁、风格、类别、作法、解法及七绝诗盛行原因、诗品等

　　① 朱光潜：《诗论》，上海古籍出版社 2001 年版，第 90 页。
　　② 朱光潜：《诗论》，生活·读书·新知三联书店 1984 年版，第 193—201 页。
　　③ （清）沈德潜：《唐诗别裁集》卷首，引自陈伯海主编《历代唐诗论评选》，河北大学出版社 2003 年版，第 914 页。
　　④ （清）钱良择：《唐音审体各体总论》，引自陈伯海主编《历代唐诗论评选》，河北大学出版社 2003 年版，第 922 页。
　　⑤ （清）顾安：《唐律消夏录》，引自陈伯海主编《历代唐诗论评选》，河北大学出版社 2003 年版，第 935 页。
　　⑥ （清）翁方纲：《唐人七律志彀集》卷首，引自陈伯海主编《历代唐诗论评选》，河北大学出版社 2003 年版，第 998 页。
　　⑦ （清）姚鼐：《五七言今体诗钞》卷首，引自陈伯海主编《历代唐诗论评选》，河北大学出版社 2003 年版，第 985 页。
　　⑧ 洪为法：《绝句论》，商务印书馆 1934 年版。
　　⑨ 洪为法：《律诗论》，商务印书馆 1935 年版。

方面对七绝诗进行了系统研究。① 除此以外，此期唐代诗体研究的专著还有冯振《七言绝句作法举隅》②。陈寅恪在《元白诗笺证稿》中设专节对中唐"元和体"诗进行了研究，并且对唐代诗歌与传奇之间的关系有所论述。③ 此期唐代诗体研究的单篇学术论文有王闿运《论汉唐诗家流派》④、胡适《论律诗》⑤ 等共 12 篇论文。随着唐代诗体研究专著及学术论文的大量出现，在研究方法方面，也由此前只言片语的简单论述走向系统研究，在研究的深度上对前人有所超越：

首先，能够从纵、横两个维度对唐代诗体进行研究。在纵向维度上，将唐代诗体置于整个诗体史的背景下进行评估，建构了"诗体完备论"；同时，注重诗体变迁过程的研究，建构了"诗体艺术渊源论"和"诗体变迁论"。

"诗体完备论"。曾毅曰："诗之体制，至唐而大成。"⑥ 又曰："古体今体，至唐声律成立，始划鸿沟。"⑦ 南村曰："古人常有专工律、绝，不作古体者，殆以古体不易作故也。然古体诗亦不可不学。古诗源流甚杂，惟唐人则无体不备。"⑧ 杨启高曰："至唐李白杜甫韩愈白居易变前代诗风，逞其纵横之笔，而用力于雄深豪宏之长篇，亦称古体。别有沈佺期宋之问，于初唐改进齐梁永明体，谐声约句，始号律体。复有太宗肃宗与词臣效柏梁体，及孟韩元白等联句，欧阳询长孙无忌等谐谑，慕容垂浑家门客等鬼怪，统称杂体。举凡后代诗体，于唐均可得其渊源。"⑨ 以上诸家从诗体史的角度，全面评价唐代在诗体史上的地位，认为唐代是诗体走向完备的时代。

"诗体艺术渊源论"。邵裴子《唐绝句选·序》曰："详其五古，则远绍汉魏；五律则近变齐梁；七古则恢扩汉宋，蔚成巨制；七律又引申五

① 邵祖平：《七绝诗论》，巴蜀书社 1986 年版。

② 冯振：《七言绝句作法举隅》，世界书局排印本 1936 年。

③ 陈寅恪：《元白诗笺证稿》，生活·读书·新知三联书店 2001 年版，第 345 页。

④ 王闿运：《湘绮楼诗文集·王志》卷二，引自陈伯海主编《历代唐诗论评选》，河北大学出版社 2003 年版，第 1046 页。

⑤ 胡适：《论律诗》，见胡适《古典文学论集》，上海古籍出版社 2013 年版，第 302—304 页。

⑥ 曾毅：《中国文学史》下册，泰东图书局 1930 年版，第 8 页。

⑦ 同上。

⑧ 南村：《抒怀斋诗话》，见张寅彭主编《民国诗话丛编》第五册，上海书店 2002 年版，第 226 页。

⑨ 杨启高：《唐代诗学》，正中书局 1935 年版，第 16—17 页。

言，另创新裁。至于绝句，虽五言实溯源炎汉，七言亦滥觞齐梁，然风格自殊，声情迥别；七绝尤戛然自异，旷绝古今，可与七律并称有唐新制。"① 对唐代各体诗歌的艺术渊源进行了追溯。

"诗体变迁论"。徐英曰："称诗者，莫盛于唐，惟去汉魏日远，古体遂乏浑厚之气，拟古乐府，则以太白为正宗，而少陵及元白张王其变也。五古以子昂太白王孟韦柳为正宗，子昂复古之功尤大，少陵则变而不失其正者也。至七古以高岑王李（案：盖指李颀）李杜为正宗，前乎此之四杰与后乎此之元白昌黎，皆其变也。"② 指出了各种诗体由正到变的发展过程。徐英曰："唐人古诗，无不师古，子昂得之嗣宗，王孟韦柳得之渊明，李东川常盱眙王少伯诸人追踪晋宋，太白取资齐梁，杜老杜高摩汉魏，取法乎上，所以卓绝。中唐诸子，其变斯极，长吉学楚骚不得，而遁于诡僻；退之追风雅不及，而逃于生峭；东野之苦吟，玉川之狂叫，创不成创，因无所因，张王乐府，时有遗声，元白酬唱，了无深之。"③ 指出了唐代各种诗体的艺术渊源及其发展流变。袁嘉谷曰："夫五古自伯玉、曲江始，变齐、梁、陈、隋之体，直追建安、黄初。七古则李杜特创一体，前无古人。韩以一韵到底为胜，苏以长篇裁对为工。"④ 陈钟凡曰："自梁简文帝初为新体，床第之言，扬于大庭。讫陈隋为俗。陈子昂，张九龄，李白之伦，又稍稍以建安为本。白亦下取谢氏，然终弗能远至。是时，五言之势又尽，杜甫以下，辟旋以入七言。"⑤ 冬士曰："唐自沈佺期宋之问以前，有齐梁诗，无古诗也，气格亦有差古。而皆有声病，沈宋既并律体，陈子昂崛起，直追阮籍，遂有两体。开元以下，则好声律者，则师景云龙纪，矜气格者，则追建安黄初，而永明文格微矣。"⑥ 指出了从初唐到晚唐各种诗体的发展嬗变过程。

在横向的维度上，一方面，将唐代诗体与其他各种文体进行对比研究；另一方面，对各种诗体之间的关系进行研究，建立了诗体尊卑论；同

---

　　① 邵裴子：《唐绝句选》卷首，引自陈伯海主编《历代唐诗论评选》，河北大学出版社2003年版，第953—954页。
　　② 徐英：《诗法通微》，正中书局1943年版，第113页。
　　③ 同上。
　　④ 袁嘉谷：《卧雪诗话》卷二，见张寅彭主编《民国诗话丛编》第二册，上海书店2002年版，第318页。
　　⑤ 陈钟凡：《中国韵文通论》，中华书局1931年版，第150页。
　　⑥ 冬士：《八代诗评续》，《同声月刊》1941年第7期。

时，又能够将上述两个方面结合起来，研究诗体内部及诗体与其他文体的融合，建立了诗体融合论。

对唐代诗体与其他文体进行对比研究，诠释诗与歌、诗与词、诗与文之间的区别。罗根泽论及唐代乐府时曰："歌是'由乐以定词'的。换言之，就是先有乐谱，然后再以谱作词；操，引，谣，讴，歌，曲，词，调八种，是也。诗有两种，一是曾经入乐的，一是未曾入乐的。曾经入乐的诗是'选词以配乐'。换言之，就是先选诗词，然后再依词制谱。未曾入乐的诗，可以名之为'徒诗'。乐诗徒诗都有诗，行，吟，题，怨，叹，章，篇九种。"① 又曰："无论古题乐府或新题乐府，都是'诗'，不是'歌'。"② 指出了诗与歌之别。杨启高曰："唐代乐府有乐章与乐府歌诗之别。乐章多为四言，乐府歌诗则四五六七八均有，是以有齐言与杂言。然乐府与古诗之别，有二点：一为意专而不溥者，不能入乐；二为辞繁而难节者不能入乐。"③ 指出了乐章、乐府与古诗之间的区别。胡小石曰："长短句之词，为唐代新兴诗体，与五、七言绝句诗，关系至密。中唐以下，如张志和之《渔父》、刘禹锡之《潇湘神》、韩偓之《浣溪沙》皆由七绝增减而成。"④ 又曰："唐代诗词不分，若白居易、刘禹锡所作《杨柳枝》《浪淘沙》等词皆入诗集中。"⑤ 指出了诗与词之间的联系与区别。朱自清曰："唐代的诗有了划时代的发展，多以当时人特别强调'诗''笔'的分别；杜甫有'贾笔论孤愤，严诗赋几篇'（《寄岳州贾司马六丈、巴州严八使君两阁老五十韵》）的句子，杜牧有'杜诗韩笔愁来读'（《读杜韩诗集》）的句子，可见唐一代都只注意这一个分别。"⑥ 指出了唐人对诗与笔的区别。朱自清又曰："他（韩愈）的努力是将散体从'笔'升格到'文'里去，所以称为'古文'；他所谓'文'，似乎将诗、赋、骈体、散体，都包括在内……唐人连韩愈和他的追随者在内，都还没有想到诗文的对立上去。"⑦ 认为唐人没有诗与文的区别。

---

① 罗根泽：《隋唐文学批评史》，商务印书馆1943年版，第71页。

② 同上。

③ 杨启高：《唐代诗学》，正中书局1935年版，第21页。

④ 胡小石著，吴征铸整理：《唐人七绝诗论》，1934年金陵大学研究生班讲义，见周勋初编《胡小石文史论丛》，南京大学出版社2008年版，第188页。

⑤ 同上。

⑥ 朱自清：《论"以文为诗"》，见《朱自清古典文学论文集》上册，上海古籍出版社1981年版，第94页。

⑦ 同上。

对各种诗体之间的关系进行研究，建立了诗体尊卑论。探讨唐诗各种诗体艺术成就之高低也是历代学者唐诗研究的一个重要维度，元袁桷《书番阳生诗》曰："诗盛于唐，终唐盛衰，其律体尤为最精。"① 认为唐代各种诗体中，律诗艺术成就最高。清王士禛曰："唐三百年以绝句擅场，即唐三百年之乐府也。"② 认为绝句是唐代诸种诗体中艺术成就最高的。清郎廷槐曰："李沧溟先生尝称唐人无古诗，盖言唐人之五古，与汉魏六朝自别也。唐人七言古诗，诚掩前绝后，奇妙难踪，若五古似不能相颉颃。"③ 认为唐代七言古诗艺术成就在各体诗歌中是最高的。民国时期的学者继承了这种唐诗研究方法，陶嘉根曰："七言之婉转达旨，音调流畅，实较胜于五言。"④ 苏雪林曰："汉至六朝为五言诗时代，唐为近体诗——即律绝——时代。"⑤ 胡朴安、胡怀琛曰："唐代的文学，以诗歌为最佳；而诗歌中尤以绝诗为最佳。"⑥ 就诗体的时代性而言，认为唐代为律诗、绝句的时代。杨启高曰："七言绝句为唐诗精华。"⑦ 又曰："唐人以律诗为殊胜。"⑧ 认为在唐代各种诗体中，绝句最尊，律诗次之，其他诗体又次之。王国维曰："诗中体制，以五七言绝句为最尊，律诗次之，排律最下。盖此体于寄兴言情，两无所当，殆有韵之骈体文耳。词中小令如绝句，长调似律诗，若长调之百字令、沁园春等，则近于排律矣。"⑨ 王国维认为在所有诗体中"绝句为最尊，律诗次之，排律最下"，建立了一个诗体尊卑的层级体系。王国维关于诗体尊卑的思想，是从唐诗中总结出来的，因为王国维认为以上诗体都是在唐代才走向成熟的，而且认为这些诗体最优秀的作品、诗人也都集中在唐代。陈延杰曰："唐人诗所可流

① （元）袁桷：《清容居士集》卷四九，引自陈伯海主编《历代唐诗论评选》，河北大学出版社 2003 年版，第 472 页。

② （清）王士禛：《唐人万首绝句选》卷首，引自陈伯海主编《历代唐诗论评选》，河北大学出版社 2003 年版，第 952 页。

③ （清）郎廷槐：《师友诗传录》，引自陈伯海主编《历代唐诗论评选》，河北大学出版社 2003 年版，第 889 页。

④ 陶嘉根：《五七言诗体成立考》，《文学丛刊》1933 年第 1 期。

⑤ 苏雪林：《唐诗概论》，商务印书馆 1947 年版，第 28 页。

⑥ 胡朴安、胡怀琛：《唐代文学》，商务印书馆 1933 年版，第 20 页。

⑦ 杨启高：《唐代诗学》，正中书局 1935 年版，第 31 页。

⑧ 杨启高：《唐代诗学·自叙》，正中书局 1935 年版，第 8 页。

⑨ 王国维撰，彭玉平疏：《人间词话疏证》，中华书局 2006 年版，第 239 页。

传于世，百代不朽者，一为七绝，其次是歌行耳。"① 认为在唐代诸诗体中，七绝最尊，其次是歌行。邵裴子《唐绝句选·序》曰："各体有初盛中晚之别，而四唐七绝并堪不朽；宋元以后颇有名篇，较之唐人，总隔一层在。"② 认为七绝在初、盛、中、晚各个阶段都是各体诗歌中艺术成就最高的一种诗体。

民国时期对唐代诗体的研究注重诗体内部及诗体与其他文体的融合，建立了诗体融合论。清管世铭《读雪山房唐诗钞·凡例》曰："崔颢《黄鹤楼》，直以古歌行入律。太白诸作，亦只以歌行视之。"③ 又曰："专工五言小诗，自崔国辅始，篇篇有乐府遗意。"④ 认为崔国辅五言绝句有乐府特色，这还只是对具体诗人诗歌创作中各种诗体艺术相融合的例证的考辨。民国时期，学者们则从大的文体史的视角对各种诗体之间及各种诗体与文体之间的融合进行了论述。罗根泽曰："韩愈时代，唐人以乐府为诗之运动，已经成功，由是其名为乐府者，完全似诗，其名为诗者（以古体诗为最），亦有乐府之风味。此种趋势，自唐初即极力酝酿，中间经许多大词人之尝试与努力，至李杜韩柳，遂告成熟。"⑤ 指出了唐代乐府诗向其他诗体逐渐渗透的发展趋势。杨香池曰："诗之含有小说性质者，使人读之兴味醇醇。吾国古诗如《孔雀东南飞》《木兰词》《长恨歌》等类，皆可谓之诗体小说。"⑥ 认为《长恨歌》为小说与诗体的融合而形成的诗体小说。

从研究方法方面，民国时期对唐代诗体的研究能够从纵、横两个维度进行全方位研究，标志着此期的唐代诗体论已经趋于成熟。

其次，对历代唐代诗体的各种分类方法及其得失进行论评，在诗体研究上具有集大成的特点。邵祖平在论及前人的唐代诗体分类方法时曰："有以人为主者，凡具体作家面目，能得后人之效则者，皆可即以其人为

---

① 陈延杰：《论唐人七言歌行》，《东方杂志》1926 年第 5 期。
② 邵裴子：《唐绝句选》卷首，引自陈伯海主编《历代唐诗论评选》，河北大学出版社 2003 年版，第 954 页。
③ （清）管世铭：《读雪山房唐诗序例》，引自陈伯海主编《历代唐诗论评选》，河北大学出版社 2003 年版，第 1033 页。
④ 同上书，第 1034 页。
⑤ 罗根泽：《乐府文学史》，文化学社 1932 年版，第 255 页。
⑥ 杨香池：《偷闲庐诗话》第二集，见张寅彭主编《民国诗话丛编》第三册，上海书店 2002 年版，第 705 页。

体，如上官、沈宋、富吴、李杜、王孟、韦柳、韩孟、张王、元白、姚贾、温李其著者也。"① "以诗体区分，则为言者可得三言诗、四言诗、五言诗、六言诗、七言诗是也。"② "以体制言之则得五七言乐府、五七言古诗、五七言排律、五七言律绝及皮陆之杂体、吴富与章碣之变体是也。"③ "他如以官职陈拾遗、年号如大历长庆与后人之附加如西昆者，皆有不合。"④ 认为"大约以时人体分类者为当"⑤。对历代以人、以诗体、以体制、以官职等各种分类方法及其得失有深刻的体认，而民国时期的唐诗分类，就是在此基础上进行的。胡小石曰："五、七言绝句为一周期诗，五、七言律诗为两周期诗，开元时试五律六韵，为三周期诗，排律则为多周期诗焉。"⑥ 指出了诗体结构从初唐的一周期到中唐的多周期的发展过程。对于具体诗人在诗体演进过程中的作用及唐代各种诗体成立时间的考证，对各个时期诗歌周期性特点的阐释，表明民国时期的诗体研究已经趋于深入。

最后，民国时期的学者已经充分注意到具体诗人在诗体演进过程中的重要作用，重视具体诗人诗体选择的个性差异的分析，并以诗体的个性化特点作为研究诗人文学成就的重要依据，此期对诗体的动态发展过程及诗体的个性化特点的研究受到了前所未有的重视。刘大杰认为《新唐书·宋之问传》、王世贞《艺苑卮言》、胡应麟《诗薮》"他们对于沈、宋的批评，都能从其诗体的完成上立论，是极其公正的。要这样，对于他们的评价，才不会有过高过低的褒贬，同时也不至于违背文学发展的时代性"⑦，主张将具体诗人置于诗体史的背景下进行评估。

民国时期对唐代诗人之间诗体承替演变的过程特别重视，陈衍曰："白乐天《寄韬光禅师》此七言律创格也。……王摩诘《访吕逸人诗》又

---

① 邵祖平：《唐诗通论》，《学衡》1922 年第 12 期。

② 同上。

③ 同上。

④ 同上。

⑤ 同上。

⑥ 胡小石著，吴征铸整理：《唐人七绝诗论》，1934 年金陵大学研究生班讲义，见周勋初编《胡小石文史论丛》，南京大学出版社 2008 年版，第 184 页。

⑦ 刘大杰：《中国文学发展史》，百花文艺出版社 2007 年版，第 219 页。

乐天诗所自出。"① 又曰："余谓次山以五言古开香山讽谕之体。"② 丁仪认为卢照邻诗"与虞世南应制诗同一机杼，为齐梁与唐律逗变之初。贞观以后，李百药、刘祎之等乃全入律调，至伪周而后始盛。故唐律之兴也，可分三类，陈隋为逗，初唐为变，盛唐而全备焉"③。闻一多曰："如果初期作者常用的'古意'、'拟古'一类暧昧的题面，是一种遮羞的手法，那么现在这些人是根本没有羞耻了！这由意识到文词，由文词到标题，逐步的鲜明化，是否可算作一种文字的裎裸狂，我不知道。反正赞叹事实的'诗'变成了标明事类的'题'之附庸，这趋势去《游仙窟》一流作品，以记事文为主，以诗副之的形式，已很近了。形式很近，内容又何尝远？《游仙窟》正是宫体诗必然的下场。"④ 指出了由宫体诗衍生出传奇小说的过程。丁仪评戎昱曰："其诗辞旨清拔，多感慨之作。乐府尤以气质胜，七律则承子美之遗规，开白傅之先河矣。"⑤ 对具体诗人在诗体演进过程中的作用的诠释，标志着诗体研究向着精微化的方向发展。

对于诗体选择的个性差异，闻一多曰："但为什么（贾岛）单做五律呢？这也许得再说明一下。孟郊等为便于发议论而做五古，白居易等为讲故事而做乐府，都是为了各自特殊的目的，在当时习惯以外，匠心的采取了各自特殊的工具。贾岛一派人则没有那必要。为他们起见，当时最通行的体裁——五律就够了。一则五律与五言八韵的试帖最近，做五律即等于做功课，二则为拈拾点景物来烘托出一种情调，五律也正是一种标准形式。"⑥ 对贾岛诗歌创作以五律为主的原因进行了论析。曾毅论韩愈诗歌曰："集中古诗多，律诗少，以不屑于格律声病，而欲力反时俗，故亦特见其长。"⑦ 分析了韩愈诗体选择的个性差异及其原因。

从以上诗体研究的角度来看，民国时期对唐代诗体的研究已经从宏观

---

① 陈衍：《石遗室诗话》卷一九，见张寅彭主编《民国诗话丛编》第一册，上海书店2002年版，第261页。

② 陈衍：《石遗室诗话》卷四，见张寅彭主编《民国诗话丛编》第一册，上海书店2002年版，第68页。

③ 丁仪：《诗学渊源》卷八，见张寅彭主编《民国诗话丛编》第三册，上海书店2002年版，第194页。

④ 闻一多：《唐诗杂论》，中华书局2012年版，第11页。

⑤ 丁仪：《诗学渊源》卷八，见张寅彭主编《民国诗话丛编》第三册，上海书店2002年版，第204页。

⑥ 闻一多：《唐诗杂论》，中华书局2012年版，第36—37页。

⑦ 曾毅：《中国文学史》下册，泰东图书局1930年版，第35页。

的诗体纵向流变、横向融合和微观的诗体内部结构两个维度上走向深入，此期诗体研究由前代的"平面化"走向了"立体化"，对诗体特性的批评已经达到了前所未有的高度。如陈斠玄之《唐人五七绝诗之研究》一文从绝句之起源、绝句成立之原因、绝句之声律、绝句之章法、绝句之修辞、五七绝之比较、绝句之品藻等方面对绝句进行系统研究，而且在绝句之修辞部分，又分为关于想象者（分为拟人例、直喻例、隐喻例）、关于空间者（遥忆例、特著例）、关于时间者（推进例、重提例、追忆例）、对照（时间对照、空间对照）、问答（唤起例、余韵例、问答例）、句调等方面对绝句的艺术手法进行阐释。[①] 这种深入诗体内部结构的研究，是此期诗体研究走向自觉的标志。

下面按照体裁顺序，分别对民国时期学者的唐诗诗体学思想进行梳理：

乐府体。胡适认为"乐府诗歌是唐诗的一大关键"[②]，指出了唐代乐府诗之诗体地位。关于唐代乐府诗之盛行，谭正璧曰："在这个音乐发达而俗歌盛行的时代，高才的文人运用他们的天才，最为乐府歌词，采用现成的声调或通行的歌题，而加入他们个人的思想与意境。这种歌词，不独作了梨园弟子歌唱的资料，而且也盛行于一般社会里。"[③] 指出了乐府诗在唐代之盛行。

对于唐代乐府诗的类型，丁仪曰："古人诗、歌不分，至汉始定《郊祀》《房中》之乐。然去古未远，犹尚古意，大都采自民间古词、歌谣，以入乐府。迨后本古意制新声，声调微谐，如曹植《怨诗行》等篇是也。至齐梁尚新声，古与律参，或至全似律者，如徐陵《折杨柳》是也。唐人沿之，与近体相混，短篇如李白《关山月》、王维《阳关曲》是也。故采自汉魏之际，曰'古乐府'；齐梁之间者，曰'近代乐府'。于唐则曰'新乐府'。古诗与歌遂判然而不可复合。"[④] 认为唐代乐府诗有古乐府、近代乐府、新乐府三种。

乐府与其他诗体的区别，郑宾于认为："乐府歌诗到了唐朝，几至与

---

① 陈斠玄：《唐人五七绝诗之研究》，《国学丛刊》1924 年第 3 期。

② 胡适：《白话文学史》，新月书店 1928 年版，第 279 页。

③ 谭正璧：《中国文学进化史》，光明书局 1930 年版，第 111 页。

④ 丁仪：《诗学渊源》卷二，见张寅彭主编《民国诗话丛编》第三册，上海书店 2002 年版，第 91 页。

诗无别：而这现象，也就是唐诗致盛的一个重要原因。何以言之？第一就是诗皆能唱：……第二，便是唱诗的普遍。"① "诗既是乐府，乐府既是诗。"② "元白等人所作的新乐府词，只是'私家乐府'的歌唱，绝没有被乐府官署采入协乐的事实。"③ 指出了乐府诗与古诗、近体诗的联系与区别。

乐府诗与音乐的关系，龙榆生曰："乐府诗产生于汉代，而极其致于南北朝。自后虽隋唐诸诗人，迭有仿作，然皆不复入乐，仅能跻于五七言诗之林矣。"④ 认为唐代之拟乐府与音乐脱离，这种观点有待商榷。

唐代乐府诗的风格特点，宋魏泰曰："唐人亦多为乐府，若张籍、王建、元稹、白居易以此得名。其述情叙怨，委曲周详，言尽意尽，更无余味。"⑤ 丁仪则对这种观点进行了反驳，曰："乐府本贵沉切，与古风有异。自《风》《骚》以至于南北朝亦多直述其意，张、王、元、白岂无隐约之词，古人相题着词，自有分寸，魏氏之语，殊为偏执。"⑥ 指出了唐代乐府诗的风格特点在于"沉切"。

乐府诗对唐代诗体发展的影响，胡适曰："我们看这些诗，可以明白当日的诗人从乐府歌词里得来的声调与训练，往往应用到乐府以外的诗题上去。这是从乐府出来的新体诗：五言也可，七言也可，五七言夹杂也可，大体都是朝着解放自由的路上走，而文字近于白话或竟全用白话。后世妄人不懂历史，却把这种诗体叫做'古诗'、'五古'、'七古'！要知道律诗虽起于齐梁，而骈俪的风气来源甚古，故律诗不能说是'近体'。至于那解放的七言诗体，曹丕、鲍照虽开其端，直到唐朝方才成熟，其实是逐渐演变出来的一种新体，如何可说是'古诗'呢？故研究文学史的人应该根本放弃这种谬见，认清这种解放而近于自然的诗体是唐朝的新诗体。读一切唐人诗，都应该作如此看法。"⑦ 认为乐府诗对其他诗体的解

---

① 郑宾于：《中国文学流变史》中册，上海北新书局1930年版，第468—471页。

② 同上书，第476页。

③ 同上。

④ 龙榆生撰，钱鸿瑛导读：《中国韵文史》，上海古籍出版社2002年版，第17页。

⑤ （宋）魏泰：《临汉隐居诗话》，引自陈伯海主编《历代唐诗论评选》，河北大学出版社2003年版，第321页。

⑥ 丁仪：《诗学渊源》卷七，见张寅彭主编《民国诗话丛编》第三册，上海书店2002年版，第149页。

⑦ 胡适：《白话文学史》，新月书店1928年版，第271页。

放产生了重要影响。

　　乐府诗的作法，王闿运《论诗示黄缪》曰："乐府亦可以文法行之，亦可以弹词代之，如卢仝、顾况是骚赋之流，居易、仲初则焦、冯之体；并李、杜分三派，而李东川能兼之。"[①] 指出了唐代乐府诗的四个流派。

　　对李白、杜甫乐府诗的品评。李白、杜甫的乐府诗开创了中国诗史上的一个新纪元，因而历代学者对李杜的乐府诗评价较高，明许学夷曰："五七言乐府诗，太白虽用古体，而自出机轴，故能超越诸子；至子美则自立新题，自创己格，自叙时事，视诸家纷纷范古者，不能无厌。"[②] 指出了李白、杜甫在乐府诗发展史上的贡献。民国时期，关于杜甫的乐府诗创作，玄修曰："（杜甫）新安吏、潼关吏、石壕吏、新婚别、垂老别、无家别，皆乐府体也。"[③] 玄修曰："杜甫《丽人行》头上何所有四句，效古乐府，乃乐府体。"[④] 主要对杜甫乐府诗的具体作品和艺术渊源进行了探析。关于李白的乐府诗，罗根泽曰："吾尝以为乐府中有李白，如词中有苏轼。……故词至苏轼而范围始大，乐府至李白而领土益扩充。"[⑤] 并且还对李白的乐府诗进行了分类，认为李白乐府有咏史诗、吊古诗、情歌、英雄诗、凯旋歌、抒怀诗、赠别诗、歌咏自然诗、描写山川道路诗[⑥]，又曰："昔人谓'退之以文为诗，子瞻以诗为词。'李白则更加解放，以'一切文学为乐府'。"[⑦] 认为李白扩大了乐府诗的题材范围。徐英曰："拟乐府辞之借题自写者，自魏武父子及李太白王摩诘莫不皆然，其短长篇什，各自成调，不限音节。"[⑧] 以上诸家主要就李白乐府诗在诗史上的贡献和它对唐代其他诗体发展的影响进行了论述。

　　歌行体。对于歌行体的艺术渊源，明许学夷曰："七言歌行本乎《离骚》，其体尚奇。李、杜五言古虽不能如汉魏之深婉，然不失为唐体之

---

　　① 王闿运：《湘绮楼诗文集·说诗》卷六，引自陈伯海主编《历代唐诗论评选》，河北大学出版社 2003 年版，第 1046 页。

　　② （明）许学夷：《诗源辩体》卷一九，引自陈伯海主编《历代唐诗论评选》，河北大学出版社 2003 年版，第 386 页。

　　③ 玄修：《说杜（续）》，《同声月刊》1941 年第 8 期。

　　④ 玄修：《说杜》，《同声月刊》1941 年第 7 期。

　　⑤ 罗根泽：《乐府文学史》，文化学社 1932 年版，第 243 页。

　　⑥ 同上书，第 236—242 页。

　　⑦ 同上书，第 244 页。

　　⑧ 徐英：《诗法通微》，正中书局 1943 年版，第 94 页。

正，过此则变幻百出，流为元和、宋人，不得为正体矣。"① 认为歌行起源于楚辞。清冯班曰："魏文帝作《燕歌行》，以七字断句，七言歌行之滥觞也。"② 认为歌行起源于曹丕《燕歌行》。民国时期，徐英继承了明许学夷的思想，曰："凡长歌婉转，以楚辞为胎息，而以盛唐诸人为本源，元白以降，其变体也。"③ 认为歌行体渊源于楚辞。

对于唐代歌行体的发展流变，明胡应麟曰："陈、杜歌行不概见。沈、宋厌王、杨之靡缛，稍欲约以典实而未能也。李、杜一变，而雄逸豪宕，前无古人矣。盛唐高适之浑，岑参之丽，王维之雅，李颀之俊，皆铁中铮铮者。崔颢、储光羲篇什不多，而婉转流媚，亦有可观。常建已开李贺，任华酷似卢仝，盛衰倚伏如此。"④ 明胡应麟曰："唐七言歌行，垂拱四子，词极藻艳，然未脱梁陈也。张、李、沈、宋，稍汰浮华，渐趋平实，唐体肇矣，然而未畅也。高、岑、王、李，音节鲜明，情致委折，浓纤修短，得衷合度，畅乎，然而未大也。太白、少陵，大而化矣，能事毕矣。降而钱、刘，神情未远，气骨顿衰。元相、白傅，起而振之，敷演有余，步骤不足。昌黎而下，门户竞开，卢仝之拙朴，马异之庸猥，李贺之幽奇，刘叉之狂谲，虽浅深高下，材局悬殊，要皆曲径旁蹊，无取大雅。张籍、王建，稍为真淡，体益卑卑。"⑤ 对唐代歌行体艺术的发展流变已经进行了深入的分析。民国时期的学者在此基础上，对唐代歌行艺术的发展流变也进行了一些论评，王闿运曰："初唐犹沿六朝，多宫观闺情之作。未久而用以赠答。送别分题，或拈一物一事为兴，篇末乃致其意，高、岑、王维诸篇其式也。李白始为叙情长篇。杜甫亟称之，而更扩之，然犹不入议论。韩愈入议论矣，苦无才思，不足运动，又往往凑韵，取妍钓奇，其品益卑，骎骎乎苏、黄矣！元、白歌行全是弹词。微之颇能开合，乐天不如也。……张籍、王建因元、白讽谏之意，而述民风。卢仝、李贺去韩之粗犷，而加恢诡。郑嵎、陆龟蒙等为之，而木讷纤俗。李商隐

①　（明）许学夷：《诗源辩体》卷一五，引自陈伯海主编《历代唐诗论评选》，河北大学出版社2003年版，第700页。

②　（清）冯班：《钝吟杂录》，引自陈伯海主编《历代唐诗论评选》，河北大学出版社2003年版，第921页。

③　徐英：《诗法通微》，正中书局1943年版，第56页。

④　（明）胡应麟：《诗薮》内编卷三，引自陈伯海主编《历代唐诗论评选》，河北大学出版社2003年版，第642—643页。

⑤　同上书，第686页。

之流又嫌晦涩,其中如叙事抒情诸篇,不免辞费,犹不及元、白自然也。
李东川诗歌十数篇,实兼诸家之长,而无其短。参之以高,岑、王、李之
泽,运之以杜、元之意,则几之矣。元次山又自一派,亦小而稚。"① 分
析了唐代歌行体诗的发展流变及主要诗人的艺术特色。丁仪曰:"七言古
惟'柏梁'一体,至刘宋时,鲍明远、汤惠休始变易其体,上下句平仄
互谐。下逮齐梁,至于初唐,皆遵效之。'柏梁'一体,不可得见。至盛
唐始复,大率有乐府而无古诗。盛唐以后,本诸《柏梁》,参以五古,遂
有七言古诗与歌行,始别古诗。句法多拗,惟歌行声调微谐,略近律
诗。"② 又曰:"七言歌行转韵,亦始自鲍明远,但其句法皆古。如老杜
《丹青行》《渼陂行》,及李白《扶风歌》等篇,并以为法。至齐梁始渐
似律调,虽当时但工声偶,无所谓律,而竟为后人所本。《琵琶行》《长
恨歌》诸篇,又皆其遗也。"③ 分析了歌行体题材、艺术手法的变迁。

对于唐代歌行体的流派,陈延杰曰:"歌行至高岑,又开一派。"④ 又
曰:"唐人歌行,入议论而好为拙怪,不拘常调者,始自阎朝隐。至任华
又扩之,遂开卢仝,刘叉一派,韩愈亦称首焉。其后韦楚老,李商隐,温
庭筠,陆龟蒙等,莫不衍斯派矣。"⑤ 分析了唐代歌行体的流派。

对于唐代歌行体创作艺术成就最高的诗人,清朱庭珍评李杜歌行曰:
"歌行至此,已臻绝诣,后人莫能出其范围。"⑥ 认为李杜是唐代歌行体成
就最高的诗人,王闿运继承了其思想,认为杜甫的七古歌行"自称鲍庾,
加以时事,大作波涛,咫尺万里"⑦,对杜甫的歌行体诗评价较高。

五古。关于唐代五言古诗艺术特质,清王士禛《古诗选·凡例》曰:
"唐五言古诗凡数变,约而举之:夺魏晋之风骨,变梁陈之俳优。"⑧ 认为
唐代五言古诗的艺术特质就是将魏晋风骨的思想内涵与齐梁体的艺术形式

---

① 王闿运:《论七言歌行流品》,见《湘绮楼诗文集》,岳麓书社 1996 年版,第 537—538 页。
② 丁仪:《诗学渊源》卷五,见张寅彭主编《民国诗话丛编》第三册,上海书店 2002 年版,第 114 页。
③ 同上书,第 115 页。
④ 陈延杰:《论唐人七言歌行》,《东方杂志》1926 年第 5 期。
⑤ 同上。
⑥ (清)朱庭珍:《筱园诗话》卷三,引自陈伯海主编《历代唐诗论评选》,河北大学出版社 2003 年版,第 890 页。
⑦ 王闿运:《论唐诗诸家源流》,见《湘绮楼诗文集》卷二,岳麓书社 1996 年版,第 533 页。
⑧ (清)王士禛:《古诗笺》,引自陈伯海主编《历代唐诗论评选》,河北大学出版社 2003 年版,第 888 页。

结合了起来。民国时期，丁仪在王士禛的基础上对唐代五言古诗的体格进行了更为深入的探析，曰："然古诗五言，一篇之中，大抵意转调变，不拘一格。至唐人始各以心得，采为诸体。建安、黄初一体也；齐梁一体也；以齐梁之声调，行建安、黄初之句法，又一体也。"[①] 对于唐代五古的发展流变，高步瀛曰："唐初犹沿梁、陈余习，未能自振。陈伯玉起而矫之，感遇之作，复见建安、正始之风。张子寿（张九龄）继之，途轨益辟。至李、杜出而篇幅恢张，变化莫测，诗体又为之一变。韩退之排空硬语，雄奇傲兀，得杜公之神而变其貌。"[②] 又曰："而王、孟、韦、柳风神远出，超以象外，又别为一派。"[③] 对于唐代五古内容与艺术上的特点，洪为法认为从汉魏到隋唐，从《古诗十九首》到韩愈《南山》诗，期间"古诗之内容，叙景日多"[④]，并认为"这是古诗随着时代重要的衍变之一，换句话说，便是开拓抒写的对象"[⑤]。认为由汉魏至隋唐，"古诗之形式，由散趋骈，复由骈趋散"[⑥]。指出了唐代五古内容与艺术的发展变迁。

对于唐代五古的艺术成就，一部分学者对其评价不高，明李攀龙《唐诗选·序》曰："唐无五言古诗而有其古诗。"[⑦] 唐代诗人运律入古，因而古体诗也向骈偶化方向发展，李攀龙"唐无五言古诗而有其古诗"说即针对此种现象而言，认为唐代五言古诗已非汉魏六朝之五言古诗而自有其时代特点。明陆时雍曰："观五言古于唐，此犹求二代之瑚琏于汉世也。古人情深，而唐以意索之，一不得也；古人象远，而唐以景逼之，二不得也；古人法变，而唐以格律之，三不得也；古人色真，而唐以巧绘之，四不得也；古人貌厚，而唐以姣饰之，五不得也；古人气凝，而唐以佻乘之，六不得也；古人言简，而唐以好尽之，七不得也；古人作用盘礴，而唐以径出之，八不得也。虽以子美雄材，亦踟蹰于此而不得进矣。庶几者，其太白乎？意远寄而不迫，体安雅而不烦，言简要而有归，局卷

①　丁仪：《诗学渊源》卷五，见张寅彭主编《民国诗话丛编》第三册，上海书店 2002 年版，第 107 页。

②　高步瀛：《唐宋诗举要》上册，上海古籍出版社 1978 年版，第 1 页。

③　同上。

④　洪为法：《古诗论》，商务印书馆 1937 年版，第 67—69 页。

⑤　同上书，第 69 页。

⑥　同上。

⑦　（明）李攀龙：《唐诗选》卷首，引自陈伯海主编《历代唐诗论评选》，河北大学出版社 2003 年版，第 625 页。

舒而自得。离合变化，有阮籍之遗踪；寄托深长，有汉魏之委致。然而不能尽为古者，以其有佻处，有浅处，有游浪不根处，有率尔立尽处。然言语之际，亦太利矣。"① 具体指出了唐代五言古诗艺术上的缺憾。清王夫之也曰："故五言之衰，实于盛唐而成不可挽之势，后人顾以之为典型，取法于凉，其流何极哉？"② 认为唐代五言古诗艺术成就不高。大部分学者对唐代五言古诗艺术成就评价不高。清郎廷槐则对上述观点提出了质疑，曰："（历友答：）究竟唐人五言古皆各成一家，正以不依傍古人为妙，亦何尝无五言古诗也？"③ 认为唐代五言古诗艺术成就较高。王闿运则继承了前一种观点，曰："则学古必学汉也。汉初有诗，即分两派：枚、苏宽和，李陵清劲，自后五言莫能外之。李太白云：'五言不如四言，七言又其靡也。'此言非是。太白贵四言，何以反独工七言？四言诗韦、孟不及嵇康，嵇诗复不可学。盖四言诗者，兴之偶寄，初无多法，不足用功。五、七言诗乃有门径。唐人初不能为五言，杜子美无论矣，所称陈子昂、张子寿、李太白，才刘公干之一体耳，何足尽五言之妙！故曰唐无五言。"④ 王闿运继承了李攀龙和王夫之两人对于唐代五言古诗的评价，提出了"唐无五言古诗"说，认为从汉代、六朝到唐代，五言古诗的发展呈退化之态，即使大诗人如杜甫者，其五言古诗亦无足称。王闿运和李攀龙的观点从文字表述上看非常相近，但是其思想内涵并不完全相同，李攀龙意在强调唐代五言古诗骈偶化的时代特点，其贬低唐代五言古诗艺术成就的意思并不明显，而王闿运意在强调唐代五言古诗艺术成就不如汉魏六朝。王国维曰："五古之最工者，实推阮嗣宗、左太冲、郭景纯、陶渊明，而前此曹刘，后此陈子昂、李太白不与焉。"⑤ 王国维认为"一代有一代之文学"，而且这"一代之文学"就是其时"最工之文学"，按照王国维的观点，五古最工之时期是在中古，唐代五古创作的整体成就不如中古，从他的论述中可以看出，在唐代的诗人中，他认为五古创作成就最高

---

① （明）陆时雍：《诗镜总论》，引自陈伯海主编《历代唐诗论评选》，河北大学出版社2003年版，第777页。
② （清）王夫之：《古诗评选》卷三，引自陈伯海主编《历代唐诗论评选》，河北大学出版社2003年版，第853页。
③ （清）郎廷槐：《师友诗传录》，引自陈伯海主编《历代唐诗论评选》，河北大学出版社2003年版，第889页。
④ 王闿运：《论汉唐诗家流派》，见《湘绮楼诗文集》，岳麓书社1996年版，第546页。
⑤ 王国维撰，彭玉平疏：《人间词话疏证》，中华书局2006年版，第372页。

的是陈子昂与李太白。由云龙认为五言古诗的创作中"其后唐人如岑、王、孟、韦、储、柳，虽稍变格，仍不能出前人窠臼。昌黎尤长于遒炼，音节亦骎骎近古"[①]；认为唐代五古仍然承袭六朝窠臼，艺术成就不高。徐英曰："凡五言古体以三百篇汉魏六朝诗为本源，唐人五言古诗，唯陈伯玉、张曲江、王右丞、孟襄阳、李太白、杜少陵为可观，中唐以后五言古体，只可于成学之后，略加泛览。"[②] 谓唐之五言古诗创作从盛唐到中唐呈下降趋势。袁嘉谷曰："五古诗以苏李著，次则建安七子，陶、谢、李、杜，盖其至矣。"[③] 认为五古成就最高的诗人中，唐代仅有两位。受前人影响，民国时期，从王闿运、王国维到徐英各家，总体上对唐代五古评价不高。

七古。对于唐代七古的艺术渊源及流派，清沈德潜《唐诗别裁集·凡例》曰："《大风》《柏梁》，七言权舆也。自时厥后，魏宋之间，时多杰作，唐人出而变态极焉。初唐风格可歌，气格未上。至王、李、高、岑四家，驰骋有余，安详合度，为一体。李供奉鞭挞海岳，驱走风霆，非人力可及，为一体。杜工部沉雄激壮，奔放险幻，如万宝杂陈，千军竞逐，天地浑奥之气至此尽泄，为一体。钱、刘以降，渐趋薄弱；韩文公拔出于贞元、元和间，踔厉风发，又别为一体。七言楷式，称大备云。"[④] 分析了唐代七古的艺术渊源及流派。王闿运对此问题也进行了论述，曰："七言开合动荡，无所不有。始扩于鲍照、王筠诸人，直通元、白、卢仝、刘叉、温、李、皮、陆，而李东川兼有其妙。王、杨、卢、骆以齐、梁排偶法为七言，又一派也。"[⑤] 认为唐代七古分为两派，一派以李颀为代表，在艺术上以"开合动荡"为特征，滥觞于中古鲍照、王筠诸人；另一派以四杰为代表，在艺术上以喜用排偶法为特征，滥觞于齐梁新体。

关于七古成立的时代，清管世铭《读雪山房唐诗钞·凡例》曰："李峤《汾阴行》，步伐整齐，词旨凄恻，为有唐一代七言古正声所起，特以

① 由云龙：《定庵诗话》卷上，见张寅彭主编《民国诗话丛编》第三册，上海书店2002年版，第571页。

② 徐英：《诗法通微》，正中书局1943年版，第55页。

③ 袁嘉谷：《卧雪诗话》卷一，见张寅彭主编《民国诗话丛编》第二册，上海书店2002年版，第311页。

④ （清）沈德潜：《唐诗别裁集》卷首，引自陈伯海主编《历代唐诗论评选》，河北大学出版社2003年版，第914页。

⑤ 王闿运：《论汉唐诗家流派》，见《湘绮楼诗文集》，岳麓书社1996年版，第547页。

列于卢、骆之前。"① 认为唐代七古成立于初唐之李峤。民国时期，陶嘉根持论不同，曰："七言古诗肇始于东汉末世，腾跃于开元大历，李杜集其大成。"② 认为唐代七古成立于盛唐。

对于唐代七古的发展流变，高步瀛曰："唐初七言（古诗）亦沿六朝余习，以妍华整饬为工，至李杜出而纵横变化，不主故常，如大海回澜，万怪惶惑，而诗之门户以廓，诗之运用益神。王、李、高、岑虽各有所长，以视二公之上九天、下九渊，天马行空，不可羁络，非诸子所能逮也。盛唐而后，以昌黎为一大宗，其力足与李、杜相埒，而变化较少。然雄奇精奥，实亦一代之雄也。李昌谷诗，前人但称其险怪，吾友吴北江评之，精意悉出，惜卷狭不能多录，仅取数首以公同好。白傅平夷，恰与相反，而精神所到，自不可没。"③ 对唐代七古的发展流变过程进行了全面勾勒。

对于唐代七古的艺术成就，清郎廷槐《师友诗传录》曰："至于七言，前代虽有，唐人独盛。"④ 对唐代七古艺术成就评价极高。民国时期的学者继承了这种思想，曾毅认为唐代"于七言极其发达，诚可谓体兼古今，无美不备者矣"⑤。徐英曰："唐人七古，气势纵横，文情变幻，如神龙戏水，如天马行空，离奇夭矫，不可方物，诚诗境奇观，或以其古气发泄无余而轻之，然七古正以不拘于六朝，而自成唐体为可贵，知此意者，始可与言诗矣。"⑥ 认为唐代七古在六朝的基础上"体兼古今"而能够自成一体，而且在体制上"无美不备"，情感表现上"气势纵横"，艺术技巧上"如神龙戏水，如天马行空"，总体评价较高。

对于唐代古诗的总体特点，洪为法曰："唐时古诗虽力求与'齐梁体'立异，可是结果却依然是唐之古诗，不是汉魏之古诗。"⑦ 认为唐代古诗因为受近体诗的影响，在风格创作上仍然有许多近体诗的特点，因而是"唐之古诗，不是汉魏之古诗"。

---

① （清）管世铭：《读雪山房唐诗钞》，引自陈伯海主编《历代唐诗论评选》，河北大学出版社 2003 年版，第 1032 页。

② 陶嘉根：《五七言诗体成立考》，《文学丛刊》1933 年第 1 期。

③ 高步瀛：《唐宋诗举要》上册，上海古籍出版社 1978 年版，第 140 页。

④ （清）郎廷槐：《师友诗传录》，引自陈伯海主编《历代唐诗论评选》，河北大学出版社 2003 年版，第 890 页。

⑤ 曾毅：《中国文学史》下册，泰东图书局 1930 年版，第 11 页。

⑥ 徐英：《诗法通微》，正中书局 1943 年版，第 55 页。

⑦ 洪为法：《古诗论》，商务印书馆 1937 年版，第 67 页。

　　律诗。关于唐人的"律诗"观念，徐英曰："律者，诗之格律也，唐人近体，通谓律诗，八句谓之长律，四句谓之小律，白乐天自辑其诗，自两韵以至百韵曰杂律诗，李汉编昌黎集，绝句皆入律诗，大凡以格律为诗者，悉谓之律诗。"①洪为法曰："古人为什么将绝句并入律诗，如《文章明辨》上所谓'观李汉编《昌黎集》，绝句皆入律诗，盖可知矣。'关于这一点，要我证据，当然还有，如《白氏长庆集》《元氏长庆集》都把绝句放在律诗里面，并一概表明为律诗。不过我这所谓'律诗'，实即指有格律的诗，别于古体诗而言。有格律的诗可分为两种：一种还叫做律诗，一种四句的便叫做绝句。"②并且认为由于李汉等的这种编集方式，"于是一般人便以为绝句是由律诗产生，而以此为证据了。这只怪古人分类及命名的不精当"③。黄节曰："唐人自六韵至百韵皆曰律诗，观白居易自集其诗以寄元稹，自百韵至两韵者四百余首，曰杂律诗。其后高棅撰《唐诗品汇》，乃取元稹李杜优劣论'铺陈始终，排比声律'之语，遂创排律之名。"④认为唐人的律诗概念中包含了律诗以外的绝句、排律两种诗体。

　　律诗的起源，明王世贞曰："五言至沈、宋，始可称律。"⑤认为律诗起源于初唐沈宋。民国时期大部分学者持"齐梁"说。丁仪曰："自齐梁体兴，降及陈隋之季，渐由乐府变入律调。至初唐而分，四子而著。其后诗律愈细，遂于古诗、乐府格不相入矣。所谓唐律者，由唐而尊，非谓自唐始也。"⑥曰："初唐律诗，始于齐梁，衍于陈隋。近代乐府（齐梁之间乐府曰近代乐府）之声调，实为唐律逗变之渐也。"⑦又谓徐陵《折杨柳》"袅袅河堤柳"曰："此篇本乐府，以其近律，故录之，以见唐律之来源。"⑧徐英曰："凡五七言律诗，以齐梁为胎息，以盛唐诸作为本源。"⑨龙榆生认为律诗"萌蘖于齐、梁，而大成于唐之沈（佺期）、宋

　　①　徐英：《诗法通微》，正中书局1943年版，第177页。
　　②　洪为法：《绝句论·序》，商务印书馆1934年版，第32页。
　　③　同上书，第33页。
　　④　黄节：《诗学》，见张寅彭主编《民国诗话丛编》第二册，上海书店2002年版，第496页。
　　⑤　（明）王世贞：《艺苑卮言》卷四，引自陈伯海主编《历代唐诗论评选》，河北大学出版社2003年版，第636页。
　　⑥　丁仪：《诗学渊源》卷五，见张寅彭主编《民国诗话丛编》第三册，上海书店2002年版，第119页。
　　⑦　同上书，第101页。
　　⑧　同上书，第119页。
　　⑨　徐英：《诗法通微》，正中书局1943年版，第56页。

（之间）"①。"其女孙婉儿继之，对法益精，因以促成'律诗'之建立。"②
以上诸家认为律诗的形成在齐梁。关于律诗体制的成立，大部分学者持
"唐代"说，张长弓曰："在沈宋时代，五律七律已完成了。"③ 认为律诗
体制的形成在初唐的沈宋。在律诗的完成上，大部分学者都持"沈宋完
成"说。对于律诗各体成立的先后顺序，郑振铎说："五言的律诗，是最
先成立的。接着七言的律诗也成立为当时最重要的文体之一了，接着别一
种的新诗体，即所谓'排律'者的风气也出现了。"④ 以上学者对唐代律
诗之起源、成立之时代进行了论评。

关于律诗的体制，杨启高曰："唐代律诗，为沈佺期宋之问等改进齐
梁诗体而成。"⑤ 王闿运曰："五律则五言之别派，七律亦五律之加增。"⑥
认为五律和五古作法不同，而五律与七律作法则相同，七律只不过是在五
律的基础上增加字词而已。

关于律诗的创作，徐英曰："起联有对起散起，唐人散起者多，惟杜
子美好用对起；散起者如沈云卿之闻道黄龙戍，频年不解兵是也。又五律
起句多不用韵，七律起句多用韵，初唐及老杜七律，喜用对起不用韵
者。"⑦ 又曰："七律章法，自沈宋以至温李，无不在起承转合规矩之中，
唯少陵稍有异体，如剑外忽传收蓟北，吹笛关山风月清，皆不可以通常章
法论。"⑧ 对唐人在律诗创作方面的特点进行了总结。

关于律诗艺术的发展流变，明许学夷曰："或问予：'子尝言初唐五、
七言律，气象风格大备，至盛唐诸公则融化无迹而入于圣，然今人学盛唐
或相类，而学初唐反不相类者，何耶？'曰：融化无迹得于造诣，故学者
犹可为；气象风格得于天授，故学者不易为也。唐人诗贵造诣，故与论汉
魏异耳。"⑨ 明许学夷曰："律诗至于盛唐，其体制、声调，已为极至，更

---

① 龙榆生撰，钱鸿瑛导读：《中国韵文史》，上海古籍出版社 2002 年版，第 23 页。

② 同上书，第 25 页。

③ 张长弓：《中国文学史新编》，开明书店 1948 年版，第 118 页。

④ 郑振铎：《插图本中国文学史》上册，中国社会科学出版社 2009 年版，第 234 页。

⑤ 杨启高：《唐代诗学》，正中书局 1935 年版，第 27 页。

⑥ 王闿运：《湘绮楼诗文集》，岳麓书社 1996 年版，第 266—267 页。

⑦ 徐英：《诗法通微》，正中书局 1943 年版，第 134 页。

⑧ 同上书，第 168 页。

⑨ （明）许学夷：《诗源辩体》卷一四，引自陈伯海主编《历代唐诗论评选》，河北大学出
版社 2003 年版，第 644 页。

有他途，便是下乘小道。"① 又曰："中唐五七言律，气格虽衰而神韵自胜，故讽咏之犹有余味；晚唐诸子，气格既亡而神韵都绝，故讽咏之辄复易厌。胡元瑞云：'中唐格调流宛而意趣悠长'，深得之矣。"② 明胡应麟曰："唐律惟开元、天宝；元、白而后，浸入野狐道中。"③ 明代学者对于唐代律诗艺术的发展流变已经进行了深入的研究。民国时期，关于唐代律诗艺术的发展流变，丁仪曰："故唐律之兴也，可分三类，陈隋为逗，初唐为变，盛唐而全备焉。"④ 徐英曰："律诗自大历以来，至于张姚，日趋纤仄。"⑤ 在宏观的史诗视野下追溯了唐代律诗艺术发展流变的历程，相比较而言，民国时期的学者对唐代律诗艺术发展的认识远较前人肤浅。

对唐代律诗艺术成就的总体评价。明王廷相《寄孟望之》曰："世谓律诗起于唐，而独盛于唐。"⑥ 历代学者大多对唐代律诗艺术成就评价较高。但是由于受五四新诗形式的影响，民国时期一部分学者对律诗持否定的态度，胡适曰："律诗本是一种文字游戏，最易于应试应制应酬之作；用来消愁遣闷，与围棋踢球正同一类。"⑦ 又曰："律诗很难没有杂凑的意思与字句。大概做律诗的多是先得一两句好诗，然后凑成一首八句的律诗。老杜的律诗也不能免这种毛病。如：江天漠漠鸟双去，这是好句子；他对上一句'风雨时时龙一吟'，便是杂凑的了。"⑧ 甚而认为"律诗是条死路"⑨。胡适反对诗歌的格律，对唐代律诗评价不高，这种文学观念影响了其对杜甫律诗的评价，认为"《秋兴八首》传诵后世，其实也都是一些难懂的诗迷。这些全无文学的价值，只是一些失败的诗玩艺儿而

---

① （明）许学夷：《诗源辩体》卷三四，引自陈伯海主编《历代唐诗论评选》，河北大学出版社 2003 年版，第 583 页。
② （明）许学夷：《诗源辩体》卷二一，引自陈伯海主编《历代唐诗论评选》，河北大学出版社 2003 年版，第 617 页。
③ （明）胡应麟：《诗薮》内编卷二，引自陈伯海主编《历代唐诗论评选》，河北大学出版社 2003 年版，第 686 页。
④ 丁仪：《诗学渊源》卷八，见张寅彭主编《民国诗话丛编》第三册，上海书店 2002 年版，第 194 页。
⑤ 徐英：《诗法通微》，正中书局 1943 年版，第 28 页。
⑥ （明）王廷相：《王氏家藏集》卷二七，引自陈伯海主编《历代唐诗论评选》，河北大学出版社 2003 年版，第 580 页。
⑦ 胡适：《白话文学史》，新月书店 1928 年版，第 353 页。
⑧ 同上书，第 356 页。
⑨ 同上。

已"①。容肇祖曰："唐人诗的精华，当然不是在这种诗（律诗）的上头……律则专为试而设。"② 又曰："由诗人而到诗匠，以此为极。"③ 并且说杜甫的《秋兴》八首"只是一些难懂的诗迷，后人一方面是震惊老杜的大名，一方面是附会了忠君爱国的见解，于是不能不拜倒了"④。由于受时代文学思潮的影响，上述学者对律诗的评价有失偏颇。但是，此期也有一部分学者对唐代律诗评价较高，闻一多在《律诗的研究》中认为律诗能代表"中国艺术之特质"⑤，其律诗主要针对唐代律诗而言，可见闻一多对唐代律诗评价是比较高的。

五律。对于五律的地位，闻一多曰："五律无疑是唐诗最主要的形式，在那时人心目中，五律才是诗的正宗。"⑥ 关于五律的特质，袁嘉谷曰："五律以格胜，盛唐法，试律夺标手也。"⑦ 关于五律的流派，明胡应麟曰："五言律体，极盛于唐。要其大端，亦有二格：陈、杜、沈、宋，典丽精工；王、孟、储、韦，清空闲远。此其概也。"⑧ 认为唐代律诗分为陈、杜、沈、宋派和王、孟、储、韦派两派。王闿运继承了这种思想，曰："杜五言律克尽其变，而华秀未若王维，则五律亦分两派矣。"⑨ 认为唐代五言律诗分为两派：杜甫派和王维派。对于唐代五律艺术的发展流变，清翁方纲《唐五律偶钞凡例》曰："盛唐诸公所以高于中晚唐者，不动声色，而无坚不入；不着议论，而无义不包。无他，其气厚也。"⑩ 对盛唐五律艺术进行了分析，高步瀛在此基础上曰："逮至唐贤，遂成律体。拾遗、修文结体沉雄，延清、云卿制句工丽，皆开元以前之杰也。盛唐以来，尤美不胜收。如王、孟之华妙精微，太白之票姚旷逸，皆能自辟蹊径，启我

---

① 胡适：《白话文学史》，新月书店 1928 年版，第 355 页。

② 容肇祖：《中国文学史大纲》，开明书店 1947 年版，第 159—160 页。

③ 同上书，第 64 页。

④ 同上书，第 162 页。

⑤ 闻一多：《闻一多选集》第 1 卷，四川文艺出版社 1987 年版，第 323 页。

⑥ 闻一多：《唐诗杂论》，中华书局 2012 年版，第 27—28 页。

⑦ 袁嘉谷：《卧雪诗话》卷七，见张寅彭主编《民国诗话丛编》第二册，上海书店 2002 年版，第 434 页。

⑧ （明）胡应麟：《诗薮》内编卷四，引自陈伯海主编《历代唐诗论评选》，河北大学出版社 2003 年版，第 687 页。

⑨ 王闿运：《论汉唐诗家流派》，见《湘绮楼诗文集》，岳麓书社 1996 年版，第 547 页。

⑩ （清）翁方纲：《唐五律偶钞》稿本卷首，引自陈伯海主编《历代唐诗论评选》，河北大学出版社 2003 年版，第 941 页。

后人。而杜公涵盖古今，包罗万象，又非有唐一代所能限者。中唐以来，各标风格，而气已靡矣。"① 对唐代五律艺术的发展流变进行了全面分析。

七律。关于七律的起源与艺术成就，王闿运曰："七律亦出于齐、梁，而变化转动反局促而不能骋。唯李义山颇开町畦，驰骋自如，乘车于鼠穴，亦自可乐，殊不足登大雅堂也。"② 认为唐代七律出于齐梁，而境界狭小，艺术成就不高，只有李商隐在七律的创作上能自树一帜，但是仍然不足以登大雅之堂。

关于七律艺术的发展流变，明胡应麟曰："唐七言律自杜审言、沈佺期首创工密，至崔颢、李白时出古意，一变也。高、岑、王、李，风格大备，又一变也。杜陵雄深浩荡，超忽纵横，又一变也。钱、刘稍为流畅，降而中唐，又一变也。大历十才子，中唐体备，又一变也。乐天才具泛澜，梦得骨力豪劲，在中晚间自为一格，又一变也。张籍、王建略去葩藻，求取情实，渐入晚唐，又一变也。李商隐、杜牧之填塞故实，皮日休、陆龟蒙驰骛新奇，又一变也。许浑、刘沧角猎俳偶，时作拗体，又一变也。至吴融、韩偓香奁脂粉，杜荀鹤、李山甫委巷丛谈，否道斯极，唐亦以亡矣。"③ 清郎廷槐曰："萧亭（张实居）答：七言律诗，五言八句之变也。唐初始专此体，沈、宋精巧相尚，然六朝余气犹存。至盛唐，声调始远，品格始高。"④ 清毛张健《丹黄余论》曰："此体虽倡于初盛诸公，然篇什无多，如古诗之汉魏，其气浑然，未可遽以法论也。少陵出而六辔在手，纵横颠倒，无不就范已，极作者之能事矣；学者犹以其笔力高古，难以追仿。至大历诸子兴，而优柔敷愉，绵密丽切，穷锻炼之力，而一归自然，极穿插之工，而视若无有，盖七律之准则，必以是为归。降而为元和，为开成，总不外此也。"⑤ 以上各家对于七律艺术发展流变的分析非常深刻。民国时期的学者对唐代七律艺术的发展流变的分析和前人相比较为浮泛，高步瀛曰："七言体昌于初唐，至盛唐而极。王摩诘意象超

---

① 高步瀛：《唐宋诗举要》下册，上海古籍出版社 1978 年版，第 407 页。

② 王闿运：《论汉唐诗家流派》，见《湘绮楼诗文集》，岳麓书社 1996 年版，第 547 页。

③ （明）胡应麟：《诗薮》内编卷五，引自陈伯海主编《历代唐诗论评选》，河北大学出版社 2003 年版，第 687 页。

④ （清）郎廷槐：《师友诗传录》，引自陈伯海主编《历代唐诗论评选》，河北大学出版社 2003 年版，第 842 页。

⑤ （清）毛张健：《唐体肤诠》卷首，引自陈伯海主编《历代唐诗论评选》，河北大学出版社 2003 年版，第 844 页。

远，词语华妙，堪冠诸家，辅以东川，辅以文房，堂堂乎一代宗师矣。至杜公五十六言横纵变化，直欲涵盖宇宙，包括古今，又非唐代所能限。义山、致尧继轨于前，山谷、后山蹑步于后。"① 由云龙曰："七言律诗，自唐而始盛，唐以前只有七言八句之乐府诗耳。自唐人以声律对偶限之，遂相沿为律体。唐初好古之士，犹厌薄不多作，故陈子昂、李太白集皆古体，罕有律诗。洎中唐韩昌黎号为复古，亦鲜律体。孟东野、李长吉集中，直无一篇。然遇朝庆典礼及应制诸作，则不得不用律诗。风会所趋，迭演迭盛，材桀之士，头角竞出，名篇俊语，层出不穷。崔灏《黄鹤楼》一首，古律相参，推为绝唱，太白《凤凰台》诗，恩效之而不及也。此外如王摩诘、李东川、岑嘉州辈，最工此体。至子美沈雄高阔，集其大成，后之作者，莫能过也。晚唐李义山、温飞卿、刘梦得等，生面别开，自成馨逸。"② 以上学者对唐代七律艺术的发展流变进行了论评。

绝句。绝句起源的时代。除斠玄曰："无论五绝或七绝，均滥觞于汉魏，酝酿于六朝，而成立于隋唐。"③ 陈钟凡曰："绝句滥觞于汉魏，历六代至隋唐而大成。"④ 以上两家于绝句起源的时代提出了"汉魏"说。徐英曰："五言绝句，其源出于晋世，永明以后，声律益工，唐人为之，平仄遂调。七言绝句，始于陈隋之间，迄乎盛唐，而体益完成。"⑤ 分五绝和七绝，提出了"晋世"说和"陈隋之间"说。胡小石曰："七绝体制肇自齐梁，其内容乃当时之宫体，不离闺情。至唐人破除藩篱，扩大范围，广尽其能事。"⑥ 提出了"齐梁"说。张长弓曰："绝句本来另有渊源，大概在律体产生之后，绝句便无形同化在律诗中了。"⑦ 认为绝句产生于律诗之前。谭正璧认为："《玉台新咏》卷十，开卷便是古绝句四首，又有吴均杂绝句四首，梁简文绝句赐丽人一首，刘孝威和定襄公八绝初笄一

①　高步瀛：《唐宋诗举要》下册，上海古籍出版社1978年版，第532页。
②　由云龙：《定庵诗话》卷上，见张寅彭主编《民国诗话丛编》第三册，上海书店2002年版，第566—567页。
③　除斠玄：《唐人五七绝诗之研究》，《国学丛刊》1924年第3期。
④　陈钟凡：《中国韵文通论》，中华书局1931年版，第178页。
⑤　徐英：《诗法通微》，正中书局1943年版，第115页。
⑥　胡小石著，吴征铸整理：《唐人七绝诗论》，1934年金陵大学研究生班讲义，见周勋初编《胡小石文史论丛》，南京大学出版社2008年版，第187页。
⑦　张长弓：《中国文学史新编》，开明书店1948年版，第118页。

首，江伯瑶和定襄侯八绝楚越衫一首，这都是以绝句称的。"① 认为绝句产生于齐梁时期。

绝句的艺术渊源。洪为法曰："绝句本是由民歌演进而成，惟能不受古典的束缚，才有新鲜的收获。"② 徐英曰："律诗肇基于陈隋，成于初唐，而绝句远本子夜，仿佛前溪，其体不出于律诗明矣。"③ 提出了"民歌"说。洪为法批评了绝句产生的"律诗"说和"乐府"说，对绝句的产生进行了系统论述，曰："我们以为绝句的起源，应从多方面的探讨，一元的解释，终不免左支右绌。绝句的发生，可说受了四方面的影响。最初是导源于民歌，次则受了胡乐的影响，以及声律的影响，末了更因了帝王的提倡。"④ 提出了律诗产生的"多元"说⑤，并进行了具体论述，曰："唐时的音乐，是以胡乐为主，所谓古乐，已成无人过问的古董了。"⑥"音乐既变，乐辞当然也跟着变起来。古乐府已不便入乐，必须有一种合乎新音乐的新乐府出来，这时绝句便应运而生。"⑦ 指出了音乐对绝句产生的影响。又曰："短民歌的模仿，便成为风气，短民歌的模仿，又是新辟的文艺园地，既非前人所注意，又是进行中抵抗力最小，不如古典的作品梏桎已成，不易回旋，残贼人的自由过甚，自然可以种出艳丽的奇葩，而唐代的绝句便胚胎于此。"⑧ 指出了民歌对绝句产生的影响。认为律诗和绝句"他们同是受了六朝声律的影响而诞生的，以前的时期，都是他们的孕育时期，他们很像是一对孪生儿"⑨。"到了唐初，沈宋余风，不但未息，却是更努力于研练精切，稳顺声势，于是五七言八句的律诗便出现。同时五七言绝句四句的绝句也就因受了律诗的影响，减少了民歌的原来的色调，着上整齐华丽的新的外衣，稳定了特有的体制。"⑩ 分析了初唐声律理论对绝句产生的影响。洪为法曰："唐人绝句并不能很适应新的

---

① 洪为法：《绝句论·序》，商务印书馆1934年版，第7页。
② 同上书，第61—62页。
③ 徐英：《诗法通微》，正中书局1943年版，第125页。
④ 洪为法：《绝句论》，商务印书馆1934年版，第14页。
⑤ 同上书，第3—14页。
⑥ 同上书，第18页。
⑦ 同上。
⑧ 同上书，第17页。
⑨ 同上书，第20页。
⑩ 同上。

音乐，歌唱时必须杂入和声。然而就因为古乐府冗长得多，不加和声，便过于整齐划一，不能入乐。绝句短小，或二十字，或二十八字，加以和声，使其长短错杂，才比较的能适应新的音乐。并且胡乐嘈杂凄紧，古乐府温文典雅，难于配合其音，只有新兴的短小精悍的绝句体容易配合得上。于是绝句至此，因为客观的需要，乃得完成其体制。"① 认为绝句的产生是受了唐代音乐变化的影响，具体来说，认为绝句短小的体制适应了胡乐的要求，因而最终成为唐代一种重要诗体。

绝句艺术的发展流变。对于唐代绝句艺术的发展流变，历代学者都进行过一些探讨，宋杨万里曰："五七字绝句最少，而最难工，虽作者亦难得四句全好者。晚唐人与介甫最工于此。"② 认为晚唐绝句艺术成就最高。明王世贞曰："七言绝句，盛唐主气，气完而意不尽工；中晚唐主意，意工而气不甚完。然各有至者，未可以时代优劣也。"③ 认为盛唐绝句的特色在于"气"，中唐绝句的特色在于"意"。清王夫之曰："七言绝句，初盛唐既饶有之，稍以郑重，故损其风神。至刘梦得，而后宏放出于天然，于以扬抟性情，驱娑景物，无不宛尔成章，诚小诗之圣证矣。"④ 指出了从初唐到中唐绝句"风神"之美的逐渐形成。民国时期的学者在前人的基础上，对唐代绝句艺术的发展流变进行了更为深入的探讨。徐英曰："凡五七言绝，以盛唐诸作为本源。七言绝辅之以中晚，则词气具美。杨成斋谓晚唐绝句有三百篇遗意，其言不虚，北宋以降，姑弗具论。"⑤ 指出了盛、中、晚三期绝句艺术的发展流变。胡朴安、胡怀琛曰："盛唐时期的绝诗，大半可合乐谱，而传乐府之正统。晚唐人的绝诗，以风韵见长，便又和乐府没关系了。"⑥ 指出了绝句与音乐之间关系的变化。洪为法在论述绝句的发展流变时曰："以种植来比，则六朝是播种期，隋是灌

---

① 洪为法：《绝句论》，商务印书馆 1934 年版，第 19 页。

② （宋）杨万里：《诚斋诗话》，引自陈伯海主编《历代唐诗论评选》，河北大学出版社 2003 年版，第 372 页。

③ （明）王世贞：《艺苑卮言》卷四，引自陈伯海主编《历代唐诗论评选》，河北大学出版社 2003 年版，第 636 页。

④ （清）王夫之：《姜斋诗话笺注》卷二，引自陈伯海主编《历代唐诗论评选》，河北大学出版社 2003 年版，第 951 页。

⑤ 徐英：《诗法通微》，正中书局 1943 年版，第 56 页。

⑥ 胡朴安、胡怀琛：《唐代文学》，商务印书馆 1933 年版，第 20 页。

溉期，到唐便是繁荣期。"① 以上学者对唐代绝句艺术的发展流变进行了论评。

绝句的特质。王闿运曰："五绝七绝乃真兴体，五言法门皆从此权舆。"② 认为绝句作法以"兴"为主。胡小石曰："唐人七绝诗以情浓、调响为正格，杜独为变体拗调。"③ 从情感、音乐性方面分析了唐代绝句的特质。胡小石曰："七绝抒写情趣，若加以分析，其最重要之一点在于表现时间上之差别，即今昔之感。生命短促。时间不能倒流。"④ 认为绝句以表现情感为主，主要在于表现一种由于时间的流动而造成的生命体验。清王士禛曰："唐人五言绝句，往往入禅，有得意忘言之妙。"⑤ 洪为法继承了这种思想，曰："一言以蔽之，能做到'不著一字，尽得风流'，含蓄得适如其分，绝句之特质显，绝句之能事也就尽了。"⑥ 认为绝句的特质在于"含蓄"。徐英曰："然七言固主风神，若风神太露，意中言外，无复余地，则又失盛唐家法，故此体中晚唐虽极有名篇，而风神太露，得在此，失亦在此。至于五绝，人多以小诗目之，不求至工，然而二十字中，离首即尾，离尾即首，务从小中见大……若王孟之自然，太白之高明，崔员外之古艳，韦苏州之逸澹，皆唐贤之极品矣。"⑦ 认为七绝的特质在于"风神"之美，五绝的特质在于"小中见大"之艺术手法。洪为法对唐宋绝句进行比较，认为唐宋绝句之不同特质表现在三个方面：第一，风韵与质实之不同，"唐人绝句重在风韵……而宋人的绝句则多丼丼于字句之清新"⑧。"唐人绝句，像是浪漫派的作品，读者可以到处发见他奔放的热情，而宋人绝句，则像是自然派的作品，要你去冷静的玩味他中间的意境。"⑨ 第二，（宋人）好奇，"好奇的结果，取材是广了，用意是深刻了，而谈禅、说理、发议论的绝句却都层见叠出了。因此宋人的绝句

---

　　① 洪为法：《绝句论》，商务印书馆1934年版，第20页。

　　② 王闿运：《湘绮楼诗文集》，岳麓书社1996年版，第267页。

　　③ 胡小石著，吴征铸整理：《唐人七绝诗论》，1934年金陵大学研究生班讲义，见周勋初编《胡小石文史论丛》，南京大学出版社2008年版，第196页。

　　④ 同上书，第189页。

　　⑤ （清）王士禛：《带经堂诗话》，引自陈伯海主编《历代唐诗论评选》，河北大学出版社2003年版，第879页。

　　⑥ 洪为法：《绝句论》，商务印书馆1934年版，第32页。

　　⑦ 徐英：《诗法通微》，正中书局1943年版，第115页。

　　⑧ 洪为法：《绝句论》，商务印书馆1934年版，第49页。

　　⑨ 同上书，第50页。

中有很多是押韵之文，非纯粹的文艺作品"①。第三，（宋代绝句）脱离音乐，"唐绝句多是可以入乐的，唐绝句便是唐人的乐府。……至于宋，则词已代了绝句在音乐上的地位，绝句已变成了和古来的诗歌乐府一样，只是一种诗体"②。尽管其声言"唐宋绝句之分野，各有特点，正不必有所轩轾"③。但从其具体论述来看，他认为唐代绝句在艺术上优于宋代绝句。

绝句的体制。胡小石曰："兹分唐人七绝为若干格论之。入手从其正格；次则变格，即杜甫诗；再则为大篇，即一题而作多首者，如王涯、王建《宫词》，曹唐《小游仙》之类。"④ 认为绝句有正格、变格、一题多首几种体制。

关于唐代绝句艺术的影响，洪为法曰："绝句是唐诗中特有的产物，虽渊源很远，可是无论如何不能不说使绝句成为文学中'百代不易之体'的，这是唐诗人的丰功伟绩。"⑤ 指出了唐代绝句的重要地位。王闿运曰："七绝则上继皇古，下开词曲。王少伯足兼之，不必以时代限。"⑥ 认为唐代七绝对后世词曲影响很大。杨启高曰："盛唐玄宗以后，声乐弥盛，始由绝句过渡为词。"⑦ 认为绝句孕育了词。

民国时期的学者从艺术渊源、形成时代、艺术流变、重要诗人的创作特色等方面对唐代各种诗体进行了系统研究，和前代学者的诗体学研究相比较，民国时期的学者对唐代诗体的研究更加深入，诗体研究是此期唐诗研究走向深入与精微化的具体体现。

第二节　流派论

民国时期还没有出现专门就唐代某个诗歌流派作专题研究的著作，但是大部分学者在唐代文学史或者文学通史的研究中，论及唐代文学，往往以诗歌流派为单元进行论述，例如，陆侃如的《中国诗史》基本上就是

① 洪为法：《绝句论》，商务印书馆1934年版，第51页。
② 同上书，第51—52页。
③ 同上书，第52页。
④ 胡小石著，吴征铸整理：《唐人七绝诗论》，1934年金陵大学研究生班讲义，见周勋初编《胡小石文史论丛》，南京大学出版社2008年版，第189页。
⑤ 洪为法：《绝句论》，商务印书馆1934年版，第46页。
⑥ 王闿运：《论汉唐诗家流派》，见《湘绮楼诗文集》，岳麓书社1996年版，第547页。
⑦ 杨启高：《唐代诗学》，正中书局1935年版，第323页。

按照流派来展开论述的，并且能够对每个诗歌流派的艺术特点进行总结，表明民国时期的唐诗研究已经非常重视诗歌流派的研究。

对于唐代诗歌流派的总体特点，李晓耘曰："诗派如百川，勃兴唐宋时。"[①] 范罕曰："建安以后，诗人始盛，诗派益多，然无所谓诗家也；至唐宋乃有大家，专家之诗动至千百篇，汪洋恣肆，包众有而各自成派。"[②] 认为诗史上流派的形成期是在唐代，而且唐代诗歌流派众多。

风格流派。陈衍将唐代诗人分为雅派与风派两个流派，认为雅派诗人有杜甫、韩愈、孟郊，风派诗人有李白等。[③] 胡适把唐诗分为理想主义和实际主义两派[④]，认为白居易的讽喻诗、新乐府"直接老杜"《北征》等诗，"是为唐代之实际派"文学，认为在白居易之前有杜甫、李绅、元稹等人的乐府诗创作，所以"其时必有一种实际派之风动"[⑤]。罗根泽论唐代的写实派曰："杜甫虽多社会问题诗，然并未提倡社会问题诗，并未反对作诗而不注重社会。故可归入写实派，不能称为写实主义者。元白始可称为写实主义者；不惟作社会问题诗，且提倡社会问题诗，反对作诗而不注重社会。"[⑥] 邵祖平把唐诗分为"自然工力两大派"[⑦]，认为"自然者易流于露率浅俗，故其流之演至元白而有轻俗之讥。工力者易流于晦涩无兴寄之病，故读卢李郊岛之作者，人有蛰齿涩口之患"[⑧]，认为李白为"自然派之神而圣者也"[⑨]。赵景深《中国文学小史》中把唐代诗人分为社会诗人（包括大小杜与元白）、田园诗人（包括王孟韦柳）、边塞诗人（包括高岑）、苦吟诗人（包括刘长卿与韩愈）、唯美诗人（包括李贺与温李）几派。贺凯把唐代诗人分为自然派诗人（包括孟浩然、王维）、人生派诗

① 陈衍：《石遗室诗话》卷二五，见张寅彭主编《民国诗话丛编》第一册，上海书店2002年版，第341页。

② 范罕：《蜗牛舍说诗新语》，见张寅彭主编《民国诗话丛编》第二册，上海书店2002年版，第559页。

③ 陈石遗撰，丁舜年记：《孟郊诗》，《国专季刊》1931年5月号。

④ 胡适：《读白居易〈与元九书〉》，见《胡适古典文学研究论集》，上海古籍出版社1988年版，第379页。

⑤ 同上书，第380—381页。

⑥ 罗根泽：《乐府文学史》，文化学社1932年版，第275页。

⑦ 邵祖平：《唐诗通论》，《学衡》1922年第12期。

⑧ 同上。

⑨ 同上。

人（杜甫）、复古派的西昆体（包括温庭筠与李商隐）等几个流派①。闻
一多曰："盛唐诗人在作风上大抵可分成两派：一派是以高、岑、李、
杜、王为代表的豪壮派，多慷慨悲歌之作，高适可为领袖，另一派为孟浩
然领导的文弱派，重要作家有刘眘虚、綦毋潜、邱为、阎防、崔曙等人，
尤以刘眘虚和綦毋潜两人的作风最纯，纯得发亮，他们都是孟浩然的好
友。"②又曰："北朝是异族政权，以胡人骑射为主，他们的文艺作风配合
着他们的生活方式，盛唐的李白、高适、岑参、崔颢诸人就承受了这一派
的作风，这是向来所没有的，盛唐以后也不再有继响。这派风格的诗，
《河岳英灵集》和《国秀集》都有搜集。"③杨香池曰："今之新文学家称
陶渊明为隐逸诗人或田园诗人，杜甫为社会诗人，白居易为革命诗人，
王、孟、柳、韦为田园诗人，高、岑为边塞诗人，刘长卿、孟郊、贾岛、
韩愈为苦吟诗人，李贺、温庭筠、李商隐为唯美诗人，此即由诗中得其生
平之信事而拟称之也。"④陈钟凡在论述古诗的记事艺术时，认为杜甫是
"悲愤派"⑤，白居易是"问题派"⑥。刘麟生从"作风"和"实质"两个
角度划分流派：（甲）作风方面（作品风格）——豪放派（李白）、苍老
派（杜甫）、淡雅派（王维）、险峻派（韩愈）、平易派（白居易）、绮丽
派（温飞卿）、隐僻派（李商隐）。（乙）实质方面（作品内容）——社
会诗（杜甫、白居易）、田园诗（王维、孟浩然）、边塞诗（高适、岑
参）、恋爱诗（李商隐、温飞卿）。⑦"作风"指创作风格，"实质"指流
派内诗人诗歌思想内容的特点，这也包括在风格特征之中。以上学者在划
分诗歌流派时，都是以创作风格为标准的，这里的"风格"主要指艺术
手法、美学特征，当然也包括题材等因素。

　　民国时期学者们关注较多的唐诗流派是田园派、边塞派、社会派、唯
美派，研究较充分的唐代诗歌流派是自然派。胡适曰："王维是一个美术
家，用画意作诗，故人说他'诗中有画'。……他的好禅静，爱山水，爱

　　① 贺凯：《中国文学史纲要》，北平文化学社1931年版，第124—143页。
　　② 郑临川：《闻一多论古典文学》，重庆出版社1984年版，第130页。
　　③ 同上书，第114页。
　　④ 杨香池：《偷闲庐诗话》第二集，见张寅彭主编《民国诗话丛编》第三册，上海书店
2002年版，第706页。
　　⑤ 陈钟凡：《中国韵文通论》，中华书局1931年版，第162页。
　　⑥ 同上。
　　⑦ 刘麟生：《中国文学史》，世界书局1933年版，第173页。

美术，都在他的诗里表现出来，遂开一个'自然诗人'的宗派。"① 龙榆生曰："王维好禅静，爱山水，开唐代'自然诗人'之宗。"② 谭正璧曰："（王维）所作不限于乐府，开了'自然诗人'的宗派。"③ 所谓"自然派"诗人，主要是因为以王维为首的这派诗人以山水田园等自然景物为描写对象。

谭正璧对唐代自然诗派和社会诗派进行了一系列论述。他论唐代自然派诗人曰："自然派的诗人都有一种特性，没有一个好的自然诗人是恋慕名位的，他们的共通特性是喜欢饮酒。"④ 对自然派诗人的性格特征进行了分析。又曰："所谓自然派的诗人，十个中九个是隐士。到后来隐士成了高贵阶级，反作了升官捷径，为人看破，于是以隐士标榜的人逐渐少了，自然派的诗人中尽管有终身做官而不是隐士出身的人了。唐代的自然派诗人，起初都是些好隐好饮之士，后来便不是这种人物，原因就只是这样。"⑤ 对自然派诗人的个性表现、思想形成等方面进行了探讨。谭正璧曰："自然派诗人的代表当然要推李白，即他的一生浪漫的历史亦已足够表现出这派的特色。他是脱离社会，脱离现实，追求唯美，而富于幻想的诗人；所以富贵不足动其心，家庭不足累其身，法律不能范围他的行为，道德被他视做人生的赘疣。"⑥ 认为李白是自然派诗人的代表。谭正璧论唐代"社会诗派"曰："另有一般反对自然派的脱离社会而行个人生活，但也不赞成作乐府新词的以艺术求尊荣的人。他们自辟一种新地域，既不似自然派的为艺术而艺术，亦不似乐府新词作者以诗歌为音乐的附庸。他们是为表现人生而歌咏，他们是为求人生的艺术而从事于艺术。这派诗人，从前称作社会的诗人，和自然的诗人居于对峙的地位。"⑦ 谭正璧曰："社会的诗人则处处与之（自然派诗人）相反，他们所歌咏的对象是社会上形形式式，他们所追求的是现实的真相；富贵虽亦不足动其心，但穷困时不妨做秋蝉的悲奏；家庭虽亦不足累其身，然家庭星散父子夫妇分离了也要表出他感情的共鸣；法律、道德固亦不能范围他的行动，但利用道

---

① 胡适：《白话文学史》，新月书店1928年版，第278页。
② 龙榆生撰，钱鸿瑛导读：《中国韵文史》，上海古籍出版社2002年版，第29页。
③ 谭正璧：《中国文学进化史》，光明书局1930年版，第114页。
④ 同上书，第117页。
⑤ 同上书，第117—118页。
⑥ 同上书，第121页。
⑦ 同上书，第120—121页。

德、法律以欺骗同类也会引动他同情的愤火。自然诗人本只求自己的安慰，社会诗人在广播人类的同情。"① 分析了社会派的形成、诗歌思想性倾向及其艺术价值。谭正璧是民国时期对唐代诗歌流派研究较为深入的一位学者。

时代流派。民国时期，一些学者按时代划分唐代诗歌流派，把唐诗分为初唐派、盛唐派、中唐派、晚唐派，又对某一时期的具体诗派进行了详细的阐释。

初唐诗派。闻一多认为初唐诗派"以作家论，又可分为三派，第一派并不承认宫体诗或类书式的诗，目空一切，尤以陈子昂的境界最高。古今当推第一，李杜对他也不能不心服（此派以王绩、魏徵、陈子昂为代表作家）。第二派是针对宫体诗的缺点而发的改良派（此派以卢照邻、骆宾王、刘希夷、张若虚为代表作家）。第三派则是以类书式的诗作攻击的目标了（此派以王勃、杨炯、沈佺期、杜审言、崔融、宋之问为代表作家）。若以真美善的观点来划分，则第一派代表真，第二派代表美，第三派代表善。特别是善，是中国文学的特点（按即思想性和艺术性高度的统一）。这三派奠定了盛唐诗的始基，从文学史发展来说极为重要"②。把初唐诗人分为三派，并对每一派的特点进行了分析。陈钟凡认为初唐诗派有"四杰"派、"沈宋"派、"陈子昂、张九龄"派。论"四杰"派曰"近体自四家而成立"③，论"沈宋"派曰"近体至两氏而愈工"④，论"陈子昂、张九龄"派曰"二家为近体之反动派"⑤，指出了初唐各派在诗体发展史上的贡献。张长弓把初唐诗派分为绮靡派与反动派，认为绮靡派诗人主要是沈宋和四杰，反动派诗人主要是陈子昂和以王梵志为代表的通俗的白话诗人。⑥ 郑宾于论初唐诗派曰："如唐太宗李百药……等人的'宫体'，王杨卢骆的'当时体'，上官祖孙的'试卷体'，沈宋的'格律体'，虞世南、魏徵、陈子昂等人的'复古'；这些许多流派，无一不是促成这种现象的源泉。"⑦ 陆侃如认为初唐数十年"有两种不同的派别：

---

① 谭正璧：《中国文学进化史》，光明书局 1930 年版，第 121—122 页。
② 郑临川：《闻一多论古典文学》，重庆出版社 1984 年版，第 91—92 页。
③ 陈钟凡：《中国韵文通论》，中华书局 1931 年版，第 207 页。
④ 同上。
⑤ 同上。
⑥ 同上书，第 123 页。
⑦ 郑宾于：《中国文学流变史》中册，上海北新书局 1930 年版，第 288 页。

一是反齐梁的,一是继承齐梁的。前者以王绩,王梵志及陈子昂三人为代表。后者以四杰,沈宋及杜审言七人为代表"①。谭正璧曰:"唐代初期的作家,不是直接齐梁,便是追踪魏晋,期间虽有艳俗与古雅之分,而其为模仿则一。……没有他们这两派(艳俗派与古雅派)先驱于前,那么便不会有中期那样的黄金时代继之以后。"②把初唐诗派分为艳俗派与古雅派。胡云翼认为初唐的主要诗派是应制派,同时还有一种"雄壮调子的诗",不过这是"一线微微的诗的曙光"③。杨启高曰:"武后时之诗学,有保守与革新二派:保守派以王杨卢骆四杰为主;革新派以陈子昂为主。"④以上学者对初唐诗派进行了论评。

盛唐诗派。刘麟生曰:"盛唐的诗人,可以分作两派:一派闲适自然,大美术家王维居首,孟浩然元结次之。一派是悲壮奇瑰,高适岑参都是这一派。"⑤陆侃如将盛唐诗人分为王维一派和岑参一派,认为李白是"兼擅两派之长的"⑥。胡云翼把盛唐诗坛分为三派:李白边塞派,列为这一派的诗人有王昌龄、高适、岑参、王翰、王之涣等。杜甫社会派。山水派,列为这一派的诗人有王维、孟浩然、储光羲、丘为、元结、崔国辅、贾至、常建等⑦。张长弓认为盛唐的主要诗派是边塞派、自然派、社会派。并认为边塞派的主要诗人是高适、岑参⑧;自然派的主要诗人是王之涣、孟浩然、王维、裴迪、李白、元结、柳宗元⑨;社会派的主要诗人是杜甫、白居易、元稹⑩。郑宾于把盛唐诗派分为祖陶宗谢派与放怀高唱派⑪。胡云翼把盛唐诗人分为三派:边塞派,认为这一派的代表诗人有高适、王昌龄、岑参、李白诸人⑫;社会派,认为这一派的代表诗人有杜

① 陆侃如、冯沅君:《中国诗史》卷二,商务印书馆1939年版,第651页。
② 谭正璧:《中国文学史》,光明书局1948年版,第179页。
③ 胡云翼:《唐诗研究》,商务印书馆1930年版,第39页。
④ 杨启高:《唐代诗学》,正中书局1935年版,第50页。
⑤ 刘麟生:《中国文学泛论》,世界书局1934年版,第26页。
⑥ 陆侃如、冯沅君:《中国诗史》卷二,商务印书馆1939年版,第653页。
⑦ 胡云翼:《唐诗研究》,商务印书馆1930年版,第77页。
⑧ 张长弓:《中国文学史新编》,开明书店1948年版,第124—125页。
⑨ 同上书,第125—126页。
⑩ 同上书,第127—129页。
⑪ 郑宾于:《中国文学流变史》中册,上海北新书局1930年版,第332页。
⑫ 胡云翼:《中国文学史》,北新书局1941年版,第122页。

甫、白居易、元稹、刘禹锡、张籍等人①;自然派,认为这一派的代表诗人有孟浩然、王维、韦应物、柳宗元等人②。以上学者对盛唐诗派进行了论评。

民国时期对盛唐诗派研究较为深入的学者是闻一多,他将盛唐诗分为三个复古阶段:齐梁陈时期、晋宋齐时期、汉魏晋时期。并且又对每个复古阶段的派别进行了下一位区分。具体来说,他将齐梁陈派的作家分为三类:第一类为常理、蒋冽、梁锽三人。认为:"三人作品可算是全唐诗中宫体诗的白眉。"③ 第二类为刘方平、张万顷、李康成。认为:"这派虽亦能作宫体诗,但已由房内移到室外,故风格较高。"④ 第三类为张说、贺知章、张旭、王湾、韦述、孙逖、张均、殷遥、蒋涣、颜真卿、杨谏诸人。认为:"贺知章《送人之军》中'岭云晴亦雨,边草夏先秋。'两句开盛唐诗描写边塞景物的先例。"⑤ 又曰:"这一派所代表的恰是盛唐、中唐的一般风格(李杜韩白诸大家除外)。他们都是拿诗来作消遣的,又是当时在社会上活动的士大夫,所以形成了流行的风格,势力很大。"⑥ 又将第二大类和第三大类分别进行了下一位区分,并且对每派的风格特征进行了简单概括,曰:"晋宋齐时期(晋宋风格),这一派复古的风格又可分为两支。一支以王维为首领,下面包括三个小派:①孟浩然、包融、贺朝、李嶷、崔曙、萧颖士、张翚等,多写一般自然。②储光羲、丘为、祖咏、卢象等,专写田园。③綦毋潜、刘眘虚、常建等,专写寺观。另一支以李白为首领,包括两个小派:①崔国辅、丁仙芝、余延寿、张潮等,此派专写江南,多写爱情,甚为大胆,诗中又有故事,有点像西洋诗,它的来源是民间乐府。此外,还可添入顾况,善画,歌诗亦如画。但这类言情小诗,如果近于戏剧当更美妙。中唐于鹄善写小女孩,便是此派嫡系。②王翰、李颀、王之涣、陶翰、高适、岑参等,此派专写边塞,只有王昌龄、崔颢无法分别安插在两派内,因为他们兼有两派之长。汉魏晋时期(汉魏风格)。杜甫是这一派的集大成者,下面也包括三个小派:①郭元

---

① 胡云翼:《中国文学史》,北新书局1941年版,第128页。
② 同上书,第136页。
③ 郑临川:《闻一多论古典文学》,重庆出版社1984年版,第115页。
④ 同上书,第115—116页。
⑤ 同上书,第116页。
⑥ 同上。

振、薛奇童、薛据、阎防、郑德玄等，专写自然。②张九龄、毕曜、李华、独孤及、苏涣、窦参等，专写天道。③于逖、沈千运、张彪、王季友、赵微明、元结、元融、孟云卿等，专写人事。"① 闻一多按照盛唐诗人的艺术特征，将当时的诗人划分为三个流派，对每一派的诗人及其创作特色都进行了具体论述，表明此期对唐诗流派的研究已经趋于深入。

中唐诗派。苏雪林曰："大历诗人的作品可分为三派：一派是与杜甫相鼓吹的人生派。一派是表里王维孟浩然的田园派。一派是以研练字句，工秀幽隽，借五七言律绝称长的小诗派。"② 又认为九世纪初期"诗坛分为两大派，一为韩愈领导的险怪派，一为白居易领导的人生派"③。闻一多《贾岛》一文中曰："这像是元和长庆间诗坛动态中的三个较有力的新趋势。这边老年的孟郊，正哼着他那沙涩而带芒刺感的五古，恶毒的咒骂世道人心，夹在咒骂声中的，是卢仝、刘叉的'插科打诨'和韩愈的宏亮的嗓音……那边元稹、张籍、王建等，在白居易的改良社会的大纛下，用律动的乐府调子，对社会泣诉着他们那各阶层中病态的小悲剧。同时远远的，在古老的禅房或一个小县的察署里，贾岛、姚合领着一群青年人做诗，为各人自己的出路，也为着癖好，做一种阴黯情调的五言律诗（阴黯由于癖好，五律为着出路）。"④ 把中唐诗人分为韩孟派、元白派、贾姚派三个派别。张长弓认为中唐的诗派主要是怪诞派，并认为此派的主要诗人是韩愈、孟郊、卢仝、贾岛、李贺⑤。周阆风将中唐诗人分为四派，认为"杜甫是这一个时期诗学的领袖也就是同时及后来的各派诗的总领袖"⑥。除杜甫这一派外，其他三派为：韩愈派，这派有孟郊、贾岛等人；元白派；刘长卿派，这派还有韦应物、刘禹锡、柳宗元。⑦ 胡云翼认为中唐诗坛可分为四派："一部分的作者，在形体上，仍是接续王昌龄、李白的绝句诗的发展；但他们的描写，却并不着重于边塞诗，而用于各方面普遍生活，如李益、刘禹锡、张继、顾况及大历十才子的一部分是。一部分的作者，仍是继承王维、孟浩然辈的山水诗的发展；但他们的描写，却不

---

① 郑临川：《闻一多论古典文学》，重庆出版社1984年版，第120—121页。
② 苏雪林：《唐诗概论》，商务印书馆1947年版，第95页。
③ 同上书，第107—108页。
④ 闻一多：《唐诗杂论》，中华书局2012年版，第35—36页。
⑤ 张长弓：《中国文学史新编》，开明书店1948年版，第129页。
⑥ 周阆风：《诗人李贺》，商务印书馆1936年版，第6页。
⑦ 同上书，第6—11页。

专用五律七律与古诗，而是用五绝七绝，如韦应物、柳宗元、李嘉佑、刘长卿诸人是。一部分的作者，承袭杜甫的作风，着重在表现社会的痛苦；但他们的描写更通俗了，如白居易、元稹诸人是。还有一部分的作者，承袭李白的诗歌，力求描写的特殊，走入流于神奇险僻，如韩愈、李贺、孟郊诸人是。"① 郑宾于曰："大历元和之际的风尚，和以前已显然有了几个不相同的区别：有卫道的古文诗人；有讲究声病严分近古的诗人；有致力台阁，专工赠送的诗人；有用方言俚语，通俗辞句来写诗的人。——自然，若韦柳等人的闲澹，也便是和盛唐有共通之趋势的。"② 论及中唐卫道派古文诗人，郑宾于曰："杜甫则于开写实文学之后，又产下了一批卫道的古文诗人：专讲铺张，堆砌，用古典，写杂字。所以他们不是'复古'，乃是矫古！"③ 郑宾于列"矫古的诗人"一节，曰："这派的作者大概都是古文家，并非纯粹的诗人。最初倡导这个风尚的是孟云卿，沈千运，于逖，张彪，赵征（案：当做徵）明，王季友，元季川等一千（案：当做帮）人。"④ 龙榆生曰："自大历以迄长庆，六七十年间，有意别辟户庭之诗家，约可分为平易与奇险二派。韩愈为后一派代表，孟郊、卢仝、李贺之属辅之；由张籍、王建，以下逮元稹、白居易，则属于前一派；分庭抗礼，并见创造精神。此外作者亦多，而创格稀见。"⑤ 以上学者对中唐诗派进行了论评。

晚唐诗派。李嘉言认为晚唐"实际上只有李贺与贾岛二派"，并且认为李贺一派是晚唐诗的主潮，贾岛一派是旁支⑥。张长弓认为晚唐的诗派主要是脂粉派，并认为此派的主要诗人是李商隐、温庭筠⑦。谭正璧认为："唐末五代的作家，却又分为二派：一派是继承'温、李、杜'的作风，更进一步而成为专门调脂弄粉的香奁体，而且颇多赤裸裸地大胆的描写。一派是受了民间盛行的'变文'影响，好用浅语俗典入诗，开了文人诗歌与民间文学混合的先声。"⑧ 杨启高曰："暨夫晚唐，词华派与格律

① 胡云翼：《唐诗研究》，商务印书馆 1930 年版，第 83 页。
② 郑宾于：《中国文学流变史》中册，上海北新书局 1930 年版，第 363—364 页。
③ 同上书，第 364 页。
④ 同上书，第 365 页。
⑤ 龙榆生撰，钱鸿瑛导读：《中国韵文史》，上海古籍出版社 2002 年版，第 44 页。
⑥ 李嘉言：《唐诗分期与李贺（续）》，《当代评论》1941 年第 14 期。
⑦ 张长弓：《中国文学史新编》，开明书店 1948 年版，第 129 页。
⑧ 谭正璧：《中国文学史》，光明书局 1948 年版，第 209 页。

派，双峰齐出，并辔联骑。"① 苏雪林认为晚唐诗坛可分为以下几派：第一派"以通俗为主，作风出于白居易"，认为这一派的诗人有杜荀鹤、罗隐、罗虬、罗邺、李山甫、胡曾等人。② 第二派"以幽峭僻苦为主是学贾岛的"，认为这一派的诗人有李洞、周贺、喻凫、曹松、崔涂、马戴、唐求等。③ 第三派"以清真雅正为主，善作五律，谓之格律诗，学张籍，姚合"，认为这一派的诗人有朱庆余、王建、于鹄、项斯、许浑、司空曙、姚合、赵嘏、顾非熊、任翻、刘得仁、郑巢、李咸用、章孝标等。④ 第四派"这是出于唯美文学的。韩偓、吴融、唐彦谦学温李，陆龟蒙一部的作品也如此"⑤。第五派"这一派是学韩愈的，唐末诗人皮日休、陆龟蒙天才最高，成就也最大，在混乱靡萎的诗坛之中可说是极有价值的一派"⑥。林建略曰："自元和会昌间、张籍、李贺、王建等，又趋向宫体的艳诗，而立意飘渺之后，便重开后来又转向纤丽之路，这很分明的有了不同的两派：一派是皮日休、陆龟蒙等，他们是承元白之后，所谓'专尚清浅，而力或不足'。另一派就是李商隐、温庭筠、韩偓等，他们竞尚香艳，遂不免于轻薄柔靡，这是全唐诗坛的最后一幕。"⑦ 以上学者对晚唐诗派进行了论评。

以诗人名字命名的诗派。昌黎派，苏雪林列"韩派诗人"一章，认为这派诗人"作风固不见个个与韩愈相同，但其吟苦思深，不肯作一平常习见语，则都不谋而合"⑧。温李诗派，黄节曰："温李既兴于晚唐，于是纤秾绮靡之风，施及五季，若杜荀鹤、徐夤者，温李之流也。"⑨ 义山诗派，随笔曰："少陵诗无美不备，亦瘦亦腴，亦浓亦淡，合诸家之长而兼之。五言云：'花娇迎杂树，龙喜出平池。'已开义山诗派。义山固善学杜者也。"⑩ 韩柳诗派，丁仪曰："盖自元和以还，韩柳一脉往往以文法

---

① 杨启高：《唐代诗学·自叙》，正中书局1935年版，第5页。
② 苏雪林：《唐诗概论》，商务印书馆1947年版，第174页。
③ 同上书，第178页。
④ 同上书，第180页。
⑤ 同上书，第182页。
⑥ 同上书，第185页。
⑦ 林建略：《晚唐诗人杜牧之》，《中国语文学丛刊创刊号》1933年第1期。
⑧ 苏雪林：《唐诗概论》，商务印书馆1947年版，第117页。
⑨ 黄节：《诗学》，见张寅彭主编《民国诗话丛编》第二册，上海书店2002年版，第501页。
⑩ 随笔：《萱园诗话》，见张寅彭主编《民国诗话丛编》第五册，上海书店2002年版，第257页。

为诗，至宋尤甚，几堕恶道，能不为所束者仅矣。"① 苏雪林论及中唐文学列"白派诗人"一章②。民国时期的学者对唐代以诗人命名的诗派论述较多的主要是韩柳诗派、温李诗派、义山诗派、白派这几个唐诗流派。

以选本命名的流派。《箧中集》派，胡适曰："《箧中集》的一派不能算是孤立的一派。他们的诗传下来的很少（《全唐诗》中，孟云卿有一卷，余人多仅有《箧中集》所收的几首），依现有的诗看来，他们的才力实在不高，大概可说是眼高手低的批评家。但他们的文论，一方面也许曾影响杜甫，一方面一定影响了元结，遂开一个新局面。"③《汉上题襟集》派，高钟泉《宛在堂题壁》云："参差《汉上题襟集》，仿佛《西江诗派图》。"④ 谓《汉上题襟集》诸诗人俨然形成了一个如同宋代江西诗派那样的具有独特诗风的诗歌流派。以选本命名诗派在民国时期并不常见。

民国时期，在文学史书写过程中，学者们非常重视当下文学现象与古典文学之间的联系，具有以当下诠释古典的特征。近代以来诗坛存在许多诗歌流派，有汉魏六朝派、崇唐派、宋诗派等，民国时期当代文学创作中又有语丝派、新月派、现代派等，当时的学术研究中也出现了种种流派。这些流派的出现，使得此期的学者在研究唐诗时也以民国的情形去衡量唐诗，因而对唐代的诗歌流派比较重视。此外，在西方文学理论的影响下，此期一部分学者也按照西方文学理论中对诗歌流派的划分方法对唐诗流派进行研究，民国时期唐诗流派论就是在这种学术背景下形成的。

民国之前，历代学者对唐代诗歌流派的研究比较少，对唐诗流派研究的方法也比较简单。民国时期，受西方文学理论的影响及当时文坛流派纷呈现象的影响，此期学者对唐诗流派的研究非常重视，对唐诗流派划分的方法进行了一系列探索，因而此期对唐诗流派的研究远较前代深入，并且为当代唐诗流派研究奠定了坚实的基础。

---

① 丁仪：《诗学渊源》卷八，见张寅彭主编《民国诗话丛编》第三册，上海书店 2002 年版，第 214 页。

② 苏雪林：《唐诗概论》，商务印书馆 1947 年版，第 137 页。

③ 胡适：《白话文学史》，新月书店 1928 年版，第 359—360 页。

④ 陈衍：《石遗室诗话》卷五，见张寅彭主编《民国诗话丛编》第一册，上海书店 2002 年版，第 84 页。

　　总之，民国时期的学者对前人关于唐诗体派的理论进行了系统总结，又能够充分吸收西方文体论、流派论的相关诗学思想，因而在唐诗体派的研究上和前人相比有很大的进步，此期关于唐代诗体、诗歌流派的相关论述对后世的唐诗体派论具有重要的启示意义。

第五章

民国时期唐诗学思想分论

第一节　民国第一期的唐诗学思想

一　概论

民国第一期（1911—1924 年）是中国文化由传统向现代转型的时期，唐诗学的研究也处于转型时期。此期，从研究形式方面而言，占主体的研究形式是传统的诗话形式，如黄节在《诗学》中依然完全承袭了传统的研究方式对唐诗进行论评，但也有像梁启超以论文的形式对唐诗进行研究的成果。但是即使在传统的诗话中，已经流露出了现代的气息，王国维的《人间词话》就是采取传统诗话的形式对词这种文体进行的研究，但是其批评方式完全是现代美学的批评，其核心美学命题"境界"就是在对唐诗的批评中提出的。此期思想界的状况比较复杂，有些年长者的思想却较同时代的年轻人学术思想更为超前，如王国维和黄节就属于这种情况，黄节出生时间晚于王国维，但是其诗学研究从内容到形式却完全采用的是传统的形式，而王国维却能较早地将美学思想引入文学研究，因而成为传统学术的殿军和新时代的导师。除王国维、黄节以外，此期在唐诗的研究中作出了杰出贡献的学者还有梁启超与刘师培。

民国第一期在唐诗学的发展中特别重要的一位人物是梁启超（1873—1929 年），其《情圣杜甫》[①] 在唐诗学史上有特别重要的意义，其唐诗学思想主要体现在以下几个方面：首先，《情圣杜甫》一文对杜诗的情感内

---

① 梁启超：《情圣杜甫》，《晨报副镌》1922 年 5 月 28 日。

容、表现方法进行了系统诠释，体现了此期唐诗学研究由传统诗教观影响下的唐诗研究向启蒙主义思想的影响下的唐诗审美研究的转变，此文实际上成为传统唐诗学和现代唐诗学的分水岭，体现了"诗圣"儒学观影响下及"诗史"史学观影响下的杜诗研究向文学本体研究的回归，同时也体现了对诗人日常生活世界及对诗人心灵世界的重视、对唐诗情感性的重视，可惜的是这种研究方法在整个民国时期并没有受到重视。其次，梁启超较早运用西方的文学理论对唐诗进行研究，这种研究具有方法论意义。如梁启超《中国韵文里头所表现的情感》一文把中国文学的表情法分为奔进的、回荡的、蕴藉的、象征的、浪漫派的、写实派的六种表情法。[1]其中每一种方法在选取诗歌时都能选择唐诗作为典范，如梁启超认为杜甫及元稹的部分诗歌运用了"奔进的表情法"、"回荡的表情法"、"蕴藉的表情法"等方法。[2] 再次，梁启超对唐诗研究领域的拓展也值得重视，如他认为韩愈的《陆浑山火和皇甫湜》《孟东野失子》、卢仝的《月蚀诗》是"神话文学"[3]。将人类学观点引入唐诗研究。梁启超曰："所以这种文学，可以说是经过一番民族化合以后，到唐朝才会发生。那时的音乐和美术，都很受民族化合的影响；文学自然也逃不出这个公例。"[4] 用文化学的方法研究唐诗。这些研究方法具有开风气之先的作用，对整个二十世纪的唐诗研究产生了深远影响。另外，在女性主义思想的影响下，其对杜甫的《佳人》诗[5]、李白的《长干曲》[6]、李商隐写女性的诗[7]都进行过具体分析，这种对女性文学的重视在唐诗学史上也具有开风气之先的作用。总之，梁启超是现代唐诗学史上一位关键人物，他的很多唐诗学思想、唐诗学方法对后世唐诗研究产生了重要影响。

刘师培（1884—1919 年）学术研究的重点在汉魏六朝文学方面，但是其在唐诗学史上的地位也不容忽视，刘师培对唐诗学研究的贡献主要表

---

① 梁启超：《中国韵文里头所表现的情感》，《改造》1922 年 2 月 15 日、4 月 15 日第 4 卷第 6、8 号。见夏晓虹编《梁启超文选》下集，中国广播电视出版社 1992 年版，第 21—109 页。

② 同上。

③ 同上书，第 109 页。

④ 同上书，第 66—67 页。

⑤ 同上书，第 89 页。

⑥ 同上。

⑦ 同上书，第 89—90 页。

现在三个方面：首先，刘师培在《南北文学不同论》一文中引入文学地理学的思想，从文学地理学的角度阐释四唐诗歌风格流变的原因①，这种研究方法具有开风气之先的作用。其次，在唐诗文献研究方面，刘师培认为全唐诗有以下缺憾：考核未精、误收之作甚多、一诗两见、以后人之注误为作者之注、辑者注释之词亦多失考、唐人诗学亦有论文、诗题之字讹者尤多、诗人小传亦有误字。②刘师培是较早重视以文献学的方法对《全唐诗》进行整理研究的学者，他的研究方法对后来全唐诗的文献勘误也具有方法论的意义。再次，民国时期，刘师培较早倡导以历史学方法对唐诗进行研究，其曰："全唐诗有补于考史之征。"③"全唐诗中所载感时伤事之诗，均可与史书互证。"④刘师培以史学研究法研究唐诗的研究思路对陈寅恪的元白诗研究有重要影响。由此可见，刘师培也是唐诗学史上的一位重要人物。

民国第一期，除梁启超和刘师培以外，王国维的《人间词话》和黄节的《诗学》也曾经对唐诗进行过系统论述，因此列专节进行研究。

二　王国维的唐诗学思想

王国维是处于古代和现代交叉点上的一位学者，他既是二十世纪学术大师的杰出代表，是传统学术的殿军，又是开启了一代新风的学者，其学术研究的领域涉及史学、文学、美学、文字学，其中古代文学的研究主要集中在词和戏曲的研究方面，代表性的著作是《人间词话》和《宋元戏曲考》。他将美学理论引入文学研究，将中国传统的学术方法与西方的文艺理论相结合，全面提升了古代文学研究的境界。虽然王国维没有对唐诗做专门的、系统的研究，但是《人间词话》对唐诗只言片语的论述中包含了他对唐诗之诗史地位、唐诗特质等一系列理论问题的宏观把握，这些学术见解对二十世纪及其以后之唐诗研究从价值判断和方法论两个层面产生了深远影响。

---

① 刘师培：《南北文学不同论》，《国粹学报》1905 年第 9 期。见刘梦溪主编，吴方编校《中国现代学术经典·刘师培卷》，河北教育出版社 1996 年版，第 762 页。

② 刘师培：《读全唐诗发微》，《国粹学报》1916 年第 6 期。

③ 同上。

④ 同上。

（一）唐诗之历史地位

"一代有一代之文学"说。王国维曰："凡一代有一代之文学。楚之骚、汉之赋、六代之骈语、唐之诗、宋之词、元之曲，皆所谓'一代有一代之文学'，而后世莫能继焉者也。"① 王国维"一代有一代之文学"说包含着诗为有唐一代之文学的价值判断。在整个文学史的宏阔视阈下，王国维认为每一个时代都有其代表性的文体，就诗歌而言，唐代的诗歌在整个诗歌史上成就是最高的。在古典文学的各种文体中，诗体是最尊崇的，王国维通过各种文体的比较，着重突出了唐诗的重要地位。"一代有一代之文学"说体现了王国维对唐诗文学史地位的推崇。

"最工之文学"说。王国维曰："楚辞之体，非屈子所创也。《沧浪》《凤兮》之歌已与三百篇异，然至屈子而最工。五七律始于齐、梁而盛于唐。词源于唐而大成于北宋。故最工之文学，非徒善创，亦且善因。"② 此处之"工"是王国维对文学艺术价值的判断，彭玉平认为王国维所谓"一代之文学"，"也即最工之文学"③，就五七律而言，王国维认为其"盛于唐"，其中包含着五七律"唐代最工"的思想。律诗是各种诗体中最尊之体，也就是说，王国维认为就诗歌而言，唐代的诗歌是诗史上艺术成就最高的。"最工之文学"说体现了王国维对唐诗的诗史地位及唐诗艺术价值的推崇。

"善创善因"说。王国维认为："最工之文学，非徒善创，亦且善因。"④ 如前所揭，王国维认为"唐诗为最工之文学"，唐诗之所以能成为"最工之文学"的原因在于"善创，亦且善因"，这种思想，体现了王国维对唐诗艺术性的高度评价及其对唐诗特质、唐诗兴盛原因的看法。一方面，王国维认为唐诗之所以能走向兴盛，能够成为"一代之文学"、"最工之文学"的原因就在于其能够在诗体、艺术手法、艺术境界等方面开拓创新。另一方面，王国维认为"最工之文学"的重要原因就在于其"非徒善创，亦且善因"，认为唐诗能够在不断创新的基础上更重视继承前代诗歌艺术的优秀成果，因而在历史上具有集大成的特点。"善创善因"说体现了王国维对唐诗在诗史上"集大成"的特点及诗史地位的

---

① 王国维：《宋元戏曲史·自序》，上海古籍出版社1998年版。
② 王国维撰，彭玉平疏：《人间词话疏证》，中华书局2006年版，第367—368页。
③ 同上书，第368页。
④ 同上书，第367—368页。

体认。

王国维曰："诗中体制，以五七言绝句为最尊，律诗次之，排律最下。盖此体于寄兴言情，两无所当，殆有韵之骈体文耳。词中小令如绝句，长调似律诗，若长调之百字令、沁园春等，则近于排律矣。"① 王国维所论述的绝句、律诗、排律等各种诗体，其成熟时代均在唐代，而且名作多在唐代。由此可以见出其对唐诗的推崇。王国维曰："宋李希声《诗话》云：'唐人作诗，正以风调高古为主。虽意远语疏，皆为佳作。后人有切近的当、气格凡下者，终使人可憎。'余谓北宋词亦不妨疏远。若梅溪以下，正所谓切近的当、气格凡下者也。"② 此处李希声《诗话》中"唐人作诗"原本是"古人作诗"③，王国维将"古人作诗"改为"唐人作诗"，由此可以见出其对唐诗的推崇。以上两个方面体现了王国维在诗体学的角度对唐诗的重要地位的强调。

王国维曰："问'隔'与'不隔'之别，曰：陶谢之诗不隔，韦柳则稍隔矣。东坡之诗不隔，山谷则稍隔矣。'池塘生春草'、'空梁落燕泥'等二句，妙处唯在不隔。"④ 在唐代诗人中，王国维认为"韦柳"等山水派诗人的诗歌不如中古诗人陶谢之诗逼真，因而在艺术效果上具有"稍隔"之憾。"不隔"和"境界"是王国维诗学体系中两个最为重要的范畴，是其对不同时代、不同文体、不同诗人诗作做出评价的两个重要诗学标准。此处，王国维认为陶谢之诗歌具有"不隔"的美学效果，"韦柳"之诗歌是仅次于陶谢而具有"稍隔"的美学效果。又王国维曰："读东坡、稼轩词，须观其雅量高致，有伯夷、柳下惠之风。白石虽似蝉脱尘埃，然如韦柳之视陶公，非徒有上下床之别。"⑤ 可见，王国维认为陶谢是古代最为杰出的诗人，而王国维一再拈出唐之韦柳与陶渊明相较，其中暗含着"除陶谢外唐代之韦柳是诗史上最为杰出的诗人"这样的一个价值判断，由此也可以见出其对唐诗的推崇。由以上几个方面可以见出王国维对唐诗历史地位之推崇。

---

① 王国维撰，彭玉平疏：《人间词话疏证》，中华书局 2006 年版，第 239 页。
② 同上书，第 316 页。
③ 同上。
④ 同上书，第 288 页。
⑤ 同上书，第 346 页。

（二）唐诗特质

1. "性情"论

王国维曰："诗至唐中叶以后，殆为羔雁之具矣。故五季、北宋之诗，除一二大家外。无可观者，而词则独为其全盛时代。其诗词兼擅如永叔、少游者，皆诗不如词远甚。以其写之于诗者，不若写之于词者之真也。"① "羔雁之具"指"应酬无聊之物"②。王国维论诗词主"性情"，而于"性情"主真，认为中唐之前的诗歌具有"真"的美学属性，因此对盛中唐诗歌较推崇。王国维认为中唐以后五代、宋代之诗由于"不真"，因而"无可观者"，从王国维对唐宋诗的论述中可以见出，其认为唐诗优于宋诗的主要原因就在于唐诗有"性情"，而且具有性情之真，宋诗不具以上两个特点。王国维曰："陆放翁《花间集》，谓'唐季五代，诗愈卑，而倚声者辄简古可爱。能此不能彼，未易以理推也。'《提要》驳之，谓：'犹能举七十斤者，举百斤则蹶，举五十斤则运掉自如。'其言甚辨。然谓词格必卑于诗，余未敢信。善乎陈卧子之言曰：'宋人不知诗而强作诗，故终宋之世无诗。然其欢愉愁怨之致，动于中而不能抑者，类发于诗余，故其所造独工。'五代词之所以独胜，亦以此也。"③ 此处，王国维同意陆游关于晚唐五代诗不如词的观点，认为晚唐五代词之胜于诗的地方在于词能够将"欢愉愁怨"之情感发于词中，而此期之诗不具有情感之真实性，这是晚唐五代诗不如词的地方，这间接地体现了王国维认为晚唐五代诗不如盛中唐诗之有真情实感，从中也可以见出王国维对盛中唐诗歌真实"性情"的强调。

王国维曰："冯正中词除《鹊踏枝》《菩萨蛮》十数阕最暄赫外，如《醉花间》之'高树鹊衔巢，斜月明寒草'，余谓韦苏州之'流萤渡高阁'、孟襄阳之'疏雨滴梧桐'不能过也。"④ 王国维论词主"真"，于词中最崇五代，于五代最为推崇冯延巳，而此处王国维将韦应物、孟浩然之诗与冯延巳之词比较，认为韦应物、孟浩然之诗与冯延巳之词不能相较高下，由此可见其认为盛唐山水田园诗和五代词一样具有"真"之美学特征，王国维认为性情之真是盛中唐诗歌的特质。

① 王国维撰，彭玉平疏：《人间词话疏证》，中华书局 2006 年版，第 139 页。

② 同上。

③ 同上书，第 333 页。

④ 同上书，第 141—142 页。

　　从"性情论"出发，王国维主张情感之真，表现在艺术上，一方面，他反对诗歌中使事用典。王国维引潘德舆论诗词之语曰："词滥觞于唐，畅于五代，而意格之阂深曲挚，则莫盛于北宋。词之有北宋，犹诗之有盛唐。至南宋则稍衰矣。"① 虽然王国维只就词而言，并未对潘德舆对盛唐诗的推崇作出评价，但是，既然王氏认为潘德舆的论断是"卓识"，由此可见，王国维对潘德舆对诗的论断是深表赞同的，王国维是非常推崇盛唐诗的。而推崇盛唐诗之原因，王国维曰："人能于诗词中不为美刺投赠之篇，不使隶事之句，不用粉饰之字，则于此道已过半矣。"② 由于主张文学的纯粹审美意义，反对使事用典，主张真情之反映，而盛中唐诗"不使隶事之句，不用粉饰之字"，因而对盛中唐山水田园诗派比较推崇。由此可见，王国维认为"不使隶事之句，不用粉饰之字"是唐诗特质之一。

　　2. "隔"与"不隔"论

　　王国维曰："问'隔'与'不隔'之别，曰：陶谢之诗不隔，韦柳则稍隔矣。东坡之诗不隔，山谷则稍隔矣。'池塘生春草'、'空梁落燕泥'等二句，妙处唯在不隔。"③ 所谓"不隔"，彭玉平先生认为是指"写情写景写物能给人以自然、直接、鲜明、真切、生动的印象，使读者能直接切入到特定的情景之中"，"多直写心境和自然"④。可见，王国维的"隔"与"不隔"理论，实际上是要求诗歌具有真实的情感，只不过"隔"与"不隔"是真实情感在美学上所达到的效果的体现。陶谢之诗能够直写心境，所以"不隔"，而黄庭坚好用典故，所以"隔"。在唐代诗人中，王国维认为"韦柳"等山水派诗人的诗歌不如陶谢诗鲜明、真切、生动，在艺术效果上具有"稍隔"的特点。如前所揭，王国维认为"诗至唐中叶以后，殆为羔雁之具"，认为晚唐及其之后的诗歌缺乏真情实感，在美学效果上完全是"隔"的。王国维批评诗词由真实性所决定的美学效果有"不隔"、"稍隔"、"隔"三重境界，"不隔"的诗歌境界是王国维的一种美学理想，按照其论述，在古典史诗上，只有陶渊明等极少数的诗人能够达到，晚唐之后的诗歌在境界方面大多是"隔"的，而从王国维对孟浩然、韦应物、柳宗元等盛中唐诗人诗歌的评价及其对盛中唐

① 王国维撰，彭玉平疏：《人间词话疏证》，中华书局 2006 年版，第 264 页。
② 同上书，第 206 页。
③ 同上书，第 288 页。
④ 同上书，第 290 页。

诗歌的推崇中可以见出，王国维认为盛中唐诗歌在境界上具有"不隔"的特点。如果说"不隔"的境界是王国维关于古典诗歌的一种不容易达到的理想境界，"隔"是其对唐代以后的诗歌的批评，那么，介于"隔"与"不隔"之间的境界则是王国维对唐代诗歌艺术的崇高评价和其对唐诗特质的体认。

3. "境界"论

严羽《沧浪诗话》中以"兴趣"论盛唐诗，王国维曰："北宋以前之词，亦复如是。然沧浪所谓兴趣，阮亭所谓神韵，犹不过道其面目，不若鄙人拈出'境界'二字，为探其本也。"① 严羽认为"盛唐诸公，唯在兴趣"，王国维主张将"兴趣"换成"境界"，而且认为这样可以"探其本"，可见，王国维认为盛唐诗的特质在"境界"之美。王国维曰："境界有大小，不以是而分优劣。'细雨鱼儿出，微风燕子斜'何遽不若'落日照大旗，马鸣风萧萧'。'宝帘闲挂小银钩'何遽不若'雾失楼台，月迷津渡'也。"② "细雨鱼儿出，微风燕子斜"为杜甫《水槛遣心二首》中诗句。"落日照大旗，马鸣风萧萧"为杜甫《后出塞》中诗句。此处，王国维论诗歌境界，所举诗句大部分为杜诗，由此也可以见出其对唐诗境界的推崇。总之，王国维认为"境界"之美是以盛唐诗为代表的唐诗特质之一。

在各种诗歌境界中，王国维又特别推崇"壮观"之境界。王国维曰："'明月照积雪'、'大江流日夜'……'中天悬明月'、'大漠孤烟直，黄河落日圆'，此等境界，可谓千古壮语。求之于词，唯纳兰容若塞上之作，如《长相思》之'夜深千帐灯'，《如梦令》之'万帐穹庐人醉，星影摇摇欲坠'差近之。"③ "中天悬明月"是杜甫《出塞》诗中写景名句，"长河落日圆"为王维《出塞》诗中写景名句，可见王国维对气势壮观的唐代写景诗句特别欣赏。王国维曰："'西风吹渭水，落日满长安'，美成以之入词，白仁甫以之入曲，此借古人之境界为我之境界者也。然非自有境界，古人亦不为我用。"④ "西风吹渭水，落日满长安"出自贾岛《忆江上吴处士》："秋风吹渭水，落叶满长安。"这两句也以写壮观之景而著

---

① 王国维撰，彭玉平疏：《人间词话疏证》，中华书局2006年版，第295页。
② 同上书，第228页。
③ 同上书，第219页。
④ 同上书，第226页。

名，因而受到了王国维的推崇。如前所揭，王国维以"境界"论唐诗之美，认为"境界有大小，不以是而分优劣"①。但是从此处的论述来看，王国维主要还是欣赏唐诗中比较壮观的"大"境界。由此可见，王国维认为境界"壮观"是唐诗特质之一。

（三）唐诗形成背景："国民盛壮"论

王国维曰："以《长恨歌》之壮采，而所隶之事，只'小玉'、'双成'四字，才有余也。梅村歌行，则非隶事不办。白吴优劣，即于此见。"② 对白居易《长恨歌》评价非常高。王国维曰："叔本华曰：抒情诗，少年之作也；叙事诗及戏曲，壮年之作也。余谓：抒情诗，国民幼稚时代之作；叙事诗，国民盛壮时代之作也。"③ 中唐之前，中国古典诗歌以抒情诗为主，从盛唐起叙事诗开始发达，代表作品有杜甫之三吏、三别，白居易之《长恨歌》《琵琶行》《卖炭翁》，元稹之《连昌宫词》等，王国维是根据唐代叙事诗发展的情状得出"叙事诗，国民盛壮时代之作"的观点的。可见，王国维认为"国民盛壮"是包括叙事诗在内的唐诗兴盛的文化背景。

（四）唐诗分类

"诗人之诗"与"政治家之诗"论。王国维曰："'君王枉把平陈业，换得雷塘数亩田。'政治家之言也。'长陵亦是闲丘陇，异日谁知与仲多？'诗人之言也。政治家之眼，域于一人一事。诗人之眼，则通古今而观之。"④ "君王枉把平陈乐，换得雷塘数亩田"出自罗隐《隋帝陵》；"长陵亦是闲丘陇，异日谁知与仲多"出自唐彦谦《仲山》诗。王国维提倡纯文学，主张诗歌不囿于具体的人和事、一朝一代的更替，而要表达超时代的普遍的人生情感体验。由此，王国维把唐诗按照创作主体的身份分为诗人之言和政治家之言两种。这种唐诗分类方法体现了王国维"为艺术而艺术"的文学观念。

总体而言，王国维"一代有一代之文学"论提高了唐诗的文学史地位和诗史地位；其"境界"论揭示了唐诗的美学价值；其"隔"与"不隔"论揭示了唐诗的特质。王国维以大文学史观和纯审美的方法对唐诗

---

① 王国维撰，彭玉平疏：《人间词话疏证》，中华书局 2006 年版，第 228 页。
② 同上书，第 208 页。
③ 同上书，第 172 页。
④ 同上书，第 335 页。

的研究，推动了古典唐诗学向现代唐诗学的转换，王国维是古典唐诗学的殿军，也是现代唐诗学的开创者，对二十世纪唐诗学的发展产生了重要影响，在现代唐诗学史上具有崇高之地位。

三　黄节的唐诗学思想

黄节是对中国古代诗学有很高造诣的学者，他对古代文学的研究主要是在中古诗歌方面，《诗学》① 是其诗学研究的代表作，该著对从先秦至明代的诗歌艺术变迁及各期特点、各期代表诗人的风格特征进行了论评。黄节的唐诗学思想主要体现在以下几个方面：

（一）唐诗兴盛之原因

黄节曰："自五七言既兴，于是诗学源流以此为大。"② 又曰："自五七言、古近体既兴，于是唐之作者多兼治之，或兼长，或各有所长。"③ 五七言诗是古典诗歌的主要形式，除五古而外，五七言中的其他各体都是在唐代进入创作的兴盛期的，因此，黄节认为唐代是中国诗学史上的一个关掫点。就诗体而言，黄节认为唐人各体"兼治"，或者各体"兼长"，或者只在某体的创作上"有所长"，因此唐代诗学大盛。一方面，黄节认为唐代五七言诗体兴盛是唐代诗歌兴盛的前提；另一方面，唐代诗人对各体诗歌的"兼治"、"兼长"，或者在"兼治"各体的基础上对某体的"特长"是唐诗兴盛的主要原因。黄节从本体论的角度对唐诗兴盛的原因进行了阐释。

（二）唐诗艺术渊源

在论及唐代诗歌艺术渊源时，黄节曰："其间诗学之源流，与乎其变迁得失，可得而述也。唐初龙门王勃、华阴杨炯、范阳卢照邻、义乌骆宾王称四杰，并秀于前；乐城苏味道、赵州李峤、齐州崔融、襄阳杜审言号四友，齐名于后。皆能远挹谢鲍，近宗徐庾，引六朝之源流以入初唐，此其选也。"④ 认为唐诗艺术渊源为六朝诗歌，特别是谢灵运、鲍照、庾信、徐陵这四位诗人，更是唐诗艺术的不祧之祖。又曰："六朝五言诗，由古诗而创为后世五律、五绝、五言排律之体，其源流可递数者也。七言诗既

① 程中山：《黄节诗学的成书时代及其版本考略》，《学术研究》2006 年第 10 期。
② 黄节：《诗学》，见张寅彭主编《民国诗话丛编》第二册，上海书店 2002 年版，第 492 页。
③ 同上书，第 495 页。
④ 同上书，第 496 页。

兴，于是有七言诗之变体，其源流亦始自六朝。"① 又曰："六朝七言诗，由古诗而创为后世七绝、七律、七言排律之体，其源流又可递数者也。是故以六朝之词藻，上承汉魏，而下开唐宋，凡诗之体格，无不备于是时。"② 就诗体和风格而言，认为唐诗各体均渊源于六朝，唐人在六朝诗歌的基础上推陈出新，因而各体诗歌至唐代而"无不备"，因而诗学大盛。又曰："陈则徐陵称首，北周庾信为优，至隋而杨素沈雄华赡，风骨甚遒，已辟唐人陈、杜、沈、宋之轨。"③ 认为隋代南北统一，杨素诗歌"风骨甚遒"，已开启唐诗之风貌。重视六朝诗歌艺术对唐诗之影响，是黄节诗学思想的核心。

（三）唐诗艺术变迁论

黄节曰："律诗既兴于其时（初唐），而五七言古诗，亦视六朝为绮靡。夫绮靡则伤气格，于是张九龄、陈子昂起而振救之，夺魏晋之风骨，变梁陈之俳优（采王渔洋说），抑沈宋之新声，掩王卢之靡韵（采邓元锡说），而风斯一变。"④ 认为初唐之时，律诗初步兴起，其时诗人张九龄、陈子昂等认识到六朝绮靡文风的弊端，以汉魏风骨救齐梁骈偶之失，文风因此而一变。又具体论述陈子昂在唐诗发展史上之地位曰："子昂继阮籍《咏怀》之什，作《感遇诗》三十六首，化尽町畦，神游八极，存之隐约，味之玄淡，词旨幽邃，音节高壮，唐初五言，由兹一振。杜甫谓其才继《骚》《雅》，世无比肩。柳宗元称其比兴兼有，唐兴一人。而韩愈亦谓'国朝盛文章，子昂始高蹈'。是故以五言而论，子昂其有唐先路之导欤？"⑤ 指出了陈子昂在唐代五言诗发展过程中的先导作用。论及盛唐诗歌，黄节曰："而乐府七言，至是而始畅；近体律、绝，推是为正宗。所谓气格声律，至详极备，唐代诗学之盛，盛于此矣。"⑥ 认为盛唐时各种诗体大备，因此唐代诗歌由初唐之初兴而臻于极盛。又曰："逮乎开元、天宝之间，气格声律，至详极备，以有李杜二家也。"⑦ 认为在各体诗歌大备于时的基础上，李白、杜甫又在诗歌的"气格声律"方面开出新天

① 黄节：《诗学》，见张寅彭主编《民国诗话丛编》第二册，上海书店2002年版，第493页。
② 同上书，第494页。
③ 同上。
④ 同上书，第496页。
⑤ 同上书，第498页。
⑥ 同上书，第497页。
⑦ 同上书，第496页。

地，唐代诗风因此而又一变。又曰："读杜甫'汉朝陵墓'，较李商隐
《马嵬》《锦瑟》；读杜甫《九日蓝田庄》，较杜牧《九日齐山》，则盛唐、
晚唐之升降，已可喟矣。"① 认为唐诗发展至杜甫，已开晚唐诗歌的无数
法门。黄节评大历诗歌曰："篇什讽咏，不减盛时，而近体繁多，古声渐
远。"② 认为大历时期虽然诗歌创作的风气不减盛唐，但是从诗歌体式方
面而言，此期主要是新体诗，古诗的创作寥寥无几，因而诗风又生出变
化。黄节论中唐诗歌曰："盖昌黎本好奇崛，而东野亦硬语盘空，以是并
称韩孟。一时若卢仝、贾岛，皆闻韩孟而起者，而风又一变。奇崛之失，
至于涩僻，如卢仝、贾岛，或至不可卒读。"③ 认为中唐诗歌之变化，在
于诗风走向"奇崛"。又曰："（韩孟诗派）奇崛之失，至于涩僻，如卢
仝、贾岛，或至不可卒读。于是元稹、白居易兴焉。……以故元白为诗，
主于易读而易解。然而昔人评之曰：元失之轻，白失之俗。其后杜牧之訾
元白以纤艳不逞之词，流传人间，使子父母女，诵为口实，入人肌骨，不
可渐涤。盖元白之浅易，实矫韩孟之涩僻而为之也，而风又一变。"④ 认
为中唐时，元白诗派为了矫正韩孟诗派的"奇崛"诗风之失，而倡以浅
易诗风，中唐诗风又生一变。论及晚唐诗风，黄节曰："夫元白之失，在
于浅易，格每下而力劣，声杀削而音微。施及晚唐，而沈雄深浑之诗，至
于绝响。于是温庭筠之绮靡，李商隐之纤秾，同时而兴。尚声律而忽气
格，抑又下于初唐四子及沈宋远矣。流及五季，迄用无题，而风又一
变。"⑤ 认为晚唐诗风为了救元白浅易之失，走向绮靡一路，"尚声律而忽
气格"，文风因此而变，并影响至于五代，这种诗风已经与初唐四杰及沈
宋之诗风格格不入。黄节还梳理了整个唐代诗风变迁的线索，曰："总而
论之，有唐一代作者，其力足以转移风气、起衰救敝者，陈子昂、李白、
杜甫、韩愈四人而已。"⑥ 指出了在有唐一代诗风变迁过程中起过关键作
用的四位诗人。注意于唐代诗歌艺术变迁过程的描述，这是此期唐诗研究
较传统唐诗学走向深入的重要体现。

---

① 黄节：《诗学》，见张寅彭主编《民国诗话丛编》第二册，上海书店 2002 年版，第 498 页。
② 同上书，第 497 页。
③ 同上。
④ 同上书，第 497—498 页。
⑤ 同上书，第 498 页。
⑥ 同上。

（四）唐诗影响论

论及唐诗对宋诗的影响，黄节曰："宋初去晚唐未远，故温李之风，由五季以流入，则'西昆体'兴焉。"① 指出了温李诗风对宋初诗风的影响。论及唐诗对元诗的影响，黄节曰："夫诗至元代，欲复唐音，而才力薄弱，自道园而外，实无足与宋贤相较者。吴渊颖、杨铁崖力追唐代，曾未能至于遗山，盖诗至元而衰矣。"② 又曰："观《复古诗集》（杨维桢门人所编）所载多艳冶之词，所谓'蔫红刻翠'者也。其乐府出入于卢仝、李贺之间，奇奇怪怪，溢为牛鬼蛇神，所谓'牙棘口'者也。"③ 具体指出了唐诗对元诗的影响。论及唐诗对明诗的影响，黄节曰："有明一代之诗，步趋唐辙，视元则伯仲，而比宋则逊矣。"④ 又曰："其大势可得而述也：明初诗人高启、杨基、张羽、徐贲称四杰，以配初唐王、杨、卢、骆。四子之中，高季迪为独可称道。季迪诗五古、五律则脱胎于汉魏、六朝及初盛唐，七古、七律则参以中唐，七绝并晚唐。盖明诗步趋唐辙，季迪实为之倡；而摹拟之风，亦季迪实为之始。"⑤ 又曰："四杰而外，刘基、袁凯亦以诗称。刘则独标骨干，规摹杜韩；袁以《白燕诗》得名，时称'袁白燕'。李梦阳序则谓《白燕诗》最下最传，其高者顾不传。梦阳之言是也。凯古体欲学《文选》，近体欲学杜甫，惟未能至。"⑥ 又曰："李梦阳、何景明倡言复古，诗尚中唐，起而振之，时称'七子'。"⑦ 指出了唐诗对明诗的影响。

总之，黄节在充分吸收历代诗话中唐诗学理论的基础上，对唐诗兴盛之原因、唐诗艺术渊源、唐代诗风变迁等一系列问题都进行了深入探讨，其对唐诗艺术的很多论断都非常深刻、全面，在一定程度上推进了民国时期唐诗研究的深入。

概而言之，民国第一期唐诗学还没有成为一门独立的学科，此期的唐诗研究非常薄弱，研究方法处于从传统的以考证为主的方法向现代唐诗宏观研究、文化学视阈下的唐诗研究的转型期，但是它为民国中后期唐诗的

① 黄节：《诗学》，见张寅彭主编《民国诗话丛编》第二册，上海书店 2002 年版，第 501 页。
② 同上书，第 513 页。
③ 同上。
④ 同上。
⑤ 同上书，第 513—514 页。
⑥ 同上书，第 514 页。
⑦ 同上。

研究奠定了坚实的基础，此期是民国时期唐诗学的奠基期。

第二节 民国第二期的唐诗学思想

一 概论

民国第二期（1925—1936 年），随着西学东渐的不断深入及现代学术研究机构的建立，唐诗学逐渐形成一门独立的学科，在这种学术背景下，将唐诗作为独立研究对象的专家纷纷出现，如苏雪林、杨启高、胡云翼等人对唐诗都进行过专题研究。随着专题研究的不断深入以及受日本中国文学史书写方式的影响，以唐诗为研究对象的断代诗歌史著作大量出现。同时，此期唐诗研究方法的一大变化就是西方的文艺理论被引入唐诗学的研究。此期和民国第一期相比较，唐诗研究逐渐走向深入和系统化。

汪静之（1902—1996 年），其《李杜研究》于 1928 年出版，该著是民国第二期唐诗专题研究方面成就较高的著作。汪静之从思想、作品、性格、境遇、行为、嗜好、身体七个方面对李杜进行全面比较研究，其对李杜诗研究的学术成就主要体现在以下几个方面：首先，汪静之以西方的文艺理论对李杜诗各自的艺术特征展开研究，认为李是浪漫派、唯美派，杜是写实派、人生派。[1] 其次，汪静之以文化地理学思想对李杜诗展开研究，认为李杜南北两种风格都有，但杜偏于北方，李偏于南方。[2] 再次，汪静之结合当时的文化思潮对李杜诗展开研究，提出了"苦闷"说，认为"李杜的诗所以好，因为都是苦闷的象征"[3]。又次，汪静之还对李杜的生活史进行了研究，认为杜甫有"肺病"[4]，并认为"这个饿字才是子美的思想的真正源泉"[5]。这种对诗人生活史的研究在唐诗学史上具有开风气之先的作用。另外，汪静之提出了"诗中有史，诗中有画"说[6]，从历史性和艺术性两个方面提高了杜诗的诗史地位。最后，汪静之提出了"年谱"说，认为"子美作诗用的是司马迁作史记的笔，他实是诗国里的

---

[1] 汪静之：《李杜研究》，商务印书馆 1928 年版，第 16 页。

[2] 同上。

[3] 同上书，第 44 页。

[4] 同上书，第 134 页。

[5] 同上书，第 151 页。

[6] 同上书，第 192 页。

司马迁。他有时替社会做史，有时自己做传，做诗送便替那人做传"①。按照传统的观点，"诗史"说大致认为杜诗可以当作研究唐代社会的史料，而汪静之在前人观点的基础上，更进一步认为杜诗是自己的"年谱"，也是同杜甫有交往的人的"传记"。② 这是对"诗史"说内涵的增殖。另外，汪静之也非常重视李杜诗艺术性的研究，《李杜研究》设专章研究"杜甫之写实工夫"③，并且对李杜诗各自不同的风格特征及其形成的原因也进行了深入探讨。这种立足于文学本位的诗歌艺术性研究在唐诗学史上也具有重要意义。

　　苏雪林（1897—1999 年），其《唐诗概论》于 1933 年出版，她还对李商隐及其诗歌进行过专题研究，因而苏雪林是民国第二期一位著名的唐诗学专家，其唐诗学思想主要表现在以下几个方面：首先，苏雪林较早将西方的文艺理论引入唐诗的研究，开启了唐诗研究的一个新阶段。苏雪林按照唐诗艺术特征，以古典文学、浪漫文学、写实文学、唯美文学为标准，将唐诗分为五个时期。④ 在唐诗学史上，苏雪林是第一位以艺术特征为表征对唐诗进行分期的学者。苏雪林还以西方的文艺理论来概括唐代诗人的风格特征，如她认为李商隐近于西洋 1860 年继浪漫而起之高蹈派，而且与西洋的象征主义有相似之点。⑤ 认为王维诗是"中国诗里的印象派"⑥。认为李白是"集浪漫文学之大成的一位诗人"⑦，是"颓废文学的大师"⑧，认为李贺是"唯美文学启示者"⑨，认为"元和长庆以后诗坛风气又起了一重大变化，即由人生文学改而为艺术文学"⑩。这种以文艺学的视角对唐诗的研究，在唐诗学史上具有开风气之先的作用。其次，受胡适思想影响，苏雪林还非常重视民间文学对唐诗境界提升的作用，苏雪林曰："唐人能清楚认识文学自然的趋势，用民歌活的言语，活的境界来写

---

① 汪静之：《李杜研究》，商务印书馆 1928 年版，第 192 页。
② 同上。
③ 同上。
④ 苏雪林：《唐诗概论》，商务印书馆 1947 年版，第 13—20 页。
⑤ 同上书，第 19 页。
⑥ 同上书，第 64 页。
⑦ 同上书，第 69 页。
⑧ 同上书，第 80 页。
⑨ 同上书，第 145 页。
⑩ 同上书，第 146 页。

新文艺，使诗歌内容充实，形额（案：当为容）翻出无数花样。"① 总之，苏雪林将西方文艺理论引入唐诗研究，她是唐诗学史上又一位开风气之先的学者。

除汪静之与苏雪林等人外，民国第二期对唐诗进行了系统研究的学者还有杨启高和胡云翼，下面设专节对杨启高和胡云翼的唐诗学思想进行研究。

二　杨启高的唐诗学思想

杨启高是民国时期正式提出"唐诗学"概念的第一位学者，他的《唐代诗学》在胡云翼唐诗学研究的基础上，以唐诗背影、唐诗渊源、唐诗流派、唐诗特质、唐诗体例为框架对唐诗进行研究，形成了系统的唐诗学理论体系，标志着此期唐诗学理论体系的初步形成。

（一）唐诗之历史地位

杨启高曰："唐代为中国文学之黄金时代，唐诗为中国文章之精华。"② 又曰："上溯周楚汉魏六朝之源，下穷宋元明清之流，中以唐代为汇归。"③ 认为唐诗艺术是对先秦汉魏六朝诗歌艺术的总结，并且开启了宋元明清的诗歌艺术，因而唐代是诗史上艺术成就最高的时期。曰："由汉魏六朝之振荡，至唐始波澜壮阔，翻潮倒浪，高放光焰于万丈，汇成诗海之华灯。诚以唐诗品位，原与楚骚汉赋宋词元曲等，各为一代之胜，纵后起明清诸朝之风人。继轨联镳，畅游诗衢，特分较其骋绩，宁有超越唐人者哉。"④ 继承了王国维的"一代有一代之文学"说⑤，认为唐诗为"一代之胜"。又曰："综览唐诗之殊胜，既富此伟大特征，讵只在诗歌史上，有其巍居雅座，即若外人称中华为文章之国，亦恒颂唐诗集其精英，虽经宋后清前之继轨，尚未分逸其隆绩。"⑥ 认为唐诗在国内国外产生了广泛而深刻的影响。论及唐诗各期的艺术成就，杨启高曰："开元天宝之间，诗人群起，睹此璀璨盛境，恒以雄浑之气，传诸壮丽之辞，金声玉

① 苏雪林：《唐诗概论》，商务印书馆1947年版，第10页。
② 杨启高：《唐代诗学》，正中书局1935年版，第148页。
③ 杨启高：《唐代诗学·自叙》，正中书局1935年版，第10页。
④ 同上书，第2页。
⑤ 王国维：《宋元戏曲史·自序》，上海古籍出版社1998年版。
⑥ 杨启高：《唐代诗学·自叙》，正中书局1935年版，第9页。

振，可以冠冕三唐者也。"① 认为盛唐诗是唐诗各期艺术成就最高的。

（二）唐诗艺术论

1. 唐诗艺术形成论

杨启高对唐诗形成的外在原因进行了系统分析，曰："一则使民间经济发展，可以供许多诗人之物质生活，不迫于饥寒，而从事讴歌……一则使政府赋税丰足，国库充实，可以养许多官僚以从事于诗。"② 认为唐代经济发展是唐诗发展的重要原因。又曰："凡各种文学发达，均在极盛与极衰时，诗学当然不能例外。"③ 又曰："是以杜甫白居易等风人之诗，大都产生于盛唐中唐交替之秋，苟非治乱频繁，孰能至于斯耶？"④ 认为治乱之际的特殊环境是唐诗形成的重要原因。又曰："唐代文化，可谓集亚洲文化之大成，平常所谓东方文化特色，于此时可以见之。"⑤ 认为唐代文化的繁荣兴盛也是唐诗兴盛的重要因素。杨启高曰："凡诗人风习之所以成，皆由于上有所好者。唐自太宗为秦王时，即罗致天下文人……殆后武后玄宗以下，莫不爱好诗歌，下至庶民，大都习诗唱歌，蔚成风气，自古以来，未有如斯之盛者。"⑥ 认为帝王的提倡也是唐诗兴盛的一个因素。

在所有促进唐诗艺术发展的因素中，杨启高认为"以诗赋取士"制度是唐诗之所以成为一代之文学的最为重要之原因，曰："唐因以律诗取进士，对于声律更严，于诗体格外成声调之美，如唐乐府及七言绝，皆可以成歌唱。"⑦ 又曰："唐试进士，在高宗永隆三年初试策，杂文。武周二年始试律赋，直至开元七年，乃试律诗……此为以声偶文试进士之标准。而诗人发达之原因，亦以此为最。"⑧ 认为以诗赋取进士的科举制度是唐代诗歌兴盛之重要原因。又通过开元、天宝两时期进士中诗人人数的统计⑨，进一步分析曰："一、进士中固多大诗人，如王维李颀储光羲崔颢钱起等，各人之律诗均多佳者，与沈宋较为高明。二、从表外去思索，与

① 杨启高：《唐代诗学·自叙》，正中书局1935年版，第6页。
② 杨启高：《唐代诗学》，正中书局1935年版，第4页。
③ 同上书，第5页。
④ 同上书，第6页。
⑤ 同上。
⑥ 同上书，第8页。
⑦ 同上书，第7页。
⑧ 同上书，第94页。
⑨ 同上书，第94—95页。

王维齐名而又为王所佩服之孟浩然，并未见之。至世人共盛称之诗仙李白与诗圣杜甫，均榜上无名，李白虽功名心淡，超然不群，而杜甫则屡试不第，而律诗绝伦。于此可见科举虽可以开通风气，亦只能举庸才。凡杰出之士，绝不舍其个性而自找独立之兴趣。是以可断定考试能得庸才，而不能得俊才。然无考试以促成，则庸才亦不可得。是以二者，固未可偏废，而盛唐之盛，亦藉此益形发达。"① 杨启高认为以诗赋取进士为唐代诗歌兴盛之重要原因而非唯一原因，认为以诗赋取进士促进了唐诗艺术的发展，但是又认为不能将以诗赋取进士对唐诗的促进绝对化。又曰："唐代以律诗取进士，乃由朝廷法律规定，与律赋同一用意，虽杰出天才，不愿由考试出身，然其自作诗篇，亦未尝不奉此法者。"② 认为以诗赋取士制度对非进士出身的诗人的诗歌创作也有影响。总体上来说，杨启高认为唐诗兴盛的原因在于以诗赋取进士的科举制度。总之，在唐诗形成的外在原因中，杨启高认为"以诗赋取士"制度是唐诗兴盛的主要原因。

　　经学方面，杨启高曰："唐人对于经术虽不如汉人尊崇，然而疏释之功，颇有系统。如陆德明《经典释文》，孔颖达《五经正义》，亦发见议论之周到。至于子学虽不甚发达，然二百余年间，陈子昂韩愈柳宗元等议论，确有助于诗之思想甚大。"③ 认为经学也对诗歌创作产生了一定的影响。史学方面，杨启高曰："唐代修撰《晋书》《梁书》《陈书》《南史》《北史》《周书》《隋书》，自富史学之技术，而关于原理者，则为刘知几《史通》，因修史重文章，而诗人多取资粮于其间。"④ 认为作为社会学之史学的发达，对唐诗艺术的发达也产生了一定的作用。字学方面，杨启高曰："就义训言，自《尔雅》以来，每字皆有复杂训诂，对于诗之表现情感想象智能三内容元素，均绰有余裕，是以唐代文化影响于诗之发达，文字，固一极重要原因也。"⑤ 认为字学的发展，对唐诗艺术的形成也有重要影响。

　　关于唐诗艺术形成的内在原因，杨启高认为唐诗艺术形成的重要原因首先在于"理论圆通"，曰："白居易论诗功用，有为己为他之别。为己

① 杨启高：《唐代诗学》，正中书局 1935 年版，第 95—96 页。
② 同上书，第 8 页。
③ 同上书，第 9 页。
④ 同上。
⑤ 同上书，第 7 页。

者独善其身，为他者兼济天下。此说上下洽通，古今兼照，推广其意，可囊括世间诸般文艺。"① 其次，认为"体例宏博"是唐诗艺术形成的又一重要原因，此处"体例"指诗歌体裁和风格两个方面，体裁方面，杨启高曰："诗至唐有古律杂三体区分，较诸永明以前，诗无定律，体虽尊而只有古者为宏博。"② 风格方面，认为各种风格都有大家杰作。③ 其三，杨启高认为："唐诗转变，较别代为显豁，举其纲维，有华丽朴茂之大廓。"④ 认为唐诗艺术成就的取得在于"华丽"与"朴茂"两种风格的备具。其四，认为"为文之术，恒与时而俱进，唐人治诗，多能深通此中奥窍，虽其内蕴纷纭，外形蕃变，然而挈提纲领，则为精于命意与修辞"⑤。认为唐诗之所以会成为一代之所胜，原因在于唐代诗人精于为文之术。具体地说，杨启高曰："若杜甫之性耽佳句，李贺之呕出心肝，自多销铄精胆……此乃情志壅塞之时，故有沉于滞思之境，特以杜工部律体之冠绝古今，李太常歌诗之超越恒人，未尝非其乐于穷幽揽胜之功。"⑥ 认为唐人善于"陶养神思"；杨启高认为唐人善于"调协声律"，因而"唐人以律诗为殊胜"⑦。杨启高曰："在初唐四杰与晚唐词华派之讴歌，固多错金镂采，若芙蕖之出锦波，即盛唐燕许李杜之吟咏……至若吟成一字，捻断数髭，二句三年，一吟流泪，则重精炼辞藻之证。"⑧ 认为唐人善于"精炼辞藻"；杨启高曰："唐人安章宅句之术，堪称深湛，小则绝诗，以四句开新境，大则排律，藉百韵占胜场。他若连昌宫词秦妇吟等歌行，则又情富比叙，辞切关联，贞百虑于一致，驱万途于同归。"⑨ 认为唐人精于"安章宅句"之术。杨启高认为对于艺术技巧的重视与精熟，是唐诗艺术成熟的一个重要原因。艺术方面，杨启高曰："唐代艺术，上超六朝，下迈宋代。……诗与一切艺术为姊妹，故其有助于诗亦多。"⑩

---

① 杨启高：《唐代诗学·自叙》，正中书局 1935 年版，第 2 页。
② 同上书，第 3 页。
③ 同上书，第 4—5 页。
④ 同上书，第 5 页。
⑤ 同上书，第 7 页。
⑥ 同上书，第 8 页。
⑦ 同上。
⑧ 同上书，第 9 页。
⑨ 同上。
⑩ 杨启高：《唐代诗学》，正中书局 1935 年版，第 10—11 页。

认为唐代艺术的高度繁荣也是唐诗成为一代之文学的重要原因。对前代诗歌艺术的继承方面，杨启高曰："溯唐诗渊源，当远自周代始，盖中国诗由远古至周代，已有可考者二大体裁，一曰诗……二曰骚……惟诗在两汉尚无明白之派别，至建安以后，遂有正始太康两派之消长。"① 又曰："唐初沿齐梁之风，太宗高宗时，声律采藻，已达极盛。开元天宝以后，推翻齐梁，恢复正始。由温飞卿至宋初西昆，为太康派。"② "唐之陈子昂李太白皆其（正始派）流亚。"③ "唐之四杰杜甫皆其（太康派）流亚。"④ 认为唐诗对前代诗歌艺术的继承是唐诗兴盛的重要原因。

2. 风格论

杨启高将唐诗风格分为"雄壮及婉丽二体"⑤，认为"雄壮"之体"约有四品。一曰雄浑瑰伟，如陈子昂张说苏颋等，源于稽康阮籍辈诗风。以权奇磊落之怀，纳诸铿锵铿锵之调是也。二曰豪宕恣肆，李白李顾等，宗九歌大风垓下诸诗，意趣豪放，辞采飞飏之流是也。三曰典赡奥衍，立意渊深，措辞诡曲，韩愈刘叉等，宗雅颂辞赋铙歌之作是也。四曰清苍幽峭，意必清爽，语必推敲，贾岛姚合之伦是也"。"至于婉丽者，亦约有四品。一曰缘情绮丽，此乃祖述国风乐府之写山水宫闱等诗，情灵摇荡，辞采纷披，初唐四杰与晚唐温李等，多擅胜场。二曰沉郁顿挫，情感悲闷，声调婉转，杜甫岑参之流，多精此品。三曰沉挚俊秀，白居易郑峨等为诗，情务真诚，辞贵朗畅，足称杰出。四曰真朴淡远，斯源出于小雅，语重冲淡，意求雅驯，张籍歌咏，独首擅其美。"⑥ 分析了唐诗风格及其代表诗人的艺术特征，尽管其对唐诗风格的论述有许多地方还值得商榷，如其将贾岛、姚合一派的诗歌置于"雄壮"风格之列，将杜甫等人的"沉郁顿挫"风格放在"婉丽"风格之列，这些论述不一定准确，但是杨启高对唐诗风格的论述和此前相较已趋于深入。

3. 诗体论

杨启高曰："至唐李白杜甫韩愈白居易变前代诗风，逞其纵横之笔，

---

① 杨启高：《唐代诗学》，正中书局 1935 年版，第 11 页。
② 同上书，第 12 页。
③ 同上。
④ 同上。
⑤ 杨启高：《唐代诗学·自叙》，正中书局 1935 年版，第 4 页。
⑥ 同上书，第 4—5 页。

而用力于雄深豪宏之长篇，亦称古体。别有沈佺期宋之问，于初唐改进齐梁永明体，谐声约句，始号律体。复有太宗肃宗与词臣效柏梁体，及孟韩元白等联句，欧阳询长孙无忌等谐谑，慕容垂浑家门客等鬼怪，统称杂体。举凡后代诗体，于唐均可得其渊源。"① 认为唐代诗体大备，后代各种诗体均源于唐诗。论及乐府诗，杨启高曰："唐代乐府有乐章与乐府歌诗之别。乐章多为四言，乐府歌诗则四五六七八均有，是以有齐言与杂言。然乐府与古诗之别，有二点：一为意专而不溥者，不能入乐；二为辞繁而难节者不能入乐。"② 论及律诗，杨启高曰："唐代律诗，为沈佺期宋之问等改进齐梁诗体而成。"③ 论及绝句，杨启高曰："七言绝句为唐诗精华。"④ 论及杂体诗，杨启高认为其"非诗之正统"⑤，对各种唐代诗体都有论略。

　　4. 唐诗艺术变迁论

　　杨启高："盛唐富甲邻邦，威震朔南，文化积业，复总萃亚洲大成，开元天宝之间，诗人群起，睹此璀璨盛境，恒以雄浑之气，传诸壮丽之辞，金声玉振，可以冠冕三唐者也。盖自初唐陈子昂崛起巴蜀，力矫齐梁以来诗章，有缘情而失之绮靡者，遂振臂奋呼，以正始派风骨为宗，冶深理入浓情之中，凝宫声于壮辞之上，既扫当时繁杂凄调，复肇后来豪迈雄风，是以盛唐隆开，元音大展，明皇有治世之鸿猷，则勉勖百官以爱民深旨，燕许秉辅国之浩气，故寓忠悃于悲思，他若李白游仙之篇章，以长句为高唱，杜甫感时之兴赋，藉排律擅胜场，是为古律转关之枢纽，号称盛唐大家，若夫中唐之时，乃国家盛衰缩毂，名家诗人之离合悲欢，如元稹刘禹锡等，皆达情场抑扬之极端。至于韩白二公，则同涵咏圣涯，然以赋性各殊，分道列旌，韩之胸中不平，时见议论纵横，白则浩气超尘，恒以讽喻群伦，亦称大家，与李杜后先蜚声，各放异彩。通观盛中唐之诗篇，大都文足以称其质，彬彬然为唐诗之英华。"⑥ 概括了唐诗艺术变迁的大致轮廓。又曰："若从动态烛照，则先为转变显豁。唐诗转变，较别代为

---

① 杨启高：《唐代诗学》，正中书局 1935 年版，第 16—17 页。
② 同上书，第 21 页。
③ 同上书，第 27 页。
④ 同上书，第 31 页。
⑤ 同上书，第 35 页。
⑥ 杨启高：《唐代诗学·自叙》，正中书局 1935 年版，第 6—7 页。

显豁，举其纲维，有华丽朴茂之大廓。华丽者，情志浓酣，辞藻缛丽，此盖源于太康派诗风。初唐之太宗四杰及沈宋等，追陆张之绮情，慕徐庾之华藻，瞻仰宫廷繁盛，窥测闺房艳情，固已擅绮縠纷披之能事，即徜徉山岭，赏玩水涯，亦镂心刻肾。更极情灵跌荡之隐秘，此等开国苕发之流风，在盛中唐间，虽时见于染翰操觚之大家，如杜甫元稹等集中，然而诸公之得领诗苑坛坫，则别有其佳杰。暨夫晚唐，词华派与格律派，双峰齐出，并辔联骑，则又睹国势之衰微，沉潜于温柔和游仙窟，回环吟咏，鼓吹骚坛。"① 从唐诗艺术变迁的动态过程中展示唐诗艺术变迁的线索。

5. 唐诗特质论

杨启高曰："（唐诗）诗体完备，古体与律体俱备，肇继往开来之盛。古体有古诗、骚体、乐府等。律体有律诗、绝诗、排律等。尚有杂体，则为六言、三五七言、联句、回文等诗。"② 认为唐代诗体完备。曰："（唐诗）风格显著。六朝宫体作家，均表现共性，所写宫闱之事，大都千篇一律。唐诗则个性甚显，如李白、杜甫、孟郊、韩愈各大诗人之作品，均各有其个性。"③ 认为六朝诗歌时代风格显著而个人风格不甚明显，而唐代诗人大都形成了较为鲜明的个体风格特征。杨启高从诗体、风格、思想性等方面探析了唐诗的艺术特质。

6. 唐诗情感论

杨启高："诗之为艺，固贵情感热烈……惟唐代诗人杰出，涵情幽邃，虽感于物而高歌，亦隐复意以立言。若杜甫北征秋兴之伦，其情感不得谓非热烈矣，然以雄浑悲壮出之，此乃诗人敦厚之情，善通立言足意之术。"④ 认为唐诗情感具有敦厚之特点。杨启高又曰："作诗命意，自以情为根荄，然而情缘智浓，智缘情深，欲求诗意之富，当先重积学以储宝，酌理以富才，惟是命意之患，恒有繁杂与枯竭齐陈。太康派诗风之流波，则每至于繁杂；正始派诗风之别传，复时见枯竭。除去此弊，当熔铸智慧于情灵之中。若李翰林之古风五十首，杜工部之咏怀，韩文公之南山，白太傅之长恨歌等，情见乎辞。"⑤ 认为唐诗情感能够与诗人智慧互融，因

① 杨启高：《唐代诗学·自叙》，正中书局 1935 年版，第 5 页。
② 杨启高：《唐代诗学》，正中书局 1935 年版，第 15—16 页。
③ 同上书，第 16 页。
④ 杨启高：《唐代诗学·自叙》，正中书局 1935 年版，第 7 页。
⑤ 同上书，第 7—8 页。

而具有"情浓智深"之特点。

　　(三) 唐诗影响论

　　杨启高认为北宋和南宋诗"皆受中唐晚唐之影响"①。"北宋西昆派和反西昆派诗,皆直接受唐代诗人影响。"②"北宋诗有两大派:一为西昆派,二为反西昆派。前者尊李义山,后者尊韩昌黎与杜工部。"③认为李商隐西昆体在北宋"一时风靡"④,认为"西昆派诗学李义山之灵魂",主要表现在题材、诗意、情感三个方面。⑤"西昆派诗学李义山之形态",主要表现在体制、辞藻、声律三个方面。⑥论及唐诗对金诗的影响,杨启高曰:"唐诗影响于金代,不在开国时期,而在金亡时之元好问。好问乃赵秉文最深重之诗人,学杜甫最有名,尤以拗体之雄健风格,冠冕金诗。"⑦论及唐诗对元诗的影响,杨启高认为元诗有唐派、宋派之分,唐派有两系,一系为王冕,学白居易;一系萨天锡,其哀艳诗与李义山同一用意。⑧论及唐诗对明诗的影响,杨启高认为唐诗影响于明诗在"弘正以后"⑨,并且具体分析了唐诗对李梦阳、何景明、李攀龙、王世贞等人的影响。⑩论及唐诗对清诗的影响,杨启高认为"唐诗影响于清诗极大"⑪,并具体分析了王维对王士禛的影响⑫、李白对赵秋谷的影响⑬、白香山对袁枚的影响⑭。论及唐诗对民国时期诗歌的影响,杨启高认为"唐诗影响现代诗,较明清两代为盛"⑮。杨启高对唐诗对历代诗歌艺术的影响进行了全面分析。

　　杨启高还诠释了唐诗对近代诗派的影响。杨启高以李颀对王闿运的影

---

①　杨启高:《唐代诗学》,正中书局 1935 年版,第 369 页。

②　同上书,第 376 页。

③　同上书,第 369 页。

④　同上。

⑤　同上书,第 370—371 页。

⑥　同上书,第 371—372 页。

⑦　同上书,第 377—378 页。

⑧　同上书,第 379 页。

⑨　同上书,第 381 页。

⑩　同上书,第 382—383 页。

⑪　同上书,第 384 页。

⑫　同上书,第 385 页。

⑬　同上书,第 386 页。

⑭　同上书,第 387 页。

⑮　同上书,第 389 页。

响为例，分析了唐诗对现代山水诗派的影响；以温李律体对樊易艳情诗的影响为例，分析了唐诗对现代艳情诗派的影响；以李白诗歌对悟幻道人神仙诗的影响为例，分析了唐诗对现代神仙诗派的影响；以杜韩白时事诗对康黄吴爱国诗的影响为例，分析了唐诗对现代爱国诗派的影响；以杜韩等抒情诗对胡汪革新诗的影响为例，分析了唐诗对现代革命诗派的影响；以贾岛诗对释奇禅诗、李商隐诗对释曼殊诗的影响为例，分析了唐诗对现代释子诗的影响；杨启高还分析了唐诗对现代民族诗派的影响。① 杨启高对唐诗对现代诗派之影响做了详细而深入的分析，由此可以见出唐诗对近代民国时期诗歌创作影响之巨。杨启高通过唐诗对历代诗歌创作的影响，意在强调唐诗的崇高地位。

　　总之，杨启高是近代以来正式提出"唐诗学"概念、确立唐诗学理论体系的学者之一，杨启高的唐诗研究具有理论视野开阔、体系完备的特点，他对唐诗的系统研究标志着民国时期唐诗学的成熟。

三　胡云翼的唐诗学思想

　　胡云翼《唐诗研究》是民国时期较早对唐诗进行系统研究的专著，该著专列"唐诗的意义与特质"一节，又对唐诗分期、唐诗艺术渊源、唐诗流派等问题进行专门探讨，这些理论标志着民国时期唐诗学理论体系的成熟。

　　（一）唐诗艺术形成论

　　1. 唐诗艺术渊源

　　胡云翼和胡适一样，持双线文学观，认为文学发展包括民间文学和文人文学两条线索，他在论述唐诗的艺术渊源时，也是从上述两个方面加以论述的。在民间文学的层面上，胡云翼曰："唐诗的来源，是由于民间诗的逐渐蜕化而完成。"② 认为唐诗渊源于民间文学。在文人文学的层面上，胡云翼认为唐诗艺术渊源于六朝古诗。论及唐诗与六朝古诗的关系，胡云翼认为历来有两种说法，一说主模拟，一说主创造，并认为"以上两说，表面思想矛盾，但细心分析，则实无冲突。主模拟说的人实指有唐三百年之古体诗与汉魏古诗脉络相承；主创造说的人，系谓唐之新体诗完全出于

---

　　①　杨启高：《唐代诗学·自叙》，正中书局1935年版，第10页。
　　②　胡云翼：《唐诗研究》，商务印书馆1930年版，第19页。

创造，并非沿袭"①。他把唐诗分为新体诗和古体诗两部分，认为古体诗艺术渊源于六朝古诗，而新体诗是唐人的"创造"。胡云翼将唐诗与六朝古诗关系之模拟说和创造说打通，全面阐释了唐诗与六朝古诗之关系，体现了民国时期唐诗学研究对传统唐诗学思想的深化和超越。胡云翼曰："我们已经明白五绝、七绝与律诗的来源，在六朝即已有完整的形式。"②又曰："沈约一方面创造了八病的新韵律，一方面又受民间歌曲的影响，产生一种新体诗，便是唐代律诗的滥觞。"③ 由此可见，胡云翼认为唐代古诗的艺术源头是六朝文人古体诗，唐代新体诗的艺术源头是六朝民间乐府歌词，唐诗的艺术源头在六朝。

2. 唐诗形成的文化背景："民族的糅合"说

胡云翼曰："中国民族性本是诗三百篇式的性，所以所有只是诗三百篇式的文学。原来文学的重大变迁，往往有赖于其他民族文学的影响。以前的中国，只是用武力征服异邦，自居统治阶级，自然没有与他民族糅合的可能，没有文化接触的可能。……但是到东晋以后，便不然。匈奴民族，居然能征服中原，占据黄河南北。北方勇悍的民族性，和中国温柔敦厚的民族性，是绝对不同的。……渐渐的经过时代的陶冶，这两种不同民族性文学接触的结果，到了唐代因政治势力的统一，中外民族性更糅合在一起，发展起来，造成唐诗的新气象，形成唐诗的伟大。"④ 又曰："南北朝民族的糅合，构成唐诗的伟大的来源。"⑤ 认为唐代南北民族的融合，造成不同民族文学的相互融合，从而造成唐诗的伟大。

3. 唐诗形成的社会环境："时代造成"说

就诗的思想性而言，胡云翼认为："盛唐的时代背景，给予诗人在表现上最丰富的内容，这是盛唐诗成功的一原因。"⑥ 又曰："盛唐诗的发达与成功，完全是时代使然，绝对不是几个大诗人，如李白、杜甫造成的。"⑦ 又曰："二百年不断的战争，所造成纷乱如麻的社会，便给予唐诗人以绝大的生命，给予唐诗以绝好的描写资料！由对外苦战的影响，造成

---

① 胡云翼：《唐诗研究》，商务印书馆 1930 年版，第 14—15 页。
② 同上书，第 23 页。
③ 同上。
④ 同上书，第 24—25 页。
⑤ 同上书，第 26 页。
⑥ 同上书，第 57 页。
⑦ 同上书，第 58 页。

一种以边塞生活为描写背景的边塞诗派；由国内纷乱的影响，造成一种以社会生活为描写背景的社会诗派。这些边塞派的诗与社会派的诗，便形成唐诗的伟大。"① 认为唐人丰富多彩的社会生活，"给予唐诗以绝好的描写资料"，因而造成唐诗的伟大。

4. 唐诗形成的文学背景："体裁造成"说

就诗的体裁方面而言，胡云翼曰："初唐是唐诗的第一时期，那还是新体诗的试验时代，自然不会马上能运用得很熟练很巧妙。到了盛唐，已入唐诗的第二时期，在这时期的诗人，已经得第一时期许多好诗作底子，驾轻就熟，作更进一步的发扬光大，自能有必然的发展。"② 认为唐代三百余年的时间中，新体诗经过了创始、成熟的完整过程，因而造就了一代之文学的唐诗，认为唐诗的形成是"新体诗"艺术的成熟造成的。

总体上，胡云翼认为："盛唐之所以伟大，因其一方面接受南北两朝文学合成的新诗歌，一方面继承初唐新体诗的发展，同时又得着时代背景所给予特殊丰富的描写资料。"③ 认为唐诗的兴盛是由文学内部的发展和外部的社会环境两个方面的原因造就的，对唐诗形成原因的分析全面而深刻。

(二) 唐诗特质论

胡云翼认为唐诗的特质包括六个方面：(一) 唐诗是创造底。④ (二) 唐诗是音乐底。胡云翼由"唐诗是乐府诗"进而推衍出"唐诗是音乐底"⑤，并且认为"音乐性的文学，才是代表中国纯文学的意义和价值"⑥。(三) 唐诗是通俗底。胡云翼曰："不但妓女以得诵名士佳章为荣，名士亦以诗篇得被诸妓女歌唱为乐。因为要是诗篇便于歌唱，往往力求浅近通俗，妓女都能诵解，因此，又发生唐诗的第三特点：唐诗是通俗底。"⑦ 并且认为唐诗是由"通俗化而造成特色的"⑧。(四) 唐诗是时代底。胡云翼曰："我们说唐代是诗的时代，便是说唐诗是新体诗流行时代

---

① 胡云翼：《唐诗研究》，商务印书馆1930年版，第31页。
② 同上书，第56—57页。
③ 同上书，第60页。
④ 同上书，第8页。
⑤ 同上书，第9页。
⑥ 同上书，第10页。
⑦ 同上书，第11—12页。
⑧ 同上书，第19页。

的创造文学。宋诗虽亦是诗，但是不是诗的时代的诗。诗的创造时代早已过去了。"①（五）平民性。胡云翼曰："平民文学的观念，才能解释唐诗的真价值。"② 从艺术创新性、诗与音乐之关系、语言特点、诗之时代性、诗与社会阶层等方面对唐诗特质进行了理论总结。

另外，关于唐诗的特质，胡云翼还提出了"绝句诗的时代"说，曰："任何文体都具有强烈的时代性；失却时代的意义，同时消失文体的价值。中国文学的变迁，可以文体作代表，分成几个时期：自周到唐，都是诗的时代；宋是词的时代；元是曲的时代；明清是小说的时代。在诗的时代里面，周是四言诗时代，两汉是乐府诗时代，魏晋六朝是古诗时代，唐是新体诗时代。更狭义一点说：唐诗只是绝句诗的时代。"③ 认为绝句是唐代成熟的诗体，也是唐代艺术成就最高的诗体。胡云翼还在诗体变迁的背景下论述唐诗的特质，曰："本来照宇宙间进化的原则，往往是理论愈研究愈透澈（案：作彻亦可），事物愈运用愈巧妙；但是文体却不然。在某种文体新创的时候任人创造，开发，翻新花样，但是用久用旧来了，往往愈用愈坏，不但翻不出新花样，旧花样亦使人生厌了。时间越久，文体越腐。这时便有革命的新文体产生出来，装饰新时代。时代底文学，便是指那时代所用的新文体创造的文学。我们说唐代是诗的时代，便是说唐诗是新体诗流行时代的创造文学。"④ 在诗体变迁方面，胡云翼持"退化论"的观点，认为唐代古体诗艺术已经衰竭，新体诗在这种背景下兴起，认为包括绝句、律诗在内的新体诗是唐代新创造的诗体，从诗体流变方面论述了唐诗的特质。

胡云翼从各个角度对唐诗特质进行了论评，其唐诗特质论具有视野开阔、理论体系全面之特点，但是其对唐诗特质的认识却没有此期钱锺书、缪钺等人对唐诗特质的认识深刻。

（三）唐诗艺术变迁论

如前所揭，胡云翼在诗体变迁方面持"退化论"的观点，但是就整个文学的发展变迁而言，却又持"进化论"的观点，胡云翼认为研究唐

---

① 胡云翼：《唐诗研究》，商务印书馆 1930 年版，第 13 页。
② 同上书，第 19 页。
③ 同上书，第 12 页。
④ 同上书，第 12—13 页。

诗的几个基本观念之一就是"文学进化的观念"①。他引述王世贞《艺苑卮言》："李白多露语率语，杜少陵多稚语累语，置之陶谢间便觉伧夫面目，尚安能夺曹氏父子之位置耶？"王世贞认为唐诗比不上六朝诗，六朝诗不如汉魏诗，持文学退化论的观点。胡云翼反对王世贞的文学退化论，认为："中国人研究文学，往往抱着'一代不如一代'的文学退化观念，于唐诗亦然。"② 指出前人在文学研究中往往持文学退化论的观点，论整个诗史如此，论唐诗亦是如此。前人论唐诗艺术发展历程，往往持越变越衰的观点，胡云翼持论正好相反，用进化论之观点研究唐诗，曰："初唐显然是齐梁的遗风；盛唐是新旧体诗发展的最高潮；中唐则由盛而一变再变，变到新体诗发展之极；晚唐则完全是唐新体诗最后的闪烁，显然是唐诗的末运到了。"③ 认为盛唐是唐诗的高潮，中唐是唐诗发展之极，认为整个唐诗艺术是随着时代的发展不断进化的过程。并且曰："我们必须用文学进化的理论，才能解释文学发展的原因。我们很显然地看得出，由庾信沈约的诗到王杨卢骆的诗；由王杨卢骆的诗到李白杜甫的诗；由李杜的诗到白居易韩愈的诗；又由白韩的诗到李义山杜牧的诗，期间都有进化的痕迹可寻，绝不是退化的观念所能解释。……盛唐实在高于初唐，晚唐亦欲盛中唐。这种进化的文学意义，可以贯穿唐诗的全部脉络。"④ 从整个宋之前的古典诗学史的视阈来看，以进化论的观点解释诗歌发展史是对的，但是就具体的时代而言，诗学的发展并不完全呈直线上升的趋势，胡云翼为了论证其理论的合理性，在一定程度上过分夸大了晚唐诗的艺术成就，晚唐诗的艺术成就显然是不能同中唐诗相比的。但是胡云翼用进化论的观点来解释唐诗艺术发展的总体理论是有一定的科学性的。

（四）唐诗流派论

胡云翼把唐代的诗人分为边塞派、社会派、自然派、怪诞派四派，认为边塞派的代表诗人有高适、王昌龄、岑参、李白诸人⑤；认为社会派的代表诗人有杜甫、白居易、元稹、刘禹锡、张籍等人⑥；认为自然派的代

---

① 胡云翼：《唐诗研究》，商务印书馆 1930 年版，第 17 页。
② 同上书，第 17—18 页。
③ 同上书，第 36 页。
④ 同上书，第 18 页。
⑤ 胡云翼：《中国文学史》，北新书局 1941 年版，第 122 页。
⑥ 同上书，第 128 页。

表诗人有孟浩然、王维、韦应物、柳宗元等人①；认为怪诞派的代表诗人有韩愈、孟郊、卢仝、李贺、贾岛等人②。这种对于唐诗流派的详细区分及研究虽然还比较粗略，对有些诗人的划分并不一定恰当，但是它是民国时期较早对唐诗流派进行研究的学者，对唐诗流派的重视与研究，标志着此期唐诗学的自觉。

（五）唐诗影响论

胡云翼曰："就其关系言，宋诗实受唐诗的影响最深，如宋初杨亿辈的西昆体，乃以李商隐为开山祖，欧阳修梅圣俞的复古，乃以盛唐为旗帜；虽有北宋之苏轼，南宋之陆游辈，其诗能自立风味，却不能造立宋诗的新境界，所以宋诗终不能脱唐诗的窠臼而成伟大的发展。"③ 认为宋诗受到了唐诗很深的影响，由于宋诗不能脱离唐诗的影响而自成机杼，因而宋诗不能成为一代之文学。虽然论述较为简略，但是对宋诗艺术的形成及其与唐诗艺术的关系、宋诗艺术之所以不能超越唐诗之原因的分析却十分深刻。

总之，胡云翼对唐诗进行了全面系统的研究，他的《唐诗研究》是民国时期较早的唐诗研究专著，全新的研究方法、系统的唐诗学理论体系建构可以说是这部唐诗研究著作在唐诗学史上的主要贡献，它标志着唐诗学理论体系的成熟与唐诗学的自觉。具体来说，在研究方法上，胡云翼注重唐诗动态发展过程的研究，注重唐诗艺术的发展嬗变的研究，如他认为刘希夷、张若虚"足以点缀唐诗第一时期的最后的光荣"④，认为陈子昂"是唐诗第二时期的先驱者"⑤，论及中晚唐诗歌艺术的变迁，曰："韩愈和白居易的特殊奇僻和浅易的诗歌，已将中唐诗送到绝境，所以他们一派的诗都是及身而衰。同时代的张籍、王建，即已矫正奇僻和浅易的诗风。到晚唐更进一步，而采用极端的唯美主义了。"⑥ 胡云翼曰："晚唐诗的纤丽，元稹已为先驱。"⑦ 能够系统地展示唐诗艺术的发展变迁及其具体体现，将唐诗艺术的宏观把握与微观考辨完美结合，因而对唐诗艺术的把握

① 胡云翼：《中国文学史》，北新书局 1941 年版，第 136 页。
② 同上书，第 138 页。
③ 胡云翼：《唐诗研究》，商务印书馆 1930 年版，第 16 页。
④ 同上书，第 54 页。
⑤ 同上书，第 52 页。
⑥ 同上书，第 102 页。
⑦ 同上书，第 96 页。

非常深刻。另外，胡云翼除了建立唐诗学的理论体系外，他还是较早对唐诗进行专题研究的学者，他在《唐诗研究》中设"唐代妇女的诗"专章，把唐代妇女的诗分为宫人的诗、闺人的诗、诗人的诗、妓女的诗四类。①较早地对唐代的妇女文学予以关注；同时，国难之后，他还于1932年著《唐代的战争文学》一书，结合时代特点对唐诗进行专题研究。总之，胡云翼对唐诗的系统研究和专题研究是唐诗学发展的里程碑，胡云翼是民国时期唐诗学专家之一，其《唐诗研究》标志着现代以来唐诗学的自觉。

概而言之，从整个民国时期唐诗学发展史上来看，民国第二期唐诗学的显著特点就是唐诗研究的系统化，但此期唐诗学也显示出了薄弱之处，这就是在新的唐诗研究领域、研究方法的开拓方面不如民国初期，原因就在于此期学者的传统文化素养大多不如民国初期的学者，此期处于民国两次留学高潮之间的低谷时期，民国第二期大多数学者对西方文化的掌握也没有民国初期学者深入，大多数学者还不能做到像民国初期学者那样学贯中西，这是影响此期唐诗研究水平的重要因素。

第三节　民国第三期的唐诗学思想

一　概论

民国第三期（1937—1949年），清华国学研究院等现代教育机构培养的第一批学生已经成长起来了，他们大多具有深厚的国学功底，又有海外留学的经历，接受过较为系统的学术训练，因而学贯中西，能够做到古今打通，中外打通，文学与文化学、社会学打通，具有较高的文学素养与学术素养，因而这些人后来大部分成为学术大师，这些学者中的以唐诗为学术研究重心的学者后来对整个二十世纪唐诗研究产生了深远影响。

文献研究方面，此期岑仲勉与詹锳的成果最为突出。1940年前后，岑仲勉连续发表了七篇考证白居易集的论文，这些成果基本廓清了白居易集中的一些文献问题。同时，岑仲勉还撰有《读全唐诗札记》《读全唐文札记》《唐集质疑》三种笔记，这些成果是运用文献法研究唐代文学的典范之作，对唐代诗歌的研究具有方法论的意义。

此期，詹锳《李太白集板本叙录》《唐人书中所见之李白诗》《李诗

---

① 胡云翼：《唐诗研究》，商务印书馆1930年版，第107—108页。

辨伪》三篇文章对李白诗歌从文献学的角度做了扎实的考证。《李太白集板本叙录》是作者"据各家叙录，参以作者所见"完成的，该文的宗旨是"略明其源流并各本短长所在，庶读李诗者有所抉择焉"①。詹锳对李白诗歌各种版本优劣的评价比较公允，言简意赅，提纲挈领，成为民国时期唐诗版本考订方面的典范成果。《唐人书中所见之李白诗》考察了李白诗在唐代误入其他诗人诗集的情况。《李诗辨伪》考订了李白诗集中的"赝诗"和本非"赝诗"而被后人误认"赝诗"的作品进行了详细的考订。此期詹锳对李白诗歌版本的考订及辨伪为李白诗集的整理奠定了坚实的基础。另外，詹锳还有对李白进行专题研究的论文四篇，詹锳是民国第三期对李白进行系统研究的学者之一，他的这些成果为新中国成立后李白研究奠定了基础。

在唐诗赏鉴研究方面，傅庚生（1910—1984）是代表学者。民国时期，傅庚生研究唐诗的两篇重要文章《评李杜诗》和《评李杜诗续》分别发表于1949年1月和1949年2月，因而其民国时期唐诗研究的兴盛期是在民国第三期。傅庚生对唐诗研究的贡献，主要表现在两个方面：一方面，傅庚生《中国文学欣赏举隅》中主要以唐诗为例来诠释中国古典文学的艺术之美与欣赏古代文学的方法，其在《中国文学欣赏举隅》中提到的唐诗有一百余首。民国时期，傅庚生是对唐诗艺术性研究最为深入的学者之一，他是此期唐诗鉴赏派的代表学者。另一方面，他对李杜进行了深入的比较研究，许多观点在今天仍然有新意。

对于李杜的思想渊源，傅庚生认为："杜甫深受儒家的洗礼，时时以'知其不可为而为'为己志，自不消说；李白于老、庄的思想，也不过耳濡目染。"②

在与他人的情感上，傅庚生认为"杜甫的情感是既深又广的，五伦之爱以及于元元之民，甚至于草木鸟兽虫鱼之属，他都在用一片真情去款接。李白的人间趣被他的天才冲淡了，他把一切人与人的关系都看得冷漠些"③。通过对李杜送别诗的研究，傅庚生认为"委实太白并不把离别当

---

① 詹锳：《李太白集板本叙录》，《浙江大学文学院集刊》1943年8月第3集。引自詹锳《李白诗论丛》，作家出版社1957年版，第1页。

② 傅庚生：《评李杜诗》，《国文月刊》1949年第75期。

③ 同上。

一回事，倘不是由于情感俭薄，只好承认他的豁达"①，而认为杜甫"少陵却是把朋友一伦看得极重的人"。

在经邦济世方面，傅庚生认为李白"只是一个狂士，并没有什么经邦济世之才"，并没有什么"君国民元之思沾其胸臆"；认为"太白集中与君国朝廷有关的诗绝少"②；认为李白在永王璘事件中是"自家凑上去的"③。前人论杜甫"旷放不自检，好论天下大事，高而不切"，傅庚生对此论进行了反驳，认为杜甫对国家大事的议论是符合当时的实际的。④

在生活态度方面，傅庚生认为"子美他当是用深情的目光去注视社会，用谐趣来安慰自己；太白却是永远抱着游戏的人生观，把自己看成天字第一号的超人，而跟一切的人们去开大的小的玩笑。这是他二人生活态度的基本不同处。表现之于文学的，杜陵遂以沉郁见长，青莲乃以豁达见称"⑤。

在处世方面，傅庚生赞同曾国藩认为李白"度量亦殊不广"之说，认为李白"植根不厚"，而且认为李白"他于老子'知雄守雌'的理论也还没有力行的修养"⑥。傅庚生认为"就当时的社会环境说，杜甫是最不合时宜的，所以潦倒一生；李白本较圆通些"⑦。

在诗歌风格方面，傅庚生认为李杜都"迹近于自然"，都有学习陶渊明自然风格的一面，但是他认为"太白诗风格类渊明处多半是'接以迹而不接以心'的，他那里会有渊明的深沈"，认为"杜甫晚年的诗就接近自然了。他原无意于学渊明，由于情之真便自然接近古人的真处；可以说就是'接以心而不接以迹'的"⑧。傅庚生认为杜甫"他的无心偶会胜似太白的有意更张"⑨。在各体诗歌创作方面，傅庚生批评李白的闺情诗"都斤斤于花儿朵儿般的容貌"，认为杜甫的闺情诗"是清一色的归于温

---

①　傅庚生：《评李杜诗（续）》，《国文月刊》1949 年第 76 期。
②　傅庚生：《评李杜诗》，《国文月刊》1949 年第 75 期。
③　同上。
④　同上。
⑤　同上。
⑥　傅庚生：《评李杜诗（续）》，《国文月刊》1949 年第 76 期。
⑦　同上。
⑧　同上。
⑨　同上。

润含蓄"①。傅庚生批评李白的怀古诗"一概流于泛泛",认为"太白的想象是夭娇腾挪无所依傍的,不惯于与情相生,所以每逢抒情诗,他的想象活动范围就狭窄得可怜,不得已时只好用生硬的情语填满空隙"②。评李杜的写景诗时,傅庚生引王国维之语:"诗人必有轻视外物之意,故能以奴仆命风月;又必有重视外物之意,故能与花鸟共忧乐",认为"太白就常常接近前者,子美则常常接近于后者"③。傅庚生以情感之真挚与否作为评价文学作品艺术境界的标准,认为"杜甫的诗有八九分的光景了,李白要逊似二三分",认为杜甫"天真",李白"不真"。④

通过各个方面的比较,傅庚生认为李杜近于汉代的扬马,李白近于司马相如,杜甫近于扬雄⑤,总体上认为"杜优于李",表现出了明显的"扬杜抑李"倾向,这大概是由于民国时期长期的战乱使得傅庚生对杜甫忧国爱民的精神更为推崇之缘故。

民国时期,傅庚生是唐诗鉴赏派的代表学者,其立足于唐诗艺术本体对唐诗艺术从各个方面的阐释标志着此期唐诗艺术研究所能达到的最高水平,其《中国文学欣赏举隅》成为后世的学术经典,其《评李杜诗》是民国时期对李杜诗进行深入研究的很有学术价值的成果。总之,民国时期,傅庚生是对唐诗艺术性进行深入研究的著名学者。

比较诗学研究方面,吴径熊《唐诗四季》⑥是此期对唐诗研究比较深入也很别致的一篇论文,该作篇幅很长,可以说是一部专著。该作的特色体现在以下几个方面:首先,该作系统地运用比较诗学的方法,将唐代诗人诗作与西方诗歌作比较,可以说该作是民国时期运用比较文学方法较为深入的学术成果。其次,作者对唐诗研究的视角很别致,作者自称对唐代诗人分类的依据是"根据诗的技艺"⑦,其实该作是以唐诗的情感基调为出发点,将唐代诗人分为春、夏、秋、冬四类,这个分类既和时节发展的顺序相吻合,又和唐诗艺术本身发展的进程相一致。作者列为春天的诗人

---

① 傅庚生:《评李杜诗》,《国文月刊》1949 年第 75 期。
② 傅庚生:《评李杜诗(续)》,《国文月刊》1949 年第 76 期。
③ 同上。
④ 同上。
⑤ 同上。
⑥ 吴径熊:《唐诗四季》,徐诚斌译,《宇宙风》1940 年 3 月起连载。
⑦ 吴径熊:《唐诗四季》,徐诚斌译,《宇宙风》1940 年 3 月起连载。见闻一多等《海上明月共潮生:名家说唐诗》,天津教育出版社 2007 年版,第 49 页。

是杜审言、王维、李白等，认为这些诗人的作品具有"最纯粹的自然主义"①，因为以上诗人的作品具有孩子般天真的气息。列入夏天的诗人是杜甫等人，因为"同炎热相应的是杜甫赤心中焚着的烈火，这象征了他的热情"②。列入秋天的是李贺等诗人，作者认为"李贺的里外都是秋季的——在他的内心中，照他的环境看来，将来只是一片萧寥的空虚"③。被作者列入冬季的是杜牧、温庭筠和李商隐三位诗人，他们大多是"在生活失意后在酒、女人、诗歌内寻找安慰的诗人"④，认为这些诗人的内心往往承受着巨大的痛苦。总之，作者往往能够抓住诗人内心的情感体验进行阐释，而且四季的分类也很别致。再次，该作运用生命诗学的方法对唐诗进行研究，能够将唐诗作为一个生命有机体来对待，吴径熊曰："唐诗是一个有机体，它的滋长是自然的，按部就班的，第一期的诗人和第二期的杜甫比来简直像孩子一样。例如，依家系而言，杜审言是杜甫的祖父，但是在造诣上看来，杜甫较审言成熟得多了，简直可以反做他的祖父。"⑤ 最后，该作还能够注意唐诗艺术的发展流变，例如作者说李白"清水出芙蓉，天然去雕饰"是"夏季的春"，李商隐"芭蕉不展丁香结，同向春风各自愁"这两句是"春季的冬"⑥。吴径熊的唐诗研究影响很大，林庚"青春李白"的命题可能就是受了吴径熊观点的影响。

民国第三期，岑仲勉、詹锳、傅庚生而外，陈寅恪、闻一多、钱锺书都曾经对唐诗进行过较为系统的研究，因此设专节对他们的唐诗学思想进行研究。

二　陈寅恪的唐诗学思想

陈寅恪是二十世纪最杰出的史学大师之一，其《元白诗笺证稿》是民国时期唐诗研究的代表作，该著运用史诗互证法和社会学方法对中唐元白诗进行研究，在研究方法上体现了清代考据法和西方社会学方法的完美结合，这种研究方法对二十世纪唐诗研究产生了重要影响。关于陈寅恪对

---

① 吴径熊：《唐诗四季》，徐诚斌译，《宇宙风》1940 年 3 月起连载。见闻一多等《海上明月共潮生：名家说唐诗》，天津教育出版社 2007 年版，第 68 页。
② 同上书，第 94 页。
③ 同上书，第 150 页。
④ 同上书，第 178 页。
⑤ 同上书，第 93 页。
⑥ 同上书，第 52 页。

诗和史之间关系的认识，其弟子胡守为曰："先生倡导的诗文史包括两个方面：一是以诗文为史料，或补证史乘，或别备异说，或互相证发；另一种方法是以史释诗，通解诗意。"① 认为陈寅恪对唐诗的研究是一种历史化研究。陈寅恪认为元白诗大部分都有史实依据，《元白诗笺证稿》的主要特点就是考证元白诗的史实依据，除了考证史实依据之外，陈寅恪还通过中唐文人的相互交往考证诗歌题材之间的相互影响，并且对元白诗中具体诗句的历史文献出处也进行了考证。陈寅恪对唐诗的社会学研究，主要表现为其对党争与文学、唐代仕宦与文学、唐代婚姻与文学之间相互关系的研究。陈寅恪以史诗互证法对唐诗的历史化研究使唐诗学的学术魅力得到了空前凸显，其对唐诗的社会学研究开拓了唐诗学研究的学术空间，此期陈寅恪的唐诗研究从诗学思想和方法论两个方面对二十世纪唐诗研究产生了深远影响。

本书以《元白诗笺证稿》为基础分析陈寅恪之唐诗学思想，《元白诗笺证稿》虽然于 1950 年 11 月由岭南大学文化研究室出线装版②，但是该书的主体部分共十篇论文却是在民国时期发表的：1933 年发表《读连昌宫词质疑》，1935 年发表《元微之遣悲怀诗之原题及其次序》，1944 年发表《白乐天之先祖及后嗣》《论元白诗之分类》《论元和体诗》《白乐天与刘梦得之诗》《白香山琵琶吟笺证》《元微之古体乐府笺证》，1947 年发表《长恨歌笺证》。由此可以断定陈寅恪之《元白诗笺证稿》是民国时期的著作，其十篇文章中有七篇发表于 1944 年，只有一篇发表于 1944 年之后，所以本论文认为《元白诗笺证稿》的成书是在 1944 年。

（一）陈寅恪的唐诗学思想

1. "史诗"说与"诗史"说：元白诗之历史性

陈寅恪认为元白诗在元白个人方面，是他们自身经历的反映，在时代方面，元白诗是中唐社会历史的真实反映，他在笺注元白诗文的过程中，往往把元白诗和元白自身经历与当时的历史事件一一对应起来进行考证，认为元白诗中所叙写的事件必为他们自身所亲身经历者，具有"史诗"性。

---

① 胡守为：《陈寅恪的史学成就与治史方法》，《纪念陈寅恪教授国际学术研讨会论文集》，中山大学出版社 1988 年版，第 106 页。

② 齐家莹编撰：《清华人文学科年谱》，清华大学出版社 1998 年版，第 293 页。

　　陈寅恪认为元白的艳诗和悼亡诗中的服饰描写"乃有时代性及写实性者，非同后人艳体诗之泛描"，"夫长于用繁琐之词，描写某一时代人物妆饰，正是小说能手。后世小说，凡叙一重要人物出现时，必详述其服妆，亦犹斯义也"。① 谓元白艳体诗和悼亡诗中的服饰描写都是据实描写，而不同于一般诗文中对叙写对象的刻画描写那样既有写实的成分也有虚构的成分。陈寅恪《元白诗笺证稿》（以下论述中只举具体篇目的名称而不再提及《元白诗笺证稿》书名）中评白居易《七德舞》曰："故乐天即未见之于祭祀郊庙之上，亦可见之于享宴军宾之间。其为亲身经历，因而有所感触启发无疑也。"② 评白居易《红线毯》曰："是以知其红线毯一篇之末自注所云：贞元中宣州进开样加丝毯。乃是亲身睹见者。此诗词语之深感痛惜，要非空泛无因而致矣。"③ 评白居易《母别子》曰："乐天此篇摹写生动，词语愤激，似是直接见闻其事，而描述之于诗中者。"④ 评元白《西凉伎》曰："元白二公之作，则皆本其亲所闻见者以抒发感愤，固是有为而作，不同于虚泛填砌之酬和也。此题在二公新乐府中所以俱为上品者，实职是之故。"⑤ 曰："微之少居西北边镇之凤翔，殆亲见或闻知边将之宴乐嬉游，而坐视河湟之长期沦没。故追忆感慨，赋成此篇。颇疑其诗中所咏，乃为刘昌辈而发。既系确有所指，而非泛泛之言，此所以特为沉痛也。"⑥ 又曰："然则乐天于元和四年作此诗（《西凉伎》）时，亦即其在翰林时，非独习闻当日边将骄奢养寇之情事，且亦深知宪宗俭约聚财之苦心……故知乐天诗篇感愤之所在，较之微之仅追赋其少时以草野之身，居西陲之境所闻知者，固又有不同也。"⑦ 谓元白二人都有以《西凉伎》为题的诗歌，元稹年轻时曾生活于当时西北前线的凤翔地区，其诗中所写为亲所经历者；白居易在朝中任翰林时，曾亲闻"边将骄奢养寇之情事"，所以诗中所写也为亲耳闻听者。因为均是亲身经历或闻听，所以两人的诗歌都能够"抒发感愤"，因而"俱为上品"。陈寅恪评《卖炭翁》曰："盖宫市者，乃贞元末年最为病民之政，宜乐天新乐府中有此

---

　　① 陈寅恪：《元白诗笺证稿》，生活·读书·新知三联书店2001年版，第96页。
　　② 同上书，第146页。
　　③ 同上书，第249页。
　　④ 同上书，第260页。
　　⑤ 同上书，第230页。
　　⑥ 同上书，第234页。
　　⑦ 同上书，第235—236页。

一篇。且其事又为乐天所得亲有见闻者，故此篇之摹写，极生动之至也。"① 评《紫毫笔》曰："乐天以宣州解送中进士第，此篇及红线毯篇俱以宣州之贡品为言，盖皆其所熟知者也。"② 在《昆明春》一诗的笺注中，陈寅恪曰："又乐天于贞元十五年由宣州解送，十六年成进士。若贞元十三年京兆府试以涨昆明池为试题，唐世选人必深注意其近年考试之题目，以供揣摩练习，与明清时代无异，则修治昆明池一事，自当为乐天所记忆。又乐天少时曾往来吴越间，其兄复在浮梁，（可参汪立名本乐天年谱）是以追忆京都之往事，兼念水乡之旧游，遂就其亲所闻见榷茗税银之弊政，而痛陈之也。"③ 通过这些考证，陈寅恪意在强调元白诗的"史诗"性，认为元白诗在很大程度上都是他们自身生活经历的反映。正是由于此，陈寅恪认为元白诗可以当作研究唐代社会的真实史料，这也是其认为元白诗为"史诗"的原因，是陈寅恪建立他的"史诗"说的理论依据。

同时，陈寅恪对没有交往而遭遇相同的不同文人之间作品中"其事相近"的现象进行了考证，认为这种现象也是中唐诗歌"史诗"性的反映。如他对白居易与刘禹锡晚年诗歌的内容进行了对比研究，曰："惟刘白二公晚岁虽至亲密，而此时却未见有交际往复之迹象，且二诗（刘禹锡《泰娘歌》与乐天《琵琶引》）之遣词亦绝不相似。然则二公之藉题自咏，止可视为各别发展，互不相谋者。盖二公以谪吏逐臣，咏离妇遗妾。其事既相近，宜乎于造意感慨有所冥会也。"④ 陈寅恪认为刘白之间在写作相同内容的诗歌之时虽没有交往，但是由于两人之间有着相似的遭遇，所以作品"造意感慨有所冥会"。这些考证，也是在强调中唐诗人诗作的"史诗"性。

在"史诗"说的基础上，陈寅恪还提出"实录"说，认为元白诗具有"实录"精神，并对这些"实录"的情节进行了详细考证。陈寅恪评《长恨歌》中白居易对杨贵妃的装饰"金步摇"的描写曰："依安禄山事迹下及新唐书三四《五行志》所述，天宝初妇人时世妆有步摇钗。（见下新乐府章上阳白发人篇。）杨妃本以开元季年入宫，其时间与姚欧所言者

---

① 陈寅恪：《元白诗笺证稿》，生活·读书·新知三联书店 2001 年版，第 255 页。
② 同上书，第 290 页。
③ 同上书，第 193 页。
④ 同上书，第 50 页。

连接。然则乐天此句不仅为词人藻饰之韵语，亦是史家纪事之实录也。"①
认为白居易此处对于天宝初年妇女时世妆的叙写，是当时服饰文化的实
录。陈寅恪评《长恨歌》中对霓裳羽衣舞的描写曰："旧唐书五一玄宗杨
贵妃传云：太真姿质丰艳，善歌舞，通音律。则杨妃亲舞霓裳亦是可能之
事。歌中所咏或亦有事实之依据，非纯属词人回映前文之妙笔也。"② 认
为"杨妃亲舞霓裳"可能"有事实之依据"而并非为了照应前文而采取
的虚构方式。陈寅恪评元稹《古决绝词》曰："其最言之无忌惮，且为与
双文关系之实录者，莫如才调集五所录之古决绝词，……而微之所以敢言
之无忌惮者，当时社会不以弃绝此类妇人如双文者为非。所谓'一梦何
足云'者也。"③ 谓元稹《古决绝词》是其和莺莺情感经历的实录，并且
认为诸如元稹抛弃莺莺等"弃绝妇人"事为当日社会习见之现象。陈寅
恪评元稹《两朱阁》曰："元诗首节叙安史乱前西北之殷富诸句，……微
之所描写者，盖得之于边陲之遗文，殊为实录，并非诗人夸大之词也。"④
谓元稹诗文所叙写之内容，也是当日唐代社会的实录，而"并非诗人夸
大之词"。评白居易《立部伎》中的数字曰："乐天作诗，必指当时实状，
非率尔泛用数字。盖乐天所知跳丸伎艺之最精者，丸数止于七，故诗中以
为言也。跳丸之技，自古盛行于大秦，虽丸数各异，然为技则一，知此技
亦来自西方之国也。"⑤ 谓白居易诗文中所用数字，皆与所叙写对象的细
节一一相符，具有"实录"之精神，而非泛泛之言。如果说"史诗"性
只是对元白诗历史真实性的强调，那么，陈寅恪还进一步认为元白诗具有
"实录"精神。"实录"不仅要求史实的真实，更要求细节的真实，因而
比"史诗"的真实性更强。

陈寅恪认为元白诗具有实录精神，是当日社会生活的真实反映，这
是其推重元白诗的重要原因，也是其诗学观的反映。此种"实录"思
想，是陈寅恪评价诗歌艺术成就高低的一个重要标准。其评元稹艳诗及
悼亡诗曰："凡微之关于韦氏悼亡之诗，皆只述其安贫治家之事，而不
旁涉其他。专就贫贱夫妻实写，而无溢美之词，所以情文并佳，遂成千

---

① 陈寅恪：《元白诗笺证稿》，生活·读书·新知三联书店 2001 年版，第 24 页。
② 同上书，第 40 页。
③ 同上书，第 99 页。
④ 同上书，第 236 页。
⑤ 同上书，第 160 页。

古之名著。"① 谓元稹悼亡诗之所以成为"情文并佳"的"千古名著",原因就在于其"实写"贫贱夫妻的"安贫治家"之事。由此可见,"实录"精神是陈寅恪文学观的核心,也是其之所以选择中唐元白诗作为研究对象的原因。

　　陈寅恪认为元白诗具有"实录"精神,是唐代社会历史现实的反映或者文士自身生活的"自叙传",提出了"诗史"说、"实录"说,在此基础上,陈寅恪提出了"诗诚足当诗史"② 的"诗史"说。《卖炭翁》一节曰:"顺宗实录中最为宦官所不满者,当是述永贞内禅一节,(见拙著唐代政治史述论稿中篇。)然其书宫市事,亦涉及内官,自亦为修定本所删削。今传世之顺宗实录,乃昌黎之原本,故犹得从而窥见当日宫市病民之实况,而乐天此篇竟与之吻合。于此可知白氏之诗,诚足当诗史。"③ 运用史诗互证的方法,陈寅恪认为白居易的新乐府诗《卖炭翁》中所反映的中唐"宫市病民之实况"和韩愈在《顺宗实录》中的记载完全一致,所以认为白居易的诗歌"诚足当诗史",可以当作历史来对待。《时世妆》中陈寅恪经过考证认为:"新唐书三四《五行志》云:元和末,妇人为圆鬟椎髻,不设鬓饰,不施朱粉,惟以乌膏注唇,状似悲啼者。圆鬟者,上不自树也。悲啼者,忧恤象也。寅恪案:新唐书此节似即永叔取之于乐天之诗者。"④ 此处,陈寅恪经过考辨认为《新唐书》中的有关材料就有自于元白诗者。因为陈寅恪认为元白诗是"诗史",所以他在《元白诗笺证稿》中一再强调元白诗的史料价值。《艳诗及悼亡诗》一节曰:"原注所云,实贞元年间之时世妆。足见微之观察精密,记忆确切。若取与白香山新乐府上阳人中所写之'天宝末年时世妆'之'小头鞋履窄衣裳,青黛点眉眉细长'者,固自不侔。即时世妆中所写元和'妆梳'之'颜不施朱面无粉,乌膏注唇唇似泥。双眉画作八字低','圆鬟无鬓椎髻样。斜红不晕赭面状'者,亦仍有别。然则即此元白数句诗,亦可作社会风俗史料读也。"⑤ 评白居易《牡丹芳》曰:"白公此诗之时代性,极为显

---

① 陈寅恪:《元白诗笺证稿》,生活·读书·新知三联书店 2001 年版,第 109 页。
② 同上书,第 257 页。
③ 同上。
④ 同上书,第 268 页。
⑤ 同上书,第 96—97 页。

著，洵唐代社会风俗史之珍贵资料，故特为标出之如此。"① 评白居易
《山阴道》曰："史籍所载，只言回鹘之贪，不及唐家之诈，乐天此篇则
并言之，是此篇在新乐府五十首中，虽非文学上乘，然可补旧史之阙，实
为极佳之史料也。"② 陈寅恪曰："然乐天新乐府中凡所讽论，率以见事为
主。其有赋咏前朝故实者，亦多与时事有关。如胡旋女篇中有'五十年
来制不禁'之句，上阳白发人有'入时十六今六十'之句等，皆其例
也。"③ 认为白居易在新乐府中所写大多为当日时事。陈寅恪一再强调元
白诗的史料价值，实际上就是他的"诗史"观的表现。

总之，陈寅恪认为元白诗是"史诗"，具有很高的史料价值，所以可
以把元白诗当作"历史"来阅读。正是由于元白诗具有"史诗"价值，
所以解读元白诗首先要了解唐代历史，陈寅恪在《西凉伎》中曰："今之
读白诗，而不读唐史者，其了解之程度，殊不能无疑。"④ 陈寅恪认为，
要对元白诗有一个通透的解读，必须要对唐代历史有一个深入的了解，这
是解读元白诗的前提，也是陈寅恪解读元白诗的基本方法。"今并观同时
诸文人具有互相关系之作品，知其中于措辞（即文体）则非徒仿效，亦
加改进。于立意（即意旨）则非徒沿袭，亦有增创。盖仿效沿袭即所谓
同，改进增创即所谓异。苟今世之编著文学史者，能尽取当时诸文人之作
品，考定时间先后，空间离合，而总汇于一书，如史家长编之所为，则其
间必有启发，而得以知当时诸文士之各竭其才智，竞造胜境，为不可及
也。"⑤ 以史家的考据方法研究元白诗，这是陈寅恪研究元白诗的基本方
法。因为陈寅恪认为元白的诗歌是"史诗"，可以当作"诗史"来研究，
所以他在中唐文学的研究中独选元白，并且对元白诗的评价非常之高。又
因为元白诗具有"诗史"的特点，所以陈寅恪非常推崇元白诗并为其作
笺注，并且想通过笺注元白诗表现他对中唐历史的认识。

2. "优美"说：元白诗的审美性

陈寅恪虽然认为元白诗是"诗史"，具有重要的史料价值，但是，他
又认为元白诗并不等同于历史，而是具有一定的审美性，并对元白诗中的

① 陈寅恪：《元白诗笺证稿》，生活·读书·新知三联书店 2001 年版，第 246 页。
② 同上书，第 267 页。
③ 同上书，第 294 页。
④ 同上书，第 236 页。
⑤ 同上书，第 9 页。

审美化特征进行了阐释。

　　首先，陈寅恪认为元白诗具有情节之美，并对元白诗中虚构情节的艺术性进行了阐释，从中也可以见出陈寅恪对于诗歌不同于历史之本质的深刻认识。陈寅恪在《长恨歌》一节曰："若依唐代文人作品之时代，一考此种故事之长成，在白歌陈传之前，故事大抵尚局限于人世，而不及于灵界，其畅述人天生死形魂离合之关系，似以长恨歌及传为创始。此故事既不限现实之人世，遂更延长而优美。然则增加太真死后天上一段故事之作者，即是白陈诸人，洵为富于天才之文士矣。"① 陈氏认为《长恨歌》与《长恨歌传》都增加了想象虚构的成分，因而作品更加"延长而优美"，由此可以见出陈氏对诗歌审美性的推崇。《骊犀》中陈寅恪根据《旧唐书》一三德宗纪下史臣对于德宗猜忌并随意赐死大臣的行为，认为："白诗措辞微婉，与史臣书事直质者殊异，此或亦昔人所谓诗与春秋经旨不同之所在欤？"② 陈氏评白居易《缚戎人》曰："白诗云：自云乡管本凉原。大历年中没落蕃。寅恪案：吐蕃之陷凉原，实在大历以前。（参新唐书四十地理志陇右道总序及三七地理志关内道原州条，元和郡县图志肆拾陇右道凉州条等。）乐天以代宗一朝大历纪元最长，遂牵混言之。赋诗自不必过泥，论史则微嫌未谛也。"③ 此处的"赋诗自不必过泥"同时暗含"解诗自不必过泥"的观点，陈寅恪认为诗歌和历史不同，所以解读诗文和解读历史就应该有所不同。又陈寅恪曰："唐人竞以太真遗事为一通常练习诗文之题目，此观于唐人诗文集即可了然。但文人赋咏，本非史家纪述。故有意无意间逐渐附会修饰，历时既久，益复曼衍滋繁，遂成极富兴趣之物语小说，如乐史所编著之太真外传是也。"④ 此处陈氏兼诗文等所有文学作品而言，认为文学作品"非史家纪述"，可以"附会修饰"，也就是说文学作品可以虚构，因此评价文学作品就不能以严格的历史真实来要求。可见，陈寅恪作为一名历史学家，他在重视元白诗的"史诗"性的同时，也是非常重视元白诗的审美性的。陈寅恪在笺注元白诗时，一方面，他既用考据的方法，对诗文涉及的史事进行考证；另一方面，他又不拘泥于史实，对诗文中虚构等文学化手法所达到的审美效果又给予充分

① 陈寅恪：《元白诗笺证稿》，生活·读书·新知三联书店 2001 年版，第 13 页。
② 同上书，第 203 页。
③ 同上书，第 220—221 页。
④ 同上书，第 13 页。

肯定。

　　陈寅恪认为诗文不等同于历史，所以在解读唐诗时并不能用解读历史的方法，一一考据诗歌细节，要求诗歌细节的完全真实，符合历史。陈寅恪对元白诗中出于虚构的情节进行了详细考辨，并对其审美特性给予了很高的评价。《长恨歌》云："峨嵋山下少人行，旌旗无光日色薄。"陈寅恪不同意《梦溪笔谈》二三讥谑附谬误类中认为"峨嵋山在嘉州，与幸蜀路并无交涉"①的观点，对元稹《好时节》诗"身骑骢马峨嵋下，面带霜威卓氏前。虚度东川好时节，酒楼元被蜀儿眠"中对峨眉山的描写进行了考辨，认为"微之固无缘骑马经过峨嵋山下也。夫微之亲到东川，简复如此，何况乐天之泛用典故乎？故此亦不足为乐天深病"②。陈氏认为玄宗幸蜀虽然未到峨眉山，但白氏可以用文学化的手法想象玄宗在峨眉山下的情境，这种文学化的虚构手法是可以允许的。陈氏对元稹《连昌宫词》中玄宗幸连昌宫一事进行了考辨，认为"是后（自开元二十四年十月丁丑）率以冬季十月或十一月幸华清官，从未东出崤函一步……明皇既未有巡幸洛阳之事，则太真更无以皇帝妃嫔之资格从游连昌之理，是太真始终未尝伴侍玄宗一至连昌宫也。诗中'上皇正在望仙楼，太真同凭栏干立'及'寝殿相连端正楼，太真梳洗楼上头'等句，皆附会华清旧说，（乐史杨太真外传下云：'华清宫有端正楼，即贵妃梳洗之所'）构成藻饰之词。才人故作狡狯之语，本不可与史家传信之文视同一例，恐读者或竟认为实有其事，特为之辨正如此"③。从陈氏认为元稹《连昌宫词》中玄宗幸连昌宫一事是"才人故作狡狯之语"的评价中我们可以见出陈氏对这一虚构情节是赞赏的。陈寅恪在《长恨歌》一节云："白乐天长恨歌有'夕殿萤飞思悄然，孤灯挑尽未成眠'之句，宁有兴庆宫中，夜不烧蜡油，明皇帝自挑灯者乎？书生之见可笑耳。……考乐天之作长恨歌在其任翰林学士以前，宫禁夜间情状，自有所未悉，固不必为之哗辨。惟白氏长庆集一四禁中夜作书与元九云：心绪万端书两纸，欲封重读意迟迟。五声钟漏初鸣后，一点窗灯欲灭时。此诗实作于元和五年乐天适任翰林学士之时，而禁中乃点油灯，殆文学侍从之臣止宿之室，亦稍从朴俭耶？

────────────

　　①　（宋）沈括：《梦溪笔谈》卷二三，引自陈伯海主编《历代唐诗论评选》，河北大学出版社 2003 年版，第 281 页。

　　②　陈寅恪：《元白诗笺证稿》，生活·读书·新知三联书店 2001 年版，第 34 页。

　　③　同上书，第 81—82 页。

（参刘文典先生群书斟补）至上皇夜起，独自挑灯，则玄宗虽幽禁极凄凉之景境，谅或不至于是。文人描写，每易过情，斯固无足怪也。"① 陈寅恪从白居易写作《长恨歌》时的具体处境出发，认为白居易其时并未在宫廷之中任职，所以对宫中夜晚照明用蜡烛还是油灯的具体情况"自有所未悉"，所以人为"以此笑乐天"不足取。并且，陈寅恪更进一步认为"禁中乃点油灯"还可以理解为一种文学化的表现手法，虽然不符合生活之情理，但是却具有艺术化之理趣。以史学家的立场，对于"文人描写，每易过情"② 的现象，转而采取欣赏之态度，由此可以见出其对文学特质的深刻认识。陈寅恪注重史实，他的《元白诗笺证稿》可以说是对元白诗的历史主义考证，但同时，陈寅恪又不为历史所囿，而是能够认识到文学不同于历史的审美特性。

其次，陈寅恪认为比兴手法是元白寄托自己情感的主要艺术手法，认为比兴手法提升了元白诗的审美境界。陈寅恪评白居易《驯犀》篇曰："此篇诗句，如'秣以瑶刍锁以金，故乡迢递君门深。海鸟不知钟鼓乐，池鱼空结江湖心。'亦乐天自比之词。又'一入上林三四年'句，则驯犀于贞元九年十月入献，十二年十二月冻死，实在苑中四年有余，而乐天于元和二年十一月入翰林，至作此篇时在元和四年，亦与驯犀在苑中之岁月约略相近。故此句比拟尤切，词意相关，物我俱化。乐天之诗才，实出微之之上。李公垂之叹服其歌行，固非无因也。"③ 陈寅恪认为白居易在《驯犀》篇中以宫中之人养犀不以养犀之道来比拟自己身为翰林，但是才能抱负无法施展，因而借驯犀之事抒发自己怀才不遇之感。陈寅恪评刘禹锡《泰娘歌》曰："诗云：朱弦已绝为知音，云鬟未秋私自惜。举目风烟非旧时。梦寻归路多参差。乃以遗妾比逐臣，其意境尤与白诗'同是天涯沦落人，相逢何必曾相识'之二句近似。"④ 谓刘禹锡《泰娘歌》和白居易《琵琶行》中皆"以遗妾比逐臣"，属于典型的比兴手法。

陈寅恪认为元白诗还具有"意在言外"的审美特点。陈寅恪评白居易《立部伎》曰："用《乐记》之义，以发挥其胸中之愤懑，殊有言外之意，此则不必悉本之于公垂之原倡也。乐天新乐府大序谓其辞直而径，揆

① 陈寅恪：《元白诗笺证稿》，生活·读书·新知三联书店2001年版，第37—38页。
② 同上书，第38页。
③ 同上书，第205—206页。
④ 同上书，第49页。

以此篇，则亦未尽然。"① 谓白居易诗歌中"殊有言外之意"，借此以"发挥其胸中之愤懑"。陈寅恪评《上阳白发人》曰："'唯向深宫望明月，东西四五百回圆。'三五之时，月夕生于东，朝没于西，所以言东西者，盖隐含上阳人自夕至旦通宵不寐之意也。"② 认为白居易是想通过方位名词"东西"隐含上阳宫人在宫中度日如年的痛苦生活的言外之意。又曰："'大家遥赐尚书号。'句，此老宫女身在洛阳之上阳宫，当时皇帝从长安授以此衔，即所谓'遥赐'也。噫！以数十年幽闭之苦，至垂死之年，始博得此虚名，聊以快意，实可哀悯，而诗人言外之旨抑可见矣。"③ 认为白居易是想通过"遥赐"这个动词来隐含上阳宫人悲惨不幸遭遇的言外之意。陈寅恪对元白诗比兴寄托手法和言外之意的阐发拓展了对元白诗审美境界的阐释空间。

最后，陈寅恪还认为元白诗具有意境之美。陈寅恪曰："又李公垂悲善才一诗（全唐诗第一八函李绅一）亦与元白二公之琵琶歌琵琶引性质类似。其诗中叙述国事己身变迁之故。抚今追昔，不胜惆怅。取与微之所作相较，自为优越。但若与乐天之作参互并读，则李诗未能人我双亡，其意境似嫌稍逊。"④ 陈寅恪将元稹《琵琶歌》、李绅《悲善才》、白居易《琵琶引》三首"性质类似"的诗歌相比较，认为元诗意境不如李诗，李诗意境不如白诗，白诗意境能够做到"人我双亡"，因而最优。陈寅恪评元稹《连昌宫词》曰："若微之此篇之波澜壮阔，决非昌黎短句所可并论，又不待言也。至唐诗纪事六二郑嵎津阳门诗，虽亦托之旅邸主翁之口，为道承平故实，抒写今昔盛衰之感。然不过填砌旧闻，祝愿颐养而已。才劣而识陋，较之近人王湘绮之圆明园词，王观堂之颐和园词，或犹有所不逮。以文学意境衡之，诚无足取。"⑤ 认为在"抒写今昔盛衰之感"的作品中，以意境而言，元稹之《连昌宫词》"波澜壮阔"，为千古绝唱。由此可以见出陈寅恪对诗歌意境之美的重视。

陈寅恪还对元白诗艺术手法所体现出的审美特点进行了深入研究：

诗歌章法之美。民国时期，对于唐诗结构艺术的研究，以陈寅恪

---

① 陈寅恪：《元白诗笺证稿》，生活·读书·新知三联书店 2001 年版，第 167 页。
② 同上书，第 169 页。
③ 同上书，第 170 页。
④ 同上书，第 50 页。
⑤ 同上书，第 75 页。

《元白诗笺证稿》最为深入，其对元白诗中组诗及其单篇诗歌的结构艺术都有论略。陈寅恪评白居易新乐府组诗的结构艺术曰："当日乐天组织其全部结构时，心目中之次序，今日自不易推知。但就尚可见者言之，则自七德舞至海漫漫四篇，乃言玄宗以前即唐创业后至玄宗时之事。自立部伎至新丰折臂翁五篇，乃言玄宗时事。自太行路至缚戎人诸篇，乃言德宗时事。（司天台一篇，如鄙意所论，似指杜佑而言，而杜佑实亦为贞元之宰相也）自此以下三十篇，则大率为元和时事。（其百炼镜两朱阁八骏图卖炭翁，虽似为例外，但乐天之意，或以其切于时政，而献谏于宪宗者。）其以时代为划分，颇为明显也。五十首之中，以七德舞以下四篇为一组冠其首者，此四篇昔所以陈述祖宗垂诫子孙之意，即新乐府总序所谓为君而作，尚不仅以其时代较前也。其以鵶九剑采诗官二篇居末者，鵶九剑乃总括前此四十八篇之作。采诗官乃标明其于乐府诗所寄之理想，皆所以结束全作，而与首篇首尾回环救应之效者也。其全部组织如是之严，用意如是之密，求之于古今文学中，洵不多见。是知白氏新乐府之为文学伟制，而能孤行广播于古今中外之故，亦在于是也。"① 又曰："是其新乐府之作，亦不过备采诗官之采献耳。此所以必以《采诗官》一篇为殿也。乐天新乐府组织之严，用意之密，斯又为一例证矣。"② 又评《采诗官》曰："新乐府以此篇为结后之作，正如常山之蛇尾，与首篇有互相救护之用。其组织严密，非后世摹仿者，所能企及也。"③ 分析了白居易新乐府五十篇的逻辑顺序及首尾两篇的结构艺术。陈寅恪评白居易《七德舞》曰："更取此篇与新乐府总序相印证，则七德舞一篇首句三字与其篇题符同，即总序所谓'首句标其目'也。结语'歌七德，舞七德，圣人有作垂无极。岂徒耀神武，岂徒夸圣文。太宗意在陈王业，王业艰难示子孙信'一节，说明太宗创作七德舞之旨意，亦乐天作此诗以献谏于当日宪宗寓意之所在，即总序所谓'卒章显其志'也。……由是言之，乐天新乐府结构严密，条理分明。总序所列作诗之旨，一一俱能实践，洵非浮诞文士所可及也。"④ 分析了白居易新乐府诗歌首尾之结构艺术。对于元白诗中的文思结构，陈寅恪曰："（《长恨歌》）故人世上半段开宗明义之'汉皇重

---

① 陈寅恪：《元白诗笺证稿》，生活·读书·新知三联书店 2001 年版，第 131 页。
② 同上书，第 305 页。
③ 同上书，第 307 页。
④ 同上书，第 146—147 页。

色思倾国'一句，已暗启天上下半段之全部情事。文思贯澈钩结如是精妙。"①　谓《长恨歌》篇首对篇中内容具有综括、暗示、开启作用。又陈寅恪评《长恨歌》"风吹仙袂飘飘举，犹似霓裳羽衣舞"曰："旧唐书五一玄宗杨贵妃传云：太真姿质丰艳，善歌舞，通音律。则杨妃亲舞霓裳亦是可能之事。歌中所咏或亦有事实之依据，非纯属词人回映前文之妙笔也。"②　谓《长恨歌》篇中内容对篇首内容有所回映。陈寅恪从各个不同的角度阐释了元白诗结构艺术所体现出来的美学特点。

　　元白诗主题表达艺术的审美特点。陈寅恪还专就元白二公诗作之主题立论，将元白二公诗作进行比较，认为就主题而言，元稹诗歌艺术劣于白居易诗歌。陈寅恪曰："（元稹乐府诗）一题涵括数意，则不独词义复杂，不甚清切，而且数意并陈，往往使读者不能知其专主之旨，注意遂难于集中。故读毕后影响不深，感人之力较一意为一题，如乐天之所作者，殊相悬远也。"③　认为与白居易诗歌的主题"一题一意"较元稹"一题二旨"为优。通过对比，陈寅恪认为元稹在诗歌主题的设置方面存在两方面问题：一方面，主题有"杂"之瑕疵，所谓"杂"指元诗有"一篇杂有数意者"，如《阴山道》即属这种情况；另一方面，主题有"复"之瑕疵，所谓"复"指元诗有"一意而复见于两篇者"，如秦王破阵乐既见于《法曲》中，复见于《立部伎》中。和元稹相比较，陈寅恪认为白居易的诗歌在主题设置方面则有两个优点：一方面，主题有"不杂"之优点，即白诗"每篇唯咏一事，持一旨，而不杂以他事及他旨"，如秦中吟、新乐府中的诗歌全属此类；另一方面，主题有"不复"之优点，即陈寅恪所谓"此篇所咏之事，所持之旨，又不复杂入他篇"，陈寅恪认为白居易的大部分诗歌在主题设置上都能做到这一点。同时陈寅恪还认为，即使主题非常相近的诗歌，白居易也能做到各有侧重、各不相同，陈寅恪举白居易《李夫人》《井底引银瓶》《古冢狐》三首为例，认为这三首诗歌虽然"所咏者皆为男女关系之事"，但是，白氏三首诗歌之主题都能够做到"各有区别"。另外，陈寅恪还认为白居易的一部分诗歌是和元稹诗歌的，由于元稹原作本身具有"繁复与庞杂之病"，所以白氏"若欲全行避免，

---

①　陈寅恪：《元白诗笺证稿》，生活·读书·新知三联书店 2001 年版，第 13 页。

②　同上书，第 40 页。

③　同上书，第 310 页。

殆不甚可能"，陈寅恪认为元稹《华原磬》《西凉伎》《法曲》《立部伎》《胡旋女》《缚戎人》六篇中"俱涉及天宝末年禄山之反"之事，所以白居易在和作《法曲》《华原磬》《胡旋女》《西凉伎》等篇中"亦均及其事"，这是受元稹诗歌影响的结果。但是，陈寅恪认为白居易的诗歌"大抵仍持每首一旨之通则"，因而认为白居易诗歌艺术性优于元诗。①

元白诗人物设置艺术的审美特点。陈寅恪评白居易《西凉伎》曰："取乐天此篇'有一征夫年七十。见弄凉州低面泣。'与骠国乐'时有击壤老农夫，暗测君心闲独语。'及秦中吟买花'有一田舍翁。低头独长叹'相较，其笔法正复相同，此为乐天最擅长者。"② 谓元白诗歌在人物设置上的显著特点是擅长以"老翁"为代言人，通过老翁表达作者情感体验，陈寅恪认为这种通过他者来表达诗人自己之情感体验与观点的方法为元白诗歌的审美特点之一。

元白诗歌描写艺术所体现出的美学特点。对于元白艳诗和悼亡诗中的服饰描写，陈寅恪认为："乃有时代性及写实性者，非同后人艳体诗之泛描"，"夫长于用繁琐之词，描写某一时代人物妆饰，正是小说能手。后世小说，凡叙重要人物出现时，必详述其服妆，亦犹斯义也"。③ 谓元白艳体诗和悼亡诗中的服饰描写都是据实描写，这种对人物服饰描写的艺术手法对后世小说艺术产生了深远影响。又评元稹《恨妆成》《有所教》两诗中对莺莺装束的描写曰："然则微之能言个性适宜之旨，亦美术化妆之能手，言情小说之名家。'元才子'之称，足以当之无愧也。"④ 谓元稹诗中描写之艺术手法细致、生动、逼真，能够刻画出人物之个性，具有极高的美学效果。

元白诗中比喻艺术的审美特点。陈寅恪评白居易《陵园妾》曰："据此篇小序云：托幽闭喻被谗遭黜也。则知此篇实以幽闭之宫女喻窜逐之朝臣。"⑤ 揭示了白居易诗歌中比喻手法的深层含义。陈寅恪曰："至以瀑布泉比丝织品，亦唐人诗中所惯用，如全唐诗第一八函徐凝庐山瀑布诗

---

① 陈寅恪：《元白诗笺证稿》，生活·读书·新知三联书店 2001 年版，第 127—130 页。
② 同上书，第 238 页。
③ 同上书，第 96 页。
④ 同上书，第 102 页。
⑤ 同上书，第 274 页。

（参唐语林三品藻类尚（中？）书白舍人初到钱塘条。）云：虚空落泉（一作瀑布）千仞直。雷奔入江不暂息。今古长如白练飞，一条界破青山色。即是其例也。"① 以白居易《缭绫》、徐凝《庐山瀑布诗》为例，分析唐代文人往往"以瀑布泉比丝织品"的表达习惯。

　　总之，陈寅恪认为诗文不同于历史，诗文等文学作品自有其独特的审美特点，所以在解读元白诗的过程中，就不能完全拘泥于历史真实，而要重视元白诗的审美特点，正是在此种思想的指导下，陈寅恪对于元白诗中各种艺术表现手法的审美效果给予了高度评价。

　　3. 真情论

　　从"史诗"观出发，陈寅恪认为元白诗之所以能够对当时和后世产生广泛影响，就在于元白诗具有真情实感。陈寅恪评白居易《琵琶行》曰："白诗云：我闻琵琶已叹息，又闻此语重唧唧。同是天涯沦落人，相逢何必曾相识。则既专为此长安故倡女感今伤昔而作，又连缀己身迁谪失路之怀。直将混合作此诗之人与此诗所咏之人，二者为一体。真可谓能所双亡，主宾俱化，专一而更专一，感慨复加感慨。岂微之浮泛之作，所能企及者乎？"② 陈寅恪认为白居易能够将自身遭遇与商妇遭遇联系起来，所以诗作特别感人，并非"浮泛之作"。因为能够做到将主体与对象"主宾俱化"，所以在艺术上令人很难"企及"。此处，陈寅恪一再强调主体由于同作品中的主人公有着某种相似的遭遇，所以能够对所叙写的对象产生"了解之同情"，因而《琵琶行》中所表达的情感是发自肺腑的，是真实的，因而作品艺术感染力更强。陈寅恪把白居易与元稹的诗歌进行比较，曰："是乐天此诗自抒其迁谪之怀，乃有真实情感之作。与微之之仅践宿诺，偿文债者，大有不同。其工拙之殊绝，复何足怪哉。"③ 通过白居易与元稹两篇作品的比较，认为元稹由于没有白氏那种真情实感，因而是"浮泛之作"，同白氏之作相比较则"工拙之殊绝"。又评元稹悼亡诗曰："然则微之为成之所作悼亡诸诗，所以特为佳作者，直以韦氏之不好虚荣，微之之尚未富贵。贫贱夫妻，关系纯洁。因能措意遣词，悉为真实之故。"④ 认为元稹悼亡诗因为有真情实感所以为佳作。

---

① 陈寅恪：《元白诗笺证稿》，生活·读书·新知三联书店2001年版，第254页。
② 同上书，第48—49页。
③ 同上书，第49页。
④ 同上书，第110页。

　　总之，陈寅恪在笺注元白诗的过程中，特别注重元白个人思想情感在诗作中的表现，认为元白诗中具有真情实感的作品更具有艺术感染力，在艺术上成就更高。

　　对于白居易之艳体诗，历代大多数学者持批评的态度，只有宋刘克庄等少数学者持赞成态度，刘克庄《唐五七言绝句序》曰："童子请曰：昔杜牧讥元、白海淫，今所取多口情春思宫怨之什，然乎？余曰：诗大序曰：'发乎情性，止乎礼义。'古今诗至是而止。夫发乎性情者，天理不容泯；止乎礼义者，圣笔不能删也。小子识之！"[1] 陈寅恪继承了刘克庄的思想，其从情感真挚的评诗标准出发，认为元白的部分艳情诗能够"抒写男女生死离别悲欢之情感"，因而具有较高的艺术价值。陈寅恪不同意后人对元白诗中艳情诗的微词，曰："宋人论诗，如魏泰临汉隐居诗话，张戒岁寒堂诗话之类，俱推崇杜少陵而贬斥白香山。谓乐天长恨歌详写燕昵之私，不晓文章体裁，造语蠢拙，无礼于君。喜举老杜北征诗'未闻夏殷衰，中自诛褒妲'一节，及哀江头'昭阳殿里第一人，同辇随君侍君侧'一节，以为例证。殊不知长恨歌本为当时小说文中之歌诗部分，其史才议论已别见于陈鸿传文之内，歌中自不涉。而详悉叙写燕昵之私，正是言情小说文体所应尔，而为元白所擅长者。"[2] 陈寅恪对元白诗中的艳情描写持肯定的态度，而且从本体论的角度分析了元白诗中艳情描写产生的根源，认为"详悉叙写燕昵之私，正是言情小说文体所应尔"，认为艳情是当时小说的审美特征，而诗歌"为当时小说文中之部分"，为了要与小说内容相协调，必然也要涉及艳情，从本体论的角度论述了元白诗中艳情描写产生的时代背景，而没有把艳体文学泛滥之责任简单归咎于元白等少数文人的提倡。陈寅恪对元白艳体诗评价很高，曰："微之自编诗集，以悼亡诗与艳诗分归两类。其悼亡诗即为元配韦丛而作。其艳诗则多为其少日之情人所谓崔莺莺者而作。微之以绝代之才华，抒写男女生死离别悲欢之情感。其哀艳缠绵，不仅在唐人诗中不可多见，而影响及于后来之文学者尤巨。"[3] 陈寅恪不但不像宋人贬斥元白之艳体诗，反而对元白艳体诗成就评价极高，谓元稹之艳体诗从情感倾向上来讲

---

　　[1] （宋）刘克庄：《后村先生大全集》卷九四，引自陈伯海主编《历代唐诗论评选》，河北大学出版社 2003 年版，第 400 页。
　　[2] 陈寅恪：《元白诗笺证稿》，生活·读书·新知三联书店 2001 年版，第 11 页。
　　[3] 同上书，第 84 页。

"哀艳缠绵",体现了元稹的"绝代才华",并且认为其对后世文学影响极大。"吾国文学,自来以礼法顾忌之故,不敢多言男女间关系,而于正式男女关系如夫妇者,尤少涉及。盖闺房燕昵之情意,家庭米盐之琐屑,大抵不列载于篇章,惟以笼统之词,概括言之而已。此后来沈三白浮生六记之闺房记乐,所以为例外创作,然其时代已距今较近矣。"① 分析了中国古代恋情文学之所以不发达的礼法文化方面的原因,陈寅恪认为正是在这个意义上,元白的艳体文学给中国文学留下了一笔宝贵的文化遗产,具有重要的文学史意义。陈寅恪对元白艳体诗的这种通达的态度,对现代以来包括宫体诗在内的艳情文学的评价产生了较大影响。总之,陈寅恪认为元白的部分艳情诗由于情感真挚,因而艺术成就较高。由此可以见出,诗歌情感性因素是陈寅恪评价元白诗艺术成就高低的一个重要标准。

4. 人品与文品论

在"知人论世"批评原则的指导下,陈寅恪非常重视对元白"人品与文品"的分析。受传统文论思想的影响,在《元白诗笺证稿》中,陈寅恪从正反两个方面立论,对元白不同的品性行为进行了品评,从中也寄寓了陈寅恪个人的人格情怀。同时,在对元白诗品评的过程中,陈寅恪不以人废言,对元白之遭遇采取了"了解之同情"的态度,对他们的文学才华给予了高度评价。

陈寅恪在《元白诗笺证稿》中从仕宦与婚姻情感两个方面对元稹之人格进行了批评。陈寅恪评元稹《古绝决词》曰:"观于此诗,则知微之所以弃双文,盖筹之熟思之精矣。然此可以知微之之为忍人,及至有心计之人也。其后来巧宦热中,位至将相,以富贵终其身,岂偶然哉。"② 谓元稹抛弃其昔日情人莺莺是经过深思熟虑的,在个人情感方面属于薄情之人;在仕宦上,元稹曾依靠宦官的支持谋得相位而为人情所鄙薄。无论在个人情感方面还是在仕途方面,陈寅恪认为元稹都是"有心计之人"即小人,表现了陈氏对元稹人品之谴责。陈寅恪在《骊宫高》一节曰:"连昌宫词结语云:老翁此意深望幸,努力庙谟休用兵。寅恪案:微之此诗当是元和十三年暮春在通州司马任内所作,(详连昌宫词章。)其时连昌宫

---

① 陈寅恪:《元白诗笺证稿》,生活·读书·新知三联书店 2001 年版,第 103 页。
② 同上书,第 100 页。

之荒废情状，据微之诗云：去年敕使因斫竹，偶值门开暂相逐。又云：自从此后还闭门，夜夜狐狸上门屋。是颇与骊宫相类似，而此诸语又足与白氏江南过天宝乐叟诗'惟有中官作宫使，每年寒食一开门。'之句相证发也。夫微之不持讽谏之旨，以匡主救民。反以望幸为言，而希恩邀宠。诚可谓冒天下之不韪，宜当世之舆论共以谄佞小人目之矣。"① 谓古代君主巡幸本为扰民之行为，而元稹反而"以望幸为言"，以诗歌投君王之所好，陈寅恪由此称其为"谄佞小人"，对元稹人品的批判可谓力透纸背。同篇又曰："微之于元和十五年十二月任祠曹时，曾草状谏穆宗驾幸温汤，而于长庆二年刺同州时又进马助翠华巡游昭应。其时间相距，不出二年，而一矛一盾，自翻自覆，尤为可笑也。然则其前状匡君进谏之词，本为救己盖愆之计，观此可知矣。"② 谓元稹因"以望幸为言"遭到舆论批判，后欲得当日士大夫之谅解而"谏穆宗驾幸温汤"，不久之后又向君王进马以助其巡游，陈寅恪认为其前后行为"尤为可笑"，对元稹的批判尤为深刻。又曰："微之因当时社会一部分倚沿袭北朝以来重门第婚姻之旧风，故亦利用之，而乐于去旧就新，名贵兼得。然则微之乘此社会不同之道德标准及习俗并存杂用之时，自私自利。综其一生行迹，巧宦固不待言，而巧婚尤为可恶也。岂其多情哉？实多诈而已矣。"③ 对元稹在情感婚姻方面的恶劣行径进行了批判。

　　除了通过元白之对比对元稹人品进行批判以外，陈氏还通过元稹自我言行的不一致对其进行批判。元稹称自己"守礼"，陈寅恪认为这是"欺人之言"；元稹言己"坚贞"，陈寅恪通过其遇见莺莺后"沉溺声色"，认为其"坚贞不可信"；言其"始乱终弃之非多情者"；其悼亡诗中表现的哀感凄恻之情，至其"娶继配裴淑"，陈寅恪认为也是"一时情感之语，亦可不论"。韦氏亡后未久，未娶裴氏以前，元稹已纳妾，陈寅恪谓其对韦氏之情感"不似其自言之永久笃挚"；元稹"自言眷念双文之意"，陈寅恪认为"不诚"；元稹言"未曾花里宿"，陈寅恪谓"德宪之世""放荡风流之行动未为一般舆论所容许"，而并非其洁身自好之故；元稹称"在凤翔之未近女色"，陈寅恪谓"乃地为之"，是凤翔当地良好的社会风

---

①　陈寅恪：《元白诗笺证稿》，生活·读书·新知三联书店 2001 年版，第 223 页。
②　同上书，第 224—225 页。
③　同上书，第 99 页。

气的缘故而非元稹自己守礼；陈寅恪还对元稹"干谒近幸，致身通显"的"变节"行为进行了谴责。① 陈寅恪通过元稹在个人情感、婚姻、仕途上的种种表现的考辨，认为其"无节操"，批评可谓深矣。

在《元白诗笺证稿》中，陈寅恪通过白居易与韩愈、元稹人品的比较，对韩愈、元稹之人品进行批评，而对白居易人品评价很高。在《青石》一节中，陈寅恪针对刘义批评韩愈墓志文为谀墓之事件曰："寅恪案：碑志之文自古至今多是虚美之词，不独乐天当时为然。（可参白氏长庆集五九修香山寺记。）韩昌黎志在春秋，欲'作唐一经，诛奸佞于既死，发潜德之幽光'，而其撰韩宏碑（见昌黎集三二。）则殊非实录。（参旧唐书一六一新唐书一七一李光颜传。）此篇标举段颜之忠业，以劝人臣之事君。若昌黎之曲为养寇自重之藩镇讳者，视之宁无愧乎？前言昌黎欲作唐春秋，而不能就。乐天则作新乐府，以拟三百篇，有志竟成。于此虽不欲论二公之是非高下，然读此篇（《青石》）者，取刘义之言以相参证，亦足见当时社会风气之一斑。而知乐天志在移风匡俗，此诗自非偶然无的之作也。"② 通过白居易与韩愈的对比，陈寅恪认为韩愈没有在其创作中贯彻实录精神，而且不能秉笔直书，著史而不能终其事。在这三个方面，白居易和韩愈相比较，其诗歌为"史诗"，实录是其诗歌的基本特点；其诗歌"使权贵怒"，而且其乐府诗"拟三百篇"，陈寅恪称"不欲论二公之是非高下"，其实品评已暗含其中。又评韩愈曰："夫韩公病甚将死之时，尚不能全去声伎之乐，则平日于'园花巷柳'（见昌黎集十夕次寿阳驿题吴郎中诗后七绝。）及'小园桃李'（见昌黎集十镇州初归七绝，及唐语林六韩退之有二妾一曰绛桃一曰柳枝皆能歌舞条。）之流，自未能忘情。"③ 对韩愈沉溺于声色的行为表示了批评。陈寅恪评白居易曰："颇疑乐天在翰林之日，亲幸小人已有以游幸骊山纵臾元和天子者。故此篇（《骊宫高》）之作，实寓有以期克终之意。是则乐天诚得诗人讽谏之旨，而与微之之进不以正者，其人格之高下，相去悬绝矣。"④ 通过白居易与元稹之对比来揭示其人品之高下，陈寅恪认为白居易与元稹人品"相去悬绝"，褒贬之情暗寓其中。

① 陈寅恪：《元白诗笺证稿》，生活·读书·新知三联书店 2001 年版，第 91—92 页。
② 同上书，第 228—229 页。
③ 同上书，第 336 页。
④ 同上书，第 225 页。

　　白居易、韩愈、元稹均为中唐文坛一流人物，韩愈开创了韩孟诗派，元稹和白居易共同开创了元白诗派，而且元稹在当时被称为"元才子"，而陈寅恪通过比较认为韩愈、元稹人品皆不如白居易，于此可见其对白氏人品之推崇。

　　在对白居易、韩愈、元稹等文士人品的评价中，我们可以看出陈寅恪自己内心所秉持的孤高、独立的人格情怀，同时，我们可以发现，陈寅恪对白居易、韩愈、元稹等文士人品的评价坚持着人品与文品不完全等同的态度：一方面，主张不以人废言，"虽然，微之绝世之才士也。人品虽不足取，而文采有足多者焉"①。陈寅恪对元稹的人品表示了深深的谴责，而对其文学才华则表示了极大的赞赏之情："而（案：《连昌宫词》中）今昔盛衰之感，不明著一字，即已在其中。若非文学之天才，焉能如是。此微之所以得称'元才子'而无愧者耶。"② 陈寅恪对在前人"元才子"的基础上又评元稹为"文学之天才"，评价可谓无与伦比。由此可见，陈寅恪在文学批评的过程中人品与文品分开，以文学才华为主展开批评，不以人废言，所以他对元白二人的批评做到了客观公允。另一方面，陈寅恪又从当日士大夫的普遍风气出发，对当时文士言行不一、人品与文品不一致的现象表示深深的同情。"至昌黎何以如此言行相矛盾，则疑当时士大夫为声色所累，即自号超脱，亦终不能免。明乎此，则不独昌黎之言行不符得以解释，而乐天之诗，数卷之中，互相矛盾，其故亦可了然矣。"③ 陈寅恪既主张要结合人品来考察文品，但同时又对元白采取"了解之同情"的态度，能够结合当日社会普遍文化风气对元白做出客观公正的评价。总之，结合人品对元白文品进行批评是陈寅恪元白诗研究的重要特点。

　　（二）陈寅恪的唐诗研究方法：历史—文化研究法

　　陈寅恪之所以能够成为二十世纪的史学宗师，一是因为他重视新材料的占有，一是因为他非常重视学术研究方法，他晚年曾嘱咐助手对他本人的研究方法加以总结提炼。④ 由此可以见出他对学术研究方法的重视和他对自己学术方法的自信。陈寅恪的学术方法可以分为学术思想方法和具体

---

① 陈寅恪：《元白诗笺证稿》，生活·读书·新知三联书店2001年版，第93页。
② 同上书，第80—81页。
③ 同上书，第336页。
④ 蒋天枢：《陈寅恪先生编年事辑》（增订本），上海古籍出版社1997年版，第182页。

研究方法两个方面：

1. 社会学视阈下的唐诗研究

陈寅恪在元白诗研究中使用的是一种融社会学研究于文学研究之中的研究方法，如在阐释中唐文学兴盛状况之形成时，陈寅恪曰："贞元之时，朝廷政治方面，则以藩镇暂能维持均势，德宗方以文治粉饰其苟安之局。民间社会方面，则久经乱离，略得一喘息之会，故亦趋于嬉娱游乐。因此上下相应，成为一种崇尚文词，矜诩风流之风气。"① 这种从社会学的角度对唐诗发展状况的解释很有深度。在评价唐代诗人人格操守时，陈寅恪曰："南北朝唐代之社会，以仕婚二事衡量人物，其是非虽可不置论，但今日吾侪取此二事以评定当日士大夫之操守品格，则贤不肖巧拙分别，固极了然也。"② 主张以仕婚二事为品评唐代士人人格操守之标准，这也是一种社会学的观点。陈氏对唐诗的研究，总体上采用的是一种社会学、文化学的方法，这种社会学的方法，大致包括从社会风气、科举制度、牛李党争、士庶分化等方面对元白诗的阐释。

社会风习与唐诗

陈寅恪非常重视社会风气变迁对唐诗的影响，在《元白诗笺证稿》中，"艳诗及悼亡诗"章专列"当日社会风习道德观念"一目对社会风气对唐诗的影响加以考辨，以此作为评价文人操守的依据。③ 在论及元稹一生行为品行时，陈寅恪曰："而至唐之中叶，即微之乐天所生值之世，此二者已适在蜕变进行之程途中，其不同之新旧道德标准社会风习并存杂用，正不肖者用巧得利，而贤者以拙而失败之时也。故欲明乎微之之所以为不肖为巧为得利成功，无不系于此仕婚之二事。以是欲了解元诗者，依论世知人之旨，固不可不研究微之之仕宦与婚姻问题，而欲明当日士大夫阶级之仕宦与婚姻问题，则不可不知南北朝以来，至唐高宗武则天时，所发生之统治阶级及社会风习之变动。"④ 主张从仕婚两个方面的表现对中唐文士人格操守做出品评。又曰："唐代当日社会风尚之重进士轻明经。微之年十五以明经擢第，而其后复举制科者，乃改正其由明经出身之途径，正如其弃寒族之双文，而婚高门之韦氏。于仕于婚，皆不惮改辙，以

---

① 陈寅恪：《元白诗笺证稿》，生活·读书·新知三联书店2001年版，第90页。
② 同上书，第93页。
③ 同上书，第85页。
④ 同上书，第86页。

增高其政治社会之地位者也。"① 以社会风习阐释元稹在科举及婚姻中的表现。陈寅恪评元稹《梦游春》诗曰:"是亦谓己之生性与社会冲突,终致遭迴而不自悔。推类而言,以仕例婚,则委弃寒女,缔姻高门。虽绪络故欢,形诸吟咏。然卒不能不始乱终弃者,社会环境,实有以助成之。是亦人性与社会之冲突也。惟微之于仕则言性与人忤,而于婚则不语及者。盖弃寒女婚高门,乃当时社会道德舆论之所容许,而视为当然之事,遂不见其性与人之冲突故也。吾国小说之言男女爱情生死离合,与社会之关系,要不出微之此诗范围。"② 用社会风习的变迁解释元稹一生行为及我国言情小说男女生死离合之情产生之原因。又曰:"微之所以弃双文而娶成之,及乐天公垂诸人之所以不以其事为非,正当时社会舆论道德之所容许,已于拙著读莺莺传详论。兹所欲言者,则微之当日贞元元和间社会,其进士词科之人,犹不敢如后来咸通广明之放荡无忌,尽决藩篱。此所以'不向花迴顾'及'未曾花里宿'者也。"③ 陈氏认为"咸通广明"时期"放荡无忌"的社会风气是晚唐艳体文学产生的原因。

　　陈寅恪也从中唐社会风习出发对白居易之思想行为进行品评。《琵琶行》一节,针对洪迈《容斋随笔》中对白居易"乘夜入独处妇人船中"的不合礼法行为的批评,陈寅恪曰:"惟其关于乐天此诗者有二事可以注意:一即此茶商之娶此长安故倡,特不过一寻常之外妇。其关系本在可离可合之间,以今日通行语言言之,直'同居'而已。元微之于莺莺传极夸其自身始乱终弃之事,而不以为惭疚。其友朋亦视其为当然,而不非议。此即唐代当时士大夫风习,极轻贱社会阶级低下之女子。视其去留离合,所关至小之证。是知乐天之于此故倡,茶商之于此外妇,皆当日社会舆论所视为无足轻重,不必顾忌者也。此点已于拙著读莺莺传文中论及之矣。二即唐代自高宗武则天以后,由文词科举进身之新兴阶级,大抵放荡而不拘守礼法,与山东旧日士族甚异。寅恪于拙著唐代政治史述论稿中篇论党派分野时已言之。乐天亦此新兴阶级之一人,其所为如此,固不足怪也。"④ 陈寅恪从中唐文士作风放荡的社会背景出发,对白居易《琵琶行》一诗所载"乘夜入独处妇人船中"的行为作出解释并进行评价。

---

① 陈寅恪:《元白诗笺证稿》,生活·读书·新知三联书店 2001 年版,第 88 页。
② 同上书,第 100—101 页。
③ 同上书,第 98—99 页。
④ 同上书,第 52—53 页。

　　陈寅恪还通过唐代社会风习来阐释中唐文学现象。《读莺莺传》一节曰："六朝人已侈谈仙女杜兰香萼绿花之世缘，流传至于唐代，仙之一名，遂多用作妖艳夫人，或风流放诞之女道士之代称，亦竟有以之目娼妓者。……（案：此处引施肩吾《及第后夜访月仙子》及《赠仙子》诗为证）而唐代进士贡举与娼妓之密切关系，观孙棨北里志及韩偓香奁集之类，又可证知。……然则仙字在唐人美文学中之涵义及'会真'二字之界说，既得确定，于是莺莺传中之莺莺，究为当时社会中何等人物，及微之所以敢作此文自叙之主旨，与夫后人所持解释之妄谬，皆可因以一一考实辨明矣。"① 陈氏认为唐代诗文中的"仙"大都指"妖艳夫人"，与"会真"同义，从社会风习的角度解释了唐代诗文中"仙"及"会真"之含义。

　　以上，陈寅恪考辨了元白诗对中唐社会风习的反映，并且解释了中唐社会风习对元白行为处世的影响。

科举制度与唐诗

　　关于科举对唐代文学的影响，陈寅恪曰："盖唐代科举之盛，肇于高宗之时，成于玄宗之代，而极于德宗之世。"② 又曰："然就文章言，（德宗时）则其盛况殆不止追及，且可超越贞观开元之时代。此时之健者有韩柳元白，所谓'文起八代之衰'之古文运动，即发生于此时，殊非偶然也。又中国文学史中别有一可注意之点焉，即今日所谓唐代小说者，亦起于贞元元和之世，与古文运动实同一时。"③ 陈寅恪认为德宗朝为唐代文学极盛之时，而此时正是科举极盛之时，所以陈寅恪认为唐代文学之盛实与科举制度的促进有重大关系，提出了科举与文学的重大命题。陈寅恪还指出了唐代小说、古文运动均产生于科举制度盛行的时期，因而认为上述文学现象均缘于科举制度之刺激。陈寅恪曰："陈氏之长恨歌传与白氏之长恨歌非通常序文与本诗之关系，而为一不可分离之共同机构。赵氏所谓'文备众体'中，'可以见诗笔'（赵氏所谓诗笔系与史才并举者。史才指小说中叙事之散文言。诗笔即谓诗之笔法，指韵文而言。其笔字与六朝人之以无韵之文为笔者不同。）之部分，白氏之歌当之。其所谓'可以

---

① 　陈寅恪：《元白诗笺证稿》，生活·读书·新知三联书店 2001 年版，第 111 页。

② 　同上书，第 2 页。

③ 　同上。

见史才"'议论'之部分，陈氏之传当之。"① 又曰："元稹李绅撰莺莺传
及歌于贞元时，白居易与陈鸿撰长恨歌及传于元和时，虽非如赵氏所言是
举人投献主司之作品，但实为贞元元和间新兴之文体。"② 陈氏认为小说
源于科举行卷练笔之需要，科举文体需要"文备众体"，必须同时"见史
才，诗笔，议论"，所以具备史才、议论之小说必须与表现诗笔的诗歌相
互配合，因此唐人同一题材的小说与诗歌作品"为一不可分离之共同机
构"。由此可见，陈寅恪认为科举制度促进了唐诗的发展。陈寅恪还指出
了诸如《长恨歌》之类的艳体诗不在进士行卷的范围内。又曰："至若元
微之之连昌宫词，则虽深受长恨歌之影响，然已更进一步，脱离备具众体
诗文合并之当日小说体裁，而成一新体，俾史才诗笔议论诸体皆汇集融贯
于一诗之中（其详俟于论连昌宫词章述之）。使之自成一独立完整之机构
矣。此固微之天才学力之所致，然实亦受乐天新乐府体裁之暗示，而有所
摹仿。"③ 陈寅恪认为元稹之《连昌宫词》是"史才诗笔议论诸体皆汇集
融贯于一诗之中"的作品，是最为符合进士行卷的作品，而此种作品则
是受了白居易新乐府体裁之"暗示"、"摹仿"的结果，则新乐府体裁也
具有"史才诗笔议论诸体皆汇集融贯"的特点，那么中唐新乐府诗也是
受了科举制度影响的产物。总之，陈寅恪对中唐文学兴盛与科举制度之间
的关系进行了论述，并且就科举制度对中唐诗文、小说等文体之间的相互
影响及中唐诗歌体制发展变迁的影响等方面进行了论述，认为小说、古文
运动、新乐府运动均缘于科举制度之刺激。

党争与文学

关于白居易之党派属性，陈寅恪曰："李党乃出自魏晋北朝以来之山
东旧门，而牛党则多为高宗武后以来，用进士词科致身通显之新兴寒族，
乐天即为以文学进用之寒族也。"④ 认为白居易属于牛党。陈寅恪还具体
考证了白居易之党派属性在其诗歌中的反映，曰："乐天牛党也。乐天作
此诗（《涧底松》）时，李吉甫虽已出镇淮南，犹邀恩眷。牛僧孺则仍被
斥关外，未蒙擢用。故此篇必于'金张世禄'之吉甫，'牛衣寒贱'之僧

① 陈寅恪：《元白诗笺证稿》，生活·读书·新知三联书店2001年版，第4—5页。
② 同上书，第4页。
③ 同上书，第11页。
④ 同上书，第240页。

孺，有所愤慨感惜。非徒泛泛为'念寒隽'而作也。"① 又曰："盖乐天既以家世姻戚科举气类之关系，不能不隶属牛党。而处于当日牛党与李党互相仇恨之际，欲求脱身于世网，自非取消极之态度不可也。"② 分析了牛李党争对白居易思想的影响，认为白居易属牛党，在牛李党争之际，力求脱身于党争之困扰，因而以无为之消极态度处世。陈寅恪关于中唐诗人党派分野及其对诗人思想、诗歌创作的影响的研究，给二十世纪唐代党争与文学的研究以方法论的启示。

社会阶层与唐诗

陈寅恪《元白诗笺证稿》在"艳诗及悼亡诗"章专列"微之本身及其家族在当日社会中所处之地位"一目③，对唐代社会阶层及其变迁对诗人思想及其诗歌创作的影响进行了探讨。曰："故微之纵是旧族，亦同化于新兴阶级，即高宗武后以来所拔起之家门，用进士词科以致身通显，由翰林学士而至宰相者。此种社会阶级重词赋而不重经学（微之虽以明经举，然当日此科记诵字句而已，不足言通经也），尚才华而不尚礼法，以故唐代进士科，为浮薄放荡之徒所归聚，与倡伎文学殊有关联。观孙棨北里志，及韩偓香奁集，即其例证。宜乎郑覃李德裕以山东士族礼法家风之立场，欲废其科，而斥其人也。夫进士词科之放侠恣肆，不守礼法，固与社会阶级出身有关。"④ 认为元白等由"进士词科以致身通显"的"新兴阶级""重词赋而不重经学"。陈寅恪把中唐的文人分为以李德裕为代表的山东士族与元白所在的新兴阶级两个阶层，认为后者重视文学，前者重视经学，指出了各个阶层的文化素养及其对唐代文学发展的影响。

总之，陈寅恪在元白诗的研究上总体运用的是一种社会学的方法，从元白之党派属性、社会阶层属性方面对其思想及诗歌创作的特点做出阐释，这种研究方法对二十世纪党争与文学、士族与文学、科举与文学等唐代文学研究命题有重要影响。

2. 文化学视阈下的唐诗研究

胡文化与唐诗

在论及白居易的出身时，陈寅恪曰："鄙意白氏与西域之白或帛氏有

---

① 陈寅恪：《元白诗笺证稿》，生活·读书·新知三联书店 2001 年版，第 241—242 页。
② 同上书，第 340 页。
③ 同上书，第 85 页。
④ 同上书，第 89 页。

关，自不俟言，但吾国中古之时，西域胡人来居中土，其世代甚近者，殊有考论之价值。若世代甚远久，已同化至无何纤微迹象可寻者，则止就其仅余之标帜即胡姓一事，详悉考辨，恐未必有何发见，而依吾国中古史'种族之分，多系于其人所受之文化，而不在其所承之血统。'之事例言之，（见拙著唐代政治史述论稿及隋唐制度渊源略论稿。）则此类问题亦可不辨。故谓元微之出于鲜卑，白乐天出于西域，固非妄说，却为赘论也。"① 指出对胡族出身的唐代诗人进行考辨的范围与学术价值，同时主张以文化而不是以种族来确定诗人身份。论及《琵琶行》中的女主人公时，陈寅恪曰："此长安故倡，其幼年家居蛤蟆陵，似本为酒家女。又自汉以来，旅居华夏之中亚胡人，颇以善酿著称，而吾国中古杰出之乐工亦多为西域胡种。则此长安故倡，既居名酒之产区，复具琵琶之绝艺，岂即所谓'酒家胡'者耶？"② 陈寅恪认为善酿酒、善弹琵琶为胡人之特征，其根据琵琶女籍贯所在为名酒产区的特征，复根据其善弹琵琶的特点认为其为胡人。论及《立部伎》中的女主人公，陈寅恪曰："白诗之述此类百戏者，有'舞双剑，跳七丸。搦巨索，掉长竿'诸句。钱注引明皇杂录略云：上素晓音律，时有公孙大娘者，善舞剑，能为邻里曲，裴将军满堂势，西河剑器浑脱，遗？（案：问好为陈寅恪加）妍妙皆冠绝于时也。"陈氏因此认为："知剑器浑脱盖为连文，而浑脱本是胡物。西河疑即河西或河湟之异称，与西域交通之孔道。又裴为疏勒国姓，（见旧唐书一四六新唐书一一〇裴玢传。）皆足明此伎实源出西胡也。"③ 认为《立部伎》中之女主人公为胡伎。陈寅恪综合运用民族学、文学地理学、文化学知识对元白诗中的胡人身份进行了考证。

　　另外，陈寅恪还考证了西域文化在唐诗中的反映。在笺注《长恨歌》"风吹仙袂飘飘举，犹似霓裳羽衣舞"两句时，陈寅恪曰："太真亲舞霓裳，未知果有其事否？但乐天新乐府胡旋舞篇云：天宝季年时欲变，臣妾人人学圆转。中有太真外禄山，二人最道能胡旋。疑有所本。胡旋舞虽与霓裳羽衣舞不同，然俱由中亚传入中国，同出一源，乃当时最流行之舞蹈。太真既善胡旋舞，则其亲自独舞霓裳，亦为极可能之事。所谓'尽

① 陈寅恪：《元白诗笺证稿》，生活·读书·新知三联书店 2001 年版，第 317 页。
② 同上书，第 58 页。
③ 同上书，第 158—160 页。

日君王看不足'者，殆以此故欤？"① 认为《长恨歌》中杨贵妃亲舞霓裳羽衣舞之事属于写实，并非虚构，而此种舞蹈又为西域传入。考证了元白诗对胡文化的反映。

3. "知人论世"法

陈寅恪认为元白诗为当日社会之"实录"，是"史诗"，所以在笺注元白诗时，主张以"知人论世"法，从元和时期的历史现实及元白的自身遭际出发来对元白诗进行品评。陈寅恪曰："但连昌宫词末章之语，同于萧俛段文昌'消兵'之说，宜其特承穆宗知赏，而为裴晋公所甚不能堪。此则读是诗者，于知人论世之义，不可不留意及之也。"② 陈寅恪谓元稹在《连昌宫词》末尾提出的"努力庙谟休用兵"的主张，是为了迎合当日宦官及朝臣萧俛、段文昌等"消兵"之说，以便依靠宦官的奖掖回朝中任职，元稹的这种做法为主张削藩的裴度所反感。陈寅恪认为不了解元稹写这首诗的目的，便不能深刻了解诗中"消兵"之说的深刻社会背景和元稹的目的意图，因此主张解诗要"知人论世"。陈寅恪评白居易曰："总而言之，乐天老学者也，其趋向消极，爱好自然，享受闲适，亦与老学有关者也。至其所以致此之故，则疑不能不于其家世之出身，政党之分野求之。夫当日士大夫之政治社会，乃老学之政治社会也。苟不能奉老学以周旋者，必致身败名裂。是乐天之得以身安而名全者，实由食其老学之赐。是耶非耶？谨以质之知人论世读诗治史之君子。"③ 谓白居易生活的时代，士大夫阶层普遍崇尚老子思想，受这种社会思潮的影响，白氏也崇尚老学，因此形成了他"爱好自然，享受闲适"的思想。不了解白氏生活时代的这种社会思潮，就不能很好地理解白氏消极思想的形成，从这个意义上讲，陈寅恪主张解读古代诗文要"知人论世"，只有这样才能够对所研究的对象做出"了解之同情"④ 的评价。

在"知人"方面，陈寅恪在笺注元白诗的过程中，注重个人经历对诗歌创作影响的考证。"陈寅恪尝反复详读元白二公华原磬之篇，窃疑微之诗篇末所云：'愿君每听念封疆，不遗豺狼剿人命。'乐天诗篇中所云：

① 陈寅恪：《元白诗笺证稿》，生活·读书·新知三联书店2001年版，第40—41页。
② 同上书，第77页。
③ 同上书，第341页。
④ 陈寅恪：《冯友兰中国哲学史上册审查报告》，见《金明馆丛稿二编》，生活·读书·新知三联书店2001年版，第279页。

'古称浮磬出泗滨。立辩致死声感人。'及'宫悬一听华原石，君心遂忘封疆臣。果然胡寇从燕起。武臣少肯封疆死。'殆有感于当时之边事而作。微之所感者，为其少时旅居凤翔时所见。乐天所感者，则在翰林内廷时所知。"① 通过考证，陈寅恪认为元稹"少时旅居凤翔"，因而此诗中所写，与他的边疆经历有关。而白氏之所以对边疆情状有所了解，与他在翰林时的经历有关。陈寅恪在考证元白诗文时，往往要考证元白诗文与其自身经历的关系，这是其解读元白诗的基本方法之一。

从"论世"方面而言，陈寅恪在笺注元白诗的过程中，往往能够从当日牛李党争、士庶阶层分化、社会风气等方面出发，通过时代社会现实的分析来解读元白诗中的种种文化现象。陈寅恪曰："盖唐代社会承南北朝之旧俗，通以二事评量人品之高下。此二事，一曰婚，二曰宦。凡婚而不娶名家女，与仕而不由清望官，俱为社会所不齿。此类例证甚众，且为治史者所习知，故兹不具论。但明乎此，则微之所以作莺莺传，直叙其自身始乱终弃之事迹，绝不为之少惭，或略讳者，即职是故也。"② 谓元稹始乱终弃，抛弃当日情人而另娶高门，不但不以自己的薄情行为为耻，不替自己掩饰，反而津津乐道，乃是由于联姻高门为当日之普遍社会风气。陈寅恪认为，了解了这种时代社会风气，才能够理解元稹"始乱终弃"并且毫不掩饰自己薄情的原因。考证元白生活时代的社会风气，是陈寅恪解读元白诗的基本方法。

从知人论世的观点出发，陈寅恪主张以元白自己的文学观点或者元白对自己诗文的评价对元白诗歌进行品评。"艳诗及悼亡诗"一节曰："取此与微之上令狐楚启（见旧唐书一六六元稹传）所谓'思深语近，韵律调新。属对无差，而风情宛然'及乐天'或为千言或五百言律诗以相投寄'者相参校。则知元白梦游春诗，实非寻常游戏之偶作，乃心仪浣花草堂之巨制，而为元和体之上乘，且可视作此类诗最佳之代表者也。"③ 元稹在《上令狐楚启》中认为自己的《梦游春诗》"思深语近，韵律调新。属对无差，而风情宛然"，又曰白居易曾自言"或为千言或五百言律诗（指《梦游春诗》而言）以相投寄"，认为元稹对自己和白居易的

① 陈寅恪：《元白诗笺证稿》，生活·读书·新知三联书店2001年版，第166页。
② 同上书，第116页。
③ 同上书，第94页。

《梦游春诗》自视甚高，陈寅恪据此认为《梦游春诗》"非寻常游戏之偶作"，而是"元和体之上乘"、"最佳之代表者"，评价非常高。另外，陈寅恪往往考证元白二人自己的文学观点在诗文创作中的实施情况，据此对元白的诗文作出评价。如前所揭，陈寅恪在笺注白居易之新乐府时，就曾经分析白居易"首章标其目，卒章显其志"的诗歌主张在其新乐府创作中的实施情况。陈寅恪往往以元白自己的文学观点和元白自己对其诗文的评价对元白诗进行品评，这也是陈寅恪解读元白诗之基本方法之一。

　　从"知人论世"的解诗方法出发，陈寅恪主张采取"了解之同情"[①]的宽容态度来品评诗文，反对苛刻迂腐之论。陈寅恪在《冯友兰中国哲学史上册审查报告》一文中曰："凡著中国古代哲学史者，其对于古人之学说，应具了解之同情……（吾人）必须备艺术家欣赏古代绘画雕刻之眼光及精神，然后古人立说之用意与对象，始可以真了解。所谓真了解者，必神游冥想，与立说之古人，处于同一境界，而对于其持论所以不得不如是之苦心孤诣，表一种之同情，始能批评其学说之是非得失，而无隔阂庸廓之论。"[②] 这种对于古人"了解之同情"的批评态度，在对元白诗的品评中得到了充分体现。在《蛮子朝》一诗的品评中，陈寅恪曰："则南康招附西南夷之勋业，亦为时议所推许也。而元白二公乃借蛮子朝事以诋之，自为未允。盖其时二公未登朝列，自无从预闻国家之大计（韦南康之复通南诏，乃贞元初唐室君主及将相大臣围攻吐蕃秘策之一部），故不免言之有误耳。"[③] 谓韦皋镇西川时朝廷密令其对南诏采取安抚政策，通过南诏对吐蕃进行牵制，陈寅恪认为此时元白二人在地方任职，对朝廷制定的通过南诏牵制吐蕃的军事秘密无由了解，因而对韦皋安抚南诏的行为有所误会，因而诗文的思想性不高，但是陈寅恪又从元白二公的具体处境出发，对元白在诗中所表现之思想采取了"了解之同情"的态度。对于元稹在妻子韦氏去世后的纳妾行为，陈寅恪曰："是韦氏亡后不过二年，微之已纳妾矣。夫唐世士大夫之不可一日无妾媵之侍，乃关于时代之习俗，自不可以今日之标准为苛刻之评论。"[④] 认为元稹的纳妾行为是当

---

①　陈寅恪：《冯友兰中国哲学史上册审查报告》，见《金明馆丛稿二编》，生活·读书·新知三联书店 2001 年版，第 279 页。
②　同上。
③　陈寅恪：《元白诗笺证稿》，生活·读书·新知三联书店 2001 年版，第 209—210 页。
④　同上书，第 92 页。

时普遍的社会风气，不应对其苛责。《新乐府》一节曰："姚崇所谓'古之良守，蝗虫避境。'与白诗（《捕蝗》）所谓'我闻古之良吏有善政，以政驱蝗蝗出境。'并可参阅后汉书五五卓茂传。白诗所谓'岂将人力竞天灾。'者，即如倪若水'蝗是天灾，自宜修德'及卢怀慎'蝗是天灾，岂可制以人事'之说。乐天对于蝗虫之识解，同于卢倪，此则时代囿人，贤者不免，亦未足深责也。"① 陈寅恪持"了解之同情"的态度，对白居易因时代所"囿"所以思想中的保守倾向并未予以深责。陈寅恪曰："唐黄（滔）先生文集七答陈磻隐论诗书云：大唐前有李杜，后有元白。信若沧溟无际，华岳干天。然自李飞数贤，多以粉黛为乐天之罪。殊不谓三百五篇多乎女子，盖在所指说如何耳。至如长恨歌云，遂令天下父母心，不重生男重生女。此刺以男女不常，阴阳失伦。其意险而奇，其文平而易。所谓言之者无罪，闻之者足以自戒哉。寅恪案：黄氏所言，亦常谈耳。但唐人评诗，殊异于宋贤苛酷迂腐之论，于此可见。"② 宋人李飞等，"多以粉黛为乐天之罪"，而唐代黄滔对白居易的评价则较宽容中肯，从唐宋人对于白居易的不同评价中，陈寅恪认为唐人评诗较宽容公正，而宋人评诗多苛酷迂腐，陈寅恪赞成唐人评诗风气而反对宋人评诗风气，主张以宽容的态度对诗人诗作做出品评。

总之，陈寅恪对传统的"知人论世"之批评方法做了更为深入的开掘，往往把诗歌主旨、思想倾向同元白自身生活经历、当时社会风气和政治状况联系起来进行考辨，而史事和文学之间的这种联系并非空泛之论，而是从元白的具体处境出发作出客观的评价。具体来说，在大的历史背景下，不同生活经历的文士对历史的反映往往不同，这种由于个体生活经历的差异而造成的对共同历史事件的不同文学叙写，这种差异性通过陈寅恪的考证得到了清楚而令人信服的呈现，因而这种诗文解读方法使得陈寅恪对元白诗的解读更具思想深度。同时，在"知人论世"的前提下，陈寅恪还以"了解之同情"的态度对唐代文士做出了宽容之品评，这种批评态度与方法使其对唐代文士及文学的解读更公允、更具学术魅力。

4. 文人交往考辨法

尚永亮论及中唐文人交往的特点时认为中唐"活跃作者在人际交往

① 陈寅恪：《元白诗笺证稿》，生活·读书·新知三联书店2001年版，第188—189页。
② 同上书，第25页。

中往往范围不大，主要是与自己关系亲近的几位友朋往来甚密"，"社交面不广而交往诗创作量较大的作者，更注重固定友人间关系的深化和发展，更具有一种相同审美追求的派系意识，也更注重生活情趣的投合与诗美类型的互补。如白居易与元稹、刘禹锡即属此类情况"。① 随着牛李党争的加剧，中唐文人有很强的派系意识，同派系内部文人交往加强，不同派系的文士之间的交往频率下降。这样，同派系的文士相互探讨文学创作的风气随着科举的兴盛而不断深化。中唐文学的这种发展趋势，使得陈寅恪非常注重文人之间相互交往对于其时文学创作的影响，在"长恨歌"一章中曾立"文人相互关系"一目，对文人相互交往进行研究。陈寅恪论元稹《连昌宫词》曰："其时（案：作《连昌宫词》时）微之尚在通州司马任内，未出山南西道之境。观其讬诸宫边遗老问对之言，以抒开元元和今昔盛衰之感，与退之绝句（案：韩愈有《和李司勋过连昌宫七绝》）用意遣词尤相符会。否则微之既在通州司马任内，其居距连昌宫绝远，若非见他人作品，有所暗示，绝无无端忽以连昌宫为题，而赋此长诗之理也。"② 通过考证元稹《见人咏韩舍人新律诗因有戏赠》诗认为元稹《连昌宫词》"是微之在通州司马任内曾有机缘得见韩退之之诗"③。这是考证文人之间相互关系及其对诗歌创作影响的一个典型例子。《琵琶引》一节曰："则（李公垂）悲善才一诗作成之时，远在琵琶引以后。且其间李公垂似已因缘窥见乐天之诗，而所作犹未能超越。然后知乐天所谓'苦敌短李伏歌行'及'李二十常自负歌行，近见吾乐府五十首，默然心伏二者'（参长恨歌章。）之非虚语，而元和时代同时诗人，如白乐天之心伏刘梦得（见附论戊白乐天与刘梦得之诗。）及李公垂之心伏白乐天，皆文雄诗杰，历尽甘苦，深通彼己之所致。后之读者所涉至浅，既不能解，乃妄为品第，何其谬耶。"④ 谓元和时代之文人相互交往较为频繁，如李绅之于白居易、元稹之于白居易、白居易之于刘禹锡等，他们都彼此"深通彼己之所致"，所以文学创作相互影响，而这种影响又往往为后世的读诗者所忽略，所以不能深刻理解当时的文风，以致产生"妄为品第"

---

① 尚永亮：《开天、元和两大诗人群交往诗创作及其变化的定量分析》，《江海学刊》2005年第2期。
② 陈寅恪：《元白诗笺证稿》，生活·读书·新知三联书店2001年版，第74—75页。
③ 同上书，第74页。
④ 同上书，第51页。

的现象。又由元稹、白居易、李绅三人相互交往从而造成诗歌创作的相互影响进而认为："当时文士各出其所作互事观摩，争求超越。"① 谓当时文人之间"互事观摩"已经成为一种风气，这种风气促成了不同文人之间、各种题材之间文学作品的相互影响。又曰："傥综合二公之作品，区分其题目体裁，考定其制作年月，详绎其意旨词句，即可知二公之于所极意之作，其经营下笔时，皆有其诗友或诗敌之作品在心目中，仿效改创，从同立异，以求超胜，决非广泛交际率尔酬和所为也。"② 谓元白二公的作品都是相互"仿效改创"的结果。陈寅恪认为元和时期诗人之间的相互交往对他们的诗歌创作产生了深远影响。因此，陈寅恪主张解读唐诗必须深入了解当时文人的相互交往以及这种交往对文学创作的影响，只有这样，才能深刻理解诗作产生的背景及主旨。

因为元和时期文人相互之间交往频繁，所以文人之间诗文创作相互影响也较深入，这种影响表现在诗歌题材的相互借鉴、优秀诗句的相互启发、诗歌艺术手法的相互吸收等方面，陈寅恪对元白诗歌上述方面的相互影响进行了深入研究。对于题材相同而体裁不同的诗歌之间的影响，陈寅恪进行了详细考辨。陈寅恪曰："知白陈之长恨歌及传，实受元稹之莺莺歌及传之影响，而微之之连昌宫词，又受白陈之长恨歌及传之影响。其间因革演化之迹，显然可见。"③ 认为由于文人之间的广泛交往从而对相同题材而体裁不同的作品之间产生了深远影响。考证其时文人的创作，同一题材不同体裁的作品数量众多，可见陈寅恪理论之精当。不但不同文人之间，即使同一人所写的制文、策文等应用文体同本人诗文创作的相互影响也很大。陈寅恪对当时文士以重大历史事件为题材的不同文体之间的相互影响进行了考辨。陈寅恪在《昆明春》一节中曰："董氏所记韩贞公即皋，既与李文公之府送有此一段因缘，而皋实又为贞元十三年以京兆尹主持涨昆明池之役者，颇疑张氏之赋（张仲素涨昆明池赋）即应京兆府试而作，乐天为贞元十六年进士，与张氏作赋时相距至近，殊有得见此赋之可能，或者乐天新乐府中昆明春一篇，殆即受张赋之启发耶？"④ 谓白居易新乐府《昆明春》受张仲素《涨昆明池赋》之影响而创作。对于不同

---

① 陈寅恪：《元白诗笺证稿》，生活·读书·新知三联书店 2001 年版，第 9 页。
② 同上书，第 309 页。
③ 同上书，第 9 页。
④ 同上书，第 190 页。

诗人相同题材的诗歌之间之相互影响，陈寅恪也进行了考辨，曰："盖乐天之作此诗（《琵琶引》），亦已依其同时才士，即元微之，所作同一性质题目之诗，即琵琶歌，加以改进。"① 陈寅恪认为元稹《琵琶歌》在前，白居易《琵琶行》在后，白居易对元稹作品进行了改进，然后创作出《琵琶行》这样的名作。陈寅恪还对元白不同性质诗作内容之间的相互影响进行了考辨，《城盐州》一节曰："至于（白居易）讥诮边将之养寇自重，则近和微之在凤翔时亲见亲闻之原意，故不为泛泛之词也。"② 谓白居易诗《城盐州》中"讥诮边将"的内容受到了元稹诗歌之影响。

陈寅恪对中唐诗人之间不同诗作具体诗句的相互采借、相互影响也进行了考证。陈寅恪谓白居易《琵琶引》曰："微之何满子歌作于元和九年春，而乐天琵琶引作于元和十一年秋，是乐天必已见及微之此诗。然则其扩琵琶歌'冰泉鸣咽流莺涩'之一句为琵琶引'间关莺语花底滑，幽咽泉流冰下难'之二句，盖亦受微之诗影响。"③ 陈寅恪从考证语句之间有某种相似性的不同诗人诗作创作时间的先后入手，分析了白居易《琵琶行》对元稹《何满子歌》的借鉴，认为白居易将元稹诗歌的一句扩展成了一联两句。

陈寅恪还对元白本人不同性质诗歌之间的相互启发暗示进行了考辨。陈寅恪谓白居易《上阳白发人》曰："但乐天上阳白发人之作，则截去微之诗末题外之意，似更切径而少支蔓。或者乐天复受'隋炀枝条袭封邑'句之暗示，别成'二王后'一篇，亦未可知也。"④ 陈寅恪认为白居易《上阳白发人》可能是受到了元稹诗歌题外之意的影响，或者是受到了白氏本人"隋炀枝条袭封邑"句之暗示而成。陈寅恪谓白居易《骊宫高》曰："此篇为微之新乐府中所无。李公垂原作虽不可见，疑亦无此题。盖'骊宫高'三字原出长恨歌'骊宫高处入青云'之句，故此篇似为乐天所自创也。"⑤ 谓白居易《骊宫高》诗题出自其《长恨歌》中的诗句"骊宫高处入青云"，这是对元白自己不同诗作相互影响的考证。

陈寅恪还对当时大臣上奏给朝廷的各种奏章、表状等应用文体对元白

①　陈寅恪：《元白诗笺证稿》，生活·读书·新知三联书店 2001 年版，第 47 页。
②　同上书，第 194 页。
③　同上书，第 56 页。
④　同上书，第 126 页。
⑤　同上书，第 222 页。

诗歌创作的影响也进行了考辨。《新乐府》一节曰："微之此状（《元氏长庆集三四两省供奉官谏幸温汤状》）以玄宗游幸温汤遂致'财力耗瘁''天下萧然'为言，是与乐天此篇'吾君爱人人不识，不伤财兮不伤力'等句之旨适相符同也。"① 谓白居易的新乐府诗曾经受到元稹《两省供奉官谏幸温汤状》内容的影响。《道州民》一节曰："诗云：城云臣按六典书。任土贡有不贡无。道州水土所生者，只有矮民无矮奴。寅恪案：乐天此数句，似即依据阳氏原奏之文。今此奏不载于全唐文等书，自无可考。"② 谓白居易《道州民》诗根据阳城给朝廷的奏文写成。《草茫茫》一节曰："太宗之诏，旨在惩革臣民厚葬之俗，而亦以秦始皇帝为言，是可与乐天此篇相参证，又此条本载在政要慎终篇中。"③ 谓白居易《草茫茫》出自唐代宗的诏书，同时又采自《贞观政要》。同时，陈寅恪还指出了此种考辨方法之要旨与目的："诠释诗句，要在确能举出作者所依据以构思之古书，并须说明其所以依据此书，而不依据他书之故。若仅泛泛标举，则纵能指出最初之出处，或同时之史事，其实无当于第一义谛也。"④

陈寅恪还对元白自己的应用文体对诗歌创作的影响进行了考辨。《盐商妇》一节曰："乐天此篇之意旨，与其前数年所拟策林之言殊无差异。"⑤ 谓白居易《盐商妇》从具体诗句到全诗旨意全出自其《策林》，这是文人自己应用文和诗作相互影响的考证。

陈寅恪对文人之间艺术手法的相互影响也进行了研究。《古题乐府》一节曰："此十九首中最可注意者，莫如人道短一篇，通篇皆以议论行之。词意俱极奇诡，颇疑此篇与微之并世文雄如韩退之柳子厚刘梦得诸公之论有所关涉。盖天人长短之说，固为元和时文士中一重要公案也。……则微之自别有创见，貌似梦得为说理之词，意同韩柳抒愤激之旨，此恐非偶然所致，疑微之于作此诗前得见柳刘之文，与其作连昌宫词之前亦得见乐天新丰折臂翁昌黎和李正封过连昌宫七绝受其暗示者相似。（参连昌宫词章及新乐府章新丰折臂翁篇所论。）考微之与柳刘往来不甚频密，则远道寄文之可能不多。然微之于元和十年春曾与柳刘诸逐臣同由贬所召至长

①　陈寅恪：《元白诗笺证稿》，生活·读书·新知三联书店 2001 年版，第 224 页。
②　同上书，第 199 页。
③　同上书，第 295 页。
④　同上书，第 135 页。
⑤　同上书，第 278 页。

安。又于元和十年至十二年间在通州司马任内尝以事至山南西道节度使治所兴元。兴元者，西南一大都会，而文士萃集之所也。柳刘文名高一世。天人之说尤为奇创，自宜传写流布于兴元。是微之于元和十年至十二年之间，在长安与兴元两地，俱有得见柳刘二公天论与天说之机缘也。微之古题乐府为和梁州进士刘猛李余而作，梁州即兴元，或者微之在梁州之日，曾得窥见柳刘之文，遂取其意旨加以增创以成此杰作耶？"①陈寅恪认为元稹《人道短》诗是受了刘禹锡、韩愈、柳宗元说理之文的影响，因为"天人长短之说，固为元和时文士中一重要公案也"。然后又从舆地与文学的关系入手，认为元稹、柳宗元、刘禹锡元和十年春同在长安；又中唐时期梁州为"西南一大都会"，是"文士萃集之所"，而当时天人之说"为元和时文士中一重要公案"，韩愈、刘禹锡"柳刘文名高一世"，为当时一流之文人，因而他们的作品极有可能流传至梁州。经过考证又认为元稹曾于元和十年至十二年间在通州司马任内尝以事至梁州，因而可能于此时此地"得窥见柳刘之文"并受其影响。而刘柳之文属于议论文体，元稹受这种议论文体的影响，才创作出《人道短》这样通篇以议论为主的杰作。又《连昌宫词》一节曰："元微之连昌宫词实深受白乐天陈鸿长恨歌及传之影响，合并融化唐代小说之史才诗笔议论为一体而成。篇首一句及篇末结语二句，乃是开宗明义即综括全诗之议论。又与白香山新乐府序（白氏长庆集三）所谓'首句标其目，卒章显其志'者，有密切关系。乐天所谓'每被老元偷格律上'（白氏长庆集一六编集拙诗成一十五卷因题卷末戏赠元九李二十诗）殆指此类欤？至于读此诗必与乐天长恨歌详悉比较，又不俟论也。总而言之，连昌宫词者，微之取乐天长恨歌之题材依香山新乐府之体制改进创造而成之新作品也。"②谓元稹《连昌宫词》是受了白居易《成恨歌》及陈鸿《长恨歌传》艺术手法之影响，融"史才诗笔议论为一体"而成的一首诗歌。同时，经过考证认为此诗在结构上受到了白居易新乐府"首句标其目，卒章显其志"的理论主张的影响。陈寅恪对中唐诗人之间艺术手法的相互借鉴考证非常精审，并非泛泛之论。

　　总之，通过不同文人之间、同一人不同诗作之间及不同题材之间创作

①　陈寅恪：《元白诗笺证稿》，生活·读书·新知三联书店2001年版，第313—315页。
②　同上书，第63页。

的相互影响之研究，陈寅恪意在揭示当时文学创作的风气，分析当时文学创作的特点，以便对中唐文坛及其文学创作情况有更深入的了解。这种研究方法，可以在深层次上了解一个时代文人之间的相互交往对整个时代文学风格的形成、文学流派形成的影响，属于深层次的文学本体研究，这种研究有助于推动整个唐代文学研究的深化。

5. 诗体考辨法

陈寅恪非常重视诗歌体制，《元白诗笺证稿》设专节论述"元和体"诗①，对其他中唐时代诗歌体裁、风格等问题也多有论述。同时，它还重视对同时代诗人之间诗歌体制的相互影响之研究。

（1）重视诗体渊源探究

陈寅恪曰："韩退之酷喜当时俗讲，以古文改写小说，而自言非三代两汉之书不敢观（见前长恨歌章）。此乃吾国文学史上二大事，而其运动之成功，实皆为以古为体，以今为用者也。乐天之作新乐府，以诗经古诗为体裁，而其骨干则实为当时民间之歌曲，亦为其例。韩白二公同属古文运动之中心人物，其诗文议论外表内在冲突之点，复相类似。"② 指出元白新乐府的实质是"以诗经古诗为体裁"、以"民间之歌曲"为形式特点的一种诗体。又曰："是以乐天新乐府五十首，有总序，即摹毛诗之大序。每篇有一序，即仿毛诗之小序。又取每篇首句为其题目，即效关雎为篇名之例。（微之之作乃和李公垂者。微之每篇首句尚与诗题不同，疑李氏原作当亦不异微之）全体结构，无异古经。质而言之，乃一部唐代诗经，诚韩昌黎所谓'作唐一经'者。"③ 认为白居易乐府诗在体制上取法诗经。又曰："然则乐天之作新乐府，乃用毛诗，乐府古诗，及杜少陵诗之体制，改进当时民间流行之歌谣。实与贞元元和时代古文运动巨子如韩昌黎元微之之流，以太史公书，左氏春秋之文体试作毛颖传，石鼎联句诗序，莺莺传等小说传奇者，其所持之旨意及所用之方法，适相符同。其差异之点，仅为一在文备众体小说之范围，一在纯粹诗歌之领域耳。由是言之，乐天之作新乐府，实扩充当时之古文运动，而推及之于诗歌，斯本为自然之发展。惟以唐代古诗，前有陈子昂李太白之复古诗体。故白氏新乐

---

① 陈寅恪：《元白诗笺证稿》，生活·读书·新知三联书店2001年版，第345页。

② 同上书，第167页。

③ 同上书，第124页。

府之创造性质，乃不为世人所注意。实则乐天之作，乃以改良当日民间口头流行之俗曲为职志。与陈李辈之改革齐梁以来士大夫纸上摹写之诗句为标榜者，大相悬殊。其价值及影响，或更较为高远也。此为吾国中古文学史上一大问题，即'古文运动'本由以'古文'试作小说而成功之一事。陈寅恪曾于韩愈与唐代小说一文中论证之。而白乐天之新乐府，亦是以乐府古诗之体，改良当时民俗传诵之文学，正同于以'古文'试作小说之旨意及方法。"① 指出了元白新乐府的形成及其新乐府运动在文学史上之重要意义。

（2）重视诗体变迁及各种文体对诗体的影响研究

陈寅恪研究中唐时期贞元、元和年间的诗歌，一个重要的特点就是结合当时各种文体之间的联系来研究诗体，重视各种文体对诗体的影响及诗体的变迁。《长恨歌》一节曰："长恨歌为具备众体之唐代小说中歌诗部分，与长恨歌传为不可分离独立之作品。故必须合并读之，赏之，评之。明皇与杨妃之关系，虽为唐世文人公开共同习作诗文之题目，而增入汉武帝李夫人故事，乃白陈之所特创。诗句传文之佳胜，实职是之故。此论长恨歌者不可不知也。"② 陈寅恪认为中唐时期各种文体具有备具史才、诗笔、议论的"具备众体"之特点，而《长恨歌》就是其中的诗歌部分。所以，解读这一时期的诗歌，必须将其与小说、历史结合起来，才能得到较为客观全面的理解。在《李夫人》一节曰："此篇之广播流行，较之长恨歌，虽有所不及，但就文章体裁演进之点言之，则已更进一步。盖此篇融合长恨歌及传为一体，俾史才诗笔议论俱汇集于一诗之中，已开元微之连昌宫词新体之先声矣。读者若取长恨歌及传与连昌宫词及此篇参合比较读之，并注意其作成之时间，自可于当时文人之关系与文体之关系二端得一确解也。"③ 陈寅恪谓白居易《李夫人》体制不同于《长恨歌》，《长恨歌》只是"具备众体"的诗歌部分，而《李夫人》"融合长恨歌及传为一体"，"备具史才、诗笔、议论"，从《长恨歌》到《李夫人》，期间诗歌体制不断扩大，逐渐融合小说、历史为一体。又曰："就文章体裁演进之点言之，则长恨歌者，虽从一完整机构之小说，即长恨歌及传中分出别

① 陈寅恪：《元白诗笺证稿》，生活·读书·新知三联书店2001年版，第125—126页。
② 同上书，第45页。
③ 同上书，第271页。

行，为世人所习诵，久已忘其与传文本属一体。然其本身无真正收结，无作诗缘起，实不能脱离传文而独立也。至若元微之之连昌宫词，则虽深受长恨歌之影响，然已更进一步，脱离备具众体诗文合并之当日小说体裁，而成一新体，俾史才诗笔议论诸体皆汇集融贯于一诗之中（其详俟于论连昌宫词章述之）。使之自成一独立完整之机构矣。此固微之天才学力之所致，然实亦受乐天新乐府体裁之暗示，而有所摹仿。"① 又在《连昌宫词》一节曰："元微之连昌宫词实深受白乐天陈鸿长恨歌及传之影响，合并融化唐代小说之史才诗笔议论为一体而成。"② 陈寅恪考证了从《长恨歌》到《连昌宫词》期间的诗体变迁，《长恨歌》还是"文备众体"之诗笔部分，而《连昌宫词》既具史才，复备诗笔，开头和结尾处又有议论，所以"合并融化唐代小说之史才诗笔议论为一体而成"，《连昌宫词》代表了典型的中唐诗歌体制。陈寅恪非常注重文学体裁的相互影响及由此而引起的文学体裁的变迁演进。《长恨歌》一节曰："今所传陈氏传文（陈鸿《长恨歌传》）凡二本，……颇疑丽情本为陈氏原文，通行本乃经乐天所删易。议论逐渐减少，此亦文章体裁演进之迹象。其后卒至有如连昌宫词一种，包括议论于诗中之文体，而为微之天才之所表现者也。"③ 通过同一诗歌不同文本的考证，陈寅恪认为中唐初期文学作品诸如唐明皇与杨贵妃这一唐人习见题材，诗歌、传记、议论大体分离存在于不同文体中，后来逐渐将史才、诗笔、议论部分合而为一，诸如元稹《连昌宫词》就是如此。陈寅恪对中唐文学体制的演进过程非常重视，考证非常深入。陈寅恪注意到中唐诗体具有融合小说、历史、诗歌的集大成之特点，所以要求研究中唐诗歌者要"注意其作成之时间"，并且要考证"当时文人之关系与文体之关系"。就是说，既要注意诗体演进的过程，又要探讨诗体演进形成的原因及文人之间的关系对诗体演进的作用，注意小说、历史等其他文体对诗歌的影响，这样才能对其时的诗歌内容及其体制有深入的了解。

　　除了重视各种文体的相互影响及诗体变迁外，陈寅恪还重视各种文体的互融现象，曰："韩退之小说作品观之一，如昌黎集二一石鼎联句序及

① 陈寅恪：《元白诗笺证稿》，生活·读书·新知三联书店 2001 年版，第 11 页。
② 同上书，第 63 页。
③ 同上书，第 44—45 页。

诗，即当时流行具备众体之小说文也。"① 谓韩愈的《石鼎联句》为诗体小说，而该诗诗序为小说体裁。陈寅恪对中唐文体融合的研究，对后来唐代文体融合的研究影响很大。

　　6. "史诗互证"法

　　陈寅恪对传统的考证法极为推崇，曰："苟今世之编著文学史者，能尽取当时诸文人之作品，考定时间先后，空间离合，而总汇于一书，如史家长编之所为，则其间必有启发，而得以知当时诸文士之各竭其才智，竞造胜境，为不可及也。"② 倡导以时地考证法对唐诗进行研究。《元白诗笺证稿》主要采用的就是以史实考证为主的"史诗互证"法。其论《连昌宫词》曰："凡论连昌宫词者，有一先决问题，即此诗为作者经过行宫感时抚事之作，抑但为作者闭门伏案依题悬拟之作。"③ 其论诗的一大前提就是元白诗是否出于写实，并且对诗歌内容的写实成分进行考证。例如，在《牡丹芳》一节，陈氏曰："据上引唐代牡丹故实，知此花于高宗武后之时，始自汾晋移植于京师。当开元天宝之世，犹为珍品。至贞元元和之际，遂成都下之盛玩。此后乃弥漫于士庶之家矣。李肇国史补之作成，约在文宗大和时。（参阅历史语言研究所集刊第九本岑仲勉先生跋唐摭言李肇著国史补之朝代条。）其所谓'京师贵游尚牡丹三十余年矣'云者，自大和上溯三十余年，适在德宗贞元朝。此足与元白二公集中歌咏牡丹之多，相证发者也。"④ 通过史实考证元白诗中的牡丹题材之多的原因，是典型的史诗互证研究法。《上阳白发人》一节曰："'小头鞋履窄衣裳。青黛点眉眉细长。外人不见见应笑，天宝末年时世妆。'关于衣履事，姚汝能安禄山事迹下云：天宝初，贵游士庶，好衣胡服，为豹皮帽。即用姚书，足可为此诗'小头鞋履窄衣裳。'句之注脚。"⑤ 陈寅恪引韩愈《顺宗实录》中关于中唐宫市的记载曰："此篇（《卖炭翁》）所咏，即是此事。退之之史，即乐天诗之注脚也。"⑥ 也是典型的史诗互证法。关于这种诗学方法，陈寅恪之弟子胡守为曰："先生倡导的诗文证史包括两个方

① 陈寅恪：《元白诗笺证稿》，生活·读书·新知三联书店2001年版，第6页。
② 同上书，第9页。
③ 同上书，第63页。
④ 同上书，第245—246页。
⑤ 同上书，第170—171页。
⑥ 同上书，第256页。

面：一是以诗文为史料，或补证史乘，或别备异说，或互相证发；另一种方法是以史释诗，通解诗意。"①《元白诗笺证稿》的主要方法是将诗与史打通，以诗和史，"相互证发"，而并非单纯地以史证诗。这种诗学方法的形成，一方面是对清代朴学考据法的继承，特别是受钱谦益《钱注杜诗》"诗史互证"法的影响。陈寅恪对钱注杜诗中的"诗史互证"法特别推重，他在《柳如是别传》中曰："可知牧斋之注杜，尤注意诗史一点，在此之前能以杜诗与唐史互相参证，如牧斋所为之详尽者，尚未之见也。"② 另一方面，陈寅恪"诗史互证"法是受西方实证主义思想影响的结果。陈寅恪一生三次留学欧洲，十九世纪欧洲史学界流行德国兰克的实证主义思想，在史学研究中非常重视材料的占有和史实的考辨，这种实证主义史学理论和清代考据学有一致之处，因而成为陈寅恪文史研究的主要方法。文学和历史研究的分科及其研究的独立化，始于二十世纪初西学东渐之时，在此之前，中国古代文士的学术素养都是文史哲融通的。王国维、陈寅恪等学者处在古代与现代学术的分界线上，他们接受西方实证主义思想的影响，同时继承了乾嘉学派以来的学术传统，重考据，文史互证，《元白诗笺证稿》的基本方法，就是"以史证诗"。另外，陈寅恪的学术素养对其史诗互证法也产生了重要影响，以陈寅恪为代表的民国学者是中国传统学术的殿军，因而文史融通的学术素养在其身上体现得特别明显，陈寅恪对中古、唐代历史、文学都有深湛的造诣，本人也创作古体诗词，史学与文学的双重素养使得其对史诗互证法的使用达到了出神入化的境界。

陈寅恪认为元白诗大部分都有史实依据，《元白诗笺证稿》的主要特点就是考证元白诗文的史实依据，除此之外，陈寅恪还对元白诗文中具体诗句的历史文献出处也进行了考证。另外，对某些确实无法找到文献出处的诗歌，陈寅恪还大胆猜测其史实，如《道州民》一诗，陈寅恪根据韩愈《顺宗实录》《旧唐书》《新唐书》考证了阳城事迹之后，根据诗中"城云臣按六典书，任土贡有不贡无。道州水土所生者，只有矮民无矮奴"数句，认为"乐天此数句，似即依据阳氏原奏之文。今此奏不载于

---

① 胡守为：《陈寅恪的史学成就与治史方法》，《纪念陈寅恪教授国际学术研讨会论文集》，中山大学出版社1988年版，第106页。

② 陈寅恪：《柳如是别传》，上海古籍出版社1980年版，第993页。

全唐文等书，自无可考"①。这种考证对于已佚文献思想的认识也有重要意义。这种精深、广博、严密的考证，不但在民国时期，而且在整个古今学术史上都是一流的。

诗史互证的另一方面，就是把唐诗作为研究唐代历史的史料，如前所揭，陈寅恪称白诗为"史诗"的"史诗"说即是这种方法的表征。陈寅恪门人朱延丰论其治学方法曰："先生讲授唐代诗人与政治之关系，从诗歌中解究一代政治之隆污得失，别开治史之新途径。……斯篇（《岭南第一诗人张曲江研究》）系旧作，盖受先生之启发，率尔操觚，论曲江诗亦从政治与思想观点出发。"② 指出了陈寅恪把诗歌作为研究历史史料的诗史互证研究法。

在史诗互证法的运用中，陈寅恪重视第一手材料的价值，重视用前人不曾发现的材料来考证元白诗中的史事。陈寅恪曰："关于太真入宫始末为唐史中一重公案，自来考证之作亦已多矣。清代论兹事之文，如朱彝尊曝书亭集五五书杨太真外传后，杭世骏订伪类编二杨氏入宫并窃笛条，章学诚章氏遗书外编三丙辰札记等，似俱能持之有故。言之成理，而以朱氏之文为最有根据。盖竹垞得见当时不甚习见之材料，如开元礼及唐大诏令集诸书，大宗实斋不过承用竹垞之说，而推衍之耳。"③ "至杭大宗之文，亦不过得见钱曾读书敏求记四集部唐大诏令集提要，及曝书亭集敷衍而为之说，未必真见第一等材料而详考之也。"④ 对某一历史事件的研究，必须详细考辨已有的研究成果，并且要对诸家观点同异源流真伪进行考辨，在此基础上，陈寅恪认为真见解来自于"不甚习见之材料"、"第一等材料"，真见解来自于新的历史发现。从朱彝尊"得见当时不甚习见之材料"，因此在对"太真入宫始末"的考证中超出杭世骏、章学诚等人的观点，可以见出陈寅恪对"不甚习见之材料"的重视。在元白诗笺注中，陈寅恪往往能够钩沉索隐，以唐代的各种典籍材料来考证元白诗中的历史事实。这种重视新材料的发现与运用之思想与研究方法，对二十世纪唐代文学研究有重要影响。

陈寅恪之《元白诗笺证稿》以"笺注"法对元白诗中的史事进行了

---

① 陈寅恪：《元白诗笺证稿》，生活·读书·新知三联书店 2001 年版，第 199 页。
② 朱延丰：《岭南第一诗人张曲江研究》，《东方杂志》1946 年第 1 期。
③ 陈寅恪：《元白诗笺证稿》，生活·读书·新知三联书店 2001 年版，第 14 页。
④ 同上书，第 18 页。

深入的考证，正由于此，学术界引发了对陈寅恪之《元白诗笺证稿》属于"历史研究"还是"文学研究"的争议，胡明认为："陈寅恪此书旨在研究唐代历史，与他的《唐代政治史述论稿》《隋唐制度渊源略论稿》同类，严格来说是历史（唐史）研究专著。他以元白的诗为材料考证唐代历史文化、政治制度、社会生活，乃至古文运动、民间歌谣以及知识分子的生存状态与文艺活动方式（他也曾以杜诗来考证过唐史所谓'杂种胡'之义）。此书的史学成就无疑是第一流的。"① 陈寅恪以"知人论世"法对元白诗中的史事进行阐释，这种方法渊源于钱注杜诗，属于传统的诗学研究方法，只不过陈寅恪的史学家身份使得《元白诗笺证稿》更具有鲜明的史学色彩。如前所揭，《元白诗笺证稿》不仅有对元白诗史事的考证，而且陈寅恪还非常重视对元白诗的审美价值的阐发，审美研究法也是《元白诗笺证稿》的主要研究方法之一，从本质上来说，《元白诗笺证稿》仍然属于文学研究的范畴，其史诗互证法开拓了唐诗研究的视野，提升了唐诗研究的境界，是民国时期唐诗研究的新突破。

　　7. 广义笺注法

　　传统的笺注法主要是语文笺注，是通过语词的意义笺注达到对文献的诠释，而陈寅恪的笺注法则属于广义笺注法。在中唐诗歌的研究中，陈寅恪采取了以元白为中心，通过元白将中唐其他重要诗人及其创作串联起来，以期通过元白诗的研究达到对中唐诗歌总体研究的目的。在此前提下，陈寅恪对元白诗的研究采取的是一种"广义笺注"的方法，在继承钱谦益的《钱注杜诗》方法的同时，陈寅恪并不局限于传统意义上的语文笺注，而是以词汇注释为基础，融合美学、文艺学、历史学、文化学、社会学于一体的广义笺注法。如在《长恨歌》一节中，陈寅恪曰："至乐天于'渔阳鞞鼓动地来，惊破霓裳羽衣曲'句中特取一'破'字者，盖破字不仅含有破散或破坏之意，且又为乐舞术语，用之更觉浑成耳。又霓裳羽衣'入破时'，本奏以缓歌柔声之丝竹。今以惊天动地急迫之鞞鼓，与之对举。相映成趣，乃愈见造语之妙矣。"② 此处陈寅恪在笺注"破"字时，从词汇学的角度解释为"破散"之意，又从音乐学的角度解释为"乐舞术语"，从修辞学的角度来讲又解释为"对举"修辞格，从表达效

① 胡明：《关于唐诗——兼谈近百年来的唐诗研究》，《文学评论》1999 年第 2 期。
② 陈寅恪：《元白诗笺证稿》，生活·读书·新知三联书店 2001 年版，第 30 页。

果方面认为其具有"浑成"之美，从社会学的角度讲"破"含有安史之乱对整个社会的"破坏"之意。在笺注杜少陵《哀江头》时，陈寅恪曰："杜少陵哀江头诗末句'欲往城南望城北'者，子美家居城南，而宫阙在城北也。自宋以来注杜诗者，多不得其解，乃妄改'望'为'忘'，或以'北人谓向为望'为释，（见陆游老学庵笔记七。）殊失少陵以虽欲归家，而犹回望宫阙为言，隐示其眷念迟回不忘君国之本意矣。"①以字词笺注阐释诗歌的思想情感。在《卖炭翁》一节中，陈寅恪曰："诗中'回车叱牛牵向北'者，唐代长安城市之建置，市在南而宫在北也。拙著唐代政治史述论稿中篇论中央政治革命条及隋唐制度渊源略论稿礼仪章附论都城建筑节已详论之，兹不复赘。要知乐天此句之'北'，殊非趁韵也。"②以唐代都城建制来笺注字词之含义，这是一种文化学的阐释方法。总之，在《元白诗笺证稿》中，陈寅恪以"广义笺注法"带动文学批评、文化批评，《元白诗笺证稿》是《钱注杜诗》之后在诗文注释领域的一个里程碑式的著作。

8. 时地研究法

所谓时地研究法，就是指陈寅恪在笺证元白诗时，能够既考虑到地理因素的影响，又能够考虑到时代风习因素的影响，而且能够把上述因素结合起来，对元白诗歌做出全面的阐释。陈寅恪在《艳诗及悼亡诗》一节曰："蒲州为当日之中都河中府，去长安三百二十四里，洛阳五百五十里，（见旧唐书三九及新唐书三九地理志等。）为东西两京交通所常经繁盛殷阗之都会也。微之以甫逾弱冠之岁，出游其地，其所闻见，与昔迥殊，自不能不被诱惑。其所撰莺莺传所云：内秉坚孤，非礼不可入，以是年二十二，未尝近女色。凤翔之诱惑力，不及河中（指蒲州），因得以自持。"③认为元稹之所以在凤翔得以自持而在蒲州有与莺莺之艳情是由于两地风习不同之故。同篇又曰："其实唐代德宪之世，山东旧族之势力尚在，士大夫社会礼法之观念仍存，词科进士放荡风流之行动，犹未为一般舆论所容许，如后来懿僖之时者，故微之在凤翔之未近女色，乃地为之。而其在京洛之不宿花丛，则时为之。"④指出元稹前期不近女色既有地域

---

①　陈寅恪：《元白诗笺证稿》，生活·读书·新知三联书店2001年版，第259页。
②　同上书，第258—259页。
③　同上书，第91页。
④　同上书，第92页。

的因素，又有时代的原因。陈寅恪在研究元稹前后不同行为时，既考虑到不同地域风习的因素，又考虑到不同时代风习变迁对其行为的影响，并且将时地的因素结合起来，因而其对元稹对待女性前后不同行为的解释较为圆满和深刻。这是综合运用时地研究法的范例。

　　陈寅恪非常重视地域与文学之间关系的研究。《盐商妇》一节曰："盖唐代扬州为经济繁盛之都市，巨商富贾荟集之处所。江西商人航乘大舟，每年来往于江西淮南之间。……则其娶扬州倡女为外妇或妾，自是寻常之事，此诗人所以往往赋咏之也。"① 认为扬州作为南北交通枢纽，商业发达，因而外地商人往往娶扬州娼妓为"外妇或妾"，这已成为一种普遍的社会现象，因而唐人以扬州商妇为题材的诗文数量众多。《琵琶行》一节曰："此长安故倡，其幼年家居蛤蟆陵，似本为酒家女。又自汉以来，旅居华夏之中亚胡人，颇以善酿著称，而吾国中古杰出之乐工亦多为西域胡种。则此长安故倡，既居名酒之产区，复具琵琶之绝艺，岂即所谓'酒家胡'者耶？"② 认为唐代西域善酿酒之胡人大多居住在"蛤蟆陵"一带，因而地域成为陈氏确定此娼妓"酒家胡"身份的一个重要证据。陈寅恪评杜牧《泊秦淮》曰："牧之此诗所谓隔江者，指金陵与扬州二地而言。此商女当即扬州之歌女，而在秦淮商人舟中者。夫金陵，陈之国都也。玉树后庭花，陈后主亡国之音也。此来自江北扬州之歌女，不解陈亡之恨，在其江南故都之地，尚唱靡靡遗音。牧之闻其歌声，因为诗以咏之耳。此诗必作如是解，方有意义可寻。后人昧于金陵与扬州隔一江及商女为扬州歌女之义，模糊笼统，随声附和，推为绝唱，（如沈德潜唐诗别裁二十此诗评语之类。）殊可笑也。世之读小杜诗者，往往不能通其意。"③ 通过地域关系的考证使诗歌的主旨得到了较为圆满的解释。陈寅恪先生的地域与文学之间关系的研究，对后来文学地理学的形成有重要启发作用。

　　陈寅恪也以时间作为诗歌考证的一种重要方法。在《长恨歌》一节中，陈寅恪曰："温汤为疗疾之用之主旨既明，然后玄宗之临幸华清，必在冬季或春初寒冷之时节，始可无疑。而长生殿七夕私誓之为后来增饰之物语，并非当时真确之事实一点，亦易证明矣。"④ 通过唐代温泉洗浴为

　　① 陈寅恪：《元白诗笺证稿》，生活·读书·新知三联书店2001年版，第280—281页。
　　② 同上书，第58页。
　　③ 同上书，第281页。
　　④ 同上书，第24页。

治疗疾病之法，推导出玄宗临幸华清必在冬季或春初的寒冷时节，从而证明"长生殿七夕私誓之为后来增饰之物语"。陈寅恪论元稹悼亡诗曰："第三首醉醒不涉节候景物，未能有所论断，第四首追昔游云：再来门馆唯相吊，风落秋池红叶多。皆秋季景物也。昌黎集二四监察御史元君妻京兆韦氏夫人墓志铭云：（夫人）以元和四年七月九日卒。知此数诗，皆韦氏新逝后，即元和四年秋季所作也。"① 通过诗中景物断定诗歌创作时间，为诗人思想状态研究及诗歌主旨、情感基调的阐发提供依据。

陈寅恪的时地研究法需要综合运用地理、历史、文学、文艺学、文化学等知识，因而在陈寅恪之后将这种方法运用于文史研究并取得较高成就的学者较少，大部分学者只能注重其中一个方面而不能将时地两方面的因素同时结合起来进行研究，这与当代学者还没有深入领会陈寅恪时地研究法的精义有关。

总之，陈寅恪对元白诗之研究，在内容方面，既有文学本位如对中唐诗体的研究、元白诗主旨之阐发，又有社会学、文化学的研究；从研究方法方面来讲，既有史诗互证法这种倾向于历史学的研究，同时又注重元白诗之意境、修辞、结构等美学、文艺学的研究，《元白诗笺证稿》总体上是一种对元白诗的综合研究。陈寅恪的唐诗研究对后世的影响，表现在诗学思想和研究方法两个方面：在诗学思想方面，其以文化学、社会学对唐诗的阐释开拓了唐诗研究的视阈；研究方法方面，其史诗互证法对二十世纪唐诗研究产生了极其深远的影响。陈寅恪是古典唐诗学之集大成者，同时又是现代唐诗学的奠基者，是二十世纪唐诗研究领域成就最高的学者之一，其《元白诗笺证稿》是二十世纪唐诗研究的一座里程碑。陶文鹏评价陈寅恪之《元白诗笺证稿》曰："陈寅恪的《元白诗笺证稿》确实是将考据、义理、辞章会通，熔史才、诗笔、议论于一炉。他广搜博引各种材料，综合运用传统的和近代的多种研究方法，使他的诠解与阐释具有科学性。全书广泛涉及唐代政治制度、社会风习、道德观念、科举行卷、古文运动、民间歌谣等对诗歌的影响。在对两位诗人的几种作品的笺释中居然为唐诗研究开拓出全方位观察的视角，得出那么多有很高学术价值的见解并提供了那么多方法论的启示，说这部著作带有某种经典意义也不过

---

① 陈寅恪：《元白诗笺证稿》，生活·读书·新知三联书店 2001 年版，第 104—105 页。

分。"① 从思想价值和方法论方面对《元白诗笺证稿》做出了全面而公允的评价。

三　闻一多的唐诗学思想

闻一多是一位诗人兼学者，他是民国时期的一位唐诗研究专家，他将文化学、美学引入唐诗研究，又将唐诗置于唐代的学术背景下加以观照，开拓了唐诗研究的学术空间，在学术方法上更具现代气质。闻一多的唐诗研究在研究方法上属于审美化唐诗研究，从其《唐诗杂论》及郑临川整理的笔记中均显示出这种研究倾向，其"诗唐"说、"净化"说、"诗中之诗"说、"诗的灵魂"说都属于对唐诗的审美化研究。另外，闻一多对孟浩然与襄阳文化之间关系的研究属于地域文化与文学的研究，他还重视唐诗与唐代艺术之间关系的研究。闻一多对唐诗的审美化研究对二十世纪唐诗经典化产生了巨大影响。闻一多对唐诗研究曾有系统的、宏大的计划，可惜这些计划并没有全部实现，其流传下来的唐诗研究成果主要是《唐诗杂论》《唐诗大系》及其学生郑临川根据听课笔记整理而成的《闻一多论古典文学》，这些论著包含着丰富而深刻的唐诗学思想。

（一）诗学思想

1. 唐诗之历史地位

（1）"诗唐"说

闻一多曰："一般人爱说唐诗，我却要讲'诗唐'，诗唐者，诗的唐朝也，懂得了诗的唐朝，才能欣赏唐朝的诗。所谓诗的唐朝，理由是：（一）好诗多在唐朝。（二）诗的形式和内容的变化到唐朝达到了极点。（三）唐诗的体裁不仅是一代人的风格，实包括古今中外的各种诗体。（四）从唐诗分枝出后来新的散文和小说等文体。"② 闻一多先生"诗唐"说包含着丰富的诗学意蕴：首先，从整个史诗的层面而言，"诗唐"说意味着"诗在唐朝"以及"好诗在唐朝"这样的价值判断。闻一多认为唐诗是中国古典诗歌中最好的诗，在"唐宋优劣"这一命题中，闻一多无疑认为唐诗优于宋诗。其次，就艺术性而言，"诗唐"说意味着在整个诗歌史上，唐诗的艺术成就是最高的。而且在唐代的各种文体中，诗是艺术

① 陶文鹏：《20世纪前半叶的唐诗研究》，《湖北大学学报》1999年第5期。
② 郑临川：《闻一多论古典文学》，重庆出版社1984年版，第82页。

性最高、最有价值的一种文体。再次，"诗唐"说还包含着文体学层面的价值判断，认为唐诗包含了"古今中外的各种诗体"，在文体学上具有"集大成"的特点。另外，"诗唐"说也包含着"当代文学渊源于唐诗"这样的论断，从中既可以见出闻一多欲提高唐诗的历史地位与给新文学的发展寻找理论依据的努力，又可以看出民国时期的学人对古典文学遗产的珍视与对当代文学发展的理性思考的责任意识。民国时期，小说、散文已经成为当时最重要、最流行的两种文体，诗歌包括古典诗歌和新诗在其时远没有小说和散文流行，诗已经成为僵化的文体，在这种背景下，闻一多认为"从唐诗分枝出后来新的散文和小说等文体"，这种论断将新文学与唐诗打通，既提高了新文学的历史地位，又提高了唐诗的历史地位。闻一多"诗唐"说论断，把唐诗与新文学贯通，这是民国时期对唐诗历史地位的认识所达到的最高水平，它从文学史、文体学两个层面奠定了唐诗的崇高地位。

闻一多曰："'诗唐'的另一涵义，也可解释成唐人的生活是诗的生活，或者说他们的诗是生活化了的。"① 并进一步解释说："什么叫诗化的生活或生活化了的诗呢？唐人作诗之普遍可说是空前绝后，凡生活中用到文字的地方，他们一律用诗的形式来写，达到任何事物无不可以入诗的程度。至于象时光的迁流，生命的暂促，本是诗歌常写的主题，而唐代的政治中心又在北方，旧陵古墓，触目皆是，特别是在兵戈初息，或战乱未已的年代里，更容易触动诗人发思古之幽情，因而产生了中晚唐最多最好的怀古诗，这些都可说是生活诗化或诗的生活化的历史事实。"② 从生活史的层面揭示诗与唐人生活的密切关系，认为唐诗之所以是空前绝后的，原因就在于诗是唐人生命、唐人生活的一部分，这既是唐诗之所以空前绝后的原因，也是唐诗之所以成为唐诗的原因。闻一多从生活史的角度研究唐诗，为唐诗的研究开辟了新的研究领域。同时，闻一多认为从士人精神史、生活史的角度来看，唐诗在诗史上也是空前绝后的。这些论述，都旨在提高唐诗在诗史上的地位。

（2）"诗体大备"说

闻一多曰："从整个文学史来看，唐诗的确包括了六朝诗和宋诗，汇

---

① 郑临川：《闻一多论古典文学》，重庆出版社1984年版，第83页。

② 同上。

萃了几个时代的格调，兼收并蓄，发挥尽致，古今诗体，至此大备。根据上述这些情况，我们今后提到'诗的唐朝'或'唐诗是中国诗歌黄金时代的诗'，将不会再有空洞或浮夸的感觉了吧。"① 闻一多的"诗体大备"说这一论断，包含着两方面的深意：一方面，"诗体大备"说认为唐诗具有集六朝以来古今诗体之大成的特点，宋代及其以后的诗体无不滥觞于唐诗，从诗体学的角度阐释了唐诗的崇高地位；另一方面，从艺术性的角度，"诗体大备"说认为唐诗包括宋诗，也就是说，唐诗的艺术成就远远高于宋诗。"诗体大备"说从诗体学和艺术性两个角度，全面揭示了唐诗的诗史地位。

（3）"唐诗分流"说

闻一多曰："从唐诗分枝出后来新的散文和小说等文体。"② 认为后世流行的散文、小说、词都是渊源于唐诗的，指出了唐诗在文学史上的崇高地位。闻一多曰："唐代早期某些散文，如王勃的《滕王阁序》，李白的《春夜宴桃李园序》等，原来只是作为集体写诗的说明书而存在，是附属于诗的散文，到中唐便发展成独立的一体，可说是由诗衍化出来的抒情散文，它形成了所谓八大家式的古文，显然是受了唐诗影响而别具一格。"③"唐人作诗大半是为了社交应酬，常常是集体聚会赋诗写完抄录在一起，前面必写一篇序文加以说明。有时这序文写得比诗还好，因为他们作诗有点象后代的行酒令，动机纯粹是游戏，所以佳作有限，而序文却没有形式的限制，可以自由发挥，便容易比诗写得精彩。"④ 认为唐诗促进了唐代序体文学的发展，唐宋八大家的散文都是由唐诗衍化出来的，指出了唐诗在文体学史上的崇高地位。闻一多曰："又如唐代考试有行卷的风气，当时举子为了显示自己能诗的本领，往往在考前有意利用故事的形式把诗杂在里面，预先向主考官们亮出一手，希望藉此得到重视，取得选拔机会，这就产生了大量的传奇小说。其他如新兴的词体，不用说更是从唐诗的主流中直接分流出去的。"⑤ 认为唐代的传奇小说、词这几种重要文体都是在唐诗的影响下产生的，认为唐诗的发达促进了唐代及后世其他文体的产

---

① 郑临川：《闻一多论古典文学》，重庆出版社 1984 年版，第 87 页。
② 同上书，第 82 页。
③ 同上。
④ 同上书，第 109 页。
⑤ 同上书，第 83 页。

生及发展。可见，"唐诗分流"说指出了唐诗在整个文体史上的重要地位。

2. 诗趣与哲理统一：新的唐诗批评观念的建构

闻一多评陈子昂曰："中国的伟大诗人可举三位作代表，一是庄子，一是阮籍，一是陈子昂，因为他们的诗都含有深邃的哲理的缘故。"① 又曰："陈子昂的《登幽州台歌》不仅有宇宙意识，而且有历史意识。"② "他的《感遇》诗的重心，就在这个'玄感'。那首有名的《登幽州台歌》更是显著的例子。在人生万象中，谁都有感慨，子昂的感慨独高人一层，原因是他人的感慨都是由个人出发而联想到时空大无穷极，而子昂能忘记小我，所见为纯粹的真理，但又不是纯客观的。"③ 由于陈子昂的诗歌能够表达一种超越时空的"宇宙意识"、"历史意识"，蕴含深刻的哲理，所以在唐代诗人中闻一多认为陈子昂诗歌艺术成就是最高的，由此可以见出闻一多主张诗歌表达一种超越时空的"哲理"。闻一多还把陈子昂的诗放在整个文学史的时空下加以观照，曰："李长吉的《梦天》前两句写的是时间感慨，而后两句写的又是空间，境界虽高，缺点是太画面的，久之将变成幻想的游戏。反之，阮嗣宗的诗又太不够画面的；惟有子昂得乎其中，能具有玄感，并能把由玄感所生的孤怀化成诗句，因此能跟庄子、阮籍成为三座并立的诗坛高峰。"④ 闻一多把陈子昂的诗歌放在诗歌史的背景下，并且把他和古今能够在诗歌中表达永恒的哲理的大诗人庄子、阮籍等进行比较，认为陈子昂的诗不但"含有深邃的哲理"⑤，而且"子昂比起庄子、阮籍来是诗趣胜于哲理"⑥。认为陈子昂比庄子、阮籍诗歌的艺术成就更高，因为陈子昂不但能够在诗中表达哲理，而且其诗"诗趣胜于哲理"。由此可见，闻一多不但重视诗歌表达一种超越时空的永恒的哲理，而且主张诗歌要具有"诗趣"。值得注意的是，闻一多关于诗歌的"哲理"还包括诗歌中所蕴含的社会思想，闻一多曰："诗之有社会意识，在内容方面开新天地者当推杜甫，后来的人想把社会意识和内容

---

① 郑临川：《闻一多论古典文学》，重庆出版社1984年版，第100页。
② 同上书，第111页。
③ 同上书，第100—101页。
④ 同上书，第102—103页。
⑤ 同上书，第10页。
⑥ 同上书，第103页。

相合铸而为一，作此尝试者有孟郊，然效果是失败的，可见诗境汇合之难。"① 可见，闻一多关于诗歌的"哲理"既包括超越时代、具有永恒意义的普遍人生体验，又反映具体时代的社会生活内容。闻一多的"诗境"论包括"诗趣"与"诗理"两方面，而其"诗理"又能够把时代性和超时代性结合起来，对诗之为诗的构成质素及其艺术性、思想性内涵做了科学的理论概括。闻一多对唐诗的批评，既注重诗趣的阐释，又注重诗理的阐发，主张诗趣与哲理的统一，提出了一种新的唐诗批评的观念。从唐诗经典化的实践来看，能够被不同时代、不同知识结构的读者接受的唐诗，主要在于其思想性（哲理）及趣味性，在于其是否能够表达一种超越时代思想束缚的人类永恒的情感体验和思理，以及这种表达是哲学化的还是艺术化的（诗趣），而并不完全在于诗作本身艺术成就的高低。从唐诗传播、唐诗经典化的研究成果看，闻一多先生的"诗趣与哲理统一"的唐诗观念是对唐诗之美的本质的最高理论概括。

3. "净化"说：审美化的唐诗研究方法的建构

论及孟浩然对诗歌思想和语言两方面所产生的作用，闻一多曰："到孟浩然手里，对初唐的宫体诗产生了思想和文字两重净化作用，所以我们读孟的诗觉得文字干净极了。他在思想净化方面所起的作用，当与陈子昂平分秋色，而文字的净化，尤推盛唐第一人。由初唐荒淫的宫体诗跳到杜甫严肃的人生描写，这中间必然有一段净化的过程，这就是孟浩然所代表的风格。孟诗净化的痕迹，从宫体诗发展史来看，他对女人的观感犹如西洋人所谓'柏拉图式'的态度（精神恋爱），从他集里的宫体诗到他造诣最高的诗可看出这一思想净化的程序……他欣赏的只是女人的歌声，而无色欲之念，比初唐算是进了一层。他把美人作为山水中的点缀，把她看成风景的一部分，此是六朝以来未有的新境界，也是孟氏的新创作。"② 在文学史的大背景下，闻一多指出了孟浩然对唐诗内容和艺术形式两方面的改造，包括思想的纯洁和文字的纯洁两方面的内容。具体来说，闻一多认为孟浩然使唐诗脱去了脂粉气，指出孟浩然的诗歌是六朝宫体诗向杜甫社会诗发展的桥梁，对于孟浩然在诗歌发展史上所起的重要作用，闻一多用"净化"这个词语来概括，从中可以看出其对六朝及初唐宫体诗的厌恶以

---

① 郑临川：《闻一多论古典文学》，重庆出版社 1984 年版，第 132 页。

② 同上书，第 123—124 页。

及对盛唐诗歌的推崇。而且，闻一多强调"净化的过程"，从中可以见出闻一多对和孟浩然同时代的、和孟浩然诗歌风格相同的诗人的诗歌创作在唐代诗歌史上的伟大功绩的深刻体认和强调，"净化"说并非针对孟浩然一人而言。闻一多还具体指出了孟浩然对唐诗艺术境界的提升，曰："（孟浩然的诗）简直象没有诗，象一杯白开水，惟其如此，乃有醇味。古今大家达到这个造诣水准的也不甚多。"① 又曰："孟浩然不是将诗紧紧的筑在一联或一句里，而是将它冲淡了，平均的分散在全篇中，甚至淡到令你疑心到底有诗没有。淡到看不见诗了，才是真正孟浩然的诗。"② 指出了孟浩然诗歌意境的醇正。又曰："唐诗人中文字干净的作家，在孟以前有王无功（绩），但只是消极地本人不用陋词而已，并未形成格调，而孟的诗在文字本身就表现了积极的、正面的新境界，使人根本忘记词藻。"③ 指出了孟浩然诗歌文字的洁净。闻一多的"净化"说，主要就指由思想内容所体现的纯正性和文字表达上的质朴自然性两个方面的质素构成的平淡自然的诗境而言，"净化"说体现了闻一多的一种唐诗审美理想。在诗学观念上，"净化"说体现了闻一多对六朝宫体诗的全面否定和对唐诗的推崇。在诗学方法上，"净化"说本身的理论表述及其研究方法是一种审美化的唐诗研究方法，而非逻辑分析的方法，闻一多的"净化"说提供了与诗史互证法相对应的一种全新的审美化的唐诗研究方法，这种研究方法，是对传统唐诗学实证研究法的超越，肇始了一个唐诗研究的新时代，标志着古典文学研究自觉时代的到来，因为古典文学研究的最高境界应该是一种审美化的文学本位研究，而非史学笼罩下的诗歌本事考证研究。

论及唐诗中所体现出的对待女性的态度，闻一多将王维和孟浩然进行了对比，认为："王诗使人想象渺茫的神女，如世俗女性可狎而近，而孟作则还她渺茫的本来面目，绝不缩短她的距离。"④ 又曰："摩诘诗虽无脂粉气息，可是跟孟氏比较起来，倒有点象宋人程明道（颢）和程伊川（颐）哥俩对待妓女不同的态度，孟如明道目中有妓，心中无妓，王如伊

---

① 郑临川：《闻一多论古典文学》，重庆出版社 1984 年版，第 126 页。

② 闻一多：《唐诗杂论》，中华书局 2012 年版，第 33 页。

③ 郑临川：《闻一多论古典文学》，重庆出版社 1984 年版，第 126 页。

④ 同上书，第 124 页。

川是目中无妓，心中有妓。"① 闻一多曰："自王维以下，对女性简直抹杀
不谈，只孟氏做到不沾不弃，所以难得。譬如清油点灯，有光而无烟，这
正表现了孟浩然对思想和诗境净化的成就。"② 在对女性的态度上，闻一
多认为孟浩然"不沾不弃"，所以在"思想和诗境"两方面对唐诗起到了
"净化"作用。由此可见，闻一多的"净化"论主要是针对六朝诗歌的脂
粉气而言的，体现了闻一多对唐诗思想性的高度评价。

　　"净化"说表现了闻一多对唐诗思想性及语言这两方面结合所构成的
诗境所体现的唐诗艺术性的高度评价，同时，它又是一个富于美学意蕴的
诗学概念，包括了唐诗的生成、唐诗的特质、唐诗的历史地位等方面的价
值判断，体现了闻一多在这些方面对唐诗的评价。

　　4. "诗中之诗"说：新的唐诗审美理想的建构

　　闻一多评价张若虚的《春江花月夜》曰："这是诗中的诗，顶峰上的
顶峰。"③ 又曰："所谓抒情诗，不只是说言情之作而已，我以为正确的含
义应该是诗中之诗，如张若虚的《春江花月夜》就是抒情诗最好的标
本。"④ 认为在唐代的抒情诗中，张若虚《春江花月夜》的抒情性是最强
的。又曰："七绝当是诗的精华，诗中之诗，是唐诗发展的最高也是最后
的形式。被人们欣赏的诗味更浓的词，也就是在绝句这个基础上结合其他
的因素发展变化创新出来的。传统看法认为五律是唐诗的重要成就，我觉
得还欠考虑。"⑤ 就诗体而言，认为绝句是各种诗体中抒情性最强的一种
诗体。从闻一多的论述中可以见出，其"诗中之诗"说包括两方面的因
素：就诗体而言，按照闻一多的论述，唐代的"诗中之诗"就诗体而言
指绝句，认为绝句是唐代最有价值的一种诗体；就艺术表现而言，"诗中
之诗"指抒情性最强的诗作而言，因为抒情性是诗之为诗的最为重要的
构成要素。"诗中之诗"说表现了闻一多的唐诗审美理想以及他对唐诗的
审美评价。

　　5. "诗的灵魂"说：新的唐诗美学范畴的建构

　　闻一多"诗的灵魂"说主要探讨人格和诗之间的关系以及由此而构

---

　　①　郑临川：《闻一多论古典文学》，重庆出版社 1984 年版，第 125 页。

　　②　同上。

　　③　闻一多：《唐诗杂论》，中华书局 2012 年版，第 19 页。

　　④　郑临川：《闻一多论古典文学》，重庆出版社 1984 年版，第 134 页。

　　⑤　同上书，第 135 页。

成的诗歌之美。闻一多曰："别人的诗都是他本人的精华结晶，故诗写成而人成了糟粕，独孟浩然人是诗的灵魂，有了人没有诗亦无不可，他的诗不联系他本人不见其可贵，这是跟西洋人对诗的观念不同处。西洋人不大计较诗人的人格，如果他有好诗，对诗有大贡献，反足以掩护作者的弊病，使他获得社会的原谅。他们又有职业作家，认为一篇文学创作可与科学发明相等。西洋人作诗往往借故事或艺术技巧来表现作者个性，而中国诗人则重在抒写作者的胸襟，故以人格修养为最重要，因为有何等胸襟然后才能创造出何等作品。"① 针对孟浩然的诗歌创作，闻一多认为"有何等胸襟然后才能创造出何等作品"，指出了人格和诗之间的关联性，这是运用传统的"文如其人"理论来阐释孟浩然诗歌的美学特征。闻一多曰："六朝人忽视人格之美，世风因以堕落，直到唐初，诗的艺术一直很少进步。盛唐时代社会环境变了，人们复活了追求人格美的风气，于是这时期诗人的作品都能活现其人格，他们的人格是否赶得上魏晋人那样美固然难说，但以诗表现人格的作风却比魏晋人进步得多。这中间，孟浩然可以说是能在生活与诗两方面足以与魏晋人抗衡的唯一的人。他的成分是《世说新语》式的人格加上盛唐诗人的风度，故他的生活与诗品的总成绩远在盛唐诸公之上。"② 认为盛唐诗人在诗歌中表现人格之美的作风超过了六朝，而孟浩然的现实人格和作品中的人格是六朝优美人格和盛唐人格理想的融合，因而在这两方面以孟浩然为代表的盛唐人格是最优美的。同时闻一多又指出了六朝和盛唐人格之美的两种范型：魏晋风度和盛唐气象，而六朝人格之美不是通过诗歌而是通过《世说新语》等小说表现出来的，在诗歌中表现人格之美，盛唐诗在诗史上具有开创性意义，这是对唐诗之美的高度评价。闻一多又曰："实在经验告诉我们，什么人是当如其诗的。你在孟浩然诗中所意识到的诗人那身影，能不是'颀而长，峭而瘦'的吗？连那件白袍，恐怕都是天造地设，丝毫不可移动的成分。白袍靴帽固然是'布衣'孟浩然分内的装束，尤其是诗人孟浩然必然的扮相。编《孟浩然集》的王士源应是和浩然很熟的人，不错，他在序文里用来开始介绍这位诗人的'骨貌淑清，风神散朗'八字，与夫陶翰《送孟六入蜀序》所谓'精朗奇素'，无一不与画像的精神相合，也无一不与孟浩然的

---

① 郑临川：《闻一多论古典文学》，重庆出版社1984年版，第128页。

② 同上书，第129页。

诗境一致。总之，诗如其人，或人就是诗，再没有比孟浩然更具体的例证
了。"① 通过孟浩然诗中的形象和现实中的形象的对比，认为"诗如其人，
或人就是诗"，孟浩然的诗歌之美就在于其诗歌体现了诗人的人格之美。
通过和六朝诗的美学风格的比较，闻一多认为唐诗特别是盛唐诗的美学价
值就在于它体现了一种人格之美，这种人格美就是"诗的灵魂"，"诗的
灵魂"说是和"魏晋风度"相对应的一个美学范式，是闻一多对唐诗美
学范畴新的阐释。

6. "四杰"新论：新的唐诗批评标准的建构

排序论。闻一多认为"王杨卢骆"这样的顺序和事实不符，一方面，
他认为从序齿方面而言，四杰"严格的序齿应该是卢骆王杨"②。另一方
面，从在文学史上的贡献来说，闻一多认为卢骆不亚于王杨，曰："按时
人安排的顺序，王杨的名字列在卢骆之上，也正因他们的贡献在五律，何
况王杨的五律是完全成熟了的五律，而卢骆的歌行还不免于草率、粗俗的
'轻薄为文'呢？论内在价值，当然王杨比卢骆高。然而，我们不要忘记
卢骆曾用以毒攻毒的手段，凭他们那新式宫体诗，一举摧毁了旧式的
'江左余风'的宫体诗，因而给歌行芟除了芜秽，开出一条坦途来。若没
有卢骆，哪会有刘张，哪会有《长恨歌》《琵琶行》《连昌宫词》和《秦
妇吟》，甚至于李杜高岑呢？看来，在文学史上，卢骆的功绩并不亚于王
杨。后者是建设，前者是破坏，他们各有各的使命。负破坏使命的，本身
就得牺牲，所以失败就是他们的成功。人们都以成败论事，我却愿向失败
的英雄们多寄予点同情。"③ 这里，闻一多提出了评价唐代诗人文学贡献
的一种新的观念，这就是在评价具体诗人的诗歌创作时主要应该从诗人在
文学史上的贡献为标准而不是从其诗歌本身艺术价值的高低对具体诗人做
出评价。闻一多认为从诗作艺术性高低而言，卢骆不如王杨，但是从卢骆
在摧毁宫体诗、开创唐代歌行体的新道路从而为后来的元白叙情体长诗奠
定基础、提供艺术经验这方面而言，卢骆在诗史上的贡献超过了王杨。闻
一多评骆宾王的《艳情代郭氏答卢照邻》曰："凭一枝作判词的笔锋（这
是他的当行），他只草就了一封韵语的书札而已。然而是试验，就值得钦

① 闻一多：《唐诗杂论》，中华书局 2012 年版，第 30 页。
② 同上书，第 22—23 页。
③ 同上书，第 28 页。

佩，骆宾王的失败，不比李百药的成功有价值吗？他至少也替《秦妇吟》
垫过路。"① 此处也是运用同样的标准，以诗人在诗史上的贡献而不是以
具体诗作艺术性之高低作为评价诗人诗作的标准。因此，闻一多从四杰的
序齿和其在文学史上的功绩两个方面立论，认为四杰的排序应该是"卢
骆王杨"，而不是"王杨卢骆"，对传统的排序方法提出了质疑。闻一多
评价四杰的这种方法，是对传统唐诗研究方法的超越，标志着传统唐诗学
向现代唐诗学的转型。闻一多的"四杰"新论的主要贡献在于建构了一
种新的唐诗批评标准。

　　"四杰"两派论。闻一多曰："四杰无论在人的方面，或诗的方面，
都天然形成两组或两派。"② 认为四杰"由年龄的两辈，和性格的两类型，
到友谊的两个集团"③。又曰："假如不受传统名词的蒙蔽，我们早就该惊
讶，为什么还非维持这'四'字不可，而不仿'前七子'、'后七子'的
例，称卢骆为'前二杰'，王杨为'后二杰'？"④ 主张将四杰分作两派。
另一方面，又认为应该把王杨与沈宋划分为同一个派别，将卢骆与刘张划
分为同一个派别，曰："王杨与沈宋也是一脉相承。李商隐早无意的道着
了秘密：'沈宋裁辞矜变律，王杨落笔得良朋。当时自谓宗师妙，今日惟
观属对能。（《漫成章》）'以沈宋与王杨并举，实在是最自然、最合理的
看法。"⑤ 又曰："就奠定五律基础的观点看，王杨与沈宋未尝不可视为一
个集团，因此也有资格承受'四杰'的徽号，而卢骆与刘张也同样有理
由，在改良宫体诗的观点下，被称为另一组'四杰'。"⑥ 将四杰重新划分
为两个派别并且分别与沈宋、刘张组合成另外的两个"四杰"派。闻一
多推翻传统的观念，主张将四杰分作两派，重新组合成新的两个"四杰"
派的观点，主要还是从唐诗发展的实际出发对其进行批评的诗学观念的反
映：一方面，闻一多认为传统的"四杰"是"由年龄的两辈"诗人构成
的，主张诗派的划分应该是在同时代诗人之间进行；另一方面，闻一多认
为传统的"四杰"在艺术性上并非完全相同，而新的"四杰"两派划分

---

① 闻一多：《闻一多全集》第三册，生活·读书·新知三联书店1982年版，第73页。
② 闻一多：《唐诗杂论》，中华书局2012年版，第22页。
③ 同上书，第24页。
④ 同上书，第25页。
⑤ 同上书，第27页。
⑥ 同上。

才符合实际情况，主张诗派的划分还应该考虑到诗人艺术风格的相同与否；另外，闻一多认为卢骆与刘张组成新的一组"四杰"的原因就在于他们"在改良宫体诗"上都有不朽的贡献，认为划分诗歌流派应该考虑到诗人在特定的时代背景下的诗史贡献。闻一多的"四杰"两派论同样体现了其主张从唐诗发展的实际出发，将唐代诗人置于当时具体的诗学背景之下对他们进行具体评价的文学批评观念。尽管闻一多的"四杰"两派论这种观点不一定准确，但是它为唐诗研究提供了一种新的研究方法和观念。

对"浮躁"说的反驳。传统的观点认为"四杰"在作风上都很浮躁，闻一多认为"四人都是历史上著名的'浮躁浅露'不能'致远'的殷鉴，每人'丑行'的事例，都被谨慎的保存在史乘里了"，然后反驳曰："杨炯，相传据裴行俭说，比较'沉静'。其实王勃，除擅杀官奴那不幸事件外（杀奴在当时社会上并非一件太不平常的事），也不能算过分的'浮躁'。一个人在短短二十八年的生命里，已经完成了这样多方面的一大堆著述。"① 从"四杰"行为处世的实际情况出发，闻一多认为以"浮躁"评价"四杰"的作风不够准确。这也体现了闻一多主张从唐代诗人的生活实际出发而不为传统观念所囿，对具体诗人做出批评的一种唐诗研究观念与方法。

（二）诗学方法："文化—审美"研究

1. 大文学史背景下的唐诗研究

闻一多研究唐诗，能够将唐诗置于整个文学史、文体史、诗学史的背景下，全面评价唐诗的历史地位，总结唐诗的艺术特质。闻一多曰："如将中国诗划分阶段，《十九首》以前是原始期，建安迄盛唐为第二期，晚唐以下为第三期。"② 将唐诗分期与整个诗歌史分期结合起来讨论。闻一多曰："中国诗歌发展的趋势，自建安到晋宋是自下向上的发展（案：指诗歌艺术的上升时期），齐梁到唐高宗一段是由上而下（案：指贵族诗风堕落的时期），高宗以后，才又上升，臻于极盛。"③ 按诗歌创作的主体，将唐诗置于从建安至宋前的诗歌史的背景下，具体分析其创作主体的发展

---

① 闻一多：《唐诗杂论》，中华书局 2012 年版，第 23—24 页。
② 郑临川：《闻一多论古典文学》，重庆出版社 1984 年版，第 139 页。
③ 同上书，第 90 页。

变化，总结诗歌艺术发展变化的线索。闻一多曰："盛唐诗风的发展，乃作螺旋式的上升，由齐梁陈逐步回升到魏晋宋的古风时代。"① 在整个诗歌艺术发展史的背景下分析盛唐诗歌的艺术发展变化的脉络及其与前代诗歌艺术的关系。闻一多曰："自六朝以来，凡诗家名句，多是关于山水、花鸟、风月之类的，下迄唐宋这种风气笼罩整个诗坛，无怪唐末郑棨要向人说'诗思在灞桥风雪中，驴子上了'。这些诗都是人在心境平和闲暇时所作，读了可使人精神清新舒畅，这也是中国对诗的传统看法。因此，在中国便没有作诗的职业专家。就整个文化来说，诗人对诗的贡献是次要问题，重要的是使人精神有所寄托。"② 在中古至宋代的诗歌史背景下分析诗歌的艺术特质，这一时期，山水、花鸟、风月成为构成诗歌意象和题材的主要质素，这种艺术特征使得这一时期成为诗歌史上一个独立的单元。闻一多曰："正始作家阮籍、嵇康的诗是理过其辞，是逃避现实的伤感主义者，而建安诸子则社会色彩较著，子昂把两个时代的文学作风融合起来，成就所以独高。我们试加分析，发现他诗中的宇宙意识是来自正始，社会意识是来自建安，而与晖上人酬答诸诗，则达到向往自然的太康境界了。就诗的成就说，凡在他以前的文学遗产，几乎被他网罗殆尽，虽以齐梁文学之腐朽，到他手里也都化为神奇。"③ 又曰："陈子昂改造建安以来的文学遗产，作为盛唐的启门钥匙，这是他的伟大处。"④ 分析了陈子昂诗歌与建安、正始、太康、齐梁诗歌艺术的联系，在整个中古诗歌史的背景下建立起对具体诗人的批评理论。闻一多曰："从高祖受禅（618）起，到高宗武后交割政权（660）止。靠近那五十年的尾上，上官仪伏诛，算是强制的把'江左余风'收束了，同时新时代的先驱，四杰及杜审言，刚刚走进创作的年华，沈宋与陈子昂也先后诞生了，唐代文学这才扯开六朝的罩纱，露出自家的面目。所以我们要谈的这五十年，说是唐的头，倒不如说是六朝的尾。"⑤ 分析唐诗各阶段的艺术变迁，将每个阶段置于整个唐代诗歌史的背景下进行观照。总之，在对唐诗进行研究时，闻一多体现出了一种大文学史观念，从整个诗歌史的角度来对唐诗进行分期；从中

① 郑临川：《闻一多论古典文学》，重庆出版社1984年版，第132页。
② 同上书，第118—119页。
③ 同上书，第110页。
④ 同上书，第111页。
⑤ 同上书，第1页。

古到宋代诗人主体身份的变迁及构成诗歌的艺术质素之特征出发阐释唐诗的艺术特征；从唐诗与中古诗歌艺术的继承革新关系出发分析唐诗艺术；以唐代诗风的具体变迁过程为线索对唐诗进行分期。这些理论与批评方法，体现的都是一种大文学史观念下的唐诗研究理念。因为闻一多能够在一种宏观的历史背景下展开唐诗研究，因而其一系列诗学观点更具有理论概括性和辩证性，更能抓住唐诗艺术的本质特征，切入点更系统、更深入，因而其对唐诗学理论的建构更具建设性，对整个二十世纪的唐诗研究产生了深远影响。

2. 审美研究法

如前所揭，闻一多的一系列唐诗学理论如"诗唐"说、"诗中之诗"说、"诗的灵魂"说、"净化"说这些理论表述本身就显示了其对唐诗的研究是一种审美化的研究。而且，闻一多对上述这些诗学理论的阐释主要使用的也是一种审美化的而非逻辑性的批评方法。另外，闻一多特别重视以审美化方法对唐代诗人之艺术手法进行阐释，其评温庭筠的诗歌曰："温飞卿只把这一个一个的字排在那里，并不依着文法的规程替它们联络起来，好像新印象派的画家，把颜色一点一点的摆在布上，他的工作完了。画家让颜色和颜色自己去互相融洽，互相辉映——诗人也让字和字自己去互相融洽，互相辉映。这样得来的效力准是特别的丰富。"① 评王昌龄的诗歌曰："昌龄诗给人的印象是点的，而浩然诗则是线的。此处'不及寒鸦色'虽是点的写法，尚有线索可寻，至李长吉（贺）则变得全无线索，那是另一新的境界。"② 评郎士元诗曰："此象征派的诗，用视觉的形象写听觉的感受，把五官的感觉错综使用，使诗的写作技巧又进了一层。他开了贾岛、李贺两派的苦吟之路。"③ 上述批评方法，完全是一种感性的审美分析方法，而非逻辑推理的批评方法。

在具体的批评方法上，闻一多主要使用的是一种比喻式的批评方法。其评价张若虚的《春江花月夜》曰："这是诗中的诗，顶峰上的顶峰。"④是诗性的、感悟式的批评。闻一多评中唐诗风曰："初唐的华贵，盛唐的壮丽，以及最近十才子的秀媚，都已腻味了，而且容易引起一种幻灭感。

① 闻一多：《唐诗杂论》，中华书局 2012 年版，第 148 页。
② 郑临川：《闻一多论古典文学》，重庆出版社 1984 年版，第 132 页。
③ 同上书，第 144 页。
④ 闻一多：《唐诗杂论》，中华书局 2012 年版，第 19 页。

他们需要一点清凉，甚至一点酸涩来换换口味。"① 以人对事物的味觉比拟对某种诗风的感觉。闻一多评贾岛曰："于是他爱静，爱瘦，爱冷，也爱这些情调的象征——鹤、石、冰雪。黄昏与秋是传统诗人的时间与季候，但他爱深夜过于黄昏，爱冬过于秋。他甚至爱贫、病、丑和恐怖。他实在因为那些东西太不奇，太平易近人，才觉得它们'可人'，而喜欢常常注视它们。如同一个三棱镜，毫无主见的准备接受并解析日光中各种层次的色调，无奈'世纪末'的云翳总不给他放晴。"② 闻一多《英译李太白诗》一文曰："怎么中文的'浑金璞玉'，移到英文里来，就变成这样的浅薄……'美'是碰不得的，一拈手它就毁了，太白的五律是这样的，太白的绝句也是这样的。"③ 闻一多对上述诗人的批评使用的都是比喻的方式。

　　闻一多常以富有诗意的自然现象比拟具体诗人诗作在文学史上的地位或者某种文学事件的历史意义。闻一多曰："如果刘希夷是卢、骆的狂风暴雨后宁静爽朗的黄昏，张若虚便是风雨后更宁静更爽朗的月夜。"④ 比喻刘希夷、张若虚的诗风在当时所达到的不同美学效果。闻一多评价张若虚的《春江花月夜》曰："从这边回头一望，连刘希夷都是过程了，不用说卢照邻和他的配角骆宾王，更是过程的过程。至于那一百年间梁、陈、隋、唐四代宫廷所遗下了那份最黑暗的罪孽，有了《春江花月夜》这样一首宫体诗，不也就洗净了吗？向前替宫体诗赎清了百年的罪，因此，向后也就和另一个顶峰陈子昂分工合作，清除了盛唐的路，——张若虚的功绩是无从估计的。"⑤ 以参悟的方式、感性的语言分析了张若虚在初唐诗风向盛唐诗风发展过程中的作用。闻一多曰："写到这里，我们该当品三通画角，发三通揺鼓，然后提起笔来蘸饱了金墨，大书而特书。因为我们四千年的历史里，除了孔子见老子（假如他们是见过面的）没有比这两人的会面，更重大，更神圣，更可纪念的。我们再逼紧我们的想象，譬如说，晴天里太阳和月亮走碰了头，那么，尘世上不知要焚起多少香案，不知有多少人要望天遥拜，说是皇天的祥瑞。如今李白和杜甫——诗中的两

---

① 闻一多：《唐诗杂论》，中华书局 2012 年版，第 39 页。
② 同上书，第 38 页。
③ 陈友琴：《白居易诗与唐代宫市》，《青年界》1933 年第 4 期。
④ 闻一多：《唐诗杂论》，中华书局 2012 年版，第 18 页。
⑤ 同上书，第 19—20 页。

曜，劈面走来了，我们看去，不比那天空的异瑞一样的神奇，一样的有重大的意义吗？"① 以浪漫的、富有诗意的方式比拟李白与杜甫相遇的诗史意义。闻一多唐诗研究中经常使用这种浪漫的方式来阐释其唐诗理论，但是其结论却是富有理性色彩的。

　　闻一多诗学批评使用的语言是感性的、非逻辑的、富有诗性的，朱自清称闻一多《唐诗杂论》的语言"简直是诗"②，就是注意到了闻一多唐诗研究的诗性特点。闻一多《宫体诗的自赎》一文曰："在窒息的阴霾中，四面是细弱的虫吟，虚空而疲倦，忽然一声霹雳，接着的是狂风暴雨！虫吟听不见了，这样便是卢照邻《长安古意》的出现。"③ 闻一多《杜甫》一文评《观公孙大娘弟子舞剑器行》曰："舞女是当代名满天下的公孙大娘。四岁的看客后来便成为中国有史以来第一个大诗人（杜甫），四千年文化中最庄严、最瑰丽、最永久的一道光彩。四岁时看的东西，过了五十多年，还能留下那样活跃的印象，公孙大娘的艺术之神妙，可以想见，然而小看客的感受力，也就非凡了。"④ 这种诗性的语言使得闻一多的文学理论极富艺术感染力。

　　如前所揭，闻一多的唐诗研究是一种审美批评。这种审美研究方式对唐诗的诠释更形象、更深入、更通透，不但具有艺术感染力，而且具有理论概括性，更容易被领悟。这种理性与诗性结合的研究方式，是与闻一多诗人兼学者的特殊身份密切相关的，是唐诗研究的一种极高境界，一般的学者是很难达到的。这种研究方式，是对传统的实证研究的超越，标志着唐诗研究的一个新阶段。民国时期，以审美化的方式对唐诗进行研究的成果比较多，但是由于研究者自身理论素养的限制，很少有人达到闻一多唐诗研究所能达到的水平。

　　闻一多的唐诗研究是在传统的考证法基础上的审美研究，他对唐诗的一系列价值判断都是建立在严谨的考证的基础之上的，并非完全出于随意的参悟，这种严谨的考证不但体现在具体的诗学观点的考证方面，也体现在大的唐诗研究方法上，如他撰有《少陵先生年谱会笺》和《岑嘉州系

　　① 闻一多：《唐诗杂论》，中华书局 2012 年版，第 138—139 页。
　　② 朱自清：《中国学术的大损失——悼闻一多先生》，引自王子光、王康主编《闻一多纪念文集》，生活·读书·新知三联书店 1980 年版，第 64 页。
　　③ 闻一多：《唐诗杂论》，中华书局 2012 年版，第 12—13 页。
　　④ 同上书，第 129 页。

年考证》，就是使用考证法对唐诗进行的文献研究，其《全唐诗校勘记》
更是给唐诗研究者以唐诗文献校勘方面的指导。1933 年他写给饶孟侃的
信中，所列未来几年的研究计划分别是《全唐诗校勘记》《全唐诗补编》
《全唐诗人小传订补》《全唐诗人生卒年考附考证》《杜诗新注》《杜甫》
（传记）①，这些研究都属于以考证法为基础的唐诗基础研究类的工作。由
此可见，闻一多对唐诗的审美研究是建立在传统的考证法基础之上的。

　　3. 家族与文学研究

　　闻一多在阐释唐代诗人的创作特色时，非常注重对其家学渊源与影响
的分析。闻一多曰："王绩的另一兄弟王度，曾作《古镜记》，内容在当
时也算是影射李唐的'反动'作品……这就是王绩的家庭情况，他的思
想似乎和这个家庭环境有关，王绩自己的那首《野望》诗，尽管也具有
和李唐对立的思想，不过就整个时代来看，仍不愧是初唐的第一首好诗。
王绩的侄孙王勃曾写过一首五绝《山中》，有两句是'况属高风晚，山山
黄叶飞。'炼句取氛都可看出是受了叔祖《野望》诗的影响。"② 分析了
王绩家族的文学创作情况及其对王勃的影响。闻一多在评价杜审言时曰：
"他的孙子杜甫比他更浑厚，卓然成为盛唐大作家，跟他的影响不无关
系。"③ "杜甫后来能够雄踞盛唐诗坛，他的诗风和个性，可说是有着极其
深厚的家庭渊源的。"④ 闻一多曰："杜审言的一首七律《春日京中有
怀》，跟他的孙子杜甫早年以曲江为题材的七律诸作正是一脉相传。"⑤ 又
曰："杜甫《曲江》诗中两句：传话风光共流转，暂时相赏莫相违。'有
极曲折的含意，较其他有境界的同类作品更有味道，他早年的作品多属于
这一类，跟他晚年巧思刻划的作风大有分别，正是受了家学的影响。上面
所举两句，分明就是从祖父那首七律的尾联化出来的。"⑥ 分析了杜氏家
族文学积淀对杜甫诗歌创作的影响。闻一多曰："唐诗初期的发展，简直
是被上官氏一家左右了。"⑦ 指出了上官氏家族在初唐诗歌发展史上的地
位。闻一多这种对诗人家族文学素养的重视及其对某些家族在文学史上所

---

① 闻一多：《闻一多全集》第三册，生活·读书·新知三联书店 1982 年版，第 413 页。
② 郑临川：《闻一多论古典文学》，重庆出版社 1984 年版，第 88—89 页。
③ 同上书，第 94 页。
④ 同上书，第 95 页。
⑤ 同上。
⑥ 同上书，第 95—96 页。
⑦ 同上书，第 99 页。

起作用的研究，对二十世纪家族与文学研究具有开创性的意义。

4. 文化学视阈下的唐诗研究

文化学视阈下的唐诗研究，就是从分析文化背景出发，研究唐诗艺术的生成及其特点的研究方法。郑临川《闻一多论古典文学》列闻一多"从美术观点看古代文学"[①] 及 "古代的音乐与诗"[②] 的文学研究方法，闻一多认为"中国古代的音乐和诗的关系非常密切"[③]，由此可以见出闻一多对从文化学的视阈进行唐诗研究的方法的重视。又其杜甫年谱的笺注中也非常重视对文化现象及其对文学影响的诠释，其《少陵先生年谱会笺》开元二年甲寅条曰："正月，置教坊于蓬莱宫侧，上自教法曲，谓之'梨园弟子'。"[④] 开元二十四年丙子条曰："是年，于西京大明宫置集贤书院。"[⑤] "吴道玄作'地域变相图'。"[⑥] 能够将文学置于当时的艺术、学术背景下加以研究，体现了一种文化学视阈下的唐诗研究方法。因而，傅璇琮认为闻一多"把眼光注射于当时的多种文化形态，这种提挈全局、突出文化背景的作法，是我国年谱学的一种创新，也为历史人物研究做出了新的开拓"[⑦]。这是对闻一多文化学视阈下的唐诗研究方法的文学史意义的准确概括。

闻一多文化学视阈下的唐诗研究还体现在地域文化与文学的研究上。闻一多曰："张祜曾有过'襄阳属浩然'之句，我们却要说：浩然也属于襄阳。也许正惟浩然是属于襄阳的，所以襄阳也属于他。大半辈子岁月在这里度过，大多数诗章是在这地方、因这地方、为这地方而写的。没有第二个襄阳人比孟浩然更忠于襄阳，更爱襄阳的。晚年漫游南北，看过多少名胜，到头还是'山水观形胜，襄阳美会稽'。实在襄阳的人杰地灵，恐怕比它的山水形胜更值得人赞美。从汉阴丈人到庞德公，多少令人神往的风流人物，我们简直不能想象一部《襄阳耆旧传》，对于少年的孟浩然是何等深厚的一个影响。了解了这一层，我们才可以认识孟浩然的人，孟浩

---

① 郑临川：《闻一多论古典文学》，重庆出版社 1984 年版，第 1 页。

② 同上书，第 31 页。

③ 同上。

④ 闻一多：《唐诗杂论》，中华书局 2012 年版，第 42 页。

⑤ 同上书，第 47 页。

⑥ 同上。

⑦ 闻一多撰，傅璇琮导读：《唐诗杂论·序》，上海古籍出版社 1998 年版，第 10 页。

然的诗。"① 又曰："历史的庞德公给了他启示，地理的鹿门山给了他方便，这两项重要条件具备了，隐居的事实便容易完成得多了。总之，是襄阳的历史地理环境促成孟浩然一生老于布衣的。"② 指出了襄阳文化对孟浩然思想及诗歌创作、诗歌风格的影响。尽管闻一多对地域文化与文学之间关系的诠释还是非常简单的，但是这种研究方法是开创性的，在当时是一种全新的唐诗研究方法。

闻一多是唐诗研究中较早采取文化学研究方法的一位学者，这种研究方法对二十世纪地域文化与文学关系的研究、文化学视阈下的古典文学研究产生了深远影响。

5. 社会学视阈下的唐诗研究

民国时期，社会学视阈下的唐诗研究主要体现为阶级分析法，当时社会阶层与文学之间关系的研究成为文学研究的一个重要视阈，很多著名学者如胡适、陈寅恪、岑仲勉等都曾经使用阶级分析的方法对古典诗歌进行研究，闻一多唐诗研究也体现了此种思想倾向。闻一多曰："到了盛唐，这一时期诗的理想（门阀士族对诗的理想与风格）与风格乃完全成熟，我们可拿王维和他的同辈诗人作代表。当时殷璠编写了一部《河岳英灵集》，算是采集了这一派作品的大成。"③ 认为盛唐时期的文学是士族文学，《河岳英灵集》是贵族文学的代表。闻一多曰："天宝大乱以后，门阀贵族几乎消灭干净，杜甫代表的另一时代的新诗风就从此开始。宋人杨亿曾讥笑杜甫是'村夫子'，恰好是把他的士人身份跟以前那些贵族作者形成了鲜明的对比。和他同时而调子完全一致的元结编选过一部《箧中集》，里面的作品全带乡村气味。"④ 认为从杜甫开始文学创作主体的身份开始由贵族转变为士人（平民），《箧中集》是士人（平民）文学的代表。闻一多曰："唐诗在天宝前后完全是两种迥然不同的风格面目。这是因为作者的身份和生活前后有了很大改变的缘故。"⑤ 从创作主体身份和生活的变化中分析诗风变化的原因。又曰："所以如果要学旧诗，宋诗还有可能发挥的余地，学唐诗（天宝以前的那种所谓'盛唐之音'）显然是

① 闻一多：《唐诗杂论》，中华书局 2012 年版，第 30 页。
② 同上书，第 31 页。
③ 郑临川：《闻一多论古典文学》，重庆出版社 1984 年版，第 85 页。
④ 同上。
⑤ 同上书，第 87 页。

自走绝路，因为社会环境和生活方式已经完全改变，没有那种环境和生活条件，怎能写得出那种诗来呢？从这种新作风的时代开始以后，平民跟文学的关系一天比一天密切，小说就跟着发达起来。"① 通过社会环境的变化分析诗风变化之原因。通过创作主体之社会阶层属性及其社会环境之变化来研究诗歌创作的特点及其诗风的变化，这属于社会学视阈下的文学研究，这种方法是民国时期所出现的一种新的唐诗研究方法，这种研究方法对二十世纪唐代文学研究中士族与文学研究视阈的形成具有一定的启发作用。

6. 学术与文学研究

学术与文学研究，就是从分析学术背景出发，研究学术背景对唐诗艺术生成之影响的一种研究方法。闻一多曰："唐初诗人一面继承了六朝的声律传统，把诗的形式更求工整，因而导致沈宋律诗的完成；一面又继承了六朝那种学术材料的搜集工作，拿学术观点研究文学成为这时期的特色，最明显的表现便是类书的编辑；造成一时期内若干毫无性灵的类书式的诗。"② 认为初唐类书的编纂造成诗歌情感的缺失。闻一多曰："文学被学术同化的结果，可分三方面来说。一方面是章句的研究，可以李善为代表，另一方面是类书的编纂，可以号称博学的《兔园册子》与《北堂书钞》的编者虞世南为代表。第三方面便是文学本身的堆砌性，这方面很难推出一个代表来，因为当时一般文学者的体干似乎是一样高矮，挑不出一个特别魁梧的例子来。没有办法，我们只好举唐太宗。"③ 认为类书编纂引起了初唐诗歌创作中堆砌辞藻之风。以上从情感与辞采两个方面分析了初唐学术对诗歌创作的具体影响。闻一多曰："《文选》与《汉书》，在李善眼里，恐怕真是同样性质，具有同样功用的对象，都是给文学家供驱使的材料。他这态度可以代表那整个时代。这种现象在修史上也不是例外。只把姚思廉除开，当时修史的人们谁不是借作史书的机会来叫卖他们的文藻——尤其是《晋书》的著者！至于音韵学与文学的姻缘，更是显著，不用多讲了。"④ 指出了初唐学术与文学的相互影响，认为初唐的史学、音韵学对文学发展产生了重要影响，史学有文学化的倾向。闻一多

---

① 郑临川：《闻一多论古典文学》，重庆出版社 1984 年版，第 86 页。
② 同上书，第 91 页。
③ 闻一多：《唐诗杂论》，中华书局 2012 年版，第 4 页。
④ 同上书，第 2 页。

曰："类书，它既不全是文学，又不全是学术，而是介乎二者之间的一种东西，或是说兼有二者的混合体。这种畸形的产物，最足以代表唐初的那种太像文学的学术，和太像学术的文学了。所以我们若要明白唐初五十年的文学，最好的方法也是拿文学和类书排在一起打量。"① 指出了初唐文学与学术之间的密切关系。又曰："寻常我们提起六朝，只记得它的文学，不知道那时期对于学术的兴趣更加浓厚。唐初五十年所以像六朝，也正在这一点。这时期如果在文学史上占有任何位置，不是因为它在文学本身上有多少价值，而是因为它对于文学的研究特别热心，一方面把文学当作学术来研究，同时又用一种偏向于文学的观点来研究其余的学术。"② 指出了初唐时期学术界对文学研究的重视。注重学术与文学之间相互关系的研究，这种研究方法除闻一多外在民国时期并不常见，这种研究方法对二十世纪古典文学研究中史学与文学、馆阁与文学、类书与文学等文学研究命题具有重要的启发作用。

7. 重视唐诗选本研究

历代学者非常重视唐诗选本的批评，例如从宋至清对王安石《唐百家诗选》的批评就是一个典型的例子，在宋代就有倪仲傅、陈正敏、赵彦卫、朱熹、刘克庄、严羽等人对其进行批评。对唐诗选本的批评是历代唐诗学建构的主要方式之一，在民国学者唐诗研究中，闻一多非常重视唐诗选本的研究。首先，闻一多利用唐人选唐诗选本来划分唐诗时代。闻一多确定盛唐诗的时限，认为"这时期独立的理由除上述原因（玄宗在位年间）外，还与唐人选当代诗的选集《河岳英灵集》的选诗范围有关"③。利用选本所体现的诗学思想划分诗歌时代，这对唐诗选本的学术价值具有重大的开拓意义。其次，闻一多根据选本研究诗风。闻一多曰："北朝是异族政权，以胡人骑射为主，他们的文艺作风配合着他们的生活方式，盛唐的李白、高适、岑参、崔颢诸人就承受了这一派的作风，这是向来所没有的，盛唐以后也不再有继响。这派风格的诗，《河岳英灵集》和《国秀集》都有搜集。"④ 认为《河岳英灵集》和《国秀集》代表了李白、高适、岑参、崔颢一派的诗风，而这一派的诗风又受到了北方胡人文

---

① 闻一多：《唐诗杂论》，中华书局2012年版，第2页。
② 同上书，第1—2页。
③ 郑临川：《闻一多论古典文学》，重庆出版社1984年版，第112页。
④ 同上书，第114页。

化的影响，同时又是北方胡人文化的反映。闻一多曰："《箧中集》诸作者，便上升到汉魏诗的境界了。"① 认为《箧中集》派诗人的诗风具有汉魏诗的境界。又曰："《箧中集》里的作者姓名在当时是生疏的，只有王季友一人被《河岳英灵集》选入，可见这是一批新的诗境拓荒者。"② 认为《箧中集》作者所代表的诗风在盛唐是很微弱的。再次，闻一多根据选本研究唐代诗风的变迁。闻一多曰："《玉台后集》代表宫体诗余支的势力。"③ "《丹阳集》中的大家以储光羲为最著。"④ 因而认为："宫体诗自从经过卢照邻、刘希夷、张若虚等人的改造，把内容由闺房转到山野，使人联想到六朝时代的《襄阳歌》《西曲歌》《吴声子夜歌》等歌谣的意境与风格，但已有了进步。所以从《玉台后集》到《丹阳集》，可说是唐诗由齐梁回到晋宋的作风，是进一层复古（回升）。"⑤ 闻一多曰："（盛唐时期）其余作家的兴趣多集中在山水寺观，这批人可以《世说新语》代表他们的人生观，是晋宋诗风的嗣音。到《箧中集》诸作者，便上升到汉魏诗的境界了。据此，我们现将盛唐诗分为三个复古阶段：（一）齐梁陈时期；（二）晋宋齐时期；（三）汉魏晋时期。这里所谓'复古'，实指盛唐诗从摆脱齐梁诗的影响逐步回升到汉魏健康风格的发展过程。"⑥ 根据《箧中集》研究盛唐诗风变迁。闻一多还非常重视唐诗选本的文献价值，曰："一些没有专集的小作家，他们的作品多靠这个选本（《丹阳集》）流传下来。"⑦ 闻一多还对唐代各种选本不选杜甫诗的原因进行了分析，曰："我们谈盛唐诗，只取《国秀集》《河岳英灵集》《玉台后集》《丹阳集》《箧中集》五种就够了。《箧中集》的编者元结曾作《贫妇词》，是一篇社会描写，也是《箧中集》作者们共同的趋向和作风，奇怪的是盛唐诗的几种选本里没有一本选过杜甫的诗，可见他的作风在当时就跟《箧中集》相近，只因那还是太平时代，这种社会描写不太被人重视，如果杜甫不长于其他各种诗体的话，他的诗很有可能因此被埋没，所以要

---

① 郑临川：《闻一多论古典文学》，重庆出版社 1984 年版，第 114 页。

② 同上书，第 113 页。

③ 同上。

④ 同上。

⑤ 同上。

⑥ 同上书，第 114 页。

⑦ 同上书，第 112 页。

看当时诗坛的盛况,《箧中集》以外的四种选本是有代表性的。"① 对唐人选唐诗中不选杜诗的原因进行了分析。自从闻一多指出这一命题后,二十世纪唐人选唐诗中不选李杜等大家之诗的原因成为唐诗研究的一个重要命题。总之,闻一多对唐人唐诗选本的文献价值进行了充分挖掘,此后,唐诗选本的研究才引起学术界的高度重视。

　　8. 唐诗的传播影响研究

　　闻一多《贾岛》一文论述了贾岛的诗歌在晚唐五代被推崇的情况,曰:"你尽可解释为那时代人们的神经病的象征,但从贾岛方面看,确乎是中国诗人从未有过的荣誉,连杜甫都不曾那样老实的被偶像化过。你甚至说晚唐五代之崇拜贾岛是他们那一个时代的偏见和冲动,但为什么几乎每个朝代的末叶都有回向贾岛的趋势?宋末的四灵,明末的钟谭,以至清末的同光派,都是如此。不宁惟是,即宋代江西派在中国诗史上所代表的新阶段,大部分不也是从贾岛那分遗产中得来的赢余吗?可见每个在动乱中灭毁的前夕都需要休息,也都要全部的接受贾岛,而在平时,也未尝不可以部分的接受他,作为一种调济,贾岛毕竟不单是晚唐五代的贾岛,而是唐以后各时代共同的贾岛。"② 认为不仅晚唐五代,而且在整个诗史上贾岛都产生了重要影响,而且还提出了"每个在动乱中灭毁的前夕都需要休息,也都要全部的接受贾岛"这样一个文学研究的命题,闻一多不但提高了贾岛在诗史上的地位,而且提高了唐诗在整个诗史上的地位。闻一多曰:"从现有记载来看,王绩被当代人所称道,只有韩昌黎(愈)在《送王含秀才序》中曾提到他的《醉乡记》,此外,白香山在《九日醉吟》中有两句'无过学王绩,惟以醉为乡。'据此推断,王绩被人重视,当从中唐开始。"③ 并且认为如刘希夷的《故园置酒》"主题和字面显然那是从王绩的《赠程处士》一诗蜕化而来",因而认为"说当时绝对无人受王绩的影响,也是不尽然的"。④ 可见,闻一多非常重视一些重要诗人在当代的影响。闻一多曰:"张说的《还自端州驿与高六别处》五律一首整篇匀称,无句可摘,才是盛唐新调。孟浩然当时能享盛名,也该是这个缘故。张说的诗能高于这一派的小家诗人,这是重要的原因。他又以自己

　　①　郑临川:《闻一多论古典文学》,重庆出版社1984年版,第113页。
　　②　闻一多:《唐诗杂论》,中华书局2012年版,第40页。
　　③　郑临川:《闻一多论古典文学》,重庆出版社1984年版,第89—90页。
　　④　同上书,第90页。

的地位把这种作风加以提倡，当时除了孟浩然、李白、杜甫等大家之外，一般想由科举出身的举子们谁不竞先响应。因此，我们有理由把张说说成是试帖诗典型的建立者，也就是他对唐诗所起的重大影响，而试帖诗的影响唐代诗坛，也就是张说影响的普遍化了。"① 指出了张说试帖诗对唐代诗风发展所起的重要影响。从总体上来说，闻一多不但重视陈子昂、孟浩然等一流诗人诗作的影响，还重视一些非一流诗人如贾岛、王绩、张说等诗作的传播，他通过对一些非一流诗人的传播影响研究，提出了一些文学研究的重要命题，引起了学术界对包括一些非一流诗人在内的整个唐代诗人的重视，推动了唐诗研究的深化。

　　从总体上来说，闻一多的唐诗研究表现为一种"文化—审美"的方法，在研究思想方面，闻一多的唐诗研究是一种文化学视阈下的唐诗研究；在具体的研究方法方面，闻一多的唐诗研究是一种考证和审美相结合而以审美为主的唐诗研究。如前所揭，"诗唐"说、"诗的灵魂"说、"诗中之诗"说、"净化"说等诗学观点都体现出了审美化的唐诗研究方法，其家族文学意识、地域文化与文学、学术与文学、音乐与文学这些方面的研究都体现的是一种文化学与文学的研究方法，而其《岑嘉州交游事辑》②《全唐诗校读法举例》③《岑嘉州系年考证》④《少陵先生年谱会笺》⑤ 又体现出其唐诗审美研究是建立在扎实的文献考证基础之上的。从大的方面来说，闻一多的唐诗研究是一种审美的感悟式的而非历史性的实证研究方式，这种研究方式从表面上来看似乎没有历史性研究客观严谨，但是闻一多的这种唐诗研究方法却不是随意的感悟，而是建立在对唐诗的严谨的考证基础之上的，因而这些结论更形象、更生动、更具美学意蕴，因而也更富有诗性精神。闻一多是诗人，对唐诗充满激情，因而其对唐诗的理解大部分是感悟式的，是非理性的、非逻辑的，这种方法，正好和陈寅恪的诗史互证法形成唐诗研究的两种范型。同时，在具体的研究过程中，闻一多的许多具体观点都是建立在严谨的考证基础之上的，他的这种"文化—审美"的唐诗研究方法体现了此期由传统唐诗学研究向现代唐诗

---

① 郑临川：《闻一多论古典文学》，重庆出版社 1984 年版，第 120 页。
② 闻一多：《岑嘉州交游事辑》，《清华周刊》1933 年第 8 期。
③ 闻一多：《全唐诗校读法举例》，《文哲月刊》1936 年第 5 期。
④ 闻一多编：《岑嘉州系年考证》，《清华学报》1933 年第 2 期。
⑤ 闻一多编：《少陵先生年谱会笺》，《文哲季刊》1930 年第 1—4 期。

学研究的转变。体现了此期唐诗研究既受到了传统研究方法的影响，又运用了一系列新的研究方法。

　　闻一多唐诗研究的重要贡献，还在于他提出了一些重大的唐诗研究命题。闻一多《诗的唐朝》一文曰："唐代文化即进士文化。（政治与文学。）"① 提出了科举与文学、政治与文学的命题。又曰："杜甫复归于儒。诗的儒化。"② 提出了儒学与文学的命题。其《唐诗校读法举例》将《全唐诗》的错误归结为一个公式：甲集附载乙诗，其题下的署名并入题中，因而误为甲诗。③ 总结了《全唐诗》文献伪误的规律。由此可以见出闻一多对一些唐诗现象的深刻认识和其唐诗研究所达到的理论高度，这种理论高度代表了民国时期唐诗研究的最高水平，闻一多的唐诗研究对整个二十世纪的唐诗学产生了深远影响。

四　钱锺书的唐诗学思想

　　民国时期，钱锺书的学术著作主要是《谈艺录》。钱锺书学贯中西，其学术思想体现了中西打通、古今打通的特点，典型地体现了民国时期学术大师的学术素养特点。钱锺书主张学人之诗，其古典诗歌研究主要是宋诗研究，他的唐诗学思想主要体现在《谈艺录》中对杜甫、李贺、李商隐等诗人的品评及对唐宋诗特质的论评中。在研究方法上，其唐诗研究属于文献考证基础上的文艺学研究，钱锺书对唐代诗人和唐诗艺术的研究代表了民国时期的最高水平，其一系列唐诗学论断成为后世不断征引的经典。钱锺书以传统诗话的形式，将西方文艺理论与中国传统文论思想相结合，《谈艺录》是西学东渐之后中西方文艺思想完美结合的典范之作，是中国传统诗话的殿军，又是中国现代文艺理论的先锋。艺术研究属于文学本位研究，由文化学、史学视阈的综合研究向文学本位研究的回归，是诗学研究的必由之路，而且对诗歌艺术性的深层研究是唐诗研究走向巅峰的标志，钱锺书的唐诗艺术研究迄今为止代表了唐诗研究的最高水平，虽然钱锺书研究成果较少，但是并不影响他在唐诗学史上的地位，其《谈艺录》包含着丰富的唐诗学思想。

---

① 闻一多：《唐诗杂论》，中华书局 2012 年版，第 214 页。
② 同上书，第 215 页。
③ 同上书，第 217 页。

（一）唐诗分期："就诗论诗"说

从宋代严羽以来，学者们往往以朝代更替和"世运污隆"为标准将唐诗分为初、盛、中、晚四期，这种观点为历代大多数学者所接受，但是也有部分学者不同意传统上以"世运污隆"为标准的唐诗分期方法，明郝敬曰："说者取唐诗分初、盛、中、晚，晚不如中，中不如初，随世运为污隆。其实不然。盖性情之理，不蕴郁则不厚，不磨炼则不柔。是以富贵者少幽贞，困顿者多委蛇。昔人谓'诗穷始工'，《三百篇》大抵遭乱愤时而作。以世运初、盛、中、晚分诗高下，倒见矣。唐诗晚工于中，中妙于盛，盛罄于初。初唐庄整而板；盛唐博大而放；中唐平雅清粹，有顺成和动之意焉；晚唐纤丽，雕极还朴，无以复加。今谓唐不如古则可，谓中、晚不如初、盛，论气格，较骨力，岂温柔敦厚之本义哉！"① 清叶燮《百家唐诗序》曰："自有天地，即有古今。古今者，运会之迁流也。有世运，有文运。世运有治乱，文运有盛衰，二者各自为迁流。……若夫文之为运，与世运异轨，而自为途。"② 以上两位学者都反对简单的以朝代更替和"世运污隆"为标准的唐诗分期方法，认为唐诗自有其独特的艺术发展轨迹，并不完全与历史朝代更替同步。在唐诗分期方面，钱锺书继承了"文运与世运异轨"的思想，曰："余窃谓就诗论诗，正当以体裁划分时期，不必尽与朝政国事之治乱盛衰吻合。诗自有初、盛、中、晚，非世之初、盛、中、晚。"③ 提出了"就诗论诗"说，认为盛唐是唐代政治之鼎盛时期而非文学鼎盛时期，认为中唐是唐诗艺术成就之最高时期，确立了中唐诗之历史地位。首先，钱锺书认为诗歌发展与社会发展、朝代更替不完全同步，提出"就诗论诗"说，主张以诗歌的风格特征划分诗歌时期，反对传统的以朝代更替划分诗歌时代的做法。其次，钱锺书认为朝代最盛之时未必就是诗歌最盛之时，历史上唐代的初、盛、中、晚四期并非就是诗歌的初、盛、中、晚，实际上认为历史上的盛唐并非唐代诗歌最盛的时期。钱锺书论诗崇尚宋诗，有两方面的原因：一方面，从时代背景而言，民国时期大部分学者如陈衍、陈三立等都是宋诗运动的提倡者，陈

---

① （明）郝敬：《山草堂集·艺圃伧谈》卷之三，引自陈伯海主编《历代唐诗论评选》，河北大学出版社 2003 年版，第 755 页。

② （清）叶燮：《己畦文集》卷八，引自陈伯海主编《历代唐诗论评选》，河北大学出版社 2003 年版，第 855 页。

③ 钱锺书：《谈艺录》，生活·读书·新知三联书店 2008 年版，第 2—3 页。

衍、沈曾植的"三元"说、"三关"说都认为中唐是古今诗之中枢，钱锺书也受到了这种诗学思想的影响，因而论唐诗否定盛唐为唐诗最兴盛时期的说法，转而推崇中唐诗。另一方面，钱锺书是民国时期的著名学者，论诗主张学人之诗，而宋诗是典型的学人之诗。在当时的唐宋诗之争中，钱锺书力图调和唐宋诗，而中唐诗是唐诗向宋诗过渡的中枢，《谈艺录》于唐代诗人中论评最多的是杜甫和中唐诗人李贺、韩愈，并且认为中唐诗歌艺术导源于杜甫，因而其对唐诗论述的重点在中唐诗，由此可以见出钱锺书的唐诗旨趣之所在。

钱锺书曰："王静安《宋元戏曲史》序有'汉赋、唐诗、宋词、元曲'之说。谓某体至某朝而始盛，可也；若用意等于理堂（案：清代焦循），谓某体限于某朝，作者之多，即证作品之佳，则又买菜求益之见矣。"① 前已揭橥，王国维认为在诗史上，唐诗的艺术成就是最高的，钱锺书不同意此说，认为论诗歌不能"限于某朝"，应该就整个诗歌史来讨论唐宋诗。并且认为就整个诗歌史而言，唐诗和宋诗分别代表了古代诗歌的两种美学范型，这两种美学范型在唐以后各个时代的诗歌中都是存在的，这种对唐宋诗的区分打破了传统观念中以朝代区分唐宋诗的做法，即传统观念中认为唐代的诗歌就是唐诗，宋代的诗歌就是宋诗，钱锺书把唐宋诗确立为两种美学范型而并非两个时代意义上的诗歌，给唐宋诗以全新的内涵和解释视阈。另一方面，钱锺书认为"当以体裁划分时期"，此处"体裁"指风格；钱锺书反对"某体限于某朝"的观点，具体而言，就是认为唐诗风格不限于唐朝，宋诗中自有唐诗范型，宋诗风格不限于宋朝，唐诗中有宋诗范型。钱锺书认为就唐代的诗歌和宋代的诗歌而言，唐诗中有宋调，宋诗中有唐音。钱锺书通过对唐诗和宋诗的重新界定，将唐宋诗打通，消解了传统诗学中唐宋诗的对立。因为钱锺书属于宋诗派，推崇属于学人之诗的宋诗，而中唐诗体现了由诗人之诗向学人之诗的宋诗的转变，因而钱锺书提出"就诗论诗"说，推翻传统的盛唐诗为唐诗之最的诗学思想，认为唐诗最兴盛的时期不是盛唐，从而为打通唐宋诗确立了理论根据。

（二）唐宋诗优劣论

钱锺书反对所谓唐宋优劣之说，意在调和唐宋诗之争，以便提高宋诗

---

① 钱锺书：《谈艺录》，生活·读书·新知三联书店2008年版，第84页。

的历史地位。具体来说，钱锺书是通过对杜甫、李贺和白居易诗歌的论评，对"唐诗优于宋诗"说提出质疑，从而建立自己的"唐宋诗平等"说。

首先，从元稹到当代，传统诗学观点认为杜诗集古典诗学之大成，不但代表了唐诗的最高艺术水平，也代表了古典诗歌艺术的最高水平。针对杜诗的崇高地位，钱锺书提出了"词尽"说和"乱于文"说，对杜诗的崇高地位提出了质疑，以此来对传统的"崇唐"诸说进行反驳，从而为自己的"唐宋诗平等"说张本。钱锺书曰："理堂（清代焦循）称少陵，岂知杜诗之词，已较六朝为尽，而多乱于文乎。"① 钱锺书认为杜诗在艺术成就上有两个缺憾：一方面，"词尽"说表现了钱锺书对杜诗语言的批评，杜诗以俗语入诗，代表了六朝以来诗歌语言的一大转变；另一方面，"乱于文"说表现了钱锺书对杜诗"以文为诗"艺术手法的批评。"词尽"说和"乱于文"说表现了钱锺书对杜诗的批评，这既是对杜诗诗学地位的质疑，也是对唐诗诗学地位的质疑。钱锺书又曰："陈廷焯《白雨斋词话》亦以太白为'复古'，少陵为'变古'。何待至晚唐两宋而败坏哉。"② 意谓中国古典诗歌所确立的唐诗美学范型到了盛唐杜甫之时已经开始有了转变，所以唐诗美学的解体不在晚唐两宋，而是在杜甫的时代，意在强调传统的所谓"诗道之坏"不在宋，而是在唐，宋诗和唐诗是相并列的两种诗歌美学范型，反对唐诗优于宋诗之说。

其次，李贺在唐代就得到了很高的评价，尤其是杜牧的评价，确立了李贺在诗史上之崇高地位。钱锺书就杜牧对李贺的评价提出了反驳，曰："牧之序昌谷诗，自'风樯阵马'以至'牛鬼蛇神'数语，模写长吉诗境，皆贴切无溢美之词。若下文云：'云烟绵联，不足为其态；水之迢迢，不足为其情；春之盎盎，不足为其和；秋之明洁，不足为其格。'则徒事排比，非复实录矣。长吉词诡调激，色浓藻密，岂'迢迢'、'盎盎'、'明洁'之比。且按之先后，殊多矛盾。'云烟绵联'，则非'明洁'也；'风樯阵马'、'鲸呿鳌掷'，更非迢迢盎盎也。"③ 钱锺书认为杜牧对李贺诗境之评价"皆贴切无溢美之词"，而认为杜牧对李贺诗歌地位

---

① 钱锺书：《谈艺录》，生活·读书·新知三联书店 2008 年版，第 84 页。
② 同上。
③ 同上书，第 122 页。

评价太高而不符合事实，认为是"徒事排比，非复实录"，也就是说，钱锺书认为杜牧对李贺诗歌的历史地位评价过高。钱锺书还具体对李贺诗歌的艺术性进行了批评。第一，钱锺书批评后世诗评家"欲以本事说长吉诗，不解翻空，务求坐实，尤而复效，通人之蔽。将涉世未深、刻意为诗之长吉，说成寄意于诗之屈平，盖于翻牧之序中'稍加以理，奴仆命骚'二语之案"①。认为李贺"涉世未深"，谓李贺诗歌的思想性不强；又认为李贺"刻意为诗"，认为李贺诗歌雕琢过甚，诗境不够自然。又曰："长吉苟真有世道人心之感，亦岂能尽以词自掩哉。"② 又曰："长吉穿幽入仄，惨淡经营，都在修辞设色，举凡谋篇命意，均落第二义。"③ 认为李贺诗重辞采而轻命意，思想性不强。第二，钱锺书引张戒《岁寒堂诗话》卷上谓长吉诗"只知有花草蜂蝶，而不知世间一切皆诗"之论，认为张戒"实道着长吉短处"④，认为李贺诗歌题材狭隘。第三，钱锺书曰："余谓长吉文心，如短视人之目力，近则细察秋毫，远则大不能睹舆薪；故忽起忽结，忽转忽断，复出旁生，爽肌戛魄之境，酸心刺骨之字，如明珠错落。与《离骚》之连犿荒幻，而情意贯注、神气笼罩者，固不类也。"⑤ 认为李贺诗情意不连贯，艺术成就不高。第四，钱锺书还对李贺诗歌的意境进行了批评，曰："若咏鬼诸什，幻情奇彩，前无古人，自楚辞《山鬼》《招魂》以下，至乾嘉胜流题罗两峰《鬼趣图》之作，或极诡诞，或托嘲讽，而求若长吉之意境阴凄，悚人毛骨者，无闻焉尔。"⑥ 谓李贺诗歌意境的艺术感染力不强。第五，钱锺书还对李贺诗歌的修辞艺术进行了批评，曰："长吉好用'啼''泣'等字。以咏草木者……（古人）皆偶一为之，未尝不可。岂有如长吉之连篇累牍，强草木使偿泪债者哉。殆亦仆本恨人，此中岁月，都以眼泪洗面耶。"⑦ 又曰："长吉诗中好用涕泪等字，亦先入为主之类也。"⑧ 谓李贺诗歌堆砌表现感伤色彩的词语过多，因而情感感染力不强。总体上，钱锺书评李贺诗歌曰："长吉铺陈追琢，

① 钱锺书:《谈艺录》，生活·读书·新知三联书店 2008 年版，第 115 页。
② 同上书，第 120 页。
③ 同上书，第 116 页。
④ 同上书，第 149 页。
⑤ 同上书，第 119 页。
⑥ 同上书，第 130 页。
⑦ 同上书，第 135 页。
⑧ 同上书，第 143 页。

景象虽幽，怀抱不深；纷华散藻，易供捃撦。若陶、杜、韩、苏大家，化腐为奇，尽俗能雅，奚奴古锦囊中固无此等语。蹊径之偏者必狭，斯所以为奇才，亦所以非大才欤。"① 提出了"奇才"论，认为李贺是"奇才而非大才"，认为古人对李贺诗歌的评价高。

最后，白居易也是唐代及后世评价较高的诗人，钱锺书对前人对白居易的评价也提出了质疑。钱锺书曰："香山才情，昭映古今，然词沓意尽，调俗气靡，于诗家远微深厚之境，有间未达。其写怀学渊明之闲适，则一高玄，一琐直，形而见绌矣。其写实比少陵之直质，则一沉挚，一铺张，况而自下矣。故余尝谓：香山作诗，欲使老妪都解，而每似老妪作诗，欲使香山都解；盖使老妪解，必语意浅显，而老妪使解，必词气烦絮。浅易可也，烦絮不可也。"② 认为白居易的诗歌有"调俗气靡"、抒情"琐直"、叙事"铺张"、"语意浅显"等弊端，对白居易诗歌的艺术成就评价不高。

杜甫、李贺、白居易是唐代三位杰出的诗人，也是历代评价较高的三位诗人，钱锺书认为上述三位诗人的诗歌艺术并非完美无缺、无可挑剔，在一定程度上也是有缺憾的，认为后人对他们的评价过高。究其实质，钱锺书欲通过上述三位唐代诗人诗歌艺术的批评，为"唐宋诗平等"说张本，证明"唐宋优劣"之说为伪命题。在"就诗论诗"说将唐宋诗打通的基础上，进一步认为唐宋诗各有所胜，从而为提升宋诗之诗史地位张本。

（三）唐诗特质

1. "体格性分"说

钱锺书以"体裁"即风格论唐诗，认为"唐诗多以丰神情韵擅长，宋诗多以筋骨思理见胜"③。又曰："五七言之分唐宋，譬太极之有两仪。"④ 认为古典诗歌可以分为唐宋两种范型，唐诗是一种诗歌审美范型，这种诗歌审美范型以"情韵"为其特质，钱锺书把这种"以丰神情韵擅长"的诗歌称为"唐体"⑤。钱锺书的这种唐诗学思想，扩大了唐诗的审美视阈，认为唐诗并非唐朝之诗，而是指有唐调即以"丰神情韵擅长"

---

① 钱锺书：《谈艺录》，生活·读书·新知三联书店 2008 年版，第 149 页。

② 同上书，第 497 页。

③ 同上书，第 3 页。

④ 同上书，第 5 页。

⑤ 同上。

的诗。一方面，钱锺书认为唐以后每个时代都有唐音，曰："夫人禀性，各有偏至。发为声诗，高明者近唐，沉潜者近宋，有不期而然者。故自宋以来，历元、明、清，才人辈出，而所作不能出唐宋之范围，皆可分唐宋之畛域。"① 意谓就整个诗歌史而言，唐及其以后每个时代都有唐音宋调，唐诗并非仅限于唐代，钱锺书曰："人言赵松雪学唐，余谓元人多作唐调。"② 认为元诗中有唐调。另一方面，钱锺书认为作为个体的诗人之诗歌风格既有唐音也有宋调，曰："一生之中，少年才气发扬，遂为唐体，晚节思虑深沉，乃染宋调。"③ 又曰："唐诗、宋诗，亦非仅朝代之别，乃体格性分之殊。天下有两种人，斯分两种诗。"④ 提出"体格性分"说，认为唐宋诗之别不在时代而在诗体本身之"体格性分"方面。钱锺书曰："夫人禀性，各有偏至。发为声诗，高明者近唐，沉潜者近宋，有不期而然者。"⑤ 从审美主体个性差异的角度诠释了唐诗范型和宋诗范型产生之原因，为唐宋诗之争做了结穴。

2. "吟情"说

钱锺书曰："盖吟体百变，而吟情一贯。人之才力，各有攸宜，不能诗者，或试其技于词曲；宋元以来，诗体未亡，苟能作诗，而故靳其情，为词曲之用，宁有是理。"⑥ 认为诗歌的本质在于抒情，而宋元以后的诗歌中诗人的情感被遮蔽，诗只有"体"而无"情"，因而诗名存实亡，言下之意认为唐诗具有"吟情"之特点。

3. "学人之诗"说

钱锺书曰："理堂（清代焦循）称少陵，岂知杜诗之词，已较六朝为尽，而多乱于文乎。"⑦ 认为杜诗具有"以文为诗"的艺术特征。又曰："杜少陵自道诗学曰：'读书破万卷，下笔如有神'；信斯言也，则分其腹笥，足了当世数学人。山谷亦称杜诗'无字无来历'。然自唐迄今，有敢以'学人之诗'题目《草堂》一集者乎？"⑧ 认为杜甫"足了当世数学

---

① 钱锺书：《谈艺录》，生活·读书·新知三联书店 2008 年版，第 4 页。
② 同上书，第 227 页。
③ 同上书，第 5 页。
④ 同上书，第 3 页。
⑤ 同上书，第 4 页。
⑥ 同上书，第 84 页。
⑦ 同上。
⑧ 同上书，第 462 页。

人",也就是说,钱锺书认为杜甫的诗是"学人之诗"。又曰:"唐后首学昌黎诗,升堂窥奥者,乃欧阳永叔,永叔固即刘原父所讥为'欧九不读书'者。阎百诗《困学纪闻笺》卷二十谓:'盖代文人无过欧公,而学殖之陋,亦无过公';傅青主以百诗为附和原父。要之欧公不得为学人也。清人号能学昌黎者,前则钱箨石,后则程春海、郑子尹,而朱竹君不与焉……程郑皆经儒博识,然按两家遗集,挽硬盘空,鼊哇鲸挐,悟无本'胆大过身'之旨,得昌黎以文为诗之传,堪与宋之王广陵鼎足而三;妙能赤手白战,不借五七字为注疏考据尾闾之泄也。"① 又曰:"同光而还,所谓'学人之诗',风格都步趋昌黎;顾昌黎掉文而不掉书袋,虽有奇字硬语,初非以僻典隐事骄人。"② 钱锺书认为"学人之诗"的实质就是韩愈的"以文为诗",不同于后世的"以注疏考据为诗"。又认为"学人之诗"始作俑者为唐代杜甫、韩愈,后世"学人之诗"都是从学韩愈"以文为诗"入手。另一方面,钱锺书曰:"宋学主义理者,以讲章语录为诗,汉学主考订者,以注疏簿录为诗,鲁卫之政尔。"③ 历来诗评家认为宋代和清代都分别是学术发达的时期,宋学和清代朴学都重考据,因此一般学者所说的"学人之诗"主要是指宋诗和清诗而言,但是钱锺书以"注疏簿录"目宋诗和清诗,由此可见,他并不认为宋诗和清诗是"学人之诗",而是反复强调杜诗和韩愈诗歌对后世"学人之诗"的影响,并且在"诗用助词"一节还详细考证了唐代"以文为诗"即在诗中运用助词的诗人及其诗作④,可见,钱锺书认为唐诗也是"学人之诗"。另外,钱锺书又曰:"(张文昌)其诗自以乐府为冠,世拟之白乐天、王建,则似未当。文昌含蓄婉挚,长于感慨,兴之意为多;而白王轻快本色,写实叙事,体则近乎赋也。"⑤ 认为白居易、王建的诗歌有"以文为诗"的特征。钱锺书曰:"盖周秦之诗骚,汉魏以来之杂体歌行……皆往往使语助以添迤逦之概。而极其观于射洪之《幽州台歌》、太白之《蜀道难》《战城南》。"⑥ 陈子昂、李白的诗也有"以文为诗"的倾向,而且钱锺书认为

---

① 钱锺书:《谈艺录》,生活·读书·新知三联书店 2008 年版,第 463—464 页。
② 同上书,第 462 页。
③ 同上书,第 465 页。
④ 同上书,第 174—180 页。
⑤ 同上书,第 224 页。
⑥ 同上书,第 174 页。

陈子昂、李白"以文为诗"已经形成了"极其观"的风气。因此，通过钱锺书对唐诗艺术特征的论述可以见出，他认为唐诗也是"学人之诗"。

（四）唐诗成为一代文学之原因

钱锺书引《随园诗话》卷七评唐宋人对《文选》的态度曰："唐以前无有不熟选理者，宋人以八代为衰，一笔抹杀，而诗文从此平弱。"钱锺书评曰："袒护唐人，遂以少陵之'精熟选理'，推为公有。不知姚合、许浑、曹唐、方干之流，与选理何与。少陵号精'选理'，而力变选体，所以为大；杜陵杜撰，亦如白傅白描，此固非斤斤于'杜诗证选'者所能知也。使杜诗妙处尽出于《选》，则得《选》已足，何贵有杜；假云亦须有杜之才，濡泽《选》理，然后大成，则倘无其才，纵精《选》学，只传李崇贤'书麓'而已。诗文平弱，毋宁曰由于才力卑逊，非尽关不治《文选》也。"① 钱锺书认为杜诗之所以能够成为后世"杜样"，是其能够在"精熟"选学的基础上进行"杜撰"创新，并非尺尺寸寸于选学，而且是由于其"才力"之故，由于精熟《文选》再加上其才力，这是杜甫"所以为大"的原因之所在。袁枚认为精熟选学是唐诗能够成为一代文学之原因，选学是唐诗的艺术渊源；宋人不重视选学，因而宋诗不如唐诗。而钱锺书认为袁枚这种观点是"袒护唐人"，选学并非唐诗唯一之艺术渊源，并且批评袁枚为"杜诗证选者"。钱锺书认为以杜甫为代表的唐代诗人在诗歌创作上之所以能够取得成功，并不完全是"精熟选理"的缘故，还由于唐人的"才力"，在精熟选学的基础上进行创新，将才与学两个方面结合起来，才是以杜甫为代表的唐人能够成就一代之文学的原因。钱锺书在评价李贺诗歌《高轩过》时又提出了"笔补造化天无功"说，曰："此不特长吉精神心眼之所在，而于道术之大原、艺事之极本，亦一言道着矣。"② 谓李贺主张诗歌创作不能仅仅摹写自然，而是要在内心营构出自然界所无之意境也就是造境，钱锺书认为这是"艺事之极本"。由此可知，钱锺书认为唐诗之所以能够成为一代之文学，一方面在于其对《文选》的重视，认为《文选》是唐诗的重要艺术渊源，另一方面则来自唐人的艺术创新。

另一方面，钱锺书引《旧唐书·武宗本纪》会昌四年、《新唐书·选

---

① 钱锺书：《谈艺录》，生活·读书·新知三联书店 2008 年版，第 542 页。
② 同上书，第 154 页。

举志》上李德裕对武宗的话曰："臣祖天宝末以仕进无他伎，勉强随计，一举登第。自后家不置《文选》，盖恶其不根艺实。"① 曰："则是唐人抹杀《文选》，而宋人反不以为然。"② 钱锺书并不是以李德裕为例说唐人不重视《文选》而宋人重视《文选》，他的本意是说唐人中也有不重视《文选》的，不重视《文选》并不是宋诗之所以不如唐诗的原因。由此可以见出，钱锺书认为宋诗之所以不如唐诗的原因不在于艺术渊源不同，而在于两个时代的诗人艺术创新的方向不同。通过钱锺书对唐宋诗的对比可以见出，钱锺书认为《文选》作为唐诗的重要艺术渊源及唐代诗人的艺术创新这两个方面的结合，是唐诗成为一代之文学的重要原因。

（五）唐诗影响论

1. 杜诗之影响："杜样"说

杜诗是唐诗艺术的代表，在当代和后世产生了广泛而深远的影响，因而在论述唐诗对后世诗歌创作的影响时，钱锺书提出"杜样"说③，对杜诗在后世的传播接受情况进行了论评。钱锺书曰："少陵七律兼备众妙，衍其一绪，胥足名家。譬如中衢之尊，过者斟酌，多少不同，而各如所愿。"④ 因为杜诗兼备众体，所以可以作为后世效法的典范，因此，钱锺书提出了"杜样"说，指出杜诗在后世的传播范围之广和接受度之高。关于唐代杜诗的传播、接受情况，钱锺书曰："中晚唐人集中，杜样时复一遭。"⑤ 又曰："惟义山于杜，无所不学，七律亦能兼兹两体。"⑥ 认为杜诗对中晚唐诗人产生了广泛影响，而只有李商隐学习杜诗最为深入。关于杜诗在宋代的传播、接受情况，钱锺书认为北宋欧阳修、苏轼有仿杜诗句，并曰："山谷、后山诸公仅得法于杜律之制瘦者，于此等畅酣饱满之什，未多效仿。"⑦ 曰："陈后山之细筋健骨，瘦硬通神，自为渊源老杜无论矣。"⑧ 曰："至南渡偏安，陈简斋流转兵间，身世与杜相类，惟其有

---

① （五代）刘昫：《旧唐书》卷一八上，中华书局 1975 年版，第 603 页。
② 钱锺书：《谈艺录》，生活·读书·新知三联书店 2008 年版，第 544 页。
③ 同上书，第 455 页。
④ 同上。
⑤ 同上书，第 456 页。
⑥ 同上。
⑦ 同上。
⑧ 同上书，第 455 页。

之，是以似之。"① 认为黄庭坚、陈师道之"瘦硬"风格渊源于老杜。关于金元时代杜诗的传播、接受情况，钱锺书曰："元遗山遭际，视简斋愈下，其七律亦学杜之肥，不学杜之瘦，尤支空架，以为高腔。"② 曰："杨铁崖在杭州嬉春俏唐之体，何莫非从少陵诗来；以生拗白描之笔，作逸宕绮仄之词，遂使饭颗山头客，化为西子湖畔人，亦学而善变者也。"③ 认为金元时期，学习杜诗成就较高的诗人是元好问和杨维桢。关于明代杜诗的传播、接受情况，钱锺书曰："及夫明代，献吉、于鳞继之，元美之流，承赵子昂'填满'之说，仿杜子美雄阔之体，不择时地，下笔伸纸，即成此调。"④ 认为明代前后七子等主要接受的是杜诗的"雄阔之体"。钱锺书还对近代民国时期杜诗的接受情况进行了详细考辨，形成了其"杜样"说。关于后世对杜诗接受的总体情况，钱锺书曰："然世所谓'杜样'者，乃指雄阔高浑，实大声弘一类。"⑤ 认为杜诗有雄浑与瘦硬两种风格，而历代学杜诗者大多推崇其雄浑壮阔的风格，而忽略了杜诗瘦硬的风格。

2. 宋代唐诗之影响："违心作高论"说

一方面，钱锺书引陆游《宋都曹屡寄诗作此示之》之言："数仞李杜墙，天未丧斯文，杜老乃独出。陵迟至元白，固已可愤疾。及观晚唐作，令人欲焚笔。"《记梦》："李白杜甫生不遭，英气死岂埋蓬蒿。晚唐诸人战虽鏖，眼暗头白真徒劳。"及其《示子遹》："数仞李杜墙，常恨欠领会。元白才倚门，温李真自郐。"指出陆游在诗学观点上极为轻视晚唐。另一方面，钱锺书对陆游诗作中自述对晚唐诗人推崇的诗作做了考证，陆游《自咏》云"闭门谁共处，枕藉乐天诗"；《假中闭户终日偶得绝句》云"剩喜今朝寂无事，焚香闲看玉溪诗"；《杨廷秀寄南海集》云"飞卿数阕峤南曲，不许刘郎夸竹枝"。指出"放翁五七律写景叙事之工细圆匀者，与中晚唐人如香山、浪仙、飞卿、表圣、武功、玄英格调极相似"⑥。经过考证，钱锺书认为："其鄙夷晚唐，乃违心作高论耳。"⑦ 认为宋代即

---

① 钱锺书：《谈艺录》，生活·读书·新知三联书店 2008 年版，第 457 页。
② 同上。
③ 同上书，第 455 页。
④ 同上书，第 457 页。
⑤ 同上书，第 455 页。
⑥ 同上书，第 317 页。
⑦ 同上书，第 316 页。

使如陆游等标举反对中晚唐诗歌的诗人其实也受中晚唐诗歌影响很大，曰："杨（万里）陆（游）两诗豪尚规抚晚唐，刘后村、陈无咎、林润叟、戴石屏辈无论矣。"① 进而认为"窃以为南宋诗流之不墨守江西派者，莫不濡染晚唐"②。又曰："若以诗言，欧公苦学昌黎，参以太白、香山，而圣俞之于东野，则未尝句摹字拟也。集中明仿孟郊之作，数既甚少，格亦不类。哀逝惜伤，著语遂多似郊者。"③ 认为唐诗对宋代诗人产生了深远而广泛的影响。

3. 明代唐诗之影响："唐诗坏于先后七子之拟议尊崇"说

明代唐诗的接受、传播情况，钱锺书曰："诗文之累于学者，不由于其劣处，而由于其佳处。盖在己则窃喜擅场，遂为之不厌，由自负而至于自袭，乃成印板文字；其在于人，佳则动心，动心则仿造，仿造则立宗派，宗派则有窠臼，窠臼则变滥恶，是则不似，似则不是，以彼神奇，成兹臭腐，尊之适以贱之，祖之翻以祧之，为之转以败之。故唐诗之见弃于世，先后七子拟议尊崇，有以致之也；宋诗之见鄙于人，闽赣诸贤临摹提倡，有以致之也。"④ 提出了"唐诗坏于先后七子之拟议尊崇"说，虽然钱锺书的本意在于指出明代前后七子的尊崇唐诗，从而使唐诗"乃成印板文字"而"见弃于世"，而其推论则是以明代唐诗学的盛行为前提的。

4. 民国时期唐诗之影响："唐诗见弃于世宋诗见鄙于人"说

民国时期唐诗的传播、接受情况，钱锺书提出了"唐诗见弃于世宋诗见鄙于人"说，曰："故唐诗之见弃于世，先后七子拟议尊崇，有以致之也；宋诗之见鄙于人，闽赣诸贤临摹提倡，有以致之也。"⑤ 钱锺书就民国时期诗歌的创作实际立论，认为当时诗坛主要尊崇宋诗，以宋诗为创作的蓝本，因为宋诗为学者之诗，有诗法理路可循，而唐诗如天马行空，无一定之规矩理路可循，因而清末民国诗人多以宋诗为学习对象。钱锺书"唐诗见弃于世宋诗见鄙于人"说即针对此种创作现状而言，认为民国时期在创作实际中效法唐诗者寥寥无几，唐诗几乎被整个时代的士人所抛弃；而民国时期学习宋诗成为一种时代潮流，不效法宋诗只是少数人。

---

① 钱锺书：《谈艺录》，生活·读书·新知三联书店2008年版，第320页。
② 同上书，第318页。
③ 同上书，第434页。
④ 同上书，第450—451页。
⑤ 同上书，第451页。

钱锺书《谈艺录》的主旨是阐释诗艺与诗学，虽然其重点在宋诗与清诗的研究方面，但是其对唐诗的一系列观点也体现了民国时期唐诗研究的最高水平。钱锺书的唐诗学思想主要体现在其对唐诗特质、唐诗传播接受及李贺研究等方面，他的诗学方法主要是考证法、比较法及陶文鹏提出的"蕴大判断于'小结里'法"①，后一种方法是钱锺书广博学识的体现，后人很难企及。钱锺书之《谈艺录》和陈寅恪之《元白诗笺证稿》是民国时期古代诗学研究领域的典范之作，对整个二十世纪古典诗学研究产生了广泛而深远的影响。

民国第三期唐诗研究形成了四个流派：以陈寅恪为代表的史学研究派、以闻一多为代表的美学研究派、以钱锺书为代表的文艺学研究派、以岑仲勉为代表的文献学研究派。他们的研究方法对整个二十世纪唐诗研究具有方法论意义。

---

① 陶文鹏：《20 世纪前半叶的唐诗研究》，《湖北大学学报》1999 年第 5 期。

附录

民国时期唐诗学编年

1912 年
江纫兰:《斥白居易立言之谬》,《妇女时报》1912 年第 8 期。

1913 年
谢寿昌:《读韩退之送杨少尹序》,《汇学课艺》1913 年第 2 期。

1914 年
胡适:《论律诗》,《胡适日记》1914 年 5 月 27 日。
宋鲁訾:《杜工部年谱一卷》,天津华新印刷局 1914 年版。

1915 年
胡适:《读白居易〈与元九书〉》,《胡适日记》1915 年 8 月 3 日。
昂孙:《唐文粹书后》,《民权素》1915 年第 8 期。
王礼培:《唐宋诗派》,《船山学刊》1915 年第 5 期。
箸超:《复友人唐诗分体书》,《民权素》1915 年第 6 期。
胡适:《读香山诗琐记》,《胡适日记》1915 年 8 月 4 日。

1916 年
刘师培:《读全唐诗发微》,《国粹学报》1916 年第 6 期。
胡适:《"文之文字"与"诗之文字"》,《胡适日记》1916 年 2 月 3 日。

1917 年
屈复:《玉溪生诗意八卷》,会文堂石印本 1917 年。

张采田：《玉溪生年谱会笺》，1917 年。

1918 年

崔学攸：《读柳宗元封建论书后》，《清华周刊》1918 年第 136 期。

谢无量：《诗式》《晚唐诗选》《唐诗三百首》，中华书局 1918 年版。

1919 年

钱有壬：《排律诗粗说》，《学生杂志》1919 年第 5 期。

1920 年

舒国华：《读李白上韩荆州书书后》，《东中学生文艺》1920 年第 1 期。

顾克秀：《读柳宗元驳复仇议书后》，《江苏省立第一女子师范学校校友会杂志》1920 年第 3 期。

浦薛凤：《白话唐人七绝百首》，中华书局 1920 年版。

1922 年

邵祖平：《唐诗通论》，《学衡》1922 年第 12 期。

吴闿生：《跋李长吉诗评注》，《四存月刊》1922 年第 12 期。

伍剑禅：《唐风集研究》，《晨光》1922 年第 3 期。

梁启超：《情圣杜甫》，《晨报副镌》1922 年 5 月 28 日。

曾毅：《中国文学史》，上海泰东图书局 1922 年版。

凌善清：《白话唐诗五绝百首》，上海中华书局 1921 年版。

1923 年

王国维：《韦庄的秦妇吟》，《国学季刊》1923 年第 4 期。

伍非百：《诗界革命家李白的作品之研究》，《晨光》1923 年第 5 期。

闻一多：《李白之死》，《创造季刊》1923 年第 1 期。

梁启超讲演，余宝勋、程宝祥、章四瑞记录：《读梁任公的诗圣杜甫》（文科研究会讲演），《黄山钟》1923 年第 3 期。

予同：《韩退之与卫退之》，《小说月报》1923 年第 2 期。

佚名：《王勃评传》，《晨报副刊》1923 年第 168 期。

1924 年

熊裕芳：《李长吉与月》，《学灯》1924 年 3 月。

胡小石：《李杜诗之比较》，《国学丛刊》1924 年第 3 期。

胡小石：《杜诗音调谱》（见《李杜诗之比较》），《国学丛刊》1924
年第 3 期。

陈斠玄：《唐人五七绝诗之研究》，《国学丛刊》1924 年第 3 期。

苏拯：《李杜诗之比较》，《国学丛刊》1924 年第 3 期。

萧度：《杜甫的耳朵》，《晨报副刊》1924 年第 256 期。

冯世庚：《读柳子厚愚溪诗序》，《学生文艺丛刊》1924 年第 5 期。

1925 年

邵圆征：《韩昌黎与孟东野书书后》，《学生文艺丛刊》1925 年第
10 期。

刘大杰：《李义山生卒考》，《晨报副刊》1925 年第 1264 期。

刘大杰：《李义山家世考略》，《晨报副刊》1925 年第 1275 期。

刘大杰：《李义山家世考略（续）》，《艺林旬刊》1925 年第 16 期。

汪静之：《李太白及其诗》，《晨报副刊》1925 年第 1201—1251 期。

陈延杰：《论唐人七绝》，《东方杂志》1925 年第 22 期。

但涛：《唐人诗谏论》，《华国月刊》1925 年第 2 期。

唐祖建：《穷诗人杜甫》，《国专月刊》1925 年第 5 期。

吴汝滨：《李白》，《文艺》1925 年第 1、2 期。

潘祥麟：《译杜甫石壕吏诗》，《学生文艺丛刊》1925 年第 2 期。

吴绍泰：《读白居易新丰折臂翁诗》，《少年》1925 年第 7 期。

潘为儒：《书白乐天梁上有双燕诗后》，《学生文艺丛刊》1925 年第
5 期。

汪静之：《李太白及其诗》，《晨报副刊》1925 年第 1251 期。

周同甫：《读杜工部诗》，《学生文艺丛刊》1925 年第 8 期。

谭正璧：《中国文学史大纲》，光明书局 1925 年版。

1926 年

陈延杰：《论唐人七言歌行》，《东方杂志》1926 年第 5 期。

费有容：《唐诗研究》，大东书局1926年版。

胡怀琛：《辨竹枝词非咏风俗》，《小说世界》1926年第4期。

汪承经：《平民诗人孟浩然作者》，《学生文艺汇编》1926年。

求幸福斋主：《民歌之竹枝词与绝诗》，《小说世界》1926年第15期。

畲贤勋：《白香山诗研究》，《金陵光》1926年第1期。

心史：《李义山锦瑟诗考证》，《东方杂志》1926年第1期。

朱自清：《关于李白诗》，《晨报副镌》1926年第57期。

闻一多：《英译的李太白》，《晨报副镌》1926年第57期。

程瞻庐：《杜工部创造自鸣钟》，《红玫瑰》1926年第24期。

姜公畏：《韩退之师说书后》，《学生文艺汇编》上集，1926年。

李宜琛：《李白底籍贯与生地》，《晨报副刊》1926年5月10日。

胡怀琛：《中国文学史略》，梁溪图书馆1926年版。

1927 年

明石：《韦庄秦妇吟写定本》，《一般》1927年第1—4期。

傅东华：《李白与杜甫》，上海商务印书馆1927年版。

嘉尔司著，张荫麟译：《秦妇吟之考证与校释》，《燕京学报》1927年第1期。

曹梦鱼：《平民诗人孟浩然》，《紫罗兰》1927年第11期。

施韦：《王昌龄的诗》，《小说月报》1927年第17期。

苏雪林：《李义山恋爱事迹考》，上海北新书局1927年版。

温廷敬：《温飞卿诗发微》，《语言文学专刊》1927年第3、4期。

徐嘉瑞：《岑参》，《小说月报》1927年第17期。

徐嘉瑞：《颓废派之文人李白》，《小说月刊》1927年号外。

参花：《平凡的诗人——白居易》，《复旦实中季刊》1927年第3期。

赵景深：《诗画家王维》，《北新》1927年第23期。

胡适：《国语文学史》，北京文化学社1927年版。

胡云翼：《唐代的战争文学》，商务印书馆1927年版。

1928 年

胡适：《白话文学史》，新月书店1928年版。

胡适：《白居易元稹的文学主张》，《新月》1928年第2期。

胡小石：《中国文学史讲稿》，上海人文出版社 1928 年版。

储皖峰：《陶渊明与储光羲》，《国学月报汇刊》1928 年第 1 期。

傅增湘：《答叶君启勋论朱刻权文公集》，《图书馆学季刊》1928 年第 3 期。

胡适：《跋宋刻本白氏文集复印件》，《浙江图书馆报》1928 年第 2 期。

胡适：《白话诗人王梵志》，《现代评论》1928 年第 156 期。

姜华：《介绍女诗人薛涛》，《真美善》1928 年第 3 期。

孔德：《唐元次山世系表》，《语历所周刊》1928 年第 56 期。

梁敬钊：《李太白之研究》，《清华周刊》1928 年第 7 期。

罗夫：《诗人李白》，《南开双周刊》1928 年第 1 期。

万曼：《诗人李长吉》，《文学周刊》1928 年第 23—25 号。

汪静之：《李杜研究》，商务印书馆 1928 年版。

胡云翼：《浪漫诗人杜牧》，亚细亚书局 1928 年版。

赵万里：《刘随州集》，《北京图书馆月刊》1928 年第 2 期。

徐成富：《用归纳法批评杜甫的诗》，《复旦旬刊》1928 年第 7 期。

闻一多：《杜甫》，《新月》1928 年第 6 期。

胡适：《元稹白居易的文学主张》，《新月》1928 年第 2 期。

余麟：《韩集笺正》，《北京图书馆月刊》1928 年第 1—4 期。

顾彭年：《杜甫诗里的非战思想》，商务印书馆 1928 年版。

傅东华选注：《王维诗》，商务印书馆 1928 年版。

1929 年

胡小石：《张若虚事迹考略》，见艺林社编《文学论集》，上海亚细亚书局 1929 年版。

陈鳣：《唐才子传简端记》，《北平图书馆月刊》1929 年第 1 期。

傅东华：《李白评传》（传见氏著《李白诗》），1929 年。

巩固编：《杜工部年表及杜诗年表》，《文学丛刊》第一集，1929 年。

梁造今：《杜工部甫草堂诗年表》，《文学丛刊》1929 年第 1 期。

孟雄：《辋川诗集窥蠡》，《民风月刊》1929 年第 1 期。

天功：《绝句探源》，《语丝》1929 年第 5 期。

汪炳焜：《大诗人李白的生活》，《学生杂志》1929 年第 11 期。

吴天石：《石壕村》，《学生杂志》1929 年第 11 期。

杨益恒编:《杜工部年表初稿》,《文学丛刊》第一集,1929 年。

叶启勋:《复傅沅叔年伯论权文公集书》,《图书馆季刊》1929 年第 3 期。

俞平伯:《长恨歌及长恨歌传的传疑》,《小说月报》1929 年第 2 期。

顾金莹:《韩愈研究》,《汇学杂志(乙种)》1929 年第 3 期。

吕泰伯:《韩愈研究(续):四韩愈文学之性质》,《汇学杂志(乙种)》1929 年第 4 期。

陈实:《平民化诗人——白居易研究》,《中国学术研究季刊》1929 年第 1 期。

林俪琴:《李义山与王次回》,《紫罗兰》1929 年第 8 期。

王礼锡:《驴背诗人李长吉》,《文学周报》1929 年第 23 期。

谢一苇:《杜甫生活》,世界书局 1929 年版。

许文玉:《唐诗综论》,北京大学出版部 1929 年版。

朱炳煦:《唐代文学概论》,群众图书公司 1929 年版。

何寿慈:《韦庄评传》,《中国文学季刊》1929 年第 1 期。

胡光炜:《张若虚事迹考略》,艺林社《文学论集》,1929 年。

顾实:《中国文学史纲》,上海商务印书馆 1929 年版。

傅东华:《李白诗》,商务印书馆 1929 年版。

1930 年

除子展:《张说一千二百年忌(案:当为祭)》,《现代文学月刊》1930 年第 6 期。

傅增湘:《校宋蜀本元微之文集十卷跋》,《北平图书馆馆刊》1930 年第 7 期。

赖义辉编:《岑参年谱》,《岭南学报》1930 年第 2 期。

李辰冬:《韩柳的文学批评》,《晨星月刊》1930 年第 3 期。

冯承钧:《唐代华化蕃胡考》,《东方杂志》1930 年第 17 期。

徐景贤:《白乐天的妇女生活》,《妇女杂志》1930 年第 3 期。

袁以涵:《陶渊明和酒和李白》,《中央大学半月刊》1930 年第 8、9 期。

张尔田:《论李义山恋爱事迹》,《学衡》1930 年第 74 期。

张萌麟:《评雪林女士李义山恋爱事迹考》,《学衡》1930 年第 74 期。

王祖俦：《虚无主义者的李白》，《中学生》1930 年第 7 期。

为彬：《旧诗新注：白居易中对红叶》，《民众教育半周刊》1930 年第 8 期。

王健民：《白乐天诗中的社会问题》，《大夏期刊》1930 年第 1 期。

胡云翼编：《唐诗选》，中华书局 1930 年版。

闻一多编：《少陵先生年谱会笺》，《文哲季刊》1930 年第 1—4 期。

缪文逵：《储光羲之人生观》，《无锡国专季刊》1930 年第 1 期。

许惠芬：《唐诗“四唐”说考异》，《北大学生》1930 年第 1 期。

李守章：《李白研究》，上海新宇宙书店 1930 年版。

徐嘉瑞：《颓废派之文人李白》，见郑振铎《中国文学研究》，商务印书馆 1930 年版。

朱湘：《王维》，见郑振铎《中国文学研究》，商务印书馆 1930 年版。

王礼锡：《李长吉评传》，神州国光社 1930 年版。

傅东华：《杜甫诗》，商务印书馆 1930 年版。

胡小石：《中国文学史》，人文社股份有限公司 1930 年版。

1931 年

傅增湘：《明本薛涛诗跋》，《清华周刊》1931 年第 6 期。

郝立权：《韦庄秦妇吟笺》，《齐大月刊》1931 年第 3 期。

建猷：《跋明翻刻宋本唐百家诗零本》，《燕京大学图书馆馆报》1931 年第 17 期。

容肇祖：《唐诗人李益的生平》，《岭南学报》1931 年第 1 期。

周荫棠：《韩白论》，《金陵学报》1931 年第 1 期。

振作：《杜甫诗研究》，《摇篮》1931 年第 1 期。

陶愚川：《站在三民主义的立场上论杜甫》，《认识》1931 年第 9 期。

宁墨公：《王摩诘与日人晁监》，《军事杂志》1931 年第 40 期。

石室：《王勃研究之一页》，《汇学杂志（乙种）》1931 年第 8、9 期。

陈石遗撰，丁舜年记：《孟郊诗》，《国专季刊》1931 年 5 月号。

胡怀琛：《中国文学史概要》，商务印书馆 1931 年版。

楚娉：《女冠诗人鱼玄机》，《集美周刊》1931 年第 10 期。

佚名：《杜牧之诗酒扬州梦》，《小说月报》1931 年第 7—12 期。

陆侃如、冯沅君：《中国诗史》，大江书铺 1931 年版。

罗根泽：《乐府文学史》，北平文化学社 1931 年版。

陈冠同编：《中国文学史大纲》，民智书局 1931 年版。

陈钟凡：《中国韵文通论》，中华书局 1931 年版。

欧阳溥存编：《中国文学史纲》，商务印书馆 1931 年版。

胡朴安、胡怀琛：《唐代文学》，商务印书馆 1931 年版。

郑宾于：《中国文学流变史》，北新书局 1931 年版。

陆晶清：《唐代女诗人》，神州国光社 1931 年版。

洪为法：《绝句论》，商务印书馆 1931 年版。

胡怀琛：《中国文学史概要》，商务印书馆 1931 年版。

陈登元：《唐人故事诗》，南京书店 1931 年版。

1932 年

陈登原：《韩愈评》，《金陵学报》1932 年第 2 期。

崔宪家：《浪漫主义的诗人李白》，《国学丛刊》1932 年第 3 期。

傅增湘：《崔颢诗集跋》，《北平图书馆馆刊》1932 年第 2 期。

江寄萍：《白乐天诗》，《大戈壁》1932 年第 4 期。

江寄萍：《李长吉诗》，《大戈壁》1932 年第 2 期。

缪启愉：《李白个性的遗传及其儿童期生活》，《学生文艺丛刊》1932 年第 2 期。

佚名：《唐代大诗人杜甫》，《北辰杂志》1932 年第 9 期。

沈熙笺：《陶潜与王维》，《大同附中期刊》1932 年第 40 期。

胡行之：《中国文学史讲话》，光华书局 1932 年版。

汪炳焜：《李白生活史》，《光华大学半月刊》1932 年第 1—4 期。

冯友兰：《韩愈李翱在中国哲学史中之地位》，《清华周刊》1932 年第 9—10 期。

孙俍工：《唐代的劳动文艺》，亚东图书馆 1932 年版。

郑振铎：《插图本中国文学史》，北平朴社 1932 年版。

赵景深：《中国文学小史》，上海光华书局 1932 年版。

曲滢生编：《韦庄年谱一卷》，北平清华园我辈语丛刊社 1932 年版。

刘麟生：《中国文学史》，世界书局 1932 年版。

胡行之：《中国文学史讲话》，光华书局 1932 年版。

1933 年

层冰：《韩诗札记》，《文学杂志》1933 年第 10 期。

陈寅恪：《读连昌宫词质疑》，《清华学报》1933 年第 2 期。

陈友琴：《白居易诗与唐代宫市》，《青年界》1933 年第 4 期。

郭毓麟：《福建唐代的几个诗人》，《福建文化》1933 年第 7 期。

洪为法编：《李贺之死》，《青年界》1933 年第 1 期。

李嘉言：《王礼锡著李长吉评传》，《图书评论》1933 年第 4 期。

刘真：《元白诗中的唐代社会》，《学风》1933 年第 1、2 期。

摩诃男：《杜诗〈咏怀〉〈北征〉谋篇之研究》，《学风》1933 年第
3 期。

佚名：《唐代诗歌》，《文史学研究所月刊》1933 年第 1 期。

邵祖平：《七言绝句榷论》，《中国文学会集》1933 年第 1 期。

石岩：《薛涛小传》，《国专季刊》1933 年第 5 期。

陶嘉根：《五七言诗体成立考》，《文学丛刊》1933 年第 1 期。

陶愚川：《诗人白居易析论》，《大夏年刊》1933 年第 6 期。

闻一多：《岑嘉州交游事辑》，《清华周刊》1933 年第 8 期。

闻一多编：《岑嘉州系年考证》，《清华学报》1933 年第 2 期。

向荣：《绝句的研究》，《中革月报》1933 年第 3 期。

杨启高：《唐诗影响现代诗之个人诗派与名族诗派》，《新文化》1933
年第 2 期。

张振佩：《李义山评传》，《学风杂志》1933 年第 7—9 期。

朱东润：《司空图诗论综述》，《武汉大学文哲季刊》1933 年第 2 期。

萧鑫钢：《读〈柳宗元送薛存义之任序〉以后》，《邵中学生》1933
年第 7 期。

丁舜年记：《陈桂尊先生讲〈孟郊诗〉》，《无锡国专季刊》1933 年第
1 期。

敏子：《白居易诗中的贪官污吏》，《空军》1933 年第 41 期。

丁全璜：《韩退之谓凡作文字宜署识字解》，《并州学院月刊》1933
年第 2 期。

吴家桢：《韦庄诗词之研究》，《大夏周报》1933 年第 17 期。

致干：《没落贵族的诗人李长吉》，《文学杂志》1933 年 4 月第 1 号。

林建略：《晚唐诗人杜牧之》，《中国语文学丛刊创刊号》，暨南大学编印，1933 年 5 月。

黄泽浦：《"七五五年"在唐诗上之意义》，《沪大周刊》1933 年第 1—5 期。

黄仲琴：《秦妇吟补注》，《文史学研究所月刊》1933 年第 5 期。

张长弓：《中国僧伽之诗生活》，著者书店 1933 年版。

汪剑余：《本国文学史》，新文化书社 1933 年版。

胡云翼：《唐诗研究》，商务印书馆 1933 年版。

朱炳煦：《唐诗概论》，光华书局 1933 年版。

苏雪林：《唐诗概论》，商务印书馆 1933 年版。

刘宇光：《中国文学史表解》，光华书局 1933 年版。

1934 年

胡小石著，吴征铸整理：《唐人七绝诗论》，1934 年金陵大学研究生班讲义。

段臣彦：《介绍一个苦吟的诗人——贾岛》，《盘石杂志》1934 年第 10 期。

冯子华：《大众化的白居易诗》，《光荣大学半月刊》1934 年第 7 期。

耕南：《杜甫诗中的唐代社会》，《珞珈》1934 年第 6 期。

何爵三：《李太白诗中之"芙蓉""青莲"》，《勷勤大学师范学院季刊》1934 年第 1 期。

汪辟疆：《近代诗派与地域》，《文艺丛刊》1934 年第 2 卷第 1 期。

贺昌群：《天宝以前的唐人边塞诗》，《黄钟》1934 年第 6 期。

洪为法：《韩愈的矛盾与委琐》，《青年界》1934 年第 4 期。

李嘉言编：《韩愈系年订误》，《文学季刊》1934 年第 2 期。

佚名：《论陶白诗》，《国民文学》1934 年第 3 期。

少泉：《诗人张九龄》，《辅仁广东同学会半月刊》1934 年第 2 期。

孙望：《宋诗与唐诗》，《青年界》1934 年第 1 期。

温廷敬：《温飞卿诗集书后》，《文史学研究所》1934 年第 1 期。

隙微：《唐代文学之鸟瞰》，《文艺战线》1934 年第 3 期。

夏承焘：《韦端己年谱附温飞卿》，《词学季刊》1934 年第 4 期。

徐震堮：《翰集诠订》，《中央大学文艺丛刊》1934 年第 2 期。

张显丰：《唐代文学的研究》，《北强》1934 年第 6 期。

赵万里：《高常侍诗唐写本》，《北平图书馆季刊》1934 年第 3 期。

邹啸：《温飞卿与鱼玄机》，《青年界》1934 年第 4 期。

沈忱农：《胡云翼之唐诗研究》，《江苏学生》1934 年第 2 期。

王兆元：《李白与杜甫》，《文化月刊》1934 年第 4 期。

世五：《李白研究》，《津汇月刊》1934 年第 7 期。

佚名：《李白与王维》，《青年界》1934 年第 2 期。

佚名：《陈子昂年谱》，《国际译报》1934 年第 1 期。

钱基博：《韩愈文读叙目（续）》，《光华大学半月刊》1934 年第 8 期。

刘英才：《韩愈言"业精于勤荒于嬉"》，《汇学杂志（乙种）》1934
年第 5 期。

佚名：《读韩愈争臣论书后》，《学生文艺丛刊》1934 年第 2 期。

非我：《社会诗人白居易及其诗中之时代背景》，《津汇月刊》1934
年第 2 期。

王启怀：《平民诗人白居易评传》，《学生文艺丛刊》1934 年第 7 期。

千帆：《李义山论（续完）》，《大道旬刊》1934 年第 20 期。

石七子：《李白之十七字诗》，《老实话》1934 年第 39—50 期。

朱肇洛：《温飞卿评传》，《细流》1934 年第 1 期。

邹啸：《温飞卿与柔卿》，《青年界》1934 年第 4 期。

傅东华选注：《白居易诗》，商务印书馆 1934 年版。

梁乙真：《中国文学史话》，元新书局 1934 年版。

田明凡：《中国诗学研究》，英华书店 1934 年版。

程学恂：《韩诗臆说》，商务印书馆 1934 年版。

张振镛：《中国文学史分论》，商务印书馆 1934 年版。

刘贞晦、沈雁冰：《中国文学变迁史》，新文化书社 1934 年版。

龙榆生：《中国韵文史》，商务印书馆 1934 年版。

钟国楼：《杜甫研究》，文华书局 1934 年版。

毕志飏编：《唐诗韵释》，大华书局 1934 年版。

1935 年

陈寅恪：《李太白氏族之疑问》，《清华学报》1935 年第 1 期。

陈寅恪：《李德裕贬死年月及归葬传说考辨》，《史语所集刊》1935

年第 2 期。

白华：《唐人诗歌中所表现的民族精神》，《建国月刊》1935 年第 6 期。

陈寅恪：《元微之遣悲怀诗之原题及其次序》，《清华学报》1935 年第 3 期。

陈柱：《孟东野诗杂说》，《学术世界》1935 年第 9 期。

除友琴：《绝诗浅释》，《青年界》1935 年第 3 期。

佚名：《薛涛诗》，《玲珑》1935 年第 48 期。

何格恩：《新旧唐书张九龄传考证》，《清华周刊》1935 年第 11、12 期。

何格恩：《张九龄之政治生活》，《岭南学报》1935 年第 1 期。

何格恩编：《张九龄年谱附拾遗》，《岭南学报》1935 年第 1、2 期。

冀绍儒：《文起八代之衰的韩愈》，《青年文化》1935 年第 3 期。

李蕴华：《白乐天的妇女文学》，《青年文化》1935 年第 5、6 期。

罗根泽：《唐史学家的文论及史传文的批评》，《学风》1935 年第 4 期。

罗根泽：《晚唐五代的文学》，《文哲月刊》1935 年第 1—3 期。

罗庸编：《陈子昂年谱》，《国学季刊》1935 年第 2 期。

钱畊莘：《唐代七截的体裁及其分类》，《艺风月刊》1935 年第 10 期。

秦桂祥：《白香山诗中关于非战思想及妇女问题之探讨》，《国专月刊》1935 年第 5 期。

孙望编：《元次山年谱》，《金陵大学文学院季刊》1935 年第 1 期。

孙仲周：《边塞诗人岑参》，《青年文化》1935 年第 2 期。

唐文治：《李遐叔吊古战场文研究法》，《学术世界》1935 年第 3 期。

童维藩：《李白的幼年》，《细流》1935 年第 4 期。

王重民：《敦煌本东皋子集残卷跋》，《金陵学报》1935 年第 2 期。

温丹铭：《广东唐代二大文人传》，《文明之路》1935 年第 18 期。

吴烈：《唐代诗歌的嬗变》，《国民文学》1935 年第 4 期。

徐裕昆：《杜樊川评传》，《光华大学半月刊》1935 年第 2 期。

叶鼎彝：《唐代民族诗人——岑参》，《文化与教育》1935 年第 57 期。

翼鹏：《全唐诗所收杜牧许浑二家雷同诗略录》，《北平华北日报图书周刊》1935 年第 11 期。

张全恭编：《唐文人沈亚之生平》，《文学》1935 年第 6 期。

张秀亚：《唐代文学一瞥》，《女师学院季刊》1935 年第 1、2 期。

张长弓：《中国文学史新编》，开明书店 1935 年版。

周庆熙：《白乐天评传》，《河北女师国文学会特刊》1935年第3期。

朱自清编：《李贺年谱》，《清华学报》1935年第4期。

邹恩雨：《元稹与白居易》，《安徽大学文史丛刊》1935年第7期。

赵景深：《中唐诗略说》，《绸缪月刊》1935年第4期。

佚名：《李白杜甫诗中之证例》，《剧学月刊》1935年第4期。

陈友琴：《杜甫不爱巫峡说》，《青年界》1935年第3期。

陈友琴：《杜甫六绝句浅释》，《青年界》1935年第5期。

赵景深：《王维与岑参》，《绸缪》1935年第11期。

吴秋山：《再谈王维的诗（文学常识）》，《绸缪》1935年第11期。

许幸之译：《作为唐代画家的王维》，《书报展望》1935年第5期。

洪为法：《王维之好胜》，《青年界》1935年第1期。

汪立中：《读韩愈张中丞传后叙后》，《一中校刊》1935年第2期。

陈幼嘉：《白居易的生平及其诗》，《大地》1935年第1期。

卢怡灏：《从"白乐天与元微之书"说到现代文学的使命》，《知用学生》1935年第6期。

彭兆良：《白乐天诗中反映的妇女思想》，《玲珑》1935年第35期。

高耀琳：《笺杜工部秦州杂诗二十首》，《文学院季刊》1935年第1期。

陈柱：《孟东野诗杂说》，《学术世界》1935年第9期。

知堂：《谈韩退之与桐城派》，《人间世》1935年第21期。

陈如璧：《李义山诗之研究》，《文明之路》1935年第4期。

汪炳焜：《李太白传》，商务印书馆1935年版。

李嘉言：《唐诗分期问题》，《文哲月刊》1935年第1—3期。

钱基博：《韩愈志叙目》，《青鹤杂志》1935年第5、6期。

容肇祖：《中国文学史大纲》，朴社1935年版。

佚名：《七言绝句通论》，《学术世界》1935年第8、9期。

罗根泽：《唐代文学批评研究初稿》，《学风》1935年第2、3期。

（唐）白居易著，杜芝泉标点，胡协寅校阅：《白香山诗后集》，大达图书供应社1935年版。

洪为法：《律诗论》，商务印书馆1935年版。

傅抱石译：《王摩诘》（梅泽和轩著），上海商务印书馆1935年版。

李春坪编：《少陵新谱一卷》，来董阁书店排印本1935年版。

刘经庵：《中国纯文学史纲》，北平著者书店 1935 年版。

钱基博：《韩愈志》，商务印书馆 1935 年版。

杨启高：《唐代诗学》，正中书局 1935 年版。

佚名：《李白杜甫诗中之证例》，《剧学月刊》1935 年第 4 期。

杨家骆：《唐诗初笺简编》，中国大辞典编辑馆 1935 年版。

（唐）白居易：《白香山诗集》，大国学整理社 1935 年版。

1936 年

朱自清：《再论"曲终人不见，江上数峰清"》，《中学生》1936 年 2 月第 62 号。

陈登原：《白香山诗集叙》，《人文月刊》1936 年第 2 期。

陈国雄：《白居易之研究》，《民钟季刊》1936 年第 2 期。

陈寅恪：《读秦妇吟》，《清华学报》1936 年第 4 期。

储皖峰：《论郑嵎津阳门诗》，《文哲月刊》1936 年第 4 期。

戴傅安：《白发诗人白乐天》，《国专月刊》1936 年第 4 期。

戴傅安：《孟东野诗集版本考》，《国专月刊》1936 年第 5 期。

冯武：《冯简缘评才调集》，《学术世界》1936 年第 2 期。

何格恩：《新旧唐书宋之问传考证》，《民族杂志》1936 年第 5 期。

胡怀琛：《李太白的国籍问题》，《逸经》1936 年第 1 期。

胡怀琛：《李太白通突厥文及其它》，《逸经》1936 年第 11 期。

赵景深：《唐代女诗人薛涛》，《女子月刊》1936 年第 9 期。

鞠清远：《杜甫在夔州的瀼西与东屯庄》，《食货》1936 年第 8 期。

李嘉言：《昌黎先生诗文系年辩证》，《文哲月刊》1936 年第 6 期。

李士翘编：《孟东野年谱》，《漠锋月刊》1936 年第 18、19 期。

卢振华：《李杜卒于水食辨》，《师大月刊》1936 年第 30 期。

罗根泽：《韩愈及其门弟子文学论》，《文艺月刊》1936 年第 4 期。

罗庸：《唐人打令考》，《北京大学四十周年纪念论文集乙编》上卷，1936 年。

朱光潜：《说"曲终人不见，江上数峰青"》，《中学生》1936 年第 60 期。

佩弦：《再论"曲终人不见，江上数峰青"》，《中学生》1936 年第 62 期。

钱大成：《孟郊诗论略》，《国专月刊》1936 年第 5 期。

邵裴子：《唐绝句选》，上海商务印书馆 1936 年版。

沈茂彰：《玉溪生诗管窥》，《中国文学会集刊》1936 年第 3 期。

沈心芜：《文以载道辨》，《燕京大学国文学会文学年报》1936 年第 2 期。

王锡昌：《韩愈评传》，《时代青年》1936 年第 1、2 期。

温廷敬：《李义山万里风波诗解》，《语言文学专刊》1936 年第 1 期。

闻一多：《全唐诗校读法举例》，《文哲月刊》1936 年第 5 期。

吴径熊：《杜甫论》，《中山文化教育馆季刊》1936 年第 3 期。

杨荫深：《王维与孟浩然》，商务印书馆 1936 年版。

幽谷：《李太白，中国人乎？突厥人乎？》，《逸经》1936 年第 17 期。

张尔田：《与吴雨生论陈君寅恪李德裕归葬辩证学》，《学术世界》1936 年第 10 期。

张明仁：《白香山之文学》，《学术世界》1936 年第 2 期。

周阆风：《李贺年谱》（见氏著《诗人李贺》），1936 年。

朱光潜：《中体诗何以走上律的路》，《国学季刊》1936 年第 4 期。

朱光潜：《读李义山的"锦瑟"》，《现代青年》1936 年第 4 期。

朱自清编：《李贺年谱补记》，《清华学报》1936 年第 1 期。

宗颐：《书李文饶到恶溪夜泊芦岛诗后》，《语言文学专刊》1936 年第 2 期。

佚名：《国民诗人杜甫》，《文化与社会》1936 年第 1 期。

佚名：《古文家韩愈之史学》，《史地社会论文摘要》1936 年第 3 期。

罗根泽：《韩愈及其门弟子的文学论》，《文艺月刊》1936 年第 4 期。

方贤齐：《白乐天琐迹杂录》，《黄钟》1936 年第 4 期。

佚名：《玉溪生诗》，《北洋画报》1936 年第 1405 期。

郭虚中：《白居易评传》，成都正中书局 1936 年版。

王立中：《"李太白国籍问题"之商榷》，《学风》1936 年第 7、8 期。

郭伯恭：《歌咏自然之两大诗豪》（陶渊明和王维），商务印书馆 1936 年版。

赵景深：《中国文学史新编》，北新书局 1936 年版。

周阆风：《诗人李贺》，商务印书馆 1936 年版。

徐嘉瑞：《近古（唐宋）文学概论》，北新书局 1936 年版。

俞陛云：《诗境浅说》（唐诗研究），开明书店 1936 年版。

（唐）白居易著，王学正编：《白居易诗选》，经纬书局 1936 年版。

1937 年

董璠：《韩愈与大巅》，《大学年报》1937 年第 3 期。

何格恩：《张九龄年谱补正》，《岭南学报》1937 年第 1 期。

何格恩：《张曲江著述考》，《岭南学报》1937 年第 1 期。

黄江华：《唐代文学概说》，《民钟季刊》1937 年第 1 期。

黄天朋：《李华生卒考》，《中央文史》1937 年第 28、29 期。

江德振编：《罗隐年谱》，商务印书馆 1937 年版。

梁孝瀚：《柳宗元之文艺思潮及其影响》，《协大艺文》1937 年第 5 期。

刘铭恕：《唐代文艺源于印度之点滴》，《文哲月刊》1937 年第 10 期。

刘盼遂：《李义山锦瑟诗定诂》，《文学年报》1937 年第 3 期。

佚名：《唐代两大诗人：李白与杜甫》，《汇学杂志（乙种）》1937 年第 5 期。

王国栋：《律诗的起源》，《文哲月刊》1937 年第 10 期。

郭晋稀：《诗人李长吉的作品和环境及我个人的感想》，《一师半月刊》1937 年第 53 期。

王叔华：《诗人杜牧》，《文艺月刊》1937 年第 2 期。

杨荫深：《高适与岑参》，商务印书馆 1937 年版。

幽谷：《李太白——唐朝大政治家》，《逸经》1937 年第 2 期。

张鹤群：《李义山与女道士恋爱事迹考证》，《回溯》，东吴大学廿五周年纪念刊。

朱偰：《李商隐诗新诠》，《武汉文哲季刊》1937 年第 3、4 期。

朱维之：《李白怎样佩服谢家的英雄和诗人》，《天籁》1937 年第 1 期。

卢小厂：《李太白》，《实报半月刊》1937 年第 12 期。

张尔田：《与李沧萍及门书论李义山万里风波诗》，《史学年报》1937 年第 4 期。

陈廖士：《从全唐诗说到天一阁秘籍》，《逸经》1937 年第 30 期。

梁孝瀚：《韩门奇绝派皇甫湜文学之评价》，《协大艺文》1937 年第 6 期。

严叔夏：《纪批李义山诗之商榷》，《协大艺文》1937 年第 7、9 期。

黄眉玉：《李白与杜甫》，《南昌女中》1937 年第 5、6 期。

程会昌：《杜诗伪书考》，1937 年。

1938 年

何蟠飞：《李义山诗的作风》，《文学年报》1938 年第 4 卷。

吴兴华：《唐诗别裁书后》，《文学年报》1938 年第 4 期。

1939 年

陈寅恪：《刘复愚遗文中年月及其不祀祖问题》，《中央研究院历史语言所集刊》1939 年第 8 本。

王立中：《文中子真伪汇考》，《图书季刊》1939 年第 1 期。

王重民：《故陈子昂集》，《图书季刊新》1939 年第 1 期。

王重民：《李峤杂咏注》，《图书季刊新》1939 年第 1 期。

童书业：《王摩诘的诗》，《知识与趣味》1939 年第 5 期。

汪莹楠：《唐代的歌诗》，西南联大学生毕业论文，1939 年。

傅懋勉：《唐代文体研究》，西南联大学生毕业论文，1939 年。

1940 年

管本篯：《论王摩诘底自然诗》，《宇宙风》1940 年第 99 期。

忱之编：《唐孟郊年谱》，北京大学图书馆编排印本 1940 年版。

梁绳律：《唐代日本客卿晁衡事述》，《中和月刊》1940 年第 1 期。

石荀：《唐代妇女文学之发展》，《新东方杂志》1940 年第 7 期。

孙百急：《韩愈的籍贯问题》，《中国文艺》1940 年第 4 期。

王碧：《诗人轶事——李太白》，《中国文艺》1940 年第 6 期。

余嘉锡：《驳萧敬孚记皇甫持正集旧抄本》，《图书季刊》1940 年第 2 期。

金戈：《杜甫反战诗歌的研讨》，《民意》1940 年第 2 期。

王俊：《反战主和的诗圣杜甫》，《中央导报》1940 年第 13 期。

吴径熊：《唐诗四季》，徐诚斌译，《宇宙风》1940 年 3 月起连载。

易君左：《杜甫今论》，重庆独立出版社 1940 年版。

1941 年

何格恩：《张曲江诗人事迹编年考》，《广东文物》1941 年第 1 期。

罗庸：《读杜举隅》，《国文月刊》1941 年第 9 期。

李嘉言：《唐诗分期与李贺》，《当代评论》1941 年第 14 期。

李嘉言编：《贾岛年谱》，《清华学报》1941 年第 2 期。

吴庠：《唐人打令考补义》，《之江中国文学会集刊》1941 年第 6 期。

冒广生：《金荃集校记》，《同声月刊》1941 年第 12 期。

缪钺编：《杜牧之年谱》，《浙大文学院集刊》1941 年第 1、2 集。

王隐村：《略评卫道文人韩愈》，《中国文艺》1941 年第 3 期。

薇园：《香荃集无题诗》，《国学丛刊》1941 年第 2 期。

玄修：《说杜》，《同声月刊》1941 年第 7—9、11 期。

田劲：《杜甫与湘水》，《大风半月刊》1941 年第 102 期。

庄畏仲：《学海：杜工部之死》，《民生医药》1941 年第 58 期。

许惕生：《元稹悼亡诗研究》，《中日文化》1941 年第 5 期。

谢若田：《苦吟诗人贾岛及其诗》，《文学月刊》1941 年第 1 期。

李尔康：《白居易诗之研究》，《协大艺文》1941 年第 13 期。

朱偰：《李白古风之研究》，《国风月刊》1941 年第 6 期。

何一鸿：《唐女冠诗人鱼玄机评传》，《新东方》1941 年第 5 期。

刘大杰：《中国文学发展史》，中华书局 1941 年版。

朱偰：《杜少陵评传》，青年书店排印本 1941 年版。

郑临川：《孟襄阳诗系年》，西南联大学生毕业论文，1941 年。

1942 年

陈叔渠：《唐代两大诗人杜甫、白居易的正义感及其他》，《今文月刊》1942 年第 3 期。

佚名：《薛涛像碑志》，《妇女新运》1942 年第 6 期。

李国梁：《白居易和他的讽喻诗》，《新认识》1942 年第 1 期。

罗根泽：《王昌龄诗格考证》，《文史杂志》1942 年第 2 期。

罗振玉：《杜诗授读序》，《同声月刊》1942 年第 6 期。

申乃绪：《读元稹遣悲怀一首》，《国文杂志》1942 年第 1 期。

徐震堮：《韩昌黎南山诗评释》，《文哲季刊》1942 年第 2 期。

徐仲年：《评朱偰〈杜少陵评传〉》，《文化先锋》1942 年第 1 期。

玄修：《说韩》，《同声月刊》1942 年第 2 期。

玄修：《说韩偓》，《同声月刊》1942 年第 5 期。

玄修：《说李商隐》，《同声月刊》1942 年第 5 期。

玄修：《说元白》，《同声月刊》1942 年第 4 期。

玄修：《说孟》，《同声月刊》1942 年第 3 期。

玄修：《说王孟韦柳》，《同声月刊》1942 年第 1 期。

玄修：《唐诗概说（说杜、说李）》，《同声月刊》1942 年第 7—9、11 期。

玄修：《题洪迈万首唐人绝句诗》，《同声月刊》1942 年第 12 期。

玄修：《题唐百家诗选》，《同声月刊》1942 年第 6 期。

叶绍钧：《略谈韩愈答李翊书》，《国文杂志》1942 年第 1 期。

张尔田：《玉溪生诗评》，《同声月刊》1942 年第 11 期。

张尔田：《玉溪生诗题记》，《同声月刊》1942 年第 7 期。

振雄：《评李白"清平调"》，《中国公论》1942 年第 1 期。

詹锳：《李白蜀道难本事说》，《学思》1942 年第 8 期。

白峰：《关于孟浩然踏雪寻梅（随笔）》，《公教学生》1942 年第 3 期。

李岳南：《唐代伟大的民间诗人——白居易》，《半月文艺》1942 年第 9 期。

南冠：《关于李义山》，《古今》1942 年第 8 期。

邬沅君：《韦庄之姬》，《乐观》1942 年第 12 期。

申乃绪：《读元稹〈遣悲怀〉一首》，《国文杂志》1942 年第 1 号。

1943 年

黄仲琴：《秦妇吟补注》，《中山大学文史学研究所月刊》1943 年第 5 期。

梁绳祎：《唐赠潞州大都督晁衡传》，《国学丛刊》1943 年第 12 期。

缪钺：《论李义山诗》，《思想与时代》1943 年第 25 期。

薇园：《稻花香馆杂记（九）——韦苏州应物年谱稿》，《国学丛刊》1943 年第 12 期。

萧月高：《初唐诗歌流变论》，《中国学报》1943 年第 1 期。

玄修：《题张为主客图》，《同声月刊》1943 年第 12 期。

易忠苏：《唐诗选述旨》，《西北学术》1943 年第 2 期。

詹锳：《李太白集板本叙录》，《浙江大学文学院集刊》1943 年 8 月第 3 集。

詹锳：《李白家世考异》，《国文月刊》1943 年第 24 期。

张尔田：《玉溪生诗评》，《同声月刊》1943 年第 1、2 期。

沤盦：《谈李白》，《杂志》1943 年第 3 期。

王亚平：《杜甫与李白》，《文学修养》1943 年第 2 期。

詹锳：《李白之生平及其诗》，《思想与时代》1943 年第 24 期。

黄芝冈：《论杜甫诗的儒家精神》，《学术杂志》1943 年第 1 期。

朱偰：《杜甫母系先世出于唐太宗考》，《文风杂志》1943 年第 1 期。

齐公远：《白居易的妇女观》，《甘肃妇女》1943 年第 2 期。

郑秉珊：《李太白》，《风雨谈》1943 年第 6 期。

李长之译：《李太白故里的巡礼》，《时与潮副刊》1943 年第 4 期。

红树：《谈孟东野》，《津津月刊》1943 年第 4 期。

谭正璧：《李义山诗的钥匙——锦瑟诗》，《万岁》1943 年第 1 期。

黄右昌：《题薛涛集》，《东方文化》1943 年第 2 期。

唐钺：《李白模仿前人》，《东方杂志》1943 年第 1 期。

李之淦：《论李太白诗》，《中日文化》1943 年第 11、12 期。

刘开荣：《唐人诗中所见当时妇女生活》，商务印书馆 1943 年版。

邵祖平：《七绝诗话》，中国文化服务社 1943 年版。

傅庚生：《中国文学欣赏举隅》，开明书店 1943 年版。

1944 年

陈寅恪：《白乐天之先祖及后嗣》，《岭南学报》1944 年第 9 卷第 2 期。

陈寅恪：《论元白诗之分类》，《岭南学报》1944 年第 10 卷第 1 期。

陈寅恪：《论元和体诗》，《岭南学报》1944 年第 10 卷第 1 期。

陈寅恪：《白乐天与刘梦得之诗》，《岭南学报》1944 年第 10 卷第 1 期。

陈寅恪：《白香山琵琶吟笺证》，《岭南学报》1944 年第 12 卷第 2 期。

陈寅恪：《元微之古体乐府笺证》，《岭南学报》1944 年第 12 卷第 2 期。

杜呈祥：《杜甫的才与艺》，《华声半月刊》1944 年第 5、6 期。

杜呈祥：《关于杜甫在蜀流寓一文商榷（一）（二）（三）》，《读书通讯》1944 年第 96—98 期。

贺昌群：《记杜少陵浪迹四川》，《说文》1944 年第 4 期。

翦伯赞：《杜甫研究》，《群众》1944 年第 9 期。

孔德：《元次山评传及年谱》，《说文月刊》1944 年第 3 卷。

李嘉言：《全唐诗辩证》，《国文月刊》1944 年第 19 期。

缪钺：《唐代文人小记》，《真理杂志》1944 年第 2 期。

墨僧：《杜工部的社会思想》，《文友》1944 年第 6 期。

朱希祖：《全唐诗之来源及遗佚考》，《文史杂志》1944 年第 9 期。

张世禄：《杜甫诗的韵系》，《国立中央大学文史哲季刊》1944 年第 1 期。

萧剑青：《杜甫非战思想的再检》，《众论》1944 年第 3 期。

萧月高：《补唐书韦应物传》，《中国文学》1944 年第 1 期。

郑临川：《诗人陈子昂》，《文艺先锋》1944 年第 5 期。

成惕轩：《白乐天及其新乐府》，《文艺先锋》1944 年第 5 期。

陈友琴：《杜工部及其草堂》，《新中华》1944 年第 7 期。

墨僧：《漂泊的杜工部》，《文友》1944 年第 2 期。

邵祖平：《杜甫诗法十讲》，《文史杂志》1944 年第 11、12 期。

李嘉言：《李贺与晚唐》，《现代西北》1944 年第 3 期。

詹锳：《唐人书中所见之李白诗》（据作者《李白诗论丛·序》考订，此篇作于 1940—1945 年）。

詹锳：《李诗辨伪》，《东方杂志》1945 年 1 月第 41 卷第 2 期。

陈子展：《唐代文学史》，作家书屋 1944 年版。

王亚平：《杜甫论》，商务印书馆 1944 年版。

1945 年

程会昌：《少陵先生文心论》，《文史杂志》1945 年第 1、2 期。

杜呈祥：《从杜诗中窥见盛唐政治作风》，《史学杂志》1945 年第 1 期。

龚书炽：《韩愈及其古文运动》，商务印书馆 1945 年版。

郭祝崧：《望江楼与薛涛》，《旅行杂志》1945 年第 2 期。

李长之：《韩愈》，胜利出版社 1945 年版。

王亚平：《杜甫论》，《图书季刊新》1945 年第 1、2 期。

杨荣国：《大众诗人白居易》，《中山文化季刊》1945 年第 2 期。

柴聘陆：《李白与夜郎》，《旅行杂志》1945 年第 6 期。

毛觉吾：《非战诗人：杜甫》，《正义》1945 年第 1 期。

杜呈祥：《杜甫的爱国思想》，《三民主义半月刊》1945 年第 2 期。

杜呈祥：《大诗人杜甫的青年生活》，《中国青年》1945 年第 3 期。

赵毓英：《韩愈乡里辩略》，《国文月刊》1945 年第 40 期。

默默：《李商隐的故事（注）》，《上海妇女》1945 年第 1 期。

傅佛崖：《李义山事略考（人物传述）》，《文英杂志》1945 年第 1 期。

罗根泽编：《晚唐五代文学批评史》，《北平图书馆图书季刊》1945 年第 3、4 期。

龚书焙：《韩愈及其古文运动》，《图书季刊》1945 年第 3、4 期。

黄右昌：《题薛涛集》，《东方文化》1945 年第 5、6 期。

宋云彬编著：《中国文学史简编》，文化供应社 1945 年版。

1946 年

岑仲勉：《陈子昂及其文集之事迹》，《辅仁学志》1946 年第 12 期。

岑仲勉：《陈子昂世系》（见《陈子昂及其文集之事迹》），《辅仁学志》1946 年第 12 期。

承名世：《王孟的优劣》，《文史杂志》1946 年第 1 期。

程会昌：《韩诗〈李花赠张十一署〉发微》，《国文月刊》1946 年第 50 期。

杜呈样：《杜甫的贫病生活》，《文史杂志》1946 年第 1 期。

朱延丰：《岭南第一诗人张曲江研究》，《东方杂志》1946 年第 1 期。

李嘉言：《长江集考辨》，《西北师范学院学术季刊》1946 年第 2 期。

刘甲华：《河岳诗人孟浩然》，《文史杂志》1946 年第 1 期。

吴奔星：《民主诗人白居易》，《东方杂志》1946 年第 5 期。

公盾：《白居易的思想与艺术》，《中苏文化》1946 年年终号。

郭祝崧：《杜工部浣花草堂生活》，《旅行杂志》1946 年第 2 期。

卒光璧：《整理孟浩然传记之中心问题》，《新思潮月刊》1946 年第 1 期。

佚名：《闲十话人——杜甫》，《辽宁邮工》1946 年第 4 期。

孙楷第：《唐宗室与李白》，《经世日报·读书周刊》1946 年 10 月 30 日。

王维明：《矫纵的天马——李白》，《学生杂志》1946 年第 11、12 期。

施子愉：《唐代科举制度及其对于文学之影响》，清华大学毕业论文，1946 年。

1947 年

周云青：《秦妇吟笺注》（疑为专著，出版时间待考，见刘修业《秦妇吟校勘续记》，《学原》1947 年第 7 期）。

岑仲勉：《唐集质疑》，《"中央研究院"历史语言研究所集刊》1947 年第 9 本。

岑仲勉：《读全唐诗札记》，《"中央研究院"历史语言研究所集刊》1947 年第 9 本。

岑仲勉：《白集醉吟先生墓志铭存疑》，《"中央研究院"历史语言研究所集刊》1947 年第 9 本。

岑仲勉：《论白氏长庆集源流并评东洋本白集》，《"中央研究院"历史语言研究所集刊》1947 年第 9 本。

岑仲勉：《刘禹锡酬和白诗表解》（见氏著《论白氏长庆集源流并评东洋本白集》），《"中央研究院"历史语言研究所集刊》1947 年第 9 本。

岑仲勉：《补〈白集源流〉事证数则》，《"中央研究院"历史语言研究所集刊》1947 年第 12 本。

岑仲勉：《〈白氏长庆集〉伪文》，《"中央研究院"历史语言研究所集刊》1947 年第 9 本。

岑仲勉：《从〈文苑英华〉中书、翰林制诏两门所收白氏文论〈白集〉》，《"中央研究院"历史语言研究所集刊》1947 年第 12 本。

岑仲勉：《从〈金泽图录〉〈白集〉影页中所见》，《"中央研究院"历史语言研究所集刊》1947 年第 12 本。

岑仲勉：《〈文苑英华辩证〉校白氏诗文附按》，《"中央研究院"历史语言研究所集刊》1947 年第 12 本。

陈寅恪：《长恨歌笺证》，《清华学报》1947 年第 1 期。

程会昌：《王摩诘送綦毋潜落第诗跋》，《国文月刊》1947 年第 60 期。

陈寅恪撰，程会昌译：《韩愈与唐代小说》，《国文月刊》1947 年第 57 期。

凡石：《冠冕初唐的王杨卢骆四杰：文坛嚼古录之十》，《上海文化》1947 年第 12 期。

詹锳：《李白乐府探源》（据作者《李白诗论丛·序》考订，此篇作于 1947 年）。

冯至：《杜甫在长安》，《文学杂志》1947 年第 1 期。

顾学颉：《新旧唐书温庭筠传订补》，《国文月刊》1947 年第 62 期。

顾学颉：《温庭筠〈感旧陈情五十韵献淮南李仆射诗〉旧注辨误》，《国文月刊》1947 年第 57 期。

胡适：《"时世"》，《大公报·文史周刊》1947 年第 12 期。

李广田：《杜甫的创作态度》，《国文月刊》1947 年第 51 期。

刘修业：《秦妇吟校勘续记》，《学原》1947 年第 7 期。

天华：《杜甫的诗与生活》，《台湾文化》1947 年第 5 期。

马宁：《论盛唐时代杜甫的思想及其作品之概略》，《三一校刊》1947 年第 2 期。

冯至：《安史之乱中的杜甫》，《文学杂志》1947 年第 12 期。

佚名：《王维出塞》，《曙光》1947 年第 3 期。

天华：《白居易的讽谕诗》，《台湾文化》1947 年第 7 期。

福田：《王摩诘的诗画》，《正气月刊》1947 年第 2 期。

黄芝冈：《论杜荀鹤》，《论语半月刊》1947 年第 120、121 期。

顾震白：《李太白（续）》，《公用月刊》1947 年第 20、21 期。

朱自清：《论"以文为诗"》，《大华日报·学文周刊》1947 年 6 月 5 日。

梁实秋：《杜审言与杜甫（作家研究）》，《文潮月刊》1947 年第 1—6 期。

枋君：《曲终人不见》，《幸福》1947 年第 8 期。

任铭善：《唐学》，《国文月刊》1947 年第 54 期。

苏雪林：《玉溪诗迷意》，《图书季刊新》1947 年第 3、4 期。

万曼：《韦应物传》，《国文月刊》1947 年第 60、61 期。

夏承焘：《读长恨歌》，《国文月刊》1947 年第 78 期。

萧望卿：《李白的思想和艺术观》，《文学杂志》1947 年第 2 期。

俞元桂：《岑参与高适的作风比较》，《协大艺文》1947 年第 20 期。

俞元桂：《僧皎然诗式书评》，《协大艺文》1947 年第 20 期。

张须：《魏晋隋唐文论》，《国文月刊》1947 年第 53 期。

张政烺：《讲史与咏史持》，《"中央研究院"历史语言研究所集刊》1947 年第 10 本。

林庚：《中国文学史》，厦门大学出版社 1947 年版。

罗根泽：《隋唐文学批评史》，商务印书馆 1947 年版。

施慎之：《中国文学史讲话》，世界书局 1947 年版。

陈寅恪：《元白诗笺证稿》，1947 年春成书（据蒋天枢先生《陈寅恪先生编年事辑》相关记载考订）。

陈子展：《唐宋文学史》，作家书屋 1947 年版。

1948 年

岑仲勉编：《玉溪生年谱会笺平质》，《"中央研究院"历史语言研究所集刊》1948 年第 9 本。

岑仲勉编：《贾岛诗注与贾岛年谱》，《学原》1948 年第 8 期。

岑仲勉：《岑仲勉之答辩（李嘉言）》，《学原》1948 年第 1 期。

闻一多：《唐诗大系》，上海开明书店 1948 年版。

凤帆：《柳宗元与广西文化》，《新生路月刊》1948 年第 6 期。

梁国冠：《岭南诗人张曲江评传》，《读书通讯》1948 年第 161 期。

纪庸：《唐诗之"因""革"》，《国文月刊》1948 年第 73 期。

李嘉言：《为贾岛事答岑仲勉先生》，《学原》1948 年第 1 期。

郑锦先：《复古诗人李白》，《新学生》1948 年第 4 期。

沈祖棻：《唐人七绝诗浅释》，《国文月刊》1948 年第 73 期。

赵景深：《女诗人薛涛》，《妇女月刊》1948 年第 6 期。

王忠：《论唐诗三百首的选诗标准》，《国文月刊》1948 年第 73 期。

萧望卿：《李白的宇宙意义及人生观》，《京沪周刊》1948 年第 6 期。

周一良：《评秦妇吟本事》，《清华学报》1948 年第 1 期。

公盾：《李白研究》，《人物杂志》1948 年第 1 期。

孙次舟:《关于杜甫》,《国文月刊》1948 年第 67 期。

佚名:《杜甫与李白的友谊》,《文艺工作》1948 年第 1 期。

冯至:《杜甫的童年》,《文学杂志》1948 年第 3 期。

冯至:《杜甫在梓州阆州》,《文学杂志》1948 年第 6 期。

孔德:《唐元结年谱》,《"国立"中山大学文史集刊》1948 年第 1 期。

许寿裳:《王通和韩愈》,《台湾文化》1948 年第 1 期。

公盾:《白居易研究》,《人物杂志》1948 年第 10 期。

佚名:《白居易渭村退居》,《"中央研究院"历史语言研究所集刊》1948 年。

公盾:《张籍及其乐府诗》,《人物杂志》1948 年第 7 期。

佚名:《元稹奉和浙西大夫述梦》,《"中央研究院"历史语言研究所集刊》1948 年。

陈与稳、曙园:《朱庆余闺意诗论》,《粤汉半月刊》1948 年第 7 期。

谭正璧:《中国文学史》,光明书局 1948 年版。

胡云翼选辑:《李白诗选》,上海教育书店 1948 年版。

公盾:《被遗忘的晚唐诗人聂夷中》,《人物杂志》1948 年第 3、4 期。

李嘉言:《为贾岛事答岑仲勉先生》,《学原》1948 年第 1 期。

郑锦先:《复古诗人李白》,《新学生》1948 年第 4 期。

闻一多:《唐诗杂论》,开明书店 1948 年版。

徐嘉瑞:《秦妇吟本事》,华中大学 1948 年版。

戚惟翰:《李白研究》,中华书局 1948 年版。

柳无忌编注,柳亚子鉴定:《全唐诗精华》,正风出版社 1948 年版。

徐振垲编:《唐诗选》,华夏图书出版公司 1948 年版。

1949 年

岑仲勉:《张曲江集十刻之表解》,《广东文物特辑》1949 年第 3 期。

方管(舒芜):《王维散论》,《新中华》1949 年第 3 期。

傅庚生:《〈诗品〉探索》,《国文月刊》1949 年第 82 期。

傅庚生:《评李杜诗》,《国文月刊》1949 年第 75 期。

傅庚生：《评李杜诗（续）》，《国文月刊》1949 年第 76 期。

纪庸：《论唐诗中的助词"可"字》，《国文月刊》1949 年第 76 期。

黄永年：《汉皇与明皇》，《东南日报》1949 年 4 月 8 日。

翦伯赞：《李白研究》，开明书店 1949 年版。

参考文献

一 著作

《国学大师丛书》编委会主编:《国学大师丛书》,百花洲文艺出版社
    1992年版。

《民国丛书》,上海书店1989年版。

蔡瑜:《唐诗学探索》,台北里仁书局1997年版。

陈伯海:《唐诗学引论》,北京东方出版中心2007年版。

陈伯海主编:《历代唐诗论评选》,河北大学出版社2003年版。

陈伯海:《唐诗汇评》,浙江教育出版社1995年版。

陈伯海主编:《唐诗学史稿》,河北人民出版社2004年版。

陈凝:《闻一多传》,民亨出版社1948年版。

陈平原:《学术史研究随想》,《学人》第一辑,江苏文艺出版社1991
    年版。

陈平原:《中国现代学术之建立:以章太炎、胡适之为中心》,北京大学
    出版社2010年版。

陈三立:《散原精舍文集》,中华书局1949年版。

陈寅恪:《寒柳堂集》,上海古籍出版社1980年版。

陈寅恪:《金明馆丛稿初编》,生活·读书·新知三联书店2001年版。

陈寅恪:《金明馆丛稿二编》,生活·读书·新知三联书店2001年版。

陈寅恪:《柳如是别传》,上海古籍出版社1980年版。

陈寅恪:《唐代政治史述论稿》,商务印书馆1947年版。

陈寅恪:《元白诗笺证稿》,生活·读书·新知三联书店2001年版。

陈友冰主编,吴微著:《新时期中国古典文学研究述论》,商务印书馆
    2006年版。

陈钟凡:《中国韵文通论》,中华书局 1931 年版。

丁福保:《历代诗话续编》,中华书局 1983 年版。

董诰等编:《全唐文》,中华书局 1983 年版。

董乃斌:《近世名家与古典文学研究》,上海大学出版社 2005 年版。

费振刚、韩兆琦主编,檀作文、唐建、孙华娟著:《中国古代诗歌研究论辩》,百花洲文艺出版社 2006 年版。

傅明善:《宋代唐诗学》,研究出版社 2001 年版。

傅斯年:《中国古代文学史讲义》,北京大学出版社 2009 年版。

傅璇琮、蒋寅总主编:《中国古代文学通论·隋唐五代卷》,辽宁人民文学出版社 2005 年版。

傅璇琮、罗联添主编:《唐代文学研究论著集成》,三秦出版社 2004 年版。

高棅:《唐诗品汇》,上海古籍出版社 1988 年版。

高步瀛:《唐宋诗举要》,上海古籍出版社 1978 年版。

高林广:《唐代诗学论稿》,内蒙古人民出版社 2002 年版。

葛立方:《韵语阳秋》,中华书局 1985 年版。

葛晓音:《先秦汉魏六朝诗歌体式研究》,北京大学出版社 2012 年版。

郭绍虞编选,富寿荪校点:《清诗话续编》,上海古籍出版社 1983 年版。

郭扬:《唐诗学引论》,广西人民出版社 1989 年版。

郭英德、谢思炜、尚学锋、于翠玲:《中国古典文学研究史》,中华书局 1995 年版。

何文焕辑:《历代诗话》,中华书局 1981 年版。

贺凯:《中国文学史纲要》,北平文化学社 1931 年版。

贺麟:《文化与人生》,商务印书馆 1988 年版。

胡怀琛:《中国诗论》,世界书局 1934 年版。

胡适:《白话文学史》,新月书店 1928 年版。

胡适:《国语文学史》,北京文化学社 1927 年版。

胡适:《胡适古典文学研究论集》,上海古籍出版社 1988 年版。

胡适:《胡适留学日记》,安徽教育出版社 2006 年版。

胡适:《胡适日记全编》第 1 卷,安徽教育出版社 2002 年版。

胡适:《胡适文存二集》,亚东图书馆 1924 年版。

胡适:《胡适文存三集》,亚东图书馆 1930 年版。

胡守为编：《纪念陈寅恪教授国际学术研讨会论文集》，中山大学出版社 1988 年版。

胡应麟著，王国安校补：《诗薮》，上海古籍出版社 1979 年版。

胡云翼：《胡云翼说诗》，华东师范大学出版社 2004 年版。

胡云翼：《中国文学史》，北新书局 1941 年版。

胡仔纂，廖德明点校：《苕溪渔隐丛话》，人民文学出版社 1962 年版。

黄炳辉：《唐诗学史述稿》，鹭江出版社 1996 年版。

黄霖主编，黄霖、许建平等：《20 世纪中国古代文学研究史》，东方出版中心 2006 年版。

蒋述卓、刘绍瑾、程国赋、魏中林等：《二十世纪中国古代文论学术研究史》，北京大学出版社 2005 年版。

蒋寅：《清代诗学史》，中国社会科学出版社 2012 年版。

李浩：《唐代关中士族与文学》，中国社会科学出版社 2007 年版。

李浩：《唐代三大地域文学士族研究》，中华书局 2008 年版。

李浩：《唐诗美学》，复旦大学出版社 2009 年版。

李浩主编：《中国古代文学研究方法导论》，高等教育出版社 2011 年版。

李商隐著，（清）冯浩注，王步高、刘林辑校汇评：《李商隐全集》，珠海出版社 2002 年版。

梁启超：《近代学术概论》，上海古籍出版社 1998 年版。

梁启超：《梁启超文选》，中国广播电视出版社 1992 年版。

梁启超：《论中国学术思想变迁之大势》，上海古籍出版社 2001 年版。

梁乙真：《中国文学史话》，上海元新书局 1934 年版。

梁宗岱著，卫建民校注：《诗与真和诗与真二集》，中央编译出版社 2006 年版（商务印书馆 1934 年初版）。

林庚：《中国文学史》，大道印务公司 1947 年版（出版地阙疑）。

林之棠：《中国文学史》，华盛书局 1934 年版。

刘大杰：《中国文学发展史》，中华书局 1941 年版。

刘麟生：《中国文学泛论》，世界书局 1934 年版。

刘麟生：《中国文学史》，世界书局 1933 年版。

刘梦溪主编，吴方编校：《中国现代学术经典》，河北教育出版社 1996 年版。

刘熙载：《艺概》，上海古籍出版社 1978 年版。

刘昫：《旧唐书》，中华书局 1975 年版。

刘学锴：《李商隐诗歌接受史》，安徽大学出版社 2004 年版。

刘宇光：《中国文学史表解》，光华书局 1933 年版。

柳村任：《中国文学史发凡》，文怡书局 1935 年版。

龙榆生撰，钱鸿瑛导读：《中国韵文史》，上海古籍出版社 2002 年版。

鲁迅：《鲁迅全集》，人民文学出版社 1981 年版。

鲁訔撰，蔡梦弼会笺：《杜工部草堂诗笺》，中华书局 1985 年版。

罗根泽：《乐府文学史》，文化学社 1932 年版。

罗联添编，王国良补编：《唐代文学论著集目》，台湾学生书局 1984
　年版。

梅新林、曾礼军、慈波等：《当代中国古代文学研究（1949—2009）》，中
　国社会科学出版社 2013 年版。

缪钺著，缪元朗编：《古典文学论丛》，浙江大学出版社 2009 年版。

欧阳修、宋祁撰：《新唐书》，中华书局 1975 年版。

钱穆：《现代中国学术论衡》，生活·读书·新知三联书店 2005 年版。

钱志熙：《黄庭坚诗学体系研究》，北京大学出版社 2003 年版。

钱锺书：《谈艺录》，生活·读书·新知三联书店 2008 年版。

乔惟德、尚永亮：《唐代诗学》，湖南人民出版社 2000 年版。

秦观撰，徐培均笺注：《淮海集笺注》，上海古籍出版社 2000 年版。

沈德潜编，李克和等点校：《清诗别裁集》，岳麓书社 1998 年版。

沈曾植撰，钱仲联辑：《海日楼札丛》，中华书局上海编辑所 1962 年版。

沈祖棻：《古典诗歌论丛》，上海文艺联合出版社 1954 年版。

沈祖棻：《古典诗歌研究论丛》，上海文艺联合出版社 1954 年版。

宋育仁：《问琴阁文集》，光绪年间刻本。

苏轼撰，孔凡礼点校：《苏轼文集》，中华书局 1986 年版。

孙春青：《明代唐诗学》，上海古籍出版社 2006 年版。

谭正璧：《中国女性的文学生活》，光明书局 1931 年版。

谭正璧：《中国文学进化史》，光明书局 1930 年版。

谭正璧：《中国文学史》，光明书局 1948 年版。

汪辟疆：《汪辟疆诗学论集》，南京大学出版社 2011 年版。

王夫之等撰：《清诗话》，上海古籍出版社 1999 年版。

王国维：《观堂集林》，河北教育出版社 2001 年版。

王国维:《宋元戏曲史》,上海古籍出版社 1998 年版。

王国维:《王国维遗书》,上海古籍书店 1983 年版。

王国维撰,彭玉平疏:《人间词话疏证》,中华书局 2006 年版。

王瑶主编:《中国文学研究现代化进程》,北京大学出版社 1998 年版。

王友胜、李鸿渊等:《民国间古代文学研究名著导读》,岳麓书社 2009
    年版。

王元化主编:《学术集林》第 3 卷所刊《沈曾植未刊遗文》,上海远东出
    版社 1995 年版。

王子光、王康主编:《闻一多纪念文集》,生活·读书·新知三联书店 1980
    年版。

闻一多:《闻一多全集》,生活·读书·新知三联书店 1982 年版。

吴文治:《宋诗话全编》,江苏古籍出版社 1998 年版。

谢无量:《中国大文学史》,中华书局 1923 年版。

谢无量:《中国妇女文学史》,中华书局 1928 年版。

徐英:《诗法通微》,正中书局 1943 年版。

严羽撰,郭绍虞校释:《沧浪诗话校释》,人民出版社 1983 年版。

阎琦:《识小集》,陕西出版集团、三秦出版社 2011 年版。

叶燮:《己畦文集》,清初梦篆楼刊本。

詹福瑞:《不求甚解——读民国古代文学研究研究十八篇》,中华书局
    2008 年版。

张伯伟:《中国古代文学批评方法研究》,中华书局 2002 年版。

张采田:《玉溪生年谱会笺》,上海古籍出版社 1983 年版。

张长弓:《中国僧伽之诗生活》,著者书店 1933 年版。

张长弓:《中国文学史新编》,开明书店 1948 年版。

张春田、张耀宗编:《另一种学术史:二十世纪学术薪传》,南京大学出
    版社 2012 年版。

张红:《元代唐诗学研究》,岳麓书社 2006 年版。

张世禄:《中国文艺变迁史》,商务印书馆 1933 年版。

张廷玉等撰:《明史》,中华书局 1974 年版。

张燕瑾、赵敏俐主编,吴相洲选编:《20 世纪中国文学研究论文选·隋唐
    五代卷》,社会科学文献出版社 2010 年版。

张寅彭主编:《民国诗话丛编》(共六册),上海书店 2002 年版。

章太炎：《章太炎全集》，上海人民出版社 1985 年版。

章太炎著，陈平原导读：《国故论衡》，上海古籍出版社 2003 年版。

章学诚：《章氏遗书》，北京文物出版社 1985 年版。

赵景深：《中国文学小史》，光华书局 1930 年版。

赵敏俐、杨树增：《20 世纪中国古典文学研究史》，陕西人民教育出版社
　　1997 年版。

赵敏俐、吴思敬主编，吴相洲著：《中国诗歌通史·唐五代卷》，人民文
　　学出版社 2012 年版。

郑宾于：《中国文学流变史》，上海北新书局 1930 年版。

郑临川：《闻一多论古典文学》，重庆出版社 1984 年版。

郑振铎：《中国俗文学史》，商务印书馆 1938 年版。

郑振铎：《中国文学研究》，商务印书馆 1930 年版。

郑作民：《中国文学史纲要》，合众书店 1934 年版。

周薇：《传统诗学的转型：陈衍人文主义诗学研究》，上海三联书店 2006
　　年版。

周勋初：《李白研究》，湖北教育出版社 2003 年版。

周勋初编：《胡小石文史论丛》，南京大学出版社 2008 年版。

朱东润：《中国文学批评史大纲》，开明书店 1944 年版。

朱光潜：《诗论》，国民图书出版社 1942 年版。

朱谦之：《中国音乐文学史》，商务印书馆 1935 年版。

朱乔森：《朱自清散文全集》，江苏教育出版社 2003 年版。

朱维铮校注：《梁启超论清学史二种》，复旦大学出版社 1985 年版。

朱维之：《中国文艺思潮史略》，开明书店 1949 年版。

朱易安：《唐诗学史论稿》，广西师范大学出版社 2000 年版。

朱自清：《诗言志辨》，广西师范大学出版社 2004 年版。

朱自清：《朱自清古典文学论文集》，上海古籍出版社 1981 年版。

二　论文

（一）硕博士论文

陈淑娅：《宋人论唐诗研究》，硕士学位论文，华南师范大学，2005 年。

程彦霞：《王闿运选批唐诗研究》，博士学位论文，上海师范大学，
　　2009 年。

韩胜：《清代唐诗选本研究》，博士学位论文，南开大学，2005 年。

胡光波：《清代唐诗学概论》，博士学位论文，上海师范大学，2000 年。

孙达：《元好问唐诗学研究》，博士学位论文，河南大学，2009 年。

唐李佩：《傅庚生与唐诗研究》，硕士学位论文，西北大学，2011 年。

王红丽：《宋人唐诗观研究》，博士学位论文，华南师范大学，2007 年。

王园：《唐诗与宋代诗学》，博士学位论文，南开大学，2009 年。

（二）期刊论文

蔡元培：《美学的进化》，《北京大学日刊》1921 年 2 月 19 日第 811 号。

陈伯海：《20 世纪唐诗研究述略》，《古典文学知识》2003 年第 1 期。

陈伯海：《走向更新之路——唐诗学百年回顾》，《常德师范学院学报》2003 年第 4 期。

陈新璋：《评胡适对唐诗的识见》，《华南师范大学学报》2003 年第 4 期。

陈友兵：《断代诗史研究走向现代化的标志——浅论苏雪林先生的〈唐诗概论〉》，《江淮论坛》2000 年第 3 期。

程彦霞：《三唐诗品与晚清唐诗学》，《浙江工业大学学报》2010 年第 3 期。

党大恩、党艺峰：《从以诗证史到因史释诗——陈寅恪唐诗笺证的诗学价值导论》，《陕西师范大学学报》2003 年第 2 期。

方维保：《论苏雪林学术研究的品格》，《华文文学》2007 年第 3 期。

傅明善：《宋代唐诗学论纲》，《宁波大学学报》2002 年第 1 期。

龚贤：《闻一多的唐诗学观》，《衡阳师范学院学报》2005 年第 1 期。

顾颉刚：《圣贤文化与民众文化》，中山大学《民俗》1928 年 4 月 17 日第 5 期。

胡光波：《闻一多的新诗理论和唐诗观》，《湖北师范学院学报》2005 年第 2 期。

胡建次：《宋代唐诗学的展开与演进》，《江西社会科学》2004 年第 6 期。

胡明：《关于唐诗——兼谈近百年来的唐诗研究》，《文学评论》1999 年第 2 期。

胡适：《多研究些问题，少谈些主义》，《每周评论》1919 年第 31 号。

胡适：《国语的进化》，《中国新文学大系》1935 年第 1 期。

胡适：《科学的古史家崔述》，《"国立"北京大学国学季刊》1923 年第 2 期。

胡适:《青年人的苦闷》,《现代文摘》1947 年第 5、6 期。

胡适:《清代汉学家的科学方法》,《北京大学月刊》1919 年第 5 期。

胡适:《治学的方法与材料》,《新月》1928 年 11 月第 9 期。

胡晓玲:《诠释学与〈唐诗杂论〉之意义生成》,《学术园地》2008 年第 11 期。

将礼鸿:《唐会要史馆篇修前代史晋书笺》,《之江中国文学会集刊》1936 年第 3 期。

蒋寅:《朱易安著〈唐诗学史论稿〉读后》,《文学评论》2004 年第 3 期。

李天保:《近 30 年唐代文学研究的回顾与反思》,《西北师大学报》2010 年第 5 期。

梁启超:《地理与文明之关系》,《新民丛报》1902 年 2 月第 1、2 号。

林伟霖:《唐诗学工具书的检索与利用》,《东海大学图书馆馆讯》2010 年第 103 期。

毛子水:《国故和科学的精神》,《新潮》1919 年 5 月第 1 卷第 5 号。

浦江清:《王静安先生之文学批评》,《学衡杂志》1928 年第 64 期。

钱志熙:《诗学一词的传统内涵、成因及其在历史上的使用情况》,首都 师大《中国诗歌研究》2002 年第 1 辑。

曲文军:《〈谈艺录〉的审美原则与精神品格》,《山东教育学院学报》 1999 年第 2 期。

尚永亮:《开天、元和两大诗人群交往诗创作及其变化的定量分析》,《江 海学刊》2005 年第 2 期。

唐骥:《闻一多〈唐诗杂论〉在文学研究史上的贡献》,《宁夏大学学报》 1984 年第 3 期。

陶文鹏:《20 世纪前半叶的唐诗研究》,《湖北大学学报》1999 年第 5 期。

王顺贵:《"宋诗派"的唐诗学理论——兼论晚清诗坛诗风取向的嬗变》, 《广西社会科学》2007 年第 5 期。

王顺贵:《清代:古典唐诗学的总结与终结》,《南京师大学报》2008 年 第 2 期。

王顺贵:《蜕变与革新中的古典唐诗学研究》,《苏州科技学院学报》2008 年第 2 期。

王顺贵:《晚清时期几种重要诗话中的唐诗学理论》,《苏州科技学院学 报》2007 年第 4 期。

王顺贵：《王国维与古典唐诗学的超越》，《中国文学研究》2006 年第 1 期。

王友胜：《苏雪林〈唐诗概论〉的学术创获》，《文史博览》2005 年第 6 期。

魏景波：《〈谈艺录〉的曲喻论和〈宋诗选注〉的曲喻》，《修辞学习》 2003 年第 3 期。

谢楚发：《闻一多的唐诗研究方法试探》，《江汉论坛》1986 年第 6 期。

徐志啸：《林庚先生的唐诗研究》，《淮阴师范学院学报》2003 年第 4 期。

许连军：《现代唐诗学范式："诗史互证"辨正》，《中国文学研究》2008 年第 2 期。

许总：《唐诗研究的世纪回顾》，《东南大学学报》2000 年第 3 期。

殷悦：《岭南学者黄节研究综述》，《电影评介》2010 年第 17 期。

张可礼：《陆侃如、冯沅君先生〈中国诗史〉》，《文史哲》2001 年第 1 期。

朱易安：《略论唐诗学发展史的体系建构》，《文学评论》1998 年第 5 期。

索　引

后　记

　　本书是我的博士学位论文，承蒙刘艳女士推荐，由《中国社会科学博士论文文库》编委会审查通过，列入本文库出版，我感到非常荣幸。

　　本书是在导师李浩先生悉心指导下撰写而成的。2011 年 8 月，我考入西北大学攻读博士学位，在李浩先生的指导下以唐代文学为研究方向。读博期间，李浩先生对我给予了细心周到的关怀，使我得以顺利完成学业，殷殷之情，难以言表！博士论文选题答辩时，曾得到周绚隆、张弘、薛瑞生、房日晰、赵小刚、张文莉、孙尚勇诸位先生的无私教诲。博士论文答辩时，曾得到詹福瑞、胡戟、阎琦、李芳民、张新科、傅绍良诸位先生的指教和鼓励。借此书出版的机会，对诸位前辈表示诚挚的谢意！

　　2014 年 7 月博士毕业以后，同年 11 月我进入河南大学中国语言文学博士后流动站，在齐文榜先生的指导下继续从事唐代文学的研究，研究方向依然是唐诗学学术史，2017 年 9 月《民国时期唐代诗人研究学术史》研究报告通过答辩，博士后顺利出站。

　　从攻读博士学位到现在的近十年时间里，我对于唐代文学的研究主要集中在唐诗学学术史的研究方面，此项研究曾获得一些科研项目的支持，本书为 2018 年度宁夏高校项目"唐诗学学术史研究"（编号：NGY2018—134）阶段性研究成果，宁夏师范学院 2020 年一流本科课程"中国古代文学"建设培育项目阶段性研究成果，宁夏师范学院 2020 年一流基层教学组织"中国古代文学教研室"培育建设项目阶段性研究成果，宁夏"十三五"重点学科中国语言文学学科建设成果。

　　学术研究是薪火相传的事业，许多师友在我最困难的时候曾在学业上给予了我无私的帮助，这使我备受感动，让我觉得学术研究并不仅仅是寂寞。时光无情，我的硕士导师董家平先生已经去世一年多了。当年，是董家平先生把我领入古代文学的殿堂，并且一直关心着我的成长。失去董家平先生的鼓励，使我感到无限怅然！

　　感谢那些在此尚未提及，但曾给予我关心、帮助与支持的人们。

　　感谢宁夏师范学院固原产业发展研究院和宁夏师范学院"学人文库"的经费资助！

赵耀锋
2020 年 6 月 28 日